Michael Peinkofer
Das Gesetz der Orks

PIPER

Zu diesem Buch

Ihr letztes Abenteuer sitzt Balbok und Rammar, den streitsüchtigen Ork-Brüdern, noch in den Knochen. Auf magische Weise hat es sie auf eine unbekannte Insel verschlagen. Sind dies die legendären Fernen Gestade, der Zufluchtsort der Elfen? Die Elfen, die hier leben, sind jedoch mehr als ungewöhnliche Vertreter ihrer Gattung: Statt mit Nachsicht regieren sie mit unverhohlener Härte über das Inselreich. Alle anderen Geschöpfe sind den Tyrannen zu Diensten. Balbok und Rammar müssen die Zustände ins rechte Licht rücken. Gemeinsam mit einer Bande zwielichtiger Piraten ziehen die Brüder in den Kampf gegen die dunklen Elfen. Und einmal mehr liegt das Schicksal der Welt in den Klauen der Orks ... »Das Gesetz der Orks« garantiert Action und Spannung für alle Fans der kriegerischen Blutbiertrinker.

Michael Peinkofer, 1969 geboren, studierte Germanistik, Geschichte und Kommunikationswissenschaften und arbeitete als Redakteur bei der Filmzeitschrift »Moviestar«. Mit seiner Serie um die »Orks« avancierte er zu einem der erfolgreichsten Fantasy-Autoren Deutschlands. Seine Romane um »Die Zauberer« wurden ebenso zu Bestsellern wie seine Trilogie um »Die Könige«. Mit »Die Legenden von Astray« führt Michael Peinkofer alle Fantasy-Fans in eine neue Welt.

Michael Peinkofer

DAS GESETZ DER ORKS

Roman

PIPER

Entdecke die Welt der Piper Fantasy:
Piper 🐟 Fantasy.de

Von Michael Peinkofer liegen im Piper Verlag vor:
Die Orks:
Band 1: Die Rückkehr der Orks
Band 2: Der Schwur der Orks
Band 3: Das Gesetz der Orks
Band 4: Die Herrschaft der Orks
Band 5: Die Ehre der Orks
Die Legenden von Astray (Serie)
Phönix (Serie)
Splitterwelten (Serie)
Invisibilis (Serie)
Land der Mythen (Serie)
Die Könige (Serie)
Die Zauberer (Serie)
Das Zauberer-Handbuch
Ork City

Ungekürzte Taschenbuchausgabe
ISBN 978-3-492-26748-9
1. Auflage April 2010
4. Auflage März 2021
© Piper Verlag GmbH, München 2008
Umschlaggestaltung: Guter Punkt, München
nach einem Entwurf von HildenDesign, München
Umschlagabbildung: HildenDesign unter Verwendung eines Motivs
von Jan Patrik Krasny via Agentur Schlück GmbH
Karte: Daniel Ernle
Satz: C. Schaber Datentechnik, Wels
Druck und Bindung: CPI books GmbH, Leck
Printed in Germany

DANKSAGUNG

Wenn es jemanden gibt, dem ich an dieser Stelle zuvorderst danken möchte, dann sind es die vielen treuen Leser, die Balbok und Rammar auf ihren beiden ersten Abenteuern begleitet und mich während der letzten einelnhalb Jahre bestürmt haben, doch noch ein drittes folgen zu lassen. Da ich Balbok und Rammar ja nicht einfach in jener finsteren Höhle zurücklassen konnte, in die es sie am Ende von »Der Schwur der Orks« verschlagen hatte, hatte ich ja eigentlich gar keine andere Wahl, als dieser Bitte nachzukommen. Und es hat riesigen Spaß gemacht, all den vertrauten Figuren wiederzubegegnen – von der resoluten Elfin Alannah über den zum König gekrönten Kopfgeldjäger Corwyn bis hin zu unseren titelgebenden Helden. Dafür herzlichen Dank!

Bedanken möchte ich mich aber auch bei meiner Familie, die es während des letzten halben Jahres nicht nur mit mir unter einem Dach ausgehalten hat, sondern auch noch mit zwei bisweilen etwas anstrengenden Orks; beim Piper Verlag, namentlich vertreten durch Carsten Polzin und Friedel Wahren; bei meinem Agenten Peter Molden; meinem Lektor Peter Thannisch und bei Anja Rüdiger für ihre unermüdliche Unterstützung (sowie bei ihrem kleinen Sohnemann Ben dafür, dass er brav war und Mama und Papa hat arbeiten lassen).

Und natürlich geht mein Dank an Balbok und Rammar, die so unvermittelt in mein Leben getreten sind und mir netterweise immer genau sagen, wie ich ihre Abenteuer zu schreiben habe – auch wenn ich ein Milchgesicht und umbal *bin.*

In diesem Sinne: Ring frei zur dritten Runde!

Michael Peinkofer

INHALT

Prolog 13

BUCH 1
UULOUN'HAI FOSH
(DIE FERNEN GESTADE)

1. IOMASH SUL'HAI	23
2. SGARKAN, SGARKAN …	37
3. SOCHGAL KAR'DOK'DH	45
4. LORG ANN ARGOL	55
5. TRURKOR ROCHG	63
6. MINRAS'HAI UR'KRO	78
7. ACHGOSH LASH'DOK'DH	91
8. TASHOLOR KUUN	96
9. DORAS SIORRUSH	104
10. SOUN FIRUNN	116
11. ASAR LUT	123
12. CUL ANN TIRGAS-LAN	134
13. TUASH KUNNART	139
14. KOINNOUMH	148

15.	DOMHOR'HAI SOUN	161
16.	RICHG TRUURK'DOK'DH	168
17.	FRUUKOUDUM'HAI UR'DORASH	176
18.	SHADAG UR'GRON	188
19.	KRIOK UR'DATUL	199
20.	CUL GHU BUNN'HAI	208
21.	KALUMM	218
22.	SPOULG UR'KURSOSH	222
23.	AMOUSG PIRAK'HAI	239
24.	OULL BRISH'DOK'DH	251
25.	MOROR UR'OIRKIR UR'KLOGIONN'HAI	263
26.	KUNNART DOCHG	278
27.	UCHL-BHUURZ	284

BUCH 2
ABAL ORSON UULON
(DER KAMPF UM DIE INSEL)

1.	SGOL ANN TUR	297
2.	PLUM UR'RAMMAR	299
3.	LORCHG UR'ORK'HAI	312
4.	OUNCHON-POCHGA	316
5.	NUASH PLUM	326
6.	DORASH ACHGAL	333

7.	GOUTA	336
8.	ANN DOUS!	342
9.	DOMHOR GOSHDA'HAI	348
10.	AMHORUS	355
11.	TULL GHU MINRAS'HAI	366
12.	FIRUNN'S BRUUCHG	375
13.	KOMUCHL-KRICHG	382
14.	UMM UR'RASH	390
15.	OIGNASH, OIGNASH!	392
16.	SOULLASH ANN SGARKAN	402
17.	UMM DOUK FUURK'DOK	409
18.	OUDARSHOULACHASH'HAI'S KOMANTA'HAI	418
19.	ANN NIFFUL	431
20.	KARAL'HAI SOUN	437
21.	TRURKOR TRURK'DOK'DH	453
22.	OINSOCHG OR MUR	467
23.	BLARMUR CHL DULCHGOUDAS'HAI	473
24.	DA SABAL'HAI	482
25.	LARKOR'S KURSOSH	488
26.	TUACHG ANN DRUM	494
27.	ORSON BOURKA'S KRO	500
28.	SPOULG	509
29.	LACHG UR'ORK'HAI	514
30.	SOCHGAL KRARK	520

31. OR TUASH	531
32. TULL ANN TIRGAS LAN (ARKROSH)	538
Epilog	545
APPENDIX A	553
APPENDIX B	571

PROLOG

Sie war überwältigt.

Niemals hatte sie zu hoffen gewagt, den geweihten Hort schon so früh zu betreten, zu einer Zeit, da sie kaum von sich behaupten konnte, jene Ehren errungen zu haben, die eine Passage zur Kristallstadt rechtfertigten.

Doch die Zeiten hatten sich geändert. Es herrschte Krieg, und es war bittere Notwendigkeit gewesen, die sie über die Große See getrieben hatte.

Dennoch kam sie nicht umhin, die Schönheit und Ruhe dieses Ortes zu bewundern, in dessen innerstem Zentrum sie stand, hoch oben in der Spitze des höchsten Turmes von Crysalion.

Ein Oktogon aus weißen Wänden umgab sie, die halb durchsichtig waren, sodass das goldene Licht des späten Nachmittags hindurchschimmerte. Schlanke Säulen erhoben sich in jeder der acht Ecken, und unmittelbar unter der Kuppel des Oktogons schwebte ein Kristall und strahlte sanftes Licht aus. Sie konnte sich gar nicht sattsehen an seiner wunderbar gleichmäßigen Struktur. Er hatte eine Rautenform, die sich nach oben und unten verjüngte, wo sich die mit Elfensilber beschlagenen Spitzen befanden. Es hieß, dass das Licht, das den Kristall erfüllte, auf *calada* zurückzuführen sei, jenen Urschein, der in grauer Vorzeit die Finsternis vertrieben und mit dem alles Leben begonnen hatte.

Wer in den Kristall sah, der konnte nicht anders, als die tiefe innere Wahrheit zu erkennen, die sich hinter dieser Sage verbarg: *Annun*, das Licht von Crysalion, verströmte

Frieden und Harmonie, und es war kaum vorstellbar, dass der Krieg, den eine dunkle Macht nach *amber* getragen hatte, nicht einmal vor dieser geweihten Stätte haltmachen würde. Nur aus diesem Grund waren sie lange vor ihrer Zeit an die Fernen Gestade gekommen: um den Kristallhort mit ihrem Leben und all ihrer Zaubermacht zu verteidigen.

»Das werden sie nicht wagen«, hauchte Yloryn, einer jener Weisen und Betagten, die an den Fernen Gestaden ihre endgültige Heimat gefunden hatten. Im Ersten Kriege hatte er wahre Heldentaten vollbracht, war ein Krieger von untadeligem Ruf und großer Tapferkeit gewesen, weswegen man ihm die höchste Ehre hatte zuteilwerden lassen, die einem Elfen widerfahren konnte: die sterbliche Welt zu verlassen und gen Crysalion zu ziehen, wo immerwährende Freude und Friede herrschten. Weder hatte man zu diesem Zeitpunkt geahnt, dass ein zweiter, noch grässlicherer Krieg folgen würde, noch dass auch die Kristallstadt einmal bedroht sein könnte.

»Vielleicht nicht«, entgegnete Rothgan, der zusammen mit ihr auf die Insel gekommen war, »aber falls Margok seine frevlerische Hand dennoch nach diesen geweihten Gefilden ausstrecken wird, sind wir gewappnet.«

In der Tat war alles vorbereitet.

Die alten Schriften, deren Zeichen nur mehr Eingeweihte und Zauberkundige zu entziffern vermochten, waren studiert worden, und alles war bereit für ein Ritual, das die Macht des Kristalls entfesseln und die Insel dem Zugriff des Bösen auf immer entziehen sollte. Jedoch reichte die Kraft eines einzelnen Magiers nicht aus, um den Zauber zu bewirken. Zwei mussten es sein, und eben so viele waren vom Festland herübergekommen, um diese schwierige und verzweifelte Mission zu erfüllen.

Mit einem Nicken gab Rothgan seiner Begleiterin zu verstehen, dass der Augenblick gekommen sei. Gemeinsam traten sie in das Symbol, das unmittelbar unter dem Kristall auf den weißen Marmorboden gezeichnet war und einen dreizackigen Stern darstellte. Sie blickten einander tief in die Augen, und einmal mehr fühlte sie, was zu empfinden sie sich untersagt hatte. Dann fassten sie sich bei den Händen, um das Ritual zu beginnen.

Schon erhob Rothgan seine Stimme, um die uralten Worte zu sprechen – als etwas Unerwartetes geschah.

Von einem Augenblick zum anderen wurde es finster.

Kein Licht fiel mehr durch die milchigen Wände, als hätte ein gefräßiges Untier draußen die Sonne verschlungen. Nur der Kristall strahlte noch, doch sein Licht musste gegen die Dunkelheit ankämpfen, die plötzlich von allen Seiten herandrängte.

»Rothgan!«, brachte seine Begleiterin hervor. »Was geht hier vor?«

»Zauberer! Seht!«, rief einer der Posten aufgebracht, die auf dem den Turm umlaufenden Balkon Wache hielten.

Die beiden Magier verließen den Dreistern und eilten durch eine der Pforten, die in jede der acht Wände eingelassen waren, auf den Balkon.

Der Anblick, der sich ihnen bot, war bestürzend.

Der azurblaue Himmel, der sich eben noch über der See und den Gestaden gespannt hatte, hatte sich verfinstert. Sturmwind war aufgekommen und trieb düstere Wolken von Norden her, die sich wie hungrige Wölfe auf das lichte Blau gestürzt hatten, um es zu verschlingen. Gleichzeitig stießen Blitze aus der Schwärze und schienen sich ins Meer zu bohren, das sich aufbäumte wie ein waidwundes Tier. Sein Rauschen und Rumoren mischte sich mit dem Heulen des Winds, der grässliche Laute herantrug: ein Zetern und Stöhnen, als würden unzählige gefolterte Seelen auf seinen Schwingen reisen – was vermutlich auch der Wahrheit entsprach.

Und im gleißenden Licht der Blitze erblickten die beiden Zauberer die Schiffe, die mit zum Bersten geblähten Segeln von Norden heranfuhren und sich mit beängstigender Geschwindigkeit näherten.

Nicht nur ein paar Dutzend.

Sondern Hunderte.

So weit das Auge reichte, erstreckte sich die feindliche Flotte auf dem wogenden Meere – und die scheußlichen Symbole, mit denen die Segel beschmiert waren und die das flackernde Licht aus der Dunkelheit riss, ließen nicht den geringsten Zweifel daran, dass die Macht des Bösen auch nach den Fernen Gestaden griff. Die Schiffe – stählerne Galeeren aus Margoks finsteren Waffenschmieden, aber auch hölzerne Segler mit Katapulten und turmartigen Aufbauten – waren randvoll mit Kriegern beladen, die nur darauf warteten, ihrer Mordlust freien Lauf zu lassen: Unholde beiderlei Geschlechts, die der Dunkelelf selbst herangezüchtet hatte, aber auch Menschen, die in seinen Diensten standen und sich von seinen falschen Versprechungen hatten verführen lassen. Und im dunklen Wasser, in dem es zu gären und zu brodeln schien, ringelten sich die Fangarme einer grässlichen Kreatur, die die Macht des Bösen aus den Tiefen Erdwelts gerufen hatte und deren einziger Daseinszweck die Vernichtung zu sein schien.

Der Anblick machte der Zauberin Angst, und sie fragte sich bang, ob dies das Ende war, der Untergang allen Lebens und der Anbruch des Chaos, das alle Elfen fürchteten. Doch dann besann sie sich auf ihre Pflicht und den Auftrag, dessentwegen sie zu den Fernen Gestaden entsandt worden waren.

»Der Kristallschirm!«, schrie sie gegen das Brausen und Tosen des Windes an. »Wir müssen rasch handeln!«

Der Blick, den Rothgan ihr zukommen ließ, verunsicherte sie, denn er war kaltblütig und ohne Teilnahme, so als sei ihr Gefährte nicht im Geringsten erschrocken angesichts der Streitmacht, die der Dunkelelf aufgeboten hatte. Träge nickte er, und sie kehrten zurück unter die Kuppel und den Kristall, dessen inneres Licht infolge des Bösen, das sich näherte, unstet zu flackern begonnen hatte. Heiser wies Yloryn seine Untergebenen an, die Pforten des Kristallturms zu schließen. Das Brausen des Windes verstummte, der grelle Schein der Blitze, die über den dunklen Himmel irrlichterten und durch die halb transparente Kuppel schimmerten, blieb jedoch und warf gespenstische Schatten.

Erneut trat die Zauberin in das dreizackige Sternsymbol – Rothgan jedoch blieb davor stehen, und auf einmal spielte ein grausames Lächeln um die ebenmäßigen, von langem Haar umrahmten Züge des Magiers.

»Rothgan!«, rief sie entsetzt – und im nächsten Augenblick war es ihr, als würde sich hinter ihrem Rücken etwas bewegen. Es waren ihre magischen Sinne, die sie warnten, und sie fuhr herum und wurde Zeugin eines dramatischen Schauspiels.

Im leeren Raum begann die Luft plötzlich zu flimmern wie unter großer Hitze. Schon im nächsten Moment verzerrte sie sich, und ein Wirbel bildete sich, in dem sich die Umgebung – der Kristall, die Säulen, die Kuppel sowie die ungläubig starrenden Turmdiener – spiegelte. Immer schneller drehte sich der Strudel, dessen Zentrum plötzlich in unerreichbare Fernen zu entschwinden schien – und in dem einen Herzschlag später die Umrisse von grauenhaften Kreaturen zu sehen waren. Sie näherten sich und waren immer besser zu erkennen: tumbe, grünhäutige Wesen mit grässlichen Hauern und gelben Augen, in denen die nackte Blutgier leuchtete.

Margoks Kreaturen!

Oder wie sie sich selbst nannten: Orks!

Ihr Hecheln und Grunzen, das Geklirr ihrer Kettenhemden und das Stampfen ihrer eisenbeschlagenen Stiefel drangen aus dem Schlund, der sich so plötzlich geöffnet hatte, dass die Zauberin kaum begriff, was geschah. Rein instinktiv griff sie selbst nach ihrer Klinge, um den mordlüsternen Angreifern zu begegnen.

In diesem Moment traf eine schwere Erschütterung den Kristallturm. Als hätten sich alle Blitze, die bislang wahllos über den Himmel gezuckt waren, auf einmal vereint, stach eine Entladung vernichtender Energie aus den Wolken, durchschlug die Kuppel und traf den Kristall.

Die Augen der Zauberin weiteten sich vor Entsetzen, als sie sah, wie die zerstörerische Energie den *annun* einhüllte, als wollte sie ihn verschlingen. Was danach mit dem Licht von Crysalion geschah, bekam sie nicht mehr mit, denn etwas traf sie hart am Bein, und sie spürte brennenden Schmerz. Mit erhobener Klinge fuhr sie herum und enthauptete den Unhold, der sie angegriffen und seinen *saparak* in ihren Oberschenkel gebohrt hatte.

Doch für den Ork, der vor ihr zusammenbrach, drängten zehn weitere aus dem Schlund, um sich mit der ganzen Kraft ihrer missgestalteten Körper auf die Zauberin zu stürzen. Mit einem Bannzauber wollte sie sich die Angreifer vom Hals halten, sie zurückschleudern in den dunklen Pfuhl, dem sie entstiegen waren – aber es kam nicht dazu.

Irgendetwas schien ihre magischen Kräfte zu blockieren, sodass ihr nichts weiter blieb, als mit blanker Klinge zu kämpfen und sich wie ein gewöhnlicher Krieger ihrer Haut zu erwehren.

»Rothgan!«, rief sie verzweifelt – und als Antwort erhielt sie höhnisches Gelächter.

Sie erledigte zwei weitere von Margoks Kreaturen, ehe sie überwältigt und niedergerungen wurde. Hart schlug sie zu Boden, und sie spürte, wie ihr die Sinne schwanden. Das Flackern um sie herum verlosch, und es wurde dunkel. Nur noch das Grunzen der Unholde war zu hören und die Schreie der Elfendiener, die ihren *saparak'hai* zum Opfer fielen.

Und über allem lag das höhnische Gelächter Rothgans, des jungen Zauberers, der sie alle verraten hatte ...

»Nein!«

Mit einem Ausruf des Entsetzens fuhr Granock aus dem Schlaf. Trotz der Kälte des Ortes, an dem er weilte, war er in Schweiß gebadet, und sein Herz pochte so heftig, als wollte es seinen Brustkorb sprengen.

Augenblicke lang hatte er Probleme, ins Hier und Jetzt zurückzufinden, so lebhaft standen ihm die Bilder vor Augen, die er gerade gesehen hatte. Er musste sich mit aller Macht einreden, dass es nur ein Albtraum gewesen war – aber weshalb, beim großen Farawyn, hatte er einen solchen Traum gehabt, der ihm so real und wirklich erschienen war, als wäre er damals tatsächlich dabei gewesen?

Denn genau so musste es gewesen sein, als die Macht der Dunkelheit vor Hunderten von Jahren nach den Fernen Gestaden gegriffen hatte. Er erinnerte sich sogar daran, das Grunzen und Schnauben der Unholde gehört und ihren Gestank gerochen zu haben. Ja, er hatte diese scheußlichen Laute noch immer im Ohr und den ekelerregenden Geruch noch in der Nase.

Wie war das möglich?

Es gab nur eine Antwort auf diese Frage, dämmerte Granock: Die Verbindung war erneut geöffnet worden.

Der Dreistern war wieder erwacht – und mit ihm die alte Macht, die die Erdwelt bedrohte ...

BUCH 1

UULOUN'HAI FOSH
(DIE FERNEN GESTADE)

1.

IOMASH SUL'HAI

Wenn es etwas gab, das Rammar mehr hasste als alles andere, dann waren es Überraschungen. Der feiste Ork hielt nichts davon, mit Ereignissen konfrontiert zu werden, mit denen er nicht gerechnet hatte – vor allem dann nicht, wenn sie Leib und Leben bedrohten.

Oignash wurde so etwas in der Sprache der Orks genannt – eine unerwartete Wendung, die zum Beispiel darin bestehen konnte, dass einer von zwei Verhandelnden plötzlich die Geduld verlor, zur Axt griff und dem anderen den Schädel spaltete. Oder darin, dass sich ein Gebilde, das man irrtümlich für einen Fels gehalten hatte, als Bergtroll herausstellte, der geschlafen hatte und plötzlich erwachte. Oder dass es jemand für eine witzige Idee gehalten hatte, das Blutbier zu vergiften, das man sich gerade in die Kehle kippte.

Aufgrund der unberechenbaren Natur der Unholde gehörte *oignash* zu ihrem (häufig recht kurzen) Leben wie Ghul-Augen in den *bru-mill*. Was nicht bedeutete, dass Rammar davon begeistert gewesen wäre. Überraschungen waren ihm – wie gesagt – zuwider, und deshalb schätzte er es auch ganz und gar nicht, sich von einem Augenblick zum anderen in einer miefigen Felsenhöhle zu befinden, deren Boden von Sand bedeckt und deren Wände von Schimmel überzogen waren.

An sich hatte der Ork gegen Schimmel nichts einzuwenden, denn er erinnerte ihn an sein Zuhause in der Modermark. Aber da Rammar erwartet hatte, sich inmitten unermesslicher Reichtümer wiederzufinden, kam die Sache einem

Sprung ins kalte Wasser gleich. Eben noch hatten er und sein Bruder sich an der Schwelle zur Schatzkammer von Kal Anar befunden, deren Inhalt sie sich hatten krallen wollen, nachdem sie König Corwyn und seiner Gemahlin Alannah dabei geholfen hatten, den Herrscher über den Schlangenturm zu vernichten und mit ihm die Bedrohung, die dem Reich in Form eines grässlichen Ungeheuers erwachsen war. Nach allem, was ihnen dabei widerfahren war, nachdem sie mehr oder weniger – oder doch mehr weniger – freiwillig in die Dienste des Königs getreten waren und wiederholt ihren *asar* für ihn und sein Elfenweib riskiert hatten, glaubten sie, sich eine kleine Belohnung verdient zu haben.

Statt jedoch in einem Meer aus Gold und Gemmen zu landen, waren die Orks plötzlich von einem grellen Blitz erfasst, hinfortgerissen und nur einen Herzschlag später an diesem tristen Ort wieder ausgespuckt worden.

Wie war so etwas möglich?

Anstatt geblendet zu werden vom Glanz des Goldes und der Juwelen, standen die Orks auf einmal in einem finsteren Loch. Und das war noch nicht einmal das ganze Übel. Denn auch mit den unzähligen Augenpaaren, die feindselig aus dem sie umgebenden Halbdunkel starrten, hatte Rammar nicht unbedingt gerechnet.

»Ich fürchte, wir sind nicht in der Modermark«, wiederholte er die Worte seines Bruders Balbok und äffte dabei misslaunig dessen Stimme und Tonfall nach, sich dabei nervös nach allen Seiten umdrehend. Die Augen starrten aus allen Richtungen, es schien kein Entkommen zu geben. »Das sehe ich auch, dass wir nicht in der Modermark sind, du dämliche Bohnenstange! Sag mir lieber, wie wir hier rauskommen, ohne bei lebendigem Leib gefressen zu werden!«

Balbok, Rammars hagerer und ungleich größerer Bruder, kratzte sich nachdenklich am spärlich behaarten Kopf, und sein ohnehin schon schmales Gesicht zog sich dabei noch mehr in die Länge. »Ich weiß auch nicht, Rammar«, gestand er. »Vielleicht, indem wir ihnen zuvorkommen und sie einfach vorher fressen?«

»Ist das alles, was dir einfällt?«

»Na ja.« Balbok zuckte mit den knochigen Schultern. »Ich hab eben Hunger ...«

»*Korr*«, maulte Rammar wütend, »ich sehe schon, es liegt mal wieder an mir, den *saparak* aus der *shnorsh* zu ziehen.«*

Er trat einen Schritt von seinem Bruder weg, um sich deutlich von dessen Dummheit und feindseligen Absichten zu distanzieren. Dann räusperte er sich und hob die Stimme. »Heda!«, rief er den gefährlich leuchtenden Augenpaaren zu. »Wir wollen euch nichts tun, hört ihr? Wir kommen in Frieden und ...«

»Rammar?«, ließ sich Balbok vernehmen.

»Was ist?«, fragte sein Bruder.

»Ist das wahr?«

»Was ist wahr?«

»Dass wir in Frieden kommen und ihnen nichts tun wollen?«

Rammar bedachte seinen Bruder gleich mit zwei ungläubigen Blicken; mit einem ganz kurzen flüchtigen und einem zweiten, sehr viel längeren. »*Umbal*«, flüsterte er dann verstohlen, »hast du noch nie etwas von Kriegslist gehört?«

»*Douk*.« Der Lange schüttelte den Kopf.

»Das dachte ich mir«, knurrte Rammar und wandte sich wieder von ihm ab – um erneut einen Fall von *oignash* zu erleben.

Licht flammte plötzlich auf – mehrere Fackeln wurden entzündet, die die Dunkelheit in der Höhle vertrieben und endlich erkennen ließen, wer da so unverwandt auf die beiden Orks starrte. Rammar konnte nicht anders, als einen ebenso verächtlichen wie erleichterten Laut von sich zu geben.

---

* orkische Redensart

»Ha«, machte er, »sieh dir das an! Es sind nur Kobolde!«

»*Korr*«, stimmte Balbok nicht weniger verwundert zu und musste grinsen. »Wie nett.«

Sie waren selten geworden, die kleinwüchsigen Bewohner von Wald und Heide, die meist dort anzutreffen waren, wo auch Elfen weilten, und von den Orks deshalb als deren niedere Diener verspottet wurden. Ein Kobold wurde im Allgemeinen nicht größer als ein *knum*, womit er einem Ork allenfalls bis zum Stiefelschaft reichte. Ihr kleines Herz schlug für die Natur, und sie verbrachten ihre Zeit damit, dem Gras beim Wachsen zuzuschauen und den Glockenblumen beim Läuten zuzuhören. Läppischer Unsinn, für den ein Ork nichts als Verachtung übrig hatte. Im Frühjahr pflegten die kleinen Kerle über Wiesen und durch die Wälder zu hüpfen und dabei lauthals zu singen. Sie begeisterten sich für alles, was blühte und lebte. Mit anderen Worten: für all das, was ein Unhold aus seinem innersten Wesen heraus verabscheute.

Da die Elfen Erdwelt verlassen hatten, gab es auch keine Kobolde mehr. Wohin sie verschwunden waren, entzog sich Rammars Kenntnis, und er hatte auch nie darüber nachgedacht.

In diesem Augenblick allerdings dämmerte ihm die Antwort …

»Hier also steckt das ganze Gesocks«, knurrte er und taxierte die kleinwüchsigen Wesen, die aus Blättern gefertigte Röcke und bunte Hüte aus umgedrehten Blütenkelchen trugen. In ihren pausbäckigen Gesichtern wuchsen spitze Nasen, die wie geschaffen dafür waren, an Blumen zu schnuppern, und die Ohren, die unter den Blütenhüten hervorlugten, waren ebenso spitz wie die von Elfen, was auf weitläufige Verwandtschaft schließen ließ.

Dass dies zwangsläufig bedeutete, dass auch Orks und Kobolde entfernt miteinander verwandt waren, verdrängte Rammar geflissentlich. Er hatte sich mit dem Gedanken, dass seinesgleichen das Ergebnis verbotener Experimente war, die man vor langer Zeit mit Elfen angestellt hatte, nie recht anfreunden können.

Es ärgerte ihn, dass er sich vor Kobolden gefürchtet hatte, die nun wirklich harmlos waren und niemandem etwas zuleide taten, auch wenn er sich ein wenig vor ihnen ekelte.

Anders als Balbok.

»Lustig«, meinte der dürre Ork und blickte grinsend in die Runde der kleinen Wesen, die kein Wort sagten. Ob sie überhaupt der Sprache mächtig waren, entzog sich Balboks Kenntnis und interessierte ihn auch nicht. Sein Augenmerk galt anderen Dingen. »Weißt du, Rammar, was ich mich frage?«

»Was denn?«

»Wie die kleinen Kerle wohl schmecken«, sagte Balbok und rieb sich den knurrenden Magen.

»Wie sollen sie wohl schmecken?«, fragte Rammar und verzog vor Abscheu das ohnehin schon hässliche Gesicht. »Nach Honig und Blüten natürlich. Einfach widerwärtig!«

»Ob ich trotzdem ein paar probiere?«

»Wenn du unbedingt willst. Aber beeil dich, wir haben schon genug Zeit mit diesem Gelichter verschwendet. Ich möchte raus aus dieser Höhle und nachsehen, wohin es uns verschlagen hat.«

»*Korr*«, bestätigte Balbok und wandte sich den Kobolden zu. Da nicht sehr viel an ihnen dran war, beschloss er, sich ein kleines Sträußchen verschiedenfarbiger Kopfbedeckungen zusammenzustellen, deren Träger sicherlich auch unterschiedlich schmecken würden. Ein weißer Glockenhelm hier, ein gelber Blätterkranz da, dazu eine rote Orchideenmütze ...

Die Kobolde zu »pflücken« erwies sich jedoch als schwieriger als gedacht, denn kaum streckte Balbok seine Klauenpranke aus, um nach einem zu greifen, sprang dieser wie ein Floh in die Höhe und entzog sich seinem Zugriff.

»Du, Rammar!«, beschwerte sich Balbok lauthals. »Die wollen nicht stillhalten.«

»Dann lass es eben gut sein«, versetzte sein Bruder energisch, dem das Herumgehopse der Kobolde sichtlich auf die Nerven ging. »Verscheuch sie, und dann lass uns gehen, hörst du?«

Die Enttäuschung in Balboks langem Gesicht war unübersehbar, aber ihm war klar, dass es weder aussichtsreich noch besonders zuträglich war, seinem Bruder zu widersprechen. Seufzend gab er sein Ansinnen, einige Kobolde zu verspeisen, wieder auf und schnitt stattdessen die abscheulichste Grimasse, zu der er fähig war. »Buuuh!«, machte er dabei, um die Wichte zu erschrecken, wie er es als junger Ork bisweilen getan und sich dann diebisch gefreut hatte, wenn die kleinen Kerle wie ein Schwarm aufgescheuchter Fliegen auseinandergestoben und mindestens ein Dutzend von ihnen vor Schreck tot umgefallen waren.

Aber es kam anders.

Weder flüchteten die Blumenwichte, noch fielen sie tot um. Dafür nahm das Leuchten in ihren Augen zu, und sie öffneten ihre Münder, in denen Reihen kleiner, aber messerscharf aussehender Zähne zum Vorschein kamen.

»Ra-Rammar?«, sagte Balbok vorsichtig.

»Ja doch, was ist?«, fragte der Feiste ungehalten, der zur Höhlendecke hinaufstierte, weil er beschlossen hatte, die Kobolde keines weiteren Blickes zu würdigen.

»Die lassen sich nicht verscheuchen.«

»Was soll das heißen, die lassen sich nicht verscheuchen?«, maulte Rammar ungehalten.

Die Kobolde fletschten die Zähne, reckten angriffslustig die Köpfe vor und ballten die winzigen Hände zu Fäusten.

»Na, was es eben heißt«, sagte Balbok und wich einen Schritt zurück. Die schiere Zahl der Kobolde, die er dank seiner Kenntnisse in der Numerik auf mehrere Dutzend, auf jeden Fall aber auf *iomash* schätzte, bereitete ihm Unbehagen. »Sie wollen einfach nicht abhauen.«

Er versuchte noch einmal, sie zu erschrecken, aber daraufhin traten die Kobolde sogar noch vor und zogen den Kreis, den sie um die beiden Orks geschlossen hatten, enger.

»Elender *umbal*, was hast du getan?«, maulte Rammar, dem nun ebenfalls aufging, dass etwas nicht stimmte.

»I-ich hab bloß versucht, sie zu vertreiben«, verteidigte sich Balbok stammelnd und rückte näher an seinen Bruder heran, der bereits seinen *saparak* erhoben hatte und in Abwehrstellung gegangen war (auch wenn er sich dabei ziemlich lächerlich vorkam).

»Du hast sie aber nicht vertrieben, sondern sie nur stinksauer gemacht«, sagte Rammar mit Blick in die kleinen, wutverzerrten Gesichter, die sich von allen Seiten weiter heranschoben. »Kannst du nicht ein einziges Mal das tun, was von dir verlangt wird?«

»Entschuldige.« Balbok ließ geknickt den Kopf hängen.

»Und wie oft habe ich dir schon gesagt, dass sich ein Ork aus echtem Tod und Horn nicht entschuldigt?«, schnauzte ihn Rammar an, um seine eigene Nervosität zu überspielen.

Als hätte einer der Kobolde das Signal dazu gegeben, rissen alle gleichzeitig die Mäuler auf – und fielen im nächsten Moment von allen Seiten gleichzeitig über die Orks her.

Dass ihnen nicht schon die erste Angriffswelle den Garaus machte, war Balbok zu verdanken, der seine Axt emporriss und sie kreisen ließ. Gleich mehrere der wütenden Angreifer fanden ein unrühmliches Ende, als das Axtblatt sie traf: Sie zerplatzten wie überreife Früchte, eine Woge zarten Blütendufts strömte durch die Höhle.

»Widerlich!«, maulte Rammar, während er seinerseits mit dem *saparak* nach den Kobolden stocherte. Doch während Balbok mit seiner Axt weiterhin vorzeigbare Ergebnisse erzielte, hatte es Rammar ungleich schwerer, sich die Angreifer vom Leib zu halten. Wie ein brunftiger Drache sprang er umher und wirbelte immerzu im Kreis, womit er allerdings nicht verhindern konnte, dass zwei der Kobolde seine Deckung durchdrangen, an seiner feisten Gestalt emporhuschten und ihre Zähne in seinen Nacken gruben.

Es war nicht so sehr der Schmerz als vielmehr die Wut, die Rammar aufschreien ließ. Reflexartig griff er in sein

Genick, bekam einen der Wichte zu fassen und schleuderte ihn in hohem Bogen von sich. Dabei vergaß er allerdings, mit dem *saparak* zu stochern, worauf ihn eine ganze Welle von Angreifern erfasste.

Da er sich in rascher Folge im Kreis gedreht hatte, war der dicke Ork ohnehin benommen – die Übermacht der Kobolde gab ihm den Rest. Mit einem erstickten Schrei auf den wulstigen Lippen ging er nieder, und die Angreifer brandeten über ihn hinweg und schlugen ihre Zähne überall dorthin, wo sie grüne Haut erblickten.

»Ihr verdammten, widerwärtigen ...!«, hörte man Rammar brüllen – aber so sehr er sich auch mühte, weder gelang es ihm, seine Peiniger abzuschütteln, noch konnte er sich wieder auf die Beine raffen. Wie ein fetter Käfer lag er auf dem Boden und strampelte mit den Beinen, während immer noch mehr Kobolde über ihn herfielen, die in einen regelrechten Blutrausch verfallen sein mussten und nach dem Lebenssaft des Orks dürsteten.

Nicht nur, dass sich Rammar vor ihnen ekelte, ihre Bisse waren äußerst schmerzhaft, und seine anfängliche Wut schlug in Panik um. »Balbok!«, schrie er aus Leibeskräften, während er sich hilflos am Boden wand. »Tu gefälligst was, du hagerer, hirnloser, grünhäutiger Vollidiot!«

Balbok hörte den Hilferuf seines Bruders, konnte sich aber nicht um Rammar kümmern. Gerade schwappte wieder eine Welle kleinwüchsiger, aber überaus gefräßiger und dabei noch blitzschneller Angreifer auf ihn zu, und diesmal genügte die Axt nicht mehr, um sie sich vom Leib zu halten.

Rasch hatten die kleinen Kerle gelernt, dem mörderischen Blatt auszuweichen, und waren im nächsten Moment heran. Balboks Glück war es, dass er größer war als sein Bruder und die Kobolde deshalb nicht so einfach an ihm emporspringen konnten. Diejenigen, die es versuchten, gelangten gerade bis zu seiner Hüfte, wo sie sich an den Gürtel klammerten. Doch an Balboks Kettenhemd bissen sie sich die Zähne aus, und das im wörtlichen Sinn.

Zeternd und jammernd fielen sie an ihm herab, während andere versuchten, an seinen Beinen hinaufzuklettern. Da ihn dies kitzelte, begann der hagere Ork laut zu lachen, was ihm sein bedrängter Bruder wiederum ziemlich übel nahm.

»Du grüner Affe, was soll daran so lustig sein? Hilf mir gefälligst! Diese elenden Biester beißen mir in den *asar*!«

Zu gern hätte Balbok zu lachen aufgehört, aber er konnte nicht. Von einem Bein auf das andere hüpfend, versuchte er sich der kleinen Knilche zu entledigen, von denen sich einige fest in seine Schenkel verbissen hatten, so als wären sie keine Kobolde, sondern Egel. Wenn Balbok einen von ihnen erwischte und abriss, strömte stets ein ganzer Blutschwall aus der Wunde, was den Ork jedoch nicht weiter störte. In hohem Bogen warf er die zappelnden Wichte ihren Artgenossen entgegen, während er sich insgeheim vorstellte, was die Vielfalt der Orkküche wohl mit ihnen anzustellen wüsste.

Man könnte sie, dachte er, während er einen von ihnen mit der flachen Pranke erschlug, zum Beispiel am Stück in den *bru-mill* geben oder sie in einem Fass Blutbier ersäufen und es so ein wenig süßen. Koboldauflauf und Kobold am Spieß wären weitere Varianten, die er sich vorstellen konnte, wenngleich man wohl mehrere der drahtigen kleinen Kerle brauchte, um ein halbwegs ordentliches Gericht hinzubekommen.

In Balboks Gedanken wurde munter gesotten, verwurstet, verhackstückt und geschnetzelt, dass ihm der Geifer nur so im Maul zusammenlief – und plötzlich ließ der Ansturm der Feinde nach.

Zunächst bemerkte es Balbok gar nicht, der weiterhin sowohl mit der Axt als auch mit bloßer Pranke um sich schlug. Aber es wurden immer weniger. Die Kobolde warfen ihre Fackeln von sich und zogen sich zurück, sodass Balbok schließlich den letzten von ihnen in der linken Klaue hatte und ihn mit einem strafenden Blick bedachte. Seiner Mentalität gehorchend, wollte der Ork auch diesen Blumenwicht zerpflücken, aber als er die furchtsam geweiteten Augen bemerkte, sagte er sich, dass ja doch kaum was dran war an dem kleinen Kerl. Also setzte er ihn auf dem Boden ab und ließ ihn frei.

»Buh!«, machte er dann – und wie er es schon zuvor erwartet hatte, nahm der Kobold seine winzigen Beinchen in die Hand und flitzte Hals über Kopf davon.

»Na also«, meinte Balbok grinsend. »Wer sagt's denn?«

»Wer sagt's denn?«, äffte Rammar ihn nach, der immer noch auf dem Rücken lag, und zwar inmitten eines unappetitlichen Sees aus Orkblut und zermatschten Wichten. Vergeblich versuchte er sich auf die Beine zu raffen. »Siehst du nicht, was diese elenden Biester mir angetan haben?«

»Ach, die wollten doch nur spielen«, meinte Balbok nachsichtig und machte eine wegwerfende Prankenbewegung.

»Spielen nennst du das? Ich wäre um ein Haar draufgegangen! Los, hilf mir gefälligst auf die Beine!«

Balbok reichte seinem Bruder die Hand, an der sich dieser festhielt, während er sich aufrappelte. »Spielen«, grunzte er abermals und mit Blick auf die unzähligen Bisswunden an seinen Beinen. »Nicht viel hätte gefehlt, und diese kleinen Ratten hätten mich zu Tode gebissen. Wie hast du es geschafft, sie alle zu vertreiben?«

»Ich weiß auch nicht«, sagte Balbok achselzuckend. »Eigentlich wollte ich auch gar nicht, dass sie schon gehen. Ich hatte sie ja noch nicht mal gekostet.«

»Ist das dein Ernst?«

»*Korr*. Schade eigentlich.«

»Schade eigentlich?«, echote Rammar ungläubig. »Und das sagst du mir ins Gesicht, wo diese Biester mich fast aufgefressen hätten? Irgendwann, du langes Elend, wirst du für all das büßen, was du mir antust, das schwöre ich dir!«

Mit dieser finsteren Drohung nahm Rammar seinen *saparak* und wandte sich dem Ausgang der Höhle zu – zumindest hielt er die schmale Öffnung, die sich im flackernden Schein der herrenlos am Boden liegenden Fackeln abzeichnete, für den Ausgang.

Es kostete Rammar einige Anstrengung, seine beträchtliche Leibesfülle zwischen den Felswänden hindurchzuzwängen. Auf der anderen Seite verlief ein Stollen schräg nach oben, und von dort drang tatsächlich Licht herab.

Mit einem triumphierenden Grunzen auf den Lippen machte sich Rammar auf den Weg, gefolgt von Balbok, der seine Enttäuschung darüber, keinen Kobold probiert zu haben, noch immer nicht ganz verwunden hatte. Suchend schaute er sich um, ob er nicht vielleicht doch noch einen von ihnen entdeckte.

Je weiter sie hinaufstiegen, desto heller wurde es. Als Rammar und Balbok schließlich das Ende des Stollens erreichten und ins matte Tageslicht traten, hatten sich ihre Augen bereits an die veränderten Lichtverhältnisse gewöhnt. Zu ihrer Überraschung fanden sie sich am Fuß eines hoch aufragenden, schwarzen Felsens wieder, der rings von wucherndem Grün umgeben war.

Dschungel.

So üppig und dicht, wie er nur sein konnte, vermutlich mit all den Gefahren, die in derlei Urwäldern zu lauern pflegten.

»Bah«, machte Rammar angewidert, der sich noch lebhaft an die Smaragdwälder erinnerte, die sie auf dem Weg nach Kal Anar unter Gefahr für Leib und Leben durchquert hatten. Sogar mordlüsternen Amazonen war er dort begegnet, die drauf und dran gewesen waren, ihm den Garaus zu machen. Dass Rammar überhaupt noch lebte, hatte er – sehr zu seinem Ärgernis – seinem einfältigen Bruder zu verdanken, den die Kriegerinnen für ihren Stammvater gehalten hatten ...

»Weißt du, Rammar«, sagte Balbok mit langer Miene. »Ich wüsste wirklich zu gern, wo wir hier sind. Schau dir mal die Bäume an und die Blumen. Der Smaragdwald ist das jedenfalls nicht. Und der Wald von Trowna auch nicht.«

»Du willst wissen, wo wir sind?«, blaffte Rammar. »Das will ich dir sagen, du grüngesichtiger Riesenzwerg: Natürlich mitten in der *shnorsh*, in die du uns mal wieder geritten hast!«

»Ich? Aber ...«

»Wärst du nicht so gierig gewesen und hättest dir den Schatz von Kal Anar unbedingt unter den Nagel reißen wollen, wären wir jetzt nicht hier!«

»Aber Rammar«, widersprach Balbok, der die jüngsten Ereignisse ganz anders im Kopf hatte, »du warst es doch, der mit dem Schatz von Tirgas Lan nicht zufrieden war und lieber den aus dem Schlangenturm haben wollte. Es war doch deine Idee, die verbotene Kammer zu betreten und ...«

»Genau das habe ich erwartet!«, fiel Rammar ihm entrüstet ins Wort. »*Du* begehst den Fehler deines Lebens, und natürlich bin *ich* daran schuld! Weißt du, was ich tun sollte?«

»W-was?«, fragte Balbok kleinlaut.

»Ich sollte dich hier sitzen lassen, einfach so, und dich den *bru-mill* selber auslöffeln lassen, den du uns da eingebrockt hast. Aber nein, ich bin ja auf Gedeih und Verderb an dich langes Elend gebunden. Das habe ich nun davon, dass ich mich zeitlebens um dich gekümmert habe!«

»*Korr*«, murmelte Balbok noch leiser und ließ betreten den Kopf sinken. »Es tut mir wirklich l...«

»Und wie oft muss ich dir noch sagen, dass sich ein Ork nicht entschuldigt?«, fiel ihm sein Bruder ins Wort. »Weder bei mir noch bei sonst wem, hast du das jetzt endlich kapiert?«

»*Korr.*«

Rammar nickte, als wollte er seine eigenen Worte damit bestätigen, und schnaubte heftig. Ihm war anzusehen, dass er kurz davorstand, in *saobh* zu verfallen, jenen berüchtigten Zustand rasender Wut, aus dem ein Unhold gewöhnlich nur wieder herausfand, indem er Blut fließen ließ. Dem feisten

Ork in einem solchen Augenblick zu widersprechen war eine lebensgefährliche Angelegenheit – dennoch hatte Balbok das Gefühl, dass noch nicht alles gesagt war.

»Aber eins verstehe ich nicht«, meinte er ratlos.

»Was verstehst du nicht?«

»Na ja – wenn *du* es doch gewesen bist, der die verbotene Schatzkammer entdeckt hat, und wenn es *dein* Vorschlag war, sich von dort das Gold zu holen, obwohl Königin Alannah es uns ausdrücklich verboten hat, dann verstehe ich nicht, wie *ich* an allem schuld sein kann.«

»So, das verstehst du also nicht.«

»*Douk.*«

»Dann will ich es dir verraten, du dampfender Haufen Trolldung! Habe *ich* denn mit einem Wort gesagt, dass *du* mich begleiten sollst?«

»*Douk.*«

»Habe *ich* auch nur mit einer *einzigen* Silbe erwähnt, dass ich den Schatz von Kal Anar mit *dir* zu teilen gedenke?«

»*Douk.*«

»Warum, bei Torgas stinkenden Eingeweiden, bist du mir dann gefolgt, statt mich auf die Gefahren meines Vorhabens aufmerksam zu machen?«, schrie Rammar ihn an. »Die ganze Zeit über hast du nichts anderes getan, als dämlich dabeizustehen und ein langes Gesicht zu machen, und nun, da wir bis zum Hals in der *shnorsh* sitzen, streitest du jede Verantwortung ab! Das sieht dir wieder ähnlich, du viel zu groß geratener ...« Rammar unterbrach sein heiseres Lamento, um eine Frage zu stellen, die ihm just durch den Kopf schoss. »Was hast du gerade gesagt?«

»*Douk*«, erwiderte Balbok wahrheitsgemäß.

»Das doch nicht! Ich meine davor!«

»*Douk.*«

»Davooooor!«, schrie Rammar so laut, dass sich seine Stimme überschlug.

»Willst du das wirklich wissen?«

»Würde ich dich sonst danach fragen?«

»Na ja, ich habe dich daran erinnert, dass es dein Vorschlag war, die Schatzkammer zu betreten«, gab der hagere Ork leise, fast flüsternd zur Antwort, »und das, obwohl Königin Alannah es uns ausdrücklich verboten hat ...«

»Das Elfenweib!«, zischte Rammar, und seine Schweinsäuglein verengten sich zu schmalen Schlitzen. »Natürlich, das ist es!«

»Was meinst du?«

»Frag nicht so dämlich, das liegt doch auf der Kralle. Keiner anderen als der Elfin haben wir unsere miese Lage zu verdanken. In einem Moment befinden wir uns noch an der Schwelle zur Schatzkammer, im nächsten sind wir hier. Das ist Zauberei, sag ich dir – Elfenmagie!«

»Elfenmagie«, wiederholte Balbok schaudernd.

»Dass ich nicht gleich darauf gekommen bin. Seit wir sie kennen, hat dieses Elfenweib nichts anderes getan, als uns zu täuschen! Zum Dank dafür, dass wir für sie gegen den Herrscher von Kal Anar gekämpft haben, hat sie uns hinters Licht geführt.«

»Aber Rammar«, wandte Balbok ein, »sie hat uns doch ausdrücklich davor *gewarnt*, uns an dem Schatz zu vergreifen.«

»Genau davon spreche ich«, rief Rammar erbost. »Wer einem Ork etwas verbietet, muss damit rechnen, dass er genau das tut. Verstehst du, was ich meine?«

»*Korr.*«

»Das Elfenweib steckt dahinter«, war Rammar überzeugt, »da bin ich mir ganz sicher. Wer weiß, was sie wieder im Schilde führt – und wohin es uns verschlagen hat ...«

2.

SGARKAN, SGARKAN ...

Als Dun'ras Ruuhl aufblickte, konnte er nicht glauben, was er sah. Eben noch hatten sich seine Gefolgsleute und er in einer finsteren, schmucklosen Höhle befunden, in der es nach Kobolden gestunken hatte – und nun waren sie von unermesslichen Reichtümern umgeben!

Ein Meer aus Gold schien um sie her zu wogen, auf dem reich verzierte Vasen und silberbeschlagene Truhen schwammen, die bis zum Rand gefüllt waren mit blitzenden Gemmen und prunkvollem Geschmeide. Nie zuvor hatte das Auge des Dun'ras eine solche Pracht erblickt, und natürlich weckte sie seine Begehrlichkeit – noch mehr allerdings trachtete er danach zu erfahren, was mit ihm und seinen Leuten geschehen war.

Er erinnerte sich an blendendes Licht, das sie plötzlich eingehüllt hatte, und dass er das Gefühl gehabt hatte, von einer unwiderstehlichen Kraft erfasst und hinfortgerissen zu werden. Für einen Moment war ihm gewesen, als sähe er unter sich Länder und Ozeane, die im Bruchteil eines Augenblicks vorüberwischten – und dann hatte er sich in dieser Schatzkammer wiedergefunden, die von zwei herrenlos umherliegenden Fackeln beleuchtet wurde.

Was war geschehen?

War er tot, und war dies das Jenseits?

Nein.

Den Glauben an eine neue, bessere Welt, an deren Gestade man nach den Mühen eines langen Lebens gelangte, hatte Dun'ras Ruuhl schon vor langer Zeit verloren. Und selbst wenn es eine solche Jenseitswelt gab – welchen Sinn sollte es haben, dort einen derartigen Schatz anzuhäufen? Wo es nichts zu kaufen gab, brauchte man keine Reichtümer.

»Antreten!«, zischte der Dun'ras und benutzte einen langen goldenen Stab, dessen Enden mit riesigen Diamanten versehen waren, um sich auf die Beine zu stemmen.

Die fünf Leibwächter, die ihn auf der Koboldjagd begleitet hatten und die von dem eigenartigen Phänomen ebenso betroffen waren wie er selbst, gehorchten nur widerwillig. Vier von ihnen rissen sich schließlich vom Anblick der Reichtümer los, während der fünfte einfach nicht davon lassen konnte: Ein silberner Helm mit goldenen Flügeln hatte es ihm angetan, den er bewundernd in den Händen wog und aufsetzen wollte.

»Antreten!«, wiederholte Dun'ras Ruuhl in schneidendem Tonfall. Der Gardist reagierte zwar, jedoch nur zögernd – und im nächsten Moment fuhren ihm die schlanken, knochigen Hände des Dun'ras geradewegs an die Kehle.

»Willst du mir nicht gehorchen?«, zischte er dem Krieger ins Gesicht, dessen Augen ein Stück weit aus den Höhlen traten, während er vergeblich nach Luft schnappte. »Reicht der Anblick von etwas Gold schon aus, dass du mir die Gefolgschaft verweigerst?«

»N-nein, Gebieter«, würgte der Gardist hervor, als Ruuhl den Griff ein klein wenig lockerte. »Ich … ich bin ganz der Eure … bis zum Ende.«

»Das will ich hoffen«, schärfte Ruuhl ihm ein, »sonst könnte dieses Ende näher sein, als du denkst. Und du kannst darauf vertrauen, dass es ein qualvolles Ende sein wird. Hast du verstanden, du Wurm?«

»J-ja, Gebieter«, röchelte der Krieger, und Ruuhl war zufrieden. Angewidert stieß er seinen Gefolgsmann von sich, der davonstürzte und sich zu seinen Kameraden gesellte. Allesamt zitterten sie vor ihrem Anführer.

»Hat jemand von euch eine Ahnung, was geschehen ist?«, fragte Dun'ras Ruuhl in seiner lauernden Art, die etwas von einer giftigen Schlange hatte.

Die Gardisten blieben ihm die Antwort schuldig. Wortlos standen sie in ihren Rüstungen aus schwarzem Leder und den dunklen Umhängen vor ihm und starrten blicklos geradeaus.

»Ich sehe schon«, sagte Ruuhl mit kaltem Lächeln. »Es ist wohl an mir, die Verstandesarbeit zu leisten. Offensichtlich befinden wir uns nicht mehr an jenem Ort, an dem wir uns noch vor Kurzem aufgehalten haben. Wäre dies mir allein widerfahren, so würde ich die Ursache dafür eher in meinem Kopf suchen als in meiner Umgebung. Aber da ihr ebenfalls hier seid und euch das Phänomen ebenso zu betreffen scheint, muss der Grund anderswo zu suchen sein. Was also hat uns an diesen seltsamen Ort ver...?«

»Keine Bewegung! Ihr seid Gefangene des Statthalters von Tirgas Anar!«

Dun'ras Ruuhl schnaubte. Er schätzte es nicht, in seiner Rede unterbrochen zu werden.

Langsam wandte er sich um.

Die Tür zur Schatzkammer war offen, und mehrere Wachen standen auf der Schwelle. Im Fackelschein waren sie nur undeutlich zu erkennen, aber zumindest so viel konnte der Dun'ras sehen: Es waren Menschen.

Sein Innerstes verkrampfte sich, so viel Verachtung empfand er in diesem Augenblick.

Menschen ...

Jene noch so junge und unerfahrene Rasse, die leicht zu lenken und zu beeinflussen war, deren Verlässlichkeit jedoch ebenso gering einzustufen war wie ihre Intelligenz und ihre Moral. Ihr Verrat war einer der Gründe dafür gewesen, dass der Dunkle Feldzug gescheitert war.

Wie, so fragte sich Ruuhl, kamen Menschen an diesen Ort? Oder anders gewendet: Wohin hatte es seine Leute und ihn verschlagen, dass es hier Menschen gab, die sich frei bewegten und etwas anderes waren als räuberische Barbaren?

»Kommt sofort heraus!«, forderte der Wortführer der Wachen und fuchtelte wild mit der Hellebarde. »Das könnte euch so passen, euch am Eigentum der Krone zu vergreifen, wie? Im Namen des Königs, ihr seid alle verhaftet!«

Dun'ras Ruuhl erlaubte sich ein tiefes Seufzen. Offenbar schien dieser impertinente Mensch weder zu wissen, wer er war, noch wie er sich in Gegenwart des Ersten Dun'ras der Insel zu benehmen hatte. Nun, sie würden ihn schon Manieren lehren …

»Ihr habt es gehört?«, raunte er seinen Gardisten zu. »Der Mensch will, dass wir die Schatzkammer verlassen.«

»Aber, erlauchter Dun'ras!«, beeilte sich jener Leibwächter zu sagen, den er vorhin gemaßregelt hatte und der offenbar darauf aus war, sich zu rehabilitieren. »Dieser Sterbliche hat Euch nichts zu befehlen!«

»Das nicht«, gestand Ruuhl mit gespielter Nachsicht ein, »aber offenbar sind wir hier fremd, nicht wahr? Und in einem fremden Land pflegt man nach fremden Gebräuchen zu leben, richtig?« Der Blick, den der Dun'ras seinen Gefolgsleuten zuwarf, war unschwer zu deuten, ebenso wie das grausame Lächeln auf seinen schmalen, grauhäutigen Gesichtszügen.

»Richtig«, bestätigte der Gardist nur, und mit Dun'ras Ruuhl an der Spitze setzten sie sich in Bewegung, schritten auf die Pforte zu, wo sie die Menschen mit grimmigen Mienen erwarteten.

»Eure Waffen!«, rief ihnen der Wortführer der Wachen entgegen. »Legt sie ab!«

»Du meinst diese hier?«, fragte Dun'ras Ruuhl und bemühte sich, so unschuldig wie nur irgend möglich zu wirken, während er seine lange, gebogene Klinge aus der Scheide zog, die den Glanz des Goldes im flackernden Schein der Fackeln blitzend reflektierte. »Aber dies ist doch keine Waffe!«

»Was soll es denn sonst sein?«, polterte der Wachmann. »Lass sie augenblicklich fallen, du elender Dieb – oder ...«
»Oder was?«, fragte Ruuhl. »Willst du mir etwa drohen?«
»Allerdings will ich das! Ihr elendes Diebesgesindel, meine Leute und ich werden euch ...« Er brach ab, als der Schein seiner Fackel den Eindringling erfasste und er dessen schmale Augen und spitz zulaufende Ohren sah. »Ihr ... ihr seid Elfen«, stellte er mit einer Mischung aus Erstaunen und Entsetzen fest, so als hätte er jemand ganz anderen erwartet.

»Dein Verstand ist messerscharf«, erwiderte Dun'ras Ruuhl gelangweilt, »zu deinem Pech jedoch nicht annähernd so scharf wie meine Klinge.«

Noch ehe der beherzte Wachmann die Worte begreifen konnte, stieß Dun'ras Ruuhl blitzschnell mit dem Säbel zu. Weder das Leder des Brustharnischs noch das darunter liegende Kettenhemd konnten dem Elfenstahl etwas entgegensetzen; mit einem hässlichen Geräusch schnitt die Klinge hindurch, durchbohrte das Herz des Wachmanns und trat in seinem Rücken wieder aus.

»Nun?«, fragte Ruuhl mit freudlosem Lächeln. »Willst du mich immer noch verhaften?«

Die einzige Antwort, die der Wächter zustande brachte, war ein heiseres Stöhnen, das sich aus der Tiefe seiner Kehle wand, gefolgt von einem Schwall grellroten Bluts. Angewidert zog Ruuhl seine Klinge zurück, worauf sein Gegner leblos zusammenbrach.

Die übrigen Wachleute – sechs an der Zahl – starrten entsetzt und mit weit aufgerissenen Augen auf den Leichnam ihres Anführers. Einen Moment lang schienen sie zu überlegen, ob sie ihn rächen oder lieber die Flucht ergreifen sollten. Ruuhl nahm ihnen die Entscheidung ab, indem er seinen Leibwächtern wie beiläufig befahl: »Tötet sie. Nur einen lasst am Leben.«

Die Gardisten taten wie ihnen geheißen. Mit wehenden Umhängen und Mordlust in den grauen Gesichtern stürmten sie auf die Pforte zu. Die Menschenwachen kamen kaum dazu, Widerstand zu leisten. Gliedmaßen wurden durchtrennt und Leiber durchbohrt, und der abgeschlagene Kopf eines Wachsoldaten rollte über den Boden, Augen und Mund vor Entsetzen weit aufgerissen. Wenig später war der Kampf vorbei, die Schreie der Wachmänner verstummt, und zwischen ihren verstümmelten Leibern breitete sich ein roter See aus.

Dun'ras Ruuhl hatte das Massaker keines Blickes gewürdigt – seine ganze Aufmerksamkeit hatte seiner eigenen blutbesudelten Klinge gegolten, die er am Waffenrock des getöteten Anführers des Wachtrupps abwischte. Erst als er sicher war, auch den letzten Rest unwürdigen Menschenbluts entfernt zu haben, rammte er sie in die aus Orkleder gefertigte Scheide zurück und wandte sich wieder seinen Leuten zu. Seine Anweisung befolgend, hatten sie einen der Wachen am Leben gelassen – einen Mann von sehniger Gestalt, der lediglich seine linke Hand im Kampf verloren hatte und jammernd am Boden kauerte.

»Du«, sagte Ruuhl und trat auf ihn zu. »Wie ist dein Name?«

»Carrig«, presste der Mensch unter Schmerzen hervor.

»Nun gut, Carrig.« Ruuhl schlug einen jovialen und versöhnlichen Ton an. »Das, was eben passiert ist, war bestimmt nicht schön für dich. Du hast deinen Vorgesetzten verloren, deine Kameraden und deine Hand ...«

Der Mensch nickte nur, während er sehnsüchtig auf die abgetrennte Linke blickte, die einige Schritte entfernt am Boden lag.

»... aber ich kann dir verraten, dass das nur ein lauer Vorgeschmack von dem war, was dir in meiner Gesellschaft tatsächlich widerfahren kann. Ich rate dir also gut, meine Fragen wahrheitsgemäß zu beantworten.«

»N-natürlich, Herr«, presste der Mensch heiser und unter Schmerzen hervor. »Was immer Ihr wissen wollt ...«

»Wo sind wir hier?«, stellte Ruuhl seine erste Frage.

»Was meint Ihr?«

»Ich will wissen, wo wir hier sind«, sagte Dun'ras Ruuhl völlig emotionslos. »So schwer kann das doch nicht zu verstehen sein.«

Der Mensch zögerte mit der Antwort. Seinen furchtsam blinzelnden Augen war anzumerken, dass er in der Frage eine Falle vermutete. »I-in Tirgas Anar«, sagte er schließlich.

»Tirgas Anar?« Ruuhl hob die Brauen. »Eine Stadt demnach?«

»Ja, Herr«, bestätigte der Wächter. »Sie wurde umbenannt, nachdem ...«

Mit einer Geste brachte ihn der Dun'ras zum Verstummen. »Wo liegt sie?«

»I-im Osten des Reichs. Jenseits des Smaragdwaldes und des Hammermoors.«

Der Dun'ras bleckte die Zähne. Einen Augenblick lang schien er um Fassung bemüht, und es zuckte in seinen grauen, von schwarzem Haar umrahmten Zügen. Dann hatte er sich wieder unter Kontrolle.

»Also ist es wahr«, sagte er.

»Mit Verlaub, Herr«, flüsterte der Wachmann. »Was ist wahr?«

Ruuhl hatte weder Lust, ihm zu antworten, noch verspürte er Verlangen danach, die Unterhaltung fortzusetzen. Also gab er seinen Männern ein entsprechendes Zeichen. Nachdenklich wandte er sich ab, während der Wachmann hinter ihm mit durchschnittener Kehle niedersank.

»Es ist geschehen«, murmelte Ruuhl. »Nach so langer Zeit hat sich ereignet, was unser geliebter Herrscher stets vorausgesagt hat. Die Verbindung wurde wieder geöffnet.«

»Wie?«, fragte einer der Gardisten. »Und von wem?«

»Das weiß ich nicht«, antwortete der Dun'ras mit bösem Lächeln. »Jedenfalls von jemandem, der töricht genug war, an etwas Hand zu legen, das so alt und mächtig ist, dass es den Untergang seiner Rasse und seiner Welt bewirken könnte. Offen gestanden hatte ich stets bezweifelt, dass sich jemand finden wird, der dumm genug dafür ist. Der Dunkle Herrscher jedoch hat immer daran geglaubt – und er hat offenbar recht behalten, andernfalls wären wir kaum hier.«

»Was genau bedeutet das?«, fragte der Leibwächter verwirrt.

»Der Dreistern wurde geöffnet«, erklärte Ruuhl in seltener Bereitwilligkeit. »Jemand hat ihn benutzt – und wir wurden an seiner Stelle hierherversetzt.«

»Wie ist so etwas nur möglich?«

»Es ist möglich«, war Ruuhl überzeugt.

»Und an unserer Stelle …«

»… weilt nun ein anderer auf unserem geliebten Eiland«, brachte Dun'ras Ruuhl den Satz zu Ende.

»Aber wer, großer Dun'ras? Wer unter den Sterblichen könnte verrückt genug sein, so etwas zu tun?«

»Ich weiß es noch nicht«, murmelte Ruuhl, »aber wir werden es herausfinden …«

3.
SOCHGAL KAR'DOK'DH

Es gab sogar eine Straße, die sich durch den wuchernden Dschungel wand. Allerdings war die in einem denkbar schlechten Zustand.

Man konnte gerade noch erkennen, wo einst das steinerne Band verlaufen war. Moose wucherten auf dem Kopfsteinpflaster, Pflanzen brachen hindurch, und Wurzeln hatten an vielen Stellen die Steine einfach weggesprengt. Zu beiden Seiten der alten Straße drängten sich knorrige Bäume, deren Kronen ein dichtes Dach bildeten, sodass der Himmel kaum zu sehen war und unten auf der Straße nur noch ein schauriges Dämmerlicht herrschte, während Dunst zwischen den Stämmen waberte. Auch versperrten umgeknickte Bäume den Weg, über die zu klettern vor allem den beleibten Rammar einige Mühen kostete.

»Bei Girgas' hohlem Schädel!«, wetterte er, während er seine Leibesfülle einmal mehr über solch ein verrottendes Hindernis wälzte. »Sonst sind diese elenden Menschen derart auf Ordnung bedacht. Warum nicht auch hier? Es hat den Anschein, als wäre hier seit Jahrhunderten keiner mehr gewesen. Wie in einer Orkhöhle sieht das hier aus.«

»*Korr*«, bestätigte Balbok sichtlich vergnügt. »Richtig gemütlich.«

»Du bist ein *umbal*!«, beschied ihm Rammar keuchend. »Ich sehe nicht, was daran gemütlich sein soll, fortwährend über umgestürzte Bäume und abgestorbene Wurzeln zu steigen. Außerdem erinnert mich das alles hier an diese elenden Smaragdwälder.«

»*Korr*«, stimmte Balbok wiederum zu, »mich auch.«

»Mit dem Unterschied, dass die Bäume hier noch größer sind und sich der Wald noch unheimlicher anhört.«

Damit hatte Rammar nur zu recht. Die Laute, die durch den Dschungel hallten, klangen wahrlich grässlich: kreischende Rufe, die wie Todesdrohungen klangen, und schrille Schreie wie die von Wesen, die auf grausame Art und Weise dahinschieden.

»Wenn ich nur wüsste, wo wir sind oder wohin diese verdammte Straße führt«, schimpfte Rammar.

»Was wäre dann?«

»Dann hätten wir immerhin eine Ahnung, wo wir uns befinden, Blödhirn.«

»Und dann?«, fragte Balbok unverdrossen weiter.

»Könnten wir vielleicht wieder zurückkehren.«

»Wohin zurück denn?«

»Zum Beispiel nach Hause, *umbal*!«, maulte Rammar.

»Glaubst du, wir sind weit weg von daheim?«

»Ich weiß es nicht.« Rammar schüttelte verdrossen den klobigen Schädel. »Bislang haben wir noch jedes Mal, wenn Königin Alannah, dieses verdammte Elfenweib, ihre Finger im Spiel hatte, eine böse Überraschung erlebt.«

»Das stimmt«, pflichtete Balbok ihm bei. »Schon damals, als wir sie aus dem Eistempel entführt haben.«

»Diese Elfin ist wie eine Krankheit, die man nicht mehr loswird. Ich frage mich, was der Kopfgeldjäger an ihr findet.«

»König«, verbesserte Balbok.

»Kopfgeldjäger, König – wo ist denn da der Unterschied? Ich weiß nur, dass wir es der verdammten Elfin zu verdanken haben, dass wir hier sind!«, schimpfte Rammar. »Aber diesmal wird sie für ihre Frechheit bezahlen, das sag ich dir. Köpfe werden rollen, jawoll! Nicht von ungefähr werde ich Rammar der Schreckliche genannt.«

»Der Schreckliche? Ich dachte, es heißt ›Der Rasende‹?«

»Willst du dich streiten?« Rammar blieb stehen, seinen Bruder grimmig musternd und dankbar dafür, den beschwerlichen Marsch unterbrechen zu können, ohne um eine Pause bitten zu müssen.

»*Douk*, ich dachte nur ...«

»Wie ich mich nenne, ist noch immer mir überlassen, klar?«, blaffte Rammar, der allmählich wieder Atem schöpfte. »Sieh lieber zu, dass wir aus diesem verdammten Wald hinausfinden.«

»*Korr*«, stimmte Balbok zu, »ich habe allmählich Hunger. Ein ordentlicher Schlag *bru-mill* könnte nicht schaden.«

»Faulhirn! Siehst du hier vielleicht irgendwo ein Feuer?«

»*Douk*«, verneinte Balbok.

»Oder vielleicht einen Kessel?«

»*Douk*«, gab der Hagere abermals zu.

»Was, bei Torgas Eingeweiden, bringt dich dann auf den Gedanken, dass es hier *bru-mill* geben könnte?«

»Ich rieche etwas«, behauptete Balbok, legte den Kopf in den Nacken und schnupperte laut.

»Was denn?«, fragte Rammar hoffnungsvoll – der ausgeprägte Geruchssinn seines Bruders hatte sich schon manches Mal als nützlich erwiesen, wenngleich sich Rammar lieber die Zunge herausgerissen hätte, als das offen zuzugeben. »Etwa *bru-mill*?«

»*Douk*.« Balbok schüttelte den Kopf. »Gnomen.«

»Du riechst Gnomen?«

»*Korr*.«

»Wie weit entfernt?«, ächzte Rammar und hob seinen *saparak*. »Wo stecken die verdammten Grünblütigen?«

»Weit können sie nicht sein«, war sein Bruder überzeugt. »Ich kann sie deutlich riechen – und ich kriege davon mächtig Appetit.«

»Bist du verrückt geworden? Hat dir das Zusammentreffen mit den Kobolden denn noch nicht gereicht?«

»Mir vielleicht schon«, antwortete Balbok mit bekümmerter Miene, auf seinen hageren Körper deutend, »aber meinem Magen nicht. Der ist leer ausgegangen, wie du weißt. Und nun hätte ich wirklich, *wirklich* gern was zu futtern.«

Ohne weitere Einwände seines Bruders abzuwarten, verließ er die brüchige Straße.

»He, wo willst du hin?«

»Futter suchen«, lautete die ebenso knappe wie erschöpfende Antwort.

»Bist du von allen bösen Orks verlassen?«,* wetterte Rammar. »Bleib hier, du unfassbar blöde, viel zu groß geratene Ausgeburt eines vom Kopf bis zum *asar* mit eitrigen Furunkeln übersäten ...«

Weiter kam Rammar nicht.

Ein hässliches Knacken ließ ihn zusammenfahren, gefolgt von Splittern und Bersten – und von einem Augenblick zum anderen war sein Bruder verschwunden.

»Balbok?«, entfuhr es ihm erschrocken.

Keine Antwort.

»Balbok! Bruder, wo bist du?«

Die Beschimpfungen, die er gerade noch wie Jauche über Balbok ausgeschüttet hatte, waren schlagartig vergessen – Rammar packte die nackte Angst. Nicht, dass er sich um seinen einfältigen Bruder gesorgt hätte – natürlich nicht! –, aber die Vorstellung, auf einmal allein in diesem finsteren Urwald zu sein, jagte ihm einen gehörigen Schrecken ein.

»Balbok? Balbok!«

»I-ich bin hier«, drang es – sehr zu Rammars Erleichterung – gedämpft zurück.

»Wo, *umbal*?«

»Na hier! Hier unten!«

Rammar hatte keine Ahnung, was das nun wieder zu bedeuten hatte. Überzeugt davon, dass sich sein Bruder eine weitere Narretei ausgedacht hatte, um ihn in den *bochl* zu treiben, verließ er den Steinpfad und folgte dem Weg, den der Hagere genommen hatte, geradewegs durch ein Meer riesiger Farne mit eigenartig geformten Blättern. So dicht

---

* orkische Redensart

wuchsen sie, dass der Boden darunter nicht zu sehen war – und das wurde Rammar zum Verhängnis.

»Wo?«, fragte er noch einmal unwirsch, während er sich um die eigene Achse drehte und suchend nach allen Seiten blickte. »Wo bist du, verdammt noch mal?«

»Hier unten!«, kam es erneut zurück, sodass Rammar seinen Blick auf den Boden vor sich richtete – und sah, dass dort überhaupt kein Boden mehr war! Stattdessen klaffte eine Grube von etwa drei Orklängen Durchmesser und ebensolcher Tiefe.

Rammar zuckte zurück, doch der Schwerpunkt seiner Körpermasse war bereits über den Rand der Grube hinaus. Vergeblich ruderte er noch wild mit den Armen, balancierte auf einem Fuß an der Erdkante und versuchte, einen Schritt nach hinten zu setzen, aber es war bereits zu spät.

Im nächsten Augenblick kippte er vornüber, und es ging abwärts.

Mit einem gellenden Schrei plumpste Rammar in die Tiefe und schlug einen Lidschlag später hart auf. Er hörte seine Knochen knacken und war einen Moment lang benommen. Dann warf er sich stöhnend herum und blickte – zu seiner Erleichterung wie zu seinem höchsten Verdruss – in die langen Gesichtszüge seines Bruders.

»Aber Rammar, was machst du denn?«, fragte Balbok verblüfft.

»Wonach sieht es denn aus?«

»Na ja.« Balbok gönnte sich ein schwaches Grinsen. »Fast könnte man meinen, du wärst in dieselbe Fallgrube gestürzt wie ich.«

»Nicht doch«, wehrte Rammar ächzend ab. »Ich bin absichtlich hineingesprungen, damit ich dich befreien kann.«

»Ach so?« Balboks Gesicht wurde noch länger. »Das war aber nicht sehr klug von dir. Wie sollen wir denn jetzt wieder herauskommen? Irgendwie kommt mir das ziemlich bekannt vor. Weißt du noch, damals, als wir auf der Suche nach Girgas' Kopf waren und du ...« Seine Stimme wurde leiser und leiser, als er den mordlüsternen Blick bemerkte, mit dem ihn sein Bruder bedachte. Dann verstummte er ganz, und gefährliche Stille trat ein.

»Nenn mir einen, nur einen einzigen Grund ...«, sagte Rammar schließlich, und seine Stimme zitterte vor Wut. »Nur einen einzigen Grund ...«

»W-wofür?«, erkundigte sich Balbok vorsichtig.

»Weshalb ich dir nicht den dämlichen Schädel einschlagen sollte!«, platzte es aus Rammar heraus. »Du riesengroßer, unfassbarer *umbal*! Reicht es denn nicht, dass wir keine Ahnung haben, wo wir sind und wie wir hierhergekommen sind? Bist du wirklich erst zufrieden, wenn wir aufgeschlitzt und gehäutet über dem Feuer hängen und die Grünblütigen sich aus unseren Zähnen Halsketten machen? Ich sollte dir den Kopf abreißen – hier und jetzt, auf der Stelle! Dann wäre endlich Ruhe, und ich könnte ungehindert meiner Wege ...«

Er unterbrach sich, als er endlich erkannte, dass Balboks bekümmerte Miene keineswegs seinem Wutausbruch galt, sondern dass der Blick seines Bruders zum Rand der Grube gerichtet war.

»Sie sind bereits hier, oder?«, fragte Rammar zaghaft.

»*Korr*«, bestätigte Balbok, und auch Rammar blickte hinauf – um sich von einer ganzen Phalanx mörderischer, mit Widerhaken versehener Gnomenspeere umzingelt zu sehen, die drohend in die Grube ragten.

Einen Augenblick lang war Rammar unschlüssig, was er tun, ob er sich zu Boden werfen und um Gnade winseln oder seinem dämlichen Bruder vielleicht doch noch den dürren Kragen umdrehen sollte, gewissermaßen als letzte heroische Tat. Aber schließlich brachte er nicht mehr als ein resigniertes Seufzen zustande.

Das also war das Ende.

Rammar hatte sich immer gefragt, wie es dazu kommen und wann es so weit sein würde. So oft waren sie in letzter

Zeit schon fast von Kuruls dunkler Grube verschluckt worden und ihr dann doch wieder entfleucht, dass er sich noch nicht einmal beschweren konnte. Trotzdem hätte er gern noch ein Weilchen gelebt, und wäre es nur gewesen, um es dem Elfenweib heimzuzahlen.

Aber daraus würde wohl nichts mehr werden. Ein schnelles Ende war alles, worauf sie noch hoffen durften ...

»Also los!«, forderte er die Gnomen deshalb auf, deren grüne, hakennasige Mienen in bitterer Entschlossenheit zu ihnen herabstarrten. »Worauf wartet ihr? Bringt uns schon um!«

Die Gnomen schienen ihn nicht zu verstehen. Sie schauten einander an und tauschten ratlose Blicke.

»Los doch!«, forderte Rammar sie auf. »Darum geht es euch doch, oder nicht? Also bringt es – verdammt noch mal – zu Ende, ehe mein Bruder und ich uns vergessen und wir euch allesamt erschlagen!«

Die Drohung war – zugegebenermaßen – nicht sehr wirkungsvoll angesichts der Lage, in der sich die beiden Orks befanden. Dennoch hatte Rammar nicht mit einer so despektierlichen Reaktion gerechnet: Die Gnome, die eben noch schweigend gestaunt hatten, warfen die behelmten Köpfe in den Nacken und verfielen in lautes gackerndes Gelächter.

»Ihr wollt uns verspotten?«, ereiferte sich Rammar, der das ganz und gar nicht lustig fand. »Na wartet, euch werde ich's zeigen! Holt mich nur raus aus der Grube, und ich zeige euch, wozu Rammar der Rasende ...«

»Der Schreckliche«, verbesserte Balbok.

»... Rammar der schrecklich Rasende in der Lage ist«, fuhr der feiste Ork fort.

»Das genügt, lasst gut sein«, kam es plötzlich von oben. Der Gnom, der gesprochen hatte, trug wie seine Artgenossen eine Rüstung aus schäbigem Leder und einen rostigen Helm, war jedoch eine Klauenbreit größer, was ihn offenbar zum Anführer machte.

»Ich soll es gut sein lassen?«, polterte Rammar, der nun erst richtig in Fahrt kam. Die unverhoffte Reise zu diesem eigenartigen Ort, die Wut auf seinen verstandesmäßig minderbemittelten Bruder sowie die Furcht vor dem nahen Ende entluden sich in einem offenen Wutausbruch. »Nenn mir nur einen Grund, warum ich es gut sein lassen soll! Schließlich habt ihr diese Grube ausgehoben, um uns zu fangen und zu fressen! Aber das eine sage ich euch: Weder ich noch mein Bruder werden euch schmecken! Wir werden euch euer beschissenes kleines Leben mit Darmkrämpfen so richtig vermiesen, und keiner von euren kleinen grünen *asar'hai* ...«

»Aber wir wollen euch nicht fressen«, unterbrach ihn der Gnom.

»Was?«, fragte Rammar unwillig, der sich nicht gern ins Wort reden ließ, und von einem *brunirk* schon gar nicht.

»Wir haben nicht vor, euch zu verspeisen«, versicherte der Anführer der Gnome, »und es tut uns sehr leid, dass ihr in unsere Grube gefallen seid.«

Rammar, der nur halb zugehört hatte, wollte in seiner Tirade fortfahren. Schon holte er tief Luft – als die Bedeutung der Worte in sein Bewusstsein sickerte.

»Was sagst du?«

»Wir wollten euch nicht fangen. Bitte nehmt unsere Entschuldigung dafür an.«

Rammars Verblüffung war schier grenzenlos. Verwundert wandte er sich nach seinem Bruder um, der nur mit den Schultern zuckte und auch keine Erklärung zu haben schien. Nicht nur, dass die Gnome nicht beabsichtigten, sie zu fressen, sie entschuldigten sich auch noch, sie gefangen zu haben. Und noch etwas war seltsam, auch wenn Rammar es jetzt erst bemerkte ...

»Du sprichst unsere Sprache?«, fragte er den Gnom ungläubig.

»Natürlich«, sagte dieser leichthin. »Orks und Gnomen sind Freunde, oder nicht?«

Erneut war Rammar für Augenblicke sprachlos, dann stammelte er: »F-Fr-Freunde? Orks und ... und *ihr*?«

»Gewiss.«

»Warum helft ihr uns dann nicht aus der Grube?«, stellte Balbok die seiner Ansicht nach nächstliegende Frage.

»Das werden wir«, versicherte der Anführer der Gnomen, die ihre Speere bereits hatten sinken lassen und kurz darauf tatsächlich eine aus Stricken und Ästen gefertigte Leiter in die Grube warfen.

»Los, klettert hoch!«, rief der Anführer der Gnomen. »Ich lade euch in unser Dorf ein! Ihr sollt unsere Gäste sein.«

Rammar verstand die Welt nicht mehr. »I-Ihr ladet uns ein?«

»So ist es.«

»Gibt's da auch was zu essen?«, fragte Balbok hoffnungsvoll.

»Natürlich!«

»*Korr*«, knurrte Rammar halblaut, sodass nur sein Bruder es hören konnte, »nämlich uns.«

»Aber Rammar«, sagte Balbok, »hast du ihn nicht gehört? Wir Orks sind Freunde der Gnomen.«

»Freunde?« Die kleinen Augen des dicken Orks fixierten Balbok. »Hast du völlig den Verstand verloren?«

»Aber der Gnom sagt ...«

»Du bist doch wirklich das blödeste Stück Ork, das mir je begegnet ist!«, ereiferte sich Rammar. »Du wirst doch nicht glauben, was der Trollfurz sagt? Denen geht es nur darum, uns kampflos zu überwältigen. Sobald sie uns in ihr Dorf gelockt haben, werden sie uns ohne Schuppenlesens umbringen, das ist dir doch klar?«

»*Douk*«, erwiderte Balbok mit betrübter Miene, »daran hatte ich nicht gedacht ...«

»Woran man mal wieder sieht, wie wenig Hirn in deiner hässlichen Birne ist.«

»... aber ich sehe auch nicht, was wir sonst tun könnten«, fuhr Balbok geknickt fort. »Ich meine, natürlich brauchen wir ihrer Einladung nicht zu folgen. Aber dann werden wir hier unten bleiben müssen und verhungern. Verstehst du, was ich meine?«

Ängstlich schaute sich Rammar um. An diese Möglichkeit hatte *er* wiederum nicht gedacht.

»Also?«, fragte der Anführer der Gnomen. »Werdet ihr unserer Einladung folgen?«

»*Korr*«, antwortete Rammar nach kurzem Zögern. »Nur eins verrate mir vorher noch.«

»Was möchtest du wissen?«

»Seit *wann* sind Orks und Gnomen Freunde?«

»Seltsam, dass du danach fragst«, meinte der Gnom und bedachte ihn mit einem verwunderten Blick. »Es ist schon immer so gewesen, weißt du das nicht?«

»*Douk*«, erwiderte Rammar und zwang sich zu einem Grinsen, das entschuldigend wirken sollte, jedoch so aussah, als würde ein Warg die Zähne fletschen, »das wusste ich tatsächlich nicht.«

Weder widersprach er, noch stellte er eine weitere Frage. Nur eines war ihm noch einmal klar geworden – dass etwas an diesem eigenartigen Ort ganz und gar nicht so war, wie es sein sollte …

4. LORG ANN ARGOL

Es konnte nur ein Scherz sein.

Allerdings ein sehr schlechter.

Noch niemals zuvor in seinem langen Leben hatte Ruuhl, Erster Dun'ras der Insel, eine schäbigere Ansammlung von Behausungen erblickt. Zelte und notdürftig zusammengezimmerte Hütten und Verschläge, die weder das eine noch das andere waren, krochen an den schwarzen Felshängen des Berges empor und boten Menschen Unterschlupf, die noch erbärmlicher wirkten als ihre Behausungen. Das Ganze als Siedlung zu bezeichnen wäre eine Beleidigung für jedes Hinterwäldlerdorf gewesen.

Das einzige Bauwerk, das aus dem Elend hervorragte wie eine Orchideenblüte aus einem Haufen Dung und sich stolz und majestätisch über all dem Schmutz erhob, war ein aus weißem Gestein bestehender Turm, der senkrecht vom steilen Berghang aufragte und sich in eleganten Windungen in den Himmel schraubte. Natürlich kannte Ruuhl dieses Bauwerk, obwohl er es noch nie mit eigenen Augen gesehen hatte. Doch er hatte schon viel davon gehört, denn es war weithin berühmt.

Es musste der Schlangenturm sein, jenes stolze Monument, das sich hoch über den Dächern von Kal Anar erhob. Aber hatte es nicht stets geheißen, Kal Anar wäre eine stolze und prunkvolle Stadt, der Smaragd des Ostens? Wo, in aller Welt, war diese Stadt geblieben? An welch seltsamen Ort hatte es den Dun'ras und seine Leibwächter verschlagen?

Ruuhl wollte Gewissheit, und die Bewohner des Trümmerdorfes wiesen ihm bereitwillig den Weg zum Zelt des Statthalters. Schließlich hockte dieser auf den Knien vor ihm, das Gesicht verschwollen von den Prügeln, die er bezogen hatte, und die scharfe Klinge eines Elfensäbels an der Kehle.

»Also noch einmal«, sagte der Dun'ras, sich mühsam zur Ruhe zwingend. »Ist diese traurige Ansammlung Dreck dort draußen die Stadt Kal Anar?«

»Kal Anar«, bestätigte der Mensch, ein nicht eben großer Abkömmling seiner Spezies, der bunte Seidenkleider trug und dessen Augen so schmal wie die eines Elfen waren – gerade so, als maßte er sich an, das elfische Erbe nachzuäffen. »Tirgas Anar.«

»Was hat das zu bedeuten, Tirgas Anar?«, zischte der Dun'ras wütend, als zum wiederholten Mal dieser Ausdruck fiel. »Wirst du mir das endlich verraten?«

Erneut sprach der Gefangene, aber die Folge an zischenden, näselnden und sich zu einem eigenartigen Singsang verbindenden Lauten, die ihm über die Lippen kam, wollte in Ruuhls Ohren keinen Sinn ergeben. Die Turmwachen hatten sich der Zunge der Westmenschen bedient, der auch der Dun'ras und seine Leute mächtig waren, obwohl sie sie jahrhundertelang nicht mehr gebraucht hatten – diese eigenartige Sprache jedoch war ihnen völlig fremd.

»Genug«, brachte Ruuhl den Statthalter zum Schweigen, dessen Leibwächter rings verstreut in ihrem Blut lagen. Im Handumdrehen hatten die Gardisten des Dun'ras sie überwältigt und einmal mehr den Beweis dafür erbracht, dass Menschen nicht wirklich zu kämpfen verstanden. Allenfalls durch schmählichen Verrat vermochten sie Siege zu erringen.

Der Statthalter verstummte und schlug den Blick zu Boden. Zu seiner Freude vernahm Ruuhl ein leises Wimmern. Wie jemand eine solche Memme zum Oberhaupt einer Siedlung, geschweige denn zu seinem Statthalter ernennen konnte, war dem Dun'ras ein Rätsel. Andererseits waren von der einstmals stolzen Stadt Kal Anar auch nicht mehr als ein paar ärmliche Hütten geblieben. Was mochte vorgefallen sein? Und wieso hatte die Stadt einen neuen Namen erhalten? Auf dem Weg zum Zelt des Statthalters hatte Ruuhl Spuren eines Heerlagers gesehen, was darauf schließen ließ, dass Kämpfe stattgefunden hatten ...

»Wie ist dein Name?«, fragte der Dun'ras, lauernd wie eine Schlange.

Der Gefangene sah ihn aus großen Augen an.

»Dein Name!«, schrie Ruuhl, dass der Mensch vor ihm zusammenzuckte. »Du elender kleiner Bastard wirst doch einen Namen haben!«

»Lao«, kam es kleinlaut zurück.

»Lao. Ist das alles?« Ruuhl lachte spöttisch. In der Wahl ihrer Namen waren Menschen noch nie sehr erfindungsreich gewesen. Wie sollten sie auch, bei ihrer Vergangenheit?

»Lao«, sagte der Statthalter noch einmal.

»Schön, dann hör gut zu, Lao. Ich bin Ruuhl, Erster Dun'ras der Insel, und ich will wissen, was hier vorgefallen ist. Warum gibt es hier nichts als ärmliche Hütten? Wo ist Kal Anar geblieben? Und weshalb hat man einen Wurm wie dich zum Statthalter ernannt?«

»Vielleicht, weil keine Schlange wie du zu Gebote stand«, sagte plötzlich eine Stimme hinter ihm.

Ruuhl fuhr herum und gewahrte im Eingang des Zelts einen Mann, einen hageren Westmenschen, der in einen weiten Umhang gekleidet war und dessen Augen gefährlich blitzten.

Der Gardist, der ihm am nächsten stand, hob die Klinge, um kurzen Prozess mit dem unverschämten Menschen zu machen, aber dieser handelte blitzschnell. Seine rechte Hand zuckte mit einem Wurfmesser unter dem Umhang hervor, und noch ehe Ruuhls Leibwächter begriff, wie ihm geschah, sank er mit durchbohrter Kehle zu Boden.

Die anderen Gardisten wollten sich sogleich auf den Menschen stürzen, aber der Dun'ras hielt sie mit einer herrischen Geste zurück.

»Wer bist du?«, wollte er von dem Menschen wissen.

»Nestor von Taik«, lautete die nichtssagende Antwort, »des Statthalters Berater. Und ihr?«

»Ruuhl, Erster Dun'ras der Insel«, stellte sich Ruuhl vor, während seine Leute sich unauffällig positionierten, um den Menschen von zwei Seiten angehen zu können, sobald ihnen der Dun'ras das entsprechende Zeichen gab.

»Ihr seid Elfen«, stellte Nestor von Taik fest.

»Überrascht dich das?«

»Offen gestanden, ja. Ich dachte, die letzten eurer Art hätten Erdwelt verlassen.«

»Nicht alle, wie du siehst.«

»Offensichtlich.« Nestor sah sich um, erblickte die niedergemetzelten Leibwachen des Statthalters. »Ich dachte, Elfen wären zu Meuchelmord nicht fähig, aber da habe ich mich wohl geirrt. Wer hat euch geschickt? Die Clanlords? Die Inselherren?«

»Ich weiß nichts von diesen Dingen«, sagte Ruuhl. »Ich will nur wissen, was hier geschehen ist.«

»Und deswegen folterst du den Statthalter und massakrierst seine Leibwache?«, fragte Nestor unwillig.

Ruuhl bedachte die im Zelt liegenden Menschenleichen mit einem geringschätzigen Blick. »Sie sind wertlos«, sagte er. »Genau wie du.« Er war der Ansicht, dass das Gespräch lange genug gedauert hatte, und gab seinen Gardisten das Zeichen, auf das sie gewartet hatten.

So schnell und wirkungsvoll griffen sie den Menschen von beiden Seiten an, dass er kein weiteres Messer werfen konnte. Innerhalb weniger Augenblicke hatten sie ihn überwältigt und entwaffnet. Behandschuhte Fäuste, deren Knöchel mit Nieten versehen waren, krachten in sein Gesicht, bis es nicht weniger malträtiert aussah als das des Statthalters, zu dem man ihn zerrte.

»Nun gut«, sagte Dun'ras Ruuhl gelassen, »fangen wir also noch einmal von vorn an. Was ist hier geschehen? Was ist aus Kal Anar geworden?«

Nestor von Taik biss die Zähne zusammen, während aus seinen aufgeplatzten Lippen das Blut sickerte, und starrte den Dun'ras trotzig an.

»Du willst es mir also nicht sagen?«

Erneut blieb Nestor eine Antwort schuldig.

»Nehmt euch den Statthalter vor«, wies Ruuhl seine Leute an. »Wenn wir ihn langsam in Scheiben schneiden, wird unser schweigsamer Freund schon zur Besinnung kommen.«

»Schwein!«, stieß Nestor hervor. »Dafür wirst du bezahlen.«

»Ach ja?«, fragte Ruuhl unbeeindruckt »Von wem, bitte sehr, sollte mir Gefahr drohen? Von dir etwa? Oder von den eingeschüchterten Kreaturen, die sich dort draußen in ihre schäbigen Behausungen verkrochen haben?«

»Vom König«, gab Nestor zurück.

»Von welchem König?«

»Dem einzigen König. Corwyn von Tirgas Lan.«

»Von Tirgas Lan?«

»Allerdings.«

»Du lügst, Mensch. Tirgas Lan ist der Ort der Niederlage. Die letzte Schlacht wurde dort geschlagen und die Stadt mit einem Fluch belegt, auf dass ...«

»Der Bann wurde gelöst«, erklärte Nestor. »Erdwelt hat einen neuen rechtmäßigen König. Alle haben sich ihm zu unterwerfen – auch ihr!«

»Ein neuer König?« Ruuhl überlegte. Es hatte Gerüchte gegeben unter jenen, die von jenseits des Meeres gekommen waren, aber er hatte nichts auf ihr Gewäsch gegeben. Da es seinesgleichen verwehrt war, das Eiland zu verlassen, war es ihm auch gleichgültig gewesen, was in der Welt der Menschen vor sich ging. Das hatte sich grundlegend geändert. Eine Verbindung war geöffnet worden, die offenbar in *beide* Richtungen funktionierte.

»Wärt ihr nur ein wenig früher gekommen«, fuhr Nestor fort, »so wärt ihr ihm noch begegnet. An der Spitze seines Heeres hätte er euch in die Flucht geschlagen.«

»Es gibt also tatsächlich ein Heer?«

»Allerdings – und es trägt Tod und Vernichtung in die Reihen all derer, die den Frieden im Reich bedrohen.«

»Wie überaus pathetisch«, sagte Ruuhl spöttisch. »Wo finde ich diesen König und sein Heer?«

»Erst vor wenigen Tagen hat er ein Schiff bestiegen und ist Richtung Westen gesegelt, zurück nach Tirgas Lan. Aber du brauchst nicht nach ihm zu suchen, Elf – er wird dich finden. Und er wird alle rächen, die du auf dem Gewissen hast.«

»Ich habe kein Gewissen«, erklärte der Dun'ras.

»Und Verstand hast du ganz offenbar auch keinen«, versetzte Nestor. »Sonst hättest du es nicht gewagt, Hand an Corwyns Statthalter zu legen. Wer des Königs Stellvertreter angreift, der greift den König an und muss mit harter Bestrafung rechnen.«

»Ich zittere bereits«, sagte Ruuhl amüsiert. »Glaub mir, meine Macht ist größer als die irgendeines hergelaufenen Menschenkönigs.«

»Das dachte auch Margok – und wurde vernichtet.«

»Margok?« Ruuhl horchte auf.

»Der Geist des dunklen Zauberers hielt Tirgas Lan gefangen, Corwyn jedoch hat ihn besiegt und die Elfenkrone errungen. Und auch das Böse in Kal Anar hatte der Macht des Königs nichts entgegenzusetzen.«

»Interessant«, murmelte Ruuhl, zum ersten Mal tatsächlich beeindruckt. Sollte es tatsächlich der Wahrheit entsprechen, dass ein Sterblicher den Fluch gebrochen hatte? Und war dies der Grund dafür, dass die Verbindung geöffnet worden war? Es war immerhin möglich.

Die Wirkung, die seine Worte im Gesicht des Elfen hervorriefen, blieb Nestor nicht verborgen. »Wer immer ihr seid und was immer ihr im Schilde führt«, fuhr er fort, »König

Corwyn und seine Gemahlin Alannah werden euch finden und euch vernichten!«

»Was hast du gesagt?« Ruuhl horchte abermals auf.

»Ich sagte, dass der König und die Königin euch finden und vernichten werden.«

»Alannah«, rief Ruuhl. »Du hast den Namen Alannah erwähnt!«

»Das ist der Name unserer Königin.«

»Eine Menschenfrau?«

»Nein, sie ist Elfin von Geblüt«, antwortete Nestor. »Aber sie hat sich von euresgleichen losgesagt, um bei den Menschen zu leben – und nach allem, was ich sehe, kann ich sie zu dieser Entscheidung nur beglückwünschen«, fügte er mit Blick auf die blutüberströmten Leichen hinzu.

»Eine Elfin mit Namen Alannah«, murmelte der Dun'ras. Konnte das sein? Nach all den Jahren?

Nein, sicher nicht. Es war zu lange her, zu viel Zeit war vergangen.

Nestor, der das Zögern seines Peinigers als Zeichen von Furcht missdeutete, verfiel in höhnisches Gelächter. Eimerweise schüttete er bitteren Spott über Dun'ras Ruuhl und seine Untergebenen aus, lachte so laut, dass sich seine Stimme überschlug …

Bis er jäh verstummte.

Er zuckte zusammen, blickte an sich herab – und sah die gebogene Elfenklinge, die in Höhe seines Herzens in seine Brust gefahren war. Nestor von Taik lebte noch lange genug, um einen Augenblick des eisigen Entsetzens zu empfinden.

Dann brach er tot zusammen.

»Gut«, sagte Dun'ras Ruuhl, während er ungerührt seine Klinge an der Kleidung des Leichnams reinigte, »unser Weg führt uns also nach Westen, nach Tirgas Lan.«

»Werden wir dort erfahren, was uns widerfahren ist, großer Dun'ras?«, fragte einer der Leibwächter.

»Nicht nur das«, antwortete Dun'ras Ruuhl. »Wenn wahr ist, was ich vermute, werden wir schon bald nach Hause zurückkehren. Ein Triumph ohnegleichen wird uns erwarten, und unser geliebter Herrscher wird uns für unsere Mühen tausendfach entlohnen.«

»Wann brechen wir auf?«, fragte ein anderer Gardist.

»Noch heute. Wir werden uns ein Schiff nehmen und nach Arun übersetzen, damit wir so rasch wie möglich nach Tirgas Lan gelangen. Ich muss diesen sogenannten König sehen.«

»Und was ist mit ihm?«, fragte der Gardist, auf Lao deutend. »Sollen wir ihn auch zum Schweigen bringen?«

Ruuhl zögerte einen Moment.

»Nein«, entschied er dann, »lasst ihn am Leben. Er soll berichten, was er gesehen hat, damit die Menschen wissen, was es bedeutet, einen Dun'ras zum Feind zu haben. Denn eines steht fest, du kleiner Bastard«, fügte er hinzu, an Lao gewandt. »Die Zeit der falschen Könige ist zu Ende. Die Dunkelelfen sind zurück. Und mit ihnen alle Schrecken …«

5. TRURKOR ROCHG

Es war das erste Mal, dass Balbok und Rammar in einem Dorf der Gnomen weilten.

Eigentlich war kein Ork besonders erpicht darauf, sich die Behausungen der Grünblütigen aus der Nähe anzuschauen, denn für gewöhnlich war es das Letzte, was er sah, und dann meist auch nur aus dem unbequemen Blickwinkel von jemandem, den man in einen großen Eisenkessel geworfen hatte, dessen Wasser allmählich zu sieden begann. Noch immer hegte Rammar nicht den geringsten Zweifel daran, dass dieses Schicksal auch ihm und seinem Bruder drohte, wenngleich die Gnomen bislang keine dementsprechenden Anstalten machten.

Die kleinen Kerle, die Rammar gerade bis zur Hüfte und Balbok nur etwas über die Knie reichten, hatten sie quer durch den Dschungel geführt und dann vorbei an bizarren Felsformationen und rauschenden Katarakten, durch dunkle Hohlwege und enge Schluchten.

Das Dorf selbst lag in einem trichterförmigen Talkessel, dessen Hänge dicht bewaldet waren. Anders als Rammar stets angenommen hatte, hausten die Gnomen nicht in Bodenlöchern, sondern in kugelrunden Hütten, die sie aus Lehm bauten und die sich zu abenteuerlich anmutenden Gebilden zusammensetzten. Die Wände wiesen runde Fenster und Türen auf, aus denen gelbe Augenpaare starrten, allerdings nicht ein einziges davon – das musste auch Rammar zugeben – in ungestilltem Blutdurst.

Der Anführer des Gnomentrupps hörte auf den Namen

Fovl. Stolz führte er die Orks zu dem freien Platz in der Mitte des Dorfes, um den sich die Kugelhütten gruppierten. Eine der Behausungen war größer als alle anderen und bestand aus drei übereinandergetürmten Kugeln. Da es gewisse Regeln gab, die offenbar für alle Rassen galten – darunter die, dass die Mächtigsten immer auch die protzigsten Hütten hatten –, nahm Rammar an, dass dies das Haus des Häuptlings war.

»Wartet hier«, wies Fovl sie an und verschwand in dem Gebäude, dessen Eingang von mehreren Gnomenposten bewacht wurde. Die Orks blieben zurück.

Rammar konnte nicht behaupten, dass er sich wohl dabei fühlte, inmitten eines Gnomendorfs zu stehen, und das ohne jegliche Deckung. Andererseits hatten die Grünblütigen bisher nicht mal den Versuch unternommen, den Orks die Waffen abzunehmen, was eigentlich nicht auf feindliche Absichten schließen ließ. Sollten die kleinen Strolche es tatsächlich ehrlich meinen?

Balbok war weit weniger misstrauisch als sein Bruder. Als einige Gnomenkinder herbeieilten und kichernd an ihm emporblickten, schnitt er allerlei Grimassen.

»Süß«, meinte er, als sich die jungen Gnomen auf den Boden warfen und vor Lachen kringelten.

»Verdammt!«, raunte ihm sein Bruder von der Seite zu. »Kannst du nicht mal jetzt aufhören, ans Fressen zu denken?«

»Aber Rammar, so meine ich es doch nicht. Ich ...«

Er unterbrach sich, als Fovl wieder in der Tür des Häuptlingshauses erschien und zu ihnen zurückkehrte, in Begleitung eines weiteren Gnomen, der mehr breit als hoch war und Rammar damit ungleich sympathischer als die drahtigen Exemplare, die die Gnomenzunft sonst hervorzubringen pflegte. Bekleidet war der Feiste mit einem langen Mantel aus zottigem Fell. Außerdem hatte er sich allerhand Zeug um den kurzen Hals geschlungen – Lederbänder mit Tierzähnen, Knochen, Vogelkrallen und andere Talismane. Zweifellos war dies der Anführer des Stammes. Offenbar wussten die Grünen die Pracht einer gepflegten Leibesfülle zu schätzen, und vielleicht, dachte Rammar, waren sie doch nicht so primitiv, wie er stets angenommen hatte ...

»Willkommen in unserem Dorf«, sagte der Feiste feierlich und breitete die kurzen Arme aus. »Ich bin Bovl der Achte, König dieses bescheidenen Reichs.«

»Ihr habt einen König?«, fragte Balbok unbedarft. »Für die paar Hüt...?« Er verstummte, weil Rammar ihm auf den Fuß trat und sein Gewicht dabei so verlagerte, dass der Hagere das Gefühl hatte, seine Zehenknochen würden pulverisiert.

»Es ist uns eine Ehre, großer König«, erklärte Rammar rasch und verbeugte sich, was ihm aufgrund der eigenen Leibesfülle gar nicht so leichtfiel. »Gestattet, dass wir uns vorstellen: Ich werde Rammar der schrecklich Rasende genannt, und dies ist Balbok, mein leider nur mit wenig Verstand bedachter Bruder.«

»Er ist uns willkommen«, versicherte Bovl, »ebenso wie du selbst, Rammar der Rasende.«

»Der schrecklich Rasende«, beharrte Rammar.

»Der schrecklich Rasende«, verbesserte sich der Gnom höflich. »Es ist lange her, dass wir Orks als Gäste in unseren Hütten begrüßen durften – wir wollen daher ein Fest veranstalten, wie es unser Dorf lange nicht mehr erlebt hat, mit euch als unsere Ehrengäste.«

»Also doch!« Drohend hob Rammar den *saparak*. »Wusste ich's doch, dass ihr nicht besser seid als alle anderen Grünblütigen, denen ich bislang begegnet bin! Aber kommt nur, los doch! Rammar der schrecklich Rasende wird seine Haut so teuer wie möglich verkaufen, das schwöre ich euch!«

Den *saparak* beidhändig erhoben, hatte er einen Satz zurück gemacht und sprang wie ein vom Sonnenstich ereilter Bergtroll hin und her, die Zähne gefletscht und voller Angriffslust knurrend – bis er die fragenden Blicke bemerkte, mit denen nicht nur die Gnomen, sondern auch sein Bruder ihn bedachten.

»Alles in Ordnung?«, erkundigte sich Balbok zweifelnd.

Als Rammar sah, dass keiner der Gnomen Anstalten machte, sich auf ihn zu stürzen (auch ein Kessel war weit und breit nicht zu sehen), lief seine Empörung, die kurz davor gewesen war, in einen handfesten Anfall von *saobh* umzuschlagen, ins Leere. Was folgte, war die zwangsläufige Konsequenz eines völlig grundlosen Tobsuchtsanfalls – Rammar kam sich vor wie ein ausgemachter *umbal*.

»Natürlich«, behauptete er, »alles in Ordnung. Ich wollte unseren ... unseren Freunden nur zeigen, wie wir in der Modermark eine Einladung anzunehmen pflegen.«

»Aber Rammar, wir ...« Balbok brachte seinen Einwand nicht zu Ende – der Blick, den sein Bruder ihm schickte, ließ ihn verstummen; der leiseste Funke genügte, um die soeben erstickte Flamme des *saobh* neu zu entfachen

»So wollen wir das Fest sofort beginnen!«, rief der Gnomenkönig begeistert und schickte einige Worte in seiner eigenen Sprache hinterher, worauf das eben noch so verschlafen wirkende Dorf schlagartig zum Leben erwachte.

Die Türen der Kugelhütten flogen auf, und Dutzende kleiner grüner Leiber setzten daraus hervor und drängten auf den Dorfplatz. Ein Gnomenkrieger stieß in ein langes, mehrfach gewundenes Horn, das einen entsprechend zerknitterten Ton von sich gab, und es kamen noch mehr Gnomen herbeigeeilt, nicht nur Krieger und Handwerker, sondern auch Frauen und Kinder. Aus allen Himmelsrichtungen strömten sie herbei, krochen aus verborgenen Ritzen und Löchern, was Rammars Vorurteile bezüglich der Behausung von Gnomen zumindest teilweise bestätigte.

Im Nu wurde auf dem Dorfplatz Holz angehäuft und ein Feuer entzündet, das Rammar noch immer misstrauisch beäugte. In den Kessel, den die Gnomen herantrugen, wurden jedoch nur gammelige Tierkadaver geworfen, sodass sich der Ork wieder beruhigte.

Die Unterbrechung ihres Alltags, der anders als bei den Orks aus harter Arbeit zu bestehen schien, war für die Gnomen eine willkommene Abwechslung; nicht einer war dabei, der nicht den Eindruck erweckt hätte, mit Freuden an der Feier teilzunehmen. Allenthalben wurde Balbok und Rammar freundlich zugenickt, tätschelte man ihre Waden oder bedachte sie mit breitem Lächeln, das zuvorkommend wirken sollte, Rammar aber jedes Mal zusammenzucken ließ, wenn Reihen spitzer gelber Gnomenzähne sichtbar wurden.

Balbok hingegen schien mit alldem keine Probleme zu haben. Bereitwillig ließ er sich von Fovl zu seinem Ehrenplatz geleiten, von wo aus er den Feierlichkeiten beiwohnen sollte, zusammen mit König Bovl und einigen der Ältesten, verhutzelten Gnomen, die so gebückt gingen, dass sie die Köpfe fast zwischen den Knien trugen, und deren Haut wie bemooste Baumrinde aussah. Dass die bislang stets gültigen Regeln des Fressens und Gefressenwerdens an diesem Ort keine Gültigkeit zu haben schienen, störte den hageren Ork nicht weiter.

Leise vor sich hin maulend, folgte Rammar seinem Bruder; das Fest war unterdessen schon in vollem Gang. Holzleitern waren an den Kessel gelegt worden, auf deren obersten Sprossen mehrere Gnomenfrauen standen und mit langen Löffeln im Kessel rührten. Der Geruch, der von dem eigenwilligen Eintopf ausging, hätte Menschen vermutlich den Magen umgedreht – das etwas anders gelagerte Geschmacksempfinden eines Orks fand durchaus Gefallen daran.

»Hast du gesehen?«, fragte Balbok, als sich Rammar neben ihm niederfallen ließ und dabei um ein Haar einen unvorsichtigen Gnom zerquetschte.

»Was soll ich gesehen haben?«

»Die haben die Viecher einfach so in den Topf geworfen. Mit Fell und Zähnen und allem Drum und Dran.«

»Und?«

»Keine schlechte Idee, oder?«, meinte Balbok und war begeistert. »Dadurch spart man viel Zeit. Ich sag dir, Rammar, von den Grünblütigen können wir noch was lernen.«

»Ist das dein Ernst?«

»*Korr.*«

Rammar verzichtete darauf, direkt zu antworten. Seine Erwiderung bestand aus einer Reihe knurrender und grunzender Laute, die sich nicht direkt in Worte übertragen ließen, aber ziemlich misslaunig klangen – und das, obwohl Rammar eigentlich zufrieden und glücklich hätte sein müssen. Nicht nur, dass ihnen das Schicksal erspart blieb, im Magen gefräßiger Gnomen zu enden, sie waren vermutlich auch die ersten Orks, denen das zweifelhafte Vergnügen zuteilwurde, an einem Festessen der Grünblütigen teilzunehmen und dabei nicht der Hauptgang zu sein.

Dennoch stimmte etwas nicht.

Der dicke Ork vermochte es nicht zu benennen, aber irgendetwas störte ihn. So froh er darüber war, Kuruls dunkler Grube einmal mehr entkommen zu sein, so sehr missfiel ihm, wie es dazu gekommen war. Es war nicht recht, an diesem Feuer zu sitzen, in trauter Einheit mit den Gnomen, denn es lief allen Regeln zuwider, die Rammar in seinem Leben gelernt hatte und die sich in seinen Schädel eingehämmert hatten.

Die Gesetze der Natur schienen an diesem seltsamen Ort keine Gültigkeit zu haben, und das behagte ihm nicht, denn es roch – abgesehen vom Kadavereintopf, der seinen beißenden Gestank über die Lichtung verbreitete – für seinen Geschmack entschieden zu sehr nach übernatürlichem Wirken.

Oder um es in aller Deutlichkeit zu sagen: nach Elfenzauber!

Während sich Balbok darüber offenbar nicht die geringsten Gedanken machte, wurde Rammar das Gefühl nicht los, dass sie vorgeführt wurden. Wie ein düsterer Schatten legte sich dieser Gedanke über sein ohnehin nicht sehr sonniges Gemüt, und auch eine Gruppe singender Gnomenkrieger, die wild zappelnd um das Feuer tanzten, mit über den Schultern verschränkten Armen und abwechselnd die Beine werfend, konnte seine Stimmung nicht heben.

»Nun«, erkundigte sich König Bovl im Überschwang der festlichen Stimmung, die nicht nur ihn, sondern auch seine Untertanen ergriffen hatte, »wie gefällt euch unsere Feier, meine Freunde?«

»Großartig«, log Rammar, worauf der König seinen Leuten ein Zeichen gab und die Tänzer noch ein wenig höher hüpften.

Nachdem ihre Darbietung beendet war, traten Musikanten auf, die auf einer Reihe typischer Gnomeninstrumente – Rammar sah eine Schädeltrommel, eine Knochenlaute und mehrere Darmflöten – zu einem Reigen aufspielten, zu dem nun die Frauen und Kinder um das Feuer tanzten.

Während Balbok auch dieser Narretei etwas abgewinnen konnte, wurden Rammars narbige Züge immer verdrießlicher. Zur Fratze jedoch gerieten sie, als einige der Gnomenfrauen auf ihn zukamen und ihn aufforderten, sich ihnen beim Tanz anzuschließen.

»*Douk!*«, wehrte er entschieden ab und schüttelte das klobige Haupt. »Das kommt nicht in Frage.«

»Aber es ist eine große Ehre, dem Reigen der Kriegerinnen beizutreten«, wandte König Bovl irritiert ein.

»Wenn schon – ein Ork aus echtem Tod und Horn tanzt nicht, verstanden? Allenfalls bringt er andere zum Tanzen und ...«

Der Rest des Satzes blieb ihm im Rachen stecken, denn wider Erwarten sprang sein Bruder auf, gesellte sich zu den kichernden Gnominnen und begann, gemeinsam mit ihnen in aberwitzigen Verrenkungen um das Feuer zu springen.

»Dein Bruder tanzt aber doch«, stellte der König mit einiger Zufriedenheit fest.

»*Korr*«, musste Rammar zähneknirschend zugeben, »offensichtlich ...«

Es blieb nicht die einzige Demütigung, die er an diesem Tag, der sich mit Fortschreiten der Feier allmählich dem Abend zuneigte, über sich ergehen lassen musste. Während Balbok mit naiver Freude bei der Sache war, begnügte sich Rammar damit, eine böse Miene zum guten Spiel zu machen – sowohl, als sie beide zu Ehrenmitgliedern des Stammes ernannt wurden, als auch, als der Eintopf serviert wurde, der es weder geschmacklich noch an Schärfe mit einem halbwegs gelungenen *bru-mill* aufnehmen konnte. Was Balbok jedoch nicht davon abhielt, das Zeug kübelweise in sich hineinzuschütten.

Die Dämmerung war bereits hereingebrochen, und der grau bewölkte Himmel hatte sich von Westen her tiefrot verfärbt, als sich etwas Unerwartetes ereignete. Erst glaubte Rammar noch, der Gnomenkrieger, der schreiend und völlig aufgelöst aus dem Wald und auf den Dorfplatz stürzte, wäre Teil einer neuen Darbietung. Aber dann sah er, dass der Gnom nur noch eine Hand hatte – von der anderen war nur noch ein trauriger Stumpf übrig, den der Gnom jammernd an sich presste und aus dem schwallweise grünes Blut pulsierte. Rammar wurde klar, dass dies nicht mehr zur Festlichkeit gehörte – so dämlich, sich aus Lust und Laune zu verstümmeln, waren nicht einmal die Grünen ...

Völlig entkräftet und mit vor Schmerz verzerrten Zügen brach der Gnom vor seinem König zusammen. Die keuchenden Laute, die er hervorstieß, waren für die Orks nicht zu verstehen, aber sowohl Balbok als auch Rammar sahen das wachsende Entsetzen, das sich in der Miene Bovls des Achten niederschlug.

»Was ist?«, wollte Rammar wissen, nachdem der Bote seinen Bericht beendet hatte – einige seiner Artgenossen schleppten den Verletzten davon.

Augenblicke lang schien Bovl nicht in der Lage zu antworten. Totenstille war auf dem Dorfplatz eingekehrt, aller Augen waren auf den König gerichtet.

»Die Legion«, flüsterte er dann fast unhörbar.

»Was?«

»Die Legion«, wiederholte er. »Die Dunkle Legion ...«

»Was soll das sein?«, fragte Rammar, dessen Stirn sich in blankem Unverständnis zerknittert hatte.

»S-sie ist auf dem Weg hierher«, sagte der König, als hätte er Rammars Frage gar nicht gehört. »Wir müssen fliehen – sofort!«

»Was?«, rief Rammar. »So plötzlich? Aber wieso ...?«

Der Gnomenkönig beachtete ihn tatsächlich nicht mehr. Wie von einer giftigen Schlange gebissen, schoss er in die Höhe und rief etwas mit lauter, sich überschlagender Stimme – und einen Lidschlag später war nichts mehr, wie es eben noch gewesen war.

Die Gnomen verfielen in helle Panik. Wie aufgeschrecktes Federvieh stoben sie auseinander und rannten in alle Richtungen davon, Frauen wie Kinder, Krieger wie Alte. Sogar den Kessel mit dem Eintopf ließen sie – zu Balboks größtem Unverständnis – treulos im Stich.

»Was ist denn los?«, erkundigte er sich ratlos bei seinem Bruder.

»Ich weiß es nicht«, brummte Rammar, »aber wenn du mich fragst, sollten wir es ihnen gleichtun und schleunigst verschw...«

Plötzlich war donnernder Hufschlag zu hören, das umgebende Dickicht platzte auf, und Scharen bis an die Zähne bewaffneter Kämpfer stürzten daraus hervor, einige zu Pferd, die meisten jedoch zu Fuß. Sie waren schlank und groß, überragten die Gnomen um das Drei- bis Vierfache, und sie trugen glänzende schwarze Rüstungen, deren Schulterpartien mit Dornen versehen waren. Die Visiere der Helme waren geschlossen, sodass die Gesichter der Angreifer nicht zu erkennen waren. Wie ein Sturmwind fegten sie über die Lichtung und hielten mit ihren langen, leicht gebogenen Klingen blutige Ernte unter den Gnomen.

»Bloß weg hier!«, brüllte Rammar, der sah, wie sich einer der Grünblütigen unter wirbelnden Säbelhieben gewissermaßen in seine Bestandteile auflöste. Nie hätte er gedacht, dass ihn der Tod eines Gnomen jemals betroffen machen könnte – in diesem Augenblick jedoch war dies der Fall.

Die Orks fuhren herum und flüchteten ins Dickicht, das zum Glück nicht fern war. Kopfüber sprangen sie in die Wand aus dichtem Farn, die sie aufnahm und verschlang. Atemlos in ihrem Versteck kauernd, beobachteten die Brüder, was weiterhin geschah.

Die Angreifer – wer immer sie waren – schienen es nicht darauf abgesehen zu haben, die Dorfbewohner allesamt zu massakrieren. Nachdem sie einige von ihnen niedergemetzelt hatten, trieben sie den Rest wie eine Herde Vieh auf dem Dorfplatz zusammen. Nicht einer der Gnomenkrieger leistete, sehr zu Rammars Verdruss, auch nur einen Funken Widerstand. Stattdessen streckten sie die Waffen.

Die Reihen der schwarz gerüsteten Kämpfer, die sie umzingelt hatten und sie mit ihren Klingen bedrohten, teilten sich, und eine hochgewachsene Gestalt ritt auf die Gnomen zu. Sie trug zu Helm und Rüstung noch einen schwarzen Umhang und blickte geringschätzig auf die Gnomen herab, die alle betreten zu Boden starrten und am ganzen Körper zitterten vor Angst.

»*Ur'asartul*«, knurrte Balbok, dem die Arroganz des Reiters missfiel. »Wer ist der Kerl?«

»Woher soll ich das wissen?«, zischte Rammar.

In diesem Augenblick klappte die Gestalt auf dem Rappen das Visier des Helms nach oben, als wollte sie Balboks Frage beantworten. Die Gesichtszüge, die darunter zum Vorschein kamen, waren aschgrau, und die mandelförmigen Augen verrieten allzu deutlich, welcher Sorte Wesen der Reiter und seine Krieger angehörten ...

»*Sul-hai'coul*«, ächzte Rammar. »Elfen! Dachte ich's mir doch, dass sie ihre spinnendürren Finger im Spiel haben!«

»Tatsächlich«, raunte Balbok. »Aber das sind keine gewöhnlichen Schmalaugen«, fügte er mit Blick auf die dornenbestückten schwarzen Rüstungen hinzu.

»*Korr*«, stimmte Rammar zu. »Endlich sind diese hässlichen Kerle mal ordentlich angezogen!«

Der Anführer der Elfen ergriff das Wort. Da er sich einer fremden Sprache bediente, verstanden die Orks nicht, was er sagte. Sein Tonfall jedoch war unverhohlen drohend, und immer wieder gebrauchte er das Wort *dun'ras*, was immer es bedeuten mochte.

König Bovl, der sich zunächst unter seinen Untertanen versteckt hielt und sich erst zeigte, als die Elfen offenbar drohten, ansonsten ein paar der Gnomenkinder in Stücke zu schneiden, hielt den Kopf gesenkt und zitterte am ganzen feisten Körper. Worum auch immer es bei der Unterhaltung gehen mochte, es war klar ersichtlich, wer das Sagen hatte. Widerstrebend wandte sich Bovl daraufhin seinen Leuten zu und hielt eine kurze Ansprache. Dann schritt er die Reihen seiner Untertanen ab und suchte einige von ihnen aus.

Zögernd und mit Furcht in den gelben Augen traten die Ausgewählten vor, worauf sie sofort von den Elfenkriegern in Empfang genommen wurden. In Windeseile legte man ihnen Ketten an und führte sie ab …

»Nun sieh dir das an«, raunte Rammar seinem Bruder in unverhohlener Bewunderung zu. »Ist das zu glauben? Diese Schmalaugen haben eine wahre Schreckensherrschaft errichtet.«

»*Korr*«, stimmte Balbok zu.

»Elfen verbreiten Furcht und Grauen. Man müsste fast darüber lachen, wenn es nicht so furchtbar traurig wäre.«

»*Korr*«, bestätigte Balbok erneut, legte den Kopf weit in den Nacken, riss den Mund auf und brachte ein lautes »Ha…« hervor.

»Willst du wohl das Maul halten?«, unterbrach ihn sein Bruder grob. »Ich sagte ›müsste‹!«

»Aber ich lache ja nicht«, versicherte sein Bruder und wedelte mit der Pranke, »ich muss niesen. Haaa…«

»Untersteh dich! Du wirst uns noch verraten!«

»…tschiii!«

Es war kein Niesen, das Balboks Rüssel entfuhr, sondern schon viel eher ein mittelschweres Unwetter, gefolgt von einem halben Pfund schimmelgrünen *rochgs*, der quer über die Lichtung flog, geradewegs vor die Hufe des Pferdes, auf dem der Anführer der Elfen saß. Das Tier scheute, und sein Reiter hatte zunächst alle Hände voll zu tun, es wieder unter Kontrolle zu bringen. Dann jedoch glitt sein Blick in die Richtung, aus der das unverhoffte Geschenk gekommen war.

»Da hast du's«, ächzte Rammar flüsternd. »Nun sieh, was du angerichtet hast!«

Schon eilten behelmte Elfenkrieger herbei, die mit ihren langen Speeren ins Dickicht stocherten – und die beiden Orks schon im nächsten Moment entdeckten.

»Arrgh!«, ließ sich Rammar empört vernehmen, den eine der Spitzen geradewegs in den *asar* piekte. »Wollt ihr wohl damit aufhören, ihr elendes Schmalaugengesocks?«

Wenn die Elfenkrieger von seinem Gemaule beeindruckt waren, so ließen sie es sich nicht anmerken. Unnachgiebig wurden die beiden Orks aus dem Unterholz getrieben, entwaffnet und vor den Anführer der Elfen geführt. Dieser zeigte ein hochmütiges Grinsen, was Rammar als schlechtes Omen deutete.

»Sieh an«, höhnte der Elf, die Sprache der Westmenschen benutzend, die auch den Orks geläufig war. »Was haben wir denn da?«

»Was haben wir denn da?«, äffte Rammar den Tonfall des Elfen nach. »Das siehst du doch, verdammt. Ich werde Rammar der schrecklich Rasende genannt, und dies ist mein Bruder Balbok ...«

»... der ungemein Brutale«, fügte Balbok mit belehrend erhobenem Klauenfinger hinzu.

»Der schrecklich Rasende und der ungemein Brutale?« Der Elf starrte sie an und wusste offenbar nicht, wie er darauf reagieren sollte.

»*Korr*«, bestätigte Rammar großspurig, »und du tätest gut daran, uns unbehelligt ziehen zu lassen, Schmalauge, sonst ...«

»*Wie* hast du mich gerade genannt?« In dieser einen Frage schwang so viel unausgesprochene Drohung, dass sogleich Totenstille auf dem Dorfplatz einkehrte. Elfen wie Gnomen hielten den Atem an, sogar die Kinder hörten zu wimmern auf.

»Nun, äh ... ich ...«

»Sprich dich nur aus«, verlangte der Elfenführer und beugte sich im Sattel wissbegierig vor. In seinen dunklen, fast schwarzen Augen loderte kaltes Feuer.

»Sch-Sch-Schönauge«, würgte Rammar hervor, auf dessen grüner Stirn sich kleine Schweißperlen gebildet hatten. Er hatte sich an den Gnomenkrieger erinnert, den man auf so unfeine Weise in Stücke geschnibbelt hatte, und das ließ seine Wut über die Gefangennahme und seinen schmerzenden *asar* verpuffen. »Das ist ein Ehrentitel, mit dem wir besonders mutige und verwegene Feinde bedenken.«

»Ehrlich?«, fragte Balbok und schaute ihn verblüfft von der Seite an.

»*Korr*«, bestätigte Rammar und flehte seinen Bruder mit bettelndem Blick an, bei Kuruls Grube nur ja das Maul zu halten.

Vergebens ...

»Aber Rammar, du hast doch *Schmalauge* zu ihm gesagt«, erinnerte Balbok, der es einmal mehr als seine Pflicht ansah, dem offenbar nachlassenden Gedächtnis seines Bruders auf die Sprünge zu helfen. »So nennen wir die Elfen doch, weil sie so ungemein bescheuert aussehen. Wir verhöhnen sie damit und machen uns über sie lustig.«

»*Douk!*«, wehrte Rammar ab. »Das tun wir nicht!«

»Aber natürlich. Außerdem nennen wir sie auch oft Gesocks, Geschmeiß oder ...«

»Das genügt!«, verschaffte sich der Anführer der Elfen Gehör, und dies mit derart schneidender Stimme, dass sich einer der Gnomen – ein buckliger Alter, dessen Gesicht nicht mehr grün war, sondern ein kränkliches Gelb aufwies –

an die Brust griff und stöhnend niedersank. »Ihr beiden redet euch um Kopf und Kragen, das ist euch doch klar?«

»Mir ja, Euer Durchlauchtbarkeit«, erwiderte Rammar untertänig und deutete trotz seiner Leibesfülle eine Verbeugung an. »Meinem Bruder leider nicht.«

»Ihr wisst wohl nicht, wen ihr vor euch habt?«

»*Douk*, bedauerlicherweise nicht.«

»Ich bin Dalach, Zweiter Dun'ras der Insel – und ich schätze es nicht, von niederen Kreaturen verspottet zu werden!«

»Ver-verständlich«, stotterte Rammar.

»Wo kommt ihr überhaupt her?«

»Von ziemlich weit«, antwortete der feiste Ork ausweichend.

»Offenbar.« Der Dun'ras nickte. »Es ist lange her, dass ich euresgleichen in freier Wildbahn gesehen habe.«

»In – in freier Wildbahn?« Balbok horchte auf. »Was heißt das?«

»Das heißt, dass wir nach all den Jahrhunderten, in denen ihr nichts anderes getan habt, als zu fressen und zu saufen, endlich eine sinnvolle Verwendung für euch gefunden haben.«

»Eine sinnvolle Verwendung?« Verwirrt wandte sich Balbok an seinen Bruder. »Was meint er damit, Rammar? Was ist falsch daran, zu fressen und zu saufen?«

»Ich weiß nicht, welchem überaus gnädigen Schicksal ihr es zu verdanken hattet, dass ihr bis zum heutigen Tag frei herumlaufen konntet«, sagte der Elf mit bösem Lächeln, »aber ab jetzt ist es damit vorbei – ihr werdet arbeiten, genau wie alle anderen eures Volkes.«

»A-arbeiten?«, fragte Rammar fassungslos.

»Allerdings«, bestätigte der Anführer der Elfen. »Kraft meines Amtes verurteile ich euch zu lebenslanger Zwangsarbeit, abzuleisten in den Minen von Crysalion.« Dann wies er seine Leute an: »Abführen und in Ketten legen!«

»Einen Augenblick«, bat sich Rammar aus, als einige der Elfenkrieger Balbok packten und auch er ergriffen werden sollte. »Da muss ein Irrtum vorliegen!«

»Ein Irrtum?« Der Dun'ras hob verwundert eine Braue.

»Orks arbeiten nicht«, erklärte Rammar kategorisch. »Weder aus Zwang noch aus sonst einem Grund.«

»Wie du willst«, sagte der Elf gelassen. »Dann werde ich euch eben bei lebendigem Leibe häuten und mir aus deiner räudigen Pelle ein paar neue Stiefel machen lassen. Und anschließend ...«

»Schon gut, schon gut«, unterbrach ihn Rammar schnell. »Vielleicht gibt es ja doch den einen oder anderen Grund, aus dem Orks arbeiten.«

»*Korr*«, stimmte Balbok zu. »Vielleicht ...«

6. MINRAS'HAI UR'KRO

Es musste eine Art Strafkommando sein – anders konnte sich Rammar weder das ungewöhnliche Erscheinungsbild der Elfen noch ihr Auftreten erklären.

Alle Schmalaugen, denen er bislang begegnet war, waren – Königin Alannah vielleicht einmal ausgenommen – zerbrechliche weißhäutige Kreaturen gewesen, deren Schöngeisterei und memmenhaftes Rumgeseire ihm gehörig auf die Nerven gegangen waren. Diese Elfen jedoch waren offenbar aus einem ganz anderen Holz geschnitzt, waren rüde, grausam, ungerecht und gnadenlos und hätten Rammar eigentlich sympathisch sein müssen, hätte sich ihre Feindseligkeit nicht auch gegen ihn gerichtet.

Das Gespür des feisten Orks für höhere Autoritäten sowie die Bereitschaft, im Notfall jegliches Gefühl für Stolz zu unterdrücken und sich zu unterwerfen, hatte ihm schon häufig das Leben gerettet – dieses Mal jedoch schien er damit nicht weit zu kommen. Auch dafür verdienten die Elfen im Grunde Bewunderung – auch wenn es schwerfiel, jemanden zu bewundern, der einen in rostiges Eisen legte, das tief in die Haut schnitt und sich bei jedem Schritt klirrend und schwer in Erinnerung brachte.

Nicht nur die Orks und die Gnomen, auch einige Kobolde schritten in der Reihe der Gefangenen, die von den Elfen durch den Urwald geführt wurden, wie Perlen zu einer Kette aufgefädelt, und den Abschluss bildete ein humpelnder Höhlentroll. Offenbar waren auch der Troll und die Kobolde vom Anführer der Schmalaugen zu Zwangsarbeit verurteilt worden – darauf ließen jedenfalls ihre betrübten Mienen und der glanzlose Blick ihrer Augen schließen. Auch Rammar erschien die Aussicht, den Rest seiner Tage *unter* Tage schuften zu müssen, nicht gerade verlockend, aber immerhin war er am Leben, und das war doch schon mal etwas. Auch wenn er noch immer der Ansicht war, dass er die Gefangennahme hätte verhindern können, wäre ihm nicht ein gewisser anderer Ork in den Rücken gefallen.

»Was meinst du, Rammar?«, ließ sich Balbok halblaut vernehmen, kaum dass Rammar an ihn gedacht hatte; er ging in der Kolonne direkt hinter ihm. »Wohin sie uns wohl bringen?«

»Woher soll ich das wissen?«, schnappte Rammar. Er wandte den Kopf und starrte seinen Bruder an. »Nenne mir nur einen Grund dafür, weshalb ich dir nicht den Schädel von den Schultern reißen und ihn dir in deine dämliche Visage werfen sollte! Das alles haben wir nur dir zu verdanken!«

»Aber Rammar, ich ...«

»Zuerst deine saudumme Nieserei. Und dann auch noch die Sache mit dem Obermotz der Schmalaugen. Denkst du denn gar nicht vorher nach, bevor du das Maul aufmachst?«

»Ich wollte helfen«, erklärte Balbok mit rührender Aufrichtigkeit.

»Er wollte helfen!« Rammar schüttelte den Kopf. »Und wie du uns hilfst – in Kuruls dunkle Grube nämlich! Um ein Blödhirn wie dich wär's nicht schade, aber wenn ich daran denke, dass ein genialer Verstand wie der meine ...«

»He, der Fette da!«, erklang plötzlich eine harsche Stimme.

»Wer? Ich?«, fragte Rammar entgeistert.

»Wer denn sonst? Der Fette eben!«

Einer der Elfenkrieger hatte sein Pferd direkt neben ihn gelenkt und blickte hochmütig auf ihn herab. Obwohl der Ork vor Wut am liebsten aus der Haut gefahren und – wenn die Möglichkeit dazu bestanden hätte – in *saobh* verfallen wäre, zwang er sich zu einem Grinsen.

»Ja?«, fragte er. »Hoheit wünschen?«

»Dass du dein hässliches Maul hältst!«, lautete die barsche Antwort. »Sonst werde ich dich auspeitschen, hast du kapiert?«

»*K-korr*«, versicherte Rammar kleinlaut, während sich tief in seinem Inneren erneuter Groll auf seinen Bruder ballte, der ihn durch sein Gequatsche – so sah es jedenfalls Rammar – einmal mehr in Gefahr gebracht hatte.

Irgendwann, das schwor er sich, würde er ihn dafür zur Rechenschaft ziehen ...

Durch dichten Dschungel gelangten sie zurück zu der alten Straße, die durch das grüne Dickicht führte. Obwohl das Pflaster brüchig war und von Wurzelwerk aufgesprengt, kam die Kolonne auf dem steinernen Band ungleich rascher voran als im unwegsameren Gelände, und trotz der Ketten war das Gehen weniger beschwerlich.

Nur ab und zu gönnten die Elfen ihren Gefangenen eine Rast. Wenn der Zug eine Quelle passierte, ließ man die Gefangenen saufen, und als sich der Tag dem Ende zuneigte, wurden sie auf einer Lichtung zusammengetrieben, wo sie sich ins Gras legen und schlafen sollten.

Eingepfercht zwischen dem Höhlentroll und seinem Bruder Balbok, war Rammar allerdings nicht in der Lage, auch nur ein Auge zuzutun. Zwar hatte man dem Troll zur Sicherheit die Zähne ausgebrochen, jedoch lieferte sich die tumbe Kreatur mit Balbok einen regelrechten Wettstreit im Schnarchen. Jeder der beiden blies und grunzte, dass Kuruls Donner dagegen wie ein sanftes Murmeln anmutete, und Rammar, obwohl er beide Klauen auf die Ohren presste, fand einfach keine Ruhe. Erst gegen Morgen fiel er in kurzen, unruhigen Schlaf, aus dem ihn das Knallen einer Peitsche unsanft weckte.

Unerbittlich wurden seine Mitgefangenen und er auf die Beine getrieben, und der Gewaltmarsch durch den Urwald ging weiter. Wohin er führte und wie lange die Reise noch dauern würde, war nicht in Erfahrung zu bringen.

Gegen Mittag lichtete sich das dichte Grün der Bäume, und die Überreste von Gebäuden wurden sichtbar – steinerne graue Ruinen, die von Schlinggewächsen und Moos überwuchert waren. Einstmals mochte es sich um prachtvolle Paläste gehandelt haben, aber es waren nur noch brüchige Mauern und einzelne verwaiste Säulen übrig, die sich trotzig in den Himmel reckten, so als wollten sie nicht wahrhaben, dass ihre Zeit zu Ende war.

Weder war zu erkennen, wer die Herren dieser Siedlung gewesen waren, noch was zu ihrem Untergang geführt hatte. War es ein Krieg gewesen? Hatte Kurul sie in einem Anfall von *saobh* vernichtet? Oder hatten ihre Bewohner die Stadt irgendwann aus ganz anderen Gründen verlassen und sie damit dem Verfall preisgegeben und sie dem Dschungel überlassen, der sich das Territorium allmählich zurückeroberte?

Rammar konnte es gleichgültig sein – er fand am gegenwärtigen Zustand der Gebäude ohnehin wesentlich mehr Gefallen als an trutzigen Mauern und herrschaftlichen Türmen. Hinzu kam der Geruch von Fäulnis und Verwesung, der über der Lichtung lag und für den dicken Ork fast etwas Anheimelndes hatte, weil er ihn an daheim erinnerte, an die Modermark.

Würde er sie jemals wiedersehen? Oder war diesmal seine Gier zu groß gewesen? Würde er womöglich an dem Brocken ersticken, den er sich in seiner Habsucht hatte einverleiben wollen?

In einem Augenblick seltenen Selbstzweifels gestand sich Rammar ein, dass er nicht ganz unschuldig war an der Bredouille, in die sie geraten waren – auch wenn sein Anteil daran natürlich weitaus geringer war als der Balboks und seinen Bruder natürlich die Hauptschuld traf ...

Der Marsch ging weiter, vorbei an den Ruinen und zurück ins Dickicht, in dem sie immer wieder auf die Überreste alter Türme und Tempel stießen, ehe sich der Urwald endgültig lichtete und einer kargen Felslandschaft wich.

Die Orks vernahmen ein Rauschen, das immer lauter wurde und sich schließlich als Brandung herausstellte, die schäumend gegen schroffe Felsklippen schlug. Oberhalb der steil abfallenden Küste führte ein schmaler Pfad in westliche Richtung, dem der Zug der Gefangenen folgte.

»Och!«, rief Balbok gegen den Wind, der an den Küstenfelsen entlangstrich. »Wer hätte gedacht, dass der Modersee in diesem Jahr so viel Wasser führt?«

»Das ist nicht der Modersee, *umbal*«, widersprach Rammar. »Das ist das Meer.«

»*Korr*, mehr als im letzten Jahr«, stimmte Balbok zu, der wegen des heulenden Windes nur das letzte Wort verstanden hatte.

»Red keinen *shnorsh!*«, fauchte Rammar. »Es ist das Meer, hörst du? Das Meer!«

»Viel mehr«, bestätigte Balbok.

»Nein, Faulhirn! Kannst du denn nicht ein einziges Mal auf das hören, was ich sage? Es ist das Meer! Die See, verstehst du?«

»Natürlich sehe ich, dass es mehr ist«, entgegnete Balbok ein wenig indigniert. »Und verstanden habe ich es auch.«

»Was hast du verstanden?«, fragte Rammar ächzend.

»Na ja, dass der Modersee auf einmal viel Wasser führt und ...«

»Aber das habe ich gar nicht gesagt.«

»Was hast du dann gesagt?«

»Das Gegenteil.«

»Wovon?«

»Von dem, was du gesagt hast!«

»He, ihr beiden da – sofort das Maul halten!«, schrie sie ein elfischer Bewacher an. »Sonst werfe ich euch augenblicklich in den Abgrund, habt ihr verstanden?«

»*Korr*«, versicherte Rammar schnell. »Natürlich haben wir verstanden.«

»Wir sind ja nicht dämlich!«, fügte Balbok rasch hinzu.

Der Marsch führte weiter an der Küste entlang, vorbei an vorgelagerten Inseln, die in der nebeligen Gischt nur zu erahnen waren. Teils verlief der Pfad oberhalb der schroffen Felsen, dann wieder war er direkt in das dunkelgraue Gestein gehauen und führte unmittelbar am steilen Abgrund entlang, gerade breit genug, um den Höhlentroll noch passieren zu lassen.

Rammars größte Sorge war es, dass der Koloss, dessen Gehirn trotz seiner immensen Körpergröße noch um einiges kleiner war als das Balboks, das Gleichgewicht verlieren und in die Tiefe stürzen könnte, denn wegen der Kette, durch die sie miteinander verbunden waren, hätte der Troll alle anderen Gefangenen mit in den Tod gerissen. Was Balbok und die Gnomen betraf, so hielt sich Rammars Mitgefühl in Grenzen – er selbst allerdings hatte vor, am Leben zu bleiben, auch wenn seine Zukunftsaussichten derzeit nicht sehr erbaulich waren.

Immer wieder knallten die Peitschen ihrer Bewacher und trieben sie unnachgiebig an. Sobald einer der Gefangenen infolge der Strapazen das Marschtempo verlangsamte, verpassten die Elfen ihm brutale Schläge, die blutige Striemen hinterließen. Aber nicht nur die Peitschen, auch Hunger und Durst machten den Gefangenen zu schaffen. Seit dem frühen Morgen hatten sie nichts mehr zu trinken bekommen und schon den dritten Tag in Folge nichts mehr gegessen. Auch was ihre Rücksichtslosigkeit betraf, hätten die Elfenkrieger es ohne Weiteres mit einem Ork aufnehmen können, stellte Rammar fest, während sein Rachen wie Feuer brannte und sein knurrender Magen nach einem Brocken Fleisch verlangte.

In einem Anfall von Schwäche, der ihn scharenweise Gnomen sehen ließ, die in einen bereits angeheizten Kessel sprangen, fragte er sich, ob es arg auffallen würde, wenn plötzlich einer der kleinen Kerle fehlte. Nun, vielleicht sollte er lieber die Nacht abwarten und sich dann einfach einen der Grünblütigen greifen. Schon sah er sich mit hungrigem Blick unter ihnen um und überlegte, welcher wohl das leichteste Opfer sein würde – als der Marsch unvermittelt endete.

Am Fuß eines fast senkrecht aufragenden Berges entlang, der geradewegs aus den Klippen emporzuwachsen schien und sich wie ein Wachtturm an der Steilküste erhob, führte der Pfad wieder landeinwärts. Doch auf dem Berg erblickten die Gefangenen etwas, das sie mit offenen Mäulern staunen ließ.

Eine Festung.

Jedenfalls nahm Rammar an, dass es sich bei dem, was er sah, um eine Festung handelte, denn ein vergleichbares Bauwerk war ihm noch nie vor Augen gekommen: Die Mauern, Kuppeln und Türme auf der Spitze des Berges sahen aus, als bestünden sie nicht aus Stein, sondern aus stumpfem dunklem Glas, das matt das Licht der allmählich untergehenden Sonne reflektierte. Überhaupt hatte es nicht den Anschein, als wäre die Burg oder was immer es war, tatsächlich *erbaut* worden; viel eher sah es aus, als hätte irgendein widerlicher Zauber sie auf dem Gipfel des Berges *wachsen* lassen.

Jedes Gebäude und jeder Turm hatte kleinere Anbauten, die sich erneut teilten und wiederum kleinere Fortsätze aufwiesen, sodass das Gebilde ein wenig wie ein riesiger kristallener Baum anmutete. Die Festung ragte weit über den flachen Berggipfel hinaus, auf dem sie thronte, und bot mit ihren unzähligen Türmen und Spitzen, die in den dunkelnden Himmel ragten, einen eindrucksvollen und – auch wenn Rammar es nicht gern zugab – Furcht einflößenden Anblick.

Auch die Gnomen schienen dies so zu empfinden; sie wimmerten und begannen aufgeregt miteinander zu tuscheln, bis die Peitschen ihrer Wachen sie mit lautem Knallen zum Schweigen brachten. Gern hätte Rammar in Erfahrung gebracht, was für ein seltsames Bauwerk dies war, aber er behielt die Frage für sich. Zum einen hatte er keine Lust, sich ebenfalls blutige Striemen einzuhandeln, zum anderen war er sicher, dass er ohnehin bald eine entsprechende Antwort erhalten würde ...

Über eine Straße, die sich in engen Serpentinen den Berg emporwand, ging es steil nach oben, sehr zu Rammars Verdruss, der sich ohnehin kaum noch auf den Beinen halten konnte. Schweißbedeckt und mit glasigen Augen blickte er immer wieder zur Burg empor, nur um festzustellen, dass sie ihr noch nicht nennenswert näher gekommen waren. Es war, als würde die Kristallfestung über ihnen schweben, fern und unerreichbar. Dafür machte Rammar eine andere Entdeckung. Denn je höher sie hinaufstiegen, desto weiter reichte der Ausblick, der sich den Gefangenen bot, und zu seiner Verblüffung stellte Rammar fest, dass das Land, auf dem sie sich befanden, keineswegs nur auf einer Seite ans Meer grenzte, sondern davon umgeben war.

Nicht nur im Norden, sondern auch im Westen und Osten erstreckte sich graue See, so weit das Auge reichte, und Rammar nahm an, dass dies auch für den Süden galt, wo sich der Dschungel im Dunst verlor. Die unmittelbare Folgerung, die sich daraus ergab, jagte dem dicken Ork eisige Schauer über den Rücken.

»Siehst du das auch, *umbal*?«, raunte er seinem Bruder zu, während sie sich über steile Stufen quälten, die in das Gestein gehauen waren. »Wie's aussieht, befinden wir uns auf einer verdammten Insel!«

»Auf einer Insel?«

»Genau das.«

»Das kann nicht stimmen«, war Balbok überzeugt.

»So?« Rammar stöhnte laut auf. »Und warum nicht?«

»Weil es im Modersee keine Inseln gibt«, erklärte ihm der Hagere voll Überzeugung.

Wäre Rammar nicht durch den tagelangen Marsch und den steilen Aufstieg am Ende seiner Kräfte gewesen, keine noch so dicke Eisenkette hätte ihn daran gehindert, seinem Bruder an die Kehle zu gehen und ihn in einem akuten Anfall von *saobh* zu erwürgen. So aber musste er sich damit begnügen, noch einmal laut aufzustöhnen, während er sich zum ungezählten Mal fragte, welch dunkles Schicksal ausgerechnet ihn mit einem derart bescheuerten Anverwandten gestraft hatte.

Je weiter der Pfad bergan führte und je offensichtlicher es wurde, dass Rammars Vermutung richtig war, desto mehr drängte sich dem feisten Ork wieder die Frage auf, wohin es ihn und seinen Bruder verschlagen hatte. Daran, dass Elfenzauber im Spiel war, hegte er längst keinen Zweifel mehr, aber es musste ein sehr mächtiger und gefährlicher Zauber gewesen sein, der sie derart weit von zu Hause fortgebracht und an diese tristen Gestade verbannt hatte, an denen offenbar Elfen das Zepter schwangen und Orks, Trolle und Gnomen dazu verdammt waren, in Ketten gelegt zu werden und Sklavenarbeit zu verr...

Ein Geräusch unterbrach seinen Gedankengang, und es weckte in den engen Windungen seines Gehirns unangenehme Assoziationen: der helle Klang von Hämmern, mit denen auf Stein gehauen wurde.

Zum einen erinnerte Rammar dieses Geräusch an jene Spezies, die er mehr hasste als jede andere, zumal einer ihrer Abkömmlinge ihm und seinem Bruder in der Vergangenheit übel mitgespielt hatte, nämlich die Zwerge. Zum anderen – und das war beinahe noch schlimmer – klang es nach harter, anstrengender Arbeit.

»Hörst du das?«, raunte er seinem Bruder zu.

»*Korr.*«

»Was das wohl zu bedeuten hat?«

Die Antwort erhielt der feiste Ork eher, als ihm lieb war. Denn schon im nächsten Augenblick führte die sich steil emporwindende Straße an einer Öffnung im Fels vorbei, die mit dicken Gitterstäben verschlossen war. Jenseits davon herrschte flackerndes Zwielicht, jedoch konnte Rammar einen flüchtigen Blick auf die elenden Gestalten erheischen, die dort in Ketten lagen und mit riesigen Hämmern den Fels bearbeiteten. Die meisten von ihnen waren halbnackt und trugen allenfalls noch Fetzen am Leibe, und ihre narbigen Körper waren so dürr und ausgemergelt, dass Rammar einen Augenblick brauchte, um die grässliche Wahrheit zu erkennen:

Es waren Orks!

Er sog scharf den Atem ein und war einen Moment lang wie erstarrt vor Entsetzen, dann trieben die Peitschen der Bewacher ihn weiter. Je höher sie gelangten, desto lauter wurde der Klang der Hämmer, und mit jeder Öffnung, die sie passierten und durch die die Gefangenen einen Blick in ihre eigene düstere Zukunft werfen konnten, steigerte sich Rammars Entsetzen. In einem Bergwerk arbeiten zu müssen wie ein elender Hutzelbart war nicht nur die größte vorstellbare Schmach, sondern auch das denkbar grausigste Ende, das es mit einem Unhold nehmen konnte. Im Kampf und mit dem *saparak* in den Klauen zu sterben war eine Sache (obwohl Rammar es auch damit noch nie besonders eilig gehabt hatte), aber sich zu Tode zu schuften, war derart erbärmlich, dass man schon ein Mensch sein musste, um daran irgendetwas Gutes zu sehen.

»Nun?«, höhnte eine Stimme von oben herab. »Wie gefallen euch die Aussichten?«

Rammar schaute auf und zuckte zusammen, als er sah, dass Dun'ras Dalach, der grausame Anführer der Strafexpedition, sein Pferd an seine Seite gelenkt hatte.

»Wenn ich mich recht entsinne, haust ihr Unholde doch gern in Höhlen, oder nicht?«, fragte er mit bösem Grinsen.

»D-das ist wahr«, gab Rammar zu.

»Dann sind die Minen genau der rechte Ort für euch«, war Dalach überzeugt. »Arbeitet gut, und ihr werdet leben. Arbeitet schlecht, und ihr werdet euch nach Kuruls Grube sehnen. Hast du kapiert?«

Rammar kam kurz der Gedanke, sich mit seiner ganzen Leibesfülle gegen den Rappen zu werfen; es würde genügen, um den Elf samt seinem Reittier von der Straße zu fegen und in die Tiefe zu stürzen. Aber der Ork wagte es nicht, denn er mochte sich nicht vorstellen, was die anderen Elfen dann mit ihm angestellt hätten. Also begnügte er sich damit, folgsam zu nicken und weiter einen Fuß vor den anderen zu setzen.

Sie gelangten auf eine Art Plateau, wo in der Felswand eine noch viel größere Öffnung klaffte. Ein Tor war darin eingelassen, das von zwei schwer bewaffneten Elfenkriegern bewacht wurde.

»Also los, Männer!«, rief Dun'ras Dalach von seinem Pferd hinab. »Hinein mit ihnen!«

Einer der Elfen betätigte einen Öffnungsmechanismus, einen Hebel, der neben dem Tor in die Felswand eingelassen war und den er nach unten drückte. Von einem Augenblick zum anderen verschwand das Gitter, das die Form eines Spinnennetzes hatte, indem es sich zusammenfaltete. Elfenzauber, dachte Rammar erneut. Die Orks und ihre Mitgefangenen wurden erbarmungslos in den dunklen Schlund getrieben.

Rammar startete einen letzten hilflosen Versuch, sich dem düsteren Schicksal zu entziehen. »Ich habe mit alldem nichts zu tun!«, rief er flehentlich. »Mein Bruder ist an allem schuld! Er wollte sich unbedingt an dem Schatz vergreifen, und er war es auch, der ...«

Weiter kam er nicht, denn der Höhlentroll war bereits durch die Öffnung getreten – und sein nächster Schritt ging ins Leere! Er stürzte in die Tiefe und riss seine Mitgefangenen, die an ihn gekettet waren, kurzerhand mit.

Einen gellenden Schrei auf den wulstigen Lippen, verlor Rammar den Boden unter den Füßen und hatte das Gefühl, von einem gähnenden Abgrund verschluckt zu werden.

Es währte allerdings nur einen Augenblick, dann folgte der Aufschlag.

Es war das Glück der Gefangenen, dass der Troll zuerst gesprungen war, so fielen sie vergleichsweise weich auf seinen Leib – wäre es andersherum gewesen, wäre es fraglos unbequemer geworden.

Doch dann landete jemand direkt auf Rammar, dazu noch mit den Füßen voran in seinem Gesicht.

Balbok ...

»Du langes Elend, kannst du nicht aufpassen, wohin du stürzt?«, ereiferte sich Rammar, während er sich von dem Troll wälzte und sich seine schmerzende Nase rieb, aus der dunkles Orkblut quoll. »Nun sieh dir an, was du wieder angerichtet hast!«

»Hast du dir wehgetan?«

Nicht Balbok hatte die selten dämliche Frage gestellt, sondern ein anderer Ork, der unvermittelt hinzugetreten war, eine Fackel in den dürren Klauen. Überhaupt bot er einen jämmerlichen Anblick: Sein Körper war abgemagert, seine Haltung gekrümmt. Sein Gesicht hatte die gesunde grüne Farbe verloren und wirkte bleich, der Schädel war kahl und die Augen tief in den Höhlen versunken. Bekleidet war er mit einem Fetzen Fell, den er sich mit einem Strick um die Hüften gebunden hatte.

»Wer bist denn du?«, wollte Balbok wissen.

»Der Vorarbeiter«, antwortete der Bucklige mit matter, gleichgültiger Stimme.

»Der Vorarbeiter?«, wiederholte Rammar ungläubig.

»So ist es.«

»Hast du auch einen Namen?«, fragte Balbok. Titel und Funktionen hatten unter Orks nicht allzu viel Bedeutung. Entscheidend dafür, wie viel Respekt man jemandem entgegenbrachte (zumindest bis zu dem Augenblick, da man ihn in einem Anfall von *saobh* erschlug), war allein der Name, denn an ihm konnte man erkennen, ob jemand berüchtigt war und ob man sich über ihn heldenhafte Gräueltaten an den Lagerfeuern erzählte.

»Einen Namen?« Der magere Ork machte ein erstauntes Gesicht.

»Natürlich«, drängte Rammar. »So was wirst du doch wohl haben, oder etwa nicht?«

Der bucklige Ork überlegte. »Nein«, sagte er dann. »Ich habe keinen Namen. Und wenn ich es mir recht überlege – niemand hier in den Minen hat einen Namen.«

»Willst du uns ver*shnorsh*en?«, brauste Rammar auf. Dann wies er mit dem Krallenfinger auf seine Brust. »Ich bin Rammar der Rasende ...«

»Der *schrecklich* Rasende«, verbesserte Balbok.

»... und dies ist mein ebenso langer wie dämlicher Bruder Balbok«, fuhr Rammar unbeirrt fort.

»Der ungemein Brutale«, fügte Balbok hinzu, dann schaute er den mageren Ork an. »Also, und wer bist du?«

»Der Vorarbeiter«, kam es ein wenig ratlos zurück.

»Du ... du hast wirklich *keinen Namen*?«, fragte Balbok völlig verwirrt.

Der Bucklige schüttelte den Kopf. »An diesem Ort haben wir keine Verwendung dafür. Margoks niedere Diener brauchen keine Namen.«

»Margoks niedere Diener? Was meinst du damit?«

»Wisst ihr es denn nicht?« Der Vorarbeiter legte den Kopf schief, um seine Artgenossen mit einem mehr als eigenartigen Blick zu bedenken.

»Was, verdammt noch mal?«, brauste Rammar auf, dem allmählich der Geduldsfaden riss. »Was sollen wir nicht wissen?«

Der Bucklige deutete hinter sich in die Dunkelheit, aus der das tausendfache Klopfen der Steinhämmer drang. »Dies sind Margoks Minen, und er selbst haust dort oben in der Festung. Wir alle sind seine Sklaven ...«

7.
ACHGOSH LASH'DOK'DH

Noch immer hatte Dun'ras Ruuhl an dem zu beißen, was er in Tirgas Anar in Erfahrung gebracht hatte.

Nicht genug damit, dass die Menschen die Elfen offenbar als Herren von *amber* beerbt hatten, sie hatten auch noch ein neues Königreich errichtet. In keiner Weise waren sie mehr mit jenen primitiven Wilden zu vergleichen, die in alter Zeit die Ostlande besiedelt hatten. Die Menschen dieser Zeit und Welt schienen eine selbstbewusste Rasse zu sein und hatten gelernt, ihre Geschicke selbst in die Hand zu nehmen.

Doch Dun'ras Ruuhl lebte lange genug, um zu wissen, dass nichts von Bestand war. Herrscher kamen und gingen, Königreiche erhoben sich aus der Asche von Kriegen, um schließlich wieder darin zu versinken. Die einzige Konstante war die Veränderung.

Und Veränderung war der Nährboden für das Chaos ...

Nach all den Jahrhunderten, in denen das Volk der Dunkelelfen isoliert gewesen war, hatte sich endlich eine Möglichkeit zur Rückkehr nach *amber* ergeben. Viele Jahre, nachdem sie die letzte Schlacht verloren hatten, bot sich die Gelegenheit zur Rache.

Noch war es nicht mehr als eine Vermutung, ein bloßer Verdacht, den Ruuhl hegte – wenn er sich jedoch bewahrheitete, so würde der Rückkehr des Dunklen Herrschers nichts im Wege stehen. Selbstüberschätzung hatte den Dunkelelfen damals im Ersten Krieg der Völker den Sieg gekostet, Verrat den Triumph im Zweiten. Diesmal jedoch würde nichts und niemand den Siegeszug Margoks und seiner Diener aufhalten.

Am Bug des Schiffes stehend, das ihn und seine Leibwächter über die stürmische Ostsee getragen hatte, blickte Ruuhl auf das dunkle Band, das nach Südwesten hin das Meer begrenzte und immer deutlicher aus dem Küstennebel hervortrat – die Gestade Aruns. Zumindest sie schienen noch so zu sein wie zu Ruuhls Zeiten: zerklüftete Felsen, oberhalb derer sich karges Land erstreckte, das gen Südosten in die weiten Steppen Aruns überging und im Westen an den Trowna-Wald grenzte. Es war der kürzeste Weg, um nach Tirgas Lan zu gelangen – schließlich wollte Dun'ras Ruuhl dem neuen Monarchen von Erdwelt möglichst bald seine Aufwartung machen.

Es war kein Kriegsschiff, mit dem die Dunkelelfen reisten, sondern ein leichter Handelssegler, was eigentlich unter ihrer Würde war. Doch Ruuhl hatte dieses Schiff gewählt, weil es zum einen schnell und wendig war, und zum anderen, weil er auf den ersten Blick erkannt hatte, dass dessen Kapitän – ein untersetzter Mann mit furchtsamen Gesichtszügen – keinen Widerstand leisten würde. Kurzerhand hatte der Dun'ras das Schiff in Besitz genommen und der Mannschaft befohlen, ihn nach Arun zu bringen.

Einen aufsässigen Maat, der sich weigern wollte, hatte er in Stücke hacken und an die Fische verfüttern lassen, und danach hatte es keinen weiteren Widerspruch mehr gegeben. Ruuhl hatte es genossen, während der Überfahrt auf dem Vordeck zu stehen und den Wind zu spüren, der in sein Haar fuhr und seinen Umhang bauschte. Ein Gefühl von Allmacht hatte ihn dabei durchströmt, wie er es noch nie zuvor in seinem Leben empfunden hatte, und er war sich so lebendig vorgekommen wie seit Urzeiten nicht mehr.

Ein Sturm braute sich über der Welt der Sterblichen zusammen. Ein Sturm der Vernichtung ...

»E-entschuldigt, Herr ...«

Die näselnde Stimme des Kapitäns riss Ruuhl aus seinen Gedanken. Wutschnaubend blickte er zur Seite, wo sich der kleine Mann bäuchlings auf die Planken geworfen hatte, furchtsam zu ihm aufblickend.

»Was willst du?«

»Die Küste von Arun ist nicht mehr fern, Herr. Wenn Ihr die Gütigkeit hättet, mir zu sagen, wo Euch abzusetzen wir die große Ehre haben ...«

»Die Pforte von Arun – existiert sie noch?«

»G-gewiss, Herr«, versicherte der Kapitän, der über die Frage einigermaßen verwundert schien.

»Dann bring mich dorthin«, beschied ihm der Dun'ras und hielt die Unterredung damit für beendet, doch der Kapitän blieb in unterwürfiger Haltung vor ihm liegen.

»Verzeiht, Herr ...«, sagte er leise.

»Was ist denn noch?«

»Vergebt mir meine Neugier – aber werdet Ihr unsere bescheidenen Dienste noch länger benötigen? Ihr sagtet, dass wir frei wären, sobald wir Euch nach Arun gebracht hätten ...«

»Sagte ich das?«

»Ja, Herr.«

»Hm«, machte Ruuhl nur, was der Kapitän als Bestätigung deutete. Dankesbezeugungen murmelnd, zog er sich langsam zurück, kriechend wie ein Wurm.

Der Segler änderte den Kurs, sodass die Küste nun auf der Backbordseite lag. In spitzem Winkel und mit hoher Geschwindigkeit hielt das Handelsschiff darauf zu. Das Segel blähte sich, und die Taue knarrten, während der Bug durch die Fluten schnitt. Dun'ras Ruuhl ging es dennoch nicht schnell genug.

Von nagender Ungeduld erfüllt, sehnte er den Augenblick herbei, in dem sich der Nebel lichten und die vertrauten Formen der Pforte zu erkennen sein würden – und schon kurz darauf wurde sein Wunsch erfüllt. Zunächst waren es nur undeutliche Schemen, die sich über den gezackten Küstenfelsen erhoben, aber je weiter das Schiff durch den Nebel vordrang, desto deutlicher traten die Umrisse der beiden riesigen Statuen hervor, die als steinerne Wächter am Ufer standen und gen Osten blickten.

In uralter Zeit waren sie errichtet worden, Königin Liadin und König Sigwyn zu Ehren, den Elfenherrschern, die die Grenzen des Reiches bis weit über die Ostsee hinaus erweitert hatten. Glorreiche Zeiten waren dies gewesen, bevor die Herrscher des Elfenreichs korrupt und schwach geworden waren und die Verhältnisse im Reich nach einer Veränderung verlangt hatten.

Die Höhe der Statuen betrug genau achtundvierzig Klafter – einen Klafter für jeden Edelstein in der Krone von Tirgas Lan. Obwohl ihr Alter Tausende von Jahren betrug und sie in all dieser Zeit der zornigen Macht des Wetters ausgesetzt gewesen waren, hatten die Standbilder kaum nennenswerten Schaden davongetragen. Unbewegt standen sie da, in ihren steinernen Gewändern, der König auf sein Schwert gestützt und die Elfenkrone tragend, seine Gemahlin den Zauberstab im Arm, riesig groß und Ehrfurcht gebietend. Beider Blick war gen Osten gerichtet, unbewegt seit Jahrtausenden, wie zum Äußersten entschlossen blickend und ...

Nein, das war nicht richtig!

Verblüfft nahm Dun'ras Ruuhl zur Kenntnis, dass die beiden Statuen nur auf den ersten Blick genauso aussahen, wie er sie in Erinnerung hatte! Nicht nur, dass sich der Gesichtsausdruck von König Sigwyn verändert hatte und ungleich wohlwollender wirkte – es waren auch nicht mehr die Züge eines Elfen, sondern die eines Menschen, und eine steinerne Klappe bedeckte das linke Auge! Verwirrt richtete Ruuhl den Blick auf Königin Liadin und machte bei ihr eine ähnliche Feststellung. Auch ihr Gesicht war ein anderes geworden. Die Hände geschickter Steinmetze hatten dafür gesorgt, dass die Statue ein anderes Antlitz erhalten hatte – und zwar eines, das Dun'ras Ruuhl kannte!

»Nein!«, entfuhr es ihm unwillkürlich. »Das kann nicht sein! Das ist nicht möglich ...!«

Seine Leibwächter bemerkten es einen Augenblick später, und auch sie reagierten mit einer Mischung aus Unglauben und Bestürzung, sehr zur Besorgnis der Schiffsbesatzung, die sich nicht erklären konnte, was dies zu bedeuten hatte.

»Ve-verzeiht, Herr«, ließ sich erneut der Kapitän vernehmen, während einige der Leibwächter es ihm gleichtaten und sich zu Boden warfen – allerdings nicht vor Dun'ras Ruuhl, sondern vor der Statue. »Ist etwas nicht in Ordnung?«

»Wer – ist – das?«, grollte Ruuhl, jedes Wort betonend, und deutete auf die beiden Standbilder.

»Kön-König Corwyn und Königin Alannah, die neuen Herrscher von Tirgas Lan«, antwortete der Kapitän stammelnd. »Ihnen zu Ehren wurden die Statuen verändert. Mehr als ein Jahr lang arbeiteten fünfhundert Zwerge ...«

Dun'ras Ruuhl hörte schon nicht mehr hin.

»Alannah!«, echote er fassungslos.

Also doch!

Als der Mensch in Anar den Namen erwähnte, hatte er noch an eine zufällige Namensgleichheit glauben wollen – nun jedoch konnte kein Zweifel mehr bestehen. Das Antlitz der Statue war Beweis genug: die hohen Wangen, die schmalen Augen, die entschlossene Stirn, das leicht zugespitzte Kinn – die Ähnlichkeit war unübersehbar!

Dun'ras Ruuhl hatte zu lange gelebt und zu viel gesehen, als dass ihn noch viel hätte überraschen können – in diesem Fall aber brauchte er einen Moment, um seine Fassung zurückzuerlangen. Der Odem der Geschichte schien ihn zu umwehen, und auf einmal war er sich sicher, dass es keine Laune des Schicksals gewesen war, die seine Leute und ihn aus ihrer eigenen Welt und in diese gerissen hatte.

Es war Bestimmung ...

8.
TASHOLOR KUUN

Gedankenverloren starrte er in die Flammen.

Ihr unsteter Schein warf flackernde Schatten auf seine Gesichtszüge, die gezeichnet waren von den Narben überstandener Kämpfe und umrahmt von dunklem Haar. Das auffälligste Merkmal in seinem Gesicht freilich war die Klappe, die er über dem linken Auge trug und die ihn stets daran erinnerte, wer und was er einst gewesen war.

Ein Kopfgeldjäger ...

Noch vor etwas mehr als einem Jahr hatte Corwyn seinen Lebensunterhalt damit verdient, die weite Wildnis zu durchstreifen, die sich zwischen den Nordsümpfen und dem Scharfgebirge erstreckte, und im Auftrag der dort siedelnden Menschen Orks zu jagen. Keine sehr ehrenvolle Beschäftigung, aber eine, die ihm ein ordentliches Auskommen gesichert hatte.

Bis zu dem Tag, an dem er Rammar und Balbok begegnet war.

Das Zusammentreffen mit den beiden Unholden hatte Corwyns Leben grundlegend verändert, denn mit ihnen hatte er auch Alannah kennengelernt, die Elfenpriesterin, von den Orks aus dem Eistempel von Shakara entführt. Am Anfang waren sie erbitterte Feinde gewesen, aber das Schicksal oder der Wille der Götter – oder auch einfach nur die pure Notwendigkeit – hatte sie schließlich zu ungleichen Gefährten gemacht, denen es gelungen war, den Bann zu brechen, der in alter Zeit über die Stadt Tirgas Lan verhängt worden war, und den Geist des Dunkelelfen Margok zu besiegen.

Doch dass es ausgerechnet sein Haupt gewesen war, auf dem sich damals die Elfenkrone niedergelassen hatte, von magischen Energien geleitet, konnte er immer noch kaum glauben. Durch dieses denkwürdige Ereignis war aus dem Kopfgeldjäger Corwyn König Corwyn geworden, der erste aus dem Geschlecht der Menschen, dem die Herrschaft über ganz Erdwelt zuteilwurde – und obwohl Corwyn es anfangs für ein riesiges Missverständnis gehalten hatte, hatte er sich alle Mühe gegeben, den Pflichten seines Amtes gerecht zu werden.

Dass es ihm halbwegs gelungen war, hatte er allerdings anderen zu verdanken – in erster Linie Alannah, die seine Frau geworden war und die Bürde des Regierens mit ihm teilte, aber auch zwei gewissen Orks, die rund ein Jahr später zurückgekehrt waren, um die Krone Tirgas Lans gegen den Aggressor zu verteidigen, der im fernen Kal Anar zum Krieg gerüstet hatte. Nun, Balbok und Rammar hatten es nicht ganz freiwillig getan, aber immerhin ...

»Woran denkst du?«

Alannah, die neben ihm am Feuer saß, inmitten des großen Zeltes, das Corwyns Diener für ihren König errichtet hatten, sah ihn fragend an. Sie hatte sich des langen Kleides aus schwerem Brokat entledigt, das sie den Tag über getragen hatte und das staubgetränkt gewesen war vom langen Ritt, und trug nur noch das Untergewand aus beigefarbener Seide, die sanft um ihren grazilen Körper schmeichelte. Ihr weißes Haar hatte sie hochgesteckt bis auf einige Locken, die neckisch auf ihre schmalen Schultern fielen. Ihre spitzen Ohren, Kennzeichen ihrer Herkunft, waren deutlich zu sehen.

Corwyn hatte nie nachvollziehen können, dass Alannah ihrer Bestimmung und ihrem Elfensein ihm zuliebe entsagt hatte. Was fand sie nur an ihm, dass sie seinetwegen darauf verzichtete, wie alle anderen Elfen zu den Fernen Gestaden zu reisen und dort in immerwährender Glückseligkeit zu leben? Gleichwohl dankte er dem Schicksal jeden Tag aufs Neue dafür, dass es ihm eine solche Gefährtin geschenkt hatte.

»Ich denke an all das, was hinter uns liegt«, antwortete er auf ihre Frage und nahm einen Schluck Wein aus dem Zinnkelch, den er in der Hand hielt. Dann sprach er weiter. »Ich denke an den Krieg und die, die wir verloren haben – und an das, was wir hoffentlich gewonnen haben.«

»Und das wäre?«

»Frieden«, sagte er und gönnte sich einen erneuten Schluck Wein. »Ich hoffe, dass nun ruhigere Zeiten anbrechen und ich nicht mehr in den Krieg ziehen muss. Ich bin des Kämpfens müde, Alannah. Die Knochen tun mir weh, und meine Narben schmerzen, und ich möchte endlich wieder ein festes Dach über dem Kopf. Noch zwei Tagesmärsche, dann ist es endlich geschafft und wir sind zurück in Tirgas Lan.«

»Ich kann nicht glauben, das aus deinem Munde zu hören«, sagte sie lächelnd. »Warst nicht du es, der sich noch vor nicht allzu langer Zeit darüber beschwert hat, dass das Königsamt ihn einenge? Dass er das Leben unter freiem Himmel vermisse und lieber selbst kämpfe, als andere in die Schlacht zu schicken?«

»Ich war ein Narr«, gab Corwyn unumwunden zu. »Inzwischen bin ich ein wenig älter und um einige Wunden reicher, und ich habe das Kämpfen satt.«

»Du brauchst nicht mehr zu kämpfen«, versprach ihm Alannah und rückte auf der schmalen, samtbezogenen Bank näher an ihn heran, um sich zärtlich an ihn zu schmiegen. Corwyn hatte seine Rüstung und seine Krone abgelegt und trug nur wollene Hosen. Sein Oberkörper war nackt bis auf einen Umhang aus Fell, der auf seinen Schultern lag. »Die letzte Schlacht ist geschlagen. Die Ostlande sind befriedet, die Clanlords und Inselherren haben sich deiner Herrschaft unterworfen. Die Zeit der Kriege ist zu Ende, endlich können wieder Frieden und Wohlstand auf Erdwelt einkehren.«

»Glaubst du das wirklich?«, fragte er zweifelnd.

»Du etwa nicht?«

»Ich weiß es nicht.« Corwyn seufzte schwer. »Ich bin des Kämpfens müde, Alannah, und dennoch ist es das Einzige, was ich je gelernt habe und was ich wirklich gut kann. Werde ich den Menschen also auch im Frieden ein guter König sein? Wird meine Autorität allein ausreichen, um ein derart großes Reich zusammenzuhalten?«

Alannah hauchte ihm einen zarten Kuss auf die Wange. »Werden alle Menschen derart von Selbstzweifeln geplagt?«, fragte sie. »Worüber machst du dir Sorgen? Du hast das Reich geeint und das Böse von Kal Anar besiegt. Die Menschen vertrauen dir und folgen dir bereitwillig.«

»Bereitwillig«, wiederholte Corwyn spöttisch und setzte den Kelch erneut an, leerte ihn diesmal bis auf den Grund. »Wären sie das auch, wenn sie wüssten, dass wir unseren Sieg zwei Unholden zu verdanken haben?«

»Nicht nur«, brachte Alannah in Erinnerung. »Wie du weißt, habe ich auch meinen Teil dazu beigetragen.«

»Genau das meine ich.« Er löste den Blick von den Flammen und schaute sie an. »Nicht ich habe den Sieg errungen, sondern andere haben es für mich getan. Die Leute folgen nicht wirklich mir, Alannah, sondern vielmehr dem Bild, das sie von mir haben. Einer Idealvorstellung, die sich aus Geschichten nährt und aus ihren eigenen Wünschen.«

»Und? Was ist falsch daran?«

»Es ist eine Lüge«, war Corwyns Meinung. »Ich bin, was ich bin, verstehst du? Ich werde nie etwas anderes sein.«

»Glaubst du das wirklich?« Diesmal lächelte die Elfin nicht nur – sie lachte herzlich.

»Was ist so komisch?«

»Du«, antwortete sie kichernd.

»Inwiefern?«

»Ich habe Neuigkeiten für dich, Corwyn Kopfgeldjäger!« Alannah sah ihm tief in die Augen. »Zu allen Zeiten haben sich die Menschen ein Idealbild von ihren Herrschern gemacht, und stets sind sie dem gefolgt, der es am besten verstand, sich diesem Idealbild anzunähern – und war es auch nur durch schöne Worte. Denke nur an die Könige des Goldenen Zeitalters – Eoghan, Parthalon, Sigwyn und wie sie alle hießen. Glaubst du denn, ihre Namen wurden über die Jahrtausende in Ehren gehalten und in Liedern besungen für das, was sie *waren*? Natürlich nicht. Helden, mein lieber Gemahl, sind stets das, was man aus ihnen macht. Die Menschen lieben dich nicht für das, was du bist, Corwyn, sondern für das, was sie in dir sehen, für das Ideal, das du vertrittst und das du darstellst. In ihren Augen hast du längst aufgehört, ein sterblicher Mensch zu sein. Du bist zu einer Leitfigur geworden, zum Symbol für den Aufbruch in eine neue Zeit, eine Epoche des Friedens und der Versöhnung. Und es wird unsere Aufgabe sein, diesem neuen Zeitalter Form und Gestalt zu geben. Zweifle deshalb nicht an dir, mein Geliebter«, fügte sie hinzu und küsste ihn erneut, »denn der Mann, der du einst warst, existiert längst nicht mehr. Alles, was du zu tun brauchst, ist, der König zu sein, den sich die Menschen wünschen, und in Weisheit und Gerechtigkeit zu regieren.«

»Und du glaubst, dass ich das kann?«

»Ich glaube es nicht«, flüsterte sie, während sich ihre Münder langsam aufeinander zubewegten, »ich weiß es genau …«

Sanft trafen ihre Lippen aneinander zu einem innigen Kuss – aber so weit kam es nicht mehr. Denn ein leises Räuspern verriet dem Königspaar, dass es nicht mehr allein im Zelt war.

Sie lösten sich voneinander, und Corwyn sprang auf, griff nach dem Schwert, das neben ihm an der Bank lehnte, und riss es aus der Scheide.

Der Besucher ließ sich nicht davon beeindrucken.

Es war ein alter Mann.

Obwohl unzählige Falten sein Gesicht durchzogen, war seine Körperhaltung dennoch aufrecht, und in seinen Augen brannte ein jugendliches Feuer, das zu seiner übrigen Erscheinung in krassem Widerspruch zu stehen schien. Denn das schulterlange graue Haar des Fremden war zu einer Unzahl dünner Zöpfe verdreht, die nach allen Richtungen von seinem Kopf hingen, ebenso wie der lange Bart, der von Oberlippe und Kinn wucherte. Bekleidet war der Eindringling mit einem weiten Gewand und einem Kapuzenmantel darüber, die beide unzählige Male ausgebessert waren und dafür sorgten, dass der Fremde einen ziemlich verwahrlosten Anblick bot. Nur der Stab, den er in seiner Rechten hielt und auf den er sich stützte, strafte diesen Eindruck Lügen, denn dieser war aus einem unbekannten, weißlich schimmernden Material gefertigt und mit reichen, geheimnisvoll wirkenden Schnitzereien verziert. Und obwohl der Fremde aussah wie ein Obdachloser aus den Gassen Andarils, und Corwyn dergleichen noch nie gesehen hatte, wusste er sofort, worum es sich handelte.

Es war ein Zauberstab ...

»Wer bist du? Und was willst du?«, verlangte der König zu wissen. Die Schwertscheide warf er fort, die Spitze der Klinge richtete er auf den Eindringling.

»Ich werde Granock genannt«, stellte sich der Alte mit ruhiger, sonorer Stimme vor.

»Wie bist du hier hereingelangt?«, wollte Alannah wissen.

»Die Leibwächter ...«

»Eure Leibwächter haben sich entschlossen, den Schlaf der Gerechten zu schlafen«, beschied ihnen der Alte mit amüsiertem Lächeln. »Zürnt ihnen nicht«, fügte er hinzu, auf den Stab in seiner Rechten deutend, »ich bin nicht ganz unschuldig daran ...«

»Du bist ein Zauberer«, stellte Corwyn fest.

Granock zuckte mit den Schultern. »Nur wenn die Not mich dazu treibt.«

»Ich dachte, es gäbe keine Zauberer mehr«, sagte Corwyn. »Der Zweite Krieg besiegelte ihren Untergang. Der letzte war Rurak, der Verräter!«

»Du enttäuschst mich ein wenig, König Corwyn«, erwiderte Granock mit augenzwinkernder Strenge. »Ich dachte, der neue Herrscher von Tirgas Lan müsste ein besonders kluger Zeitgenosse sein. An der Existenz von Zauberern zu zweifeln, obwohl ich direkt vor dir stehe, ist ... nun, eher unklug, nicht wahr?«

Corwyn verzog das Gesicht – nicht nur wegen Granocks Bemerkung, die ja nicht gerade schmeichelhaft für ihn war. Er hatte noch nie sehr viel übrig gehabt für Zauberei, und seine Erlebnisse mit dem dunklen Magier Rurak, der die Zeiten überdauert und versucht hatte, den bösen Geist Margoks erneut zu entfesseln, hatten nicht dazu beigetragen, diese Haltung zu ändern.

Jede Art von Magie war dem ehemaligen Kopfgeldjäger zutiefst suspekt. Dass sich auch Alannah ihrer hin und wieder bediente, musste er hinnehmen, aber es gefiel ihm nicht. Seinem Gegner mit dem Schwert in der Hand im offenen Kampf gegenüberzutreten – das war in Corwyns Auge mannhaft und ehrenhaft. Magie jedoch, mit all ihren Tricks und verborgenen Schlichen, war seiner Meinung nach das genaue Gegenteil davon, und so bedauerte er es nicht, dass die Zeit der Zauberer längst vorbei war.

Jedenfalls hatte er das bislang immer angenommen ...

»Was willst du hier?«, fragte Corwyn, und in seiner Stimme lag ein erregtes, zorniges Zittern. »Was fällt dir ein, meine Wachen zu betäuben und dich ins Zelt des Königs und seiner Gemahlin zu schleichen?«

»Ich bitte mein ungebetenes Eindringen zu entschuldigen.« Der Alte deutete eine Verbeugung an. »Es lag mir fern, den König und die Königin zu stören bei ...«, er streifte Alannah, die nur in Unterwäsche dasaß, den linken Unterarm züchtig über den Busen gelegt, mit einem kecken Blick, »... bei was immer sie auch gerade zu tun im Begriff waren.«

»Willst du frech werden?«, knurrte Corwyn.

»Keinesfalls, König, das käme mir nie in den Sinn«, versicherte Granock und verbeugte sich erneut. Doch das schelmische Blitzen in seinen Augen entging Corwyn nicht. Es war ein wenig so, als würde sich die Katze vor der Maus verbeugen ...

»Ich warne dich«, sagte der ehemalige Kopfgeldjäger mit fester Stimme. »Wenn ich rufe, sind zweitausend Krieger zur Stelle, um ihren König zu verteidigen. Dann wird dir auch dein Zauberstab nichts mehr nützen.«

»Daran zweifle ich nicht«, versicherte der Alte. »Aber ich komme nicht als dein Feind, König, sondern als dein Verbündeter. Ich will dich warnen.«

»Mich warnen? Wovor?«

»Vor einer Bedrohung aus den Tiefen der Zeit«, antwortete der Magier rätselhaft. »Vor etwas, das wir erloschen glaubten und das dennoch in unsere Welt zurückgekehrt ist.«

»Eine Bedrohung?« Corwyn lachte bitter auf. »Alter Mann, gerade erst habe ich einen Krieg siegreich entschieden. Es herrscht Frieden im Land und ...«

»Noch«, unterbrach ihn Granock, »aber das wird sich schon sehr bald ändern. Denn gegen den Sturm, der Erdwelt bevorsteht, wird dir das Böse, das sich in Kal Anar verbarg, wie ein laues Sommergewitter vorkommen.«

»Wovon genau sprichst du?«, mischte sich nun Alannah in den Wortwechsel zwischen ihrem Gemahl und dem fremden Besucher ein, den sie bisher schweigend verfolgt hatte. Ihr Blick verriet ehrliche Besorgnis, was wiederum Corwyn in Unruhe versetzte. »Wieso weißt du von Kal Anar? Und was willst du mit deinen düsteren Andeutungen sagen?«

Der Blick, mit dem der alte Zauberer sie bedachte, war unmöglich zu deuten. Milde und Härte, Vergebung und Anklage, Erleichterung und Furcht, Zorn und Freude schienen gleichermaßen darin zu liegen.

»Sag du es mir, Königin«, sagte er schließlich leise.

9.

DORAS SIORRUSH

Es war deprimierend – selbst für einen Ork.

Anders als die Menschen, deren schwaches Gemüt das Licht der Sonne so bitter benötigte wie ihr zur Schwindsucht neigender Organismus die Luft zum Atmen, hatten Unholde prinzipiell kein Problem damit, ihr Dasein in immerwährender Finsternis zu verbringen. Schließlich gehörte es zu ihren Lieblingsbeschäftigungen, sich in den Höhlen des *bolboug* zu verkriechen und dort nach Herzenslust Blutbier zu saufen und der Völlerei zu frönen, und die Modermark war ebenso berühmt wie berüchtigt dafür, dass sich nur selten ein Sonnenstrahl dorthin verirrte.

Was den Aufenthalt in den Minen von Crysalion so unerträglich machte, war keineswegs das Fehlen von Tageslicht, noch war es der Staub oder der Gestank nach Schweiß und Exkrementen. Es war die Tatsache, dass jeder verdammte Tag angefüllt war mit orkschinderischer, knochenharter Schwerstarbeit.

Zumindest nahmen Balbok und Rammar an, dass es die Tage waren, die sie damit zubrachten, denn ob draußen die Sonne oder der Mond am Himmel stand, während sie mit riesigen Hämmern auf groben Fels einschlugen, wusste niemand von ihnen. Das Einzige, was ihnen entgegenkam, war, dass die Arbeit nicht besonders kopflastig war: Es galt lediglich, den Hammer anzuheben und niederfahren zu lassen, wieder und wieder, und dabei nicht aufzufallen – denn die Sklaventreiber der Elfen verstanden keinen Spaß, und Rammar verspürte keine Lust, zu Tode geprügelt zu werden.

Wie lange sie bereits in den Gruben von Crysalion weilten, wusste keiner der Brüder mit Bestimmtheit zu sagen. Nach ihrer Ankunft hatte man ihnen ihre Kettenhemden und Kleidung abgenommen, und sie hatten sich in stinkende Lumpen gehüllt. Dann hatte man sie aneinandergekettet und ihnen Hämmer in die Klauen gedrückt, und der namenlose Vorarbeiter hatte sie durch ein wahres Labyrinth von Gängen und Stollen geführt, die von Sklavenhand in den Berg getrieben worden waren.

Die überwiegende Mehrheit der Gefangenen waren Orks; nur vereinzelt erblickte man einen Gnomen oder einen Troll. Wie viele es waren, war unmöglich abzuschätzen, zumal Rammar des Zählens nicht mächtig war. Aber in jedem Stollen, den sie betraten, schufteten elend aussehende, bis auf die Knochen abgemagerte Unholde, die nur noch ein Zerrbild des schönen und erhebenden Anblicks waren, den ein Ork eigentlich bot. Wie Maden durch verrottendes Fleisch fraßen sie sich durch den Fels, und Rammar schauderte bei dem Gedanken, wie viele seiner Artgenossen dabei wohl schon auf der Strecke geblieben sein mochten.

In einem noch vergleichsweise kurzen Gang hatte man die beiden Brüder zurückgelassen. Seither waren sie dabei, den Stollen weiter voranzutreiben. Sie schlugen Brocken für Brocken aus dem Gestein – das Geröll abzutransportieren war die Aufgabe anderer Orks, die hölzerne Tragegestelle auf dem Rücken hatten und gebückt gingen von der schweren Last.

»Sag mal, Rammar«, sagte Balbok irgendwann.

»Was willst du?«, kam es barsch zurück. Aus Wut über ihre Gefangennahme und all die Demütigungen, die sie seither über sich ergehen lassen mussten, hatte Rammar kaum noch ein Wort gesprochen.

»Hast du eigentlich eine Ahnung, was wir hier abbauen?«, fragte Balbok zwischen zwei kräftigen Schlägen, die einen ganzen Schwall kleiner Gesteinsbrocken lösten.

»*Shnorsh*, woher soll ich das wissen?«

»Na ja, ich dachte nur ...«

»Mach es lieber so wie ich und zerbrich dir den Schädel über wichtigere Dinge.«

»Nämlich?«, fragte Balbok. Der flackernde Schein der Fackeln, die den Stollen in zuckendes Dämmerlicht tauchten, ließ sein Gesicht noch länger und einfältiger erscheinen.

Rammar ließ den Hammer sinken. Mit einem verstohlenen Blick den Stollen hinab vergewisserte er sich, dass niemand in der Nähe war, der sie hören konnte. »Worüber denke ich wohl nach, Blödhirn?«, zischte er dann. »Natürlich über eine Möglichkeit, wie wir hier rauskommen!«

Balboks Gesicht wurde noch länger. »Gibt es die denn?«

»Natürlich gibt es die«, war Rammar überzeugt. »Wo es einen Weg hinein gibt, gibt es auch einen raus, man muss ihn nur finden. Etwas anderes bereitet mir wesentlich größere Sorge.«

»Und das wäre?«

»Hast du nicht gehört, was der Vorarbeiter gesagt hat? Er sagte, die Sklaven wären Margoks Diener!«

»*Korr.*«

»Und? Kommt dir das nicht seltsam vor?«

»Ein bisschen.« Balbok nickte. »Ich dachte, wir hätten diesem Margok den Garaus gemacht, ein für alle Mal.«

»Genau«, stimmte Rammar zu. »Irgendetwas stimmt ganz und gar nicht mit diesem Ort, Langer, und ich frage mich, was ...«

»Du da! Der Fette!«

Die Stimme schnitt so messerscharf durch die staubige Luft, dass sie das allgegenwärtige Dröhnen der Hämmerschläge übertönte.

Rammar zuckte zusammen.

»W-wer, Herr?«, flötete er. »Meint Ihr mich?«

»Natürlich – oder siehst du hier einen, der noch fetter ist als du?« Einer der Sklaventreiber kam den Stollen herab – ein in schwarzes Leder gekleideter Elfenkrieger, der eine mehrschwänzige Peitsche schwang, an deren Enden Eisendornen befestigt waren. Einen »Orkziemer« pflegten sie so ein Ding zu nennen.

»Du sollst dein hässliches Maul halten und arbeiten, oder ich peitsche dir das Fett von den Rippen. Hast du kapiert?«

»*Korr.*«

»Elender Fettwanst. Du wirst dir noch wünschen, Kurul hätte dich nie in die Welt gespien!«

»*Korr*«, bestätigte Rammar noch einmal, wobei er nervös auf die Enden des Orkziemers schielte, die vor ihm hin und her pendelten. Er hatte bereits gesehen, was dieses Ding anrichten konnte, und er wollte es nicht auch noch am eigenen Leib zu spüren kriegen.

»Nimm dir ein Beispiel an dem Dürren und arbeite weiter, du faules Stück Trolldung – andernfalls wird dich Cadocs Zorn treffen. Merk dir das!«

Rammar verzichtete auf eine weitere Bestätigung – stattdessen hob er den Hammer und wandte sich wieder der Felswand zu, um sie mit eifrigen Schlägen zu bearbeiten.

Noch eine ganze Weile lang spürten die Orks den argwöhnischen Blick des Sklaventreibers im Nacken. Irgendwann wagte Balbok einen raschen Blick über die Schulter – und gab Entwarnung.

»Er ist fort«, sagte er.

»Endlich!« Rammar schnaufte und verlangsamte die Folge seiner Schläge. Seine Arme hatten schon zu schmerzen begonnen. »Ich dachte schon, dieser *shnorshor* würde niemals gehen. Diese Schmalaugen haben doch alle was am *klogosh*.«

»*Korr*«, pflichtete Balbok bei. »Sie benehmen sich nicht wie Elfen, sondern wie Orks. Sogar Kurul scheinen sie zu kennen.«

»Genau das meine ich«, sagte Rammar verdrießlich. »Wann hat man je von Elfen gehört, die wissen, wer Kurul ist? Man könnte fast darüber lachen, wenn es nicht so bitter ernst wäre. Aber wenn du mich fragst, verschafft uns das einen Vorteil.«

»Tatsächlich?«

»Denk nur an unsere Mitgefangenen«, sagte Rammar. »Nicht einer von ihnen hat einen Namen. Offenbar wurden die meisten von ihnen hier unten geboren und haben das Tageslicht nie gesehen.«

»Und?«

»Da fragst du noch, du langes Elend? Etwas auf dieser Insel ist mächtig verkehrt gelaufen. Die Schmalaugen haben das Sagen, und wir Orks sind die Jammerlappen. Dabei muss es doch eigentlich umgekehrt sein. Wir müssen also dafür sorgen, dass die Dinge wieder ins Lot kommen.«

»Ins Lot?« Nun ließ auch Balbok den Hammer sinken und kratzte sich nachdenklich am Hinterkopf, von dem einige schweißnasse Haarsträhnen hingen. »Wie meinst du das?«

»*Umbal*, ich meine, dass wir die Dinge wieder geraderücken müssen. All diese Orks hier drinnen mögen den Eindruck machen, als hätte Koruk ihnen Giftpisse ins Hirn geschüttet. Aber es sind trotzdem Orks! Verstehst du, worauf ich hinauswill? Die warten nur darauf, dass jemand kommt und mit ihnen einen Aufstand anzettelt.«

»Meinst du?«, fragte Balbok wenig überzeugt.

»Und ob! Bei der nächsten sich bietenden Gelegenheit werden wir ihnen von der Modermark erzählen und von den Orks, die dort in Freiheit leben. Das wird sich wie ein Lauffeuer verbreiten, und ehe wir's uns versehen, halten diese Narren ihre Schwachköpfe für uns hin, damit wir unsere Ketten loswerden. Und wer weiß, vielleicht werden wir am Ende sogar die Häuptlinge ihres Stammes. Aus unserem eigenen *bolboug* wurden wir vertrieben, wie du dich erinnerst ...«

»Allerdings«, sagte Balbok und seufzte tief. »Ich weiß aber nicht, ob dein Plan wirklich so toll ist.«

»Hast du vielleicht einen besseren Vorschlag?«, maulte Rammar beleidigt. »Nur immer frei raus damit!«

»*Douk.*« Balbok schüttelte den Kopf.

»Dann halt dein hässliches Maul und arbeite weiter!«

»*Korr.*«

»Du wirst sehen, die warten nur darauf, uns zu ihren Anführern zu machen«, murrte Rammar, verärgert über seinen Bruder, der stets alles madig machen musste, während sie die Felswand vor ihnen wieder mit ihren Hämmern bearbeiteten. »Du wirst schon sehen ...«

Es dauerte eine Weile, bis die Gelegenheit kam, auf die Rammar hoffte, um den anderen gefangenen Orks von dem herrlichen Leben in der Freiheit der Modermark zu erzählen.

Es gab keine Schlafquartiere oder dergleichen – wenn das Signal ertönte, die Arbeit einzustellen, legten sich die Orks einfach dort nieder, wo sie gerade gestanden hatten, und betteten ihre Schädel auf harten Stein.

Also blieb nur die Essensausgabe: In Schichten wurden die Gefangenen in eine große Höhle geführt, die tief im Berg lag und in die zahllose Stollen mündeten. Aus riesigen Kesseln wurde eine Suppe ausgegeben, die man mit einem ordentlichen orkischen Magenverstimmer natürlich nicht vergleichen konnte. Sie schmeckte, als hätte man in dem Kessel den Schweiß der letzten Tage gesammelt und darin kurz einen toten Zwerg abgehangen. Nicht einmal Balbok schmeckte die stinkende Brühe. Kein Wunder, dass die Sklaven derart abgemagert waren – die Verpflegung reichte gerade mal aus, um sie am Leben zu halten, und das auch nicht unbedingt über einen längeren Zeitraum.

Immerhin bot die Essensausgabe aber die Möglichkeit, mit anderen Orks in Verbindung zu treten, und von dieser Möglichkeit gedachte Rammar regen Gebrauch zu machen.

Auch wenn es bei Strafe verboten war ...

Nachdem Balbok und er ihre Rationen erhalten hatten, zogen sie sich in eine düstere Ecke zurück, um ihre Schüsseln zu leeren. Nicht weit von ihnen entfernt kauerte ein Grünohr – ein junger Ork – in einer Felsnische und schlürfte seine Suppe.

»Schhh«, raunte Rammar ihm zu. »He, du!«

Der Angesprochene schaute herüber, sagte jedoch nichts.

»Ja, dich meine ich. Komm mal her.«

Das Grünohr, ebenso blass und abgemagert wie die übrigen Orks in der Mine, blickte verstohlen nach allen Seiten, dann schlich er zögernd heran.

»So ist es gut«, lobte Rammar. »Ich möchte dir was erzählen.«

»Ihr ... ihr seid die Neuen, nicht wahr?«, fragte der junge Ork. »Ich habe schon von dir gehört.«

»Tatsächlich?«, fragte Rammar geschmeichelt. »Offen gestanden wundert mich das nicht. Sicher hat es sich schon herumgesprochen, wie unerschrocken und tapfer ich bin und ...«

»*Douk*«, widersprach der Jüngere, der Rammar unverhohlen anstarrte, »sondern wie unglaublich fett du bist.«

»Was soll das heißen?«, brummte Rammar angesäuert und bedachte Balbok, der leise kicherte und gluckste und sich dabei eine Klaue auf sein Maul hielt, mit einem tadelnden Blick.

»Keiner von uns hat je einen Ork gesehen, der so dick ist«, erwiderte das Grünohr schlicht.

»Das liegt daran, dass ihr Kerle nur aus grüner Haut und morschen Knochen besteht«, konterte Rammar. »Ihr seid keine Orks, sondern lächerliche Klappergestelle, nichts weiter!«

Rammars harsche Worte schienen das Grünohr bis ins Mark zu treffen, und er blickte betreten zu Boden. »Ich ... ich weiß ja«, murmelte er leise. »Aber es ist nun mal nicht zu ändern ...«

»Was denn?«, fuhr Rammar ihn an. »Bist du etwa ein *ochgurash*, dass du so herumjammerst?« Sogleich war die alte Angst wieder da, die er gegenüber jenen Orks empfand, die sich zum eigenen Geschlecht hingezogen fühlten.

Zu Rammars größter Erleichterung schüttelte der junge Ork den Kopf »*Douk*. Aber was sollen wir denn tun? Die

Elfen sind die Herren, und Orks sind die Sklaven. So ist es immer gewesen, und so wird es auch immer sein.«

»Das sagst du nur, weil du es nicht besser weißt«, versetzte Rammar. »Euch fehlt einfach der Durchblick, Grünohr.«

»Ach?«, fragte das Grünohr. »Und wie meinst du das?«

»Was würdest du sagen, wenn ich dir von einem Land erzähle, in dem die Orks nicht als Sklaven leben, sondern wild und frei? Sie durchstreifen die Moore und Wälder auf der Suche nach Beute, und wehe dem, der ihnen in die Klauen fällt.«

»Warum?«, fragte der junge Ork, dessen zuletzt entmutigt herabhängende Ohren sich wissbegierig aufgerichtet hatten. »Was passiert dann mit ihm?«

»*Bru-mill*«, erwiderte Balbok, als würde das alles erklären.

»Sie nehmen ihn gefangen und foltern ihn, nur so zum Spaß«, führte Rammar genauer aus. »Oder«, fügte er mit Blick auf seinen Bruder hinzu, den allein der Gedanke an das berühmte orkische Leibgericht laut schmatzen ließ, »sie werfen ihn in einen Kessel, kochen ihn halb gar und fressen ihn.«

»Mein böser Ork!«, entfuhr es dem Grünohr voller Staunen.

»So ist es, mein ahnungsloser Freund«, sagte Rammar. »In diesem Land sind die Orks wilde Krieger, deren Äxte und *saparak'hai* weithin gefürchtet sind.«

»Was ist ein *saparak*?«, erkundigte sich der Jüngere.

Rammar glotzte ihn voller Entsetzen an. »Du weißt nicht mal, was ein *saparak* ist?«

Betretenes Kopfschütteln.

»Bei Torgas Eingeweiden, das ist ja noch um vieles schlimmer, als ich dachte!«, brauste Rammar auf. »Ein *saparak* ist die Lieblingswaffe eines Orks. Es ist ein Speer, dessen Spitze ziemlich lang und mit Widerhaken versehen ist. Hätten diese elenden Schmalaugen mir meinen nicht abgenommen, könnte ich dich jetzt damit aufspießen und dir die Eingeweide aus dem Bauch reißen, dann würdest du sehen, was für eine fabelhafte Waffe das ist.«

»Und damit kämpfen die Orks in eurem Land?«

»*Korr.*«

»Gegen wen?«

»Was weiß ich!« Rammar ruderte mit den kurzen Armen. »Menschen, Gnomen, Trolle, Zwerge – was immer ihnen eben über den Weg läuft. Es kommt nicht darauf an, gegen wen man kämpft, sondern *dass* man kämpft, verstehst du?«

Das Grünohr nickte, worauf sich ein zufriedenes Lächeln über Rammars feiste Züge legte – das allerdings nur von kurzer Dauer war.

»Was ist ein Zwerg?«, wollte das Grünohr wissen.

»Was soll das heißen? Willst du mir erzählen, du hättest noch nie einen Zwerg gesehen?«

Kopfschütteln.

»Gibt es hier auf der Insel denn keine?«

Erneutes Kopfschütteln.

»Wenigstens das«, knurrte Rammar.

»Die Hutzelbärte sind unsere Feinde«, erklärte Balbok anstelle seines Bruders. »Sie werden nur so groß.« Er machte eine unbestimmte Klauenbewegung auf Höhe seiner Knie.

»Ach so«, meinte das Grünohr erleichtert.

»Aber dafür sind sie so verschlagen wie zehn Gnomen«, fügte Rammar verdrießlich hinzu, wobei er vor allem an einen ganz bestimmten Abkömmling der Zwergenrasse dachte, der ihnen wiederholt zugesetzt hatte, und das sogar noch über den Tod hinaus. »Wo wir herkommen«, fuhr Rammar in seiner Lobeshymne auf die Modermark fort, »leben die Orks in Dörfern, *bolboug* genannt. Dort hausen sie in finsteren Höhlen und ...«

»Höhlen?«, fragte das Grünohr furchtsam.

»Schon, aber sie sind nicht wie diese hier«, beschwichtigte Rammar, »sondern warm und gemütlich, und drinnen stinkt es nach Moder und Fäulnis, genau wie es sein soll.«

»Verstehe.«

»Und weißt du, was das Beste an unserer Heimat ist?«, steuerte der dicke Ork zielstrebig auf den Höhepunkt seiner Erzählung zu.

»*Douk.*«

»Das Beste ist«, verkündete Rammar feierlich, »dass es dort keine Elfen mehr gibt!«

»Es gibt dort keine Elfen mehr?«, staunte der junge Ork.

Rammar verzog verdrießlich das Gesicht. »Das habe ich doch gerade gesagt, oder nicht?«

Grünohr war sichtlich durcheinander. »Aber wie ...?«, fragte er, wobei seine Augen wild in ihren Höhlen kullerten. »Woher ...?«

»Wo wir herkommen«, setzte Rammar noch eins drauf, »gelten Elfen nur als Pack, als Schwätzer, zu keiner großen Tat mehr fähig. Die lamentieren den ganzen Tag nur herum.«

»*Korr*«, stimmte Balbok zu, »deswegen haben sie alle ihre Schiffe bestiegen und sind zu den Fernen Gelagen gereist.«

»Gestaden«, verbesserte Rammar unwillig.

»Gestaden?«, hakte das Grünohr ängstlich nach. »Ihr sprecht von den Fernen Gestaden?«

»Allerdings. Wieso?«

Der jüngere Ork glotzte zuerst Rammar, dann Balbok mit großen Augen an. Die Verblüffung in seinen Zügen schlug dabei mehr und mehr in Entsetzen um.

»Weil«, druckste er heiser herum, »weil ...«

»Nun spuck's schon aus«, forderte Rammar ihn auf. »Was willst du uns sagen?«

»Na ja«, flüsterte Grünohr und senkte den Blick. »Das hier *sind* die Fernen Gestade.«

»Was?«, rief Rammar laut.

»Die Insel, auf der wir uns befinden«, bekräftigte der junge Ork, »wird von unseren Herren die Fernen Gestade genannt.«

»Weißt du das bestimmt?«, bohrte Rammar nach.

Kopfnicken.

»Bist du dir auch ganz sicher?«

Heftiges Kopfnicken.

Balbok und Rammar schauten einander betreten an. Mit manchem hatten sie gerechnet, aber ganz sicher nicht mit dieser Wendung.

»*Shnorsh*«, sagte Rammar nur.

»Kein Wunder, dass alle Schmalaugen unbedingt hierher wollen«, meinte Balbok verdrossen.

»He, du!«, scholl es plötzlich durch die Höhle, dass alle Gefangenen im weiten Umkreis verstummten. »Der Fette da!«

Rammar, dem klar war, dass nur er gemeint sein konnte, zuckte zusammen – und sah zu seinem Entsetzen keinen anderen als Cadoc auf sich zukommen, den Orkziemer in der Faust.

»Ich rede mit dir, du Riesenstück Trolldung!«, blaffte er. »Habe ich dir nicht gesagt, dass du dein verdammtes Maul geschlossen halten sollst?«

»Das geht nicht«, stellte Balbok klar, ehe sein Bruder etwas erwidern konnte, einen Krallenfinger belehrend erhoben.

»Ach, nein?« Cadocs ohnehin schon schmale Augen wurden noch schmaler. »Und wieso nicht?«

»Na, dann kann er ja die Suppe nicht essen«, erklärte der hagere Ork mit entwaffnender Logik.

Cadoc brauste auf. »Willst du dich über mich lustig machen?«

»*Douk*«, beteuerte Balbok kopfschüttelnd.

»Das reicht«, zischte Cadoc wutschäumend und rief noch ein paar weitere Wächter herbei. »Euch werde ich schon zeigen, dass man sich mit mir besser nicht anlegt.« Und zu den anderen Aufsehern sagte er: »Der Fette kriegt zwanzig!«

»Ist das viel?«, fragte Rammar, der von Zahlen keine rechte Vorstellung hatte.

»Fünfzig«, schnaubte Cadoc ob dieser neuerlichen Provokation. »Euch werde ich das Fürchten lehren!«

»Das kann ich schon«, versicherte Rammar.

»Siebzig!«

»Siebzig was?«, wollte Balbok wissen.

»Neunzig!«

»Aber ich wollte doch nur ...«, begann Balbok erneut. Rammar jedoch brachte ihn mit einem flehenden Blick zum Schweigen.

»Hundert!«, schrie Cadoc aufgebracht. »Peitschenhiebe! Auf den nackten – wie nennt ihr dieses Körperteil doch gleich? – *asar*!«

10.

SOUN FIRUNN

»Was soll das alles, Zauberer?«, fragte Corwyn ungehalten, noch immer zornig über das ungebetene Eindringen des alten Mannes in sein Zelt. »Von was für einem Sturm ist die Rede? Und wieso soll die Königin etwas darüber wissen?«

»Ja, wieso wohl?« Granock bedachte Alannah einmal mehr mit einem jener jugendlich-herausfordernden Blicke, die Corwyn so wütend machten. Aus welchem Grund, vermochte dieser selbst nicht genau zu sagen.

»Du sprichst in Rätseln«, sagte nun auch Alannah zu dem Zauberer, die anders als Corwyn jedoch gewillt schien, den kauzigen Alten anzuhören. »Könntest du nicht ein wenig deutlicher werden?«

»Du willst, dass ich deutlicher werde, Königin?« Granock grinste freudlos. »Ganz wie du wünschst. Hast du je etwas von den Kristallpforten gehört?«

»Den Kristallpforten?«, schnappte Corwyn, noch ehe Alannah etwas erwidern konnte. »Was soll das nun wieder?«

»Ungeduld war zu meiner Zeit die hervorstechendste und zugleich auch gefährlichste Eigenschaft der Menschen«, bemerkte Granock. »Offenbar hat sich nichts daran geändert.«

»Du musst meinem Gemahl verzeihen«, bat Alannah, die dem Alten – sehr zu Corwyns Missfallen – mit ungewohntem Respekt gegenübertrat. »Er wurde in jüngster Zeit hart geprüft und war gezwungen, schwere Entscheidungen zu treffen. Aber er ist ein weiser und vorausschauender Herrscher.«

»Wenn ich das nicht annehmen würde, Königin«, erwiderte Granock und verbeugte sich auf eine Weise, die man eher einem jungen Galan zugetraut hätte als einem alten Greis, »wäre ich nicht gekommen. Sag mir also, hast du schon einmal etwas von jenen magischen Pforten gehört?«

»Das klingt nach noch mehr Zauberei ...«, murrte Corwyn.

»In der Tat, König«, erklärte Granock. »Vor langer Zeit, als sich das Elfenreich auf dem Höhepunkt seiner Macht befand, wurden jene Pforten geöffnet, die in der Lage waren, jedwede Kreatur, die sie durchschritt, im Bruchteil eines Augenblicks über viele Tagesritte hinweg zu befördern.«

»So ein Unsinn.« Corwyn schüttelte mürrisch den Kopf. »So etwas gibt es nicht.«

»Das ist nicht ganz richtig«, sagte Alannah leise.

Corwyn starrte sie an. »Wie bitte?«

»Zu meinen Aufgaben als Hüterin des Tempels von Shakara gehörte es, über die Geheimnisse der Vergangenheit zu wachen«, erklärte sie ihm. »Und eines dieser Geheimnisse waren die kristallenen Pforten.«

»Dann weißt du um ihre Bedeutung?«, fragte Granock.

»Nein«, gestand sie. »In dem Chaos, das der Zweite Krieg hinterließ, ging ein großer Teil des alten Wissens verloren, darunter auch jenes um die magischen Tore. Ich weiß, dass es sie gab, aber ich kenne nicht ihre Bedeutung.«

»So will ich dir eröffnen, was es damit auf sich hatte«, erwiderte der Zauberer feierlich. »In alter Zeit, als sich das Elfenreich von Shakara im Norden bis Tirgas Dun im Süden und Kal Anar im Osten erstreckte, mit Tirgas Lan als seinem Mittelpunkt, erwiesen sich die weiten Wege zwischen den Zentren der Macht als Nachteil, der die materielle wie geistige Entwicklung des Reiches hemmte. Der herrschende König – es war Iliador – richtete daraufhin ein Ersuchen an den Rat der Zauberer, sich der Sache anzunehmen und eine Lösung zu finden. Der Rat fügte sich dem Wunsch des Königs und rief mit magischer Kraft den *serentir* ins Leben.«

»Den Dreistern«, übersetzte Alannah.

»So wurde er genannt«, bestätigte Granock.

»Was hatte es damit auf sich?«, fragte Corwyn.

Der Alte lächelte. »Wie groß ist die Wegstrecke, die ein Gedanke zurücklegt? Und wie lange braucht das Licht der Sonne, um nach Erdwelt zu gelangen? Dies waren die Überlegungen, die dem Dreistern zugrunde lagen. Man trachtete danach, die Macht der Magie zu nutzen, um solide Materie auf jenem Wege zu befördern, den sonst nur die Gedanken nehmen oder das Licht.«

»Du meinst – durch die Luft?«, fragte Corwyn zweifelnd.

»Wenn du es so besser verstehst – ja«, bestätigte der Alte. »Das tatsächliche Verfahren war jedoch viel komplizierter, und es nahm viele Jahre in Anspruch, es zu entwickeln. Vielleicht wäre es niemals gelungen, hätte nicht ein Elfenmagier namens Qoray, der aus dem fernen Kal Anar stammte, den entscheidenden Durchbruch erzielt. Das Ergebnis war ein Tunnel, der, durch magische Kraft geformt, die Pforten von Raum und Zeit öffnet, sodass jener, der ihn durchschreitet, im Bruchteil eines Augenblicks eine Wegstrecke zurücklegt, für die man auf herkömmlichem Weg viele Tage, wenn nicht Wochen brauchen würde.«

»Unglaublich!«, entfuhr es Corwyn.

»Und dennoch wahr. Von diesem Zeitpunkt an verbanden die Kristallpforten die Zentren des Elfenreichs und ihren Mittelpunkt Tirgas Lan miteinander und waren jeweils in beide Richtungen passierbar. Der Dreistern war geboren.«

»Woher kommt dieser Name?«, wollte Alannah wissen.

»Verbindet man auf der Karte die vier Zentren der alten Welt, so erhält man das Bild eines dreistrahligen Sterns«, erklärte Granock.

»Schön und gut«, meinte Corwyn. »Aber weshalb ist nichts von diesen Dingen bekannt? Ich für meinen Teil habe noch nie etwas von einem Dreistern gehört.«

»Bedauerlicherweise«, fuhr der Alte in seiner Erzählung fort, »waren sowohl der König als auch der Rat über das

Ergebnis ihrer Bemühungen in solche Begeisterung verfallen, dass sie nicht danach fragten, woher Qoray seine Kenntnisse hatte. Im ganzen Reich wurde die Öffnung der Kristallpforten als der Anbruch eines neuen, glanzvollen Zeitalters gefeiert, in dem alles noch besser werden würde. Das Gegenteil war jedoch der Fall.«

»Dieser Qoray«, meldete sich Alannah wieder zu Wort, »dieser Magier aus Kal Anar ...«

»Ja?«

»Ist es möglich, dass wir ihn unter einem anderen Namen kennen?«, erkundigte sich die Elfin, die die unangenehme Wahrheit bereits ahnte.

»In der Tat.« Granock nickte. »Als Qoray trat er dem Orden der Magier in jungen Jahren bei und wurde ein geachtetes Mitglied des Rates. Traurige Berühmtheit jedoch erlangte er unter dem Namen, den er sich gab, nachdem er dem Bösen verfallen war: Margok.«

»Margok?«, echote Corwyn. »Der Dunkelelf?«

»Du kennst ihn?«

»Gewissermaßen«, räumte der König ein, der sich schaudernd an den Kampf gegen Margoks bösen Geist erinnerte.

Granock nickte düster. »In seiner Begeisterung stellte der Rat der Zauberer keine Fragen. Man war von Qorays Fähigkeiten beeindruckt, man feierte ihn als Helden und setzte ihm steinerne Denkmäler. Doch Qoray bediente sich der Kraft der magischen Kristalle, um die Schlünde von Zeit und Raum zu öffnen und seine Armeen der Finsternis binnen eines Lidschlags von einem Teil des Reiches in einen anderen zu befördern. So trug er die Flamme des Krieges bis in die entlegensten Winkel von Erdwelt.«

»Der Erste Krieg der Völker«, flüsterte Alannah. »So also ist es damals gewesen. Ich habe mich immer gefragt, wie es Margok gelingen konnte, die Wächter unseres Volkes zu täuschen.«

»Mit dunkler Magie«, gab Granock zur Antwort.

»Woher weißt du das alles?«, wollte Corwyn wissen, dessen Zweifel noch immer nicht versiegt waren. »Bist du etwa dabei gewesen?«

»Natürlich nicht«, antwortete der Zauberer und schien zum ersten Mal die Geduld zu verlieren. »All dies hat sich nach eurer Zeitrechnung vor fast zwanzigtausend Jahren ereignet, und da ich selbst gerade tausend Winter gesehen habe ...«

»Willst du uns verhöhnen?«, unterbrach ihn Corwyn. »Kein Mensch lebt derart lange! Hör auf, uns etwas vorzulügen!«

»Du tätest gut daran, deine Worte sorgfältiger zu wählen, König«, knurrte Granock. »Ich bin kein Lügner.«

»Dennoch bist du nur ein Mensch, oder?«

»Durchaus«, räumte der Alte ein. »Aber du wärst bestürzt zu erfahren, wozu die Kraft der Magie befähigt.«

»Elfenmagie«, gab Corwyn zu, »aber nicht die eines gewöhnlichen Sterblichen.«

»In Fällen außergewöhnlicher Begabung«, wusste Alannah, »wurden auch Menschen in den Orden aufgenommen und in die magischen Geheimnisse eingeweiht ...«

»Schön, dass du dich zumindest daran erinnerst«, bemerkte Granock nicht ohne Bitterkeit.

»... bis sich die Menschen von den falschen Versprechungen Margoks verlocken ließen«, fuhr Alannah fort, »und sich im Zweiten Krieg mit den Orks verbündeten, um die Macht der Elfenkönige zu brechen und das Land in Finsternis zu stürzen.«

»Damit habe ich nichts zu tun«, erklärte der Alte. »Ich kämpfte bis zuletzt auf der Seite des Lichts, bis zur entscheidenden Schlacht, die um die Mauern Tirgas Lans geschlagen wurde und mit der Niederwerfung Margoks endete. Zumindest«, fügte er leiser hinzu, als er Corwyns vorwurfsvollen Blick bemerkte, »dachten wir damals, dass der Dunkelelf besiegt wäre.«

»Wir wollten dir nichts unterstellen«, versicherte Alannah.

»Das Ende des Zweiten Krieges markierte auch das Ende des Ordens«, beendete Granock seinen Bericht. »Alle Zauberer, die sich mit Margok verbündet hatten, wurden von König Farawyn zum Tode verurteilt. Nur einer entging seinem Gericht – Rurak der Grausame. Aber wie ich hörte, wurde auch er inzwischen zur Rechenschaft gezogen. Ironischerweise von zwei von Margoks Kreaturen.«

»Das ist wahr«, pflichtete Alannah ihm bei. »Es waren zwei Orks, die Rurak vernichteten und dafür sorgten, dass der Bann von Tirgas Lan gebrochen wurde. Seither ruht die Krone Farawyns auf Corwyns Haupt.«

Granock nickte. »Ich habe davon gehört.«

»Tatsächlich?«, fragte Corwyn. »Warum bist du dann nicht nach Tirgas Lan gekommen, um uns bei unserem Kampf beizustehen, wenn du schon alles weißt und angeblich auf unserer Seite stehst? Wir hätten deine Hilfe gut gebrauchen können.«

»Daran zweifle ich nicht«, erwiderte der Alte unbescheiden. »Aber als einer der wenigen, die gegen Margok gekämpft und das Inferno überlebt haben, hatte ich der Welt entsagt und mich in die Einsamkeit zurückgezogen, um zu vergessen.«

»Tausend Jahre lang?«, fragte Corwyn ungläubig.

»Ich hatte viel gesehen«, sagte Granock, als würde dies alles erklären. »Die Narben waren tief, und der Schmerz war groß.«

»Schmerz? Weswegen?«, erkundigte sich Alannah.

Der Blick, mit dem er ihre Frage erwiderte, war einmal mehr unmöglich zu deuten. »Das willst du nicht wissen, Königin«, sagte er dann mit derartiger Überzeugung, dass weder Alannah noch Corwyn den Drang verspürten, noch einmal nachzuhaken.

»Warum bist du dann trotzdem zu den Menschen zurückgekehrt?«, wollte Alannah stattdessen wissen.

»Wäre es nach mir gegangen, so wäre ich bis zu meinem Lebensende im Kerker der Einsamkeit verharrt, Königin.

Aber es ist etwas geschehen, das meine Rückkehr unumgänglich machte.«

»Und das wäre?«, fragte Corwyn.

»Die Verbindung wurde wieder geöffnet«, flüsterte der Alte, und sein Blick jagte dem ehemaligen Kopfgeldjäger eisige Schauer über den Rücken. »Ich konnte es fühlen.«

»Die Verbindung? Welche Verbindung?«

»Die Kristallpforten«, erklärte Alannah.

»Die alte Magie ist wieder zurückgekehrt«, fuhr Granock fort, »und mit ihr das Böse.«

»Zurückgekehrt?« Alannah hob die schmalen Brauen. »Wohin zurückgekehrt? Ich verstehe nicht, was du meinst.«

»Dorthin, wo einst alles begann«, lautete die leise, fast unhörbare Antwort. »An die Fernen Gestade …«

11.

ASAR LUT

»Sag nichts, verstanden? Sag einfach gar nichts ...«

Balbok kannte seinen Bruder lange und gut genug, um zu wissen, dass es wirklich besser war, den Mund zu halten. Denn wenn Rammar so sprach, mit dieser leisen, oberflächlich ruhigen, aber vor Wut leicht zitternden Stimme, stand er kurz davor, in *saobh* zu verfallen.

»*Korr*«, sagte er deshalb und senkte das Haupt, während er zusah, wie man den arg in Mitleidenschaft gezogenen *asar* seines Bruders »versorgte«.

Die ersten zwanzig Peitschenhiebe hatte Rammar mit seinem gut gepolsterten Hinterteil noch recht locker weggesteckt, und auch die nächsten dreißig hatte er zwar gespürt, doch die Schmerzen waren erträglich gewesen. Dann allerdings hatten die stachelbesetzten Enden des Orkziemers die Hornhaut durchdrungen und dem jammernden Unhold im wahrsten Sinn des Wortes den *asar* aufgerissen.

Ganze zwei Schläge lang hatte Rammar tapfer ausgehalten, dann hatte er angefangen zu jammern und zu jaulen. Cadoc jedoch hatte die Peitsche gnadenlos weitertanzen lassen, wieder und wieder, bis sich Rammars Sitzfleisch in eine von Rissen durchzogene Kraterlandschaft verwandelt hatte, die in Balbok sehnsüchtige Erinnerungen an die ach so ferne Modermark weckte.

»›Siebzig was?‹«, tönte Rammar, die Stimme seines Bruders nachäffend. »›Siebzig was?‹ Musstest du denn so dämlich fragen und damit die Anzahl der Hiebe noch nach oben treiben?«

»Aber Rammar, ich hab doch nur ...«

»Maul halten, hab ich gesagt!«, brüllte Rammar, der nach vorn gebeugt über einem Felsblock hing und einen letzten Rest an Würde zu bewahren versuchte, während der Vorarbeiter, den sie am Tag ihrer Ankunft kennengelernt hatten, dabei war, die zahllosen Risse zu flicken, die seinen Hintern überzogen. Die Werkzeuge, die er dazu benutzte, waren eine Knochennadel und ein Faden aus Gnomendarm, der verrotten würde, wenn er seinen Zweck erfüllt hatte. »Und wehe, dieser verdammte *umbal* näht etwas zu, das offen bleiben sollte, dann stopf ich ihm das eigene Gesicht in den Schlund!«

»Keine Sorge«, versicherte der Gescholtene, »ich habe einige Übung darin. Du bist nicht der Erste, den Cadoc auf diese Weise bestraft hat, das kannst du mir glauben.«

»Aber vielleicht ja der Letzte«, maulte Rammar. »Wenn ich diesem Orkschinder das nächste Mal begegnäääh...«

Sein Gezeter ging in einen lang gezogenen Schmerzensschrei unter, als die Nadel in das blutige Fleisch gerammt wurde, um schon im nächsten Moment wieder daraus aufzutauchen, den Faden im Schlepp. Und noch einmal. Und noch einmal ...

»Du elender *umbal*!«, jammerte Rammar in seiner Not, während er mit geballten Pranken auf den Felsblock einschlug. »Das alles ist wieder mal nur deine Schuld! Du hättest mich warnen sollen ...«

»Das habe ich«, brachte Balbok in Erinnerung. »Ich hab dir gesagt, dass dein Plan nicht funktionieren wird, aber du wolltest nicht auf mich hören.«

»Dann hättest du mich unter Einsatz deines Lebens davon abhalten müssen«, jammerte der dicke Ork. »Man lässt seinen Bruder nicht in den offenen *saparak* laufen.«

»Aber Rammar, du sagtest doch ...«

»Geh mir aus den Augen! Wenn ich dein langes Gesicht sehe und deinen treu-dämlichen Blick, dann könnte ich auf der Stelle kotzen. Mein Bruder willst du sein? Ich sag dir was: Du bist nicht besser als diese verdammten Schmalaugen, die es nur darauf abgesehen haben, mich zu quälen. Verschwinde, hörst du? Hau einfach ab und lass mich in Ruhe ...«

Traurig ließ Balbok den Kopf hängen und zog sich zurück – freilich nur so weit, wie es die Kette erlaubte, durch die er mit Rammar auf Gedeih und Verderb zusammengeschmiedet war. Es klirrte, als er sich zu Boden fallen ließ und schmollend das lange Kinn auf die Fäuste stützte.

»Fertig«, verkündete der Vorarbeiter auf einmal.

»I-im Ernst?«

»Mehr kann ich nicht tun«, bedauerte der schmächtige Ork, der mit dem Ergebnis seine Arbeit sichtlich zufrieden war. Zumindest sah Rammars Kehrseite nicht mehr wie eine Kraterlandschaft aus. Balbok fand, dass sie mit ihren Rissen und Nähten eine gewisse Ähnlichkeit mit dem Gesicht eines Kriegstrolls hatte.

Rammar bemühte sich vergeblich, einen Blick auf sein Hinterteil zu werfen, was zum einen an dessen ungünstiger Position lag, zum anderen aber auch an seiner Leibesfülle. Ächzend versuchte er, sich wieder aufzuraffen. Als Balbok ihm zu Hilfe kommen wollte, wies er ihn brüsk zurück. Indem er wie wild mit den Armen ruderte, fand er schließlich aus eigener Kraft wieder auf die kurzen Beine. Seinem bekümmerten Gesichtsausdruck war zu entnehmen, dass er noch immer ziemliche Schmerzen hatte. Unbeholfen zerrte er seine Lumpen zurecht, sodass sie das Schandmal bedeckten.

»Wird es gehen?«, erkundigte sich Balbok zaghaft.

»Was interessiert dich das?«, schnappte Rammar zornig.

»Ich glaube, du tust deinem Bruder Unrecht«, meinte der Vorarbeiter. »Er kann nichts für das, was dir passiert ist. Die Schuld liegt bei den Dunkelelfen.«

»Glaub mir, das weiß ich besser«, knurrte Rammar. »Dieser verdammte *umbal* hat uns schon so oft in die *shnorsh* geritten, dass ich ...« Er unterbrach sich, als ihm bewusst wurde, was der andere soeben gesagt hatte. »Dunkelelfen?«, hakte er nach.

Der Ork nickte traurig. »Sie haben sich der Finsternis verschrieben und sind böse und verdorben bis ins Mark.«

»Du meinst so wie Margok?«, erkundigte sich Balbok.

»Maul halten«, schnauzte Rammar, sodass sein Bruder zusammenzuckte. »Von dir will ich nichts mehr hören!«

»Aber er hat recht«, versicherte der Vorarbeiter. »Die Dunkelelfen sind Margoks Kinder.«

»Was du nicht sagst«, murmelte Rammar und vergaß über diese Neuigkeit gar seinen schmerzenden Hintern. Er wusste, wer Margok war – schließlich waren Balbok und er es gewesen, die dem Geist des Dunkelelfen den Garaus gemacht und dem Kopfgeldjäger damit den Weg zum Thron geebnet hatten. Aber dass nach der langen Zeit, die seit dem Ende des Zweiten Krieges verstrichen war, noch Anhänger von ihm am Leben sein sollten, wollte Rammar nicht in den Schädel. »Ich dachte, Margoks Helfer wären restlos ausgerottet worden?«

»Hier haben sie überlebt«, erklärte der schmächtige Ork.

»Dann sind das hier wirklich die Fernen Gestade?«, erkundigte sich Rammar in Erinnerung an das, was das Grünohr erzählt hatte.

»Allerdings.«

»Aber wie kann das sein? Hieß es nicht immer, die Schmalaugen lebten hier in immerwährender Freude und Frieden und Sonnenschein und all dem ganzen Kram?«

»So ist es einst auch gewesen – bis der Schatten Margoks auf die Insel fiel.«

»Was bedeutet das nun wieder? Du redest schon genauso geschwollen daher wie die Schmalaugen.«

»Ich kann euch nur das wenige berichten, das ich weiß«, erwiderte der Ork, »und was von Generation zu Generation unter uns Sklaven weitergegeben wurde.«

»Und das wäre?«

»Zur Zeit des Zweiten Krieges brach eine große Streitmacht vom Festland auf, um im Auftrag Margoks die Fernen Gestade zu erobern – eine Flotte von tausend Schiffen, bemannt mit Orks und Menschenkriegern.«

»Und? Wie ist es ausgegangen?«

»Wir wurden vernichtend geschlagen.«

»Das wundert mich nicht, wenn Milchgesichter dabei waren«, frotzelte Rammar. »Und was weiter?«

»Die Flotte wurde zerstört, die Orks gerieten in Gefangenschaft und wurden versklavt – wir, mein Freund, sind ihre Nachkommen.«

»Ich verstehe. Und die Menschen? Was ist mit denen passiert?«

»Das wissen wir nicht.«

»Und die verdammten Schmalaugen? Warum benehmen die sich so eigenartig?«

»Auch das wissen wir nicht.«

»Hmm ...«, machte Rammar. »Aber wenn das hier die Fernen Gestade sind, dann wissen wir jetzt wenigstens, warum es hier so viele Schmalaugen gibt. Schließlich haben sie *sochgal* verlassen und sind ...« – er verstellte seine Stimme, um sie näselnd und blasiert klingen zu lassen, als wäre sie die eines Elfen – »... nach den Fernen Gestaden entschwunden, wo immerwährendes Glück und Freude herrschen.«

»*Korr*«, stimmte der Vorarbeiter zu, »aber nicht alle Elfen, die die Insel zu sehen kriegten, schafften es auch, ihren Fuß auf dieses Eiland zu setzen.«

Rammar sah ihn erstaunt an. »Was soll das jetzt wieder heißen?«

»Angeblich«, erklärte der schmächtige Ork und senkte die Stimme geheimnisvoll, »haust in den Gewässern nördlich der Insel ein Ungeheuer, das schon zahllose Schiffe auf den Grund des Meeres gezogen hat.«

»Aber das erklärt noch nicht, warum die Schmalaugen hier so ganz anders sind als die, die wir von zu Hause kennen«, meinte Rammar. »Irgendetwas scheint mit ihnen zu passieren, wenn sie diese Insel betreten.«

»Vielleicht liegt es ja an dem *uchl-bhuurz*«, vermutete Balbok in schnöder Missachtung des Redeverbots, das sein Bruder über ihn verhängt hatte.

Entsprechend barsch fiel Rammars Reaktion aus. »Hat dich jemand gefragt, Hirntod?«

»*Douk.*«

»Vielleicht«, überlegte Rammar laut, als wäre es sein ureigenster Gedanke, »liegt es ja an dem *uchl-bhuurz*.«

»Wie meinst du das?«, fragte der Vorarbeiter.

»Na ja – möglicherweise jagt dieses Seeungeheuer den Schmalaugen solchen Schrecken ein, dass sie darüber glatt ihre guten Vorsätze vergessen und bitterböse Dunkelelfen werden. Wäre möglich, oder nicht?«

»Ich weiß nicht.« Der schmächtige Ork schüttelte den Kopf. »Ich glaube nicht, dass der Dunkle Herrscher sein Reich einem Meeresungeheuer verdankt.«

»Der Dunkle Herrscher?«

Der schmächtige Ork nickte. »Margok.«

»Ähm.« Rammar räusperte sich. Die Unwissenheit des anderen nervte ihn gewaltig, aber da der ihm den zerschundenen *asar* geflickt hatte, wollte sich Rammar das nicht allzu sehr anmerken lassen. »Vielleicht hat es sich ja noch nicht bis auf eure Insel herumgesprochen«, sagte er und zwang sich dabei zu einem Grinsen, »aber Margok ist tot.«

»*Douk*«, verneinte der andere kategorisch, »er lebt!«

»Was du nicht sagst. Und wenn ich dir erzähle, dass mein Bruder und ich mit eigenen Augen gesehen haben, wie Margok – oder vielmehr das, was noch von ihm übrig war – von einem untoten Drachen gefressen wurde? Was dann?«

»Margok lebt!«, behauptete der andere Ork mit ärgerlicher Beharrlichkeit. »Er residiert in den Gewölben, die sich über uns befinden, im Turm der Festung Crysalion.«

»Tut er nicht«, widersprach Rammar und vergaß beinahe seine guten Vorsätze.

»Und ob.«

»Willst du behaupten, dass ich lüge?«, fragte Rammar und funkelte den Vorarbeiter an, dass es diesem das letzte bisschen Grün aus den ausgemergelten Zügen trieb.

»Das käme mir nie in den Sinn«, versicherte er und hob beschwichtigend die Klauen. »Aber jener, der dort in der Festung haust und unser aller Gebieter ist, nennt sich Margok.«

»Dann muss er ein windiger Betrüger sein«, war Rammar überzeugt. »Das Original hat sich vor unseren Augen in seine Bestandteile zerlegt.«

»Wie du meinst. Aber Cadoc gegenüber solltest du das lieber nicht behaupten – andernfalls wird ein Stück Gnomendarm nicht mehr ausreichen, dich zusammenzuflicken.«

Rammar ließ ein grimmiges Grunzen vernehmen, und seine Augen verengten sich zu Schlitzen.

Noch ein Rätsel, das diese geheimnisvolle Insel umgab – dabei konnte er Rätsel auf den Tod nicht ausstehen. Er bevorzugte klare Verhältnisse. Daheim in der Modermark war alles eindeutig geregelt. Feinde waren an der Farbe ihres Blutes zu erkennen oder daran, dass sie mit dem *saparak* auf einen losgingen. Sobald man es jedoch mit Menschen oder – noch schlimmer – mit Elfen zu tun bekam, war absolutes Chaos angesagt.

Schmalaugen und Milchgesichter hatten die nervende Eigenschaft, die Dinge unnötig zu verkomplizieren. Freunde sahen wie Feinde aus und umgekehrt, und Totgeglaubte standen plötzlich wieder vor einem. Wenn es etwas gab, dass bei Elfen und Menschen sicher war, dann dass sie einfach unberechenbar waren.

Bei den Orks war das ganz anders. Ein Ork war tot, oder er war es eben nicht, er war ein Verbündeter oder ein Feind, ein dämlicher Hund oder … na ja, etwas weniger dämlich. Dazwischen gab es nichts, keine Grautöne und keine Schattierungen, die das Leben unnötig verwirrten. Keine Schurken, die zu Helden wurden, oder umgekehrt. Man war, was man war, von dem Augenblick an, da Kurul einen in die Welt spuckte, bis zu dem Moment, da man den Schädel gespalten bekam oder infolge von zu viel Blutbier in einen Rausch versank, aus dem man nicht mehr aufwachte.

Klare Verhältnisse.

Keine Fragen.

Dieser Ort aber war voller Rätsel, und mit jeder Antwort, die Rammar erhielt, ergaben sich mindestens zehn neue Unklarheiten.

Hatten die anderen Orks recht und waren dies tatsächlich die Fernen Gestade? Wenn ja, was war den Elfen widerfahren, dass sie von lauwarmen Schwätzern zu Orkschindern geworden waren? Und sollte Margok tatsächlich noch am Leben sein? Sollte er es geschafft haben, die Konfrontation mit dem Dragnadh zu überleben?

Rammar konnte es sich nicht vorstellen, aber andererseits war ihm die eigene Anwesenheit auf dieser Insel noch immer ziemlich unerklärlich. Was also sollte er tun?

Er brauchte Antworten. Und zwar möglichst rasch ...

»Balbok«, rief er seinen Bruder.

»*K-korr* :...?«

»Worauf wartest du? Komm gefälligst her!«

Balbok, der sich nach der letzten brüsken Zurückweisung schmollend in eine Felsnische verzogen hatte, schaute ihn misstrauisch an. »Bist du mir auch nicht mehr böse?«

»Natürlich bin ich dir noch böse, *umbal*! Mein *asar* schmerzt, als hätten zehn verrückte *faihok'hai* darauf einen Kriegstanz aufgeführt.«

»A-aber?«

»Aber ich brauche dich, um meinen neuen Plan in die Tat umzusetzen, also komm verdammt noch mal her!«

»Ein – ein neuer Plan?« Neugierig huschte Balbok heran. »Kein Sklavenaufstand mehr?«

»*Douk*«, verneinte Rammar und streifte den Vorarbeiter mit einem verächtlichen Seitenblick. »Mit diesen *ochgurash'hai* ist kein Gnomenkopf zu gewinnen.* Man kann sich nur auf einen verlassen ...«

»*Korr.*« Balbok nickte geschmeichelt, »ich werde dich nicht enttäu...«

---

* orkische Redensart

»... nämlich auf sich selbst«, vollendete Rammar seine Weisheit. »Willst du wissen, wie mein neuer Plan aussieht?«

Balbok seufzte. »*Korr.*«

»Wir müssen herausfinden, was auf dieser verdammten Insel vor sich geht. Wir brauchen Antworten, und da sie uns keiner dieser elenden Gemüsefresser geben kann, müssen wir sie uns eben selber suchen.«

»Und wie?«

»Wir werden fliehen«, flüsterte Rammar ihm zu.

»Fliehen?« Balbok machte große Augen.

»*Korr.* Sobald sich die Gelegenheit dazu bietet.«

»Und das ist der Plan?«

»Allerdings.«

Balboks Blick wirkte unentschlossen. »Ich weiß nicht recht«, meinte er.

»Was weißt du nicht?«

»Ob ich dir das jetzt ausreden soll oder nicht. Nachher heißt es wieder, ich hätte dich in den offenen *saparak* laufen lassen.«

»Du kannst ja mal versuchen, mir dieses Vorhaben auszureden«, sagte Rammar mit wölfischem Grinsen. »Dann wird es dein *asar* sein, der nach allen Regeln der Kunst aufgerissen wird – und zwar von mir persönlich. Ich will Antworten, und dazu muss ich aus dieser Höhle raus. Und du, Faulhirn, wirst mir dabei helfen!«

»Aber Rammar, wie sollen wir das denn anstellen? Es gibt keinen Weg nach draußen.«

»*Umbal!* Natürlich gibt es einen, das ist klar wie Zwergenpisse. Oder was glaubst du, woher dieser Cadoc und die anderen Orkschinder kommen?«

»Sie benutzen eine Seilwinde, die durch einen Schacht ins Innere des Berges führt«, wusste der Vorarbeiter zu berichten. »Allerdings würde ich euch nicht raten, diesen Weg zu nehmen.«

»So? Und warum nicht?«

»Weil ihr es erstens mit der gesamten Legion zu tun bekämt, und weil zweitens ...« Er unterbrach sich und bedachte mit einem vielsagenden Blick Rammars Leibesfülle, an der auch das karge Sklavendasein bisher nur wenig hatte ändern können.

»Was?«, verlangte Rammar zu wissen. »Nun spuck's schon aus!«

»Die Seilwinde«, erklärte der Ork ein wenig kleinlaut. »Ich denke nicht, dass sie dich tragen wird. Aber«, fügte er schnell hinzu, »es gibt auch noch einen anderen Weg.«

»Wusste ich's doch.« Rammar strahlte.

»Wie es heißt, führt einer der alten Stollen, die von der Haupthöhle abzweigen, nach draußen.«

»Na also!«

»Allerdings«, gab der Vorarbeiter zu bedenken, »soll er geradewegs in ein Labyrinth aus Höhlen und stillgelegten Stollen führen, aus dem man nie wieder herausfindet, wenn man nicht den genauen Weg kennt. Und da sind noch die Wächter.«

»Was für Wächter?«

»Die Wächter der Dunkelheit«, erklärte der Vorarbeiter schaudernd.

»Was für Zeug?«

»Sie sind der Grund dafür, dass die Dunkelelfen diesen Ausgang nicht bewachen. Die Wächter übernehmen das für sie – und wie es heißt, ist es keinem Gefangenen je gelungen, sie zu überwinden. Die es versuchten, starben einen grausamen Tod.«

»E-ernsthaft?«, fragte Rammar, dessen Entschlossenheit schlagartig zu bröckeln begann.

»Allerdings«, bestätigte der andere düster. »Man hat nie wieder von ihnen gehört«

»Vielleicht«, wandte Balbok ein, »liegt das ja auch daran, dass sie es nach draußen geschafft haben.«

»Natürlich«, stimmte Rammar zu, der wieder Hoffnung schöpfte. »Wenn ich hier raus wäre, würde ich mich auch einen *shnorsh* um das scheren, was hier in den Minen vor sich geht. Wahrscheinlich sitzen sie alle längst gemütlich in einer Höhle und erfreuen sich ihrer Freiheit.«

»Meint ihr wirklich?« Der Vorarbeiter verzog die hageren Züge. »Es heißt, die Gänge des Labyrinths wären von den Knochen jener übersät, die den Wächtern zum Opfer gefallen sind. Ich glaube nicht, dass es einer von denen nach draußen geschafft hat.«

»Dann«, sagte Balbok entschlossen, der die Gelegenheit, das Wohlwollen seines Bruders zurückzugewinnen, gekommen sah, »werden wir eben die Ersten sein. Nicht wahr, Rammar?«

»*Korr*«, stimmte dieser zu, wenn auch nicht ganz so überzeugt – und einmal mehr hatte er das Gefühl, dass sein so langer wie dämlicher Bruder schon wieder einmal dabei war, ihn in Schwierigkeiten zu bringen …

12.

CUL ANN TIRGAS-LAN

Auch wenn er nie geglaubt hätte, zu derlei Empfindungen fähig zu sein – nach all der Zeit, die er fern von zu Hause in der Fremde verbracht hatte, fühlte es sich gut an, zurück zu sein und Tirgas Lan wiederzusehen: die stolzen zinnenbewehrten Mauern, die die alte Königsstadt umgaben; die vielen von lodernden Fackeln gekrönten Türme, die sich in den Nachthimmel erhoben; die schlanken Gebäude mit ihren Säulenhallen und Wandelgängen; und schließlich die Zitadelle, die inmitten des Häusermeers aufragte und deren trutzige Erscheinung die Macht erahnen ließ, die einst von diesem Ort ausgegangen war.

All das weckte Erinnerungen.

Erinnerungen an den Krieg.

An den Tod.

Und an grässliche Schrecken ...

Das letzte Mal, als Dun'ras Ruuhl seinen Fuß in die Königsstadt gesetzt hatte, war es während des Krieges gewesen. Die Luft war erfüllt gewesen vom Klirren der Schwerter und vom Geschrei der Verwundeten. Das Lodern zahlloser Feuer und das Flackern mächtiger Blitze hatten die Nacht erhellt, und über allem war das Gebrüll der Unholde zu hören gewesen, die sich den Kämpfern des Lichts todesverachtend entgegenwarfen.

So undenklich lange lag das zurück, dass Ruuhl sich nicht mehr entsann, auf wessen Seite und gegen wen er gefochten hatte. Der Kampf selbst war es, an den er sich erinnerte, über alles andere hatte sich das Vergessen wie ein dunkler Schatten gelegt.

Eines jedoch wusste er mit Bestimmtheit: dass er die Stadt damals durch das Haupttor betreten und sich nicht wie ein Dieb hineingeschlichen hatte.

In einer waghalsigen Kletterpartie waren der Dunkelelf und seine Begleiter über die Mauer ins Innere der Stadt gelangt, unbemerkt von den Wachen, die auf den Türmen und Wehrgängen patrouillierten. Sie mieden die Hauptstraßen und bewegten sich nur durch unbeleuchtete Gassen. Auf diese Weise näherten sie sich der Zitadelle, wobei Ruuhl selbst darüber verwundert war, wie gut er sich in Tirgas Lan noch immer auskannte.

Er musste in die Zitadelle eindringen, denn er brauchte Gewissheit.

Traf zu, was er vermutete, seit er das steinerne Antlitz jener Frau erblickt hatte, die als Königin über dieses Land herrschte, so stand der Beginn eines neuen Zeitalters bevor – und ihm, Dun'ras Ruuhl, fiel die Aufgabe zu, das Tor zu jener neuen Zeitrechnung aufzustoßen!

Soeben kehrte der Späher zurück, den er vorausgeschickt hatte, während er sich mit dem Rest seiner Krieger in einer dunklen Gasse verbarg. Bis zur Zitadelle war es nicht mehr weit; man konnte die weißen Mauern und die senkrecht aufragenden nadelspitzen Türme bereits über den Häusern ausmachen.

»Wie viele?«, fragte Dun'ras nur.

»Vier Wächter«, erstattete der Späher Bericht.

»Das Tor?«

»Steht offen, aber das Fallgitter ist unten.«

»Sehr gut.« Ruuhls aschgraue Gesichtszüge verzogen sich zu einem grausamen Lächeln. »Ich denke nicht, dass uns das aufhalten wird.«

»Das denke ich auch nicht, Gebieter«, gab der Späher zurück.

In aller Eile erläuterte der Dun'ras seinen Leuten den Plan, den er sich zurechtgelegt hatte. Dann zückten sie auch schon ihre Klingen und eilten die Gasse hinab, um die Befehle ihres Anführers in die Tat umzusetzen.

Ruuhl folgte ihnen in einigem Abstand.

Zur Sorge bestand kein Anlass. Er war überzeugt davon, dass seine Leibwächter den Sterblichen haushoch überlegen waren – und bekam sogleich den Beweis dafür.

Die Dunkelelfen handelten blitzschnell. Sie huschten aus der Gasse, um sofort wieder mit den Schatten der Nacht zu verschmelzen. Während sie den Vorplatz der Zitadelle überquerten, bewegten sie sich so lautlos, als würden ihre Füße den Boden nicht berühren.

Als die Menschen die Angreifer gewahrten, war es bereits um sie geschehen. Einer von ihnen sank mit durchschnittener Kehle zu Boden, noch ehe er überhaupt begriff, was vor sich ging. Ein zweiter kam noch dazu, seine Hellebarde zu senken, doch es nutzte ihm nichts. Die Klinge eines Dunkelelfen fuhr in seine Brust und durchbohrte sein Herz, und während die beiden verbliebenen Wächter noch auf ihre leblos niedersinkenden Kameraden starrten, brach auch über sie das Verderben herein.

Der eine brach blutüberströmt zusammen, von zahlreichen Säbelhieben getroffen, der andere riss den Mund auf, um einen Alarmruf auszustoßen, doch eine blanke Klinge fuhr ihm in den Schlund, als wollte sie den Schrei zurückstoßen, und das mit derartiger Wucht, dass sie im Nacken wieder austrat.

Der Kampf – wenn man überhaupt von einem solchen sprechen konnte – dauerte nicht länger als ein paar Augenblicke. Als Dun'ras Ruuhl zu seinen Leuten aufschloss, war schon alles vorbei.

Zwei der Leibwächter kletterten schnurstracks am Fallgitter empor und erklommen die Zinnen des Torbogens. Kurz darauf begann sich das aus eisenbeschlagenen Holzpfeilern gefertigte Gitter knarrend zu heben – gerade so weit, dass Ruuhl und seine Leute darunter hindurchschlüpfen konnten. Die Leichen der erschlagenen Wachen schleiften sie mit und versteckten sie in einer dunklen Nische, damit sie nicht gleich gefunden wurden.

Augenblicke später war das Gitter bereits wieder herabgelassen, und kaum etwas wies mehr auf das tödliche Zwischenspiel hin, das sich am Tor der Zitadelle abgespielt hatte, abgesehen von den Blutspuren auf dem Pflaster, die spätestens bei Tagesanbruch für Aufsehen sorgen würden. Bis dahin jedoch, so hoffte Dun'ras Ruuhl, würde er in Erfahrung gebracht haben, was er um jeden Preis wissen wollte ...

Er hatte mit dem Gedanken gespielt, am hellen Tage und ganz offiziell beim König vorzusprechen. Aber zum einen hätte er damit das Moment der Überraschung eingebüßt, und zum anderen war es nicht die Art eines Dun'ras, jemanden um etwas zu bitten – schon gar nicht einen Menschen. Wenn es tatsächlich *sie* war, die bei ihm weilte, so wurde sie dort gegen ihren Willen festgehalten. Das erklärte ihr Verschwinden und nährte gleichzeitig die Aussicht, dass sie zurückkehren würde, wenn sie erfuhr, was in der Zwischenzeit geschehen war. Und er, Dun'ras Ruuhl, würde für seine Treue reich belohnt werden ...

Der König schien sich in seiner Festung sehr sicher zu fühlen. Nur vereinzelt waren Wachen auf den Wehrgängen zu sehen, die zu umgehen keine Schwierigkeit darstellte. Zwei weitere Posten, die den Zugang zum Burgfried bewachten, wurden von den Dunkelelfen schnell und lautlos niedergemetzelt. Dann huschten Ruuhl und seine Schergen in das von Fackelschein beleuchtete Halbdunkel, das jenseits der Pforte herrschte, und durchquerten den weiten, von Standbildern gesäumten Saal.

Beeindruckt von seinem eigenen Wissen, stellte der Dun'ras fest, dass er die meisten der Gestalten kannte, die von den Statuen dargestellt wurden. Es waren die *twari*, die Könige der Alten Zeit. Ruuhl erkannte Glyndyr, Eoghan, Parthalon, Sigwyn, Iliador und noch einige mehr, und sie erinnerten ihn einmal mehr daran, auf welch geschichtsträchtigem Boden er wandelte – und wie groß die Schande war, dass ein

Sterblicher den Thron von Tirgas Lan besetzte. Allerdings eine, die sich ausmerzen ließ ...

Über eine breite Treppe ging es hinauf zum Thronsaal und den königlichen Gemächern – und dort stießen die Eindringlinge schließlich auf Widerstand.

»Wer da?«, fragte plötzlich jemand in der Sprache der Westmenschen, und am obersten Treppenabsatz zeigte sich ein bärtiger Mann, der den grünen Rock eines Hauptmanns der königlichen Leibwache trug.

»Aus dem Weg, Mensch!«, befahl Dun'ras Ruuhl verächtlich.

»Wer seid ihr? Wer hat euch eingelassen?«

»Ich bin Ruuhl, Erster Dun'ras von Crysalion«, rief der Dunkelelf und stieg weiter die Stufen empor, flankiert von seinen Leuten. »Und ich brauche niemanden, der mich einlässt!«

»Wache, zu mir!«, bellte der Hauptmann – und aus dem Halbdunkel hinter ihm löste sich ein Dutzend mit Schwertern und Schilden bewaffneter Kämpfer, die den Eindringlingen entschlossen entgegentraten.

»Ihr seid verhaftet, alle zusammen«, schnaubte der Hauptmann. »Ergebt euch, oder wir werden euch in Stücke hauen!«

Die Dunkelelfen blieben stehen.

Dun'ras Ruuhl bedachte seine Leute mit einem ebenso langen wie bedeutsamen Blick. Dann – zum Erstaunen des Hauptmanns und seiner Leute – warf er den Kopf in den Nacken und brach in höhnisches Gelächter aus.

13.

TUASH KUNNART

Rammar dachte noch immer an Flucht – wenn auch nicht mehr ganz so entschlossen wie zuvor.

Die Orks hielten sich wieder in der Haupthöhle auf, um dort die karge Verpflegung einzunehmen, und Rammar und Balbok ließen sich vom Vorarbeiter jenen Stolleneingang zeigen, der in das angeblich so gefährliche Labyrinth führte. Er befand sich auf halber Höhe des riesigen Gewölbes und war über eine Reihe von Treppen und Plattformen zu erreichen, die in den dunklen Fels gehauen waren.

Rammar war nicht wohl, als er in die dunkle Stollenöffnung blickte. Sie kam ihm vor wie der Schlund eines riesigen Raubtiers, das nur darauf wartete, einen so deftigen Happen wie ihn verschlingen zu können. Die Entschlossenheit, die er noch vor nicht allzu langer Zeit zur Schau gestellt hatte, schwand noch mehr angesichts des drohenden Dunkels und der Ungewissheit, die dort lauerte. Vielleicht, sagte er sich, war eine Flucht doch keine so gute Idee gewesen. Sollten die Elfen tun und lassen, was sie wollten. Ob hell oder dunkel, spielte in Rammars Augen keine Rolle, er konnte sie alle nicht leiden.

Er schlürfte geräuschvoll die dünne Suppe, die der Küchenhelfer – ein Höhlentroll mit Pranken, groß wie Schaufeln – ausgab. Die Flucht, so redete sich Rammar ein, war nicht aufgehoben, nur verschoben. Angesichts der Tatsache, dass die meisten ihrer Mitgefangenen bereits ihr Leben lang in den Minen Crysalions schufteten, brauchte er nichts zu überstürzen; das erschien ihm in Anbetracht der Gefahren, die in der Dunkelheit lauern mochten, ziemlich vernünftig. So hatte sich Rammar – zumindest vorläufig – von seinem Wunsch nach Freiheit verabschiedet und damit abgefunden, wenigstens noch eine Weile lang das Sklavendasein zu fristen ...

Auf einmal sprang Balbok neben ihm wie von einer Giftschlange gebissen auf, so jäh und unvermittelt, dass Rammar seine Suppe verschüttete.

»*Malash!*«, zischte er. »Kannst du nicht aufpassen?«

»*Drashda!*«, erwiderte Balbok entschlossen, den Blick nach dem Fluchtstollen gerichtet, und zerrte an der Kette, die ihn mit seinem dicken Bruder verband. »Wir müssen abhauen!«

»Willst du wohl aufhören?«, maulte Rammar und stemmte sich dagegen. »Falls du es noch nicht gemerkt haben solltest – ich fresse grade.«

»*Drashda!*«, wiederholte Balbok drängend. »Wir müssen verschwinden!«

»Wieso gerade jetzt?«

»Der Weg ist frei!«, erklärte sein Bruder aufgeregt, der noch immer auf den Stolleneingang starrte. »Die ganze Zeit über stand ein Wächter davor, aber jetzt ist er gegangen.«

»Na und?«

»Das ist unsere Chance!«, erklärte Balbok.

»Unsere Chance worauf?«, stellte sich Rammar absichtlich unwissend.

»Zur Flucht natürlich!«

»Zur Flucht, was?« Rammar schüttelte den klobigen Schädel und stemmte sich noch immer gegen Balbok, der an der Kette zog. »Ich lauf doch nicht blindlings drauflos und renne womöglich in mein Verderben! So eine Flucht gehört sorgfältig geplant und von langer Klaue vorbereitet. Ich bin nicht ... He! Was tust du?«

»Flucht«, verkündete Balbok entschieden, dessen schlichtes Gemüt sich in guter Orkmanier auf ein Ziel ausgerichtet hatte, das es nun unnachgiebig zu verfolgen galt. Entschlossen marschierte er in Richtung Stollen, die Kette zwischen den beiden Orkbrüdern spannte sich, und Rammar hatte das Gefühl, als würde ihm das Bein aus der Hüfte gerissen.

»Verdammt, was soll das?«, blaffte er.

»Flucht!«, wiederholte Balbok.

»Willst du wohl hierbleiben?«

Balbok schüttelte den Kopf. »Flucht!«

»Wie stellst du dir das vor?«

»Flucht!«, grunzte der hagere Ork noch einmal – und stemmte sich so in die gespannte Kette, dass Rammar sein Hüftgelenk bereits verdächtig knacken hörte.

Ob Rammar wollte oder nicht – ihm blieb nichts anderes übrig, als seinem Bruder zu folgen, was infolge der unzähligen Sklaven, die sich zu den Mahlzeiten in der Höhle drängten, glücklicherweise nicht weiter auffiel. Man würde ihre Flucht wohl erst bemerken, wenn sie nicht mehr an ihrem Arbeitsplatz erschienen. Was aber geschah, wenn man sie erwischte, darüber wollte Rammar lieber nicht nachdenken.

»Warte!«, zischte er, während er seinem Bruder hinterhereilte, quer durch die Menge und auf einem Bein hüpfend, weil das andere an der Kette gezogen wurde und er es nicht mehr auf den Boden setzen konnte. Warum nur, fragte er sich, musste ein Ork stets in Extreme verfallen?

Endlich gelang es ihm, so weit zu seinem Bruder aufzuschließen, dass die Kette nicht mehr gestrafft war und er wieder gehen konnte. An Umkehr war jedoch nicht zu denken. Der Hagere hatte den Stollen so fest ins Auge gefasst, dass keine Macht Erdwelts stark genug war, ihn von diesem Ziel abzubringen. Rammar überlegte, ob er sich einfach zu Boden fallen lassen sollte, und sich auf diese Weise als eine jener Kugeln zu betätigen, die man Gefangenen an den Fuß zu ketten pflegte, um sie am Weglaufen zu hindern. Aber er fürchtete, dass Balbok dann herumschreien und -zetern und die Aufmerksamkeit der Wärter damit auf sich ziehen würde, und *ein* aufgerissener Hintern war mehr als genug.

Also blieb ihm nur, darauf zu hoffen, dass er seinen dumpfbackigen Bruder zur Vernunft bringen konnte, wenn sie den Stollen erst erreicht hatten. Über eine Reihe von Stufen, die in den Fels der Höhle geschlagen waren, gelangten sie auf eine der Plattformen, die die Höhlenwände säumten. Die Sklaven, die dort kauerten und ihre Suppe schlabberten, bedachten sie mit einigermaßen verwunderten Blicken, jedoch stellten sie weder Fragen, noch unternahmen sie Anstalten, sich ihnen anzuschließen. Ihre leeren Blicke ließen vermuten, dass sie sich mit ihrem Los abgefunden hatten.

Balbok aber hatte nur den Stolleneinstieg im Auge und stürmte die Stufen empor, so rasch er konnte. Noch immer war der Aufseher, der den Stollen bewacht hatte, nicht zurückgekehrt. Seinen keuchenden Bruder hinter sich herzerrend, erklomm Balbok ein weiteres Plateau, von dem aus ein steinerner Pfad auf jene Plattform führte, von der aus man in den Stollen gelangen konnte.

Da der Pfad keinerlei Brüstung oder Geländer hatte, kniff Rammar lieber die Augen zu, während er seinem Bruder folgte. Nur einmal blinzelte er, sah tief unter sich das wimmelnde Heer der Sklaven – und wäre um ein Haar hinabgestürzt, weil ihm schwindlig wurde. Die letzten *knum'hai* legte er daher wieder mit geschlossenen Augen zurück, und als er sie erneut öffnete, starrte ihnen der Tunneleingang dunkel und drohend entgegen.

Rammar war klar, dass er seinen Bruder endlich zur Vernunft bringen musste, wollte er nicht schon wieder mitten in einem Abenteuer landen, das er zwar vollmundig herbeigeredet hatte, bei Licht betrachtet jedoch gar nicht erleben wollte.

»Langer«, ächzte er, mühsam nach Atem ringend und sich auf die Knie stützend, »lass es schlecht sein. Das genügt für heute.«

»Das genügt für heute?« Balbok wandte sich zu ihm um. »Aber Rammar, das ist der Weg in die Freiheit!«

»Oder in den Tod – ist dir das schon mal in den Sinn gekommen?«

»*Douk*«, musste Balbok zugeben und senkte enttäuscht den Blick. »Ich dachte nur ...«

»Das Denken solltest du eben doch lieber mir überlassen«, redete Rammar ihm zu, der einfach zu erschöpft war, um wirklich wütend zu sein. »Lass uns zurückkehren und auf einen geeigneteren Moment warten.«

»Einen geeigneteren Moment?« Aus Balboks langem Gesicht sprach pures Unverständnis. »Welcher Moment könnte geeigneter sein als ...?«

»Na, ihr beiden? Wohin des Wegs?«

Die Orks fuhren herum, als sie hinter sich plötzlich eine nur zu bekannte Stimme vernahmen.

Sie gehörte Cadoc.

Der Orkschinder, wie Rammar ihn nur noch zu nennen pflegte, hatte die Plattform erklommen, und er stand da, ein böses Grinsen im Gesicht und die ausgerollte Peitsche in der Hand. Langsam und drohend trat er auf die Orks zu. »Sieh an, eure Artgenossen haben zur Ausnahme also mal die Wahrheit gesagt.«

»W-wa-was soll das heißen?«, fragte Rammar, obwohl er sich die Antwort denken konnte.

»Was wohl? Verpfiffen haben sie euch!«, spie Cadoc ihm entgegen. »Wenn man fliehen will, sollte man nicht so dämlich sein, es überall herumzuplärren.«

»Fliehen?«, fragte Rammar und gab sich unwissend. »Wer redet denn von Flucht?«

»Du«, beschied ihm der Sklavenaufseher, »und zwar unablässig, wie ich gehört habe. Wie es heißt, suchst du Antworten.«

»I-Irrtum, ich ...«

»Ich werde dir Antworten geben, Fettsack«, versprach Cadoc, »und zwar hiermit!« Drohend hob er den Orkziemer, sodass sich Rammars Augen vor Entsetzen weiteten.

Schritt für Schritt waren die beiden Brüder vor dem grausamen Aufseher zurückgewichen, sodass sie inzwischen bereits im Eingang des Stollens standen. Links und rechts steckte zwar je eine brennende Fackel in einer eisernen Halterung, doch schon nach wenigen Schritten verlor sich der Stollen in unergründlicher Schwärze.

»Ihr Maden, ihr elenden!«, zischte Cadoc hasserfüllt, »diesmal werde ich eure Kehrseiten so behandeln, dass sie anschließend aussehen wie eure hässlichen Visagen!«

»Dann hast du bei Rammar ja nicht viel zu tun«, platzte Balbok heraus.

»Willst du mich auf den Arm nehmen?«, fragte der Dunkelelf lauernd und schwang den Orkziemer. »Du unbegreiflich dämliche Kreatur wagst es, mich, Cadoc, zu verhöhnen?«

»*Douk*«, beteuerte Balbok erschrocken, »ich meinte nur …«

»*Shnorsh!*«, rief Rammar entsetzt, als die Peitsche knallte und einen blutigen Striemen in Balboks Gesicht hinterließ. Für seine Frechheiten gönnte Rammar seinem Bruder zwar eine Abreibung, aber wenn schon, dann wollte er selbst es sein, der den Langen vertrimmte.

»Na wartet!«, schrie der Dunkelelf mit heiserer Stimme. »Ich werde jeden Gedanken an Flucht aus euch herausprügeln! Wenn ich mit euch fertig bin, werdet ihr mir den Dreck von den Stiefeln lecken, habt ihr verstanden?«

»*Douk!*«, rief Balbok trotzig – und zog sich damit einen weiteren Striemen im Gesicht zu, diesmal aus der anderen Richtung, sodass seine lange Visage wie mit einem großen »X« markiert aussah. Jeder der beiden Brüder hatte auf einer anderen Seite des Stollens Zuflucht gesucht und duckte sich vor den messerscharfen Enden des Orkziemers. Die Kette, mit der ihre Fußgelenke verbunden waren, spannte sich quer über den Stollengang.

Cadoc war es einerlei, wo sich seine Opfer vor ihm zu verstecken suchten. Abwechselnd drosch er nach beiden Seiten und deckte die Orks mit wütenden Hieben ein, die deren Haut aufriss. Entsetzt quiekend suchte Rammar sein Gesicht mit den Armen vor den Eisenhaken zu schützen. Balbok mit seinem schlichten Gemüt nahm die mörderischen Hiebe mit etwas mehr Gelassenheit hin, obwohl sie bei ihm nicht weniger tiefe Wunden hinterließen – und plötzlich ging dem hageren Ork in der flackernden Düsternis des Stollens ein Licht auf.

Der Blick seiner blutunterlaufenen Augen pendelte zwischen Cadoc und Rammar hin und her, auf den der Aufseher soeben einschlug, dann sah er die Kette – und in einem spontanen Anfall von Genialität bückte sich Balbok, hob die Kette an und begann zu laufen, nicht von Rammar weg, sondern auf ihn zu.

»Was zum ...?« Cadoc, den dieses Manöver überraschte, wandte sich um und schlug wütend mit der Peitsche nach Balbok. Der Ork jedoch ließ sich davon nicht aufhalten, sondern rannte um den Aufseher herum, sodass die Kette um dessen Beine eine Schlinge formte – und noch ehe der Dunkelelf auch nur begriff, was der Ork im Schilde führte, zog Balbok zu.

Es ging zu schnell, als dass Cadoc etwas dagegen unternehmen konnte. Er versuchte noch, sich mit einem Sprung in Sicherheit zu bringen, aber Balbok hatte die Kette hochgerissen, und der Dunkelelf sprang nicht hoch genug. Die Schlinge schloss sich um seine Beine, und im nächsten Moment lag der Dunkelelf am Boden.

Balbok verlor keinen Augenblick. Sofort war er über Cadoc, entwand ihm den Orkziemer, schlang ihn um den sehnigen Hals des Elfen, und bevor dieser durch sein Geschrei andere Wärter alarmieren konnte, zog Balbok abermals zu – allerdings mit etwas zu viel Kraft. Der Orkziemer hielt dem ungewöhnlichen Belastungstest stand, dafür sprang Cadoc der Kopf von den Schultern, den Ausdruck maßlosen Hasses noch immer im Gesicht.

Rammar hatte von alldem nichts mitbekommen. Das Gesicht unter den Armen vergraben, kauerte er an der Stollenwand und flehte noch immer um Gnade. Schließlich aber bemerkte er, dass die Hiebe ausblieben und das Knallen des Orkziemers verstummt war. Vorsichtig riskierte er einen Blick – um entsetzt nach Luft zu schnappen, als er sah, was geschehen war.

»W-was hast du getan?«, stieß er hervor. »Der Elf ist nicht mehr beisammen! Ist dir nicht klar, was das bedeutet? Wir können nicht zurück! Wenn sie uns schnappen, werden sie uns ohne Schuppenlesens hinrichten!«

»*Korr*«, meinte Balbok nur.

»*Korr?* Ist das alles, was dir dazu einfällt?«

»*Tuash*«, fügte Balbok hinzu und deutete in den Stollen. »Dann müssen wir eben fliehen.«

»Das fehlte noch«, maulte Rammar und raffte sich ächzend auf die Beine. »Ich habe nur darauf gewartet, dass du irgendeine Dummheit begehst, um deinen hässlichen Schädel mal wieder durchzusetzen. Und zu allem Überfluss sind wir auch noch auf Gedeih und Verderb aneinandergekettet! Wie kriegen wir das nur wieder hin?«, fragte er aufgeregt, während sein Blick hilflos zwischen dem Torso und dem Haupt des Aufsehers hin- und herpendelte.

In aller Eile wog Rammar ihre Möglichkeiten ab. Ob es Sinn machte, wenn sie Cadocs Kopf wieder auf seine Schultern setzten und ihn in irgendeiner dunklen Ecke postierten, wo er nicht sofort gefunden würde? Aber irgendwann würde man sein Fehlen bestimmt bemerken, und da die Orksklaven offenbar ein Geheimnis nicht für sich behalten konnten, würde man den beiden Brüdern bald auf die Schliche kommen, und was dann geschah, darüber wollte Rammar lieber gar nicht erst nachdenken.

Auch wenn es ihm widerstrebte, es zuzugeben – sein Bruder hatte recht: Ihre einzige Aussicht, die Angelegenheit zu überleben, lag in der Flucht – auch wenn sie diese Flucht vermutlich in nur noch größere Schwierigkeiten führte.

»Schöne Aussichten«, maulte Rammar, während er über den leblosen Körper des Aufsehers hinwegstieg, um eine der

Fackeln aus der Wandhalterung zu nehmen. Balbok griff sich die andere.

»Also?«, fragte er.

»Frag nicht so dämlich. Uns bleibt ja nichts anderes übrig, als abzuhauen. Aber wenn wir uns in diesem Labyrinth verirren oder von einem *uchl-bhuurz* gefressen werden, schaue ich deine hässliche Visage nie mehr an, hast du mich verstanden?«

»*Korr*«, bestätigte Balbok eingeschüchtert.

Noch einen Moment blieb Rammar stehen und schaute zurück in die Höhle, wo unzählige Orksklaven von den Peitschen ihrer Aufseher zurück an die Arbeit getrieben wurden.

»Eine Schande«, knurrte er.

Dann wandte er sich um und folgte seinem Bruder in das drohende Dunkel.

14.

KOINNOUMH

Nach der langen Zeit, die sie weit in der Fremde verbracht hatten, fühlte es sich gut an, zurück zu sein und Tirgas Lan wiederzusehen: die stolzen zinnenbewehrten Mauern, die die alte Königsstadt umgaben; die vielen von lodernden Fackeln gekrönten Türme, die sich in den Nachthimmel erhoben; die schlanken Gebäude mit ihren Säulenhallen und Wandelgängen; und schließlich die Zitadelle, die inmitten des Häusermeers aufragte und deren trutzige Erscheinung die Macht erahnen ließ, die einst von diesem Ort ausgegangen war.

All das weckte Erinnerungen.

Erinnerungen an den Frieden.

An das Leben.

Und an wunderbare Freuden ...

All diese Dinge glaubte Corwyn schon vor langer Zeit verloren zu haben, bis er sie endlich wiedergefunden hatte, in den Armen einer ebenso klugen wie schönen Frau, der er noch dazu sein Königreich verdankte. Noch vor nicht allzu langer Zeit hatte er sich danach gesehnt, diesen Ort zu verlassen und wieder von seinem Schwert zu leben, als Kopfgeldjäger durch die Lande zu streifen, frei und unerkannt und niemandem Rechenschaft schuldig. Nun jedoch, nach einem weiteren grausamen Krieg, den er hatte führen müssen, war er froh, wieder in Tirgas Lan zu weilen, und er konnte kaum glauben, dass er sich jemals fortgewünscht hatte.

Während er wieder auf dem Thron unter der gläsernen

Kuppel saß, durch die man die Sterne funkeln sah, sehnte er ruhigere Zeiten herbei, in denen es ihm vielleicht sogar vergönnt war, Vater zu werden, auf dass der Herrscher von Tirgas Lan einen Erben bekäme, der das Land weise und mit milder Hand regieren würde, oder vielleicht auch eine Erbin.

Aber da war dieser kauzige alte Zauberer, der unversehens in sein Leben getreten war und fortwährend von Dingen faselte, die Corwyn weder verstand noch wirklich verstehen wollte. Denn anders als Alannah, die dem alten Granock mit ärgerlicher Vertrauensseligkeit an den Lippen hing, war Corwyn eines längst klar geworden: dass das Auftauchen dieses Mannes Ärger bedeutete und dass es mit den ruhigen und friedlichen Tagen, auf die er sich gefreut hatte, vorbei war ...

»Du musst dich rüsten, König«, sagte der Alte zum ungezählten Mal, während er um die kreisförmige Öffnung wandelte, die im Boden des Thronsaals klaffte und durch die man auf die darunterliegende Schatzkammer blicken konnte. Eigentlich hatte Corwyn erwartet, dass bei seiner Rückkehr nichts mehr von dem Gold und den Edelsteinen da sein würde, weil der Schatz den Orks Balbok und Rammar als Belohnung für ihre Unterstützung im Kampf gegen den Herrscher von Kal Anar versprochen worden war. Aber eigenartigerweise hatten sich die Unholde bislang weder blicken lassen, noch hatten sie den Königsschatz angerührt ...

»Mich rüsten?«, erkundigte er sich. »Wofür?«

»Das habe ich dir schon tausend Mal erklärt!« Unmittelbar vor dem Thron blieb Granock stehen, auf seinen verschnörkelten, aus einem unbekannten Material gefertigten Zauberstab gestützt. Corwyn bezweifelte nicht, dass das Ding allerlei Schaden anzurichten vermochte, dennoch war er nicht gewillt, dem Alten nach der Pfeife zu tanzen. »Die Kristallpforten wurden erneut geöffnet!«, sprach dieser. »Ich konnte es deutlich spüren.«

»Und?«

»Und?« Die Augen des Zauberers blitzten vor Zorn, der weiße Bart blähte sich auf der Oberlippe unter einem schnaubenden Atemzug. »Wie konnten sie nur einen so begriffsstutzigen Esel wie dich zum König krönen? Ich sage dir, dass dein Reich in Gefahr ist, und du fragst: ›Und?‹«

»Vorsicht, Alter«, sagte Corwyn zornig, denn es gefiel ihm nicht, wie ein Lehrjunge behandelt zu werden. Der ehemalige Kopfgeldjäger hatte sich mittlerweile daran gewöhnt, dass man ihm als Träger der Elfenkrone einen gewissen Respekt entgegenbrachte – Granock jedoch schien davon völlig frei zu sein.

»Willst du mir drohen?« Corwyn sah, wie der Alte den Stab fester packte.

»Das lag ihm fern«, versicherte Alannah, die neben Corwyn auf dem Thron der Königin saß. »Bitte sieh ihm seine Zweifel nach, ehrwürdiger Zauberer. Er ist soeben erst aus dem Krieg zurückgekehrt und ist müde und erschöpft. Zudem kennt er dich nicht.«

»In der Tat«, stimmte Corwyn zu, dankbar dafür, dass Alannah für ihn Partei ergriffen hatte.

»Wie steht es mit dir, Königin?«, wollte der Zauberer wissen. »Glaubst *du* mir?«

Alannahs ohnehin schon blasse Gesichtszüge schienen noch ein wenig mehr an Farbe zu verlieren. Sie sandte Corwyn einen bedauernden, fast entschuldigenden Blick. »Ja, großer Zauberer«, sagte sie dann, »ich glaube dir.«

»Alannah!«, rief Corwyn in leichter Entrüstung.

»*Warum* glaubst du mir?«, fragte Granock weiter. »Du kennst mich doch ebenso wenig wie der König, oder?«

»Das stimmt«, antwortete Alannah. »Aber da ist etwas tief in mir, eine innere Stimme …«

»Was sagt sie?«

»Dass ich dir vertrauen soll«, gab die Königin zu, zur sichtlichen Genugtuung des Alten und zu Corwyns höchstem Verdruss.

»Wir wissen nichts über ihn, gar nichts!«, ereiferte er sich. »Willst du dich einem Unbekannten anvertrauen, der in unser Zelt eindrang, nachdem er die Wachen betäubte, und der deinen Gemahl, den König, immerzu beleidigt?«

Alannah aber bedachte den Alten mit einem wohlwollenden Blick. »Granock ist uns nicht nach Tirgas Lan gefolgt, weil er uns schaden, sondern weil er uns helfen will.«

»Woher weißt du das?«

»Ich weiß es einfach«, erwiderte sie, und einmal mehr konnte Corwyn jenen eigenartigen Glanz in ihren Augen erkennen, der ihn halb rasend machte. Er hatte diesen Glanz nie zuvor bei ihr gesehen, wohl aber in den Augen mancher Frau, die er in jungen Jahren verführt hatte, obwohl sie einem anderen versprochen gewesen war: der verräterische Glanz der Untreue ...

Corwyn wusste nicht zu sagen, was das zu bedeuten hatte. Weder konnte er sich erklären, was seine Gemahlin an dem alten Schwätzer fand, noch wollte ihm in den Kopf, warum sie ihm so bedingungslos vertraute. Dafür trat etwas anderes umso deutlicher hervor, ein Gefühl, das er lange nicht mehr empfunden hatte und das er in Bezug auf Alannah stets für unmöglich gehalten hätte.

Eifersucht!

Er fragte sich nicht, welchen Grund Alannah haben mochte, zu dem alten Zauberer freundlich zu sein, und er dachte auch nicht darüber nach, weshalb sie ihm so großes Vertrauen schenkte. Für ihn zählte nur, was er sah, und das genügte, dass ihm die Zornesadern schwollen und ihm die Zornesröte ins Gesicht schoss.

»Glaub mir, König, zum Wohle deines Reiches bin ich hier«, hörte er Granock sagen, doch Corwyn hatte das Gefühl, dass es nicht Worte waren, die über die Lippen des Alten kamen, sondern giftige Schlangen und Skorpione. »Ich habe Kenntnis von Dingen, die ganz Erdwelt erschüttern werden. Kennst du die Geschichte deiner Vorfahren? Weißt du um die beiden blutigen Kriege, die gegen die Finsternis geführt wurden?«

»Der Erste und der Zweite Krieg der Völker«, erwiderte Alannah an Corwyns Stelle.

»Die meine ich«, bestätigte Granock, »und wenn kein dritter, noch grausamerer Krieg diese Welt heimsuchen und womöglich alles Leben auf ihr vertilgen soll, so müsst ihr auf mich hören und augenblicklich ein Heer formieren, das ...«

Er unterbrach sich, denn von außerhalb des Thronsaals war plötzlich Lärm zu vernehmen. Geräusche, von denen Corwyn eigentlich gehofft hatte, dass er sie nie mehr in seinem Leben hören müsste.

Das Klirren von Schwertern!

»Was ist da los?«, rief der König und sprang auf, die Hand bereits am Griff seines eigenen Schwerts, das er in Granocks Gegenwart nicht hatte ablegen wollen.

»Ein Kampf«, kommentierte der Zauberer grimmig.

»So ist dein Verrat wohl bereits geglückt«, knurrte Corwyn und zog die Klinge, um sie gegen den alten Mann zu richten. Auch die acht Leibwächter, welche die beiden Throne flankierten, hoben mit grimmigen Mienen ihre Waffen.

»Corwyn, nein!«, rief Alannah.

»Du irrst dich«, versicherte Granock, während er langsam zurückwich, den Zauberstab beidhändig erhoben. »Was immer da draußen vor sich geht, ich habe nichts damit zu tun.«

»Lügner!«, blaffte Corwyn und schritt auf den Zauberer zu.

Da wurde das große Tor zum Thronsaal geräuschvoll aufgestoßen. Die unzähligen Kerzen, die den Saal erhellten, flackerten, und nicht wenige von ihnen verloschen. Eisige Kälte herrschte von einem Augenblick zum anderen unter der Kuppel.

Das Schwert in der Rechten, fuhr Corwyn herum – um sich vier unheimlichen Fremden gegenüberzusehen!

Sie alle trugen Rüstungen aus schwarzem Leder und dazu ebenso schwarze Umhänge, unter deren weiten Kapuzen die

Gesichter nicht zu erkennen waren. Bewaffnet waren sie mit langen, gebogenen Klingen, an denen rotes Blut klebte.

Das Blut der Palastwachen ...

»Wer seid ihr?«, verlangte Corwyn zu wissen. »Was hat das zu bedeuten?«

Einer der Eindringlinge, der der Anführer zu sein schien, schlug die Kapuze zurück. Schmale, kantige Gesichtszüge kamen darunter zum Vorschein, deren graue Haut etwas Abstoßendes hatte. Umrahmt wurden sie von langem schwarzem Haar, aus dem ein spitzes Ohrenpaar ragte. Die Augen des Fremden, die in kalter Mordlust leuchteten, waren ebenso schmal wie die blutbesudelte Klinge in seiner Hand, und Corwyn begriff.

Es waren Elfen ...

Noch ungleich bestürzter als er selbst schien Granock darüber zu sein. »Nein«, ächzte er und wich zurück, in Richtung von Alannahs Thron. Die Königin war aufgesprungen und blickte den Eindringlingen mit der gleichen Mischung aus Bestürzung und Zorn entgegen wie Corwyn.

»Wie ist das möglich?«, flüsterte sie. »Ich dachte, mein Volk hätte Erdwelt längst verlassen?«

»Das sind keine gewöhnlichen Elfen«, murmelte Granock, der offenbar mehr wusste, über den unerwarteten Besuch jedoch augenscheinlich ebenso überrascht war wie der König und die Königin.

»Was meinst du?«

Der Alte schnitt eine Grimasse, seine hagere Gestalt straffte sich. »Spürst du es nicht?«, fragte er Alannah. »Spürst du nicht das Böse, das von ihnen ausgeht?«

»Gleich nicht mehr«, versprach Corwyn düster und wollte den Eindringlingen entgegentreten – als etwas Unerwartetes geschah.

Statt zum Angriff überzugehen, ließen die vier schwarz gewandeten Kämpfer die Waffen sinken – und beugten die Knie!

Die Blicke ehrfürchtig niedergeschlagen, kauerten sie auf dem Boden, zur maßlosen Verblüffung Corwyns, der nicht wusste, was er tun sollte. Nicht einmal der Kopfgeldjäger in ihm brachte es über sich, auf einen Gegner loszugehen, der die Waffen gestreckt und sich seiner Gnade ausgeliefert hatte.

Aus der Tiefe des Ganges, der zum Thronsaal führte, kamen weitere Männer herangeeilt – Palastwachen, die die Farben Tirgas Lans trugen. An ihren zerschlissenen, blutbesudelten Röcken war unschwer zu erkennen, dass sie in einen Kampf verwickelt gewesen waren. Einige humpelten, viele bluteten aus zahlreichen Wunden. Offenbar hatten sie alles gegeben, um die Eindringlinge aufzuhalten.

Vergeblich ...

»Verzeiht, mein König!«, rief Dara, der Hauptmann der Wache, der seinen Helm verloren hatte und aus einem Schnitt an der Stirn blutete. »Sie waren plötzlich da und haben uns völlig überrumpelt. Viele von uns sind tot, während wir nur einen Einzigen von ihnen ...«

Mit einer Handbewegung schnitt Corwyn ihm das Wort ab und gab seinen Leuten zu verstehen, dass sie zurückbleiben sollten. Zunächst wollte er geklärt wissen, wer die Eindringlinge waren und was sie im Schilde führten.

»Wer immer ihr seid«, wandte er sich an den, der seine Kapuze zurückgeschlagen hatte, »ihr habt einen schweren Fehler begangen ...«

»Mit dir reden wir nicht, Mensch«, beschied ihm der Grauhäutige abfällig, ungeachtet der Krone auf Corwyns Haupt. »Unsere Loyalität und unsere Verehrung gehört allein ihr – der Königin auf dem Elfenthron: Alannah.«

»Alannah«, echoten seine Begleiter, als wäre der Name der Elfin eine Beschwörungsformel.

»W-was soll das bedeuten ...?« Verwirrt blickte sich Corwyn nach seiner Gemahlin um, die noch immer auf dem Thronpodest stand und – zu seiner Beruhigung – nicht weniger verwirrt schien als er selbst.

Anders der alte Granock.

Wenn der Zauberer bestürzt war, so ließ er es sich nicht anmerken. Den Zauberstab mit beiden Händen fest umklammert, hatte er sich schützend vor die Königin gestellt, seine faltigen Gesichtszüge ein Mahnmal eiserner Entschlossenheit.

»Ich bin Dun'ras Ruuhl«, stellte sich der Anführer der Eindringlinge vor, noch immer kniend und den Blick ehrfürchtig niedergeschlagen. »Welchem günstigen Schicksal ich es zu verdanken habe, dass es mich an diesen Ort geführt hat, weiß ich nicht, meine Königin. Was ich hingegen weiß, ist, dass ich hier bin, um Euer Schicksal zu erfüllen. Die Zeit Eurer Gefangenschaft ist zu Ende. Ich habe den weiten Weg von Tirgas Anar hierher auf mich genommen, um Euch zu befreien.«

»Um mich ... zu befreien?«, fragte Alannah verblüfft.

»Verflucht war der Augenblick, an dem Ihr uns verlassen musstet – umso triumphaler wird Eure Rückkehr sein.«

»M-meine Rückkehr?«, stammelte Alannah. »Wohin?«

»Das fragt Ihr mich?« Ruuhl blickte verwundert auf. »In den Palast von Crysalion natürlich, um die Prophezeiung zu erfüllen, die vor langer Zeit gegeben wurde.«

»Welche Prophezeiung?«

»Dass die Königin des Schreckens einst zurückkehren wird an die Gestade ihrer Heimat«, sagte er mit glasigem Blick. »Und dass dies das Ende der Sterblichen sein wird und der Beginn eines neuen Zeitalters, in dem die Elfen über Erdwelt herrschen.«

»A-aber das bin ich nicht«, sagte Alannah erschrocken. »Weder bin ich eine Königin des Schreckens, noch kann ich an einen Ort zurückkehren, an dem ich nie gewesen bin.«

»Aber Ihr seid es«, beharrte Dun'ras Ruuhl und erhob sich, die Arme beschwörend ausgebreitet. »Ihr und keine andere ...«

»Schweig, Dunkelelf!«, verschaffte sich Granock Gehör, der plötzlich nicht mehr wie ein alter Greis wirkte, sondern von unergründlicher jugendlicher Kraft erfüllt. Selbst Corwyn kam nicht umhin, beeindruckt zu sein. »Du hast die Gedanken der Königin lange genug vergiftet mit deinem Geschwätz.«

»Wer bist du?«

»Man nennt mich Granock«, erwiderte der Alte, »obschon mich deinesgleichen wohl besser unter dem Namen kennt, den ich früher einst trug: Lhurian!«

»Lhurian!«, echote Ruuhl, und noch nie zuvor hatte Corwyn die Augen eines Elfen sich derart weiten sehen.

»Offenbar sagt dir dieser Name etwas«, stellte der Zauberer mit grimmiger Zufriedenheit fest.

»In der Tat, alter Mann«, erwiderte Ruuhl. »Über die Jahrhunderte hinweg haben wir ihn immer wieder vernommen – und ihn hassen gelernt.«

Granock nickte nur. Dann sagte er: »Ich muss gestehen, ich dachte, euresgleichen wären längst ausgelöscht.«

»Da hast du dich geirrt, alter Mann. Die Dunkelelfen haben die Zeit überdauert – und sie sind zurückgekehrt, um sich zu nehmen, was ihnen gehört.«

»Alannah gehört niemandem«, stellte der Zauberer klar.

»Nein?«, fragte Ruuhl mit lauernder Stimme. »Dann steht es ihr also frei zu gehen, wohin es ihr beliebt?«

»Natürlich.«

»Wohlan denn, Königin des Schreckens«, wandte sich Ruuhl wieder an Alannah. »Folgt mir zurück in Euer Reich, auf dass sich die Prophezeiung erfülle!«

»A-aber ich weiß nichts von einer Prophezeiung«, versicherte die Elfin stammelnd. »Mein Platz ist hier, bei meinem Gemahl!«

»Du hast sie gehört, Grauhaut«, sagte Corwyn, noch ehe Ruuhl etwas erwidern konnte. Schmerzlich war dem König bewusst geworden, dass er in seinem eigenen Thronsaal zur Randfigur geworden war. Dabei saß die Krone auf seinem Haupt, und keinem anderen als ihm oblag es, seine Gemahlin zu beschützen und in seinem Palast für Ordnung zu sorgen.

»Wer hat dich gefragt?« Ruuhl streifte ihn mit einem geringschätzigen Blick.

»Du hast gehört, was sie gesagt hat«, wiederholte Corwyn, und der Blick seines verbliebenen Auges schien den Elfen zu durchbohren. »Die Königin weiß, zu wem sie gehört. Ihr jedoch seid alle Gefangene der Krone.«

»Welcher Krone?«

»Es gibt nur diese eine«, beharrte Corwyn. »Ihr habt den Frieden gebrochen und das Haus des Königs mit Blut besudelt, und dafür werdet ihr euch vor mir verantworten.«

»Du bist nicht unser König, Mensch, also schulden wir dir auch keine Rechenschaft«, beschied Ruuhl ihm kaltschnäuzig.

»Wir werden sehen«, knurrte Corwyn und rief dann: »Männer – ergreift sie!«

Entschlossen rückten Corwyns Mannen vor – die Leibwächter von der einen, die gebeutelte Palastwache von der anderen Seite. Doch noch ehe sie Ruuhl und seine Krieger erreichten, waren diese aufgesprungen und hatten ihre Waffen wieder aufgenommen, um sich mit Corwyns Soldaten ein blutiges Gefecht zu liefern.

Hauptmann Dara war der Erste, der ihren Zorn zu spüren bekam – eine schmale Elfenklinge, von Dun'ras Ruuhl geführt, traf seinen Hals und trennte ihm den Kopf von den Schultern.

»Bastard!«, brüllte Corwyn, während er den blutüberströmten Torso seines Untergebenen umkippen sah – und stürzte sich in den Kampf.

Von allen Seiten gleichzeitig drangen die Verteidiger von Tirgas Lan auf die vier Eindringlinge ein, die sich jedoch erbittert zur Wehr setzten. Mit Bewegungen, die so schnell waren, dass eines Menschen Auge ihnen kaum zu folgen vermochte, wichen sie den Klingen von Corwyns Kriegern aus, um schon im nächsten Augenblick zum Gegenangriff überzugehen und Fleisch und Knochen zu durchschneiden.

Einer von Corwyns Leibwächtern verfiel in gellendes Geschrei, als seine Schwerthand davonflog, den Griff der Klinge noch umklammernd. Einem anderen gelang es, einem von Ruuhls Leuten eine leichte Verletzung beizubringen, wofür er selbst jedoch mit dem Leben bezahlte; der Elfenkrieger wirbelte um seine Achse, stieß blitzschnell zu und durchbohrte mit der Säbelklinge die Brust des Mannes.

Überall war Blut und Geschrei. Verzweifelt sah Corwyn einen seiner Leute nach dem anderen tot oder verstümmelt zu Boden sinken, während er selbst versuchte, die Phalanx wirbelnder Elfenkrieger zu durchbrechen und zu Dun'ras Ruuhl vorzudringen. Überzeugt davon, dass der Kampf jäh zu Ende sein würde, verloren die Eindringlinge ihren Anführer, war Corwyn ganz versessen darauf, an ihn heranzukommen.

Alannah verlor er dabei für einen Moment aus den Augen – ein Fehler, wie sich zeigte.

Denn als er das nächste Mal zu ihr hinüberblickte, sah er sie in Begleitung Lhurians, der seinen Umhang schützend um ihre Schultern gelegt hatte und sie mit sich zog.

»Alannah! Nein!«, brüllte Corwyn, aber der Kampflärm schluckte seine Worte, sodass sie ihn nicht hörte. Zudem unternahm einer der Elfenkrieger einen überraschenden Ausfall, sodass sich Corwyn verteidigen musste – und seine Wut und seine Eifersucht verliehen ihm dabei ungeahnte Kräfte.

In rascher Folge wehrte er die Attacken des Grauhäutigen ab und führte sein Schwert dabei mit derartiger Wucht, dass es dem anderen die Klinge aus der Hand schlug. Die Schwäche des Gegners nutzend, packte Corwyn den Schwertgriff mit beiden Fäusten und trieb den Stahl fast bis zum Heft in die Kehle des Dunkelelfen, der gurgelnd zusammenbrach – das Blut, das hervorschoss, als Corwyn die Klinge wieder herausriss, war fast so dunkel wie das eines Orks.

Keuchend fuhr Corwyn herum, um sich wieder nach Alannah umzusehen – doch auf dem Thronpodest fand er sie nicht mehr. Als wäre sie in seinen Händen ein willenloses Werkzeug, hatte sie sich von dem Zauberer zu dem Schacht führen lassen, der in der Mitte des Thronsaals klaffte und vor dem das Scharmützel stattfand, in dem soeben zwei weitere Kämpfer Tirgas Lans blutend zu Boden sanken.

Augenblicke lang zögerte Corwyn, war hin und her gerissen zwischen der Pflicht gegenüber seinen Männern auf der einen und der Liebe zu seiner Gemahlin auf der anderen Seite. Inzwischen hatten Alannah und der Zauberer den Schacht erreicht – und zu Corwyns Entsetzen schickte sich der Alte an, sie hinabzustoßen!

Dabei murmelte er irgendwelche Beschwörungsformeln und hob den Zauberstab mit einer Hand, dessen Ende plötzlich von innen heraus zu leuchten begann.

»Alannah!«

Erneut ging Corwyns Schrei im Klirren der Schwerter und im Gebrüll der Kämpfenden unter – und im nächsten Moment überschlugen sich die Ereignisse.

Das Leuchten des Zauberstabs verstärkte sich, und plötzlich drang aus den Tiefen der Schatzkammer grelles Licht empor, fiel lotrecht durch den Schacht bis hinauf zur Glaskuppel – und in diesen Lichtschacht stieß der Zauberer Alannah!

Was weiter geschah, konnte Corwyn nicht erkennen, denn das Leuchten wurde so grell, dass er die Augen dagegen abschirmen musste. Auch den anderen Kämpfern erging es so, sodass das Gemetzel für einen Augenblick zum Erliegen kam. Schon einen Herzschlag später jedoch war der Lichtstrahl wieder verschwunden, so unvermittelt, wie er aufgeflammt war – und von Alannah und dem Zauberer fehlte jede Spur!

»Alannah!«, brüllte Corwyn außer sich – als er plötzlich einen brennenden Schmerz in seiner rechten Schulter spürte.

Jäh erinnerte er sich an den Feind in seinem Rücken und fuhr herum – den verletzten Schwertarm jedoch brachte er schon nicht mehr hoch, und etwas traf ihn hart am Kopf.

Während er das Gefühl hatte, in einen tiefen, bodenlosen Schacht zu stürzen, sah er, wie ein Elfenkrieger auf ihn zustürmte, das graue Gesicht zur blutlüsternen Fratze verzerrt. Zwei von Corwyns Leibwächtern warfen sich todesmutig auf den Angreifer und rissen ihn zu Boden, während der König selbst zurücktaumelte und ebenfalls auf den harten Stein schlug.

Die Schreie rings umher brandeten wieder auf, ebenso wie das Geklirr der Waffen. Noch einmal versuchte Corwyn vergeblich, sich wieder auf die Beine zu raffen, doch es gelang ihm nicht mehr.

Benommen blieb er liegen, während sich sein Blick eintrübte und der wilde Kampf um ihn herum zu einem wogenden Meer aus hellen und dunklen Flecken wurde.

Dann, als ob die verbliebenen Kerzen und Fackeln im Thronsaal alle auf einen Schlag verlöschten, wurde es dunkel.

15.
DOMHOR'HAI SOUN

Der Weg durch die Stollen kam Rammar endlos vor.

In Selbstmitleid versunken, setzte er einen schmerzenden Fuß vor den anderen, begleitet vom Klirren der Eisenkette. Wie lange sie schon durch die verschlungenen Felsengänge schlurften, hätte der feiste Ork nicht zu sagen vermocht. Dabei hatte er nicht nur jedes Zeitgefühl verloren, sondern auch die Orientierung, zumal sie vom jeweiligen Stollen immer nur jenen Teil sahen, durch den sie sich gerade bewegten, weil vor und hinter ihnen alles in Dunkelheit versank.

Da sie weder wussten, wo sie sich befanden, noch wohin genau sie zu gehen hatten, war es auch schwer zu beurteilen, ob sie sich verlaufen hatten. Eines jedoch war Rammar klar: Dass ihre Fackeln nicht ewig brennen würden und dass sein Bruder und er verratzt sein würden, wenn sie in diesem Labyrinth im Dunkeln feststeckten.

Also löschten sie eine der Fackeln, und Rammar schob sie unter den Strick, den er anstelle eines Gürtels um seinen Wanst geschlungen hatte und der die schmutzigen Lumpen an seinem runden Körper hielt. Er hatte vor, die Fackel erst wieder zu entzünden, wenn Balboks aufgebraucht war. Auf diese Weise würden sie der Dunkelheit etwas länger trotzen können. Der Gedanke an das, was geschehen würde, wenn sie bis zum Verlöschen der zweiten Fackel den Ausgang noch immer nicht gefunden hatten, brachte Rammar allerdings an den Rand einer massiven Panik. Orks waren zwar in der Lage, bei spärlichem Dämmerlicht zu sehen, das aufgrund der klimatischen Verhältnisse und des stets grauen Himmels fast den ganzen Tag über in der Modermark herrschte; bei völliger Dunkelheit jedoch waren sie ebenso blind wie Schmalaugen und Milchgesichter.

»Das alles ist nur deine Schuld«, wurde er nicht müde zu behaupten, während sie durch die sich endlos aneinanderreihenden, sich kreuz und quer durch den Fels erstreckenden Stollen schlurften. Die Vorstellung, dass es Orks gewesen waren, die diese Gänge wie elende Zwerge in das Gestein getrieben hatten, war geradezu abstoßend.

Mal ging es bergauf, dann wieder bergab, mal waren Stufen in den Fels gehauen, mal führten enge Windungen immer weiter in die Tiefe. Und immer wieder verzweigten sich die Gänge, sodass die Orks längst die Orientierung verloren hatten und ihnen nichts anderes übrig blieb, als aus dem Bauch heraus zu entscheiden, in welche Richtung es weitergehen sollte.

Zurückgefunden hätten sie längst nicht mehr.

Hin und wieder verbreiterten sich die Stollen oder mündeten in größere Höhlen, an deren Wänden rostige Eisenringe hingen – zweifellos waren daran einst die Sklaven angekettet gewesen. Wonach die Dunkelelfen sie hatten graben lassen, entzog sich noch immer Rammars Kenntnis, aber es war ihm auch gleichgültig. Er wollte nur möglichst rasch hinaus, das war alles.

»Guck mal!«, sagte Balbok plötzlich, blieb stehen und hob die Fackel so, dass sie einen Teil der Höhlenwand beleuchtete, Rammar jedoch in Dunkelheit zurückließ, wogegen dieser entschieden protestierte.

»He, was soll das?«, fuhr er seinen Bruder an und blieb ebenfalls stehen. »Her mit dem Licht, aber sofort!«

»Gleich«, entgegnete Balbok beschwichtigend und betrachtete die Wand. »Siehst du das hier?«

»Was soll ich sehen?«

»Na hier, die Bilder …«

Erst da bequemte sich Rammar dazu, dem Krallenzeig seines Bruders zu folgen und einen Blick auf die vom Fackelschein beleuchtete Wand zu werfen. Zu seiner Verblüffung stellte er fest, dass Balbok recht hatte: Da waren tatsächlich Bilder, Darstellungen, vor langer Zeit in den Fels gehauen.

»Zeig her!«, grunzte Rammar und rempelte seinen Bruder unsanft zur Seite.

Ihrem Zustand nach waren die Felsenbilder sehr alt. Vor Urzeiten mussten sie in das Gestein geschlagen worden sein. Teile davon waren weggebrochen, sodass man nicht mehr erkennen konnte, was sie einst dargestellt hatten; andere jedoch waren weitgehend erhalten und noch gut zu erkennen.

Auf einem der ersten Reliefs sah Rammar schlanke, zerbrechlich wirkende Wesen – zweifellos Elfen –, die in einem lächerlichen Reigen durch die Gegend hüpften. Der Ork konnte nicht anders, als darüber höhnisch zu lachen, während er langsam die Reihe der Bilder abschritt. Noch mehr tanzende Schmalaugen waren zu sehen, begleitet von geblümten Kobolden und anderem Gesocks, das sich gewöhnlich in ihrer Gesellschaft herumtrieb. Bilder des Friedens und der Idylle.

»Zum Kotzen!«, schnaubte Rammar.

Genau so hatte er sich immer die Fernen Gestade vorgestellt. Als einen Ort, wo sie tanzten und lachten und all das taten, was einem Ork von Natur aus zuwider war. Ein Ort, der licht war und hell und wo es nach Honig und Rosenblüten stank.

Schon der Gedanke rührte in Rammars knurrendem Magen herum und verursachte ihm Übelkeit. Angewidert wollte er sich von den Bildern des Grauens abwenden, als sich die Darstellungen plötzlich veränderten.

Eine Festung war zu sehen, der nicht unähnlich, unter der sie sich befanden, und ein Meer, das voller Schiffe war. Auf dem nächsten Bild konnte man Wolken erkennen, die sich über der Burg zusammenzogen, und Blitze, die von den Schiffen herüberschlugen und den Hauptturm der Festung beschossen.

Das übernächste Bild versöhnte Rammar wieder ein wenig. Der Turm stand in Flammen, Rauch stieg von der Festung auf. Und überall ringsum fanden Kämpfe statt, eine blutige Schlacht, bei der es richtig zur Sache ging. Mit Genugtuung stellte Rammar fest, dass es inzwischen nicht nur mehr Elfen waren, die man auf den Darstellungen entdecken konnte, sondern auch noch andere, gedrungene Kämpfer, die gehörnte Helme trugen und schrecklich anzusehende Fratzen hatten. Orks, ganz zweifellos ...

»Weißt du, was das alles soll?«, erkundigte sich Balbok, der einmal mehr keinen Durchblick hatte und sich nachdenklich am Hinterkopf kratzte.

»Ich denke schon«, sagte Rammar und wandte sich nach ihm um. »Erinnerst du dich an die Schlacht, von der uns das Grünohr erzählt hat? Die vor langer Zeit stattgefunden hat und bei der die Vorfahren der jetzigen Sklaven auf die Insel gekommen sind.«

Balbok überlegte kurz, dann schüttelte er den Kopf.

»Das kommt, weil sich bei dir immer nur alles ums Fressen dreht!«, rügte ihn sein Bruder. »Ich hingegen habe aufgepasst und weiß, was damals gelaufen ist. Eine riesige Kriegsflotte der Orks hat die Insel angegriffen, aber da Menschen mit von der Partie waren, ging die Sache fürchterlich in die *broigas'hai*. Die Orks wurden vernichtend geschlagen, gefangen genommen und zum Steineklopfen verdonnert – diese traurigen *umbal'hai* in den Höhlen sind ihre Nachkommen. Wahrscheinlich«, fügte er wütend hinzu, »hat man diese Bilder hier nur angebracht, um die Sklaven zu demütigen und ihnen klarzumachen, weshalb sie hier gelandet sind. Ich hätte gute Lust, mir einen Hammer zu greifen und den ganzen *shnorsh* von den Wänden zu ...«

Ein gellender Schrei seines Bruders ließ ihn zusammenzucken. Es kam nicht oft vor, dass der sonst eher gelassene – weil doch recht begriffsstutzige – Balbok seinem Entsetzen derart lautstark Ausdruck verlieh. Umso alarmierter war Rammar.

»Was ist?«, fragte er und fuhr herum, in der Erwartung, seinen Bruder im tödlichen Klammergriff eines vieläugigen Höhlenmonstrums zu sehen. »Was hast ...?«

Er unterbrach sich, als er sah, dass Balbok keineswegs gegen ein *uchl-bhuurz* kämpfte. Er schwebte noch nicht einmal in Lebensgefahr, sondern stand nur da und starrte auf ein weiteres in den Stein geschlagenes Felsenbild. Sein Unterkiefer war dabei so weit heruntergeklappt, dass Rammar bequem seinen Schädel in Balboks Maul hätte stecken können.

»Was hast du nun wieder, Faulhirn?«, blaffte Rammar. »Musst du mir unbedingt einen solchen Schrecken einja...«

Seine Reaktion, als er das Bild erblickte, fiel nicht sehr viel anders aus als die seines Bruders. Auch er blieb wie von Kuruls Donner gerührt stehen, seine Kinnlade fiel herab, und seine Augen drohten ihm aus dem Kopf zu fallen.

»U-unmöglich«, stammelte er. »Da-da-das kann nicht sein!«

»Scheinbar doch«, ächzte Balbok tonlos – zu einer tiefgreifenderen Konversation waren sie nicht in der Lage. Zu überraschend war der Anblick, der sich ihnen bot, zu vertraut das in den Stein gemeißelte Gesicht, das ihnen entgegenblickte.

»S-sie ist es«, stellte Rammar fest.

»Allerdings.«

»Daran besteht nicht der geringste Zweifel ...«

Eigentlich hatte der feiste Ork gehofft, die blassen Züge mit den hoch stehenden Wangenknochen und den schmalen, herausfordernd blickenden Augen nie mehr im Leben zu sehen. Dass er sie sogar noch an diesem düsteren Ort zu Gesicht bekam, das verblüffte ihn über alle Maßen.

Denn die in Stein gemeißelten Züge, die ihnen entgegenblickten, waren ganz ohne Zweifel die von Alannah, jenem störrischen Elfenweib, das Balbok und Rammar leichtsinnigerweise aus dem Eistempel von Shakara entführt hatten. Und dafür hatten sie seither tausendfach gebüßt. Nicht nur, dass sie Alannah hatten helfen müssen, zusammen mit diesem elenden Kopfgeldjäger Corwyn die Herrschaft über Erdwelt an sich zu reißen – sie hatten sich auch noch darauf eingelassen, in ihrem Auftrag nach Kal Anar zu reisen und dort für sie zu spionieren. Dabei hatte ihnen die Elfin übel mitgespielt; sie hatte sie getäuscht und gedemütigt, sie nach Strich und Faden am Rüssel herumgeführt. Und als würde all das noch nicht genügen, hatte sie auch noch die Frechheit, ihnen nach allem, was ihnen auf dieser verwunschenen Insel widerfahren war, als steinernes Bildnis frech entgegenzugrinsen.

»W-was hat das zu bedeuten, Rammar?«, fragte Balbok ratlos, nachdem er die erste Überraschung verwunden hatte.

»Was wohl?«, schnappte Rammar wutschäumend. »Dass ich von Anfang an recht hatte. Das verdammte Elfenweib hat uns mal wieder verschaukelt. Ihr und niemandem sonst haben wir es zu verdanken, dass wir hier gelandet sind.«

Wütend starrte der Ork auf die teils zerstörten Wandbilder und versuchte dahinterzukommen, wie dies alles zusammenhing – als er merkte, wie jemand beschwichtigend seine Schulter tätschelte.

»Hör schon auf damit«, schnauzte er Balbok an. »Ich will mich jetzt nicht beruhigen.«

»Musst du ja auch gar nicht.«

»Ich weiß ja, dass du eine Schwäche für das Elfenweib hast, aber ich kenne sie nun mal besser als du, und diesmal ist sie eindeutig zu weit gegangen.«

»Aber ich habe doch gar nichts gesagt«, verteidigte sich Balbok.

»Dann hör auch auf, meine Rückseite zu befummeln wie ein *ochgurash*.«

»Ich hab dich nicht angerührt.«

»*Douk?*«

»*Douk.*«

Da erst ging Rammar auf, dass sein langer Bruder rechts von ihm stand und ihm folglich auch nicht die *linke* Schulter getätschelt haben konnte. Ihm schwante Übles, als er sich langsam umdrehte – und er wurde nicht enttäuscht.

Denn es waren die gelb leuchtenden Augen einer Ratte, in die er starrte und die sich genau in Höhe seines Gesichts befanden – und das nicht etwa deshalb, weil das Rattenvieh auf einem Felsvorsprung gekauert hätte, sondern weil es so groß war!

Was den Ork an der Schulter berührt hatte, war die spitz zulaufende Schnauze des Tiers, die unentwegt schnüffelte. Darunter befand sich das Maul, aus dem ein Paar riesiger Schneidezähne ragte, mit dem das Biest mit Leichtigkeit einen Arm hätte durchbeißen oder einen Schädel hätte knacken können. Die Ratte selbst war nicht nur riesig, sondern auch ungeheuer fett und ihr schmutzig braunes Fell so lang und dicht wie das eines Wargs. Der Schwanz hingegen war völlig unbehaart und zuckte wie eine Peitsche hin und her, was bei Rammar unangenehme Erinnerungen weckte.

»B-b...«, ächzte er. Die Stimme versagte ihm angesichts dieses Grauens, deshalb hob er den Ellbogen und rammte ihn seinem Bruder kurzerhand in die Seite.

»*Korr*, was ist?«, wollte Balbok ächzend wissen.

»Lauf!«, schrie Rammar, nachdem er seine Stimme wiedergefunden hatte. »Renn um dein Leben ...!«

16.
RICHG TRUURK'DOK'DH

Als Corwyn wieder zu sich kam, war der Kampf längst vorbei.

Mit zäher Verbissenheit hatten sich die drei verbliebenen Elfenkrieger verteidigt – als die Palastwache und die königlichen Leibwächter jedoch Verstärkung aus der Garnison von Tirgas Lan erhielten, hatte sich das Kampfglück gewendet. Ein weiterer Eindringling war getötet worden, dann hatten sich Dun'ras Ruuhl und sein verbliebener Handlanger ergeben.

Die Bilanz des Kampfes war dennoch entsetzlich. Während aufseiten der Elfen zwei Krieger gefallen waren, hatten die Menschen insgesamt siebzehn Mann verloren, dazu kamen neun Verwundete.

Und noch ein Verlust war zu beklagen: Alannah!

Während der königliche Leibarzt die Wunden versorgte, die Corwyn an Kopf und Schulter davongetragen hatte, versuchte dieser zu verstehen, was geschehen war. Zuerst das Auftauchen des kauzigen alten Zauberers, der vor einer neuen Gefahr für das Reich gewarnt hatte, dann der Überfall der grauhäutigen Elfen. Granock – oder Lhurian, wie er sich offenbar auch nannte – hatte sie als »Dunkelelfen« bezeichnet, was immer das bedeuten mochte. Corwyn war stets der Ansicht gewesen, dass alle Elfen bis auf Alannah Erdwelt verlassen hatten, und der einzige Dunkelelf, von dem er je gehört hatte, war Margok gewesen, der abtrünnige Verräter, der das Reich in zwei blutige Kriege gestürzt hatte. Aber offenbar war die Geschichte damit noch nicht zu Ende erzählt …

Natürlich hatte Corwyn seine Leute ausgesandt, um jeden Winkel des Palasts nach Alannah zu durchsuchen, jedoch ohne Erfolg. Seine Gemahlin blieb verschwunden, ebenso wie der Zauberer. Der gleißende Lichtstrahl, der so unvermittelt aus der Tiefe der Schatzkammer emporgestiegen war, schien beide verschluckt zu haben. Zauberei war im Spiel, daran bestand kein Zweifel – aber welchem Zweck diente sie?

Was war mit Alannah geschehen?

War sie noch am Leben – oder …?

Corwyn verdrängte den Gedanken rasch. Er wartete ab, bis der Arzt mit ihm fertig war, dann erhob er sich trotz der Mahnung des Heilers. Er wankte und hatte Schwierigkeiten, sich aufrecht zu halten, aber mit jener eisernen Disziplin, die ihm in seinen Tagen als Kopfgeldjäger manches Mal das Leben gerettet hatte, gelang es ihm dennoch. So würdevoll, wie es ihm möglich war, ging er zu den Gefangenen hinüber, die von seinen Leuten in Ketten gelegt worden waren. Trotzdem bewachten nicht weniger als dreißig Mann die beiden Elfen, indem sie einen Kreis um sie gezogen hatten und sie mit gesenkten Hellebarden bedrohten.

Normalerweise wäre Corwyn ein solcher Aufwand reichlich übertrieben vorgekommen, aber nicht in diesem Fall. Er hatte gesehen und am eigenen Leib zu spüren bekommen, wozu die Graugesichtigen fähig waren. Nie zuvor hatte er Krieger mit derartiger Schnelligkeit und Gewandtheit kämpfen sehen. Ein Teil von ihm kam nicht umhin, sie zu bewundern – ein anderer, wesentlich bedeutenderer Teil hingegen schrie nach Vergeltung …

Als sich der König näherte, öffnete sich der Kordon der Bewacher. Corwyn schritt geradewegs in die Mitte des Kreises, wo Dun'ras Ruuhl und sein verbliebener Scherge standen, mit eisernen Spangen um Hand- und Fußgelenke, aber noch immer aufrecht und stolz. Ruuhls Blick ließ keinen Zweifel daran, dass er es für unter seiner Würde erachtete, mit einem Menschen zu sprechen.

»Wo?«, fragte Corwyn nur.
»Was meinst du, Mensch?«
»Wo ist sie?«
»Wer?«
»Alannah«, sagte Corwyn voller Zorn. »Was hat der Zauberer mit ihr gemacht?«
»Woher soll ich das wissen, Mensch?« Er sprach das letzte Wort voller Verachtung aus.
»Ihr gehört zusammen, oder nicht?«
Dun'ras Ruuhl schien einen Augenblick lang ehrlich verblüfft. »Was bringt dich darauf?«
»Versuch nicht, mich für dumm zu verkaufen, Schmalauge«, knurrte Corwyn, bewusst das Wort aus der Orksprache gebrauchend, das Balbok und Rammar ihm beigebracht hatten. »Ihr habt selbst gesagt, dass ihr Alannahs wegen gekommen seid. Folglich ist euer Angriff nichts anderes als ein Ablenkungsmanöver gewesen. Alles andere ergibt keinen Sinn.«
»Weil dein Verstand nicht weiter reicht, als du pissen kannst, Mensch«, beschied ihm Ruuhl derb und wenig elfisch. »Wenn du glaubst, dass der Zauberer und wir gemeinsame Sache machen, bist du noch dümmer, als es für deine Rasse gemeinhin üblich ist.«
»Ihr steht nicht in seinen Diensten?«
»Natürlich nicht.«
»Aber ihr kennt ihn.«
»Dort, wo ich herkomme, kennt ihn jeder. Auch wenn sein Name nur in den finstersten Flüchen Erwähnung findet.«
»Was du nicht sagst. Und woher kommt ihr?«
»Von einem Ort, der weiter entfernt ist, als dein beschränkter Verstand es sich vorzustellen vermag – und den du niemals erreichen wirst.«
»Verstehe«, knurrte Corwyn, obwohl er in Wahrheit keine Ahnung hatte, wovon der Elf sprach. Vor allem wusste er nicht, was mit Alannah geschehen war, und diese Ungewissheit trieb ihn vor Sorge fast in den Wahnsinn.

»Nichts verstehst du, gar nichts«, entgegnete Dun'ras Ruuhl verächtlich, der den Menschenkönig bis ins Mark zu durchschauen schien. »Weder weißt du, was hier vor sich geht, noch hast du eine Vorstellung davon, wer wir sind oder was wir wollen, noch hast du die leiseste Ahnung davon, was mit deiner geliebten Königin passiert ist.« Erneut verzerrte ein Grinsen die aschgrauen Züge des Dunkelelfen, das so unverschämt war, dass Corwyn die Beherrschung verlor.

Seine behandschuhte Rechte schoss wie ein giftiges Reptil an Dun'ras Ruuhls Kehle und drückte zu. »Was weißt du darüber?«

»Wo-rüber?«

»Alannah. Was ist mit ihr geschehen?«

»Sie ... ist fort ...«

»Ach! Willst du mich auch noch zum Narren machen?«

»Das ... ist nicht nötig«, presste Ruuhl heiser hervor. »Das tust du ... schon selbst ...«

Corwyns verbliebenes Auge funkelte den Elfen zornig an. Er hätte dem Kerl gern sein freches Maul gestopft, und zwar für immer. Andererseits würde er dann vermutlich nie erfahren, was mit Alannah geschehen war ...

Corwyn schnaubte wütend. Verhandeln war nie seine Stärke gewesen. Er mochte eine Krone auf seinem Haupt tragen und auf dem Thron eines mächtigen Reiches sitzen – im Grunde seines Herzens jedoch war er immer noch ein einfacher Mann, und wenn die Dinge kompliziert wurden, fühlte er sich überfordert. Dann war er froh, Alannah an seiner Seite zu haben, die ihn mit ihrer Weisheit und dem Wissen eines langen Lebens unterstützte.

Aber Alannah war fort!

Widerwillig ließ er von Ruuhl ab und stieß ihn von sich, und obwohl der Dunkelelf keuchend nach Atem rang, brachte er es noch fertig, gleichzeitig höhnisch zu lachen.

»Der neue König auf dem Elfenthron«, spottete er. »So mächtig, dass er nicht einmal einem wehrlosen Gefangenen etwas anzuhaben vermag. Ich zittere vor ihm.«

»Das solltest du auch«, versicherte Corwyn ungerührt. »Und jetzt sag mir: Was ist mit Alannah geschehen? Ist sie am Leben?«

Keine Antwort.

»Verdammt, Bastard, ich habe dich etwas gefragt!«

Dun'ras Ruuhl grinste nur.

»Du miese Ausgeburt eines elenden …«

»Ist das deine ganze Weisheit, König?«, fiel der Dunkelelf ihm ins Wort. »Du beschimpfst mich?«

»Warum nicht?«

»Weil es dir nicht hilft, deine Königin zurückzuholen. Und darum geht es dir doch, oder nicht?«

Corwyn horchte auf. »Sie *zurück*zuholen? Soll das bedeuten, dass sie an einen anderen Ort gebracht wurde?«

»Genau das.«

»Aber wie …?« Er verstummte, weil ihm die Antwort bereits dämmerte. Hatte der alte Granock nicht etwas von magischen Pforten erzählt? Von Portalen, mit denen man eine Wegstrecke, für die man ansonsten einen Tagesritt benötigte, innerhalb von Augenblicken bewältigen konnte?

Dieses Licht, das plötzlich aufgetaucht war – sollte es eine solche Pforte geöffnet haben?

Corwyn musste zugeben, dass er dem Geschwätz des Zauberers nicht allzu großen Glauben geschenkt hatte – im Nachhinein jedoch stellte sich die Sache anders dar …

Dun'ras Ruuhl ließ erneut sein hochmütiges Grinsen sehen.

»Was ist so komisch?«, fragte Corwyn gereizt.

»Du«, antwortete Ruuhl. »Du hältst mich für deinen Feind, dabei haben wir ein gemeinsames Ziel.«

»Wir haben ein gemeinsames Ziel?« Corwyn hob die Braue seines verbliebenen Auges. »Und was sollte das für ein Ziel sein?«

»Wir suchen beide die Königin, richtig?«, fragte Ruuhl.

Corwyn erinnerte sich an das, was der Dunkelelf von sich gegeben hatte, kurz nachdem seine Leute und er in den Thronsaal eingedrungen waren. Von einer Prophezeiung war die Rede gewesen und von einer »Königin des Schreckens«, und es war unzweifelhaft, dass er Alannah damit gemeint hatte ...

»Was willst du von ihr?«, fragte ihn Corwyn geradeheraus, und es war weniger der König als vielmehr der liebende Gemahl, der diese Frage stellte.

»Das geht dich nichts an!«

»Es geht mich nichts an? Du hast wohl noch immer nicht begriffen, in welcher Lage du dich befindest. Du bist geschlagen und besiegt, dein Schicksal liegt in meiner Hand. Du solltest meine Fragen also beantworten, wenn dir dein Leben lieb ist.«

»Was willst du tun?«, fragte Ruuhl. »Mich töten? Dann wirst du niemals Antworten bekommen. Und du möchtest doch gern wissen, wohin der Zauberer deine Königin gebracht hat, oder etwa nicht?«

»Du weißt es?«

»Allerdings.«

»Dann sag es mir!«

»Warum sollte ich das?«

»Weil der König es von dir verlangt!« Corwyn blitzte den Gefangenen einmal mehr wütend an, die ganze Autorität seines Amtes in die Waagschale werfend – Dun'ras Ruuhl jedoch blieb auch davon gänzlich unbeeindruckt.

»Du bist nicht mein König«, erklärte er noch einmal. »Ein hergelaufener Mensch hat einem Elfen nobler Herkunft keine Befehle zu erteilen. Aber ... ich biete dir meine Hilfe an.«

»Deine *Hilfe*?«

Die Ketten klirrten, als Ruuhl demonstrativ die Hände hob. »Lass mir die Fesseln abnehmen, Menschenkönig, und ich verspreche dir, dass ich dich und deine Königin wieder zusammenführen werde.«

Diesmal war es Corwyn, der spöttisch lachte. »Hältst du mich wirklich für so dämlich? Glaubst du, ich würde dem Wort eines Mannes vertrauen, der mich hinterrücks und ohne Vorwarnung angegriffen hat? Du gibst vor, mir helfen zu wollen, doch in Wahrheit geht es dir nur um dich selbst, denn du willst Alannah ebenso dringend finden wie ich, habe ich recht?«

Dun'ras Ruuhl schwieg.

»Du sagtest, dass du sie befreien wolltest«, fuhr Corwyn fort. »Was hat das zu bedeuten? Woher kennst du sie?«

Erneutes Schweigen.

»Verdammt, Bastard, ich habe dich etwas gefragt!«, brauste Corwyn auf. »Woher kennst du Alannah? Und woher willst du wissen, wohin der Zauberer sie gebracht hat?« Er trat wieder auf Dun'ras Ruuhl zu. »Los, rede gefälligst!«

Aber der Dunkelelf blieb auch weiterhin eine Antwort schuldig. Zur Zusammenarbeit schien er nur bereit, wenn das Spiel nach seinen Regeln ablief – und dazu wiederum hatte Corwyn keine Lust. Er war in seinem Leben schon zu oft getäuscht und ausgenutzt worden, als dass er Ruuhls Absichten nicht durchschaut hätte – was jedoch blieb, war die Ungewissheit.

Was hatte der Kerl mit Alannah zu schaffen? Wieso nannte er sie »Königin des Schreckens«? Und weshalb war Alannah dem alten Zauberer so zugetan?

Corwyn konnte nichts dagegen tun – er fühlte sich getäuscht und geblendet, und das nicht nur von den Dunkelelfen und von Lhurian, sondern auch von Alannah.

Wieso, fragte er sich, hatte sie ihm nie etwas von diesen Dingen erzählt? Hatte sie tatsächlich nichts davon gewusst? Oder gehörten sie zu jenem Teil ihrer Vergangenheit, der ihm immer verschlossen bleiben würde, weil sich all dies lange vor seiner Zeit zugetragen hatte, als er noch nicht einmal ein ferner Gedanke gewesen war?

In gewisser Weise fühlte er sich ausgestoßen und übergangen. Mehr noch, er kam sich verraten vor, nicht zuletzt von Alannah.

Schon einmal hatte sie ihn hintergangen, als es um Kal Anar gegangen war, und wenn es auch zu seinem Besten gewesen war, so war Corwyn doch noch immer nicht ganz darüber hinweg. Gewiss, Alannah hatte versprochen, dergleichen niemals wieder zu tun, aber konnte er ihrem Wort vertrauen? Was hatte es mit all diesen Gestalten auf sich, die plötzlich aus ihrer Vergangenheit auftauchten und die sie offenbar gut kannten?

Zu dem Zorn, den Corwyn gegen Dun'ras Ruuhl hegte, gesellte sich die Eifersucht, die er schon zuvor verspürt hatte. Zunächst hatte er sich gesagt, dass es lächerlich sei, eines alten Greises wegen derart zu empfinden. Seit Alannah jedoch von Granock entführt worden war – wenn man es denn überhaupt so nennen durfte –, hatte der Gedanke nichts Belustigendes mehr.

Statt Erleichterung darüber zu empfinden, dass seine Gemahlin offenbar noch am Leben war, verspürte Corwyn nur Bitterkeit, und es war, als ob sich ein dunkler Schatten über ihn senkte. Erneut war er getäuscht worden, und je länger er darüber nachdachte, desto offenkundiger schien ihm, dass etwas zwischen Alannah und dem Zauberer gewesen war. Unsichtbare Bande, die er nicht zu durchschauen vermochte ...

»Nun?«, erkundigte sich Dun'ras Ruuhl herablassend. »Was wirst du mit uns anfangen, großer König?«

»Schon bald werdet ihr euch wünschen, euren Fuß nie in meinen Palast gesetzt zu haben«, beschied Corwyn dem Dunkelelfen und seinem Begleiter mit düsterem Blick, »und ihr werdet mir bereitwillig alles verraten, was ihr wisst. Das verspreche ich euch ...«

17.

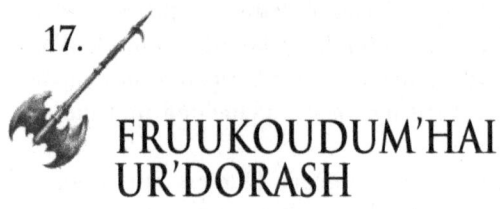

FRUUKOUDUM'HAI UR'DORASH

Balbok und Rammar liefen immer weiter – der eine mit langen, ausgreifenden Schritten, der andere aufgrund seiner Leibesfülle und seiner kurzen Beine watschelnd wie eine Ente, allerdings nicht weniger schnell.

Hals über Kopf rannten die beiden Orks durch dunkle Felsengänge und verlassene Stollen, hasteten über steinerne Treppen, die steil emporführten oder sich senkrecht in die Tiefe schraubten. Den heißen, stinkenden Atem der Riesenratte in seinem Nacken zu spüren beflügelte Rammar und verlieh ihm ungeahnte Kräfte, die tatsächlich erst nachließen, als die Gefahr gebannt schien.

In einer Höhle, die so groß war, dass der Lichtschein von Balboks Fackel nicht ausreichte, um sie ganz zu beleuchten, hielten die Orks schließlich inne, nach Atem ringend und – zumindest soweit es Rammar betraf – mit Knien, die so weich waren, dass sie ihn nicht länger trugen.

Stöhnend brach der dicke Ork zusammen und landete bäuchlings auf dem Boden, die Augen geschlossen und das nach Luft schnappende Maul weit aufgerissen, sodass Balbok schon glaubte, sein Bruder wäre im Begriff, den letzten Röchler von sich zu geben. Sich über den Boden wälzend wie ein gefällter Waldtroll, warf sich Rammar hin und her, zunächst nur heiser keuchend, dann, als sein Atem dazu ausreichte, auch wieder lauthals lamentierend.

»Ist das zu fassen?«, zeterte er. »Nicht viel hätte gefehlt, und dieses Rattenvieh hätte uns gefressen! Aber mein dämlicher Bruder musste ja unbedingt dem Elfen den Kopf von den Schultern reißen und dafür sorgen, dass wir nicht mehr zurückkönnen.«

»*Korr*«, bestätigte Balbok kleinlaut, der mit hängendem Kopf vor ihm stand.

»Hast du eine Ahnung, was jetzt aus uns werden soll? Weder wissen wir, wo wir sind, noch kennen wir einen Weg aus diesem Labyrinth. Wegen dir werden wir hier verhungern und verdursten.«

In diesem Moment war aus der sie umgebenden Dunkelheit ein hässliches Geräusch zu vernehmen, das sich anhörte, als würde jemand eine verdorbene Speise wieder heraufwürgen.

»Oder noch Schlimmeres«, fügte Rammar verdrießlich hinzu.

»Aber wir sind frei«, wandte Balbok ein.

»Frei, allerdings«, bestätigte Rammar und raffte sich schnaufend wieder auf. »Wir haben die freie Wahl, zu verhungern oder bei lebendigem Leibe gefressen zu werden. So weit ist es mit unserer Freiheit her. Ich sollte diesen Stein hier nehmen und ihn dir so lange auf den dämlichen Schädel schlagen, bis ...«

»Äh, Rammar?«

»Was?«

»Das ist kein Stein«, sagte Balbok, auf den halbrunden Gegenstand deutend, den Rammar im Halbdunkel vom Boden aufgelesen hatte.

Verdrossen nahm der dicke Ork das Ding in Augenschein, nur um widerwillig zugeben zu müssen, dass sein Bruder recht hatte.

Es war kein Stein.

Sondern ein Schädel.

Noch dazu – und das war das wirklich Beunruhigende an der Sache – der eines Orks ...

»Hier liegen noch mehr davon herum«, stellte Balbok fest, der sich ein paar Schritte entfernt hatte und seine Fackel in Bodennähe hielt. »Haufenweise Knochen ...«

»Lass sehen!«, sagte Rammar und gesellte sich zu seinem Bruder. Tatsächlich. Überall lagen Knochen auf dem Höhlenboden verstreut, nicht nur Schädel, sondern ganze Skelette. Dass es nicht nur die von Orks waren, sondern auch von Elfen und Menschen, nahm Rammar wohlwollend zur Kenntnis, aber wirklich beruhigen konnte ihn das nicht.

Vorsichtshalber steckte er seine Fackel an der seines Bruders an. Im flackernden Schein der beiden Fackeln wurde ein wenig mehr von der Höhle sichtbar, und die beiden Orks hatten ganz den Eindruck, dass sie sich inmitten eines riesigen unterirdischen Friedhofs befanden. Nicht nur bleiche Knochen lagen um sie herum, auch rostige Schwerter, Äxte, Schilder und Helme sowie die Überreste von Speeren. Einige der Skelette trugen noch Rüstungsteile oder Kettenhemden, an denen der Zahn der Zeit schon fleißig genagt hatte.

»Ich sag dir was, Langer«, knurrte Rammar. »Hier hat vor langer Zeit eine Schlacht gewütet. Orks, Schmalaugen und Milchgesichter haben hier aufeinander eingedroschen.«

»Wieso ausgerechnet hier?«

»*Shnorsh*, woher soll ich das wissen? Bin ich Anartum, dass ich auf alles eine Antwort weiß? Manchmal bist du wirklich zu …« Rammar unterbrach sich, als ihm plötzlich ein kluger Gedanke kam. »Weißt du was? Das sind die Überreste der Schlacht, von der das Grünohr uns erzählt hat.«

»Welcher Schlacht?«

»Weißt du nicht mehr? Während des Zweiten Krieges landete eine Streitmacht von Menschen und Orks an der Küste, die jedoch vernichtend geschlagen wurden. Die Orks wurden versklavt, von den Menschen hat man nichts mehr gehört.«

»Kein Wunder«, meinte Balbok achselzuckend mit Blick auf die Knochen, die ringsum verstreut lagen. »Die sind hier verloren gegangen.«

»*Korr*«, stimmte Rammar grimmig zu. »Aber weißt du was? Dieser Fund könnte uns den *asar* retten.«

»Wie das?« Balbok schaute nach seiner Kehrseite. »Mit meinem *asar* ist doch alles in Ordnung.«

»Ich weiß, das ist der Grund, warum du ihn zum Denken benutzt«, konterte Rammar. »*Umbal*, ich meinte, dass die Knochen uns vielleicht den Weg nach draußen zeigen können.«

»Ehrlich?« Balbok machte große Augen und hob einen Knochenarm vom Boden auf. Statt ihm jedoch wie erwartet die Richtung zu weisen, hing der Unterarm mit der Hand daran nur schlaff herab und schlenkerte hin und her.

»Lass den Blödsinn und hör zu«, verlangte Rammar. »Wenn hier einst eine Schlacht stattgefunden hat, müssen die Krieger doch irgendwie hereingelangt sein, oder?«

»Na ja ...« Balbok kratzte sich am Hinterkopf. »Wenn du es sagst ...«

»Allerdings. Und wenn es einen Weg hinein gegeben hat, dann gibt es auch einen hinaus. Wir brauchen also nur den Knochen am Boden zu folgen, und schon sind wir draußen.«

»Und die Wächter?«

»Welche Wächter?«

»Die Wächter der Dunkelheit«, brachte Balbok in Erinnerung. »Weißt du nicht mehr?«

»Siehst du hier irgendwelche Wächter?«

»*Douk.*«

»Na also. Dann lass mich in Frieden mit deinen Schauergeschichten und hilf mir lieber.«

»Wobei?«

»Dämliche Frage«, maulte Rammar, während er sich bereits an einem der Skelette zu schaffen machte, das einem ziemlich beleibten Ork gehört haben musste, zumindest nach dem rostigen Kettenhemd zu urteilen, das die Knochen einhüllte. »Wir haben hier die Gelegenheit, uns endlich wieder was Vernünftiges anzuziehen und uns zu bewaffnen. Also worauf wartest du?«

»*Korr*«, stimmte Balbok zu.

Es dauerte nicht lange, bis sich die beiden Orks aus dem Überangebot etwas Passendes herausgesucht hatten. Zwar bereitete es Rammar einige Mühe, das Kettenhemd anzulegen, weil seine Leibesfülle doch noch etwas üppiger war als die seines verblichenen Artgenossen und die rostigen Glieder des Kettenhemdes auch nicht mehr allzu beweglich waren. Aber schließlich gelang es ihm doch, und er fühlte sich erstmals seit vielen Tagen wieder als richtiger Ork. Balbok zog sich einen Brustpanzer an, der aus miteinander verbundenen Metallplatten bestand, und dazu eiserne Arm- und Beinschienen. Dass alles rostig war und schon weit bessere Tage gesehen hatte, störte die beiden nicht – wenn Orks eine Rüstung trugen, dann stammte diese gewöhnlich von besiegten Feinden, sodass sie ohnedies beschädigt war und schlecht saß, und da Orks mit ihren Waffen und Rüstungen auch nicht besonders pflegsam umgingen, rosteten beide schnell im feuchtkalten Klima der Modermark. So war ein Ork das Tragen einer schlecht sitzenden rostigen und beschädigten Rüstung gewohnt.

Eine brauchbare Waffe zu finden erwies sich schon als schwieriger. Äxte und Speere waren allesamt unbrauchbar, weil die hölzernen Schäfte längst verrottet waren; Balbok entschied sich notgedrungen für ein Breitschwert, das einst einem Menschen gehört haben mochte und das dieser mit zwei Händen geführt hatte – für die Pranke des Orks war der Griff gerade richtig. Rammar hatte das Glück, einen *saparak* zu finden, der ganz aus Metall gefertigt und noch in vergleichsweise gutem Zustand war. Gekonnt ließ er die Waffe durch die Luft wirbeln, erstach eine Reihe imaginärer Gegner und sah sie ringsum in ihrem Blut liegen.

»Gut so«, keuchte er triumphierend, »Rammar der schrecklich Rasende ist zurück. Weh dem, der sich ihm in den Weg …«

Er verstummte, als plötzlich wieder jener schmatzende, gurgelnde Laut zu hören war, den sie schon einmal vernommen hatten. Da es von den Höhlenwänden widerhallte, war unmöglich festzustellen, aus welcher Richtung es kam.

»Balbok?«

»Ja, Rammar?«

»Sag mir, dass das dein Magen war.«

»*Douk.*« Der Hagere schüttelte den Kopf. »Leider nicht.«

Der Laut wiederholte sich – ein Schmatzen und Würgen, als würde ein Dutzend betrunkener *faihok'hai* ein Gelage abhalten. Die Fackel in der einen, den *saparak* in der anderen Klaue, spähte Rammar in alle Richtungen – und glaubte plötzlich, dass die Dunkelheit lebendig wurde.

Überall ringsum begannen sich schwarze Schatten zu regen, die sich aus der umgebenden Finsternis schälten, und gelbe Augenpaare funkelten im flackernden Schein der Fackeln.

Mit vor Entsetzen weit aufgerissenen Augen sah Rammar die riesigen pelzigen Körper, die spitz zulaufenden Schnauzen und die gefährlichen Schneidezähne und schließlich die Schwänze, die sich wie Giftschlangen auf dem Boden ringelten.

Radum'hai!

Riesenratten!

Ein ganzes Rudel!

In diesem Moment begriff Rammar, dass sie der Ratte, vor der sie geflohen waren, nicht etwa entkommen waren – sondern dass das verdammte Biest sie direkt in die Fänge ihrer Artgenossen getrieben hatte. Und auch Balbok wurde plötzlich etwas klar.

»Rammar?«, fragte er.

»Ja doch, was willst du?«

»Ich glaube, ich weiß jetzt, wer die Wächter der Dunkelheit sind ...«

Zu gern hätte sein Bruder ihm widersprochen, aber zumindest dieses eine Mal hatte Balbok wohl recht. Die Ratten, die zu Hunderten in den verlassenen Stollen zu hausen schienen, sorgten dafür, dass niemand das Höhlenlabyrinth verlassen konnte. Wahrscheinlich waren sie sogar der Grund dafür, dass die Elfen den Stollen nicht verschlossen hatten.

Wer ausbrechen wollte, sollte es nur versuchen – und bei lebendigem Leib gefressen werden ...

Aus diesem Grund waren wohl auch die beiden Fackeln am Eingang des »Fluchtstollens« angebracht gewesen, die Rammar und Balbok nun bei sich trugen: Normalerweise vertrieb ihr Licht die gefräßigen Viecher. Aber nicht, wenn sie sich ihrer Beute so sicher wähnten wie in diesem Augenblick, direkt in ihrem Territorium ...

Die Orks wichen zurück, bis sie Rücken an Rücken standen, von gefräßigen, mit gefährlichen Schneidezähnen bewehrten Schlünden umgeben, aus denen schäumender Geifer tropfte.

»Ich wusste es!«, maulte Rammar und stampfte wütend mit dem Fuß auf. »Die ganze Zeit über habe ich gewusst, dass es so enden wird! Deswegen habe ich diese Flucht ja von Anfang an für Irrsinn gehalten!«

»Aber du hast doch ...«

»Wärst du nicht so verdammt dämlich gewesen, wären wir jetzt immer noch in unserer Höhle beim Steineklopfen und bräuchten uns um nichts zu sorgen.«

»Außer um deinen *asar*«, gab Balbok zu bedenken.

»Lieber ein aufgerissener *asar* als ein aufgefressener«, belehrte ihn Rammar, während die Riesenratten weiter herandrängten. »Verdammt!«, rief er. »Wie haben es diese Mistviecher nur geschafft, derart fett zu werden? Die tun doch nichts anderes, als den ganzen Tag in dunklen Höhlen sitzen und vor sich hin stinken.«

»Genau wie du«, meinte Balbok halb laut, »aber fett bist du trotzdem.«

»Was hast du gesagt?«

»Nichts«, versicherte der hagere Ork schnell – und war fast dankbar dafür, dass die Ratten in diesem Moment angriffen. Denn so bekam er es nur mit ihnen zu tun und nicht mit seinem Bruder.

Geifernd drängten die Viecher heran, von denen jedes so groß war wie ein ausgewachsener Warg. In der Hoffnung, sie damit zu vertreiben, schwenkte Rammar die Fackel, aber der Blutdurst der quiekenden, fiependen Ungeheuer war größer als ihre Furcht vor dem Feuer.

»Weg! Geh weg!«, kreischte Rammar, als die erste Ratte vorpreschte und mit der spitzen Schnauze nach ihm stieß.

Im nächsten Moment wurde auch Balbok attackiert, und zwar gleich von zweien der schwarzgrau bepelzten Viecher. Während die eine Ratte auf allen vieren blieb, bäumte sich die andere auf den Hinterbeinen auf und war damit ebenso groß wie Balbok. Mit den Vorderpfoten schlagend, setzte sie auf den Unhold zu – der prompt reagierte.

Seinen orkischen Instinkten gehorchend, sprang er vor und ging zum Gegenangriff über. Die eine Ratte blendete er, indem er ihr die brennende Fackel entgegenstieß, sodass sie jaulend davonschoss. Der anderen rammte er, noch ehe sie sich wieder auf alle viere fallen lassen konnte, das Schwert in den ungeschützten Bauch.

Wie vom Donner gerührt blieb die Ratte stehen und verfiel in entsetztes Quieken. Statt seine Klinge wieder aus dem Leib der Ratte zu ziehen, riss Balbok sie senkrecht nach oben, sodass sie die Ratte der Länge nach aufschlitzte. Die Eingeweide des Untiers klatschten auf den nackten Fels, das Geschrei der Ratte verstummte, und ein letztes Gurgeln entrang sich ihrer Kehle, dann brach das riesige Vieh zusammen.

Einen zufriedenen Ausdruck im Gesicht, fuhr Balbok herum, um sich dem nächsten Angreifer zu stellen, doch zu seiner größten Verblüffung musste er feststellen, dass es keinen mehr gab. Schlagartig ließen die Ratten von den Orks ab und wandten sich, ihrer niederen Natur folgend, dem leichteren Opfer zu, nämlich ihrem aufgeschlitzten Artgenossen. Das Leben war noch nicht ganz aus der Ratte gewichen, als die anderen schon über sie herfielen, ihr Blut leckten und ihre spitzen Schnauzen in ihre heraushängenden Eingeweide vergruben.

»Was, bei Kuruls Donner ...?«, fragte Rammar, dessen einziger Beitrag zum Kampf darin bestanden hatte, sich mit dem *saparak* die Ratten vom Leib zu halten.

»Sie haben bloß Hunger«, stellte Balbok fest, der gerührt zuschaute, wie die Ratten ihren Artgenossen fraßen und dabei lauthals quiekten und schmatzten. »Kann ich gut verstehen.«

»Du kannst diese Viecher verstehen? Bist du übergeschnappt? Noch vor ein paar Augenblicken wollten sie *mich* fressen!«

»Na ja ...«, meinte Balbok.

»Na ja was?«

»Du bist eben ein lohnender Brocken.«

»Was soll das heißen?«, fragte Rammar lauernd, während die Ratten weiterfraßen. Von allen Seiten drängten sie heran und stritten um die Beute; die Orks schienen sie nicht einmal mehr wahrzunehmen.

»Nichts weiter. Nur dass du eben ziemlich gut beisammen bist.«

»Und?«

»Und deshalb eine lohnende Beute.«

»Für wen?«

»Für die Ratten natürlich«, versicherte Balbok schnell.

»Wirklich?«, hakte Rammar nach. »Oder hast du dich auch schon das ein oder andere Mal gefragt, wie ich wohl schmecke? Ich kenne dich doch, wenn dich der Heißhunger plagt ...«

»*Douk*«, verneinte Balbok entschieden. »Niemals.«

»Wirklich nicht?«

»Wirklich nicht. Außerdem ...«

»Außerdem was?«

»Orks sind zäh und schmecken streng«, wusste Balbok.

»Andere Orks«, räumte Rammar beleidigt ein, »ich nicht.«

»Alle Orks«, beharrte Balbok.

»Hast du vielleicht schon mal von mir gekostet?«

»*Douk.*«

»Na also! Lass dir gesagt sein, dass ich besser schmecke als du, du mageres Klappergestell. Wer mich frisst, der braucht ein Jahr lang nichts anderes mehr. Hast du begriffen?«

Zu Rammars Genugtuung nickte Balbok – zumindest diesen Sieg hatte er davongetragen.

»Und jetzt«, fügte der feiste Ork mit Blick auf die Ratten hinzu, »lass uns rasch verschwinden, ehe diese elenden Viecher noch begreifen, was ihnen entgeht.«

»*Korr*«, stimmte Balbok zu und wollte Rammar folgen – als er plötzlich einen Einfall hatte.

»Was soll das, Faulhirn?«, schnauzte Rammar, als Balbok seine Fackel niederlegte und sich auf die Ratten zubewegte, statt sich von ihnen zu entfernen.

»Ich habe eine Einfall«, verkündete Balbok voller Stolz, was spontane Sorgenfalten auf Rammars fliehende Stirn zauberte. Wenn sein Bruder Einfälle hatte, endete das für gewöhnlich in einem blutigen Debakel ...

»Lass den Blödsinn und komm!«, zischte er deshalb. »Lass uns abhauen, solange die Viecher noch beschäftigt sind ...«

Der Einwand war berechtigt, denn von der Ratte, die Balbok aufgeschlitzt hatte, war außer dem Fell und den Knochen kaum noch etwas übrig. Dennoch ließ sich Balbok nicht von seinem Vorhaben abbringen. Behutsam näherte er sich einer der Ratten, tätschelte sie am Bauch und am Hals und schwang sich – zu Rammars Bestürzung! – im nächsten Moment auf ihren Rücken.

Ein aberwitziges Schauspiel bot sich Rammar daraufhin im Schein der beiden Fackeln. Denn natürlich versuchte das völlig überraschte Tier, den unbekannten Körper auf seinem Rücken abzuschütteln, während sich Balbok mit beiden Klauen im Fell der Ratte verkrallte und alles daransetzte, oben zu bleiben. Quiekend wie ein angestochenes Schwein rannte die Ratte hin und her und vollführte Sprünge, die einem liebestollen Oger zur Ehre gereicht hätten. Balbok jedoch blieb auf ihrem Rücken, als würde er daran kleben wie die *shnorsh* am *klogosh*.

Als die Ratte erkannte, dass ihre Bemühungen zu nichts führten, versuchte sie, sich auf den Rücken zu wälzen und ihren Reiter unter sich zu zermalmen. Balbok jedoch kam ihr zuvor, indem er sie an den Ohren packte und so heftig daran zog, dass das Tier von einem Augenblick zum anderen aufgab und handzahm wurde. Noch ein-, zweimal bockte das Tier, dann trabte die Ratte brav herbei, einen Ork auf dem Rücken, der sich stolz in die Brust geworfen hatte, ein ungemein breites Grinsen im grünen Gesicht.

»Pass auf, dass dir das nicht bleibt«, knurrte Rammar verdrießlich, »sonst fällt dir noch die Visage auseinander.«

»Was sagst du nun?«, fragte Balbok, der sich in seinem Stolz nicht kränken ließ.

»Was soll ich wohl sagen? Du hast eine Ratte zugeritten!«

»Eben.« Balbok nickte. »Und uns damit ein Reittier verschafft. Jetzt brauchen wir nicht mehr zu Fuß zu gehen.«

»Bist du übergeschnappt? Das kommt überhaupt nicht in Frage!«, polterte Rammar. »Orks reiten nicht – und wenn, dann nur auf einem Warg!«

»Nun hab dich nicht so«, meinte Balbok. »Auf einem Pferd bist du auch schon geritten.«

»Das sieht dir wieder ähnlich!«, blaffte Rammar, der ungern an dieses unrühmliche Kapitel erinnert wurde. »War ja klar, dass du mir damit kommen musstest!«

»Aber es stimmt doch, oder nicht?«

»*Korr*«, musste Rammar verdrießlich eingestehen.

»Also?«, fragte Balbok.

In Rammars grüner Fratze ging ein undeutbares Mienenspiel vor sich. Einerseits hatte der dicke Ork genug davon, sich von seinem Bruder fortlaufend demütigen zu lassen. Andererseits schmerzten ihm bereits die Füße, und wer vermochte zu sagen, wie weit es noch bis zum Höhlenausgang war?

»Na schön«, erklärte er sich widerwillig einverstanden, »aber das eine sage ich dir: Wenn du auch nur irgendjemandem ein Sterbenswort davon erzählst, dass Rammar der Rasende auf einer Ratte geritten ist ...«

»Keine Sorge«, versicherte Balbok grinsend und streckte ihm die Klaue hin. »Nun steig schon auf!«

Rammar grunzte etwas Unverständliches, dann löschte er zunächst Balboks Fackel, reichte sie seinem Bruder und anschließend auch den *saparak*, dann schaute er verstohlen nach allen Seiten, um sich zu vergewissern, dass ihn auch niemand heimlich beobachtete. Erst danach ergriff er Balboks Klaue und schwang sich schwerfällig und ächzend auf den Rücken des Nagers, der das zusätzliche Gewicht mit einem schrillen Fiepen quittierte, erstaunlicherweise jedoch nicht zusammenbrach.

Mit der Zunge schnalzend und das Tier an den Ohren dirigierend, schaffte es Balbok tatsächlich, die Ratte zum Laufen zu bewegen, und der abenteuerliche Ritt durch die Dunkelheit begann, den Knochen nach und dem Ausgang entgegen.

»Rammar?«, fragte Balbok.

»Was ist?«, fragte Rammar, der die Fackel mit einer Hand hielt, während er sich mit der anderen an seinem Bruder festklammerte und es ihm gleichzeitig noch irgendwie gelang, den *saparak* nicht zu verlieren.

»Heißt es nicht ›der schrecklich Rasende‹?«

»Schnauze, *umbal*!«

18.

SHADAG UR'GRON

Tief unter den Mauern der Königszitadelle, in den vergessenen Eingeweiden Tirgas Lans, befanden sich die Kerker und die Folterkammer der Festung, einst eingerichtet von Margoks Dienern, als sie vor langer Zeit die Stadt besetzt gehalten hatten, in jenen dunklen Tagen, ehe Farawyn sein Heer gen Tirgas Lan führte und die Herrschaft des Bösen beendete.

In den unheimlichen Gewölben war es feucht und kalt, die Wände waren von Schimmel überzogen, und selbst nach all den Jahrhunderten glaubte man noch, die Schreie jener zu hören, die in diesen düstern Verliesen einen qualvollen Tod gefunden hatten.

Corwyn hatte sich geschworen, niemals wieder einen Fuß in die Folterkammer zu setzen. Doch er brach mit diesem Vorsatz, obwohl die von Fackelschein nur spärlich beleuchteten Gewölbe und der Geruch von Fäulnis und Moder unangenehme Erinnerungen weckten. Erinnerungen, die voller Schmerz und Furcht waren. Einst war er selbst an diesem Ort des Grauens gefoltert worden und hatte dabei sein Auge verloren.

Aber als er das Verlies des Schreckens diesmal betrat, tat er es nicht als Gefangener, sondern als derjenige, der Antworten suchte. Er wollte Informationen.

Um jeden Preis ...

»Nun?«, fragte er mit regloser, zur Maske erstarrter Miene.

Der Heiler, der sich über die schlanke, grauhäutige Gestalt gebeugt hatte, die nackt und leblos auf der Streckbank lag, schüttelte den Kopf. »Ich bedaure, mein König. Ich fürchte, dieser Gefangene wird Euch nichts mehr verraten.«

»Ich ... verstehe.« Corwyn nickte. Bis auf das kurze Stocken in seiner Stimme zeigte er auch weiterhin keine Regung, doch innerlich schalt er sich einen Narren.

Er hatte erwartet, dass ihm Dun'ras Ruuhls Gefolgsmann weniger Widerstand entgegenbringen würde als der Anführer der Dunkelelfen, und die Befragung deshalb mit ihm begonnen. Doch der Elfenkrieger hatte sich als unglaublich zäh erwiesen; nicht das Geringste hatte Corwyn aus ihm herausbekommen.

Entweder, sagte er sich, war die Furcht des Soldaten vor der Strafe seines Herrn noch ungleich schlimmer gewesen als die Schmerzen der Folter. Oder aber – und dieser Verdacht nagte an seinem Gewissen und wühlte in seinen Eingeweiden – er hatte nichts gewusst, das er Corwyn hätte verraten können. Immer wieder hatte der Elf sein Nichtwissen auch beteuert, doch Corwyn hatte ihm nicht geglaubt.

Nun gab es nur noch einen, der ihm Antworten auf seine Fragen geben konnte.

Dun'ras Ruuhl selbst ...

»Bringt ihn hinaus!«, wies er seine Leute an, die sich – wohl nicht aus Überzeugung, aber aus Treue zu ihrem König – als Folterknechte betätigt hatten. »Und holt Dun'ras Ruuhl!«

»Zu Befehl, mein König.«

Ohne erkennbare Gefühlsregung schaute Corwyn zu, wie der leblose Körper des Gefangenen von der Streckbank gebunden wurde. Gleichzeitig wurde Dun'ras Ruuhl hereingeführt, in Ketten gelegt und von vier bis an die Zähne bewaffneten Soldaten bewacht.

»Sieh an«, meinte der Dunkelelf ungerührt und hob eine Braue, während sein letzter verbliebener Gefolgsmann hinausgetragen wurde. Es war nicht zu erkennen, was hinter Ruuhls grauen Gesichtszügen vor sich ging. »An Brutalität haben die Menschen es noch nie fehlen lassen. Das machte es leicht ...« Er verstummte.

»Wovon sprichst du?«, wollte Corwyn wissen.

»Von der Vergangenheit«, antwortete Ruuhl hochmütig. »Und offenbar habt ihr euch nicht verändert.«

»Er hätte nicht zu sterben brauchen«, verteidigte sich Corwyn, nicht so sehr vor Dun'ras Ruuhl als vielmehr vor seinem eigenen Gewissen. »Er hatte die Wahl.«

»Wirklich?« Fast amüsiert sah Ruuhl den König an. »Es war nur ein niederer Diener. Er wusste kaum mehr als du.«

»Bedauerst du seinen Tod?«

Der Dunkelelf schüttelte den Kopf. »Er war ein schlechter Soldat. Immerhin war er nicht bereit, sein Leben für mich zu geben, so wie es seine Kameraden taten. Hättest du ihn nicht getötet, hätte ich es getan.«

Corwyn wusste nicht, was er darauf erwidern sollte. Mit einer Handbewegung wies er seine Soldaten an, Dun'ras Ruuhl seiner Rüstung und Kleidung zu entledigen und ihn auf die Streckbank zu binden, genau wie seinen Gefolgsmann vor ihm. Wehrlos und fast nackt lag der Dunkelelf daraufhin vor ihm, und dennoch hatte Corwyn das Gefühl, dass von der sehnigen grauen Gestalt auch weiterhin eine Bedrohung ausging – und dass aus den schmalen, von schwarzem Haar umrahmten Zügen nach wie vor unverhohlene Verachtung sprach.

Corwyn nickte dem Mann an der Winde zu, worauf sich die Seile der Streckbank spannten – der Spott in Dun'ras Ruuhls Gesicht jedoch blieb.

»Wo ist Alannah?«, wollte der König wissen. »Wohin hat der Zauberer sie gebracht?«

Der Dunkelelf schwieg, worauf sich die Seile noch mehr spannten.

»Woher kennst du Alannah? Wieso hast du sie ›Königin des Schreckens‹ genannt?«

Dun'ras Ruuhl antwortete abermals nicht, worauf Corwyn zögerte. Sollte er so weitermachen? Wenn der Dunkelelf starb, verlor er jede Möglichkeit, etwas über Alannahs Verbleib zu erfahren – ganz abgesehen davon, dass er sich ein zweites Mal mit dem Blut eines Wehrlosen besudelte.

Aber hatte er eine Wahl?

Erneut nickte er dem Folterknecht zu. Noch ehe dieser jedoch weiter an der Winde drehen konnte, brach Dun'ras Ruuhl sein Schweigen – wenn auch ganz anders, als man es erwartet hätte.

»Was willst du, falscher König?«, rief er, den Schmerz, den er empfinden musste, gekonnt überspielend.

»Antworten!«, erwiderte Corwyn. Die Beleidigung überging er geflissentlich.

»Und du glaubst, dass du sie aus mir herauspressen kannst? Aus dem Ersten unter Margoks Dun'rai?«

Corwyn glaubte, nicht recht zu hören. »Was war das?«

»Törichter Mensch – ich sagte, dass ich der Erste unter den Dun'rai bin, den Elfenfürsten, die in den Diensten des Dunklen Herrschers stehen und …«

»Margok«, rief Corwyn dazwischen. »Du hast Margok gesagt!«

»Und?«

»Wenn du behauptest, Margoks Gefolgsmann zu sein, so bist du ein Lügner. Margok ist tot. Er wurde vernichtet. Ich selbst war dabei!«

»Das sagst du, Mensch – ich jedoch weiß es besser. Margok lebt, und er wartet darauf, in die Welt der Sterblichen zurückzukehren.«

»Was du nicht sagst«, versetzte Corwyn gehässig. »Seit mehr als einem Jahr höre ich kaum etwas anderes. Zuerst hat uns Margoks Geist bedroht und dann das Böse, das einst von ihm Besitz ergriff. Schatten und Geister, nichts weiter – wir haben ihnen allen getrotzt.«

»Wer redet von Schatten und Geistern? Wo ich herkomme, ist Margok kein Gespenst, sondern ein Wesen aus Fleisch und Blut, so wirklich wie du und ich.«

»Ach ja?« Corwyn schürzte die Lippen. »Und wo soll das sein?«

»Wie ich schon sagte – an einem Ort, der sich fern von hier befindet, jenseits des Großen Meeres, und den ein Sterblicher ohne fremde Hilfe niemals erreichen wird. Sein wahrer Name ist ein Geheimnis meines Volkes, aber vermutlich kennst du ihn als die ›Fernen Gestade‹ ...«

»Was?« Corwyn riss ungläubig die Augen auf.

»Ganz recht.« Trotz der eigentlich misslichen Lage, in der er sich befand, lächelte Dun'ras Ruuhl. »Nun bist du überrascht, nicht wahr? Was sagst du nun, falscher König?«

»Ich sage, dass du ein elender Lügner bist«, entgegnete Corwyn unwirsch. »Die Fernen Gestade sind jener Ort, wohin die Elfen zogen, nachdem sie der sterblichen Welt überdrüssig geworden waren. Er ist ihr Ursprung und ihre Bestimmung.«

»Genau so ist es«, bekräftigte Ruuhl. »Margok ist ihre Bestimmung. Denn er ist der Herrscher über die Insel.«

»Das ist unmöglich!«

»Warum? Weil diese Einfaltspinsel vom Hohen Rat dir etwas anderes erzählt haben? Weil sie die Fernen Gestade für einen Ort gehalten haben, an dem ewiger Friede und immerwährende Freude herrschen?«

Corwyn nickte nur – zu mehr war er nicht fähig.

»Das sieht diesen Narren ähnlich. Aber glaub mir – sie alle sind längst von der Wirklichkeit eingeholt worden. Spätestens dann, als ihr Schiff vor den Gestaden auf Grund lief und die Bestien der Schädelküste sie verschlangen. Nur wenige haben überlebt und die Insel erreicht – und sie stehen nun in Margoks Diensten.«

»Dunkelelfen!«, stieß Corwyn hervor.

»So nennen wir uns«, pflichtete Ruuhl ihm bei, »nach unserem Dunklen Herrscher. Einst meinte der Name jene, die Margok mit magischer Kraft erschaffen hatte, seine Kreaturen, mit denen er Heere formte und die Welt der Sterblichen überschwemmte ...«

»Du sprichst von den Orks.«

»So nannten sie sich selbst in ihrer Einfalt – aber sie haben sich als Fehlschlag erwiesen, als tumbe Kreaturen. Wir hingegen, die Dunkelelfen, tragen das Erbe Margoks in uns. Jahrhunderte haben wir darauf gewartet, in eure Welt zurückzukehren und uns zu nehmen, was uns gehört – und nun ist diese Zeit gekommen.«

»Wie viele seid ihr?«, wollte Corwyn wissen.

»Viele«, erwiderte Ruuhl ausweichend, »aber du solltest dich nicht fragen, wie viele wir sind, sondern was uns erfüllt: Margoks dunkler Geist ist es, der uns antreibt und zu furchtbaren Gegnern macht.«

Corwyn schluckte. Der Kampf im Palast und die Verluste, die seine Leute hatten hinnehmen müssen, war für ihn Beweis genug, dass der Dunkelelf die Wahrheit sprach.

»Du fragst dich sicher«, fuhr der Gefangene fort, »wie wir hierher gelangt sind, nach all der langen Zeit, in der niemand mehr etwas von uns hörte. Ich will es dir sagen: durch ein magisches Tor, das uns über die See hinweg in dein Königreich gebracht hat. Ein Tor, das lange Zeit verschlossen war und nun geöffnet wurde …«

»Die Kristallpforte«, ächzte Corwyn in Erinnerung an das, was Lhurian erzählt hatte.

»Offenbar bist du nicht ganz so unwissend, wie ich dachte«, sagte Ruuhl amüsiert. »Der alte Zauberer hat dir das Geheimnis verraten.«

Corwyn nickte nur.

»Aber«, zischte der Dunkelelf wie eine Schlange kurz vor dem Zubeißen, »er hat dir sicher nicht alles gesagt, oder?«

»Er hat mir von einer Bedrohung berichtet, die die Sonne meines Reiches verfinstert«, erwiderte Corwyn, »und man muss kein Gelehrter sein, um zu verstehen, dass er dich damit gemeint hat.«

»Mich?« Ruuhl verfiel in albernes Gelächter. »Glaub mir, mein unbedarfter Menschenkönig – ich bin deine geringste Sorge. Vor meinem dunklen Gebieter jedoch solltest du dich fürchten. Jahrhundertelang hat er auf eine Gelegenheit gewartet, in seine Welt zurückzukehren. Das ist eine sehr lange Zeit, selbst für einen Elfen. In all dieser Zeit sind seine Grausamkeit und sein Durst nach Vergeltung nur noch größer geworden, und er hat sie genutzt, um Pläne zu schmieden und Waffen, wie Erdwelt sie noch nie gesehen hat. Kein Heer, kein Wall und kein Turm vermag ihnen zu widerstehen. Alles, was ihm noch gefehlt hat, ist eine Möglichkeit zur Rückkehr – und nun hat er sie gefunden.«

»Was du sagst, ergibt keinen Sinn!«, rief Corwyn aufgebracht. »Margok ist längst tot. Selbst das Böse, das ihn einst befiel, ist ausgerottet!«

»In deiner Welt vielleicht«, räumte Ruuhl ein. »In meiner jedoch lebt der Dunkelelf, und er wartet nur darauf, die Sterblichen zu vernichten.«

Corwyn gab sich alle Mühe, das Entsetzen zu verbergen, das er empfand. *Das* also hatte der alte Zauberer gemeint, als er von einer neuen, fürchterlichen Bedrohung gesprochen hatte ...

»Und?«, hakte Dun'ras Ruuhl spöttisch nach. »Ahnst du noch immer nicht, wohin der Zauberer verschwunden ist und wohin er deine geliebte Königin entführt hat?«

Corwyn überlegte einen Augenblick. »Du denkst, er ist zu den Fernen Gestaden gereist?«

»Ich habe daran nicht den geringsten Zweifel. Der alte Narr wird versuchen, sich Margoks Macht entgegenzustellen, ungeachtet der Tatsache, dass dies unmöglich ist. Noch viel schlimmer jedoch ist«, fügte Ruuhl leise hinzu, »dass er deine über alles geliebte Gemahlin mitgenommen hat und sie dadurch in größte Gefahr bringt, nicht wahr?«

Den listigen Glanz in den Augen des Dunkelelfen bemerkte Corwyn nicht. Seine Gedanken und seine Sorge galten allein Alannah, und verzweifelt versuchte er sich vorzustellen, wo sie wohl sein und was sie in diesem Moment empfinden mochte. Die Enttäuschung, die er noch vor

Kurzem ihretwegen verspürt hatte, war dahin, auch seine Eifersucht war erloschen. Er hegte nur den einen Wunsch: seine Königin gesund und wohlbehalten zurückzubekommen ...

»Du siehst also«, fuhr Dun'ras Ruuhl lauernd fort, »es gibt für dich nur einen Weg, deine Gemahlin zurückzugewinnen – du musst ihr folgen.«

»Wohin?«

»Was für eine Frage – natürlich an die Fernen Gestade!«

»Aber sagtest du nicht, es wäre Sterblichen nicht möglich, dorthin zu gelangen?«

»Ich sagte, es wäre ihnen nicht *ohne fremde Hilfe* möglich. Mit einem Elfen als Führer jedoch ...«

In diesem Moment erkannte Corwyn, worauf Ruuhl hinauswollte, und er begriff auch, weshalb ihm der Dunkelelf so bereitwillig Auskunft gab: Ruuhl hatte nicht wirklich die Fragen beantwortet, die Corwyn ihm gestellt hatte, sondern ihm nur Informationen gegeben, die ihn in eine bestimmte Richtung drängen sollten. Ohne dass Corwyn es zunächst bemerkt hatte, waren die Absichten des Dunkelelfen die seinen geworden ...

»Niemals!«, sagte Corwyn mit entschiedenem Kopfschütteln und trat unwillkürlich einen Schritt von der Streckbank zurück. »Glaubst du, ich durchschaue nicht deine Absichten? Dir geht es nur darum, zurück zu deinem finsteren Herrn zu gelangen!«

»So erkennst du also an, dass Margok noch lebt?«

»Ich erkenne, dass du ein Intrigant und ein Lügner bist«, beschied ihm Corwyn angewidert. »In Wahrheit geht es dir nur um die Verfolgung deiner eigenen Ziele.«

»Und wenn? Ist das nicht bei allen so? Unser eigener Wille ist das Maß aller Dinge, der meine wie der deine.«

»Nein«, widersprach Corwyn. »Ich bin nicht wie du. Ich diene einem höheren Ideal.«

»Glaubst du das wirklich?«

»Und ob ich das tue.«

»Hast du meinen Gefolgsmann im Dienste eines höheren Ideals zu Tode gefoltert?«, fragte der Dunkelelf herausfordernd – und Corwyn wusste nichts darauf zu erwidern.

Was ihn dazu bewogen hatte, diese düstere Kammer aufzusuchen und auf Methoden zurückzugreifen, die er eigentlich aus tiefstem Herzen verabscheute, hatte nichts mit den Idealen zu tun, denen er sich verpflichtet, nichts mit den Eiden, die er geschworen hatte, und nichts mit der Krone, die auf seinem Haupt ruhte. Es war die Angst gewesen. Die Angst, die Frau zu verlieren, die er mehr liebte als alles andere.

Schon einmal hatte Corwyn seine große Liebe verloren. Marena war in seinen Armen gestorben, niedergestreckt vom Pfeil eines Orks, der sie aus dem Hinterhalt getroffen hatte. Einen solchen Verlust würde er nicht noch einmal ertragen können, da war sich Corwyn sicher, weder der Kopfgeldjäger in ihm noch der König ...

»Wenn sie dich jetzt sehen könnte«, spottete Dun'ras Ruuhl. »Was würde Alannah wohl von dir halten? Ohnehin frage ich mich, was sie je an einer Memme wie dir finden konnte, da ihr doch einst ein ganzes Reich zu Füßen lag.«

»Was soll das heißen?«, fragte Corwyn.

»Was es eben heißt«, erwiderte der Dunkelelf und ließ das Gift, das er verspritzt hatte, genüsslich wirken.

»Du hast Alannah deine ›dunkle Königin‹ genannt. Was hat das zu bedeuten?«

»An deiner Stelle würde ich mir lieber über andere Dinge Gedanken machen.«

»Nämlich?«

»Lhurian. Ist dir nicht aufgefallen, dass der alte Narr und die Königin auf eine gewisse Weise vertraut miteinander waren?«

»Nein«, log Corwyn, aber er war ein schlechter Schauspieler. Dun'ras Ruuhl durchschaute ihn.

»Dann bist du ein Narr«, sagte er prompt. »Hast du dich nie gefragt, ob es Dinge gibt, von denen du nichts weißt? Die deine Gemahlin dir aus gutem Grund verschweigt?«

»Nein«, behauptete Corwyn abermals. »Alannah würde mir weder etwas verschweigen noch mich belügen. Ich vertraue ihr, so wie sie mir vertraut.«

»Schön für dich.« Ruuhl starrte ihn unverwandt an. »Und sie hat dich wirklich noch nie hintergangen? Noch niemals?«

Corwyn biss sich auf die Lippen, während seine Gedanken zurückschweiften nach Tirgas Anar und er sich an die List erinnerte, die Alannah gebraucht hatte, um ihn zum Krieg gegen den Feind im Osten zu bewegen. Weder hatte sie ihn in ihre Pläne eingeweiht noch ihm die ganze Wahrheit gesagt. Corwyn verübelte ihr das zwar nicht, da es zum Besten des Reiches gewesen war; wenn Ruuhl allerdings wissen wollte, ob Alannah ihn noch nie hintergangen hatte, so musste er die Frage eigentlich verneinen ...

Der Dunkelelf, der Corwyns Schweigen richtig deutete, lachte abermals auf. »Das Leben eines Elfen ist lang, falscher König. Ziemlich lang sogar. Und Alannah ist nicht nur irgendeine schöne Frau, sie ist die Zier des Elfengeschlechts. Ist dir nie in den Sinn gekommen, dass schon andere sie ihre Königin nannten, lange bevor du geboren wurdest? Dass sie anderen bereitwillig die Pforte zu ihrem Palast geöffnet hat, ehe du auch nur ein entfernter Gedanke ...«

»Genug der Unverschämtheiten!«, rief Corwyn dazwischen. Blitzschnell riss er seinen Dolch heraus und legte ihn an Dun'ras Ruuhls Kehle. Der Mund des Dunkelelfen verstummte zwar daraufhin, seine listig blitzenden Augen jedoch verschossen Pfeile, deren Spitzen mit Gift getränkt waren ...

»Kein weiteres Wort«, schärfte Corwyn ihm ein und beugte sich so weit hinab, dass sein Gesicht direkt über den grauen Zügen des Dun'ras schwebte, »oder ich schwöre bei der Krone, die ich trage, dass ich dich abstechen werde wie ein Schwein.«

»Das ... solltest du ... nicht tun«, presste Ruuhl der Warnung zum Trotz tonlos hervor. »Sonst ist für dich ... alles verloren.«

Corwyns Mundwinkel waren herabgefallen, sein Atem ging schwer und keuchend, die Hand mit dem Dolch zitterte. Seine Wut drängte ihn dazu, einfach zuzustoßen und den Mund, der solch widerwärtige Behauptungen ausstieß, für immer zu versiegeln. Zwei Dinge hielten ihn jedoch davon ab: zum einen der Gedanke, dass Ruuhl vielleicht nicht unrecht hatte; zum anderen die Einsicht, dass er den Mund des Dunkelelfen zwar verstummen lassen konnte, nicht jedoch seine Zweifel ...

Angewidert trat er zurück und steckte den Dolch wieder ein, was der Dun'ras mit höhnischem Gelächter quittierte.
»Du weißt es, nicht wahr?«
»Was meinst du?«
»Dass du sie verloren hast«, sagte Ruuhl grinsend.
»Niemals.« Corwyn schüttelte den Kopf, und seine Stimme bebte vor mühsam zurückgehaltener Wut. »Alannah liebt mich, aufrichtig und von ganzem Herzen. Sie wird zu mir zurückkehren.«
»Vielleicht für kurze Zeit«, sagte der Dunkelelf gehässig. »Aber letzten Endes wird sie mit dem Zauberer gehen. Denk an meine Worte. Hörst du, falscher König? Denk an meine Worte ...«

Wortlos wandte sich Corwyn um und verließ die Folterkammer, aber das spöttische Gelächter des Gefangenen verfolgte ihn durch die düsteren Stollen und Schächte des Kerkers bis hinauf zur Oberfläche.

19.

KRIOK UR'DATUL

Wie lange der Ritt durch die Dunkelheit dauerte, war unmöglich zu sagen. Ohnehin taten sich Orks schwer darin, die Zeit nach festen Einheiten zu bemessen. Ein Tag währte vom ersten bis zum letzten Licht der Sonne und alles andere so lange, wie es eben dauerte. Bei Zeiträumen, die persönlicher Einschätzung unterlagen, kam es deshalb häufig zu Meinungsverschiedenheiten; beispielsweise, wenn ein Ork von einem siegreichen Kampf berichtete und dabei nicht müde wurde zu betonen, wie überaus *fhada* dieser verlaufen sei, ein anderer Ork jedoch meinte, das Vergnügen sei eher *gourr* gewesen. Nicht selten kam es darüber zum Streit, der in vielen Fällen in *saobh* endete und ein mittelgroßes Blutbad zur Folge hatte.

Auch Rammar und Balbok hatten sich über derlei Dinge schon oft in den Borsten gelegen, doch zumindest an diesem Tag waren sie sich darüber einig, dass der Weg durch das unterirdische Labyrinth ebenso lang wie finster war.

Den Skeletten folgend, die sich tatsächlich wie eine Spur durch die Höhlen und verlassenen Stollen zogen, waren sie immer weiter hinabgelangt, und je tiefer sie kamen, desto kälter und feuchter wurde es, bis es schließlich sogar den Orks zu viel wurde. Rammar spürte seine Knochen, und obwohl er sich lieber eigenhändig die Zunge herausgerissen hätte, als es offen zuzugeben, war er froh darüber, dass Balbok ihnen ein Reittier verschafft hatte.

Zwar sah es der dicke Ork noch immer als unter seiner Würde an, auf einer Ratte zu sitzen, jedoch war das Tier ihnen gleich in zweifacher Hinsicht nützlich: Zum einen war es weit bequemer, darauf zu reiten, als zu Fuß gehen zu müssen, zum anderen sorgte die Nähe der Ratte dafür, dass ihre Artgenossen die beiden Orks in Ruhe ließen und nicht mehr nach ihrem Blut dürsteten. Wahrscheinlich, vermutete Rammar, war dies der Grund dafür, dass es noch nie jemandem gelungen war, aus dem Labyrinth der Stollen zu entkommen: Wer kam schon auf den bescheuerten Gedanken, sich auf eine Riesenratte zu setzen?

Anders als Rammar, der in dem Tier nur ein notwendiges Übel sah, hatte Balbok sich mit der Ratte angefreundet. Immerzu redete er auf sie ein und tätschelte ihren fetten Hals, was Rammar gehörig auf die Nerven ging.

»*Korr*, so ist es gut«, hörte er seinen Bruder sagen, der vor ihm saß. »Geh nur immer weiter. Immer weiter, hörst du? So ist es gut ...«

»Was soll das Gesülze, *umbal*?«, rief Rammar säuerlich nach vorn. »Glaubst du denn, das Rattenvieh versteht dich?«

»Das nicht gerade«, räumte Balbok ein, »aber es hört zu, nicht wahr? Das stimmt doch, oder etwa nicht?«

»Wie sollte es auch anders?« Rammar rollte mit den Augen. »Du sitzt in seinem Genick und plärrst ihm direkt ins Ohr. Dass ich den ganzen Blödsinn mit anhören muss, ist dir wohl völlig schnurz?«

»Das ist kein Blödsinn«, widersprach Balbok entschieden.

Rammar wollte schon zu einer geharnischten Erwiderung ausholen, als er merkte, dass sein Bruder gar nicht mit ihm redete.

»Nicht wahr?«, fuhr Balbok ungerührt fort. »Was ich sage, ist gar kein Blödsinn. Du hörst mir gern zu, nicht wahr? Hör gar nicht auf den ollen Rammar. Er ist nur mein Bruder, weißt du ...«

»*Nur* dein Bruder? Ich hör wohl nicht richtig!«

»Pass auf, jetzt regt er sich gleich wieder auf. Aber du brauchst keine Angst zu haben. Er meint es nicht so ...«

»Und ob ich es so meine!«, versicherte Rammar. Dass Balbok lieber mit einer Ratte sprach als mit ihm, kränkte den dicken Ork und sorgte dafür, dass er tief unter seinem rostigen Kettenhemd und der hornigen Haut etwas verspürte, das er noch nie zuvor empfunden hatte und mit dem er nichts anzufangen wusste. Ein Gefühl rasender Wut, nicht so sehr auf seinen Bruder als vielmehr auf die elende Ratte.

»Aber nein!«, rief Balbok und tätschelte abermals den Hals des Tiers. »Du brauchst keine Angst zu haben, hörst du? Ich passe gut auf dich auf! Der olle Rammar kann dir gar nichts ...«

»Hör gefälligst auf, so zu reden, als ob ich nicht da wäre!«, fauchte Rammar. »Falls du es nicht mehr wissen solltest, ich sitze direkt hinter dir, du dämlicher Hund, und wenn du nicht augenblicklich wieder vernünftig wirst, werde ich dafür sorgen, dass es dir mächtig leidtut, hast du mich verstanden?«

Rammars Lamento ging noch weiter. Zeternd hockte er auf der Ratte, was sowohl seinen Bruder als auch dessen neuen Freund wenig beeindruckte. Auf einmal begriff Rammar, woher diese unbändige Wut rührte, die er verspürte und die seine Eingeweide blähte, als hätte er zehn mit Zwiebeln gestopfte Gnomen gefressen.

Er war eifersüchtig ...

Auf eine verdammte Ratte!

Diese Erkenntnis brachte Rammar vollends aus der Fassung. Lauthals schreiend und sich beschwerend, fuchtelte er mit der Fackel, die er in der Klaue hielt, und das so heftig, dass er nicht mitbekam, wie ihre Flamme kleiner und kleiner wurde und schließlich ganz verlosch.

»Was, bei Kuruls dunkler Grube ...?«

Erschrocken starrte Rammar auf das Stück Holz in seiner Klaue – bis er jedoch begriff, was geschehen war, war auch die Glut schon verloschen. Vergeblich fächelte und blies er – was blieb, war ein dünner blauer Rauchfaden, der sich von der erloschenen Fackel zur Höhlendecke kräuselte.

Ein entsetzter Laut entrang sich Rammars Kehle, als er begriff, wozu er sich hatte hinreißen lassen. Die Flamme war verloschen, und mit ihr jede Hoffnung, jemals wieder aus diesem Labyrinth zu entkommen. Und was beinahe noch schlimmer war: Kein anderer als er selbst trug Schuld daran.

Oder ...?

»Was ist?«, fragte Balbok über die Schulter, der seinen Bruder hinter sich wimmern und schnauben hörte.

»D-die Fackel ist aus«, erklärte Rammar überflüssigerweise, und in einem seltenen Akt der Selbstzerfleischung fügte er hinzu: »E-es ist einfach passiert. Ich kann nichts dafür, auf einmal war die Flamme aus, verstehst du?«

»*Korr*«, sagte Balbok nur.

»*Korr?*« Rammar wurde stutzig. »Ist das alles? Die Fackel ist aus, wir werden aller Wahrscheinlichkeit nach verhungern und verdursten, und alles, was dir dazu einfällt, ist ›*korr*‹?«

»*Korr*«, bestätigte Balbok abermals und zuckte mit den schmalen Schultern, sodass selbst Rammar anerkennen musste, dass sein Bruder ein wahrer Ausbund an Tapferkeit war. Nie zuvor war er einem Ork begegnet, der seinem eigenen Ende mit derartiger Ruhe und Gelassenheit ins Auge geblickt hatte wie ...

»Da vorn ist Licht«, fügte der Hagere lapidar hinzu.

»Was?« Rammar glaubte, nicht recht zu hören.

»Da – vorn – Licht«, antwortete Balbok und betonte jedes einzelne Wort, als würde er mit einem *umbal* sprechen.

Der dicke Ork war so entsetzt gewesen über das Erlöschen der Fackel, dass er gar nicht gemerkt hatte, dass es im Tunnel nicht völlig dunkel geworden war. Natürlich nicht – wie hätte er sonst den Rauch sehen sollen? Ein letzter Rest Licht war geblieben, allerdings war es nicht gelb und flackernd wie das der Fackel, sondern fahl und grau.

Tageslicht ...

Da ihm Balboks hagere Gestalt den Blick versperrte, beugte sich Rammar ächzend zur Seite, um an ihm vorbeizuschauen – und tatsächlich konnte er ein gutes Stück voraus eine halbkreisförmige helle Öffnung erkennen, der die Ratte quiekend entgegenwuselte.

Der Stollenausgang!

Sie hatten ihn erreicht ...

In einer ersten überschwänglichen Reaktion brach Rammar in lauten Jubel aus, verfiel in heiseres Gebrüll, schlang seine kurzen Arme um den Brustkorb seines Bruders, sodass dessen Rippen bedenklich knackten, und hätte vielleicht noch mehr Unüberlegtes getan, das einem Ork aus echtem Tod und Horn schlecht zu Fratze stand – als ihm plötzlich dämmerte, dass der freudige Anlass keineswegs die Schrecken aufwog, die er ausgestanden hatte.

»Blödhirn!«, maulte er und schlug den *saparak* mit der flachen Seite von hinten gegen Baboks Helm, sodass es laut schepperte. »Warum hast du nicht gleich gesagt, dass wir gerettet sind?«

»Du hast nicht gefragt«, lautete die erschöpfende Antwort.

»Natürlich nicht – weil du ja nichts Besseres zu tun hast, als unentwegt mit deiner Ratte zu palavern. Ist dir nicht klar, was ich gerade durchgemacht habe?«

»*Douk*«, meinte Balbok mitleidlos.

»Narkods Hammer möge dich erschlagen!«, plärrte Rammar. »Mit dem dämlichen Rattenvieh quatschst du pausenlos, deinen Bruder dagegen lässt du in dem Glauben, er müsste hier drin elend verrecken. Weißt du, was ich tun sollte? Dir die Nase abbeißen und sie dir in den Schlund stecken, genau das!« Er hörte, wie Balbok tief Luft holte und zu einer Rede ansetzte, und fügte deshalb hinzu: »Und wenn du jetzt auch nur ein einziges Wort zu der verdammten Ratte sagst, dann stopfe ich dir das Vieh gleich hinterher, hast du verstanden?«

Balbok sagte nichts, dafür konnte man hören, wie die Luft pfeifend aus seinen Lungen entwich.

Im nächsten Moment hatte die Riesenratte mit den beiden Orks auf dem Rücken das Ende des Stollens erreicht.

Das Tier quiekte nervös und schien wenig begeistert zu sein über das helle Tageslicht, aber indem Balbok sie mit den Beinen dirigierte und an den Ohren zog, schaffte er es dennoch, dass sie hinaus ins Freie ging.

Die Orks mussten die Köpfe einziehen, als ihr Reittier den Stollenausgang passierte. Sie blinzelten und mussten die Augen mit den Klauen abschirmen. Schon kurz darauf hatten sie sich jedoch an die veränderten Lichtverhältnisse gewöhnt, und zum ersten Mal nach viel zu vielen Tagen in Gefangenschaft sahen Balbok und Rammar die Sonne wieder – und nicht nur das.

Auch die weite Fläche des Meeres erstreckte sich vor ihnen, und zu ihren Füßen, an die fünfzig Orklängen tiefer, brandete schäumende Gischt gegen zerklüfteten schwarzen Fels.

Rammar rutschte seitlich vom Rücken der Ratte und drehte den kurzen, kaum vorhandenen Hals, um zurückzublicken. Er erkannte, dass sie sich etwa auf halber Höhe einer Felswand befanden, die mehrere terrassenförmige Vorsprünge hatte. Darüber erhob sich der Berg, auf dem die Türme der Kristallfestung thronten.

»Na«, brüllte Rammar grimmig hinauf, dass seine Stimme vom hohen Fels widerhallte, »was sagt ihr nun, ihr dämlichen Schmalaugen? Wer ist nun klüger, ihr oder wir? Ein Gefängnis, das den rasenden Rammar zu halten vermag, muss erst noch gebaut werden, merkt euch das, ihr eingebildeten Säcke!«

»Du, Rammar?«, meinte Balbok, der ebenfalls abgestiegen war und die Ratte tätschelte.

»Was willst du?«, fragte Rammar in seiner Euphorie.

»Hältst du es für klug, so herumzubrüllen? Vielleicht können sie dich hören.«

»Und wenn schon«, entgegnete Rammar aufbrausend, um sogleich ein wenig leiser fortzufahren: »Es schert mich einen feuchten *shnorsh*, nur damit du's weißt.«

»*Korr*«, sagte Balbok nur. »Und was jetzt?«

Rammar trat an den Rand der Felsplattform, schirmte die Augen erneut gegen das Sonnenlicht ab, das von der rechten Seite einfiel, und blickte hinaus auf die See. Der Küste vorgelagert, erhoben sich einige bizarr geformte Felseninseln aus dem Wasser; dazwischen gab es Riffe, die wie Schwertklingen aus der schäumenden Gischt ragten. Jenseits der Inseln verlor sich das Blaugrau der See in dichtem Nebel, sodass der Horizont nicht zu sehen war, sondern nur darüber der fahle Himmel, an dem kreischende Möwen kreisten.

»Irgendwo dort ist die Modermark«, meinte Rammar.

»*Korr*«, stimmte Balbok zu, »das sieht man.«

»Was du nicht sagst.« Rammar bedachte ihn mit einem zweifelnden Seitenblick. »Woran siehst du das?«

»Am Nebel«, antwortete der Hagere.

»Schmalhirn, was hat denn der Nebel damit zu tun?«

»Zu Hause ist es immer neblig«, erklärte Balbok und schaute Rammar mitleidig an. »Weißt du das etwa nicht mehr?«

»Natürlich weiß ich das noch!«, blaffte Rammar und rollte mit den Augen. »Aber der Nebel hier hat doch nichts mit dem bei uns zu Hause zu tun! Wir müssen in diese Richtung, weil da Norden ist, und von hier aus gesehen, liegt die Modermark nun mal im Norden, kapiert?«

Für einen Augenblick sah es so aus, als wäre Balboks schlichter Verstand mit der Genialität seines Bruders schlicht überfordert. Dann jedoch klärten sich seine Züge, und die tiefen Falten, die sich auf seiner hohen Stirn gebildet hatten, glätteten sich. »*Korr*«, stimmte er zu und nickte erfreut, »weil da der Nebel ist ...«

Rammar gab ein leises Stöhnen von sich. Ansonsten enthielt er sich eines weiteren Kommentars – Balbok etwas zu erklären, war, als ob man Ghulaugen vor die Menschen warf. Er wandte sich ab, um nach einer Fluchtmöglichkeit zu suchen – und er fand sie ...

»Weißt du«, sagte er zu seinem Bruder, der schon wieder bei der Ratte stand, ihr irgendwelches Zeug ins Ohr flüsterte und ihr den Nacken kraulte, »eigentlich sollte ich dich hier auf der Insel zurücklassen nach allem, was du dir geleistet hast.«

»Warum sollte er das tun?«, fragte Balbok seinen bepelzten Freund. »Warum sollte der olle Rammar so etwas Hässliches tun ...?«

»Sprich gefälligst nicht mit dem Rattenvieh, sondern mit mir!«, regte sich Rammar auf. »Du bist es schließlich, der uns diesen *bru-mill* eingebrockt hat, und normalerweise sollte ich mich dort auf diesen Felsen setzen, die Arme verschränken und dir dabei zusehen, wie du alles wieder in Ordnung bringst.«

»Das solltest du nicht tun«, meinte Balbok kopfschüttelnd.

»Warum nicht?«

»Weil der Felsen dein Gewicht nicht aushalten würde«, erklärte der Hagere achselzuckend. »Er würde unter dir zusammenbrechen, und du würdest abstürzen.«

»Das käme dir wohl sehr gelegen, wie? Dann könntest du dich den ganzen Tag mit deinem vierbeinigen Freund unterhalten und wärst den alten Rammar endlich los!«

»*Douk.*« In Balboks langem Gesicht spiegelte sich ehrliches Entsetzen. »So etwas würde ich niemals denken.«

»Dein Glück«, maulte Rammar, der sich insgeheim eingestehen musste, dass er bei ähnlichen Gelegenheiten weniger Skrupel gehabt hatte. »Denn während du hier nur dumm herumgestanden und deine Zeit mit dem Vieh verschwendet hast, hat dein genialer Bruder einen Plan entwickelt, wie wir von hier weg und rasch zurück nach Hause kommen können.«

»Tatsächlich?«

»Allerdings«, bestätigte Rammar und deutete hinaus auf die See. »Da ist das Meer, und das ist die Richtung, in die wir müssen. Alles, was wir noch brauchen, ist ein Boot.«

»Aber Rammar«, wandte Balbok mit großen Augen ein, »woher sollen wir denn ein Boot nehmen?« Er blickte an der kargen Felswand empor, gegen deren Fuß rauschend die Brandung schlug. »Hier gibt es doch weit und breit nichts, woraus man ein Boot bauen könnte!«

»Oh«, machte Rammar und gab sich überrascht. »Du hast recht! Dass ich daran nicht selbst gedacht habe! Hier gibt es ja gar nichts, aus dem man ein *kalumm** bauen könnte!«

»*Douk*«, stimmte Balbok kopfschüttelnd zu.

»Weder Holz noch starke Knochen, um das Rumpfskelett daraus zu bauen.«

»*Douk.*«

»Keine Sehnen, um sie miteinander zu verbinden.«

»*Douk.*«

»Und auch keine Haut, um den Rumpf damit zu überziehen.«

»*Douk.*«

»Wir werden also hierbleiben müssen bis ans Ende unserer Tage und elend zugrunde gehen.«

»Meinst du wirklich?« Balbok schaute seinen Bruder verunsichert an.

»Allerdings«, erwiderte Rammar mit wölfischem Grinsen. »Es sei denn, wir finden vielleicht doch noch einen Weg, uns aus dem, was wir noch haben, ein ordentliches *kalumm* zu bauen und damit zurück nach Hause zu fahren.«

»Was wir noch haben?«, fragte Balbok. »Was meinst du damit?«

»Was wohl?« Rammar bedachte die Ratte mit einem Blick, der so eindeutig war, dass selbst Balbok sofort begriff.

»*Douk*«, sagte der Hagere und schüttelte entschieden den Kopf.

»Und ob«, versicherte Rammar genüsslich – und hob den *saparak* ...

---

* Boot nach typisch orkischer Bauart

20.

CUL GHU BUNN'HAI

»Wo sind wir?«

Alannah sog scharf die Luft ein, als sie die eigene Stimme dutzendfach widerhallen hörte – das Gewölbe, in dem sie sich befanden, musste riesig sein. Es war so dunkel, dass man die Hand kaum vor Augen sehen konnte, und es war kalt. Eisig kalt ...

»In Sicherheit«, erklang Lhurians Stimme, die, obschon Alannah den alten Zauberer erst so kurze Zeit kannte, etwas Beruhigendes, ja, sogar Vertrautes hatte.

»Was ist geschehen?«, fragte sie verwirrt – das Letzte, woran sie sich erinnerte, waren die Dunkelelfen, die den Palast von Tirgas Lan gestürmt hatten. Dann war sie plötzlich von hellem Licht umgeben gewesen, und was danach geschehen war, wusste Alannah nicht mehr.

Hatte sie für einen Moment das Bewusstsein verloren? Oder für eine ganze Weile? Jedes Gefühl für Zeit und Raum war ihr verloren gegangen, und das erschreckte sie ...

»Was denkst du denn, was geschehen ist?«, fragte der Zauberer.

»Ich weiß es nicht«, gab sie ehrlich zu. »Ich kann es mir nicht erklären.«

»Erinnerst du dich an das, was ich dir über den Dreistern erzählt habe? Über die Kristallpforten?«

»S-soll das heißen ...?«, fragte die Elfin vorsichtig.

»Genau das.«

»Aber wie ist das möglich? Bist du in der Lage, eine solche Verbindung zu öffnen?«

»Jeder Zauberer ist dazu in der Lage«, erklärte Lhurian, »wenn er die rechten Worte kennt und weiß, was er zu tun hat. Der Bann, der die Pforten in all der Zeit verschlossen hielt, wurde gebrochen, die Verbindungen sind wieder zugänglich gemacht worden – und das beunruhigt mich.«

»Wo sind wir?«, fragte Alannah noch einmal. »Wohin hast du mich gebracht?« Sie vertraute darauf, dass der Zauberer ihr nichts Böses wollte, dennoch war ihr nicht wohl dabei, keine Ahnung zu haben, wo sie sich befand.

»Hast du es denn noch nicht erkannt?«

»Was meinst du?«

»Seltsam«, sagte Lhurian, »nach all der Zeit, die du hier verbracht hast, dachte ich, du würdest diesen Ort sofort wiedererkennen. Aber offenbar ist dein Gedächtnis nicht annähernd so gut wie dein Herz ...«

Alannah war verdutzt und wusste nicht, ob sie dies als Kompliment oder als Tadel auffassen sollte. Im nächsten Moment flammte inmitten der eisigen Dunkelheit grelles Licht auf, das vom Stab des Zauberers ausging und hellen Schein verbreitete – und als Alannah sich umschaute, erkannte sie, wohin der Zauberer sie gebracht hatte.

Zurück zu ihren Wurzeln.

Dorthin, wo alles begonnen hatte.

Nach Shakara ...

Sie standen inmitten der großen Halle, und an den marmornen Wänden zu beiden Seiten erhoben sich die riesigen Standbilder, die die Könige des Goldenen Zeitalters darstellten: Glyndyr den Prächtigen, der die Elfenkrone als Erster getragen hatte, und seine Nachfolger Eoghan und Parthalon; Sigwyn den Eroberer, der die Grenzen des Elfenreichs ausgedehnt hatte, jedoch zum Despoten geworden war, nachdem seine Gemahlin Liadin ihn schändlich betrogen hatte; und schließlich Iliador den Träumer, der seine eigenen Machtbefugnisse beschnitten und jene des Hohen Rates erweitert hatte zum Wohle des Reiches. Mit hoch erhobenen Schwertern standen sie da und formten ein Spalier, unter dem Alannah in den rund dreihundert Jahren, in denen sie ihren Dienst als Hohepriesterin von Shakara versehen hatte, unzählige Male hindurchgeschritten war.

Dabei hatte sie so oft an den steinernen Monumenten emporgeblickt, dass sie jeden Faltenwurf ihrer Gewänder, jeden Winkel in ihren Gesichtern genau kannte. Deshalb sah sie sofort, dass sich etwas verändert hatte. Die Statuen waren noch immer groß und prächtig, aber nicht mehr makellos und strahlend wie einst; der Verfall hatte eingesetzt, nachdem die letzten Elfen den Tempel von Shakara verlassen hatten.

Der riesige Lüster, dessen Lichtkristalle die Halle mit unirdischem Schein erleuchtet hatten, hing nicht mehr an der Decke; er war herabgefallen und zerschellt, der gepflasterte Boden war mit Kristallsplittern übersät. Der Alabasterthron jedoch, auf dem Alannah einst gesessen und von dem aus sie ihr Amt ausgeübt hatte, stand noch immer an der Stirnseite der Halle auf dem Sockel. Darüber hing, majestätisch wie eh und je, der Kristall von Shakara, dem auch die Monate sträflicher Vernachlässigung nichts hatten anhaben können.

Von unsichtbaren Kräften gehalten, schwebte das riesige Gebilde, das so hoch war wie zehn Männer, unter der gewölbten Decke, und die glatten Oberflächen seiner Facetten brachen das Licht von Lhurians Stab und sorgten dafür, dass sich die Farben des Regenbogens auf Wand und Decke spiegelten.

Alannah hatte nicht geglaubt, je wieder an diesen Ort zurückzukehren, an dem sie den größten Teil ihres Lebens verbracht hatte. Wie sehr hatte sie sich damals danach gesehnt, die Mauern des Tempels, der ihr zuletzt wie ein Gefängnis erschienen war, hinter sich zu lassen und hinauszugehen in die Welt – und wie seltsam war es nun, wieder hier zu sein, nachdem ihr größter Wunsch in Erfüllung gegangen war.

Lhurian hatte also die Wahrheit gesagt. Die Kristallpforten existierten – und sie waren tatsächlich in der Lage, jemanden im Bruchteil eines Augenblicks über Tausende von Meilen hinwegzutragen ...

Ihre Gedanken gingen zurück nach Tirgas Lan und zu ihrem Geliebten, den sie dort zurückgelassen hatte, und sie schämte sich vor sich selbst, dass sie nicht sofort an ihn gedacht hatte.

»Was ist mit Corwyn?«, fragte sie.

»Was soll mit ihm sein?«

»Die Dunkelelfen«, brachte Alannah in Erinnerung.

»Ich denke nicht, dass du dich um den König zu sorgen brauchst«, sagte der Zauberer voll Überzeugung. »Ich bin sicher, er hat den Kampf überlebt. Ein grober Klotz wie er findet immer einen Weg.«

»Sprich nicht so über ihn. Du kennst ihn nicht so wie ich.«

»Verzeih, ich wollte dich nicht verletzen. Es ist nur so, dass mir dein Gemahl wenig Anlass gegeben hat, ihn zu mögen.«

»Du ihm ebenso wenig«, konterte Alannah, worauf der Zauberer nicht widersprach. »Wieso hast du mich hierhergebracht?«, wollte sie dann wissen.

»Um dich zu beschützen.«

»Ich bin die Königin von Tirgas Lan. Mein Platz wäre an der Seite meines Gemahls.«

»Corwyn kommt auch ohne dich zurecht, aber nicht das Reich«, gab Lhurian geheimnisvoll zur Antwort. »Würde dir ein Leid zustoßen, so wäre vielleicht alle Hoffnung dahin.«

»Was bedeutet das?«

»Das werden wir gemeinsam herausfinden«, erwiderte der Zauberer. »Zumindest hoffe ich das.«

»Du sprichst in Rätseln«, tadelte sie. »Stets verstehe ich nur die Hälfte von dem, was du sagst.«

»Verzeih, das ist nicht meine Absicht. Ich habe wohl zu viele Jahrhunderte in Einsamkeit verbracht.«

»Wo bist du gewesen?«

»Überall und nirgends«, lautete die vieldeutige Antwort. »Zuletzt jedoch habe ich mich hierher zurückgezogen.«

»Hierher? In den Eistempel?«

»Bist du überrascht?«

»Ein wenig.«

»Warum?«

»Vielleicht deshalb, weil ich mich ein Leben lang danach gesehnt habe, Shakara zu verlassen. Es erscheint mir kaum vorstellbar, dass jemand dieses eisige Exil aus freien Stücken aufsuchen könnte. Es ist kalt«, fügte sie flüsternd hinzu und fröstelte, worauf der Zauberer seinen Umhang löste und ihn ihr um die Schultern legte.

»Besser?«, fragte er.

»Ein wenig.« Sie nickte. »Ich danke dir.«

»Gern geschehen.« Er lächelte – nicht mit der Milde und Gelassenheit des Alters, sondern wie ein junger Mann, keck und herausfordernd.

»Was hat das alles zu bedeuten?«, fragte Alannah, der die Verwirrung anzusehen war. »Ungebeten bist du in unser Leben eingedrungen und hast unseren Frieden gestört, und gegen meinen Willen hast du mich zurück an diesen Ort gebracht. Dennoch empfinde ich weder Zorn noch Misstrauen. Wie kommt das nur?«

»Es hat seine Gründe«, versicherte der Alte. »Wie fast alles im Leben. Man kann vieles verleugnen, aber nicht sein Herz.«

»Hast du das nicht schon einmal gesagt?«

Er lächelte wieder. »Nicht in den letzten tausend Jahren.«

Sie legte den Kopf schief und schaute ihn prüfend an. »Woher weißt du all diese Dinge? Und warum habe ich, obwohl ich Priesterin von Shakara war und damit Hüterin der Geheimnisse, nicht mehr über die Kristallpforten gewusst?«

»Weil sie geschlossen waren und man alles daransetzte, dass sie in Vergessenheit gerieten. Unter welchen Umständen sie nach all der Zeit geöffnet wurden, vermag ich nicht zu sagen, aber der Bann wurde gebrochen, und deshalb musste ich zurückkehren.«

»Wer bist du wirklich?«, wollte sie unvermittelt wissen.

»Das habe ich dir doch längst gesagt. Einst nannte man mich Lhurian, und ich war Zauberer und Angehöriger des Hohen Rates, bis ...«

»Bis was?«, hakte sie nach, als er stockte.

»Bis zum Ende des Zweiten Krieges«, antwortete er, wobei sie das Gefühl hatte, dass er eigentlich etwas anderes hatte sagen wollen. »Nachdem die Schlacht um Tirgas Lan geschlagen und Margok gebannt war, legte ich mein Amt als Ratsmitglied nieder und suchte die Einsamkeit, um Vergessen zu finden.«

»Und? Hast du es gefunden?«

»Nein«, erwiderte der Alte, und ein Schatten schien plötzlich seine Züge zu verfinstern. »Obwohl ich alles daransetzte, das Geschehene hinter mir zu lassen, blieb die Erinnerung fortwährend mein Begleiter, gleich, was ich unternahm, über all die Jahrhunderte.«

»War das, was du erlebt hattest, denn so schrecklich?«, fragte sie vorsichtig.

Er nickte. »Allerdings. Und je mehr der Mensch versucht, die Vergangenheit zu verdrängen, desto größere Macht gewinnt sie über ihn. Ich hatte gehofft, mein Wissen dereinst mit ins Grab zu nehmen und im Tod Erlösung zu finden – stattdessen zwingt mich das Schicksal, noch einmal unter die Sterblichen zurückzukehren.«

»Was ist so schlimm daran?«, wollte Alannah wissen.

Lhurians Blick war forschend, fast misstrauisch. »Du weißt es wirklich nicht mehr, oder?«

Sie schüttelte den Kopf.

»So hat Farawyns Bann gewirkt«, murmelte er, unverhohlene Enttäuschung in der Stimme.

»Farawyns Bann? Was hat das zu bedeuten?«

»Es ist derselbe Blick«, sagte der Zauberer, während er sie im Licht des Zauberstabs weiter unverwandt betrachtete.

»Derselbe Blick wie damals, und in der Tat bist auch du dieselbe. Noch immer bist du jung und schön – ich jedoch bin alt geworden. Ein Greis, der seine eigene Zeit überdauert hat, ein Relikt aus einer längst vergangenen Epoche, am Leben gehalten von der Kraft der Magie. Jener Magie, die auch in dir wirkt.«

»In mir?« Alannah hob die Brauen. »Was redest du da?«

»Hast du nie gemerkt, dass du über besondere Fähigkeiten verfügst? Dass du in der Lage bist, Dinge zu tun und Zauber zu wirken, die über die Gabe einer gewöhnlichen Elfin weit hinausgehen?«

»Offen gestanden – nein«, erwiderte Alannah vorsichtig, obgleich das nicht ganz der Wahrheit entsprach.

Natürlich war ihr irgendwann aufgegangen, dass sie mühelos kleinere Täuschungs- und Blendzauber wirken konnte, mit denen man beispielsweise zwei nicht mit allergrößter Klugheit gesegneten Orks vorgaukeln konnte, einer der ihren zu sein. Aber sie hatte stets geglaubt, dass derlei Fähigkeiten für die Priesterin von Shakara ganz normal wären ...

»Du hast eine magische Begabung«, beharrte Lhurian. »Obwohl du nichts von den Kräften weißt, die in dir schlummern, benutzt du sie dank deiner Intuition. Doch es gab eine Zeit, da wusstest du ganz genau, wie du sie zu gebrauchen hattest.«

»Was für eine Zeit? Wovon sprichst du?« Alannah versuchte ein zaghaftes Lächeln, dabei machte ihr die Gegenwart des alten Zauberers zum ersten Mal Angst.

»Woran entsinnst du dich?«, wechselte Lhurian das Thema. »Wo hast du deine Kindheit, deine Jugend verbracht?«

»An meine Kindheit erinnere ich mich kaum«, gestand Alannah, die sich noch immer nicht denken konnte, worauf all das hinauslaufen sollte.

»Was ist mit deinem Vater? Deiner Mutter? Erinnerst du dich an sie?«

»Natürlich nicht«, entgegnete sie. »Ich bin in der Obhut der Ehrwürdigen Gärten aufgewachsen, wo ich darauf vorbereitet wurde, dereinst das Amt der Hohepriesterin von Shakara zu übernehmen. Dort verbrachte ich den größten Teil meines bisherigen Lebens – dreihundert lange Jahre. Etwas anderes habe ich nie gekannt.«

»Weil Farawyn es so wollte«, bestätigte Lhurian.

»Farawyn? Was hat der Seher damit zu tun?«

»Er war es, der das Stadttor von Tirgas Lan verschloss und den Geist von Margok bannte – und er war es auch, der dafür sorgte, dass das Andenken an die Kristallpforten im Strudel der Zeit verloren ging.«

»Wie?«, wollte Alannah wissen.

Lhurian ließ sich mit der Antwort Zeit. »Einst«, sagte er dann, »habe ich einen feierlichen Eid geleistet, niemals auszusprechen, was ich dir nun verraten werde. Aber ich tue es weder aus Selbstsucht noch aus Eigennutz, sondern nur, um zu vermeiden, dass geschieht, was Farawyn mit aller Macht zu verhindern versuchte.«

»Was bedeutet das?«, fragte Alannah in wachsender Unruhe. Etwas sagte ihr, dass das, was der Zauberer ihr zu enthüllen im Begriff war, sie unmittelbar betraf – und dass es ihre Weltsicht radikal verändern würde ...

»Um sicherzustellen«, fuhr Lhurian leise fort, »dass die Kristallpforten niemals wieder dazu benutzt werden können, Tod und Verderben in die Welt der Sterblichen zu tragen, hat Farawyn sie mit einem Bann belegt und versiegelt – und er hat dafür gesorgt, dass die Kenntnis, wie sie zu öffnen sind, der Nachwelt vorenthalten bleibt, indem er jene, die sich des Dreisterns aus bösem Willen heraus bedienten, ohne Ausnahme hinrichten ließ. Die anderen, die um die Pforten wussten – so wie ich – entsagten dem Leben in der Gemeinschaft. Sie legten ein Schweigegelübde ab und gingen freiwillig ins Exil, auf dass sie niemals wieder ein Wort über das Geschehene verlören. Bei wieder anderen«, fügte er nach kurzem Zögern hinzu, »gebrauchte Farawyn seine magischen Fähigkeiten, um ihnen die Erinnerung zu nehmen.«

»Um ihnen die Erinnerung zu nehmen?«, fragte Alannah staunend. »Ist das denn möglich?«

»Manches ist möglich«, erwiderte Lhurian traurig. »Das ist der Vorteil der Magie – und zugleich ihr Fluch.«

»Aber wenn du sagst, dass ich einst über Zauberkräfte verfügte, von denen ich nichts mehr weiß«, folgerte die Elfin, »und wenn es möglich ist, die Magie dazu zu nutzen, einem Elfen oder Menschen die Erinnerung zu rauben ...«

Sie brachte den Satz nicht zu Ende, sondern schaute den alten Zauberer fragend an. Einen Augenblick lang schien die Zeit stillzustehen, und ihrer beider Atem schien in der eisig kalten Luft zu gefrieren. Dann nickte Lhurian bedächtig.

»Ja, Alannah«, sagte er mit fester Stimme. »Es bedeutet nicht mehr und nicht weniger, als dass du nicht die bist, die du in all der Zeit zu sein glaubtest. Nicht erst seit vier Jahrhunderten wandelst du auf *ambers* Fluren, sondern in Wahrheit schon sehr viel länger. Und kein anderer als Farawyn selbst hat dir die Erinnerung daran genommen.«

»Aber ... warum?« Alannah konnte kaum glauben, was sie da hörte. Dennoch war sie nicht in der Lage, es als Lüge oder Hochstapelei abzutun, denn wie schon zuvor erkannte etwas tief in ihr die Behauptungen des Zauberers als wahr.

»Um dich zu schützen«, antwortete Lhurian. »Und um andere vor dir zu schützen.«

»Vor mir?«

»Vor deinem Wissen«, drückte es der Zauberer anders aus, »vor dem, was du gesehen und erlebt hattest – und vor dem, was du mit deiner Erinnerung anfangen könntest.«

»Mit meiner Erinnerung *woran*?«, fragte Alannah unwirsch, die leise Wut empfand. Wenn es tatsächlich stimmte, was der Zauberer behauptete – und ihr Gefühl sagte ihr, dass es so war –, dann war sie in all den Jahren getäuscht und betrogen worden.

»Farawyn hat vieles aus deiner Erinnerung getilgt, Alannah«, erwiderte der Zauberer ausweichend. »Jahre, Jahrzehnte, Jahrhunderte. Das Andenken an begangene Taten, an überstandene Gefahren und an geschlagene Schlachten – und an deine große Liebe ...«

Sie schaute ihn durchdringend an, und obschon sie die Antwort bereits ahnte, fragte sie: »Wer soll das gewesen sein?«

Der Blick, den er ihr sandte, war zugleich voller Schmerz und Zärtlichkeit.

»Ich war das«, sagte er leise.

21.  KALUMM

Orks hassten Wasser.

Zwar nicht in jeder Erscheinungsform – denn beispielsweise waren klammer Nebel oder würzig duftender Schimmelpilz an den heimischen Höhlenwänden durchaus Dinge, die ein Ork aus echtem Tod und Horn zu schätzen wusste –, in seinem normalen, flüssigen Zustand jedoch war ihnen das feuchte Element zutiefst zuwider. Körperreinigung jedweder Art war einem Unhold ohnehin suspekt, und nur die wenigsten von ihnen konnten schwimmen.

Doch bisweilen erwies es sich als unumgänglich, von dem Ufer eines Flusses oder Sees zum anderen überzusetzen, etwa wenn es dort lohnende Beute zu holen gab oder sich ein wehrloses Opfer dorthin geflüchtet hatte. Zu diesem Zweck hatten findige Unholde das *kalumm* erfunden, eine in jeder Hinsicht typisch orkische Konstruktion, die so hässlich war wie die Modermark finster, jedoch ihren Zweck erfüllte:

Über ein Gerippe, das die Form eines halbierten Eis hatte und entweder aus biegsamen Ästen oder aber aus gebogenen Knochen bestand, zog man eine Haut aus ungegerbtem Tierfell, die zwar – zumindest nach einer Weile – erbärmlich stank, jedoch dafür sorgte, dass kein Wasser ins Innere des Bootes drang. Bewährt hatten sich beim Bau des *kalumm* die Knochen großer Warge oder auch die eines Höhlentrolls, dessen stabile Rippen geradezu ideal dafür geeignet waren. Bedauerlicherweise war selten ein Höhlentoll zur Klaue, wenn man einen brauchte, und wenn, so war er meist nicht gewillt, sich freiwillig von seinen Rippenknochen zu trennen. Aber wie Rammar zu seiner Zufriedenheit festgestellt hatte, genügten auch die Knochen einer Riesenratte durchaus den Anforderungen ...

Im Bug des kleinen Bootes fläzend, dessen Heck sich dadurch steil aus dem Wasser hob, blickte der dicke Ork nach Norden, während sein Bruder Balbok es mit kräftigen Paddelschlägen vorantrieb, wobei er das aus einer Hüftschaufel geschnitzte Ruder abwechselnd zu beiden Seiten ins Wasser stieß. Der Seegang, der vor der Nordküste der Insel herrschte, sorgte dafür, dass sich das *kalumm* beständig hob und senkte, was die Sehnen und Därme, die die Rumpfkonstruktion zusammenhielten, bedenklich knarren ließ.

Rammar war einerseits froh darüber, das Eiland des Schreckens zu verlassen, auf dem nichts so zu sein schien, wie es dem Gesetz der Natur nach sein sollte. Zum anderen aber befürchtete er, das notdürftig zusammengezimmerte Boot könnte sinken und er jämmerlich ersaufen.

Balbok schien größeres Vertrauen in die Konstruktion zu haben, was nicht nur damit zusammenhing, dass er schwimmen konnte, sondern dass er sich nach wie vor mit dem vierbeinigen Freund unterhielt. »Schwimm schön weiter, *korr*?«, hörte Rammar ihn murmeln. »Mein Bruder hat es nicht so gemeint, weißt du? Er ist nur manchmal ein bisschen ...«

»Was bin ich, hä?«, giftete Rammar über die Schulter zurück.

»... unberechenbar«, brachte Balbok den Satz zu Ende.

»Was du nicht sagst.«

»*Korr*«, bekräftigte Balbok, während er weiter gegen den Sog der Brandung paddelte, die sie wieder zurück zu den Felsen zu tragen drohte. »Aber keine Sorge, *brarkor* ist dir nicht böse deswegen.«

»Du hast der Ratte einen Namen gegeben?«

»*Korr.*«

»Und du hast sie ›Bruder‹ genannt?«

»Warum nicht?«

»Weil das ein Schlag in mein Gesicht ist, ein Tritt in meinen *asar*! Ich bin dein Bruder und niemand sonst, hast du verstanden? Und ob mir das dämliche Vieh böse ist oder nicht, ist mir ehrlich gesagt ziemlich egal. So wie ich das sehe, ist es nämlich so *krok*, wie es nur sein kann!«

In seinem Zorn hatte Rammar derart rumgezappelt, dass das Boot dadurch bedenklich ins Wanken geraten war. Die Miene des großen Orks wurde auf Rammars Worte hin noch ein Stück länger, und seine Mundwinkel rutschten nach unten, als wollten sie ihm aus dem Gesicht fallen. Dann maulte er leise vor sich hin, und als Rammar einen flüchtigen Blick zurückwarf, sah er gar eine Träne im blutunterlaufenen Auge seines Bruders blitzen.

Eigentlich hätte er darüber erst recht in *saobh* verfallen und seinen sentimentalen Anverwandten über Bord werfen müssen, aber aus einem Grund, den er auch nicht näher benennen konnte, war Rammars Wut ganz plötzlich verflogen. »Nun komm schon«, hörte er sich selbst sagen, »es war doch nur eine Ratte.«

»*Brarkor* war mein Freund«, kam es schluchzend zurück.

»Wenn das stimmt und er wirklich dein Freund war, dann hat es ihm sicher nichts ausgemacht, abgestochen, zerlegt, gehäutet und zum *kalumm* verarbeitet zu werden«, sagte Rammar.

»M-meinst du?«

»Ganz bestimmt. Außerdem«, fügte Rammar mit mildem Lächeln hinzu, »hast du ja noch mich.«

»*Korr.*«

»Na, siehst du. Und ich bin noch viel mehr als irgendein dämlicher Freund – ich bin *tatsächlich* dein Bruder.«

Balbok wischte sich die Tränen aus der hässlichen Visage. »Heißt das, du würdest dich für mich auch abstechen, zerlegen, häuten und zum *kalumm* verarbeiten lassen?«, fragte er hoffnungsvoll.

»Natürlich«, versicherte Rammar, und dann wurde er wieder ganz der Alte. »Aber erst, nachdem ich dich abgestochen, zerlegt, gehäutet und zum *kalumm* verarbeitet habe, du elender *umbal*! Und nun ruder gefälligst weiter, ehe uns die Brandung gegen die Felsen klatscht und wir wie Maden zerquetscht werden!«

Balbok seufzte. »*Korr* ...«

22.  SPOULG UR'KURSOSH

Das Schweigen schien endlos zu währen.

Mit einer Mischung aus Zweifel und Entsetzen starrte Alannah den alten Zauberer an. Alles in ihr wehrte sich gegen das, was Lhurian ihr soeben offenbart hatte, und ihr fiel mindestens ein Dutzend geharnischter Erwiderungen darauf ein, die den Alten der Lüge bezichtigten, ihn einen Scharlatan nannten und ihn für sein ungebührliches Verhalten rügten – jedoch verließ keine einzige Silbe davon ihren Mund.

Denn aus den jugendlich blickenden Augen das alten Zauberers sprach eine Wahrheit, gegen die der Verstand der Elfin nicht ankam, eine Vertrautheit, die es nicht hätte geben dürfen, wäre Lhurian ein Schwindler und Hochstapler gewesen, und eine Zuneigung, die sie sich nicht erklären konnte.

Vergeblich durchforschte sie ihre Erinnerung, doch weder konnte sie sich dieses Mannes entsinnen noch dessen, was sie einst für ihn empfunden haben sollte. Gerade so, als wären einzelne Seiten – oder vielleicht auch ganze Kapitel – aus dem Buch ihrer Erinnerung herausgerissen worden …

»Ja«, bekräftigte Lhurian, »so ist es einst gewesen. Ich habe dich geliebt, Alannah, und du hast mich geliebt, so wahr ich hier vor dir stehe.«

»N-nein«, flüsterte sie allem Anschein zum Trotz und wich vor ihm zurück. »Das ist nicht wahr …«

»Es ist wahr«, beteuerte er. »Und in deinem Herzen weißt du es.«

»A-aber ich ...« Alannah wollte verzweifelt widersprechen, doch ihr fielen die passenden Worte einfach nicht ein.

»Du weißt, dass ich recht habe, oder?« Als sein prüfender Blick sie traf, hatte sie erneut das Gefühl, dass er etwas tief in ihr berührte. Etwas, das ihr einst vertraut gewesen war. Vor jenem Leben, an das sie sich erinnerte ...

Der Gedanke war verwirrend und machte ihr Angst. Unwillkürlich wich sie vor dem Zauberer zurück, so als wären seine Worte eine Waffe, die ihr Leben bedrohte.

Da legte sich ein Schatten über seine so milden und verständnisvollen Züge. »Du fürchtest dich vor mir?«

»Ein wenig«, gab sie zu.

»Ich kann mich an alles erinnern. An jedes einzelne Wort, an jedes Lächeln, an jede Zärtlichkeit – so, als wäre es erst gestern gewesen. Tausend Jahre sind eben doch nur ein Lidschlag im Angesicht der Ewigkeit.«

»T-tausend Jahre?«, fragte sie. »Dann musst du dich irren. Ich wurde erst geboren, als ...«

»Ich irre mich nicht, Alannah«, versicherte er. »Oder sollte ich dich lieber Thynia nennen? Unter diesem Namen warst du einst bekannt ...«

»Thynia?« Der Name rief keinerlei Echo in ihr hervor, obschon sie seine Bedeutung in der Elfensprache kannte.

Eisblume ...

»Du erinnerst dich noch immer nicht? Obwohl ich dir diese Hinweise gegeben habe?«

»Nein, Lhurian.«

»So ist der Bann, den Farawyn über dich verhängte, stärker und endgültiger, als ich es angenommen habe, und es steht nicht in meiner Macht, ihn zu brechen.« Der alte Zauberer senkte demütig das Haupt. »Verzeih mir, Alannah. Ich hätte dir diese Dinge nicht enthüllen dürfen. Aber nach all der Zeit wieder vor dir zu stehen und in jene Augen zu blicken, die ...« Er unterbrach sich und schüttelte traurig den Kopf. »Es spielt keine Rolle mehr. Zu viel ist seither geschehen. Zu viel, das ...«

Abermals schwieg er, und zu Alannahs Bestürzung rannen auf einmal Tränen über seine faltige Haut. Gesenkten Hauptes stand er da, und einen Augenblick lang sah es aus, als wollte er sich der Trauer und der Verzweiflung ergeben. Dann jedoch straffte sich seine sehnige Gestalt. Die Tränen versiegten, und im nächsten Moment hatte sich der Zauberer wieder unter Kontrolle.

»Sei unbesorgt«, wandte er sich wieder Alannah zu, »aus diesem Grund bin ich nicht gekommen. Einst habe ich einen feierlichen Eid geleistet, niemals zu dir zurückzukehren. Ich habe mich zurückgezogen und hätte mein Leben in Abgeschiedenheit beschlossen, wäre nicht etwas geschehen, das so schwerwiegend ist, dass es mich von meinem Eid entbindet und meine Rückkehr erforderlich machte. Die Kristallpforten wurden geöffnet, Alannah, und das bedeutet, dass es außer mir noch jemanden geben muss, der sich an die Vergangenheit erinnert. Solange das Goldene Zeitalter währte, waren die Pforten eine hilfreiche Entdeckung, die Erdwelt gedeihen und erblühen ließ – dann jedoch wurden sie zur furchtbaren Waffe. Und ich fürchte, genau dies wird sich wiederholen, wenn wir nichts dagegen unternehmen.«

»Woher willst du das wissen?«

»Ich habe es gespürt. Als die Verbindung geöffnet wurde, war mir, als würde ich aus tiefem Dämmerschlaf erwachen, als würde eine alte Narbe plötzlich wieder schmerzen, und ich befürchtete, dass sich fortsetzen könnte, was wir vor langer Zeit mit letzter Kraft verhindern konnten.«

»Wovon genau sprichst du?«

»Ich spreche vom Zweiten Krieg, Alannah«, antwortete Lhurian mit tonloser Stimme. »Von den Schlachten, die geschlagen, und von den Opfern, die gebracht wurden. Von Farawyn und Margok. Vom Kampf um Tirgas Lan – und von der Bedrohung durch Menschen, Orks und Dunkelelfen …«

»Dun'ras Ruuhl«, flüsterte Alannah schaudernd, die zu verstehen begann, worauf der Zauberer hinauswollte.

»Seine Ankunft in Tirgas Lan beweist, dass etwas nicht so ist, wie es sein sollte«, bestätigte der Alte. »Die Unholde, die die Gebiete jenseits des Schwarzgebirges bewohnen, sind das Ergebnis von Margoks frevlerischen Taten; es lässt sich nicht mehr rückgängig machen, doch die Menschen haben damit zu leben gelernt. Dunkelelfen jedoch, Margoks ruchlose Anhänger, wurden seit tausend Jahren nicht mehr in Erdwelt gesichtet. Man hielt ihre Art für ausgerottet, was offenbar ein Irrtum war.«

»Ich dachte immer, Orks und Dunkelelfen wären dasselbe«, wandte Alannah ein.

»Keineswegs. Es ist wahr, dass Curran, der Stammvater aller Orks, ein Dunkelelf war, der sich von Margoks falschen Versprechungen verführen ließ. Aber neben ihm gab es auch noch andere aus dem stolzen Geschlechte Glyndyrs, die dem Bösen verfielen und deren innere Verderbtheit ihre Haut grau wie Asche werden ließ. Allem Anschein nach haben zumindest einige von ihnen die Zeit überdauert, und es kann kein Zufall sein, dass ihre Rückkehr mit dem Öffnen der Pforte zusammenfällt.«

»Du glaubst, Dun'ras Ruuhl und seine Leute sind durch den Dreistern gereist?«

»In der Tat.«

»Und woher sind sie gekommen?«

»Das weiß ich nicht«, gestand der Zauberer. »Aber es gibt nur vier Portale, und das schränkt die Möglichkeiten ein.«

»Ruuhl sagte, er habe den weiten Weg von Tirgas Anar nach Tirgas Lan auf sich genommen«, erinnerte sich Alannah an die Worte des Dunkelelfen. »Sofern wir seinen Worten glauben können, bedeutet das wohl, dass er auf herkömmliche Weise gereist ist.«

»Die Frage ist eher, wie seine Leute und er nach Tirgas Anar gelangt sind«, meinte Lhurian grimmig, »und ich vermute, hier kommen die Kristallpforten ins Spiel, denn eine von ihnen befand sich in der Schatzkammer von Tirgas Anar.«

»In der Schatzkammer?«, fragte Alannah.

»Ja. Sagt dir das etwas?«

Die Elfin überlegte einen Moment. »Nein«, antwortete sie schließlich und verwarf einen flüchtigen Gedanken, der mit zwei eigenwilligen Orks zu tun hatte, der ihr jedoch schon im nächsten Moment als zu abwegig erschien, um ihn weiterzuverfolgen.

»Tirgas Lan kann nicht der Ausgangspunkt ihrer Reise gewesen sein, denn sie sind von Tirgas Anar aus dorthin gelangt«, überlegte der Zauberer laut, »und hier in Shakara sind sie ebenfalls nicht gewesen, denn ich war zu diesem Zeitpunkt hier, und die Anwesenheit einer Gruppe Dunkelelfen wäre mir nicht verborgen geblieben.«

»Bleibt nur eine Möglichkeit«, folgerte Alannah.

»In der Tat«, sagte Lhurian schaudernd. »Der Ausgangspunkt ihrer Reise war die vierte Kristallpforte, die sich weit weg von hier befindet – an den Fernen Gestaden.«

»Unmöglich!«, rief Alannah. »Die Fernen Gestade sind ein Hort des Lebens und der Freude, der Ursprung und die Zuflucht aller Elfen. Was haben Dunkelelfen dort zu suchen, wo immerwährende Eintracht und Friede herrschen?«

»Vergiss nicht, dass Dun'ras Ruuhl sagte, dass er dich zurückbringen wolle in den Palast von Crysalion – und Crysalion befindet sich an den Fernen Gestaden.«

»Ich hielt das für eine dreiste Lüge ...«

»Ebenso wie ich«, gestand Lhurian, »denn die Zunge der Dunkelelfen ist gespalten wie die der Schlange. Obwohl sie im Kampf fürchterliche Gegner sind, waren Intrige und Täuschung von jeher ihre stärksten Waffen. Dennoch scheint Ruuhl zumindest in dieser Hinsicht die Wahrheit gesprochen zu haben.«

»Aber wie ist so etwas möglich?«, fragte Alannah verzweifelt. »Ich bin nie an den Fernen Gestaden gewesen, ich ...« Sie unterbrach sich, als sie den Blick bemerkte, mit dem der Zauberer sie bedachte. »Es hat mit meiner Vergangenheit zu tun, nicht wahr?«, fragte sie zaghaft. »Mit den Erinnerungen, die mir genommen wurden. Ich bin dort gewesen, vor langer Zeit ...«

»Ja, Alannah.«

»Was ist damals geschehen? Wirst du es mir verraten?«

»Nein.« Er schüttelte den Kopf. »Es gibt noch einen weiteren Grund, weshalb Farawyn dir die Erinnerung an damals genommen hat. Je weniger du weißt, desto besser.«

»Aber ich ...«

»Bitte, Alannah.« Lhurians Stimme hatte einen eindringlichen Tonfall angenommen. »Es ist nur zu deinem Schutz – und zu dem der Sterblichen.«

Die Elfin antwortete nicht sofort. »Also gut«, sagte sie schließlich, obwohl es sie große Überwindung kostete, »aber verrate mir, wie ich dir helfen soll, die Gefahr abzuwenden, wenn ich noch nicht einmal weiß, worin genau sie besteht.«

»Ich werde dir sagen, was ich weiß, jedoch ohne dir zu enthüllen, welche Rolle du bei den damaligen Geschehnissen gespielt hast. Bist du damit einverstanden?«

»Habe ich eine andere Wahl?«

»Wohl nicht.« Der Zauberer nickte. »Als ich aus meinem Dämmerschlaf erwachte«, berichtete er, »spürte ich sofort, dass sich etwas verändert hatte. Der Dreistern war wieder zum Leben erwacht, das war mir klar, aber zuerst glaubte ich, dass das Böse es darauf abgesehen hätte, zu den Fernen Gestaden zu gelangen und sich den Hort des Lebens zu unterwerfen. Doch wie wir soeben erkannt haben, ist es in Wahrheit noch sehr viel schlimmer: Die Fernen Gestade sind nicht nur das Ziel der Dunkelelfen, sondern auch ihr Ursprungsort.«

»Dabei heißt es doch«, warf Alannah ein, »das Böse hätte keinen Zutritt zu den Gefilden der Ewigkeit ...«

»In dieser Hinsicht haben wir uns schon einmal geirrt«, sagte der Zauberer düster. »Während des Zweiten Krieges, in einem jener Kapitel, die aus den Büchern der Geschichte gestrichen wurden, noch vor den Tagen, da die Schlacht um Tirgas Lan geschlagen wurde, stach von Arun aus eine riesige Streitmacht in See, eine Kriegsflotte, deren Mission darin bestand, die Fernen Gestade zu erobern.«

»Davon wusste ich nichts.«

»Kaum jemand weiß noch etwas davon«, erklärte Lhurian. »Die Erinnerung daran wurde aus der Überlieferung getilgt.«

»Genau wie aus meinem Gedächtnis ...«, sagte Alannah bitter.

»Es war notwendig«, sagte der Zauberer. »Man glaubte die Macht des Bösen bezwungen und setzte alles daran, dass sich so etwas nicht wiederholte.«

»Dann konnte die Invasion also abgewehrt werden?«

Der Blick, mit dem Lhurian sie einen Moment lang bedachte, wollte Alannah nicht gefallen. »Ja«, sagte er dann jedoch. »Das Heer des Bösen wurde zerschlagen und die Fernen Gestade wieder sich selbst überlassen, um jenen Elfen eine Zuflucht zu sein, die dem sterblichen Leben entsagen und dorthin zurückkehren, woher ihr Volk einst kam.«

»Und?«

»Offenbar«, fuhr der Zauberer mit belegter Stimme fort, während sich tiefe Sorgenfalten in seine hohe Stirn gruben, »waren wir alle einem tragischen Irrtum erlegen. Das Böse in Crysalion war niedergeworfen, aber nicht besiegt. Es scheint einen Weg gefunden zu haben, die Jahrhunderte zu überdauern – und es ist zurückgekehrt ...«

»Das kann nicht sein«, wandte Alannah ein. »Wenn es so wäre, wie du sagst, warum haben wir dann in all der Zeit nie etwas davon erfahren?«

»Welcher Elf, der nach den Fernen Gestaden zog, ist je von dort zurückgekehrt?«, fragte Lhurian dagegen.

»Bei Sigwyns Krone, du hast recht!«, entfuhr es Alannah. »Vielleicht sind die Fernen Gestade schon längst nicht mehr das, wofür wir sie der Überlieferung nach halten!«

»Genau das ist es, was ich befürchte«, stimmte der Zauberer mit düsterem Nicken zu.

»Aber ... was genau bedeutet das? Alle Elfen bis auf mich haben Erdwelt verlassen und sind zu den Fernen Gestaden aufgebrochen! Was ist mit ihnen geschehen?«

»Ich weiß es nicht«, antwortete Lhurian, aber die Art, wie er es sagte, während er betreten zu Boden starrte, verriet, dass er zumindest eine Vermutung hatte. »Wenn Dun'ras Ruuhl und seine Begleiter tatsächlich von den Fernen Gestaden kamen«, fuhr er schließlich fort, »können die Dinge dort nicht so sein, wie sie sein sollten. Wir können nicht erahnen, was genau in Crysalion vor sich geht, aber wir wissen, dass der Bann gebrochen und die Kristallpforten wieder geöffnet wurden. Und dass die Dunkelelfen auf der Suche nach dir waren, zeigt mir, dass sie einen Plan verfolgen.«

»Was für einen Plan?«

»Auch Erdwelt zu unterwerfen«, sagte der Zauberer grimmig.

»Aber wer steckt hinter diesem Plan? Und was habe ich damit zu tun?«, wollte Alannah wissen.

»Das eine weiß ich nicht, das andere darf ich dir nicht verraten. Aber ich weiß, dass es in unserer – in deiner und meiner – Verantwortung liegt, all dies zu verhindern, Thynia.«

»Wie sollen wir das bewerkstelligen?«, fragte sie. »Und bitte nenne mich nicht so; mein Name ist Alannah.«

In der faltigen Miene des Zauberers zuckte es. »Natürlich, verzeih«, sagte er dann – und wechselte unvermittelt das Thema. »Was weißt du über die Elfenkristalle?«

»Das, was alle darüber wissen: dass sie von Albon stammen, dem Urvater aller Elfen, und dass sie von einer geheimnisvollen Kraft erfüllt sind, die vom Urlicht *calada* stammt und die Fähigkeiten meines Volkes fördert und nährt ...«

»Nicht nur die der Elfen«, wandte Lhurian ein. »Sie nährt auch die Magie an sich, gleich, ob sie zum Guten oder zum Schlechten verwendet wird. In den Händen derer, die sie zu gebrauchen wissen, sind Elfenkristalle mächtige Werkzeuge – nicht von ungefähr wurden die magischen Pforten nach ihnen benannt, denn ohne die Macht der Kristalle wäre es niemals möglich gewesen, Verbindungen zu schaffen, die Tausende von Meilen überbrücken.«

»Auch der Tempel von Shakara beherbergt einen solchen Kristall.« Alannah deutete nach oben, wo das riesige Gebilde hing, das das Licht des Zauberstabs in bunten Farben brach. »Einst erfüllte er diese Hallen und Gänge mit Licht und Wärme, aber inzwischen ist seine Kraft fast erloschen.«

»Im Palast von Crysalion gibt es ebenfalls einen solchen Kristall. *Annun* wird er genannt, und es gibt nicht wenige, die behaupten, dass er einst Albon selbst gehört habe. Denn anders als bei gewöhnlichen Kristallen versiegen seine Kräfte nicht. Im höchsten Turm Crysalions ist sein Platz, dort wurde er bewacht von den Hütern des Kristalls, bis ...«

»Bis was?«, wollte Alannah wissen.

»Bis er beschädigt wurde beim Angriff auf die Stadt«, erklärte Lhurian. »Ein einzelner Splitter löste sich, worauf der magische Schild, der die Fernen Gestade hätte schützen sollen, zerbrach und die Insel dem Ansturm der Feinde ausgeliefert war.«

»Aber sagtest du nicht, die Invasion sei abgewehrt worden?«

»Am Ende, ja«, bestätigte der Zauberer, und einmal mehr hatte Alannah den Eindruck, dass dies nur die halbe Wahrheit war. »Der Kristallsplitter jedoch gelangte nach Erdwelt, wo Farawyn ihn dazu benutzte, Margoks Heer in die Flucht zu schlagen und den Geist des Dunkelelfen in den Mauern der Verborgenen Stadt zu bannen.«

»Ich weiß«, sagte Alannah. »Ich war dabei, als der Bann gebrochen und Tirgas Lan von dem Fluch befreit wurde. Allerdings wusste ich nicht, dass Farawyn einen Splitter Annuns benutzte, als er den Bann einst verhängte ...«

»Eine weitere Wahrheit, die die Geschichtsbücher verschweigen.«

»Was ist aus dem Splitter geworden? Wurde er nach Crysalion zurückgebracht?«

»Nein. Farawyn entschied, dass der Splitter in Erdwelt verbleiben müsse. Er nahm wohl an, dass das Licht von Crysalion den Verlust eines einzigen kleinen Bruchstücks verschmerzen und der Annun sich selbst heilen würde ...«

»Aber?«, fragte Alannah, die spürte, dass sich der Zauberer um etwas sorgte.

»Aber was, wenn er sich geirrt hat?«

»Unmöglich!« Sie schüttelte den Kopf. »Farawyn wird nicht von ungefähr der Seher genannt. Seine Weisheit und seine Voraussicht waren größer als ...«

»Dennoch hat er nicht alles gewusst«, brachte Lhurian in Erinnerung, »sonst hätte er seinen Tod durch feige Mörderhand wohl verhindert.«

Alannah nickte. Farawyn der Seher, der nach seinem Sieg über Margoks Horden zum König gekrönt worden war, hatte Erdwelt Frieden gebracht und das Land mit weiser Hand regiert – sein eigenes Ende jedoch hatte er nicht vorausgesehen ...

»Du hast eine Vermutung, nicht wahr?«, fragte sie den Zauberer.

»Allerdings. Was, wenn sich Farawyn getäuscht hat und die Wunde des Kristalls nie verheilt ist? Wenn Annuns Macht an jenem schicksalhaften Tag für immer versiegte und im Schatten Crysalions deshalb etwas überleben konnte, das nicht erfüllt war von Wärme und Licht, sondern von dem genauen Gegenteil? Wenn das Böse, das wir vernichtet wähnten, in Wahrheit die Zeit überdauert und sich die Insel unterworfen hat? Wenn die Fernen Gestade schon längst nicht mehr sind, wofür dein Volk sie noch bis vor Kurzem gehalten hat? Was dann, Alannah?«

Die Elfin wusste nichts darauf zu erwidern.

Was der Zauberer sagte, traf sie bis ins Mark, zumal es auf bestürzende Weise plausibel war. Denn obwohl noch eine ganze Reihe von Fragen offenstand, lieferte es eine Erklärung dafür, dass plötzlich Dunkelelfen aufgetaucht waren, als hätten sich die Tore zu den Abgründen der Vergangenheit geöffnet und sie wieder ausgespien …

»Was hast du vor?«, fragte sie so leise, dass ihre Stimme als wisperndes Echo durch die Tempelhalle geisterte. »Du hast einen Plan, nicht wahr?«

Lhurian nickte grimmig. »Ich muss nach Crysalion.«

»An die Fernen Gestade? Aber für Menschen ist die Insel …«

»Es gibt Ausnahmen, und ich bin schon einmal dort gewesen. Wenn es stimmt, was ich vermute, bleibt mir auch keine Wahl.«

»Wenn es stimmt, was du vermutest, befindet sich die Insel in der Gewalt des Feindes«, wandte Alannah ein.

»Und dennoch muss ich gehen.«

»Um was zu tun? Dich töten zu lassen?«

»Um den Kristallsplitter zurückzubringen und auf diese Weise wiederherzustellen, was vor langer Zeit beschädigt wurde. Nur so kann der Macht des Bösen Einhalt geboten und die Dunkelelfen von den Fernen Gestaden vertrieben werden.«

»Um den Splitter nach Crysalion zu bringen, musst du ihn erst einmal haben, oder?«

Lhurian lächelte. »Wozu, glaubst du wohl, habe ich dich an diesen Ort gebracht?«

Einmal mehr war die Elfin überrascht. »Soll das bedeuten, dass sich der Kristallsplitter hier befindet? In Shakara?«

»Genau das. Farawyn hielt es für den sichersten Ort, um ihn aufzubewahren – und ich denke, dass du weißt, wo er ist.«

»Aber ich höre zum ersten Mal von diesem Kristallsplitter! Und ich war Hohepriesterin des Tempels, dreihundert Jahre lang«, wandte Alannah ein. »Ich versichere dir, dass er nicht hier ist.«

»Doch, er ist hier«, war Lhurian überzeugt, »ich kann seine Gegenwart beinahe spüren. Wir müssen ihn nur finden.«

Alannah war verwirrt und wusste nicht, was sie von alldem halten sollte. Wenn der Zauberer die Wahrheit sprach, dann hatte man ihr die Erinnerung an ein ganzes Leben genommen, und das war nicht so einfach hinzunehmen …

»Ich weiß, dass es nicht leicht für dich ist«, versicherte Lhurian, der ihr Schweigen richtig deutete. »Aber vielleicht hilft es dir zu wissen, dass du selbst es warst, die den Seher gebeten hat, dir deine Erinnerung zu nehmen.«

»Warum – warum sollte ich so etwas getan haben?«, fragte Alannah verblüfft.

»Vielleicht, weil die Bürde dessen, was du gesehen und erlebt hattest, einfach zu groß war.«

»So schlimm ist es gewesen?«

Der Zauberer entgegnete nichts – und bevor Alannah noch etwas sagen konnte, überschlugen sich auf einmal die Ereignisse.

Ein Sirren lag plötzlich in der Luft, dessen tödliche Bedeutung Lhurian einen kurzen Augenblick vor ihr erkannte.

»Runter!«, rief er, und ehe sie begriff, hatte er sie auch schon am Arm gepackt und zu Boden gezerrt.

Alannah spürte, wie etwas dicht über ihren Kopf hinwegsauste, um mit einem hellen Krachen an der Hallenwand zu zerbersten.

Pfeile!

Fast gleichzeitig war dumpfes Geschrei zu vernehmen.

Die Elfin warf den Kopf herum, blickte zur anderen Seite der Halle und sah eine Horde sich wie wild gebärdender Gestalten durch das Portal der Tempelhalle drängen.

Eisbarbaren …

Sie waren von hünenhafter und grobschlächtiger Gestalt, und rohe Kraft sprach aus jeder ihrer Bewegungen. Bekleidet waren sie mit Eisbärfellen sowie Kettenhemden und Rüstungen, die sie ihren Opfern abgenommen hatten, und von ihren Helmen ragten gebogene Hörner auf.

Ihre Schwerter und Äxte, soweit sie nicht aus dem Süden stammten, von ruchlosen Zwergen über den Nordwall geschmuggelt, waren primitiv geschmiedete Totschläger, an denen vielfach noch das Blut und das Haar bedauernswerter Opfer klebten. Und in den gletscherblauen Augen ihrer von langem blondem oder rotem Haar umwucherten Gesichter funkelte kalte Mordlust ...

Im Schein der Fackeln, die sie bei sich trugen, konnte Alannah die wild brüllenden und Waffen schwingenden Gegner nicht zählen, aber zumindest eins stand fest: Es waren zu viele ...

»Barbarenkrieger!«, rief Lhurian. »Sie versuchen schon seit einiger Zeit, in den Tempel einzudringen!«

»Nun«, erwiderte Alannah trocken, »offenbar ist es ihnen schließlich gelungen!«

Einige der Krieger setzten vor und warfen ihre Speere – kurze, mit tödlichen Spitzen versehene Geschosse, die mit derartiger Wucht geschleudert wurden, dass sie jeden Gegner glatt aufgespießt hätten.

Während Alannah den Speeren auswich, indem sie sich zur Seite warf und elegant abrollte, blieb der Zauberer aufrecht stehen, ein scheinbar leichtes Ziel – doch mit erhobener rechter Hand wischte er die Speere einfach beiseite, und sie landeten auf dem Boden.

Die Eisbarbaren waren überrascht und zögerten einen Augenblick – bis eine Reihe ebenso einsilbiger wie heiserer Befehle erklang und die Krieger erneut angriffen, Blutdurst in den Augen. Ihre mörderischen Waffen schwingend, stürmten sie durch die Halle, vorbei an den Statuen der alten Könige, die ungerührt auf sie hinabblickten. Das Gebrüll der Krieger und das Stampfen ihrer mit Fell umwickelten Füße hallten durch das ehrwürdige Gemäuer.

»Was jetzt?«, fragte Alannah erschrocken und warf ihrem Begleiter einen verzweifelten Blick zu. Keiner von ihnen war bewaffnet, aber auch mit Schwert und Schild hätten sie einer solchen Übermacht nicht lange standhalten können. Die

Flucht zu ergreifen war ebenfalls sinnlos – Lhurians Geist mochte jung geblieben sein, sein Körper war es nicht; binnen weniger Augenblicke würden die Eisbarbaren sie eingeholt und massakriert haben ...

»Zurück!«, rief der Zauberer mit einer Entschlossenheit, die Alannah überraschte. »Tritt hinter mich, Thynia! Rasch ...«

Dann fasste der Zauberer den noch immer leuchtenden Stab mit beiden Händen und hob ihn über dem Kopf, während er vortrat und sich furchtlos zwischen Alannah und die heranstürmenden Barbaren stellte.

»Halt!«, gebot er ihnen mit lauter Stimme, die sogar ihr Geschrei übertönte und als Echo von der hohen Decke widerhallte. »Bleibt stehen, Krieger des Nordens! Dieser Ort ist euch verwehrt! Zieht euch sofort zurück, oder es wird euer Untergang sein!«

Alannah bewunderte den Zauberer für seinen Mut, gleichwohl glaubte sie nicht, dass sich die Barbaren von den Worten eines alten Mannes beeindrucken lassen würden. Und sie behielt recht.

Die Krieger rannten weiter.

Und Lhurian handelte.

Alannah traute ihren Augen nicht, als sie plötzlich sah, wie sich der fast erloschene Kristall, dessen Kraft gerade noch ausreichte, ihn in der Luft zu halten, plötzlich bewegte und das riesige Gebilde mit dem Gewicht von fünfhundert Männern seinen angestammten Platz über dem Thronpodest verließ. Es strebte der Mitte der Halle zu, über die Köpfe Alannahs und Lhurians hinweg und den Eisbarbaren entgegen.

Als die ersten von ihnen nach oben blickten, verfielen sie in entsetztes Geschrei und verlangsamten jäh ihre Schritte. Diejenigen, die nachfolgten, prallten mit ihnen zusammen, und der Sturmlauf der Eisrecken geriet ins Stocken. Nur einige Unentwegte, die noch nicht mitbekommen hatten, was geschehen war, wollten noch immer weiter – der Rest verharrte in grenzenlosem Staunen.

Und im nächsten Moment entließ der Zauberer den Kristall aus seinem Bann.

Als würden unsichtbare Stricke, die ihn bis zuletzt gehalten hatten, lautlos reißen, sackte das riesige Gebilde in die Tiefe – und schlug wie ein Geschoss in den Pulk der Eisbarbaren.

Da die Krieger vorgewarnt gewesen waren, wurden nur wenige von ihnen tatsächlich von der herabstürzenden Masse erschlagen. Den meisten gelang es, sich aus der unmittelbaren Gefahrenzone zu retten – was jedoch nicht bedeutete, dass sie entkamen. Denn kaum traf das untere Ende des Kristalls auf den harten Stein des Bodens, zersplitterte das riesige Gebilde in unzählige Bruchstücke, die nach allen Seiten spritzten, spitz und scharfkantig, und die Barbaren in den Rücken trafen.

Gequält brüllten sie auf, wanden sich am Boden und waren nicht mehr in der Lage, den Angriff fortzusetzen.

Atemlos sah Alannah das grausige Schauspiel mit an, das sich nur wenige Schritte vor ihnen abspielte – gleichwohl traf sie keiner der Splitter, und der Elfin war klar, dass dies kein glücklicher Zufall war. Wie ein Fels in der Brandung stand Lhurian inmitten des vernichtenden Kristallregens, den Stab noch immer hoch über dem Kopf erhoben, und offenbar hatte der Zauberer eine Art Schutzfeld um Alannah und sich herum errichtet.

Die Barbaren hingegen schützte kein Zauber – sie bekamen die Kristalle abermals zu spüren, denn als wären sie von seltsamem Eigenleben erfüllt, blieben die Bruchstücke nicht auf dem Boden liegen, sondern erhoben sich und jagten erneut auf ihre Opfer zu, durchdrangen wie pfeilspitze Geschosse Rüstung und Fell und rissen heftig blutende Wunden.

Die Nordmannen schrien und brüllten, dann ergriffen sie humpelnd und taumelnd die Flucht, nicht wenige schleppten sich auf allen vieren auf das Ende der Halle zu, und sie verschwanden in der Dunkelheit, die jenseits der Pforte herrschte. Ihre Fackeln hatten die meisten von ihnen fallen gelassen.

Mit einem erschöpften Seufzen ließ Lhurian den Zauberstab sinken, worauf dessen Leuchten verlosch. Der Zauberer schwankte bedenklich, sodass Alannah ihn am Arm ergriff, um ihn zu stützen.

»B-bitte nicht«, ächzte er. »Das ist ... erniedrigend.«

»Verzeih«, sagte sie und ließ ihn los. »Ich dachte nur ...«

»Du hast richtig gedacht«, versicherte er und brachte trotz seiner offenkundigen Erschöpfung ein verwegenes Grinsen zustande. »Es ist nur so, dass ich nicht als alter Mann erscheinen möchte. Nicht vor dir ...«

Alannah verstand und nickte – und einmal mehr fragte sie sich, was für Erinnerungen der Zauberer haben mochte, die sie entbehrte ...

»Was du da soeben getan hast, dieser Zauber ...«

»Die Macht des Geistes über leblose Materie, nichts weiter«, erklärte er. »Aber es ist mir früher leichter gefallen.«

»Du hast die Barbarenkrieger vertrieben.«

»Vorerst, ja. Aber sie werden die Schande dieser schmachvollen Niederlage nicht auf sich sitzen lassen und mit Verstärkung zurückkehren. Wenn wir dann noch hier sind, wären wir verloren, denn ich bin zu schwach, um so etwas noch einmal zu tun.«

»Das trifft sich gut«, erwiderte sie und lächelte. »Wir haben auch keinen Kristall mehr, den du ihnen auf die Köpfe fallen lassen könntest. Du ...«

Sie unterbrach sich, als sie inmitten der Splitter, die den Boden übersäten, etwas blitzen sah. Ein Stück Kristall, das etwas größer war als die anderen und nicht das Licht der Fackeln reflektierte, sondern offenbar aus sich selbst heraus leuchtete ...

»Was ist los?«, fragte der Zauberer.

Mit erhobenem Finger gebot sie ihm zu schweigen, so als wäre das Leuchten ein scheues Tier, das er nicht verscheuchen sollte. Vorsichtig trat sie auf die Lichtquelle zu.

Die Bruchstücke der anderen Kristalle knirschten und knackten unter ihren Füßen, als sie darauf trat. Alannah kümmerte sich nicht darum, ihr Blick war starr auf den leuchtenden Splitter gerichtet – aus Furcht, ihn in diesem Meer aus Kristallen zu verlieren und nicht mehr wiederzufinden.

Schließlich stand sie vor ihm, bückte sich und griff danach, und ein wohliges, wärmendes Gefühl durchströmte sie, als sie ihn aufhob. Ein Lächeln der Zuversicht huschte über ihre blassen Züge, denn sie begriff, was sie da gefunden hatte ...

Den Splitter des Annun.

Der Kristall war in etwa so lang und so geformt wie die Klinge eines Dolches. Alannah bettete ihn auf beide Handflächen, wandte sich zu Lhurian um, und zum ersten Mal erlebte sie den Zauberer sprachlos – zumindest für den Augenblick.

»Du ... du hast ihn gefunden!«, stieß er dann hervor und lachte mit jugendlicher Ausgelassenheit. »Ich hatte also recht.«

»Ich wusste es nicht«, versicherte Alannah flüsternd. »All die Jahre, in denen ich Hohepriesterin dieses Tempels war, hatte ich keine Ahnung davon, dass jener große Kristall das Versteck war für ein noch sehr viel kostbareres Kleinod.«

»Was Vorsehung ist und was nicht, wer vermag das schon zu sagen? Du hast den Splitter gefunden, und nur das zählt. Die Welt darf wieder hoffen.«

»Ist es dafür nicht noch zu früh?«, fragte Alannah. »Der Weg nach Crysalion ist weit und voller Gefahren.«

»Ich weiß – und deshalb werde ich ihn allein gehen.«

»Und ich? Was geschieht mit mir?«

»Sobald ich Kraft geschöpft habe, werde ich dich nach Tirgas Lan zurückbringen, zurück auf deinen Thron und zu deinem Gemahl. Unsere Wege werden sich trennen, Thynia – wie schon einmal ...«

23.  AMOUSG PIRAK'HAI

Schaukelnd kämpfte sich das Boot der Orks durch die Brandung.

Dabei rächte sich, dass ausgerechnet der fette und schwere Rammar darauf bestanden hatte, als Anführer vorn im Bug des *kalumm* zu sitzen, denn so schwappte mit jeder Welle eisig kaltes Wasser ins Boot, und die Plätze tauschen konnten die beiden Orks nicht mehr, dafür war das *kalumm* zu klein und wäre bei dem Versuch gekentert. Also musste Rammar wohl oder übel Klaue anlegen und Wasser schöpfen, wenn sie nicht kläglich absaufen sollten.

Die Brüder lösten das Problem schließlich, indem sie – sehr zu Rammars Missfallen – das Boot herumdrehten, sodass sich der Schwerpunkt – also Rammar – nunmehr im Heck befand. Auf diese Weise gelang es Balbok, der im Bug kniete und wie von Sinnen ruderte, das *kalumm* aus den unruhigen Ufergewässern zu manövrieren, hin zu den Inseln, die der Küste vorgelagert waren und deren ausgewaschener Fels bizarre Formen hervorgebracht hatte. Hohe Türme und Bogen aus Stein erhoben sich aus dem Meer, und hier und dort waren Höhlen, Nischen und Vertiefungen entstanden, in denen man mit etwas Phantasie wahre Schreckensbilder erkennen konnte.

Rammar hatte es in dieser Hinsicht nie an Vorstellungskraft gefehlt. Während sich andere junge Orks in der Dunkelheit gesuhlt hatten wie Frischlinge im Schlamm, hatte er stets das Gefühl gehabt, Hirul den Kopflosen, Koruk den Giftpisser und andere grausige Gestalten der orkischen

Sagenwelt zu erblicken. Und als das *kalumm* an den eigenartigen Felsformationen vorüberfuhr, da glaubte der dicke Unhold hier und dort unheimliche Fratzen zu erkennen und garstig grinsende Totenschädel, die die Orks aus dunklen Augenhöhlen zu beobachten schienen.

»Ich weiß nicht«, murrte Rammar verdrießlich, »diese Inseln gefallen mir nicht.«

»Du brauchst keine Angst zu haben«, versicherte Balbok. »Das sind nur lustige Felsen. Der dort sieht wie ein gespaltener Schädel aus. Und schau mal, der da drüben – so stelle ich mir Gulz den Schlächter vor, als er ...«

»Hirnfurz, was fällt dir ein?«, fiel Rammar ihm polternd ins Wort. »Ich habe keine Angst, verstanden? Orks aus echtem Tod und Horn haben niemals Angst, geht das in deinen Schädel? Und ein Rammar schon gar nicht!«

»Warum wolltest du dann umkehren, nachdem wir aus den Minen geflüchtet waren?«

»Weil ... weil ich ... *Shnorsh*, pass gefälligst auf, wo du hinruderst!«, fuhr der dicke Ork seinen Bruder an. »Wegen dir werden wir noch auf dem Grund des Meeres landen, *umbal*.«

Balbok verstummte daraufhin, und das Gespräch war – sehr zu Rammars Erleichterung – beendet.

Angst hatte er keine, natürlich nicht, allerdings ein etwas mulmiges Gefühl im feisten Bauch beim Anblick der Felsformationen. Aber dies war der Weg in die Freiheit, fort von der Insel und den durchgeknallten Elfen, die so ganz anders waren als alle, die Rammar je zuvor kennengelernt hatte. Schon an sich waren die Schmalaugen mit ihrer durchtriebenen, verschlagenen Art kaum zu ertragen. Kam allerdings noch Bosheit dazu, so wurden sie regelrecht gemeingefährlich, und Rammar verspürte nicht die geringste Lust, noch weitere Bekanntschaft mit ihnen zu machen. Es zog ihn zurück in die Modermark, auch wenn zu Hause im *bolboug* einiges im Argen lag und sein Bruder und er nicht in den Ehren verabschiedet worden waren, die ihnen als Häuptlinge des Dorfes zugekommen wären. Wenn man es genau nahm, konnte man auch sagen, dass sie aus dem Dorf vertrieben worden waren ...

Zwischen zweien der kargen Inseln gewahrte Rammar die endlose Spiegelfläche der See, die verheißungsvoll im fahlen Sonnenlicht glitzerte.

»Dorthin, *umbal*!«, schnauzte er Balbok an und deutete mit der Kralle in die entsprechende Richtung. »Je eher wir von hier wegkommen, desto besser!«

»*Korr*«, meinte Balbok gleichmütig, dem es egal zu sein schien, wohin er das Boot lenkte, über dessen blutige Vergangenheit er noch immer nicht ganz hinweggekommen war.

So hielt er auf die Durchfahrt zwischen den zwei Inseln zu, deren Breite an die dreißig Orklängen betragen mochte. Als die Orks in die Passage einfuhren, bemerkten sie, dass die beiden Inseln in Wahrheit zwei einander gegenüberliegende Atolle waren, die sich aus einer Vielzahl kleiner und großer Inseln zusammensetzten. Noch interessanter jedoch war das, was zwischen den Felsen im seichten Ufergewässer lag.

Schiffswracks.

Nicht nur ein paar, sondern ein ganzer Friedhof davon.

Unzählige Schiffsrümpfe lagen in den beiden Buchten verstreut, auf Grund gelaufen oder gepfählt von Klippen, die steil aus dem Wasser ragten. Hier erhob sich ein Bug aus dem Wasser, dort wölbten sich Spanten wie die Rippen eines verwesenden Kadavers, und über allem reckten sich dürre Masten in den grauen Himmel, an denen die löchrigen Reste von Segeltuch flatterten. Knarren und hohles Gurgeln war zu hören, aber ansonsten lag unheimliche Stille über den Atollen.

Totenstille ...

»Och«, machte Balbok beeindruckt, während er das *kalumm* durch den Schiffsfriedhof ruderte. »Sieh dir das an, Rammar.«

»Ich seh's«, versicherte sein Bruder mürrisch. »Dachte mir gleich, dass diese Felsen nichts Gutes verheißen.«

»Ob das die Überreste von der Flotte sind, von der uns das Grünohr erzählt hat? Du weißt schon, mit der die Krieger unseres Volkes einst übers Meer gekommen sind.«

»Natürlich nicht, *umbal*. Streng dein kümmerliches bisschen Hirn doch mal an. Diese Schlacht wurde vor langer Zeit geschlagen. Was meinst du wohl, ist da von den Schiffen noch übrig?«

»Hm.« Balbok zuckte mit den Schultern. »Weiß ich nicht.«

»Nichts, du Trollhirn! Alles ist längst verrottet. Diese Wracks sind viel jünger, und wenn du zur Abwechslung nicht nur dein dämliches Mundwerk benutzen würdest, sondern auch deine Augen, würdest du sehen, dass das alles Schiffe von Schmalaugen sind.«

»Elfenschiffe?«, fragte Balbok ungläubig.

»*Korr!* Schau doch genau hin: diese widerwärtig schlanke Form, die beiden Masten, der turmartige Aufbau am Heck. Und überall diese grässlichen Schnitzereien. Warum können diese Spitzohren nicht einfach mal etwas so lassen, wie es ist? Immer muss bei ihnen alles schön und gleichmäßig sein. Aber weißt du was?«

»Was?«

»Von wahrer Kunst haben diese Pfuscher keine Ahnung. Ein paar rostige Stacheln hier und dort, eine große Säge am Bug und ein paar Totenschädel an der Reling – gleich sieht die Sache ganz anders aus.«

»Das haben die sich wohl auch gedacht«, sagte Balbok.

»*Karsok?* Was meinst du?«

»Dort drüben«, sagte der Hagere und deutete mit dem Paddel zur Steuerbordseite. »Siehst du?«

Rammar sah es.

Und obwohl seinen gerade geäußerten Worten zufolge nebeneinander aufgereihte Totenschädel für ihn den Inbegriff der Ästhetik bildeten, ging ihm der Anblick an die verfetteten Nieren.

Es waren die Schädel getöteter Elfen, in einer Reihe auf Pfähle gespießt. Nur noch die Knochen waren übrig, alles andere hatten sich die Möwen geholt, und so starrten die leere Augenhöhlen zu den beiden Orks herüber.

»Ihr braucht gar nicht so blöd zu grinsen!«, rief Balbok. »Wir sind immerhin noch am Leben. Richtig, Rammar?«

»Verdammt richtig, Langer«, stimmte sein Bruder zu. »Wenn du mich fragst sind das die Überreste von den Schmalaugen, die *sochgal* verließen, um die Fernen Gestade zu erreichen.«

»*Korr*«, pflichtete Balbok bei. »Wie's aussieht, sind sie wohl nicht ganz angekommen.«

»Irgendjemand hat ihre Schiffe aufgebracht und die Besatzungen massakriert. Fragt sich nur, wer.«

»Oder was«, gab Balbok zu bedenken.

»Was meinst du damit?«

»Erinnerst du dich nicht mehr an das, was der Vorarbeiter gesagt hat?«, fragte Balbok. »Dass vor der Insel ein *uchlbhuurz* sein Unwesen treibt, das schon unzählige Schiffe zerstört hat?«

»Schon – aber hast du je von einem Seeungeheuer gehört, das Köpfe auf Pfähle spießt?«

»*Douk*«, gab Balbok zu. »Aber hier bin ich ja auch noch nie zuvor gewesen.«

»*Schmarren!*« Rammar schüttelte unwillig den Kopf. »Das sieht nicht wie die Arbeit eines Ungeheuers aus. Wer immer das getan hat, schwimmt nicht im Wasser, sondern geht mehr oder weniger aufrecht auf zwei Beinen. Hoffen wir, dass er Orks gegenüber weniger feindlich gesonnen ist als Schmalaugen.«

»Hm«, machte Balbok und ließ für einen Moment das Paddel sinken, um sich den Helm in die Stirn zu schieben und sich am Hinterkopf zu kratzen, wie so oft, wenn er nachdachte. »Wer es wohl sein mag?«

»Wer weiß«, entgegnete Rammar, während er sich argwöhnisch umblickte und zusammenzuckte, als es irgendwo in einem der Wracks knarrte. »Vielleicht sind es Trolle gewesen oder Ghule oder ...«

»Piraten«, sagte Balbok unvermittelt und so überzeugt, dass Rammar darüber nur den Kopf schütteln konnte.

»Woher willst du das wissen, Faulhirn?«

»Weil dort vorn ein Piratenschiff ist«, erwiderte der lange Ork so trocken, als wären sie nicht von Salzwasser, sondern von Wüstensand umgeben.

Erschrocken hob Rammar den Schädel. Tatsächlich, das riesige Gebilde, das sich von außerhalb der Atolle in die gegenüberliegende Durchfahrt schob und dem Boot der Orks den Weg versperrte, war wirklich ein Piratenschiff!

Von den gleichmäßigen Schlägen langer Ruder angetrieben, die in zwei übereinanderliegenden Reihen angeordnet waren, schnitt der mit rostigem Stahl bewehrte und mit einem bedrohlichen Sporn versehene Bug durch das Wasser. Schanzkleid und Deckaufbauten des Schiffs waren durch Schilde gepanzert, deren verbeulter Zustand darauf schließen ließ, dass sie schon viele Gefechte überstanden hatten. Auf dem Achterdeck erhob sich ein unförmiges Gebilde, das das orkische Auge sofort als Katapult identifizierte. Ein Segel gab es nicht, die Galeere wurde nur durch Ruderschläge angetrieben; doch an dem einsamen Mast, der sich inmitten des breiten Decks erhob, flatterte eine schwarze Flagge, auf der ein Knochen und ein Schwert zu erkennen waren, die übereinandergekreuzt waren und keinen Zweifel an den Absichten der Besatzung ließen.

Seeräuber ...

Rammar ließ ein heiseres Stöhnen vernehmen.

Zwar entsprach die Piratengaleere mit ihrem stählernen Bug, dem stachelbewehrten Rumpf und dem großen Katapult am Heck schon eher seinen Vorstellungen von einem schönen Schiff, jedoch hätte er gut auf diese Begegnung verzichten können. Sehnsuchtsvoll sah er zurück zu der Durchfahrt, durch die sie in die Zwillingsbucht gelangt waren – nur um festzustellen, dass auch diese inzwischen von einer Galeere versperrt wurde. Und jäh dämmerte dem dicken Ork, wie all diese Schiffe, deren Wracks sie umgaben, ein derart unrühmliches Ende gefunden hatten:

Sie waren in eine Falle gelockt worden, aus der es kein Entkommen gab!

Wie um Rammars Befürchtungen zu bestätigen, erklang in diesem Moment ein hohler, schnalzender Laut, wie wenn man die Sehnen eines Trolls durchschnitt. Die Schaufel des Katapults der ersten Galeere schoss in die Höhe – und ein unförmiges Ding löste sich aus ihr und flog in hohem Bogen auf die Orks zu.

»*Shnorsh!*«, brüllte Rammar, während sein Bruder und er mit weit aufgerissenen Augen auf den Felsbrocken starrten, der einen Herzschlag später niederging.

Glücklicherweise traf er das *kalumm* nicht, sondern schlug knapp daneben ins Wasser, aber die Schützen an Bord des Piratenschiffes hatten bewiesen, dass sie zu zielen verstanden. Gischt spritzte nach allen Seiten und in Rammars vor Entsetzen sperrangelweit offen stehendes Maul. Der Ork würgte am Salzwasser, während das Boot heftig ins Schaukeln geriet.

»Weg hier!«, röchelte er zwischen zwei heftigen Hustenanfällen. »Schaff uns hier raus, aber schnell!«

»Und wohin?«, fragte Balbok.

»Ist mir egal wohin, nur fort …!«

Balbok tat wie ihm geheißen und ruderte mit aller Kraft – allerdings nicht von der Piratengaleere vor ihnen weg, wie Rammar erwartet hatte, sondern geradewegs darauf zu.

»*Umbal*, was tust du?«

»Zum Angriff übergehen!«, rief Balbok grimmig über die Schulter zurück.

»Zum Angriff über…? Bist du jetzt völlig verrückt geworden?«

»Wenn wir nahe genug an sie herankommen, können sie uns nicht mehr beschießen«, erklärte Balbok, so entwaffnend schlüssig, dass selbst Rammar kein Widerspruch einfiel.

Es war auch nicht nötig.

Denn als das Katapult sirrend das nächste Geschoss auf Reisen schickte, zeigte sich, dass sich die Piraten noch ungleich besser auf ihr Handwerk verstanden als von Rammar befürchtet. Wahrscheinlich hatten sie während der letzten Jahre und Jahrzehnte ausreichend Übung gehabt.

Der Felsbrocken hatte den Scheitel des Bogens, in dem er geflogen kam, kaum überschritten, da dämmerte den Orks, dass die Sache schiefgehen würde. Indem Balbok das Paddel wegwarf und stattdessen mit beiden Pranken ruderte, versuchte er bis zuletzt, das *kalumm* aus der Gefahrenzone zu bringen – während Rammar seine Leibesmasse kurzerhand aus dem Boot wuchtete. Plumpsend landete er im Wasser – als das Geschoss auch schon einschlug.

Das *kalumm* wurde mittschiffs getroffen.

Den Anfechtungen von Wellen und Wind mochten die Knochenkonstruktion und der Überzug aus Rattenhaut getrotzt haben – einem herabstürzenden Felsbrocken hatten sie nichts entgegenzusetzen.

»*Shnorsh!*«, hörte man Balbok noch brüllen, dann platschte es gewaltig, und Trümmer und weiße Gischt wurden nach allen Seiten geschleudert. Rammar, der nicht schwimmen konnte und wie von Sinnen mit den Armen um sich schlug und mit den Beinen strampelte, um nicht unterzugehen, wurde von einem Stück Knochen am Kopf getroffen und sah für einen Moment dunkle Flecke vor Augen. Als seine Sicht sich wieder klärte, schwamm neben ihm eine blutige Rattenhaut.

»Balbok!«, schrie er in seiner Panik, während er unentwegt weiter Wasser trat, um in seinem schweren Kettenhemd nicht abzusaufen. »Verdammt, wo bist du?«

Er warf den klobigen Schädel umher, blickte in diese und in jene Richtung. Nirgends eine Spur von seinem Bruder, überall nur wogende See ...

»Du elender *umbal*! Nichtsnutziges Schwammhirn! Wirst du wohl kommen und mir helfen, ehe ich elendig ...«

Der Rest seines verzweifelten Hilferufs ging in einem Gurgeln unter, als eine Welle über ihn hinwegschwappte und er eine Ladung Wasser schluckte.

»Balbok? Balboook ...!«

Mit Tränen in den Augen, die selbstredend nur vom Salzwasser rührten, schrie Rammar den Namen seines Bruders, so laut, dass sich seine Stimme überschlug. Dabei merkte er, wie seine Kräfte nachließen, und obwohl er weiter alles daransetzte, nicht abzusaufen und den Kopf oben zu behalten, zog die Tiefe gnadenlos an ihm.

Er erinnerte sich, als junger Ork mit diebischer Freude dabei zugesehen zu haben, wie Ratten in einem Sumpfloch ertrunken waren – nachdem er sie hineingeworfen hatte. Plötzlich bereute er die Tat, und er bedauerte auch, Balboks Schoßtier verhackstückt und zum *kalumm* verarbeitet zu haben.

»Es tut mir leid!«, rief er mit dem letzten bisschen Atem, das ihm noch geblieben war. »Balbok, hörst du? Es tut mir l...«

Er verstummte jäh, als er untertauchte und statt Worten nur noch Luftblasen aus seinem Maul quollen. Vergeblich versuchte er, sich wieder zur Oberfläche zurückzukämpfen. Selbst die alte Regel, derzufolge Fett stets obenauf schwamm, traf diesmal nicht zu.

Die Augen weit aufgerissen, sah Rammar ringsum nichts als dunstiges Blau, das mit zunehmender Tiefe dunkler wurde, bis es in jenen gähnend schwarzen Schlund überging, der unter den strampelnden Füßen des Orks klaffte.

Kuruls Grube.

So also sah sie aus.

Und diesmal gab es kein Entrinnen ...

Mit einem dumpfen Schrei entwich die letzte Luft seinen brennenden Lungen, und sehnsüchtig blickte der feiste Ork den Luftblasen hinterher, die zur Oberfläche aufstiegen, während er wie ein Stein dem Grund entgegensank, unaufhaltsam ...

... bis ihn plötzlich etwas am Kragen packte.

Die Sinne drohten Rammar bereits zu schwinden, während er nach oben gezogen wurde. Und endlich, als er das abgrundtiefe Gelächter Kuruls schon zu hören glaubte, durchstieß Rammars Kopf die Oberfläche, und er sog keuchend Luft in seine schmerzenden Lungen – und sofort kehrten die Lebensgeister zu ihm zurück.

»Was ...? Wie ...?«

Erst nach ein paar Atemzügen wurde ihm klar, dass er nichts mehr zu tun brauchte, um über Wasser zu bleiben. Etwas – oder vielmehr jemand – hielt ihn noch immer am Kragen des Kettenhemds.

Schwerfällig wandte er den Kopf, um zu sehen, wem er sein Leben verdankte, und dann erkannte er die vertrauten grünhäutigen Gesichtszüge seines Bruders, der sich problemlos über Wasser hielt.

»*Achgosh douk*«, grüßte Balbok grinsend.

»*Achgosh douk?* Ist das alles, was dir einfällt? Ich wäre um ein Haar ersoffen!«

»Ich auch«, sagte Balbok. »Das Geschoss hat mich nur um einen *knum* verfehlt, und ich bekam ein Stück vom Bug an den Kopf, sodass ich das Bewusstsein verlor und ...«

»Komm mir nicht mit fadenscheinigen Ausreden!«, polterte Rammar. »Du hast dir mächtig Zeit damit gelassen, mich zu retten, und das nehme ich dir übel!«

»Aber ich *habe* dich gerettet!«

»Dein Glück – sonst hätte ich niemals wieder auch nur ein einziges Wort mit dir gewechselt!«

»Ehrlich nicht?«, fragte Balbok, ein begehrliches Flackern in den Augen.

»Was soll das nun wieder heißen, du dünnhirniger, pickelgesichtiger ...«

»He, ihr beiden!«, drang es plötzlich laut von oben herab.

»Hä?«, machte Rammar und hob den Kopf – um verblüfft am gepanzerten Bug einer der Kriegsgaleeren emporzublicken, die sich von beiden Orks unbemerkt genähert hatte.

Die Piraten!

Der Kerl, der oben auf dem rostigen Schanzkleid stand und grinsend auf sie herabblickte, trug kurze Hosen und einen Rock aus Leder, dazu allerhand goldene Spangen und Schmuck um Hals und Handgelenke. Langes dunkles Haar umrahmte sonnengebräunte Züge – und zu seiner Abscheu musste Rammar erkennen, dass sie es mit Menschen zu tun hatten. Nicht genug damit, dass sie in die Fänge von Korsaren geraten waren – es handelte sich auch noch um Milchgesichter!

Nahmen die Demütigungen denn gar kein Ende?

»Was willst du?«, brüllte der Ork wenig begeistert hinauf und bediente sich dabei der Menschensprache, die er nicht gern, aber mittlerweile fließend sprach.

»Nicht zu fassen«, kam es zurück, »zwei Orks!«

»Schön, zählen kannst du also auch«, konterte Rammar, während sein Bruder ihn weiter über Wasser hielt. »Und was willst du von uns?«

»Ihr seid Gefangene«, gab der Pirat bekannt.

»Von wem?«

»Von Kapitän Cassaro, dem Herrscher der Schädelküste – und ich würde euch raten, eure Zungen in Zaum zu halten.«

»Wieso?«, fragte Balbok an Rammars Stelle.

»Weil ich sie euch sonst aus dem Schlund reißen und an die Tür meiner Kajüte nageln werde!«, lautete die Antwort.

Noch mehr Piraten tauchten über dem Schanzkleid auf und warfen die Enden dicker Seile herab – eine unmissverständliche Aufforderung, an Bord zu kommen.

Während Balbok zögerte, griff Rammar augenblicklich danach.

Schließlich war er ein Ork aus echtem Tod und Horn – und lieber stellte er sich einem milchgesichtigen Piratenkapitän, als auch nur einen Moment länger als unbedingt nötig im Wasser zu bleiben ...

24.

OULL BRISH'DOK'DH

»… und deshalb, König, muss ich den Ort aufsuchen, der der Ursprung dieser Bedrohung ist.«

»Die Fernen Gestade«, folgerte Corwyn aus dem, was man ihm berichtet hatte.

»Ganz recht.« Lhurian nickte.

»Aber woher weißt du das alles?«, erkundigte sich der König, der Schwierigkeiten hatte, all das neue Wissen zu verarbeiten, das wie ein Unwetter über ihn hereingebrochen war.

So schlagartig, wie er verschwunden war, war der alte Magier wieder im Palast von Tirgas Lan erschienen, in seiner Begleitung Alannah, wohlbehalten und unversehrt. Eigentlich hätte Corwyn glücklich und zufrieden sein müssen, schließlich war seine Königin zu ihm zurückgekehrt.

Aber er war es nicht.

Denn genau wie bei ihrer ersten Begegnung hatte der Zauberer schlechte Neuigkeiten für ihn: Erdwelt war eine neue Bedrohung erwachsen!

Was Lhurian und Alannah ihm über die Fernen Gestade berichtet hatten, war in der Tat alarmierend. Wenn es stimmte, dass das Böse dort schon seit tausend Jahren regierte, bedeutete dies für das Reich tatsächlich eine Bedrohung, gegen die sich der Herrscher von Kal Anar geradezu harmlos ausnahm.

Wäre es nur Lhurian gewesen, der von diesen Dingen berichtet hätte, Corwyn hätte seine Warnungen vermutlich nicht derart ernst genommen. Aber da war auch Alannah, die alles bestätigte, was der Zauberer sagte, und ihr vertraute der König ungleich mehr. Gleichwohl war er auch bei ihr nicht ganz ohne Vorbehalte. Denn so viel sie ihm auch erzählten über die Zeit des Zweiten Krieges, über Farawyn den Seher und die Schlacht, die um Tirgas Lan geschlagen worden war – Corwyn wurde das hässliche Gefühl nicht los, dass sie ihm dennoch etwas verheimlichten. Und dieses Gefühl verstärkte sich, je länger die Unterredung dauerte ...

»Ich verstehe, dass du helfen willst, Zauberer«, sagte Corwyn schließlich, während er in der großen Halle auf und ab ging. Alannah saß auf ihrem Thron und wirkte erschöpft von dem, was sie gesehen und erlebt hatte. Der Zauberer hatte zu ihren Füßen auf den Stufen des Podests Platz genommen. Bis auf die Wachen waren sie allein. Corwyn hatte den Adel nicht unnötig beunruhigen wollen und den Hofstaat deshalb weggeschickt. »Was ich dagegen nicht verstehe«, fuhr der König fort, »ist, wie ein Mann allein das Böse bekämpfen will. Wenn du recht hast, wirst du es an den Fernen Gestaden mit einer ganzen Armee zu tun bekommen. Einer Armee der Finsternis ...«

»Das ist wahr«, räumte Lhurian ein und griff unter seine weite Robe, um einen spitzen Gegenstand hervorzuziehen, der etwa eine Handspanne lang war. »Aber ich habe das hier als Waffe.«

»Was ist das?«, wollte Corwyn wissen.

»Ein Splitter des Urkristalls *Annun*«, erklärte Alannah, »der sich auf den Fernen Gestaden befindet. Lhurian glaubt, dass der Splitter wieder zum Kristall zurückgebracht werden muss – auf diese Weise wird die Macht des Bösen gebrochen.«

Corwyn grinste freudlos. »Klingt gut. Aber aus Erfahrung weiß ich, dass den Schergen der Dunkelheit hiermit sehr viel eher beizukommen ist.« Und mit diesen Worten legte er die Hand auf den Griff des Schwerts, das er an seiner Seite trug.

»Bislang mag das so gewesen sein«, widersprach der Zauberer, »in diesem Fall aber ist der Kristallsplitter die einzige Waffe, die den Sieg erringen kann.«

»Und wie willst du es anstellen? Einfach in den Palast von Crysalion marschieren?«

»Warum nicht?« Der Alte lächelte. »Ich bin ganz gut in diesen Dingen, wie du weißt.«

»Eine gut bewachte Zitadelle ist etwas anderes als ein Zelt, alter Mann. Man wird dich in Stücke hauen, ehe du den Kristall auch nur zu sehen kriegst.«

»Unterschätze mich nicht, König«, entgegnete Lhurian, und Corwyn glaubte, in der Stimme des alten Zauberers einen drohenden Unterton auszumachen.

»Das tue ich nicht«, versicherte er. »Aber ich bin der Ansicht, dass wir eine Flotte ausrüsten und die Insel angreifen sollten – als Ablenkungsmanöver gewissermaßen, während du dich um den Kristall kümmerst.«

»Das ist ein sehr großzügiges Angebot, das ich jedoch ablehnen muss«, sagte der Zauberer mit fester Stimme. »Sollte ich versagen, so wirst du in Erdwelt jeden einzelnen Mann brauchen, der kämpfen kann, denn dann blüht deinem Reich ein neuer Krieg.«

»Der Dritte Krieg der Völker«, hauchte Alannah heiser. »Es heißt, dass er das Ende von *amber* bedeutet ...«

»Umso wichtiger ist es, dass wir zusammenarbeiten«, war Corwyn überzeugt. »Allein bist du schwach, Zauberer. Zusammen jedoch ...«

»Corwyn hat recht«, sprang Alannah ihrem Gemahl bei. »Wenn die Vergangenheit etwas gezeigt hat, dann dass der Macht des Bösen nur im Verbund Einhalt geboten werden kann. Allein nach den Fernen Gestaden zu gehen grenzt an Wahnsinn!«

»Genau meine Worte«, stimmte Corwyn zu.

»Aber ich pflichte dir bei, dass wir Erdwelt nicht geschwächt zurücklassen dürfen, Lhurian. Der König wird in Tirgas Lan gebraucht, daran besteht kein Zweifel. Aus diesem Grund wird dich die Königin nach Crysalion begleiten.«

»Was?«, fragten sowohl Corwyn als auch der Zauberer wie aus einem Munde.

»Ich komme mit dir, Lhurian«, bekräftigte die Elfin. »Die Fernen Gestade sind die Heimat meines Volkes, also ist es nur recht und billig, wenn ich dich begleite.«

»Das kommt nicht in Frage!«, rief Corwyn.

Sie schaute ihn eindringlich an. »Eben warst du noch der Ansicht, dass wir Lhurian nicht allein gehen lassen dürften ...«

»Aber bestimmt hatte ich nicht daran gedacht, ihm meine Gemahlin mit auf den Weg zu geben!«

»Sie mag deine Gemahlin sein, aber sie ist nicht dein Eigentum«, stellte der Zauberer klar. »Bisweilen, scheint mir, ist es noch immer das Haupt des Kopfgeldjägers, auf dem diese Krone ruht, und nicht das eines Königs.«

»Das geht dich nichts an, alter Mann!«, zischte Corwyn feindselig.

»Alannah kann ihre eigenen Entscheidungen treffen«, antwortete Lhurian. »Aber ... dennoch wird sie hierbleiben.«

»Was?«, fragte Alannah verblüfft.

»Ich stimme dem König zu, wenn auch aus anderen Gründen. Dein Platz ist hier, Alannah, bei deinem Volk und deinen Untertanen.«

»Aber mein Volk ist zu den Fernen Gestaden gezogen ...«

»Du hast ihm entsagt, als du einen Sterblichen zum Mann genommen hast«, brachte der Zauberer in Erinnerung, »und dennoch bist du die Letzte der Elfen, die noch in Erdwelt weilt. Du musst das Andenken an sie bewahren, Alannah. Das und nichts anderes ist deine Aufgabe.«

»Das und nichts anderes?« Unwillig pendelte ihr Blick zwischen König und Zauberer hin und her. Auf ihrer blassen, von weißem Haar umrahmten Stirn hatten sich Zornesfalten gebildet. »Woher nehmt ihr beide das Recht zu entscheiden, was gut für mich ist? Wollt ihr mir das verraten?«

»Nun«, wollte Lhurian erwidern, »wir ...«

»Ihr denkt nur an euch!«, fiel sie ihm ins Wort. »An das, was euch zupasskommt, was ihr nicht verlieren und woran ihr unbedingt festhalten wollt! Wie du schon sagtest, Lhurian: Ich bin niemandes Eigentum, weder deines, Zauberer, noch deines, Corwyn. Niemandem von euch steht es zu, über mein Leben zu bestimmen, ganz gleich, was zwischen uns gewesen sein mag!«

»Zwischen ... *euch*?«, fragte Corwyn, der die alte Eifersucht erneut spürte. Mit Alannahs Rückkehr war sie nahezu verebbt, in diesem Moment jedoch wallte sie jäh wieder auf. »Was, in aller Welt, hat das zu bedeuten?«

»Nichts, was dich berühren müsste, König«, beschwichtigte Lhurian. »Deine Zeit mit Alannah liegt noch vor dir, meine hingegen lange zurück.«

»Lange zurück? Was bedeutet das?« Corwyn bedachte seine Gemahlin mit misstrauischem Blick. »Wovon spricht er?«

»Willst du die Wahrheit wissen?«, fragte sie.

Er nickte betroffen.

»Ich kenne sie nicht«, antwortete sie – womit Corwyn keineswegs zufrieden war.

»Und du erwartest, dass ich das glaube?«

»Was war, ist lange vor deiner Zeit geschehen«, versicherte Lhurian. »Alannah kann sich nicht dessen entsinnen, da ihr die Erinnerung genommen wurde.«

»Aber du kannst dich erinnern, oder?«, zischte der König.

Lhurian nickte, und ein schwaches Grinsen glitt über seine Züge. »Allerdings ...«

»Du verdammter Hund!« In einem spontanen Wutausbruch riss Corwyn das Schwert aus der Scheide und sprang auf den Zauberer zu, der jäh in die Höhe schoss, den Stab zur Abwehr erhoben.

Alannah sprang auf und trat zwischen die beiden. »Aufhören, ihr zwei!«, befahl sie und bedeutete auch den Wachen, die schon herbeigeeilt waren, sich wieder zurückzuziehen.

»Ein König und ein angeblich weiser alter Zauberer – und beide führen sich auf wie Kinder!«

Die beiden Männer schauten einander feindselig an – und gaben schließlich nach. Mit unverhohlenem Widerwillen rammte Corwyn sein Schwert zurück in die Scheide, der Zauberer senkte den Stab.

»Mein Gemahl«, sagte Alannah mit bebender Stimme, an Corwyn gewandt, »ich liebe dich aufrichtig und von ganzem Herzen. Doch auch als deine Gemahlin und als deine Königin steht es mir frei zu entscheiden, was ich tun darf und was nicht. Ich bin mir sicher, dass ich in Crysalion gebraucht werde, deshalb werde ich dorthin gehen, auch wenn es dir nicht gefällt. Lieber würde ich Tirgas Lan mit deinem Segen verlassen, aber wenn du ihn mir verwehrst, so werde ich auch so aufbrechen.«

»Ich verstehe«, sagte Corwyn leise.

»Und für dich gilt Gleiches«, sprach sie zu Lhurian. »Du magst über Wissen verfügen, das mir genommen wurde, aber das gibt dir nicht das Recht, über mein Leben zu bestimmen. Ich werde mit dir kommen, ob du es billigst oder nicht.«

»Auch wenn es Gründe gibt, die dagegensprechen?«, fragte der Zauberer.

»Was für Gründe?«, wollte Alannah wissen. »Gründe, von denen ich nichts weiß? Die in meiner Vergangenheit liegen?«

»In der Tat«, erwiderte Lhurian rätselhaft und so unheilvoll, dass Alannah tatsächlich für einen Moment zögerte. Sie erwog, ihn nach diesen Gründen zu fragen, aber sie bezweifelte, dass sie eine ehrliche Auskunft erhalten würde, und wenn doch, so fürchtete sie, dass das, was sie erführe, ihre Entschlossenheit ins Wanken bringen könnte – und das wollte sie auf keinen Fall.

»Du kennst meine Vergangenheit, Lhurian«, sagte sie deshalb und blickte dem Zauberer tief in die Augen. »Du weißt um die Dinge, die geschehen sind, und deinem Schweigen entnehme ich, dass es schreckliche Dinge gewesen sein müssen.«

»Das ist wahr«, flüsterte er.

»Du kennst die Vergangenheit«, wiederholte sie, »aber kannst du auch in die Zukunft sehen? Natürlich nicht. Niemand kann das, denn die Zukunft ist in ständiger Veränderung. Selbst Farawyn wurde am Ende von ihr getäuscht. Egal, was gewesen ist – es hat also nichts mit dem zu tun, was sein wird. Habe ich recht?«

Der Zauberer hielt ihrem Blick eine Weile lang stand. Was hinter seinen alten, faltigen Zügen vor sich ging, war dabei schwer zu deuten. Es mochte Bedauern sein, vielleicht auch stille Bewunderung oder eine Mischung aus beidem.

Schließlich senkte er das Haupt. »Es ist wahr«, gab er zu. »Niemand vermag vorauszusagen, was die Zukunft bringt.«

»Also wirst du mich mit dir nehmen?«

Er blickte wieder auf, und das Bedauern war aus seinen Zügen verschwunden. »Wenn es dein unbedingter Wunsch ist …«

»Nein!«, rief Corwyn erbost. »Elender Zauberer! Das darfst du nicht! Das alles ist allein deine Schuld!«

»Wie das, König?«, fragte Lhurian gelassen, die Beleidigung einfach überhörend. »Sie hat recht, es ist ihre Entscheidung. Doch ich darf dir versichern, dass ich ebenso wenig erfreut darüber bin wie du.«

»Warum verbietest du es ihr dann nicht?«

»Weil ich ihr nichts zu erlauben oder zu verbieten habe«, erklärte Lhurian. »Und weil sie recht hat. Niemand vermag in die Zukunft zu sehen.«

Corwyn wandte sich verzweifelt an seine Gemahlin. »Alannah, siehst du nicht, dass er dich beeinflusst?«

»Wie könnte er?«, fragte sie dagegen. »Er wollte doch selbst nicht, dass ich ihn begleite …«

»Wenn es stimmt, dass er dich schon länger kennt als ich«, entgegnete Corwyn, »so ist ihm auch dein unbeugsames

Wesen bekannt, und er weiß, dass jedes Verbot für dich tausend Mal verlockender ist als eine Einladung.«

»Das ist nicht wahr«, versicherte Alannah.

Auch Lhurian verlor allmählich die Geduld. »Mäßige dich, König«, rief er Corwyn zu. »In deinem Zorn wählst du Worte, die du bedauern könntest.«

»Willst du mir drohen? In meinem eigenen Palast?«

Erneut stand der Streit der beiden kurz davor, in eine handfeste Auseinandersetzung auszuarten, und wieder kamen die Wachen heran. Alannah war klar, dass sie etwas unternehmen musste, und diesmal würde es mit energischen Worten nicht getan sein.

Sie trat auf Corwyn zu, der erneut die Hand auf den Griff seines Schwerts gelegt hatte – und zu seiner größten Verblüffung umarmte sie ihn und küsste ihn lange und innig.

»Alannah«, hauchte er atemlos, als sie sich wieder von ihm löste. »Was hat das zu bedeuten?«

»Es soll dir zeigen, wie ich für dich empfinde«, erwiderte sie, während sie einander tief in die Augen blickten, genau wie damals, als sie sich zum ersten Mal begegnet waren.

»Wenn das so ist«, flüsterte Corwyn, »warum willst du mich dann verlassen?«

»Ich verlasse dich nicht, Geliebter«, widersprach sie. »Ich könnte dich nie verlassen.«

»Aber du ziehst die Gesellschaft eines Zauberers der meinen vor«, beharrte er. »Was hat er dir erzählt? Was ist in der Vergangenheit passiert? Was ist zwischen euch gewesen?«

»Ich weiß es nicht«, antwortete sie, »und ich will es auch nicht wissen. Denn was immer es war, es kann nie so stark sein wie die Bande, die zwischen uns gewachsen sind.«

»Dann bleib«, verlangte er.

»Das kann ich nicht. Ich habe eine Verantwortung, der ich nachkommen muss, und ich kann mich ihr nicht entziehen. Ich fühle, dass ich dort gebraucht werde.«

»Was für eine Verantwortung? Ich verstehe nicht …«

»Ich weiß, wie schwer das alles für dich sein muss, Geliebter«, sagte sie und strich mit ihrer Handfläche sanft über seine Wange. »Läge es in meiner Macht, das Rad der Zeit zurückzudrehen, so hätten wir nie von diesen Dingen erfahren. Aber wir wissen davon, und nun haben wir uns danach zu richten, ich ebenso wie du.«

»Und das bedeutet?«, fragte er.

»Dass ich gehen muss«, erklärte sie leise. »Ich erwarte nicht, dass du über diese Entscheidung erfreut bist, aber ich versichere dir, dass sie nichts mit dem zu tun hat, was mich mit dem Zauberer verbinden mag. Ich kann dich nur von Herzen bitten, mir zu vertrauen.«

»Ich verstehe«, sagte er steif, griff nach ihrer Hand, die noch immer seine Wange berührte – und nahm sie aus seinem Gesicht. »Dann geh, wenn du musst.«

»Corwyn, ich …«

»Ich habe dir bereits einmal vertraut, Alannah, und du hast mich hintergangen. Ich habe dir verziehen, weil du zum Besten unseres Reiches handeltest, doch du hast mir feierlich geschworen, dass sich das nicht wiederholen wird.«

»Das wird es nicht«, versicherte sie mit feucht glänzenden Augen. »Vertrau mir nur noch dieses eine Mal! Kannst du das nicht für mich tun? Kannst du mir nicht vertrauen?«

Corwyn stand mit regloser Miene vor ihr. Es berührte ihn zutiefst, ihre Tränen zu sehen, und es kostete ihn größte Überwindung, sich seine Bestürzung nicht anmerken zu lassen. Ein innerer Konflikt tobte in seinem Herzen …

»Willst du die Wahrheit wissen?«, fragte er schließlich, und als sie nickte, sagte er leise: »Ich weiß es nicht. Ich weiß nicht, ob ich dir vertrauen kann.«

Sie erwiderte nichts, sondern wich langsam vor ihm zurück, dann wandte sie sich ab und gesellte sich zu dem Zauberer.

»Was ist mit dem Gefangenen?«, erkundigte sich Lhurian.

»Welchem Gefangenen?«, fragte Corwyn dagegen.

»Dun'ras Ruuhl. Er kennt den Palast von Crysalion und könnte uns Informationen geben, die für das Gelingen der Mission von Nutzen wären.«

Corwyns Zögern währte nur einen unmerklichen Augenblick. »Er ist nicht mehr am Leben«, sagte er dann.

»Was soll das heißen?«

»Er hat die Folter nicht überstanden«, antwortete der König und gab sich Mühe, dabei so gleichgültig wie möglich zu klingen.

»Du hast ihn foltern lassen?«, fragte Alannah entsetzt.

»Was hätte ich sonst tun sollen? Du bist ja nicht hier gewesen, um mich zu beraten, wie es deine Pflicht und Aufgabe gewesen wäre. Also tat ich das, was mir Erfolg versprechend schien – auch wenn es offenkundig die falsche Entscheidung war«, fügte er leiser hinzu.

»Offenkundig«, bestätigte sie. Noch einmal trafen sich ihre Blicke, ihrer war voller Vorwurf.

»Bleib«, bat Corwyn, und in diesem Augenblick war es nicht mehr der König, der sprach, sondern der Mann. »Ich brauche dich.«

»Lhurian auch«, gab sie zurück – und in diesem Moment begann die Luft um den Zauberer herum zu flimmern.

»Nein!«, rief Corwyn entsetzt und sprang auf sie zu, doch da flammte schon das grelle Licht auf, und der Schlund, der weite Räume im Bruchteil eines Augenblicks zu überbrücken vermochte, öffnete sich. Corwyn sah noch Alannahs Silhouette, im nächsten Moment war auch sie verschwunden.

Das Licht verblasste – zurück blieb ein von Kerzen schwach erhellter Thronsaal, der Corwyn noch nie so groß und leer erschienen war wie in diesem Augenblick.

Alannah war fort, seinem Bitten und Flehen zum Trotz – und er hatte ihr noch nicht einmal Glück gewünscht.

Gesenkten Hauptes stand er da.

Gedemütigt.

Geschlagen.

Aber nicht lange.

Denn dann wurde er sich der Krone bewusst, die auf seiner Stirn ruhte, der Macht, über die er als König von Tirgas Lan verfügte – und des Trumpfes, den er trotz allem noch in Händen hielt. Seine sehnige Gestalt straffte sich, und er atmete tief durch und ballte die Hände zu Fäusten. Dann winkte er Hauptmann Gergo zu sich heran, der nach Daras gewaltsamem Tod zum Kommandanten der Leibwache ernannt worden war.

»Ja, mein König?«, fragte Gergo und deutete eine Verbeugung an. Was er über den Streit dachte, dem seine Soldaten und er beigewohnt hatten, war ihm nicht anzusehen, und es stand ihm auch kein Urteil darüber zu. Aber Corwyn zweifelte nicht, dass die Garde im Zweifelsfall treu zu ihm gestanden hätte.

»Meine Berater sollen zu mir kommen«, befahl der König. »Der Kriegsrat soll zusammentreten, noch heute Nacht.«

»Zu Befehl, mein König«, erwiderte der Hauptmann und verbeugte sich abermals. Schon wollte er sich abwenden, um die Anweisung auszuführen, als er auf einmal zögerte. »M-mein König?«

»Ja, Gergo?«

»Darf ich Euch etwas fragen?«

Corwyn nickte. »Natürlich.«

»Wird es Krieg geben?«

»Ich fürchte ja, mein Freund. Wie es aussieht, haben wir uns wohl zu früh gefreut. Die Zeiten des Friedens sind noch nicht gekommen.«

»Aber gegen wen werden wir kämpfen, Herr? In ganz Erdwelt gibt es niemanden mehr, der ...«

»Dieser Krieg wird auch nicht in Erdwelt geführt«, erwiderte Corwyn bitter. »Das hoffe ich jedenfalls. Wir müssen ihn zu unseren Feinden tragen, um zu verhindern, dass er unsere Küste jemals erreicht.«

»Dann glaubt Ihr, was der Zauberer gesagt hat? Ihr wollt zu den Fernen Gestaden segeln?«

»Wie es aussieht, mein Freund«, sagte Corwyn leise, »haben wir wohl keine Wahl.«

»Niemand kennt den Weg dorthin«, wandte Gergo ein. »Wie wollt Ihr ...?«

»Kein *Mensch* kennt den Weg«, verbesserte Corwyn. »Die Elfen hingegen kennen ihn.«

»Aber die Königin hat uns verlassen«, wandte der Hauptmann ein und errötete, weil er befürchtete, in seiner Rede zu weit gegangen zu sein.

»Und?«, fragte der König.

»Sie war der letzte Spross der Elfen in Erdwelt, oder nicht?«

»Nein«, widersprach Corwyn, und ein wölfisches Lächeln spielte dabei um seinen Mund, das nicht recht zu seinen sonst so milden Zügen passen wollte, »einen gibt es noch ...«

25.

MOROR UR'OIRKIR UR'KLOGIONN'HAI

Wenn man es genau bedachte, so hatte sich ihre Situation nicht verbessert.

Wieder waren sie in Gefangenschaft geraten, wieder saßen sie in einem dunklen feuchten Loch, an dessen Wände sie gekettet waren, wieder knurrten ihnen die Mägen, wieder trugen sie nichts als stinkende Lumpen am Leibe, und wieder mussten Balbok und Rammar um ihr Leben bangen.

Der einzige Unterschied zu den Minen von Crysalion bestand darin, dass es diesmal nicht völlig durchgeknallte Schmalaugen waren, in deren Gewalt sich die Orks befanden, sondern Milchgesichter. Allerdings war dieser Unterschied rein theoretischer Natur. Denn die Piraten, in deren Gefangenschaft Balbok und Rammar geraten waren, erwiesen sich als kaum weniger verrückt, abartig und von Sinnen als die grauhäutigen Elfen.

Mit Ketten und Stöcken waren sie verprügelt worden, danach hatte man sie an Land gebracht und in dieses Kerkerloch geworfen. Wie die Brüder festgestellt hatten, waren die Inseln der Atolle sämtlich von Höhlen durchzogen, die den Seeräubern als Schlupfwinkel dienten – von riesigen Grotten, in denen sie ihre Beute anhäuften und bis spät in die Nacht zechten und grölten, bis hin zu dunklen Löchern, die wie geschaffen dazu waren, Gefangene verschwinden zu lassen.

Für immer, wie Rammar missmutig annahm.

»Da sind wir also wieder!« Er seufzte resignierend, während er schmollend auf dem Boden kauerte, ein grüner Fleischberg, das feiste Gesicht auf die Fäuste gestützt. »Und wie immer haben wir alles nur dir zu verdanken!«

»Mir?« Balbok starrte ihn fassungslos an. »Wieso das?«

»Jetzt spielst du wieder den Unwissenden!«, maulte Rammar. »Aber wer von uns beiden wollte denn unbedingt aus den Minen abhauen? Wer war es denn, der unserem Wärter die Rübe abgerissen hat, sodass wir gar nicht anders konnten, als zu verduften?«

»Ich«, gab Balbok unumwunden zu.

»Du«, bestätigte Rammar mit unverhohlenem Vorwurf in der Stimme. »Ich hab ja gleich gesagt, dass wir an Ort und Stelle hätten bleiben sollen. Aber nein, du unfassbarer *umbal* musstest ja unbedingt fliehen!«

»Aber du wolltest doch selber weg von der Insel«, brachte Balbok hilflos in Erinnerung, »und zurück in die Modermark.«

»In die Modermark, ja«, bestätigte Rammar und verdrehte die Augen. »Nur für den Fall, dass du es noch nicht gemerkt haben solltest, Hirntod – das hier ist nicht die Modermark! Du blöder Hund hast uns geradewegs von einer *shnorsh* in die nächste gerudert, in die Gesellschaft blutrünstiger Piraten, die sich wahrscheinlich gerade jetzt den Kopf darüber zerbrechen, ob sie uns bei lebendigem Leib häuten oder uns lieber vorher pfählen sollen.«

Er verstummte, um weiterzuschmollen, und in der Stille, die eintrat, waren ferne Stimmen zu vernehmen, die heiser ein Lied grölten.

»Hörst du das?«, schnappte Rammar. »Sie singen. Wo wir herkommen, sind es Orks, die singen und tanzen, ehe sie ihren Gefangenen das Fell über die Ohren ziehen. Nichts auf dieser verdammten Insel ist so, wie es sein sollte. Rein gar nichts!«

»A-aber dafür kann ich doch nichts«, klagte Balbok kleinlaut. Die erste Zeit ihrer Gefangenschaft hatte er noch damit zugebracht, wie von Sinnen an den Ketten zu zerren, bis ihm irgendwann klar geworden war, dass eher seine Arme reißen würden als das rostige Eisen. Seither stand er da, an die Mauer gelehnt und den Kopf gesenkt – ein Mahnmal der Dummheit, wie Rammar fand.

»Du kannst nichts dafür?«, schnappte der dicke Ork. »Wem haben wir es denn zu verdanken, dass wir überhaupt auf dieser verdammten Insel gestrandet sind?«

»Dir«, erwiderte Balbok in einem Anfall von Trotz.

»Was?« Rammar glaubte, nicht recht zu hören.

»Du wolltest dir unbedingt den Schatz von Kal Anar unter den Nagel reißen«, beharrte Balbok, dem die Konsequenzen seiner Worte in diesem Augenblick völlig gleichgültig waren. »Und es war auch nicht meine Idee, sondern deine, den armen Brarkor zu massakrieren und ein *kalumm* aus ihm zu bauen und ...«

»Aha«, unterbrach ihn Rammar, »von daher weht der Wind. Du trägst mir die Sache mit dem Rattenvieh immer noch nach. Und deshalb gibst du mir jetzt die Schuld an unserer Lage, ja?«

»*Korr*«, bestätigte Balbok, der sich so in Rage geredet hatte, dass sich seine Nüstern stoßweise blähten.

»Schön«, knurrte Rammar und wuchtete seine Leibesfülle ächzend auf die Beine. »Ich habe immer versucht, mit dir auszukommen. Ich habe auf dich aufgepasst und mir den *asar* für dich aufgerissen, und weil du nun mal ein Trollhirn hast, habe ich über manche Unverschämtheit hinweggesehen. Aber was zu viel ist, ist zu viel. Das Fass Blutbier ist voll, mein Freund!«

»Was du nicht sagst!«, polterte Balbok in seltener Aufsässigkeit. »Bei mir nämlich auch!«

»Ich habe dein dämliches Gequatsche satt!«, rief Rammar, »deinen treu-doofen Blick und deine lange Visage!«

»Und ich dein ständiges Augenrollen und dein Gejammer!«

»Ich jammere nicht!«

»Tust du wohl!«

»Nimm das zurück, Dummbold!«

»Niemals, Kugelork!«

»Dünnhirn!

»Selber Dünnhirn, du Fettgesicht!«

»Hohlschädel!«

»Doppelarsch!«

»Schmalhirn!«

»Gemüsefresser!«

Statt mit weiteren Beschimpfungen zu antworten, verfiel Rammar in wütendes Gebrüll, das einem *saobh* gefährlich nahe kam. Er konnte viel verkraften, aber das letzte Schimpfwort, das sein Bruder ihm an den Kopf geworfen hatte, zielte weit unter die Gürtellinie, denn es spielte darauf an, dass er – wohl als einziger Ork von ganz *sochgal* – kein Menschenfleisch mochte.

Ausgerechnet in diesem Augenblick, an diesem Ort und zu dieser Gelegenheit daran erinnert zu werden ließ Rammar sämtliche Hemmungen vergessen.

»Na warte!«, brüllte er, und seine Stimme überschlug sich dabei. »Dafür wirst du bezahlen! Ich reiße dir eigenhändig den Kopf von den Schultern, du widerwärtiger *shnorshor*!«

»Komm doch!«, forderte Balbok ihn auf. »Ich kann es kaum erwarten ...!«

Mit einem gellenden Kriegsschrei auf den Lippen setzte Rammar zum Angriff an. Das klobige Haupt gesenkt, schnellte er vor, um sich auf seinen Bruder zu stürzen, der ihn mit zu Fäusten geballten Pranken erwartete.

Weit kam er jedoch nicht.

Ehe er Balbok erreichte, spannten sich die Ketten, die der dicke Ork in seiner Rage ganz vergessen hatte, und Rammar plumpste auf seinen noch immer wunden *asar*.

»Komm her! Komm her!«, stieß er zwischen zusammengebissenen Zähnen hervor, während er sich mit dem ganzen Gewicht seines massigen Körpers gegen die eisernen Fesseln stemmte – jedoch vergeblich, die Ketten gaben um keinen Fingerbreit nach.

Balbok, nicht weniger in Rage, gab sein Bestes, um dem Wunsch seines Bruders nachzukommen. Auch er legte sich in die Ketten, die Zähne gefletscht und wild mit den Armen rudernd, was zwar furchterregend aussah, jedoch ebenfalls keinen Erfolg zeitigte. Mit aller Macht an ihren Fesseln zerrend, standen die Orks einander gegenüber, brüllten sich ihre Wut entgegen und erdolchten sich gegenseitig mit zornigen Blicken – der letzte *knum* leerer Luft, der sich zwischen ihnen befand, erwies sich jedoch als unüberwindbares Hindernis.

Immer wieder versuchten sie es, bespuckten sich gegenseitig, rissen an ihren Ketten, bis ihnen das Blut an Hand- und Fußgelenken herunterlief. Wie lange dieser Zustand andauerte, hätte anschließend keiner von ihnen zu sagen gewusst, und es war auch nicht eindeutig festzustellen, wem von beiden zuerst sowohl der Speichel als auch die Puste ausgingen.

Die Schimpfkanonaden ebbten ab und verstummten schließlich ganz, und stöhnend sanken beide Orks zu Boden. Im flackernden Fackelschein, der durch das Deckengitter der Kerkergrube fiel, hockten sie einander gegenüber.

Eine endlos scheinende Weile sprach keiner von ihnen ein Wort, und nur ihr heiserer Atem und das ferne Gegröle der Piraten waren zu hören. Irgendwann fasste sich Balbok ein Herz und brach als Erster das Schweigen.

»Rammar?«

»Was willst du?«

»Darf ich dich was fragen?«

»Wenn du wissen willst, ob ich dir den Kopf abgerissen hätte, wenn ich ihn nur zwischen die Finger gekriegt hätte – die Antwort lautet Ja. Ich hätte es getan!«

»Das meine ich nicht.« Balbok schüttelte den Kopf.

»Sondern?«

»Als wir draußen auf See waren, kurz nachdem unser Boot getroffen wurde ...«

»Was soll da gewesen sein?«

»Da hast du was gesagt«, erinnerte ihn Balbok mit leiser Stimme. »Du hast gesagt, dass es dir leidtut ...«

»Das soll ich gesagt haben? Das glaubst du doch selber nicht.«

»Ich habe es aber gehört«, beharrte der Hagere.

»Ich dachte, du warst bewusstlos?«

»Da bin ich gerade aufgewacht«, sagte Balbok. »Und ich weiß, was ich gehört habe.«

»Und?«

»Wie hast du das gemeint, dass es dir leidtut?«

»Was soll ich schon damit gemeint haben?«, schnarrte Rammar. »Dass ich es bedaure, einen *umbal* wie dich zum Bruder zu haben. Das habe ich damit gemeint!«

»Aber ich dachte immer, ein Ork kennt kein Bedauern«, wandte Balbok ein. »Dass er sich nie entschuldigt und ohne Reue durchs Leben geht und ...«

»Dreh mir gefälligst nicht das Wort im Maul herum! Ich war völlig entkräftet und kurz vor dem Ertrinken – und das alles nur, weil du dir mit meiner Rettung ewig Zeit gelassen hast. Und jetzt sitzt du da und wirfst mir Dinge vor, die ich gesagt haben soll, als mir bereits die Sinne schwanden. Das sieht dir mal wieder ähnlich!«

»Ach so«, sagte Balbok. »Und ich dachte ...«

»Was dachtest du?«

»Dass es dir leidtut, was du mit *brarkor* angestellt hast.«

»Soll das ein Witz sein?«, rief Rammar. »Einer Ratte wegen soll ich ein solches Geschrei veranstaltet haben?«

»Korr.«

»Da hast du dich aber gründlich geschnitten, Langer. Und weißt du auch, wieso?«

»Karsok?«

»Sehr einfach – weil wir Orks kein Gewissen haben, verstehst du? Anders als Menschen und Elfen sind wir nicht in der Lage, Recht von Unrecht zu unterscheiden, deshalb empfinden wir auch keine Reue. Das Gewissen ist eine Erfindung der Schmalaugen; sollen sie sich damit rumschlagen. Wir Orks haben so was nicht, und darauf sind wir stolz. Denn eins ist ganz sicher: Man lebt besser ohne Gewissen.«

»Meinst du?«

»Allerdings. Nimm nur unseren Streit: Wären wir Menschen, hätten wir jetzt ein schlechtes Gewissen, das uns dazu treiben würde, zuzugeben, dass wir beide Fehler gemacht haben. Wir würden heulen wie ein kastrierter Warg, uns in den Armen liegen und uns wieder vertragen. Eine grässliche Vorstellung, oder?«

»Grässlich«, stimmte Balbok zu.

»Wir Orks können von Glück sagen, dass wir kein Gewissen haben – auf diese Weise können wir uns beschimpfen und hassen und uns gegenseitig an die Gurgel gehen, so lange wir wollen. Richtig, Balbok?«

»Verdammt richtig, Rammar«, stimmte der Hagere zu und sagte sich einmal mehr, um wie vieles überlegener die Rasse der Orks allen übrigen Völkern von Erdwelt doch war.

»He, was ist das?«, fragte Rammar, dessen große, waagerecht von seinem Schädel abstehende Ohren sich plötzlich aufgerichtet hatten. »Da kommt jemand!«

Auch Balbok hatte sie gehört – knirschende Schritte auf feuchtem Stein, die sich näherten. Tatsächlich tauchten schon im nächsten Moment mehrere abenteuerlich aussehende, bis an die Zähne bewaffnete Gestalten oberhalb des Gitters auf, das das Kerkerloch bedeckte.

»Na?«, fragte einer der Piraten grinsend. »Wie geht's euch denn dort unten?«

»Bestens«, rief Rammar trotzig zurück.

»Warum kommt ihr nicht runter?«, fügte Balbok mit verwegenem Grinsen hinzu. »Ich habe Hunger!«

»Das Tönespucken wird euch noch vergehen«, versicherte der Seeräuber. »Kapitän Cassaro will euch sehen.«

»Schön für ihn – vielleicht wollen wir ihn aber nicht sehen.«

»Genug gequatscht, Fettsack!«, rief der Pirat, während seine Kumpane das Gitter öffneten und eine aus Ketten und Eisenstangen bestehende Strickleiter herabließen – ihre Vorgängerin aus Holz und Stricken hatte sich verabschiedet, als Rammar in die Grube gestiegen war. »Kommt hoch, ehe wir das Loch mit Wasser volllaufen und euch jämmerlich ersaufen lassen!«

Rammar verkniff sich weiteren Widerspruch. Ein Schlüssel wurde herabgeworfen, mit dem sich die Orks von den Ketten befreien konnten, dann kletterten sie nacheinander hinauf. Kaum waren sie oben, bekamen sie neue Hand- und Fußschellen verpasst.

Von einem Dutzend schwer bewaffneter Seeräuber bewacht, wurden die Orks durch ein wahres Labyrinth von Höhlen geführt, die nicht nur von Fackelschein, sondern hin und wieder auch von Tageslicht erhellt wurden, das durch senkrechte Schächte einfiel und von blassem Rot war, weil es draußen bereits dämmerte.

Der Gesang, den sie schon in ihrem Verlies gehört hatten, wurde allmählich lauter – offenbar näherten sie sich der Quelle des Gegröles, das in den Ohren eines Orks einfach grässlich klang. Unholde – wenn sie überhaupt einmal sangen – bevorzugten atonale Melodien, die sich ein wenig so anhörten, wie wenn man mit den Fingernägeln über rostiges Eisenblech kratzte.

Eine Labsal für die Ohren ...

Der Stollen endete in einer Grotte, deren Größe die Orks überraschte. Ein riesiges Gewölbe erstreckte sich vor ihnen, dessen schräge Wände von unzähligen Terrassen und Vorsprüngen übersät waren. Von der Decke hingen lange Tropfsteine, und an einige davon waren Skelette gekettet. Myriaden winziger Krabben wimmelten unter der gewölbten Decke. Wahrscheinlich hatten sie den Angeketteten das Fleisch von den Knochen gefressen.

Die Halle erinnerte die Orks mit ihren ansteigenden Rängen ein wenig an eine Arena. Sie war mit Unrat übersät, und überall auf den Vorsprüngen und Terrassen stapelten sich leere Kisten und Fässer, auf denen Piraten hockten. Die Männer hielten riesige Bierkrüge in den Händen, mit denen sie einander lautstark zuprosteten, ehe sie den Inhalt in wilder Gier hinunterstürzten, um dann wieder in jenen scheußlichen Gesang zu verfallen, der die Ohren der Orks malträtierte.

Der Boden in der Mitte des von Fackeln beleuchteten Runds war mit Holzplanken belegt, die, wie Rammar annahm, von erbeuteten Schiffen stammten. Die Stirnseite wurde vom Heckspiegel eines Elfenschiffs eingenommen, über dem ein hoher, mit Gold und funkelnden Edelsteinen besetzter Sitz angebracht war. Darauf thronte ein blasshäutiger, glatzköpfiger Mensch, der offenbar schon lange kein Tageslicht mehr zu Gesicht bekommen hatte und dessen Leibesfülle sich durchaus mit der von Rammar messen konnte.

Balbok und Rammar hegten keinen Zweifel daran, dass dies Cassaro war, der Herrscher der Schädelküste – und das Oberhaupt der Piraten ...

Obwohl es sich um einen Menschen handelte, bot Cassaro einen eindrucksvollen Anblick. Er trug eine weite scharlachrote Robe, die von einem breiten Ledergürtel zusammengehalten wurde. Daran waren Schrumpfköpfe befestigt, ähnlich denen, die Orks von ihren gefallenen Helden anzufertigen pflegten – mit dem Unterschied, dass diese von Elfen stammten. Die Hände und halbnackten Arme des Piratenhäuptlings wurden von goldenen Ringen und Spangen geziert, und in den Ohren, die vom kahlen Haupt abstanden, steckten ebenfalls goldene Ringe. Die kleinen Augen des Seeräubers blitzten in kalter Mordlust, während er die Orks betrachtete, und als er den Mund aufmachte und dabei zwei Reihen goldener Zähne entblößte, verstummte der Gesang der Piraten mit einem Mal, und eisiges Schweigen kehrte ein.

»Aha«, sagte Cassaro mit dunkler Stimme, während er spöttisch auf die Gefangenen herabblickte, »das sind also die beiden Orks, von denen man mir erzählt hat. Aussehen tut ihr beiden ja ziemlich gewöhnlich, das muss ich sagen.«

Rammar und Balbok tauschten einen Blick. Was, bei Hiruls Schädel, wollte der Piratenkönig damit sagen?

»Meine Männer haben mir berichtet, dass ihr anders seid als gewöhnliche Orks«, fuhr Cassaro fort. »Nicht diese Weichlinge, die man zum Steineklopfen schickt, weil sie zu nichts anderem taugen ...«

»Das stimmt«, pflichtete Balbok bei, zum Entsetzen seines Bruders, der es vorzog zu schweigen. »Wir gehören nicht zu diesen *lus-irk'hai*, sondern sind Orks aus echtem Tod und Horn, wenn du verstehst, was das bedeutet.«

»Aus echtem Tod und Horn?« Der Pirat hob eine Braue, während es in seinen Augen noch ein wenig kälter blitzte – und Rammar hielt den Zeitpunkt für gekommen, einzugreifen.

»Hört nicht auf ihn, großer Piratenkönig«, sagte er schnell und senkte demütig das Haupt. »Wir sind gewöhnliche Orks, nicht besser oder schlechter als andere. Kein Grund, uns aus der Masse herauszuheben oder gar gefangen zu halten.«

»Wirklich nicht?« Cassaro schien enttäuscht.

»Auf keinen Fall.« Rammar schüttelte den Kopf. »Ihr werdet nicht mehr und nicht weniger an uns finden als an jedem anderen Unhold auf der Insel, das versichere ich Euch!«

»Aber Rammar ...«, wandte Balbok entgeistert ein.

»Wirst du wohl das Maul halten!«, zischte sein Bruder ihm zu. »Du wirst uns noch in Kuruls Grube bringen mit deinem Gequatsche!«

»Na schön«, meinte der Piratenkönig und machte eine wedelnde Handbewegung. »Dann bringt die beiden weg. Werft sie den Haien zum Fraß vor oder gebt sie den Krabben, aber schafft sie mir rasch aus den Augen. Sie langweilen mich.«

»Aye, Käpt'n«, bestätigte der Anführer des Trupps, der die Orks aus ihrem Gefängnis geholt hatte. Er wollte seinen

Männern soeben den Befehl geben, die Gefangenen abzuführen – als Rammar in wüstes Gebrüll verfiel.

Jäh war ihm aufgegangen, dass nicht etwa sein Bruder, sondern er selbst es war, der sie gefährlich nahe an den Rand von Kuruls Grube gebracht hatte, und ihm war klar geworden, dass es nur einen Weg gab, zumindest noch ein wenig länger am Leben zu bleiben – indem er den wilden Ork spielte!

Mit den Augen rollend und die Zähne fletschend, hieb er wütend um sich und trieb seine Bewacher zurück, sowohl zu Balboks als auch zu Kapitän Cassaros heller Freude.

»Sieh an«, rief das Oberhaupt der Piraten von seinem hohen Sitz herab, »wie es aussieht, habe ich euch wohl unterschätzt!«

»Das hast du«, bestätigte Rammar beflissen, »und wenn du nicht dort oben sitzen würdest, hätte ich dir schon längst die Nase aus dem Gesicht gebissen, Mensch!«

Die Wächter zuckten zusammen, ebenso wie die Piraten, die rings auf den Rängen kauerten und die Geschehnisse schweigend verfolgten. Aller Blicke richteten sich nervös auf ihr Oberhaupt, und Rammar fragte sich schon, ob er vielleicht ein wenig zu weit gegangen war und zu dick aufgetragen hatte. Aber plötzlich zog sich Cassaros Mund in die Breite, und zu aller Verblüffung verfiel der Piratenhäuptling in schallendes Gelächter.

»Sollen wir sie jetzt den Haien vorwerfen, Käpt'n?«, erkundigte sich der Anführer des Wachtrupps.

»Um nichts in der Welt«, wehrte Cassaro ab, den Rammars Wutausbruch glänzend zu amüsieren schien. »Hast du vielleicht noch mehr Drohungen parat, Ork?«

»Aber ja«, versicherte Rammar schnaubend. »Wie würde es dir gefallen, dein Gesicht in deinem *asar* wiederzufinden? Oder soll ich dir lieber ein paar hübsche Knoten in deine Beine machen? Einen *shnorshor* wie dich rauche ich in der *phoib*. Gib mir nur einen *saparak*, und ich werde dir eine neue Visage schnitzen, so wahr ich Rammar der schrecklich Rasende bin!«

»Und ich bin Balbok«, fügte sein Bruder nicht weniger grimmig hinzu, während er furchterregend mit den Augen rollte, »der ungemein Brutale, Bezwinger von Graishak und Stammvater der Amazonen, Held von Kal Anar und ...«

»Schon gut, es reicht«, raunte Rammar ihm zu und versetzte ihm einen harten Rippenstoß. »Bist du ein Zwerg, dass du ihm gleich deine ganze Saga erzählen musst?«

»*Douk*, ich dachte nur ...«

Balbok unterbrach sich, weil Kapitän Cassaro erneut in schallendes Gelächter verfiel und sich wiederum trefflich zu amüsieren schien – auf Kosten der Orks, wie Rammar verunsichert feststellte.

»Was ist so komisch?«, erkundigte er sich.

»Ihr«, antwortete Cassaro rundheraus. »In all den Jahren habe ich nach einem Unhold gesucht, wie er in der Überlieferung beschrieben wird: grün, grässlich und grausam. Aber alles, was ich fand, waren verweichlichte Memmen.«

»Ich weiß«, sagte Rammar und machte eine wegwerfende Handbewegung, während er seine alten Feindbilder bemühte. »*Ochgurash'hai* sind das. Einer wie der andere.«

»Aber ihr seid anders«, stellte Cassaro fest. »Verkommen und niederträchtig, so wie Orks unserer Überlieferung nach sein sollten.«

»Das will ich meinen«, versicherte Balbok und warf sich stolz in die Brust, hocherfreut darüber, dass der Mensch die Vorzüge eines Orks aus echtem Tod und Horn zu schätzen wusste. »Auf der ganzen Insel werdet Ihr keine verkommeneren und niederträchtigeren Kreaturen finden als uns.«

»Ausgezeichnet.« Cassaro rieb sich die beringten Hände. »Und wer von euch beiden ist nun der bösere Ork?«

»Das bin ich!«, verkündete Rammar. »Ohne jeden Zweifel!«

»Woher willst du das wissen?«, fragte Balbok.

»Ich weiß es einfach, *korr*?«

»*Douk.*« Der Hagere schüttelte den Kopf. »Ich bin mindestens ebenso böse wie du.«

»Lächerlich.«

»Ach ja?« Balbok warf sich in die Brust. »Immerhin fresse ich Menschenfleisch – im Gegensatz zu einem gewissen anderen Ork!«

»Na warte!« Rammars Schweinsäuglein verengten sich zu Schlitzen, was selten ein gutes Zeichen war. Vorhin mochten ihn die Ketten daran gehindert haben, seinem Bruder das große Maul zu stopfen – nun hatte er (zumindest vergleichsweise) freie Klaue. Einen Augenblick lang überlegte er, wie er es Balbok heimzahlen könnte. Dann hob er den rechten Fuß und stampfte auf dessen rechten Zeh.

Ein Stöhnen entrang sich Balboks Kehle, das Rammar mit einem schadenfrohen Kichern quittierte. Allerdings nicht lange. Denn im nächsten Moment zuckte ein Krallenfinger des hageren Orks vor und stach Rammar geradewegs ins Auge.

»*Shnorsh!* Bist du verrückt geworden?«, schrie der, während es diesmal Balbok war, der hämisch feixte.

Rammar war nicht gewillt, das auf sich sitzen zu lassen. Er holte aus und trat mit aller Kraft zu, geradewegs gegen Balboks Schienbein. Und während sich sein Bruder stöhnend krümmte, lachte Rammar noch nicht einmal, sondern nickte nur in grimmiger Zufriedenheit.

Auch dieser Triumph war natürlich nicht von langer Dauer. Denn kaum hatte sich Balbok vom ersten Schmerz erholt, schnellte seine Pranke erneut vor, packte Rammars Ohr und riss mit Gewalt daran. Der dicke Ork, der überzeugt gewesen war, dass sein Bruder es nicht wagen würde, zu einem weiteren Gegenschlag auszuholen, verfiel in wüste Verwünschungen, ehe er unerwartet nach vorn pendelte und Balbok mit der Stirn einen harten Stoß vor die Brust versetzte. Der Hagere revanchierte sich, indem er sich ebenfalls vorbeugte – und Rammar in die Nase biss, dass das Blut in hohem Bogen spritzte.

Cassaro lachte dröhnend, während Rammar in ein jämmerliches Jaulen verfiel. »Nun gut«, meinte er, »wenn ihr euch nicht einigen könnt, werfen wir euch eben beide in den Pfuhl.«

Rammar unterbrach sein Lamento. »In welchen Pfuhl?«

»Das wirst du gleich sehen«, beschied ihm der Piratenkönig, während sich einige seiner Leute daranmachten, eine große Falltür zu öffnen, die in die Bodenplanken eingelassen war. »Aber ich erwarte, dass ihr uns eine gute Vorstellung liefert, habt ihr verstanden? Nicht wie die anderen Unholde, die wir hier hatten. Eure kleine Darbietung hat hohe Erwartungen geweckt, nicht wahr, Männer?«

»Aye, Käpt'n!«, scholl es aus dem weiten Rund zurück, dass die Tropfsteine an der Decke zu wackeln schienen – und Rammar begriff, dass er zumindest dieses eine Mal Balbok hätte den Vortritt lassen sollen ...

»Aber das ist ein Irrtum«, beeilte er sich zu versichern, während sie von den Wachen ergriffen und abgeführt wurden – dorthin, wo die offene Falltür klaffte. »Mein Bruder ist der Ork in der Familie, nicht ich. Bisweilen fühle ich mich sogar wie ein richtiger *ochgurash* ...«

»Ist das wahr?«, fragte Balbok erstaunt. »Ehrlich, Rammar, das hätte ich nicht von dir gedacht.«

»Blödhirn!«, zischte sein Bruder halblaut. »Natürlich bin ich kein *ochgurash*. Wäre ja noch schöner!«

»Nein?« Balboks bekümmerter Blick verriet, dass er sich um Rammars Geisteszustand sorgte. »Aber eben sagtest du doch ...«

»Hinein mit ihnen!«, verlangte Cassaro von seinem hohen Sitz herab. »Halla wird schon wissen, was sie mit den beiden anzufangen hat.«

»H-halla?«, fragte Rammar.

»Das Ungeheuer, das hier sein Unwesen treibt, seit es vor langer Zeit von jenseits des großen Wassers hierhergelangte. Es lauert in der Tiefe und wartet nur auf zwei so lohnende Happen wie euch.«

»Aber es gibt doch gar kein Ungeheuer«, wandte Rammar ein.

»Dann sag ihm das, wenn du es siehst«, beschied ihm der Piratenhäuptling grinsend. »Ich fürchte nur, die alte Halla wird dir nicht glauben!«

Rammars Borsten stellten sich zu Berge, während sein Bruder und er zu dem Schacht bugsiert wurden, gegen ihren Willen und sich mit aller Kraft wehrend. Da sie jedoch beide gefesselt waren und über keine Waffen verfügten, erwies sich dieses Unterfangen als herzlich aussichtslos.

Schon im nächsten Augenblick starrten sie in den Abgrund. Zuerst konnten sie in der Dunkelheit, die in der Tiefe des Schachts herrschte, nichts erkennen – aber dann sahen sie zu ihrem Entsetzen, dass sich weit unten etwas im brackig grünen Wasser bewegte. Etwas, das riesig groß war, sich wand und ringelte und zahlreiche von Saugnäpfen besetzte Tentakel hatte.

Die Orks wechselten einen Blick – und plötzlich waren sie sich wieder einig.

»*Shnorsh*«, sagten beide wie mit einer Stimme.

26.
KUNNART DOCHG

Corwyns Puls raste, und sein Atem ging wild und stoßweise wie der eines wütenden Stiers, während er sich hinab in die kalten, feuchten Katakomben der Zitadelle von Tirgas Lan begab.

Eigentlich hatte er vorgehabt, den Dunkelelfen nicht wieder aufzusuchen. Er wollte sich von seinen fortwährenden Lügen und Unverschämtheiten nicht noch einmal verwirren lassen. Aber die jüngsten Ereignisse hatten dem König klargemacht, dass Dun'ras Ruuhl zumindest in einer Hinsicht die Wahrheit gesagt hatte.

Ruuhl hatte vorausgesagt, dass Alannah zwar zu Corwyn zurückkehren, ihn jedoch schon kurz darauf wieder verlassen würde, und so sehr Corwyn es hasste, es sich einzugestehen – Ruuhl hatte recht behalten.

Alannah war fort, obwohl er sie inständig gebeten hatte zu bleiben, und sie hatte ihm noch nicht einmal den genauen Grund dafür genannt. Dieser fremde Zauberer, Granock oder wie immer er sich nennen mochte, hatte irgendetwas mit ihr angestellt. Die Königin wirkte verändert und verstört, schien nicht mehr Herrin ihrer selbst zu sein. Zu gern hätte Corwyn ihr geholfen, aber wie konnte er das, wenn sie ihn aus ihrem Herzen ausschloss?

Dem Zauberer hingegen hatte sie sich offenbar voll und ganz anvertraut, und Corwyn konnte nicht anders, als Groll zu empfinden gegen den Alten, der so unvermittelt in sein Leben getreten war und es auf den Kopf gestellt hatte. Alles war in Ordnung gewesen, bevor Granock eingetroffen war.

Der Krieg gegen Kal Anar war beendet und das Reich befriedet, und Corwyn hatte sich auf friedliche Tage gefreut.

Doch diese waren in weite Ferne gerückt.

Der dreimal verfluchte Zauberer hatte Alannahs Geist verwirrt. Außerdem schien zwischen den beiden etwas zu sein, das Corwyn nicht durchschaute, unsichtbare Bande, deren Ursprung er nicht zu ergründen vermochte. Noch schlimmer und verletzender jedoch war eine andere Einsicht, die Corwyn in seiner Bitterkeit gewonnen hatte – nämlich dass die Verbindung zwischen Alannah und dem alten Zauberer tiefer und inniger war als alles, was je zwischen König und Königin gewesen war.

Woher rührte diese Verbindung? Reichte sie tatsächlich, wie Dun'ras Ruuhl behauptete, weit in die Vergangenheit zurück? Wieso hatte Alannah ihm dann nie etwas davon erzählt?

Hegte sie Geheimnisse vor ihm? Hatte es tatsächlich schon andere gegeben, die sie »ihre Königin« genannt hatten? Gab es eine Vergangenheit, die sie ihm aus gutem Grund verschwieg?

Corwyn kam sich getäuscht und betrogen vor, aber ein Teil von ihm hielt dennoch an Alannah und seiner Liebe zu ihr fest. Was er brauchte, war Gewissheit – und die konnte er nur auf einem Weg erhalten ...

Er folgte dem von Fackeln beleuchteten Stollen bis zu einer Kerkerzelle, vor der mehrere Wachen postiert waren. Als sie den König kommen sahen, nahmen sie Haltung an, und Corwyn wies sie an, die rostige Eisentür aufzuschließen.

Knirschend drehte sich der Schlüssel, mit hässlichem Krächzen schwang die Tür auf und gab den Blick in eine winzige Zelle frei, die diese Bezeichnung eigentlich nicht verdiente. Es war mehr ein dunkles Loch, an dessen Rückwand eine hagere Gestalt gekettet war, die mit ihrer grauen Haut und ihrer pechschwarzen Kleidung im Halbdunkel des Kerkers kaum auszumachen war.

»Ruuhl?«, fragte Corwyn.

Die dunkle Gestalt regte sich. Das Haupt, von dem das Haar in feuchten Strähnen herabhing, wurde angehoben, und ein zorniges Augenpaar funkelte Corwyn an.

»Was willst du, falscher König?«, fragte Ruuhl mit schwacher Stimme. Zum Lohn für seine Unverschämtheit hatte Corwyn ihn auf eine Tagesration Wasser und Brot setzen lassen.

»Dir etwas mitteilen.«

»Tatsächlich?«

»Du wirst dein Leben behalten, Dunkelelf«, kündigte Corwyn an. »Aber betrachte es nicht als Geschenk, sondern allenfalls als Leihgabe, hast du verstanden?«

»Gewiss, gewiss ...« Ruuhl lachte kehlig. »Ist es erlaubt zu fragen, was diesen Gesinnungswandel herbeigeführt hat?«

»Ich werde eine Kriegsflotte ausrüsten«, gab Corwyn bekannt. »Zehn Schiffe, die von Tirgas Dun aus in See stechen werden – und du, Dun'ras Ruuhl, wirst unser Führer sein.«

»Euer Führer wohin?«

»Zu den Fernen Gestaden!«

Wenn der Dunkelelf überrascht war, so ließ er es sich nicht anmerken. »Sieh an«, sagte er nur. »Du hast deine Meinung also geändert.«

»Sonst wäre ich wohl kaum hier.«

»Und aus welchem Grund?«

»Das geht dich nichts an.«

»So barsch und abweisend?« Trotz der misslichen Lage, in der er sich befand, schnalzte Ruuhl mitleidig mit der Zunge. »Ich fürchte, falscher König, du wirst dich in meiner Gegenwart eines anderen Tones befleißigen müssen, wenn du meine Hilfe willst.«

»Komm mir nicht so«, entgegnete Corwyn ungerührt. »Du willst ebenso sehr zu den Fernen Gestaden wie ich, vielleicht sogar noch mehr. Also tu nicht so, als müsstest du dich dazu überwinden.«

»Ich will zurück, das ist wahr«, gab der Dunkelelf grinsend zu, »aber nicht um jeden Preis. Wenn ich es tue, dann nicht als dein Gefangener.«

»Sondern?«

»Als dein Verbündeter und Freund«, erwiderte Ruuhl, und in Corwyns Ohren hörte es sich an wie das Zischeln einer Schlange. »Ich biete dir meine Dienste an, König von Tirgas Lan. Sei klug und nimm sie an, solange noch Zeit dazu ist.«

Corwyn brauchte einen Moment, um so viel Dreistigkeit zu verdauen. Dann lachte er spöttisch auf. »Ist das dein Ernst?«

»Ganz gewiss.«

»Dann bist du noch viel verrückter, als ich dachte. Ich brauche deine Freundschaft nicht, Dunkelelf. Und um ehrlich zu sein: Ich will sie auch nicht.«

»So wenig wie ich die deine«, hielt Ruuhl dagegen. »Jedoch muss man seinen Zielen zuliebe bisweilen bestimmte Allianzen eingehen, nicht wahr? Ich will zu den Fernen Gestaden, zurück zu meinem Herrscher – du willst dorthin, um deiner verlorenen Liebe nachzuspüren …«

»Alannah ist nicht verloren«, stellte Corwyn wütend klar – und im nächsten Moment wurde ihm bewusst, dass er damit mehr verraten hatte, als er hatte sagen wollen.

»Aber natürlich nicht.« Der Dunkelelf lachte leise. »Ich hatte recht, nicht wahr? Sie ist tatsächlich zu dir zurückgekehrt, aber schon kurz darauf hat sie dich wieder verlassen. Der Zauberer hat sie gezwungen, sie zu begleiten, richtig? Sie ist ihm nicht aus freien Stücken gefolgt, sondern weil sie keine Wahl hatte. Ich verstehe …«

Obwohl seine Worte vor Sarkasmus trieften und Corwyn nur zu klar war, was sie bewirken sollten, konnte er sich ihrer Wirkung nicht entziehen. Wäre es tatsächlich so gewesen, wie Ruuhl sagte, wäre alles einfacher gewesen.

Corwyn war nicht geübt in Ränkeschmieden. Er war ein Mann, der lieber handelte als nachdachte und der es gewohnt war, offen auszusprechen, was in seinem Kopf vorging. Wenn es um Strategien ging oder um ausgefeilte Pläne, war Alannah ihm um einiges überlegen.

Es hatte eine Zeit gegeben, da hatte er dies an ihr bewundert. Doch inzwischen hatte er den Eindruck, dass sie genau diese Fähigkeiten gegen ihn ausspielte ...

»Du bist so einfach zu durchschauen, Menschenkönig«, sagte Dun'ras Ruuhl. »Deine Enttäuschung und dein verletzter Stolz sind dir anzusehen. Immerzu fragst du dich: Wie hat sie mir das nur antun können? Wie konnte sie mich nur so enttäuschen? Und ich will dir etwas verraten, Menschenkönig: Deine Sorgen sind durchaus berechtigt.«

Es gelang Corwyn nicht, sein Erschrecken ganz zu verbergen, worauf Ruuhl abermals lachte. »Du kennst Alannah nicht so gut, wie ich sie kenne. Und du weißt nichts von ihrem Vorleben.«

»Welches Vorleben?«, fragte Corwyn mit belegter Stimme. »Verrate mir endlich, was du weißt!«

»Als dein Gefangener?« Ruuhl richtete sich halb auf, sodass die Ketten um seine Hand- und Fußgelenke klirrten. »Niemals, falscher König! Wenn ich dir helfen und dein Heer zu den Fernen Gestaden führen soll, dann nur als dein Verbündeter.«

Er brachte es fertig, trotz der schweren Ketten seine Hand auszustrecken und sie Corwyn hinzuhalten. Der starrte auf die knochige graue Rechte und war sichtlich hin- und hergerissen.

Was sollte er tun? Den Grundsätzen treu bleiben, denen er sich als König von Tirgas Lan verpflichtet hatte? Das hieße, das Angebot des Feindes auszuschlagen und somit vielleicht zum zweiten Mal in seinem Leben eine große Liebe zu verlieren. Erneut in den Abgrund aus Verzweiflung und Selbsthass zu stürzen, aus dem er diesmal wohl nicht mehr entkommen würde. Oder sollte er eine Allianz eingehen, die zwar seinen Prinzipien zuwiderlief, ihm jedoch Alannah zurückbringen konnte?

Die Verlockung war groß. Zu groß für einen Mann wie Corwyn. Er redete sich ein, dass er immer noch König wäre und die Macht in Händen hielte. Dass das Bündnis mit Dun'ras Ruuhl ja schließlich nicht von langer Dauer sein würde und er es jederzeit beenden konnte. Und dass er, selbst wenn er sich Ruuhls Forderung zum Schein beugte, noch immer Herr seiner Entscheidungen war.

Doch im Grunde wusste Corwyn, dass er mit all diesen Argumenten in Wahrheit nur sein Gewissen beruhigen wollte. Denn der Pakt, den er zu schließen im Begriff war, war kein gewöhnliches Bündnis.

Es war ein Bündnis mit dem Bösen ...

Aber er hatte bereits einen Gefangenen zu Tode foltern lassen. Folgte er also nicht längst dem Pfad der Dunkelheit?

»Also gut, wie du willst«, erklärte er mit fester Stimme, trat vor und ergriff die knochige Rechte. »Wir sind also Verbündete. Aber ich warne dich, Dunkelelf: Solltest du den Versuch wagen, mich zu hintergehen, wird es dir schlecht bekommen. Die Liebe zu meiner Königin hat mich einmal davon abgehalten, dir die Kehle durchzuschneiden – das nächste Mal hast du weniger Glück.«

»Das ist mir klar«, erwiderte Ruuhl breit grinsend.

»Was ist so komisch?«, wollte Corwyn wissen.

»Hast du es nicht bemerkt? Was du gerade gesagt hast?«

»Was soll ich gesagt haben?«

Der Dunkelelf blickte ihn unverwandt an. »Dass es das nächste Mal vielleicht keine Liebe mehr geben wird, die dich davon abhält, einen feigen Mord zu begehen.«

Während der König nur dastand und nichts zu erwidern wusste, wurde Dun'ras Ruuhls Grinsen noch breiter.

27.

UCHL-BHUURZ

»Rammar! Vorsicht …!«

Balboks gellender Schrei hallte von den senkrecht abfallenden Wänden des Schachts wider, in den man die Orks kurzerhand gestürzt hatte. Während Balbok ins brackig grüne Wasser gefallen war, hatte sich Rammar auf schleimig schwarzer Haut wiedergefunden, umgeben von Dutzenden kleiner und großer Tentakel, die nach ihm tasteten – und im nächsten Moment war ein wilder Kampf ums Überleben entbrannt …

Auf den Zuruf seines Bruders hin fuhr Rammar herum, jedoch zu spät, um dem riesigen Greifarm auszuweichen, der blitzschnell heranpeitschte, sich um seine ausladende Leibesmitte schlang und mit aller Kraft zuzog.

»Örg!«

Ein heiserer Würgelaut entrang sich Rammars Kehle, und seine Augen quollen aus den Höhlen, während er das Gefühl hatte, seine Eingeweide würden zerquetscht. Mühsam nach Atem ringend, hörte der Ork seine Rippen knacken, während er gleichzeitig von unwiderstehlicher Kraft emporgerissen wurde.

Seiner rechthaberischen Art entsprechend, hasste es Rammar, einen Irrtum zugeben zu müssen – in diesem Fall jedoch hatte er keine Wahl: Es gab dieses *uchl-bhuurz*, das in der Tiefe der Felseninsel hauste, daran konnte nicht mehr der geringste Zweifel bestehen!

Welche Form das riesige Ding hatte, dessen Körper allein an die zwei oder drei Orklängen maß, war nicht festzustellen, zum einen deshalb, weil es im Wasser lag, zum anderen, weil Halla – so hatte Kapitän Cassaro das Ungeheuer genannt – sich fortwährend bewegte. Für Rammar sah es aus wie ein riesiger schwarzbrauner Trollfladen mit einer Unzahl Tentakeln an den Rändern, großen und kleinen, dicken und dünnen. Die Innenseiten waren mit weißlichen Saugnäpfen übersät, deren Berührung höllisch schmerzte. Während der dicke Ork hoch in die Luft gewirbelt wurde, hatte er das Gefühl, bei lebendigem Leib auseinandergesägt zu werden – sein Geschrei war dementsprechend.

Ein wenig hilflos sah Balbok zu, was seinem Bruder widerfuhr. Im brackigen, von grünen Schlieren durchzogenen Wasser schwimmend, war es ihm bislang gelungen, den Tentakeln des Ungeheuers auszuweichen, zumal sich Halla zunächst auf Rammar zu konzentrieren schien, der fraglos der fettere und lohnendere Brocken war (auch wenn er das vermutlich bestritten hätte).

Rammar wurde mal hinauf- und dann wieder heruntergerissen, mal hin und mal her. Mehrmals prallte er dabei gegen die Wände des Schachts, worauf sein Geschrei jeweils kurz verstummte, um dann jedes Mal umso lauter und panischer aufzugellen.

»Baaalboook!«, hörte man ihn bis hinauf zum Schachtrand brüllen, wo sich Cassaro und seine Leute versammelt hatten und grinsend auf das Spektakel hinabblickten. »Tuuuu etwaaas ...!«

Zu gern wäre Balbok dem Hilferuf seines Bruders gefolgt, aber ihm waren die Hände gebunden – und das im wahrsten Sinn des Wortes. Denn zwar hatte man den Orks die Fußfesseln abgenommen, die Handschellen aber belassen, und so konnte Balbok seine Krallen nicht so einsetzen, wie er es am liebsten getan hätte. Waffen hatte man ihnen auch nicht gegeben – offenbar waren die Piraten der Ansicht, dass der Kampf weitaus unterhaltsamer wäre, wenn die Orks mit bloßen Pranken ums Überleben kämpften ...

»Baaalbhhh ...«

Rammar verstummte erneut, als er hart gegen die Felswand gestoßen wurde. Zwar wusste Balbok, dass der Schädel seines Bruders einiges aushielt, jedoch waren auch Rammars robuster Natur Grenzen gesetzt. Etwas musste geschehen – und zwar schnell!

Entschlossen schwamm Balbok auf das *uchl-bhuurz* zu, dabei mehrmals den Tentakeln ausweichend, die unentwegt durchs Wasser zuckten. Einer erwischte ihn dennoch mit voller Wucht, woraufhin ein brennender Schmerz von seiner Schläfe bis hinab zur linken Schulter zuckte. Balbok versuchte, ihn so gut es ging zu ignorieren, und schwamm weiter.

Er erreichte den Rand des Körperfladens, verkrallte sich in der schwärzlichen, von glänzendem Schleim überzogenen Haut und zog sich daran empor, freilich nicht ohne weiteren wütenden Attacken ausgesetzt zu sein, die heftig brennenden Schmerz verursachten. Er warf sich herum, bekam einen der Tentakel zu fassen, und da ihm keine andere Waffe zu Gebote stand, riss er das Maul bis zum Anschlag auf und biss mit aller Kraft hinein.

So viel ließ sich zumindest sagen: Das *uchl-bhuurz* schmeckte scheußlich.

Selbst einem Ork.

Gallebittere Säure, wohl von den giftigen Saugnäpfen, schoss in Balboks Mund, aber er widerstand dem Drang, das Maul zu öffnen und seinen Biss zu lösen. Im Gegenteil, Balbok schnappte noch heftiger zu, bis die Zähne mit einem hässlichen Klicken aufeinanderschlugen und er das ganze Maul voll Was-auch-immer hatte. Erst dann riss er den Kopf zurück und spuckte das abgebissene Fleisch in hohem Bogen aus. Dann riss er den Greifarm auseinander, worauf ein ganzer Schwall dunklen Bluts aus dem Stumpf schoss. Andere, größere Tentakel zuckten heran, um ihren verstümmelten Artgenossen zu rächen, aber Balbok war bereits weitergeeilt, auf die Mitte des monströsen Körpers zu, während sein Bruder noch immer durch die Luft gewirbelt wurde. Rammars

Geschrei war inzwischen verstummt. Schlaff und leblos hing er im Fangarm des Ungeheuers, Blut tropfte aus einer Wunde an seinem Kopf.

»Rammar! Rammar ...?« Nun war es Balbok, der laut den Namen seines Bruders rief, aber gegen das aufbrandende Gegröle der Piraten, die noch mehr Blut sehen wollten, kam er nicht an. Auf allen vieren kämpfte sich Balbok weiter über den glitschigen, auf- und abwabernden Körper des Ungeheuers.

Wenn das Ding Augen hatte, so waren sie so gut versteckt, dass er sie nicht entdeckte. Auch Ohren oder eine Nase schien das Monstrum nicht zu haben. Die einzige Öffnung ins Körperinnere war das große runde Maul, das in der Mitte des schwammigen Körpers klaffte und rings von messerscharfen Zähnen umgeben war, die nach innen standen, sodass nichts, das das Biest mal im Rachen hatte, wieder daraus entkommen konnte.

Balbok überlegte noch, was ein halb nackter Ork, dessen einzige Waffen seine gefesselten Pranken und sein Gebiss waren, gegen eine solche Fressmaschine ausrichten konnte – als er von einem der Tentakel getroffen wurde.

Der Hieb erwischte ihn mit voller Wucht, sodass er durch die Luft geschleudert wurde und zurück ins Wasser fiel. Und was er dann mit ansehen musste, als er wieder auftauchte, war selbst für einen Ork zu viel des Schlechten.

Rammar wurde gefressen!

Mit weit aufgerissenen Augen beobachtete Balbok, wie der Tentakel mit dem bewusstlosen Rammar herumschwenkte und sich senkte, um seine Beute geradewegs in das zähnestarrende Riesenmaul zu stopfen – zur hellen Freude der Piraten, die das Biest lauthals anfeuerten.

»*Douk ...!*«, brüllte Balbok, was im allgemeinen Geschrei völlig unterging. Verzweifelt versuchte er, zu dem Monstrum zurückzuschwimmen, um Rammar zu retten.

Vergeblich.

Der dicke Ork verschwand kopfüber im Schlund der Bestie!

»Rammar …!«

Für einen Augenblick sah Balbok noch die kurzen Beine seines Bruders aus dem Maul des Ungeheuers ragen, dann waren auch sie verschwunden. Ein tiefes Rülpsen folgte, dann hatte Halla den Ork mit Haut und Borsten verschluckt.

Die Piraten tobten vor Vergnügen. Lauthals brüllten sie den Namen der Kreatur und ermunterten sie, sich auch noch den zweiten Ork zu schnappen.

Balbok jedoch dachte nicht daran, es ihr so leicht zu machen. Erschüttert über den Tod seines Bruders, verfiel er im nächsten Moment in den übelsten Anfall von *saobh*, den er je gehabt hatte.

Er versuchte gar nicht mehr, zum Körper der Bestie zu gelangen, sondern wartete ab, bis erneut ein Tentakel nach ihm griff. Dann biss er zu, grub seine gelben Zähne tief in den Tentakel. Erneut spritzte ihm Säure ins Maul, aber er kümmerte sich nicht darum. In hohem Bogen spuckte er das herausgebissene Fleisch aus, um sogleich nachzufassen und seine Pranken einmal mehr den Rest besorgen zu lassen.

Wieder brach ein Schwall stinkenden Blutes aus dem Tentakelstumpf, und schon griff sich Balbok den nächsten Greifarm. Dieser war kleiner und setzte dem Ork entsprechend weniger Widerstand entgegen, und erneut biss Balbok zu, sehr zur Freude der Zuschauer. Je länger der Kampf dauerte, den sich der tobende Unhold mit dem Tentakelmonstrum lieferte, desto mehr von ihnen wechselten die Seiten. Waren es zu Beginn nur »Hal-la, Hal-la!«-Rufe gewesen, die den Schacht herabgeklungen waren, gesellte sich nun auch ein lautes »Bal-bok! Bal-bok!« hinzu. Und als es dem Ork gelang, einen der Haupttentakel zu durchbeißen und ihn im wahrsten Sinn des Wortes in der Luft zu zerfetzen, kannte die Begeisterung der blutrünstigen Meute keine Grenzen mehr.

»Bal-bok, Bal-bok!«, riefen sie nun geschlossen, und selbst der finstere Kapitän Cassaro fand offenbar Gefallen am

Kampf des Orks. Balbok bekam dies natürlich kaum mit, denn in seinem *saobh* wollte er nur noch möglichst viel Blut vergießen – und das tat er auch.

Schon hatte sich das grüne Wasser des Pfuhls dunkel verfärbt, und das Monstrum wand sich in seinem eigenen stinkenden Körpersaft. Doch von seinem Ableben war es meilenweit entfernt, denn im Verhältnis zu den unzähligen Armen, die aus den Seiten seines flachen Körpers wuchsen, fielen die wenigen, die Balbok abgerissen hatte, kaum auf.

Für Cassaro und seine Seeräuber war es dennoch ein sehenswerter Kampf, auch wenn das Ende absehbar war. So überraschte es niemanden wirklich, als zwei Tentakel den Ork gleichzeitig attackierten, und während Balbok in den einen hineinbiss, schlang sich der andere um seine Hüfte und riss ihn in die Höhe, genau wie zuvor seinen Bruder.

Vergeblich versuchte er sich aus dem Griff des Ungeheuers zu befreien. Auch Beißen half diesmal nichts – der Tentakel zog sich dadurch nur noch enger um seinen Leib und drückte die Luft aus dem Körper des Orks. Mit bloßen Fäusten hämmerte Balbok auf den Fangarm ein, der ihn durch die Luft wirbelte und mehrmals gegen die Felswand donnerte, bis Balbok nur noch Flecken sah und seine Schläge ermatteten.

Die Rufe der Piraten, die ihn angefeuert hatten, ebbten ab und verstummten schließlich ganz, als sich das Maul des Ungeheuers erneut öffnete und Balbok dem tödlichen Schlund entgegengetragen wurde.

Mit schwindenden Sinnen sah Balbok den Rachen des *uchl-bhuurz* unter sich klaffen und wartete darauf, ebenso verschlungen zu werden wie zuvor Rammar. So gefasst, wie ein Ork in seinem Zustand es sein konnte, blickte er seinem sicheren Ende entgegen – das jedoch nicht erfolgte.

Denn plötzlich verharrte der Tentakel in der Luft, und das Maul des Ungeheuers schnappte zu, um sich im nächsten Moment wieder zu öffnen, noch weiter als zuvor. Aus seiner Perspektive konnte Balbok in den schwarzen Rachen der

Bestie sehen, von dessen Grund plötzlich etwas emporwaberte – und im nächsten Moment fand er sich inmitten eines übel riechenden Schwalls grüner Flüssigkeit wieder.

Gleichzeitig merkte Balbok, wie sich der Griff des Tentakels lockerte, und der hagere Ork nutzte die Gelegenheit, um sich ihm zu entwinden. Er fiel in die Tiefe und stieß mit einem anderen, ziellos umherzuckenden Greifarm zusammen, ehe er zurück ins Wasser klatschte.

Das Ungeheuer jedoch hatte sich noch nicht beruhigt. Noch immer bäumte es sich auf und würgte, was nicht nur für einen denkwürdigen Anblick sorgte, sondern auch für Geräusche, die dazu angetan waren, selbst einem Ork den Magen umzudrehen.

Der Körperfladen blähte sich auf und wurde zu einer feisten Kugel, und selbst eine neuerliche Fontäne grüner Monsterkotze vermochte daran nichts zu ändern. Balbok sah, wie sich die ledrige Haut des Ungeheuers spannte, während die Tentakel nur noch matt und kraftlos um sich schlugen, und ihm dämmerte, dass es besser war, Abstand von dem Monster zu gewinnen.

Weit kam er allerdings nicht, denn die Felswand des Schachts setzte seiner Flucht ein jähes Ende. Eng an den Stein gepresst, beobachtete Balbok, was weiterhin geschah.

Im nächsten Augenblick hatte die Haut des *uchl-bhuurz* ihre größtmögliche Ausdehnung erreicht, und das zum Äußersten aufgeblähte Untier wurde von zerstörerischer Urgewalt von innen her zerrissen. Hautfetzen, Blut und Gedärm flogen nach allen Seiten und klatschten gegen die Felswände, um entweder daran kleben zu bleiben oder prasselnd ins Wasser zu stürzen.

Und auf dieser Eruption stinkender Innereien ritt kein anderer als Rammar!

Mit vor Staunen offenem Mund beobachtete Balbok, wie sein Bruder in hohem Bogen durch die Luft flog, unweit von ihm gegen die Felswand krachte und daran herabfiel. Bäuchlings plumpste er ins Wasser, was ihn wieder zu Bewusstsein brachte. Benommen, wie er war, strampelte er hilflos im Wasser und versank, um einen Herzschlag später wieder aufzutauchen, als er merkte, dass seine Beine bis zum Grund reichten.

»Rammar! Rammar!«, rief Balbok, der sein Glück, seinen Bruder lebend und weitgehend unversehrt wiederzusehen, gar nicht fassen konnte. »Es gibt dich noch!«

»Natürlich gibt es mich noch, du närrischer *umbal*!«, polterte Rammar los, der über und über mit grün schillerndem Sekret besudelt war. »Warum sollte es mich nicht mehr geben? So ein kleiner Tentakel kann Rammar dem Rasenden doch nichts anhaben.«

»Ein kleiner Tentakel …?« Balbok begriff. Sein Bruder hatte im Griff des Ungeheuers das Bewusstsein verloren und konnte sich an nichts erinnern. »Du weißt nicht, was geschehen ist?«

»Was geschehen ist?«, maulte Rammar weiter. »Natürlich weiß ich, was geschehen ist, *umbal*! Ich bin ja nicht so bescheuert wie …« Er verstummte, als er die traurigen Überreste des Ungeheuers im Wasser schwimmen sah – viel mehr als eine formlose schwarze Masse mit kraftlos von sich gestreckten Tentakeln war von der grässlichen Halla nicht geblieben. »Was, bei Kuruls dunkler Grube …?«

»Das bist du gewesen«, erklärte Balbok schlicht.

»Ich?«, echote Rammar verständnislos.

»Das *uchl-bhuurz* hatte dich verschlungen. Aber wie's aussieht, bist du ihm wohl schlecht bekommen.«

»Wie meinst du das?«, fragte Rammar und bemerkte dann erst die klebrige Flüssigkeit, mit der er über und über bedeckt war.

»Na ja, du hast der Bestie wohl so schwer im Magen gelegen, dass es sie einfach zerrissen hat.« Der Hagere grinste breit. »Wer hätte gedacht, dass mein Bruder ein richtiger orkischer Magenverstimmer ist! Ein lebender *bru-mill* sozusagen!«

»Versuchst du jetzt, witzig zu sein?«

»Ich bin nur erleichtert«, versicherte Balbok. »Als ich sah, wie dich das Ungeheuer auffraß, dachte ich nicht, dich noch mal wiederzusehen. Und jetzt ...«

»Du *umbal*, das war alles Teil meines Plans!«, blaffte Rammar. »Ich habe mich absichtlich fressen lassen, weil ich genau wusste, dass sich Rammar der schrecklich Rasende als so unverdaulich erweisen würde, dass dem *uchl-bhuurz* darüber Hören und Sehen vergeht!«

»Na ja«, wandte Balbok ein, »Augen und Ohren hatte es eigentlich keine ...«

»Du weißt, was ich meine«, knurrte Rammar und überlegte, ob er sich das klebrige Zeug von der Haut waschen sollte, worauf er angesichts des übel riechenden Wassers, in dem allerhand monströse Innereien schwammen, allerdings verzichtete.

»Orks!«, scholl es plötzlich mit lauter Stimme von weit über ihnen herab. Erschrocken blickten die beiden Brüder nach oben. Sie hatten glatt vergessen, dass sie nicht allein waren – zumal die Piraten Rammars Sieg mit stummem Staunen quittiert hatten.

Es war Cassaro, der gesprochen hatte. Der Piratenkapitän war an den Rand des Schachts getreten, und der lodernde Blick, mit dem er die Unholde bedachte, verhieß nichts Gutes.

»Ihr habt Halla getötet!«, rief er.

»So was kommt vor«, meinte Rammar und verzog die schmutzige Visage zu einem Grinsen.

»Seit eineinhalb Jahrhunderten befand sich dieses Tier im Besitz der Piratenbruderschaft. Unzählige Gefangene hat es in seinem Leben gefressen!«

»Aber heute war es einer zu viel«, fügte Balbok feixend hinzu und hob eine Kralle, um zu zeigen, dass er zählen konnte. »Der berühmte letzte Löffel *bru-mill*.«

»Als ihr sagtet, ihr wärt anders als die Orks aus den Minen, wollte ich es euch nicht glauben«, fuhr der Piratenhäuptling fort. »Euer Sieg gegen Halla jedoch hat es mir bewiesen.«

»Und?«, fragte Rammar, »was habt ihr nun mir uns vor? Uns dem nächsten Ungeheuer zum Fraß vorwerfen?«

»Keine schlechte Idee«, meinte Cassaro, »wenn ich noch eines hätte. Bedauerlicherweise war Halla das letzte Exemplar ihrer Gattung, weswegen mir wohl nichts anderes übrig bleibt, als euch beide ... zu begnadigen!«

»Be*was*digen?«, fragte Balbok, dem das Wort gänzlich unbekannt war.

»Begnadigen«, wiederholte der Pirat. »Das bedeutet, dass ihr am Leben bleibt und in den Bund der Korsaren aufgenommen werdet.« Auf einmal grinste auch er übers ganze Gesicht. »Euer Kampf hat nicht nur mir gefallen, sondern auch meinen Männern, und deshalb sind sie bereit, euch als ihresgleichen anzuerkennen.«

»Und ...«, begann Balbok, »wenn wir das nicht wollen?«

»Dann werdet ihr an Ort und Stelle massakriert«, lautete die allzu ehrliche Antwort.

»Natürlich wollen wir«, beeilte sich Rammar zu versichern. Die Vorstellung, als Pirat zur See zu fahren, begeisterte ihn zwar nicht gerade, er gab ihr aber gegenüber einem gewaltsamen Tod jederzeit den Vorzug.

Und während der dicke Ork an der Strickleiter emporkletterte, die die Seeräuber an der Felswand herabgelassen hatten, begann irgendwo in den dunklen Windungen seines Gehirns ein tollkühner Plan zu reifen ...

BUCH 2

ABAL ORSON UULON
(DER KAMPF UM DIE INSEL)

1.

SGOL ANN TUR

Er hatte es gespürt.

Für einen kurzen Moment.

Und dann, später, noch einmal.

Zuerst hatte er es noch für eine Täuschung gehalten, für einen Streich, den ihm seine Sinne spielten nach all der Zeit, die vergangen war und in der er vergeblich nach einem Weg gesucht hatte, aus der Verbannung zu entfliehen. Aber als es das zweite Mal geschah, da war er sich sicher gewesen, dass es keineswegs das Alter oder die Last der Jahre waren, die ihn narrten.

Es war tatsächlich passiert!

Die Pforte war geöffnet worden, und das bedeutete, dass die Zeit der Verbannung zu Ende ging.

Endlich ...

Nach all den Jahrhunderten, in denen er vergeblich gehofft und seine Kraft darauf gesetzt hatte, den Bann zu brechen und in jene Welt zurückzukehren, die ihn einst verstoßen hatte. Die Pforten wieder zu öffnen, die den Schlüssel zu Macht und Herrschaft bargen, war das Ziel gewesen, das er mit aller Beharrlichkeit verfolgt hatte. In der Überzeugung, dass es nur auf die Menge an Energie ankam, die er dafür einsetzte, hatte er den Berg nach Kristallen durchwühlen lassen, hatte Tausende von Wesen versklavt auf der Suche nach dem Geheimnis, während er gleichzeitig eine Armee herangebildet hatte, um dereinst zurückzukehren und sich zu nehmen, was ihm genommen worden war. Und nun, da sein geschundener, nur von Zauberkraft am Leben gehaltener Körper kurz davor gewesen war, aufzugeben und ihm den Dienst zu versagen, war es geschehen.

Den Grund dafür kannte er nicht, und er war ihm auch gleichgültig. Jemand war so dumm oder so dreist gewesen, das Schicksal herauszufordern. Und dieser Jemand war verantwortlich dafür, dass sich das Heer der Dunkelelfen nun erhob, um die Welt der Sterblichen zu erobern – und diesmal würde es keine Streiter des Lichts geben, die sich ihnen in den Weg stellten, keine Zauberei und keinen Elfenkönig.

Die Macht des Bösen würde triumphieren, und das Banner der Dunkelelfen würde über Erdwelt wehen ...

Nur etwas störte diesen Eindruck – und das waren die Präsenzen, die er fühlte, seit sich der Schlund das zweite Mal geöffnet hatte, denn sie waren ihm auf verhängnisvolle Weise vertraut. Nicht, dass er sich direkt an sie erinnert hätte – dazu war zu viel Zeit vergangen, und der Einfluss jener Mächte, in deren Dienst er sich gestellt hatte, hatte seine Erinnerung zugunsten der Gegenwart verblassen lassen und unter Bergen von Bosheit begraben.

Dennoch spürte er etwas, eine alarmierende Vertrautheit, die ihn tief in seinem Inneren berührte. Etwas, das zu ihm gehört hatte und ein Teil von ihm gewesen war.

Einst, vor langer Zeit ...

Dieses Etwas trübte seinen Triumph, denn er spürte, dass es seinetwegen auf die Insel gekommen war und dass es seinen Plänen gefährlich werden konnte.

Er beschloss, die Dun'rai einzuberufen.

Die Dunkle Legion musste in Marsch gesetzt werden.

Die Zeit der Veränderung war angebrochen.

2.

PLUM UR'RAMMAR

Weder Balbok noch Rammar hatte damit gerechnet, jemals Pirat zu werden. Zum einen schon deshalb nicht, weil sich Orks und Wasser bekanntermaßen nicht sehr gut vertrugen. Zum anderen aber auch, weil die Seeräuberei die Gesellschaft von Menschen verlangte, und die mieden Orks für gewöhnlich noch mehr als Wasser.

Im Fall von Kapitän Cassaro und seinem wilden Haufen machten die beiden Brüder jedoch notgedrungen eine Ausnahme. In einer feierlichen Zeremonie, in deren Verlauf jeder der beiden Orks einen großen Goldring durch das linke Ohr gezogen bekam (was Rammar mit einem schrillen Quieken quittierte), wurden sie zu Mitgliedern von Cassaros Bruderschaft ernannt, mit allen Rechten und noch mehr Pflichten, die sich daraus ergaben. Was das genau bedeutete, danach erkundigte sich Rammar lieber erst gar nicht.

Danach wurde gefeiert – und es wurde das wildeste Gelage, dem die Orks in menschlicher Gesellschaft jemals beigewohnt hatten.

Seit ihrer Ankunft auf der Insel war es schon das zweite Mal, dass man ihnen zu Ehren ein Fest veranstaltete. Mit der zügellosen Fressorgie, die die Piraten in jener Nacht veranstalteten, um ihre neuen Brüder willkommen zu heißen, konnte sich die vergleichsweise zahme Feier der Gnomen jedoch nicht messen. Alles, was die Piratenküche hergab, wurde aufgefahren, von gebratenem Haifisch über Seegurkenkompott bis hin zu kleinen rosafarbenen Krabben, deren Geschmack – wie Balbok fand – dem frischer Maden nicht unähnlich war. Dazu wurde ein Trank gereicht, der dem Vernehmen nach aus vergorenen Algen gewonnen wurde, es aber vom Wirkungsgrad her durchaus mit altgelagertem Blutbier aufnehmen konnte. Schon nach fünf oder sechs Krügen hatte Rammar davon einen brummenden Schädel, und er begann, die wilden Gesellen, die vollbusige Weiber in den Armen hielten und auf den Tischen tanzten, bis sie bewusstlos niedersanken, gleich mehrfach zu sehen.

Der Lärm und der Gestank, die in der Piratenhöhle herrschten, waren unbeschreiblich. Jeder grölte, schrie und furzte nach Herzenslust vor sich hin, und es wurde gesoffen und gefressen, was das Zeug hielt. Mit anderen Worten: Die Feierlichkeit war ganz nach dem Geschmack der Orks, und sie sagten sich, dass einige der Seeräuber wohl besser Unholde geworden wären. Vielleicht würde ihr neues Leben als Piraten ja gar nicht so schlecht werden – zumal Rammar selbst in seinem angeschlagenen Zustand noch immer an dem Plan arbeitete, der ihm schon im Pfuhl des Ungeheuers eingefallen war ...

»Nun?«, erkundigte sich Kapitän Cassaro bei den Orks, die sich neben ihm am Ende der langen Tafel auf riesigen Seidenkissen fläzten. »Wie gefällt euch unsere kleine Feier?«

»Bin begeistert«, versicherte Balbok schmatzend, der das hintere Stück eines Haifischs samt Schwanzflosse in den Pranken hielt und immer wieder herzhaft davon abbiss. »Fast wie zu Hause.«

»Gefällt es dir auch, Fettsack?«, fragte Cassaro den anderen Ork – und trotz des Nebels, der sich infolge von zu viel Algenbier um Rammars Verstand gelegt hatte, sah dieser endlich die Gelegenheit gekommen, seinen Plan in Angriff zu nehmen.

»Es geht«, lallte er achselzuckend.

»Was soll das heißen?«

»Das soll heißen, dass wir schon auf rauschenderen Festen gewesen sind, Käpt'n. Wo wesentlich mehr gefressen wurde und auch mehr Bier in die Kehlen geflossen ist.«

»Mehr Bier?« Der Piratenkapitän lachte auf. »Kein Wanst vermag mehr davon zu fassen, nicht einmal deiner. Oder willst du so enden wie die alte Halla?«

»*Douk*«, verneinte Rammar und schüttelte den Schädel, dass der Ohrring nur so flog. »Aber ist dir nie der Gedanke gekommen, dass sich die Zeiten ändern könnten? Dass ihr irgendwann nicht mehr im Überfluss schwelgen könntet?«

»Willst du mir Angst einjagen?« Der Pirat warf den Kopf in den Nacken und lachte. »Da wärst du der Erste, dem das gelänge. Für gewöhnlich bin ich es, der Furcht und Schrecken verbreitet.«

»Für gewöhnlich«, stimmte Rammar zu. »Aber auch das kann sich ändern.«

»Wie meinst du das?«

»Fürchtest du nicht, dass die Grauhäutigen dein Versteck irgendwann finden und dir und deinen Leuten den Garaus machen?«

»Du meinst die Dunkelelfen?« Cassaro schüttelte den Kopf. »Warum sollte ich? Sie haben in den vergangenen Jahrzehnten nie etwas unternommen, um dem Treiben von uns Piraten Einhalt zu gebieten. Weder bei meinem Vater noch bei meinem Großvater, noch bei dessen Vater.«

»Natürlich nicht«, räumte Rammar ein. »Bislang hatten sie ja auch keinen Grund dazu.«

Cassaro sah den Ork verwundert an. »Und jetzt haben sie einen?«

»Allerdings.«

Der Piratenhäuptling lachte erneut. »Und was für ein Grund sollte das sein?«

»Bislang«, erklärte Rammar, »seid ihr für die Schmalaugen nützlich gewesen. Ihr habt hier auf euren Inseln gesessen und jedes Schiff angegriffen, das euch vor die Katapulte kam. Wer von der Besatzung sich nicht an Land retten konnte, den habt ihr massakriert.«

»Genau so ist es gewesen. Und?«

»Verstehst du denn nicht? Ihr habt den Grauhäutigen die Dreckarbeit abgenommen. Denn eins ist klar: Jene Schmalaugen, die über das große Wasser kamen, und die, die in der Festung hausen, sind so verschieden, wie sie nur sein können. Die einen murmeln immerzu wirres Zeug vor sich hin und haben nichts anderes im Kopf, als zu den Fernen Gestaden zu schippern, während die anderen so durchtrieben und boshaft sind, dass sogar mir das Blut in den Ohren rauscht. Dass es nie zum Streit zwischen beiden kam, ist euch zu verdanken, denn ihr habt den Hochmut der Ankömmlinge noch vor ihrer Ankunft auf der Insel auf Gnomengröße zurechtgestutzt, und so haben sie sich den Grauhäutigen widerstandslos unterworfen.«

»Und?«, fragte der Pirat erneut. »Wo liegt das Problem? Wie es aussieht, arbeiten wir gut zusammen.«

»Das Problem«, versetzte Rammar mit genüsslichem Grinsen, »besteht darin, dass eure Zusammenarbeit, wie du es nennst, die längste Zeit gedauert hat.«

»Wieso das?«, wollte Cassaro wissen.

»Weil, wie eine alte Orkweisheit besagt, niemals mehr Blut aus einer Kehle sprudeln kann, als in den Adern fließt.«

»Und das bedeutet?«

»Dass eure Tage als Piraten gezählt sind, das bedeutet es. Ohne Beute keine Seeräuberei, richtig? Und das letzte Schiff der Schmalaugen hat Erdwelt inzwischen längst verlassen und dürfte eure Insel vor Monaten erreicht haben ...«

»Was faselst du da?«, grollte das Oberhaupt der Piraten. »Es wird immer Elfen geben, deren Schiffe wir überfallen können!«

»In deinen Träumen vielleicht«, entgegnete Rammar. »Aber in der Wirklichkeit sieht es so aus, dass es keine Schmalaugen mehr gibt, die mit verklärtem Blick dieser Insel entgegenrudern. Jetzt ist Schluss. Schicht im Schacht, wie die Hutzelbärte* sagen.«

---

* abfällige Bezeichnung für Zwerge

»'lödsinn«, lallte der Pirat, der sich gleichfalls schon eine Menge Bier einverleibt hatte.

»Glaubst du? Dann verrat mir, großer Seeräuber, wann ihr das letzte Schiff aufgebracht habt. Wann habt ihr das letzte Schmalauge über die Klinge springen lassen? Wann die letzte Beute verteilt?«

Stieren Blickes glotzte Cassaro den Ork an. Die Zweifel in den blassen Gesichtszügen des Piratenhäuptlings waren unübersehbar. »Das ist eine Weile her«, räumte er ein. »Aber ... es hat immer Flauten gegeben, zu allen Zeiten unserer Bruderschaft!«

Rammar nickte. »Aber das wird die längste Flaute, von der du je gehört hast, das verspreche ich dir.«

»Wie lange?«, fragte der Pirat, dessen Verstand vom Alkohol so benebelt war, dass er Schwierigkeiten hatte, mit den Gedanken des Orks Schritt zu halten.

»Schwer zu sagen«, erwiderte Rammar, »aber mit zwei oder drei Ewigkeiten würde ich an deiner Stelle rechnen.«

»W-wirklich?«

»Wirklich«, bestätigte Rammar und genoss es, das Entsetzen zu sehen, das wie eine geballte Faust in der Miene des Piraten einschlug. Zwar war die Hälfte von dem, was er Cassaro erzählte, reine Spekulation und die andere Hälfte lediglich aus dem gefolgert, was er in den Minen erfahren hatte, aber vielleicht gelang es ihm ja, das Oberhaupt der Piraten dazu zu bewegen, das zu tun, was er wollte, und soweit er es beurteilen konnte, war er auf einem guten Weg ...

»Es werden also keine Schiffe mehr kommen?«, fragte Cassaro sichtlich besorgt.

»*Douk.*« Rammar schüttelte den Kopf. »Das Festland ist leer. Die Schmalaugen haben es vorgezogen, von dort abzuhauen, und wenn du mich fragst, haben sie allen anderen Völkern Erdwelts damit einen Gefallen getan.«

»Aber wenn keine Schiffe mehr kommen, bedeutet das, dass ... dass wir auch keine Beute mehr machen!«, folgerte der Pirat mit glasigem Blick. »Und ein Anführer, der keine Prise einbringt, ist die längste Zeit Anführer gewesen!«

Rammar begriff. Cassaro störte sich nicht nur an dem Gedanken, künftig keine Beute mehr zu machen – noch größere Sorge bereitete ihm, dass man ihn als Anführer absetzen würde. Ohne dass Rammar es beabsichtigt hatte, spielte ihm diese Tatsache noch zusätzlich in die Klauen, und er beschloss, zum *kro-buchg* auszuholen.

»Das stimmt«, sagte er unbarmherzig. »Deine Leute werden dich absetzen. Wenn du Glück hast. Wenn du weniger Glück hast, werden sie dich vorher in Stücke reißen und sie den Haien zum Fraß vorwerfen. Oder sie werden dich in kleine Scheiben schnibbeln. Oder in Würfel. Oder in …«

»Du hast darin Erfahrung, was?«, fragte der Kapitän, der kreidebleich geworden war.

Rammar nickte. »Mein Bruder und ich waren einst die Häuptlinge unseres *bolboug*. Bis sie unser überdrüssig wurden und uns davongejagt haben. Wir können von Glück sagen, noch am Leben zu sein.«

»Ich verstehe.« Rammar sah, wie ein dicker Kloß den Hals des Piratenführers hinauf- und wieder hinabwanderte. Cassaro sah sich offenbar bereits im Wasser schwimmen, in seine Bestandteile zerlegt und als Futter für die Fische.

»Du müsstest einen anderen Weg finden, deinen Leuten Beute zu verschaffen«, sagte Rammar ganz nebenbei.

»E-einen anderen Weg? Was meinst du damit?«

»Diese verdammte Insel meine ich natürlich. Den Palast von Crysalion.«

»D-du willst den Palast angreifen?« Der Pirat wurde noch bleicher.

»Warum nicht?«, fragte Rammar lapidar. »Dort gibt es mehr Beute, als irgendeiner von euch tragen kann.« Er machte eine wegwerfende Klauenbewegung. »Und die Schmalaugen, die den Zaster bewachen, sind Jammerlappen. Von denen ist keine Gegenwehr zu erwarten.«

»M-meinst du?« Rammar war nicht sehr gut darin, die milchgesichtigen Mienen von Menschen zu deuten. Aber die Gier in Cassaros Blick konnte selbst er deutlich erkennen, ebenso wie das begehrliche Zucken der Mundwinkel.

»Aber ja«, versicherte er deshalb. »Beute, so weit das Auge reicht. Denk doch mal nach: Seit Jahrhunderten, vielleicht sogar schon seit Jahrtausenden, kommen die Schmalaugen hierher, um bis in alle Ewigkeit hier zu leben. Was würdest du mitbringen, wenn du vorhättest, derart lange zu bleiben?«

»Mein Gold«, antwortete der Pirat ohne Zögern.

»Eben. Und was glaubst du, was dort in den Schatzkammern lagert? Ich meine, aus jenen Jahren, da es noch keine Seeräuber gab, die den Ankömmlingen ihre Habe abnahmen?«

»Gl-glaubst du wirklich?«, stammelte Cassaro, und Rammar bejahte abermals im Brustton der Überzeugung, auch wenn er in Wahrheit keine Ahnung davon hatte.

Sein Anliegen war es nicht, den Piraten reiche Beute zu verschaffen, sondern sich an den Schmalaugen zu rächen, die seinem Bruder und ihm so übel mitgespielt hatten. Zudem waren die Grauhäutigen keineswegs Jammerlappen, sondern erbitterte Krieger, die es an Brutalität und Grausamkeit sogar mit einem Ork aufnehmen konnten. Aber Cassaro brauchte nicht alles zu wissen, es hätte ihn nur entmutigt – und das wäre schlecht gewesen für Rammars Pläne.

Die Idee, Elfen und Menschen gegeneinander auszuspielen und dabei selbst der lachende Dritte zu sein, war ihm schon im Kerker gekommen, aber da hatte er noch nicht gewusst, wie er sie verwirklichen sollte. Seit Balbok und er aber Mitglieder der Piratenbruderschaft geworden waren, lief alles zu seiner vollsten Zufriedenheit.

»Ein wagemutiger Plan«, befand Cassaro zögernd.

»Ohne Wagnis kein Gewinn«, entgegnete Rammar achselzuckend. »Oder willst du mir erzählen, dass du dich vor den Schmalaugen fürchtest, Herrscher der Schädelküste?«

»Natürlich nicht!«, behauptete der Piratenhäuptling ebenso rasch wie pikiert. »Du kannst von Glück sagen, dass ich heute großmütig aufgelegt bin. An einem anderen Tag hätte ich dir für eine solche Bemerkung die Zunge herausgerissen!«

»Sehr lobenswert«, meinte Rammar, »aber ich wollte dich nicht beleidigen, Käpt'n. Ich wollte dir nur sagen, was du alles erreichen kannst. Eine ganze Insel wartet darauf, von dir erobert zu werden. Diese Höhlen hier« – er machte eine ausladende Krallenbewegung – »sind eines Herrschers deiner Größe unwürdig. Mit weniger als dem Palast von Crysalion solltest du dich nicht zufriedengeben.«

»Hm«, machte Cassaro, während ein geschmeicheltes Lächeln seine Züge umspielte. »Du weißt offenbar, welchen Tonfall man gegenüber seinem Kapitän anzuschlagen hat.«

»Nicht nur das«, sagte Rammar, »ich weiß auch, was gut für meinen Kapitän ist. Hör auf mich, Käpt'n, und ich verspreche dir, dass du schon bald auf dem Thron von Crysalion sitzen und ein waschechter König sein wirst.«

»Das bin ich schon jetzt – der König der Piraten!«

»Ein schöner König!«, frotzelte Rammar. »Dein Reich besteht aus ein paar Felsenlöchern, und deine Untertanen sind eine Bande saufender Mordbrenner. Ist dir nie der Gedanke gekommen, dass du zu Höherem berufen sein könntest?«

»Nein«, gestand Cassaro offen.

»Du verschwendest hier dein Leben, dabei könntest du so viel mehr erreichen ...«

Erneut sah Rammar dieses eigentümliche Funkeln in den Augen des Piratenhäuptlings, und er wusste, dass er gewonnen hatte. Die Menschen mochten viel auf ihre Moral geben und immer wieder betonen, wie frei im Geiste und einzigartig sie doch waren. Aber wenn es um Reichtum und Macht ging, handelten sie nicht anders als jeder vernünftige Ork.

Der Pirat nickte langsam. Geräuschvoll holte er Luft und war drauf und dran, Rammars Plan seine Zustimmung zu geben – als neben seinem Thron eine Gestalt auftauchte. Sie war bleich und schmalgesichtig und hatte, wie der Ork fand, etwas von einem Fisch, was zum einen daran liegen mochte, dass der Kerl einen Schuppenpanzer trug, zum anderen aber auch damit zu tun hatte, dass der Mund des Menschen unablässig auf- und zuklappte.

Rammar wusste nur zu gut, wer der Kerl war. Er nannte sich Kelso und war Cassaros engster Vertrauter. Ein hagerer Bursche, der mit der Zunge mindestens ebenso schnell war wie mit dem Messer und der kein Hehl daraus gemacht hatte, dass er die Aufnahme der Orks in die Bruderschaft der Piraten für einen Fehler hielt. Dass er ausgerechnet in diesem Augenblick auftauchte, war für Rammar mehr als ärgerlich.

»Alles in Ordnung, Käpt'n?«, erkundigte sich Kelso mit vom Alkohol schwerer Zunge. Wie alle Piraten hatte auch er dem Algenbier ausgiebig zugesprochen. Seinem Argwohn gegen die beiden Orks schien das aber keinen Abbruch zu tun. »Stört dich der Gestank des Unholds? Soll ich ihn doch ins Meer werfen und ihm vorher Arme und Beine abhacken lassen?«

»Nicht nötig.« Cassaro lachte grollend. »Der gute Rammar stinkt zwar tatsächlich, aber er hat mir von einem Plan berichtet, der mir gut gefällt.«

»Was für ein Plan?« Kelso bedachte Rammar mit einem misstrauischen, geradezu feindseligen Blick.

»Ein großartiger Plan«, erklärte Cassaro begeistert. »Ein Plan, der unsere Schatzkammern auf einen Schlag zum Bersten füllen wird.«

»Ach ja? Und wie sieht dieser Plan aus?«

»Wir werden Crysalion angreifen«, erklärte der Anführer der Piraten rundheraus und grinste dabei, dass seine goldenen Zähne nur so blitzten.

»D-du willst Crysalion angreifen?«, rief sein Berater mit verständnisloser Miene.

»Das sagte ich doch gerade, oder nicht? Rammar, habe ich das gesagt oder nicht?«

»Das hast du, großer König der Piraten«, versicherte Rammar eifrig. Eine Schmeichelei zur rechten Zeit, auch das hatte der Ork gelernt, konnte Menschen dazu bringen, die verrücktesten Dinge zu tun.

Diesmal jedoch versagte diese Taktik.

»Das ist ...«, begann Kelso, dessen Augen fast aus ihren Höhlen treten wollten, was den Vergleich mit einem Fisch nur noch zwingender machte.

»... ein großartiger Plan, nicht wahr?«, fragte Cassaro versonnen.

»... der größte Unsinn, den ich je gehört habe«, sagte Kelso. »Crysalion anzugreifen ist Wahnsinn! Die Elfen dort sind bestens bewaffnet und äußerst kampfstark, und es heißt, dass ihr Herrscher über dunkle Kräfte verfügt, die ...«

Er unterbrach sich jäh, wobei sein Mund offen blieb. Mit weit aufgerissenen Augen starrte er auf seinen Anführer, dem der Grund für Kelsos plötzliches Schweigen nicht ersichtlich war.

»Nun?«, fragte Cassaro. »Was hast du? Warum redest du nicht weiter? Hast du zu viel Bier gesoffen?«

Der Berater wollte etwas erwidern, aber ein heiseres Stöhnen war alles, was ihm über die Lippen kam – gefolgt von einem Blutschwall!

Noch einen Augenblick lang hielt er sich auf den Beinen, dann kippte er seitwärts, schlug gegen die reich gedeckte Tafel, worauf mehrere mit Bier gefüllte Krüge umkippten, was deren Besitzer mit heiseren Flüchen quittierten. Mit einem dumpfen Schlag landete Kelso auf dem mit Planken beschlagenen Boden und blieb in einer großen, von grünem Schaum gekrönten Algenbierpfütze liegen, die sich rings um ihn mit rotem Lebenssaft mischte.

Zwischen den Schulterblättern des Piraten steckte ein Messer, das jemand dort bis zum Heft hineingerammt hatte – und es war nicht schwer herauszufinden, wessen Klaue die Klinge geführt hatte ...

»Warum hast du das getan?«, fragte der Piratenkönig den fetten Ork, der sich von seinem Platz an der Tafel erhoben und Cassaros Stuhl umrundet hatte, um dessen vorlauten Ratgeber zum Schweigen zu bringen.

»Verzeiht, Käpt'n«, sagte Rammar beflissen und verbeugte sich, wobei seine Schweinsäuglein einmal mehr listig blitzten. »Sein dummes Gerede ging mir auf die *bhull'hai*.«

»A-aber er war gerade dabei, mir etwas Wichtiges zu sagen«, protestierte Cassaro mit glasigem Blick, der zwischen dem Ork und dem leblos am Boden liegenden Piraten hin- und herpendelte.

»Nämlich?«, gab sich Rammar wissbegierig.

»Wenn ich das nur wüsste«, sagte der König der Seeräuber ernsthaft grübelnd. »Ich fürchte, ich erinnere mich nicht mehr ...«

»Natürlich kannst du dich nicht erinnern. Wer interessiert sich schon für das, was solch ein *shnorshor* zu sagen hat! Es sah für mich aus, als wollte er dich zu Tode langweilen. Da habe ich ihn vorsichtshalber mundtot gemacht.«

»Mundtot?« Cassaro starrte den Ork fragend an. »Du meinst, du hast ihn *mundtot* gemacht?«

»*Korr*, genau das«, stimmte Rammar zu.

»Mundtot«, echote Cassaro noch einmal – ehe er den Kopf in den Nacken warf und in dröhnendes Gelächter ausbrach, in das nicht nur der überaus erleichterte Ork einfiel, sondern nach und nach auch die übrigen Piraten in der Höhle sowie deren betrunkene Dirnen. Allenthalben wurde gefeixt und gekichert, gehöhnt und gekreischt, und selbst Balbok fiel wiehernd in die allgemeine Heiterkeit ein, auch wenn er noch immer mit Essen beschäftigt war und wie die meisten gar nicht mitbekommen hatte, worum es ging.

Der Alkohol hatte die Sinne der Piraten derart benebelt, dass sie kaum mehr wussten, was sie taten. Das machte sie zu Wachs in den Klauen eines gerissenen Orks, dessen einziges

Ansinnen es war, Chaos und Unfrieden zu stiften, um in der allgemeinen Verwirrung, die daraufhin ausbrechen würde, die Fernen Gestade für immer zu verlassen. Und er war auf dem besten Weg, dieses Ziel zu erreichen ...

Stöhnend und erschöpft vom vielen Lachen erhob sich Cassaro, stieg gefährlich wankend auf seinen Sitz und hob gebieterisch die Arme, worauf seine Männer augenblicklich verstummten. Dass mit ihrem Anführer nicht zu spaßen war, war ihnen auch im volltrunkenen Zustand noch bewusst.

»Männer!«, grölte Cassaro in die Stille, die nur gestört wurde, wenn sich hier und dort einer seiner Leute erbrach. »Ich habe euch eine Ankündigung zu machen. Der gute Kelso hat sich entschieden, unsere Bruderschaft zu verlassen. An seiner Stelle wird künftig Rammar mein Berater und Stellvertreter sein, verstanden?«

Da der Sachverhalt nicht sehr kompliziert war, nahm Rammar an, dass die Piraten begriffen hatten. Ihre Reaktion fiel jedoch wenig euphorisch aus. Stieren Blickes standen, lehnten, hockten oder lagen sie da und starrten ihren Anführer an.

»Rammar«, fuhr dieser daraufhin fort, »hat mir von einem Plan berichtet, der uns neuen Horizonten entgegentragen wird. Neue Raubzüge, Männer. Neue Gefechte. Neuer Rum ... äh ... Ruhm. Und dazu mehr Beute, als ich oder sonst einer von euch verdammten Schwachköpfen tragen kann, das verspreche ...«

Der Rest von dem, was Cassaro sagte, war nicht mehr zu verstehen, denn der Jubel, der plötzlich aufbrandete, war so überwältigend, dass alles darin unterging. Auf seinem Sitz stehend, nahm der Piratenkapitän die begeisterten Hochrufe seiner Leute entgegen – ehe er das Gleichgewicht verlor und wie ein nasser Sack vom Thron kippte. Geräuschvoll schlug er auf die Bodenplanken und blieb dort schnarchend liegen.

Aber das interessierte niemanden mehr.

Piratenlieder wurden angestimmt, und erneut wurde gegrölt, geprostet und gesoffen, in freudiger Erwartung der in Aussicht gestellten Beute.

Und in der allgemeinen Begeisterung bemerkte niemand das schadenfrohe Grinsen, das über die feisten, narbigen Züge des frisch ernannten Beraters huschte ...

3.

LORCHG UR'ORK'HAI

Die Reise selbst war wiederum im Bruchteil eines Augenblicks erfolgt. Anschließend die Orientierung wiederzufinden und zu begreifen, was geschehen war, dauerte ungleich länger.

Auch brauchte es einige Zeit, bis sich Alannahs Augen an die spärlichen Lichtverhältnisse gewöhnten, nachdem sie der grelle Schein des magischen Tors geblendet hatte. Ihr Geruchssinn sprach schon vorher an und ließ nichts Gutes erahnen, doch auch er konnte die Elfin nicht auf die Überraschung vorbereiten, die sie erlebte, als sie endlich wieder sehen konnte.

Ihr ganzes Leben lang hatte sie sich Gedanken darüber gemacht, wie es an den Fernen Gestaden wohl sein und wie es dort aussehen mochte. Unzählige Oden handelten davon, die Schönheit der Insel und des Palasts von Crysalion wurden in zahlreichen Liedern besungen. Die Fernen Gestade stellten für jeden Elfen das Ende seiner sterblichen Existenz, gleichwohl aber den Höhepunkt seines Daseins dar, denn von diesem Zeitpunkt an lebte er in immerwährendem Glück und ewiger Freude. Alannah hatte bewusst auf das Recht verzichtet, zu den Fernen Gestaden zu reisen. Indem sie ihre Liebe Corwyn schenkte, war sie selbst eine Sterbliche geworden.

Entsprechend hatte sie nicht mehr damit gerechnet, jemals ihren Fuß auf das sagenumwobene Eiland zu setzen, das sie sich stets in den schillerndsten Farben ausgemalt hatte – und ganz gewiss nicht so, wie es sich ihr in diesem Moment präsentierte.

Sie befanden sich in einer Höhle.

Lhurians Zauberstab sorgte einmal mehr für fahles Licht, in dem schroffe, von Schimmel überzogene Felswände zu erkennen waren und sandbedeckter Boden, der von Leichen übersät war.

Winzig kleinen Leichen, wie Alannah zu ihrem Entsetzen feststellte. Kobolde!

Ihre kleinen Körper waren verstümmelt und zerschmettert, ihre Blütenkelche zertrampelt worden. Ihr weißlicher Lebenssaft tränkte den Boden, und dem Geruch nach zu urteilen, der die Höhle erfüllte, lag das Massaker bereits einige Tage zurück.

»Lhurian?«, fragte Alannah mit von Grauen belegter Stimme.

»Ich weiß nicht, was hier geschehen ist«, gestand der Zauberer. »Aber es zeigt mir, dass mich mein Verdacht nicht getrogen hat. Die Fernen Gestade sind nicht mehr das, was sie einst waren, Thynia. Das scheint mir offensichtlich.«

Alannah war von dem grauenhaften Anblick so schockiert, dass sie Lhurian bezüglich ihres Namens nicht berichtigte. Zu ihrer eigenen Bestürzung gewöhnte sie sich auch allmählich daran – vielleicht, weil ein Teil von ihr sich schemenhaft an ihn erinnerte ...

»Ich hatte nicht gewusst, dass Kobolde auf der Insel weilen«, sagte sie beklommen.

»Du weißt manches nicht mehr. Kobolde waren einst die ständigen Begleiter der Zauberer. Jeder von uns hatte einen von ihnen als Gefährten, und durch unsere Gedanken waren wir mit ihnen verbunden.«

»Das ist wunderschön«, sagte Alannah.

»Kaum.« Lhurian schnitt eine Grimasse. »Es waren schrecklich vorlaute Wesen, die auch dann zu Scherzen aufgelegt waren, wenn es die Situation nicht duldete. Deiner beispielsweise ...«

»Sieh mal!«, unterbrach ihn Alannah, die zwischen all den getöteten Kobolden etwas entdeckt hatte, das ihre Aufmerksamkeit erregte. Sie ging in die Hocke, um den Boden näher in Augenschein zu nehmen. Als auch Lhurian sich bückte, sah er, was ihr aufgefallen war.

Fußabdrücke im Sand.

Von jemandem, der eindeutig *kein* Kobold gewesen war ...

»Die Spuren der Mörder, daran dürfte kaum ein Zweifel bestehen«, war der Zauberer überzeugt. »Allerdings sieht mir das nicht nach Elfenspuren aus.«

»Nein«, stimmte Alannah zu, »dafür sind sie zu tief und breit. Würde ich nicht wissen, dass es unmöglich ist, würde ich sagen, dass es die Spuren eines Unholds sind.«

»Wieso sollte das unmöglich sein?«

»Ganz einfach: Weil kein Unhold je seinen frevlerischen Fuß an das Ufer der Fernen Gesta...« Alannah unterbrach sich, als ihr klar wurde, dass sie sich irrte. Was Lhurian ihr berichtet hatte, war für sie so neu und ungewohnt, dass sie es längst noch nicht verinnerlicht hatte.

»Das ist nicht ganz richtig, wie du weißt«, rief er ihr ins Gedächtnis zurück. »Es hat sehr wohl eine Zeit gegeben, da Orks auf dieser Insel wandelten.«

»Aber das liegt tausend Jahre zurück«, wandte Alannah ein. »Und du sagtest, dass der Angriff abgewehrt wurde.«

»Das dachten wir alle«, bestätigte der Zauberer. »Aber wie es aussieht, haben wir uns wohl geirrt. Dort vorn sind noch mehr Fußabdrücke. Offenbar ist es nicht nur ein Unhold gewesen, sondern zwei. Die Spuren führen nach draußen ...«

Alannah nickte gedankenverloren. Es fiel ihr nicht leicht, sich von dem zu verabschieden, was sie stets als gesicherte Wahrheit betrachtet hatte. Ihr Weltbild war beträchtlich ins Wanken geraten, und diese Abdrücke im Sand, so unscheinbar sie auf den ersten Blick erscheinen mochten, machten es nur noch schlimmer.

Sie schloss die Augen und konzentrierte sich, dann legte sie die rechte Handfläche auf den Abdruck.

Das Gefühl, das sie für einen kurzen Moment durchströmte, war schwer zu beschreiben. Eisige Kälte, die Aura des Bösen, aber auch eine Vertrautheit, die ihr Angst machte.

Sofort zog sie die Hand zurück und starrte entsetzt auf den Fußabdruck. Was, in aller Welt, verband sie mit diesem Ort? Was war hier geschehen, das so schrecklich war, dass Lhurian sich weiterhin beharrlich weigerte, es ihr zu verraten?

Ein Teil von ihr verlangte danach, es zu erfahren, während ihre Vernunft ihr sagte, dass es so besser war. Wissen konnte auch eine Bürde sein, und Alannah wollte sich nicht noch mehr belasten. Die Enthüllungen über ihr geheimnisvolles Vorleben, der unselige Streit mit Corwyn, die Erkenntnis, dass sich Unholde auf den Fernen Gestaden herumtrieben – all das setzte ihr auch so schon genug zu.

Aber sie begriff in diesem Augenblick, dass Lhurian nur zu recht gehabt hatte. Die Fernen Gestade waren nicht mehr das, was sie eigentlich sein sollten.

Das Böse hatte an diesem Ort Einzug gehalten, und es lag in ihrer Verantwortung, es aufzuhalten, ehe es durch die erneut geöffneten Kristallpforten auch Erdwelt erobern konnte ...

4. OUNCHON-POCHGA

Alles entwickelte sich nach Plan.

Rammars Plan …

Am folgenden Tag, nachdem die Piraten ihren Rausch ausgeschlafen hatten (oder zumindest nicht mehr bei jedem Wort lallten), rief Kapitän Cassaro seine Offiziere zu sich, um ihnen das wagemutige Unternehmen vorzustellen, das er ins Auge gefasst hatte. Dass der Herrscher der Schädelküste so tat, als wäre es nicht Rammars, sondern seine eigene Idee gewesen, die Insel anzugreifen und die Kristallfestung zu plündern, kam dem Ork dabei sehr entgegen.

Zumindest dieses eine Mal übte er sich in Bescheidenheit, denn wenn Cassaro den Plan als seinen eigenen verkaufte, würde er bei seinen Leuten sehr viel weniger Widerspruch wecken. Wer wusste zu sagen, wie viele Kelsos es unter den Piraten noch geben mochte, die Rammar dann alle hätte »mundtot« machen müssen …

Auch Balbok nahm an der Unterredung teil, die in Cassaros Quartier stattfand. Zur Sicherheit hatte Rammar seinen Bruder allerdings nicht in seinen Plan eingeweiht, sodass der Hagere völlig ahnungslos war. Ein hölzerner Tisch, der auf zwei etwa gleich hohen Felsblöcken ruhte und auf dem mehrere Land- und Seekarten ausgebreitet waren, nahm die Mitte der Höhle ein. An der verschnörkelten Schrift, mit der die Karten versehen waren, konnte man erkennen, dass sie aus elfischem Besitz stammten und von den Piraten erbeutet worden waren.

Rammar war es einerlei, woher das Kartenmaterial stammte – wie alle Orks stand er derlei Firlefanz ablehnend gegenüber. Die Himmelsrichtungen zu kennen reichte seiner Ansicht nach völlig aus, um sich zurechtzufinden. Wer damit nicht zurechtkam, der verdiente es nicht besser, als sich zu verirren und nie mehr in sein *bolboug* zurückzufinden. Aber wenn sich die Milchgesichter besser fühlten, wenn sie auf Karten glotzten, so war Rammar auch das recht. Hauptsache, sie taten, wozu er ihren Käpt'n angestiftet hatte ...

»Also«, fragte Cassaro in die Runde seiner staunenden Offiziere, nachdem er sein wagemutiges Vorhaben erläutert hatte, »habt ihr alle verstanden, ihr Bilgeratten?«

»Aye, Käpt'n«, bestätigte einer der Unterkommandanten zögernd. »Ich frage mich nur, ob du das ernst meinst oder ob ...«

»Natürlich meine ich es ernst!«, brüllte Cassaro aufgebracht und schlug mit der goldberingten flachen Pranke auf den Tisch. »Glaubt ihr, ich erzähle euch das nur so zum Spaß?«

»A-aber wir haben die Insel noch niemals angegriffen, Käpt'n. Hast du vergessen, was in den alten Logbüchern steht? Tod und Untergang lauern dort. Die Insel ist verbotenes Land und ...«

»Sie *war* verbotenes Land!«, verbesserte Cassaro aufgebracht. »Für unsere Bruderschaft ist eine neue Zeit angebrochen – und unser Weg führt direkt nach Crysalion!«

»Warum gerade Crysalion?«, fragte ein anderer Offizier unüberlegt keck. »Wieso können wir nicht einfach hierbleiben und es so halten wie bisher? Wir plündern, was über das große Meer kommt, und leben von dem, was ...«

»Du Schwachkopf!«, fuhr sein Anführer ihn an. »Es kommt nichts mehr übers Meer! Hast du dich nie gefragt, wieso in den letzten Wochen keine Elfenschiffe mehr eingetroffen sind? Ich will es dir verraten: Weil es keine mehr gibt, deshalb!«

»E-es gibt keine mehr?«, fragte der Offizier und riss die Augen weit auf. »Was soll das heißen?«

»Na, was es eben heißt«, schnappte Rammar, dem die Begriffsstutzigkeit der Männer derart auf die Nerven ging, dass er nicht länger an sich halten konnte. »Dass die Elfen alle sind. Dass es dort, wo sie herkamen, keine mehr gibt. Schluss, aus, finito! Geht das in deinen Schädel?«

»Wirklich?«, fragte der Pirat sichtlich geschockt. Auch die übrigen Offiziere machten lange Gesichter, sodass sie alle Balbok ein wenig ähnlich sahen.

»Wirklich«, versicherte Cassaro. »Die fetten Jahre sind vorbei, Männer. Entweder wir hängen das Piratenhandwerk an den Nagel ...«

»Niemals!«, rief einer der Offiziere aufgebracht.

»Das können wir nicht tun!«, ein anderer.

»Das wäre gegen das Gesetz!«, ein weiterer.

»Wir würden unsere Ahnen verraten!«, ein vierter.

»... oder«, fuhr Cassaro mit listigem Grinsen fort, »wir setzen meinen Plan in die Tat um und greifen Crysalion an. Nach eineinhalb Jahrhunderten des Waffenstillstands werden die Elfen nicht mit einem Überfall rechnen. Sie sind völlig ahnungslos, und das nutzen wir für uns aus. Wir werden siegen und werden die Herren der Kristallburg sein!«

Er hatte mit glühender Begeisterung gesprochen, und nicht wenige seiner Offiziere ließen sich von seiner Euphorie anstecken. Die Zahl derer, die dem Plan ablehnend gegenüberstanden, schrumpfte. Dennoch gab es noch immer einige Zweifler.

»Ich weiß nicht recht«, meinte einer, der einen rötlichen Vollbart trug und ein blutfarbenes Tuch um den Kopf und der deswegen von allen nur der »Rote« genannt wurde. »Die Sache will mir nicht gefallen. Wenn wir die Elfen angreifen, ist das nicht nur Seeräuberei, sondern eine ausgewachsene Kriegserklärung.«

»Wenn schon!«, schnaubte Rammar, der erneut das Gefühl hatte, einschreiten zu müssen. »Seid ihr Piraten oder Blutegel? Ich will damit sagen, sich feige an jemanden heranzuschleichen, um sein Blut auszusaugen, dazu gehört nicht viel. Sich mit dem Schwert in der Hand zu nehmen, was man haben will, *das* ist wahrer Heldenmut!«

»Er hat recht«, pflichtete Cassaro ihm abermals bei. »Schande über euch, dass euch ein Ork sagen muss, was Anstand ist! Nehmt euch gefälligst ein Beispiel an Rammar. So und nicht anders hat sich ein wahrer Pirat zu verhalten!«

Da meldete sich der Rote wieder zu Wort: »Vielleicht versucht er ja auch nur, uns in eine Falle zu locken!«

»Du elender Zwergenbart!«, blaffte Rammar. »Willst du mich beleidigen? Nenn mir einen Grund, warum ich dich nicht augenblicklich abstechen sollte wie einen räudigen *malash*!«

»Ganz einfach – weil ich dir schon vorher den Wanst aufschlitze, Fettsack«, konterte der Rote, und mit einigem Unbehagen registrierte Rammar, dass ihn etwas in den Bauch piekste. Ein Blick nach unten zeigte ihm, dass es die Klinge des Roten war, mit der dieser unter der Tischplatte hindurchstocherte.

»Aber nur, wenn du mit geplätteter Rübe noch dazu in der Lage bist«, sagte plötzlich jemand hinter dem Roten, und noch ehe Cassaro oder irgendjemand sonst etwas unternehmen konnte, fiel die flache Seite einer Bootsaxt herab und dem Roten geradewegs auf den Schädel. Der Pirat kippte rücklings vom Schemel und schlug geräuschvoll zu Boden.

Balbok stand da, die Axt in den Klauen und einen grimmigen Ausdruck im Gesicht. »Sag nie mehr was gegen meinen Bruder, hast du verstanden?«, maulte er auf den Piraten ein, der allerdings zu keiner Erwiderung mehr fähig war – und Rammar sagte sich, dass es eine gute Idee gewesen war, Balbok über die wahre Natur des Plans im Unklaren zu lassen. Wie jeder richtige *umbal* war der hagere Ork dann am nützlichsten, wenn er am wenigsten Ahnung hatte …

»Das wäre also geklärt«, konstatierte Cassaro ungerührt. »Rammar genießt mein volles Vertrauen, aber wenn hier noch jemand sein sollte, der seine Loyalität in Frage stellt …«

Niemand ergriff mehr das Wort. Eifriges Kopfschütteln allenthalben, das noch zunahm, als der bewusstlose Rote hinausgetragen wurde.

»Nachdem wir uns also einig sind«, fuhr Kapitän Cassaro fort, »können wir uns jetzt darüber Gedanken machen, wie wir meinen Plan, Crysalion anzugreifen, in die Tat umsetzen. Die Elfen sind zwar nicht auf unseren Angriff vorbereitet, dennoch können wir nicht einfach gegen die Festung anrennen. Was wir brauchen, ist eine Strategie.«

»*Korr*«, stimmte Balbok zu.

Cassaro sah ihn an. »Du verstehst etwas davon?«

»*Douk*«, verneinte der Ork, »aber Rammar ist ein wahres Genie, wenn es darum geht, sich eine Kriegslist auszudenken.«

»Ist das wahr?« Alle Blicke richteten sich auf den feisten Ork.

»Unsinn«, versuchte dieser abzuwiegeln, »mein Bruder übertreibt mal wieder. Außerdem kennt niemand diese Küste so gut wie du, Käpt'n. Richtig?«

»Das ist wahr«, bestätigte Cassaro geschmeichelt, und weder er noch seine Leute merkten, wie Rammar seinen Bruder mit einem tadelnden Blick bedachte.

»Ein Angriff von der Seeseite brächte die meisten Vorteile«, sagte einer der Offiziere. »Das Wasser ist unser Element, und wir könnten die Katapulte auf den Schiffen zum Einsatz bringen.«

»Allerdings ist da der Kristall«, wandte ein anderer Offizier ein. »Wenn die Elfen von ihm Gebrauch machen, wird keines unserer Schiffe auch nur in die Nähe der Festung gelangen.«

»Der Kristall ist nur ein Ammenmärchen«, war wieder ein anderer überzeugt. »Er existiert nicht wirklich.«

»Und ob er existiert. Nur weil er lange Zeit nicht eingesetzt wurde, bedeutet das noch lange nicht, dass es ihn nicht gibt.«

»Das ist wahr«, knurrte Cassaro. »Der Kristall stellt ein Hindernis dar.«

»Was ist denn das für ein Kristall?«, wollte Balbok wissen.

»Worum es sich dabei genau handelt, weiß keiner von uns«, gab das Oberhaupt der Piraten zu. »Aber in den Logbüchern aus der Zeit des Krieges wird von einem geheimnisvollen Kristall berichtet, der im höchsten Turm der Festung aufbewahrt wird und in dem magische Kräfte schlummern sollen. Angeblich ist er in der Lage, eine ganze Flotte zu versenken.«

»Elfenzauber, nichts weiter«, bemerkte Rammar abfällig.

»Vielleicht«, räumte Cassaro ein, »aber von der gefährlichen Sorte. Ich kann nicht riskieren, dass meine Piratenschiffe auf dem Grund des Meeres landen.«

»Warum nicht?«, fragte Rammar. »Wenn das Ziel lohnend genug ist, ist es jedes Risiko wert. Wer nicht wagt, der nicht gewinnt, lautet ein altes Orksprichwort.«

»Bei den Orks mag das auch zutreffen, aber nicht hier«, konterte der Kapitän schnaubend.

»Und wenn es den Kristall nicht gäbe?«, erkundigte sich Balbok einfältig.

»Was meinst du damit?« Cassaro musterte ihn verblüfft. »Hast du etwa einen Plan?«

»*Korr*«, meinte Balbok und nickte beflissen, sehr zum Entsetzen seines Bruders, der zwar nicht wusste, was Balbok vorhatte, jedoch trotzdem Schlimmes ahnte.

»Hör nicht auf ihn«, sagte er deshalb, »er redet öfter wirres Zeug. Man tut gut daran, es einfach zu übergehen.«

»Nichts da.« Cassaro schüttelte den Kopf. »Dein Bruder ist ebenso Mitglied der Bruderschaft wie du, und als solches steht es ihm frei zu reden. Also, was ist das für ein Plan, den du ausgeheckt hast?«

»Och, nichts Besonderes«, sagte Balbok und winkte ab. »Ich dachte nur, deine Flotte könnte die Festung angreifen.«

»*Umbal*, hast du denn nicht aufgepasst?«, fiel Rammar ihm plärrend ins Wort. »Der Käpt'n hat doch gerade gesagt, dass das Risiko zu groß ist, um …«

»Nur als Ablenkungsmanöver«, wiegelte der Hagere ab.

»Ein Ablenkungsmanöver? Wovon willst du denn ablenken? Von deiner Dummheit? Halt lieber das Maul, bevor ...«

»Lass ihn ausreden«, verlangte Cassaro und brachte Rammar mit einer ebenso eindeutigen wie energischen Geste zum Schweigen, sodass dem dicken Ork nichts anderes übrig blieb, als den geistigen Ergüssen seines Bruders zu lauschen.

Mit wachsendem Entsetzen ...

»Der Angriff würde dazu dienen, die Aufmerksamkeit der Schmalaugen auf sich zu ziehen«, führte Balbok weiter aus, »während eine Kralle voll Krieger in die Festung eindringt, das Kristallding in Scherben haut und so dafür sorgt, dass es uns nicht mehr gefährlich werden kann.« Balboks Maul dehnte sich zu einem breiten Grinsen. »Ist das nicht ein großartiger Plan?«

»Großartig, in der Tat«, stimmte Rammar schnaubend zu. »Was du da vorhast, ist ein *kro-truuark* – ein Todeskommando, von dem es keine Rückkehr geben wird für jene, die ...«

»Der Plan ist nicht schlecht«, unterbrach Cassaro den feisten Ork. »Das Problem ist, dass es keinen Weg gibt, ungesehen in die Festung zu gelangen. Es existiert nur ein einziges Tor, das streng bewacht wird, und der Pfad dorthin führt den Berg hinauf und ist schon von Weitem einsehbar. Wie also sollten die Männer ins Innere der Festung gelangen?«

»Eben«, sagte Rammar schnell, noch ehe Balbok etwas erwidern konnte, »wie sollte das wohl gelingen? Es ist unmöglich, sage ich! Völlig unmöglich!«

»Aber Rammar«, wandte Balbok ein, »hast du denn das Labyrinth vergessen?«

»Welches Labyrinth?«, fragte Rammar und betonte dabei jede einzelne Silbe, doch Balbok begriff nicht, was sein Bruder ihm damit zu signalisieren versuchte.

»Na das, durch das wir aus der Gefangenschaft der Schmalaugen entkommen sind«, schwätzte Balbok weiter. »Durch das Labyrinth gelangt man in die Minen, und von den Minen, die sich unter dem Palast befinden, gibt es einen Weg hinauf.«

»Der ohne Zweifel bewacht wird«, wandte Rammar ein.

»*Korr*, aber bestimmt nicht so gut wie das Tor«, hielt Balbok dagegen – und darauf fiel selbst Rammar keine Erwiderung mehr ein. Er hätte seinen Bruder am liebsten am Kragen gepackt und geschüttelt, ihn geohrfeigt und ihm gesagt, was für ein riesiger hirn- und hornloser Trottel er doch war. Die wachsende Begeisterung in Kapitän Cassaros Gesichtszügen hinderte ihn jedoch daran.

»Nicht schlecht«, sagte der Anführer der Piraten anerkennend. »Das ist ein guter Plan.«

»Das ist ein Schwachsinnsplan!«, widersprach Rammar entschieden. »Weder wissen wir, ob wir den Weg durch das Labyrinth ein zweites Mal finden, noch können wir sagen, ob ...«

»Du erinnerst dich also?«, fragte Balbok erfreut.

»Natürlich erinnere ich mich. Ist schließlich noch nicht so lange her, oder?«

»Warum ist der Vorschlag dann von deinem Bruder gekommen und nicht von dir?«, fragte Cassaro spitz. »Solltest du dich etwa fürchten? Solltest du vorgehabt haben, andere die Dreckarbeit für dich erledigen zu lassen?«

»Unsinn«, beeilte sich Rammar zu versichern und verzog das narbige Gesicht zu einem Lächeln, das allerdings ziemlich unaufrichtig wirkte, »natürlich nicht!«

»Ich habe eine Idee, Käpt'n«, ergriff einer der Offiziere das Wort. »Warum übertragen wir dem Dicken nicht das Kommando über den Einsatztrupp? Da hat er Gelegenheit, sich zu bewähren und uns allen zu beweisen, wie großartig sein Plan tatsächlich ist.«

»Aber nicht doch«, wollte Rammar kopfschüttelnd ablehnen, »das ist nicht ...«

»Ein guter, ein wirklich sehr guter Gedanke«, fiel ihm Cassaro abermals ins Wort und hatte auf einmal diesen Tonfall in der Stimme, der keinen Widerspruch duldete. »Leutnant Rammar – ich übertrage dir hiermit den Oberbefehl über das Einsatzkommando, dessen Auftrag die Zerstörung des Kristalls ist. Noch Fragen?«

Rammar antwortete nicht sofort – er hatte Mühe, den Anfall von *saobh* niederzukämpfen, der ihn befallen wollte.

»Keine«, antwortete er schließlich zähneknirschend. Was hätte er auch noch sagen können, ohne das letzte bisschen Glaubwürdigkeit zu verspielen und sich selbst ans Messer zu liefern?

»Natürlich«, fuhr Cassaro fort, »steht es dir frei, dir deine Mannschaft zusammenzustellen. Ich gebe dir zehn Mann mit, die deinem Befehl aufs Wort gehorchen werden.«

»Wie schön«, erwiderte Rammar wenig erfreut und wandte sich seinem Bruder zu. »Dann ratet mal, wen ich als Erstes dazu verdonnern werde, mir auf diesem *kro-truuark* Gesellschaft zu leisten.«

»Hm«, machte Balbok. Seine Stirn legte sich in Falten, seine Nüstern blähten sich, und er kratzte sich am Hinterkopf wie immer, wenn er angestrengt nachdachte. Dann jedoch, in einem Ausbruch spontaner Genialität, hellten sich seine Züge auf. »Willst du mich vielleicht dabeihaben?«

»Genau das, Bruder«, bestätigte Rammar mit bösem Grinsen. »Genau das ...«

»Ich weiß nicht, Käpt'n«, wandte ein anderer Offizier ein, »irgendwie gefällt mir die Sache immer noch nicht. Sollen wir wirklich blindlings einen Angriff gegen die Festung wagen? In der vagen Hoffnung, dass es den beiden Orks gelingt, den Kristall zu zerstören? Wollen wir das Wohl der ganzen Flotte von dem Geschick zweier Orks abhängig machen?«

»Warum nicht?«, fauchte Rammar ihn an.

»Weil ich dir nicht weiter traue, als ich dich werfen könnte, Fettsack«, knurrte der Pirat.

Erneut wollte Balbok die flache Seite seiner Axt zum Einsatz bringen, um den Kritiker verstummen zu lassen – diesmal jedoch ging Cassaro dazwischen.

»Schluss damit!«, rief er energisch und setzte dem Streit ein Ende. »Der Einwand ist durchaus berechtigt, also hört gut zu, was ich euch zu sagen habe: Wir werden die Flotte zum Angriff rüsten und in See stechen, aber wir werden uns im Nebel verborgen halten und nicht angreifen, bis wir das Signal dazu erhalten haben.«

»Was für ein Signal?«, fragte Rammar.

»Sobald der Kristall zerstört ist, werdet ihr auf dem obersten Turm eine Fackel schwenken – das wird für uns das Zeichen zum Angriff sein.«

»Eine Fackel schwenken? Auf dem obersten Turm?«, fragte Rammar. »Wer immer das tut, wird mit Pfeilen gespickt, bevor er die Fackel überhaupt heben kann.«

»Und? Hast du ein Problem damit?«

»*Douk*«, versicherte der Ork zähnefletschend und bedachte Balbok mit einem Seitenblick. »Ich habe sogar schon jemanden dafür im Auge.«

»Dann ist es beschlossen. Stell deinen Trupp zusammen und melde dich, wenn ihr einsatzbereit seid«, sagte der Piratenkapitän und rammte dort, wo sich auf der Karte die Kristallfestung befand, sein Entermesser in die Tischplatte. »Schon bald wird Crysalion uns gehören!«

5.

NUASH PLUM

»Eine Krallevoll Krieger dringt in die Festung ein, haut das Kristallding in Scherben und sorgt dafür, dass es uns nicht mehr gefährlich werden kann ...!« Rammar imitierte Stimme und Tonfall seines Bruders nicht nur, sondern übersteigerte beides ins Groteske. »Ist das nicht ein großartiger Plan?«

»I-ich dachte, du würdest dich freuen«, sagte Balbok ein wenig hilflos, der neben ihm im Heck des Nachens saß. Acht Piraten – vier an jeder Seite – ruderten die Schaluppe durch das unruhige Küstengewässer der großen Insel entgegen.

»Und wie ich mich freue! Einen Warg hab ich mich gefreut! Kommt ja auch nicht alle Tage vor, dass man sein eigenes Leben auf einem Todeskommando wegwerfen darf.«

»Aber wo es doch dein Plan war ...«

»Was weißt du schon von meinen Plänen?«, schrie Rammar ihn an, dass die Piraten ihn verwundert anschauten. Verstehen konnten sie nichts von der Unterhaltung, da sich die Orks wohlweislich in ihrer eigenen Sprache unterhielten. »*Mein* Plan war es, die Schmalaugen und die Milchgesichter gegeneinander aufzuhetzen! *Mein* Plan war es, Rache an diesen elenden Sklavenhaltern zu nehmen, ohne dabei auch nur eine Kralle krumm zu machen. *Mein* Plan war es, das allgemeine Durcheinander zu nutzen und abzuhauen. Und vor allen Dingen war es *mein* Plan, uns aus allem rauszuhalten, wenigstens dieses eine Mal! Aber nein, mein idiotischer und mit dem Hirnschmalz einer Schmeißfliege versehener Bruder muss ja unbedingt den Helden spielen und uns dieses Todeskommando aufs Auge drücken! Ehrlich, ich sollte dich über Bord werfen und dich an die Fische verfüttern, aber das wäre noch viel zu gut für dich! Du sollst dabei sein, bis zum bitteren Ende – und wenn die Schmalaugen uns dann schnappen, will ich dabei zusehen, wie sie dir die Haut in Streifen abziehen.«

»Dann dürfen wir uns wohl nicht schnappen lassen«, sagte Balbok und wagte ein Grinsen in dem hilflosen Versuch, die Stimmung seines Bruders ein wenig aufzuhellen.

»Dann dürfen wir uns wohl nicht schnappen lassen!«, äffte dieser Balbok erneut nach. »Weißt du, was du da sagst? Weder kennen wir den Weg durch das Labyrinth, noch haben wir eine genaue Ahnung, wie man von dort in die Festung gelangt. Es gibt gefräßige Riesenratten, durchgeknallte Aufseher und blutrünstige Elfenkrieger, aber du tust so, als wäre es der reinste Spaziergang. Jede andere halbwegs vernünftige Kreatur wäre froh, von einem solchen Ort entkommen zu sein – der einzige Volltrottel, der es nicht erwarten kann zurückzukehren, ist ausgerechnet mein Bruder!«

»Ich wollte nicht zurück«, versicherte Balbok kleinlaut. »Ich dachte nur, wenn ich dir bei deinem Plan helfe, bist du nicht mehr ganz so böse mit mir ...«

»Zum letzten Mal: Das – war – nicht – mein – Plan! Du hattest *keine Ahnung* von *meinem* Plan! Verstehst du? Weil ich dich nicht eingeweiht habe in *meinen* Plan, deshalb!«

»Und warum nicht?«, fragte Balbok.

»Sehr einfach – weil du keine Gelegenheit ausgelassen hättest, meinen Plan durch deine unsägliche Dummheit zu sabotieren. Deshalb habe ich dir erst gar nichts davon gesagt.«

»Aber nun sind wir trotzdem hier.«

»Allerdings.«

»Das muss doch was bedeuten, oder nicht?«

Rammar schaute seinen Bruder von der Seite an, und der Drang, Balbok an den Ohren zu packen und ihm den Rüssel abzubeißen, war noch nie so groß gewesen wie in diesem Augenblick.

Aber er beherrschte sich – nicht, weil er seinem Bruder verziehen hätte, sondern weil sich tief in seinem voluminösen Inneren Resignation breitmachte.

»Und ob es etwas bedeutet«, erwiderte er müde. »Es bedeutet, dass ich tun kann, was ich will, dass ich gescheit sein kann, wie ich will, dass ich Pläne schmieden kann, so lange ich will – nichts wird dich davon abbringen, mir alles zu vermasseln und mein Leben in eine Trümmerlandschaft zu verwandeln.«

Balbok war ehrlich betroffen. »Glaubst du das wirklich?«

»Allerdings.«

»Rammar?«

»Ja doch, was willst du?«

»Bist du mir noch böse …?«

Rammars Resignation nahm ein jähes Ende.

Wie von einer *cudach* gestochen, schoss der feiste Ork in die Höhe, mit dem festen Vorsatz, Balbok nun doch seines Riechorgans zu berauben, und es bedurfte der vereinten Kräfte von vier kräftigen Piraten, ihn daran zu hindern.

Das Boot geriet bei dem Handgemenge gefährlich ins Schwanken, und erst nach und nach kühlte sich Rammars erregtes Gemüt wieder ein wenig ab. Er sagte allerdings kein Wort mehr, bis der Nachen das felsige Ufer erreichte, und auch dann sprach Rammar nur, wenn es sich nicht vermeiden ließ.

Wortlos folgte er dem Trupp seiner Leute; Balbok schickte er als Vorhut voraus. Über die Terrassen ging es an den Klippen empor, über denen sich finster und drohend der Berg und die Kristallfestung erhoben, gekrönt von spitzen Türmen, deren höchster und trutzigster das Ziel des Kommandos war.

Idiotischerweise.

Schon bald musste Rammar erkennen, dass es sehr viel einfacher war, über die Felsterrassen hinunterzugelangen als hinauf. Keuchend rang er nach Atem, brauchte mitunter sogar Hilfe, um die Felsstufen zu erklimmen. Es war erniedrigend, von einem Haufen Milchgesichter von einer Etage auf die nächste gehievt zu werden, aber Rammar trug es mit Fassung. Denn seine Wut war dumpfer Furcht gewichen, der Furcht vor dem, was sie im Inneren des Berges erwartete.

In die Minen zurückzukehren war reiner Wahnsinn, aber wenn er sich nicht an Cassaros Befehl hielt, würde er nicht nur die Schmalaugen, sondern auch noch die Piraten gegen sich haben, und dann ...

Rammar hielt in seinen Gedanken inne.

Wer, bei Kuruls Grube, behauptete denn, dass die Schmalaugen seine Feinde waren?

War es nicht vielmehr so, dass er über äußerst wichtige Informationen verfügte? Dass er drohendes Unheil von den Elfen abwenden konnte? Er brauchte nur dafür zu sorgen, dass die Schmalaugen vom Plan der Piraten erfuhren – und dass es so aussah, als hätte er sich nur aus dem einen Grund in die Festung geschlichen, um deren Bewohner vor der drohenden Gefahr zu warnen. Die Seiten zu wechseln bereitete ihm keine Schwierigkeiten, das war er als Ork gewohnt, und um die Piraten tat es ihm nicht leid, zumal es sich ohnehin nur um Milchgesichter handelte.

Aber was war mit Balbok? Sollte er ihn in seinen Plan einweihen?

Auf keinen Fall!

Doch Balbok hatte eindrucksvoll bewiesen, dass er auch einen Plan zunichtemachen konnte, von dem er keine Ahnung hatte.

Was also sollte Rammar tun?

Die Antwort lag auf der Klaue. Sie gefiel Rammar nicht besonders, aber so war es nun mal am besten – für ihn selbst.

Er würde Balbok zusammen mit den Milchgesichtern ans Messer liefern. Nicht nur, weil es die gerechte Strafe für den *umbal* war, sondern auch die einzige Möglichkeit, sich vor Balboks gemeingefährlicher Dummheit zu schützen. Die

Verräter würden in die Minen gesteckt und Rammar als Held gefeiert werden – später konnte er immer noch sehen, ob es nicht möglich war, Balbok wieder herauszupauken. Vorausgesetzt, der Zorn auf seinen Bruder hatte sich bis dahin gelegt ...

Ein Grinsen huschte über Rammars feiste Züge, und plötzlich fühlte er sich wieder obenauf. Dieser neue Plan gab ihm berechtigte Hoffnung, dieses Abenteuer doch noch zu überleben, und er verspürte eine Euphorie, wie er sie lange nicht mehr empfunden hatte.

»Na los doch, worauf wartet ihr?«, trieb er die Seeräuber an, die ihn gerade mit zwei Tauen, die sie ihm um den voluminösen Leib geschlungen hatten, auf die nächste Terrassenstufe zogen.

Die Männer bissen die Zähne zusammen, die Seide ihrer zweifellos aus Elfenbesitz stammenden Hemden spannte sich zum Zerreißen über ihren gestählten Muskeln, und Balboks hilfreiche Klaue reckte sich Rammar entgegen, die dieser ergriff, was der Hagere als Zeichen der Versöhnung wertete.

Ein weiteres Missverständnis ...

Erleichtert stellte Rammar fest, dass er die oberste Terrasse erreicht hatte und die Teilnehmer des Einsatztrupps vor jenem Spalt im senkrecht aufragenden Fels standen, der den Eingang zum Labyrinth darstellte. Jenseits davon herrschte undurchdringliche Schwärze, in der die Orks eine tödliche Gefahr wussten – anders als die Piraten.

Kurzerhand griff ein Seeräuber nach einer der Fackeln, die sie mitgebracht hatten, entzündete sie und trat in den dunklen Spalt.

»Nicht!«, rief Balbok entsetzt – aber es war schon zu spät.

Ein riesiges pelziges Etwas sprang den Piraten aus der Dunkelheit an und riss ihn von den Beinen. Ein erstickter Schrei, dann spritzte roter Lebenssaft aus der Höhle, direkt vor die Füße der entsetzten Seeräuber.

»W-was ist das?«, rief einer von ihnen, während sie entsetzt auf das Monstrum blickten, das im Halbdunkel kauerte und ihren Kameraden auffraß.

»Och, bloß eine Riesenratte«, meinte Balbok und winkte ab. »Man muss vor ihnen auf der Hut sein, aber eigentlich sind sie ganz nette Kerle. Haben bloß immerzu Hunger, genau wie ich.«

»Das sehe ich«, entgegnete der Pirat, der seinen Blick nicht von dem Untier wenden konnte.

»Ich hatte sogar mal eine Ratte zum Freund«, fuhr Balbok fort. »Sein Name war Brarkor, und er ...«

»Das interessiert niemanden!«, fiel Rammar ihm barsch ins Wort. »Ihr habt gesehen, was passiert, wenn ihr euch nicht vorseht. Also bleibt gefälligst zusammen und tut genau, was wir euch sagen, kapiert?«

Beflissenes Nicken allenthalben.

»Leutnant Rammar?«, erkundigte sich ein dürrer, einäugiger Kerl mit abgefressenen Haaren und tätowierten Armen, der zu Cassaros Vertrauten gehörte. Huggo war sein Name, wie Rammar wusste.

»Was denn?«

»Wäre es nicht eine gute Idee, sich ein paar der Rattenviecher als Reittiere zu fangen?«, fragte Huggo. »Wenn man auf welchen von ihnen sitzt, wird man vielleicht von den anderen in Ruhe gelassen.«

Balbok wollte etwas Zustimmendes erwidern, doch Rammar brachte ihn mit einem messerscharfen Blick zum Verstummen. »Das ist der größte Blödsinn, den ich je gehört habe!«, maulte der fette Ork. »Hast du das gehört, Balbok? Auf so einen Gedanken können wirklich nur Milchgesichter kommen!«

»Wirklich!« Balbok nickte eifrig.

»Und wie sollen wir dann den Weg durch das Labyrinth finden?«, fragte ein anderer Seeräuber, der sich freiwillig für den Einsatz gemeldet hatte und seinen Übermut bereits bereute.

»Indem wir ihn suchen«, schnaubte Rammar genervt. »Mit etwas Glück werden wir lebend die Minen erreichen, wo es nach Tod und Verwesung riecht und peitschenschwingende Aufseher das Sagen haben. Von dort geht es dann weiter in die Festung, die von bis an die Zähne bewaffneten Elfenkriegern bewacht wird und durch die wir uns einen Weg zum großen Turm erkämpfen müssen.«

»Gl-glaubst du, wir werden das durchstehen?«

»Nein«, antwortete der Ork wahrheitsgemäß.

»Und das macht dir keine Angst?«

»Nein«, wiederholte Rammar grinsend. »Warum sollte es?«

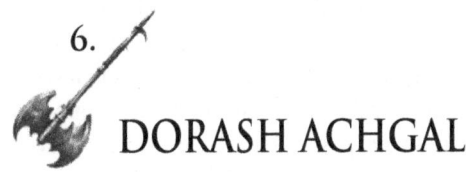

6.
DORASH ACHGAL

Auf Pfaden, die der alte Zauberer genau zu kennen schien, waren sie gewandert – und immer wieder hatte Alannah das Gefühl gehabt, in vertrauten Gefilden zu weilen. Aber nicht nur die Ahnung, vor langer Zeit schon einmal an diesen Orten gewesen zu sein und sich dennoch an nichts erinnern zu können, war befremdlich, sondern auch die Gegend selbst.

Hätte man Alannah zu ihrer Zeit als Priesterin von Shakara gebeten, die Fernen Gestade zu beschreiben, hätte sie von einem Land gesprochen, wie es lieblicher nicht sein konnte; das von sanften Flüssen durchzogen wurde und dessen Hügel von Wäldern bedeckt waren, deren Bäume ihr grünes Kleid niemals verloren; wo sich das Gras, das in den Senken üppig gedieh, sanft im Wind wog und wo im klaren Licht der Sonne Tautropfen glitzerten. Ein Land, das keine Dunkelheit kannte, keinen Tod und keine Vernichtung ...

Doch schon unmittelbar nach ihrer Ankunft hatte Alannah erkennen müssen, dass dieser Ort, den sie sich stets in ihren Träumen ausgemalt hatte, nicht existierte.

Als sie die Höhle verließen, in die sie der Dreistern gebracht hatte, hatten sie sich in einem düsteren Dschungel wiedergefunden, der Alannah an den Wald von Trowna erinnerte, wie er ausgesehen hatte, bevor der über Tirgas Lan verhängte Fluch gelöst worden war.

Die knorrigen Bäume waren mit Würgeflechten und Schlingpflanzen bewachsen, und ihr dichtes Blätterdach ließ kaum Licht hindurch. Giftpilze, Moos und welkes Laub bedeckten den Boden, auf dem sich mannigfaltiges Ungeziefer tummelte, darunter handtellergroße Käfer und fingerdicke Würmer. Die Luft war getränkt vom süßlichen Gestank der Fäulnis.

Den Überresten einer alten Straße waren sie quer durch den Dschungel gefolgt, vorbei an Trümmern und Ruinen einstmals prächtiger Bauwerke, die der Muße und der Zerstreuung gedient hatten. Das Gelächter und die Musik waren längst verstummt, bedrückendes Schweigen lag über den Lichtungen.

Unter einem großen Baum mit weit ausladenden Ästen suchten sie bei Einbruch der Dunkelheit Schutz. Mit dem Stab zog Lhurian einen Kreis im welken Laub, woraufhin alles Ungeziefer aus dieser Markierung flüchtete. Stöhnend ließ sich der Zauberer nieder. Die Erschöpfung stand ihm in die faltigen Züge geschrieben.

»Alles in Ordnung?«, erkundigte sich Alannah.

»Natürlich«, versicherte er, und ein entschuldigendes Lächeln glitt über sein Gesicht. »Die Kristallpforte willkürlich zu öffnen erfordert lediglich einige Kraft, und da ich keine zweihundert mehr bin ...«

»Verzeih«, erwiderte sie. »Ich wünschte, ich könnte mich erinnern, dann wäre ich dir eine größere Hilfe.«

Das Lächeln im Gesicht des Zauberers war wie weggewischt. »Sei dankbar«, sagte er sehr ernst, »dass du dich nicht erinnerst. Bisweilen ist Wissen keine Gabe, sondern eine Bürde.«

»Aber eine Bürde pflegt an Gewicht zu verlieren, wenn man sie mit jemandem teilen kann.«

Er schüttelte den Kopf. »Nicht diese Bürde, Thynia. Nicht diese Bürde.«

Noch immer sah er erschöpft aus, und er schien auch nicht gewillt, die Unterhaltung fortzusetzen. Er kündigte an, die zweite Wachschicht zu übernehmen, und legte sich auf den Boden, und obwohl es Alannah ein Rätsel war, wie jemand an einem Ort wie diesem Ruhe finden konnte, war der Zauberer schon kurz darauf eingeschlafen.

Schweigend kauerte sie innerhalb des Bannkreises, den er mit seinem Zauberstab gezogen hatte, die Arme um die Beine geschlungen, und spähte hinaus in die Dunkelheit. Nicht zum ersten Mal fragte sie sich, ob es klug gewesen war, ihren Willen gegen Corwyn durchzusetzen und den Zauberer zu begleiten. Sie hatte Corwyn damit verletzt und vor den Kopf gestoßen, und wer vermochte zu sagen, ob sie Lhurian tatsächlich würde helfen können?

Sie streifte den Zauberer, dessen Umhang sich unter seinen Atemzügen gleichmäßig hob und senkte, mit einem rätselnden Blick. Anfangs hatte sie in ihm nichts anderes sehen können als den alten Mann, der er augenscheinlich war. Je näher sie ihn jedoch kennenlernte, desto mehr ging ihr auf, dass sich hinter den faltigen, wettergegerbten Gesichtszügen ein noch immer junges Herz verbarg, zu dem sie sich auf eigenartige Weise hingezogen fühlte.

Was mochte einst zwischen ihnen gewesen sein? Wieso weigerte er sich so beharrlich, ihr davon zu erzählen? Was war bei ihrem letzten Aufenthalt an den Fernen Gestaden geschehen?

Sosehr Alannah darauf brannte, Antworten auf diese Fragen zu bekommen, sosehr fürchtete sie sich zugleich davor. Denn ein Teil von ihr ahnte, dass diese Antworten mit dem zusammenhingen, was mit den Fernen Gestaden geschehen war – und mit der unheilvollen Aura, die sie umgab.

7.

GOUTA

Eine Ahnung davon, wie lange sie bereits durch die schier undurchdringliche Dunkelheit des Labyrinths marschierten, hatten sie nicht.

Wie sollten sie auch? Unter Tage machte es keinen Unterschied, ob draußen die Sonne oder der Mond am Himmel stand. Wenn man hungrig war, so aß man etwas, und wenn man müde war und die Beine schmerzten, ruhte man aus. Aber obwohl sie über keinen Anhaltspunkt verfügten und Orks zudem nicht gerade mit einem feinen Zeitgespür gesegnet waren, hatte Rammar das untrügliche Gefühl, dass sie schon entschieden zu lange durch den unterirdischen Wirrwarr aus Stollen, Höhlen und Treppen latschten.

Am Anfang war alles noch einfach gewesen – sie waren den Skeletten gefolgt, die sich vom Ausgang des Labyrinths bis zu jener Höhle erstreckten, in der die Orks während ihrer Flucht aus den Minen erstmals auf die Monsterratten getroffen waren.

Aber wie ging es von dort aus weiter?

Bei ihrem letzten Aufenthalt in den Stollen hatte Rammar keine Notwendigkeit gesehen, sich den Weg zu merken, und umgedreht hatte er sich auch kein einziges Mal. Das schien sich nun zu rächen, denn allem Anschein nach hatten die Orks einen anderen Pfad eingeschlagen als auf ihrer überstürzten Flucht.

Stillgelegte Stollen, steil verlaufende Schächte und Höhlen verschiedener Größen, die einst Sklaven beherbergt hatten und an deren Wänden noch immer rostige Ketten hingen – davon bekamen die Orks und ihre menschlichen Begleiter mehr als genug zu sehen. Führte eine der grob in den Fels gehauenen Treppen nach oben, so folgten sie den Stufen in der Hoffnung, auf diese Weise zurück in die Minen zu gelangen. Aber wie es zuvor hinaufgegangen war, ging es kurz darauf auch wieder hinab, und nichts war gewonnen. Die Erkenntnis war ebenso ärgerlich wie niederschmetternd: Sie hatten sich verlaufen!

Und natürlich stand für Rammar fest, wer daran Schuld hatte ...

»Da siehst du nun, was du angerichtet hast!«, maulte er auf Orkisch hinter seinem Bruder her, den er wohlweislich vorausgeschickt hatte. Was immer in der Dunkelheit lauerte, sollte zuerst auf Balbok treffen ...

»Äh ... tja ...« Der Hagere zuckte mit den knochigen Schultern. »Irgendwie habe ich den Weg anders in Erinnerung.«

»Du hast *gar nichts* in Erinnerung«, verbesserte Rammar, »denn um sich an etwas erinnern zu können, muss man erst mal Hirn haben. Aber du hast nichts als leere Luft zwischen den Ohren.«

»Glaubst du wirklich?« Balbok blieb stehen und wechselte die Fackel in die linke Klaue, um mit der Rechten besorgt seine Ohren zu betasten.

»Auf jeden Fall!«, war Rammar überzeugt. Dass er überhaupt noch mit Balbok sprach und ihn und die Piraten noch nicht in einem Anfall von *saobh* erschlagen hatte, war nur zwei Tatsachen zu verdanken, die Rammars Zorn ein wenig besänftigten: dass sie zum einen einen genügend großen Vorrat sowohl an Fackeln als auch an Proviant dabeihatten und dass sie zum anderen schon lange auf keine Riesenratten mehr getroffen waren.

Je weiter sie in das Labyrinth vorstießen, desto weniger von den Viechern schien es zu geben. Woran das lag, konnte Rammar nur vermuten – wahrscheinlich daran, dass sie so weit im Inneren der Anlage nichts mehr zu fressen fanden. Und je mehr sie sich von den widerwärtigen Kreaturen entfernten, desto lieber war es dem feisten Ork. Schließlich wollte er nicht erleben müssen, wie sich Balbok vor den Augen der Menschen erneut mit einer Ratte verbrüderte.

Zum ungezählten Mal gelangten sie in eine Höhle, die gleich mehrere Ausgänge hatte. Da offenbar keiner davon nach oben führte, überließ es Rammar seinem Bruder, die Entscheidung zu treffen. Das hatte den Vorteil, dass er nachher lauthals über ihn herfallen und ihn beschimpfen konnte, wenn sich die Wahl als falsch herausstellte.

Obwohl Balbok nicht lange fackelte und seine Wahl zügig traf, blieben Rammar die misstrauischen Blicke von Huggo und den anderen Piraten nicht verborgen. Zu Beginn hatten Cassaros Männer fest auf die Ortskenntnis der Orks vertraut. Nach dem endlos langen Marsch durch die trübe Dunkelheit schienen ihnen jedoch erste Zweifel zu kommen. Um sich vor den Menschen keine Blöße zu geben, hatten sich die Orkbrüder untereinander immer nur in ihrer Sprache unterhalten. Doch wie es aussah, hatte auch das allmählich keine Wirkung mehr ...

»Wie lange dauert es eigentlich noch?«, wollte Huggo wissen. »Könnt ihr uns das vielleicht sagen?«

»Bis wir am Ziel sind«, entgegnete Rammar lakonisch.

»Und wann wird das sein?«, bohrte der Pirat weiter. Die Augenklappe, die er trug, weckte bei Rammar unangenehme Assoziationen an einen gewissen Kopfgeldjäger, der zum König wurde. »Wir irren nun schon seit einer halben Ewigkeit durch diese Stollen. Und weißt du was?«

»Was?«, knurrte Rammar.

»Ich habe das Gefühl, dass wir schon einmal in dieser Höhle waren«, eröffnete Huggo rundheraus, »nur mit dem Unterschied, dass wir das letzte Mal den linken Stollen genommen haben. Weißt du, was ich glaube?«

»Was glaubst du, Milchgesicht?«

»Dass ihr beide entweder keine Ahnung habt, welchen Weg wir nehmen sollen – oder dass ihr uns in eine Falle locken wollt!«

Falle!

Das eine Wort genügte, um die übrigen Piraten aus der Lethargie zu reißen, in die sie während des langen Marsches durch die Dunkelheit verfallen waren. Auf einmal zogen sie ihre Waffen, sodass sich Rammar schlagartig von Bootsäxten und Entermessern umzingelt sah.

»Was soll das?«, blaffte er und funkelte sie aus blutunterlaufenen Augen an. »Wollt ihr meutern?«

»Wir wollen wissen, was du mit uns vorhast!«, grollte Huggo, und die übrigen Piraten nickten zustimmend. »Seid ihr beide nur dämlich oder gefährlich, das ist die Frage.«

»Dämlich ist nur mein Bruder, ich nicht«, stellte Rammar klar, »aber wenn du glaubst, dass ich ...«

»Rammar ...?«, drang plötzlich Balboks Stimme aus dem Stollen.

»*Korr*, was ist?«

»Ich finde, du solltest dir das mal ansehen.«

Rammar schnaubte und verdrehte die Augen. Konnte dieser langgesichtige, knochendürre Dämlack niemals Ruhe geben?

»Sei vorsichtig«, schärfte Huggo ihm ein. »Wir beobachten dich, Fettsack. Und wenn wir das Gefühl haben, dass du uns hintergehen willst ...« Er nickte grimmig und überließ es Rammars Phantasie, sich vorzustellen, was in diesem Fall geschehen würde. Dann gab er seinen Leuten ein Zeichen, worauf sie die Waffen senkten und den Ork gehen ließen.

»Wo bist du?«, rief Rammar in den Stollen.

»Hier«, hallte es unter mehrfachem Echo zurück.

Seufzend machte sich Rammar auf den Weg und watschelte den Gang hinab, gefolgt von Huggo und den anderen. Er konnte es den Menschen nicht verdenken, dass sie unruhig wurden. Ihm ging es ja nicht anders. Aber natürlich durfte er keine Aufsässigkeit dulden. Am besten war es wohl, wenn er einen von ihnen vor aller Augen massakrierte. Das hob die Stimmung (zumindest seine) und brachte die Saubande wieder auf Linie.

Im nächsten Moment jedoch sah Rammar, dass dies wohl nicht mehr nötig sein würde. Denn während er sich mit den Milchgesichtern gestritten hatte, schien sein nichtsnutziger Bruder tatsächlich eine Art Eingang gefunden zu haben. Wie hieß das alte Sprichwort doch gleich wieder? *Kudashd darr chgul lorg alhark* – Auch ein blinder Ghul fand mal ein Horn ...

Die Höhle, in die der Stollen mündete und in der Balbok mit vor Staunen herabgefallenem Unterkiefer stand, unterschied sich von allen bisherigen: Die Wände bestanden nicht einfach nur aus grob behauenem Fels, sondern aus beinahe nahtlos aneinandergefügten Steinquadern. Nur Boden und Decke ließen den Ursprung des Gewölbes noch erkennen, das an die fünf oder sechs Orks hoch sein mochte. Die Stirnseite wurde von zwei großen steinernen Säulen eingenommen, die mit allerhand Schriftzeichen versehen waren, mit denen Rammar allerdings nichts anfangen konnte. Ihn interessierte mehr der bogenförmige Durchgang, der sich zwischen den beiden Säulen erstreckte.

In alter Zeit mochten sich dazwischen hölzerne Torflügel befunden haben, aber die waren längst verfault, und so stand der Zugang offen. Wohin die Pforte führte – ob in die Minen oder sogar direkt hinauf in die Festung –, wusste Rammar nicht, und es war ihm im Augenblick auch gleichgültig. Wichtiger war, dass der endlose Marsch durch das Labyrinth endlich ein Ende hatte.

Als die Piraten, die hinter ihm in das Gewölbe drängten, das Tor erblickten, verfielen sie in spontanen Jubel. Von Meuterei war keine Rede mehr, und Huggo entschuldigte sich bei Rammar gar für den üblen Verdacht, den er geäußert hatte. Anschließend feierten die Seeräuber – sehr zu Rammars Verdruss – Balbok als ihren Helden.

Von allen Seiten umringten sie ihn und klopften ihm auf die Schulter, was sich der hagere Ork – zu Rammars noch ungleich größerem Verdruss – gern gefallen ließ. Einen Moment ließ Rammar ihn gewähren, dann fand er, dass Balbok seinen Ruhm, zu dem er völlig unverdient gekommen war, genug ausgekostet hatte.

»Das reicht!«, knurrte er seinen Bruder an. »Zuerst Ratten, jetzt Milchgesichter – musst du dich immerzu mit irgendwelchem Gesocks verbrüdern?«

Damit ließ er den verdutzten Balbok und die Piraten stehen und trat durch das hohe Tor in den Gang, der dahinter lag. Blindlings draufloslatschen und den Ruhm dafür ernten – das konnte er schließlich auch ...

8.  ANN DOUS!

Tirgas Dun lag an der Südküste des Reichs.

Die Festung, die den Kern der Stadt bildete, war am Beginn des Silbernen Zeitalters errichtet worden, nachdem die Drachen Erdwelt verlassen hatten und man Margok das erste Mal besiegt glaubte. Über viele Jahrtausende hinweg hatte Tirgas Dun über die südlichen Grenzen gewacht und den Frieden auf dem Meer garantiert, und obgleich die Stadt nie die Berühmtheit ihrer weiter nördlich gelegenen Schwester Tirgas Lan erlangt hatte, war sie doch zu bedeutender Größe herangewachsen. Nicht von ungefähr war sie nach dem Zweiten Krieg und dem Bann, der über Tirgas Lan verhängt worden war, zur Hauptstadt des Reichs geworden, und noch bis kurz zuvor hatten der Hohe Rat und die letzten Elfen Erdwelts dort residiert.

Inzwischen hatten die Elfen Erdwelt allesamt verlassen, und Menschen hatten die weißen Türme und hohen Kuppeln Tirgas Duns in Besitz genommen. Corwyns erklärtes Ziel war es, aus der alten Hafenstadt wieder das zu machen, was sie einst gewesen war, nämlich eine blühende und wohlhabende Metropole, die nicht nur regen Handel mit Arun und den südlichen Landen betrieb, sondern auch über eine starke Kriegsflotte verfügte.

Noch aber war es nicht so weit.

Die wenigen Siedler, die sich seit dem Weggang der Elfen in der Stadt niedergelassen hatten, reichten bei Weitem nicht aus, um sie wieder mit pulsierendem Leben zu erfüllen, und die Zeichen des Verfalls an den Gebäuden waren unübersehbar. In den letzten Jahren war das Streben der Elfen so auf die Fernen Gestade konzentriert gewesen, dass sie ihre Häuser und ihre Stadt, die sie ohnehin verlassen wollten, sehr vernachlässigt hatten.

Mit Unbehagen dachte Corwyn an seine letzte Unterredung mit dem Hohen Rat der Elfen zurück, die geprägt gewesen war von Ignoranz und Unverständnis. Er empfand kein Bedauern darüber, dass Sigwyns Söhne nicht mehr in Tirgas Dun weilten, obschon er ihre Hilfe gut hätte brauchen können. Denn was sich bislang im weiten Hafenbecken der Stadt angesammelt hatte, verdiente die Bezeichnung Kriegsflotte nicht.

Nur einige abgetakelte Trieren waren es, zurückgelassen von den Elfen – schlanke Schiffe, die von den Schlägen langer Ruder einst pfeilschnell durchs Wasser getrieben worden waren. Dies aber lag lange zurück. Zwar waren die Dreiruderer ausgebessert und frisch kalfatert worden, dennoch boten sie einen recht jämmerlichen Anblick – und sie bildeten den Kern von Corwyns Flotte!

Der Rest seiner Seestreitmacht bestand aus einem Geschwader Koggen – leichten Segelschiffen, deren Heck einen turmartigen, mit hölzernen Zinnen versehenen Aufbau hatte – sowie fünf riesigen, aber schwierig zu manövrierenden Galeeren, die mit Katapulten und Pfeilgeschützen ausgestattet waren. Wie riesige gestrandete Fische lagen sie im Wasser, während eine Unzahl kleiner Nachen und Jollen um sie herumwuselte, deren Besatzungen verzweifelt versuchten, die Schiffe, von denen jedes rund zweihundert Mann tragen konnte, seetüchtig zu machen.

Auch an Land herrschte rege Betriebsamkeit. Kolonnen von Soldaten trafen ein, die auf die Schiffe verteilt wurden, und unzählige Fuhrwerke karrten Fässer und Kisten mit Proviant heran. Ziegen und Schafe, die sich meckernd und blökend sträubten, wurden ebenso verladen wie Waffen und Kriegsgerät. Auch fünfzig gepanzerte Paladine begleiteten die Expedition, deren erklärtes Ziel es war, die neue Bedrohung abzuwehren, die dem Reich erwachsen war.

Die Rückkehr der Königin war ein weiteres …

»Ist das alles?«, erkundigte sich Dun'ras Ruuhl spöttisch. Zusammen mit Corwyn stand er auf dem Balkon des Ratsgebäudes, von dem sich ein weiter Ausblick über das Hafenbecken und die dahinter liegende See bot. Auch er schaute dem geschäftigen Treiben zu. Die Fesseln hatte Corwyn dem Dunkelelfen abnehmen lassen. Da sie ein gemeinsames Ziel verfolgten, ging – zumindest vorerst – keine Gefahr von Ruuhl aus, seine Zunge jedoch war so spitz und verletzend wie ehedem.

»Keineswegs ist dies alles«, erwiderte Corwyn grollend. »Ich habe Boten nach Urquat und Suquat entsandt sowie nach der Insel Olfar und Unterstützung angefordert. Ich bin überzeugt, dass die Herren dort meinem Wunsch entsprechen werden.«

»Deinem Wunsch?« Ruuhl verzog das bleiche Gesicht. »Ich dachte, du bist König. Warum befiehlst du ihnen nicht einfach, dir zu helfen?«

Corwyns unversehrtes Auge streifte ihn mit einem Seitenblick. »Weil ich kein Tyrann bin!«, erklärte er schnaubend. »Meine Untertanen sollen die Krone nicht fürchten, sondern ihr in Respekt und Loyalität verbunden sein.«

»Was für ein Unsinn!« Der Dun'ras schüttelte den Kopf. »Wer, in aller Welt, hat dir diese Narretei eingeredet? Ich will dir etwas sagen, falscher König: Furcht ist das Einzige, was dir die Macht dauerhaft erhalten kann. Die Menschen mögen dich respektieren und dir verbunden sein. Sogar lieben mögen sie dich. Aber sobald es hart auf hart kommt, werden sie sich von dir abwenden und dich treulos im Stich lassen.«

»Das ist nicht wahr.«

»Es ist wahr, und du weißt es. Sieh dir doch nur dieses Elend an.« Ruuhl deutete auf die Schiffe. »Eine Kriegsflotte nennst du das? Ein paar Handelssegler und einige uralte Ruderer, die sich nur deshalb in deinem Besitz befinden, weil die Elfen sie dir gnädigerweise überlassen haben. Das ist erbärmlich, falscher König! Einfach erbärmlich!«

Corwyn biss die Zähne zusammen. Er hätte dem Dunkelelfen, der seine Häme so genüsslich über ihn ausschüttete, gern widersprochen – aber er konnte es nicht. Was sich dort unten im Hafenbecken sammelte, verdiente die Bezeichnung »Flotte« tatsächlich nicht.

Seine Entscheidung, an der Spitze einer Streitmacht zu den Fernen Gestaden aufzubrechen, war so spontan erfolgt, dass keine Zeit für sorgfältige Vorbereitung blieb. Noch nicht einmal eine Heerschau konnte abgehalten werden, wie es vor dem Feldzug nach Kal Anar der Fall gewesen war. Corwyn musste mit dem vorliebnehmen, was er hatte, und das war wenig genug.

Sein Glück war nur, dass der Krieg gegen Kal Anar noch nicht lange zurücklag und ein Teil des Heeres noch immer unter Waffen stand. So würden ihn rund eintausend Kämpfer begleiten – verschwindend wenig im Vergleich zu der Streitmacht, die er gegen den Schlangenturm geführt hatte, obwohl es diesmal um so viel mehr zu gehen schien ...

Corwyn klammerte sich daran, dass die Verstärkung aus den Hafenstädten noch rechtzeitig eintreffen würde. Groß war seine Hoffnung allerdings nicht. Denn Galeeren waren schwerfällig und benötigten für den weiten Weg um die Halbinsel von Anur viel Zeit, von dem schwierigen Transport über die Landenge ganz zu schweigen. Die schnellen und wendigen Drachenschiffe Olfars würden ungleich schneller zu Corwyns Flotte aufschließen – vorausgesetzt, die rebellischen Inselfürsten folgten seiner Bitte.

Auf das Wohlwollen einer Bande Seeräuber angewiesen zu sein missfiel dem König. Vielleicht, dachte er grimmig, hatte Dun'ras Ruuhl recht. Vielleicht war er als Herrscher tatsächlich zu nachsichtig gewesen, und diese Nachsicht rächte sich nun ...

Mit düster verkniffenen Augenbrauen sah er zu, wie die Schiffe weiter beladen und ein Kriegstrupp nach dem anderen herangeführt wurde. Die Soldaten Tirgas Lans in Rüstung und Marschgepäck zu erblicken beruhigte Corwyn etwas und half ihm, die störende Gegenwart des Dunkelelfen auszublenden – bis sich dieser wieder in Erinnerung brachte:

»Menschen – ihr seid so schwach und so einfach zu durchschauen«, sagte Dun'ras Ruuhl. »Glaubst du denn, ich wüsste nicht, weshalb du dieses Wagnis eingehst, falscher König? Weshalb du dich völlig unvorbereitet in dieses Abenteuer stürzt, dessen Ausgang weder für dich absehbar ist noch für deine Untertanen, die dir angeblich so viel bedeuten?«

»Das liegt auf der Hand«, fand Corwyn. »Es geht darum, eine Bedrohung für das Reich abzuwenden.«

»Nein.« Ruuhl schüttelte den Kopf. »Das ist nicht der wahre Grund dafür, dass du deinen Thron treulos im Stich lässt und die Regierung einem unerfahrenen Regenten überträgst; dass du eine Streitmacht ausrüstest, die kaum diese Bezeichnung verdient, und dass du um jeden Preis diese Expedition durchführen willst.«

»Sondern?«, knurrte Corwyn.

»Es geht um Alannah«, sagte Ruuhl so entwaffnend offen, dass der König wie unter einem Peitschenhieb zusammenzuckte.

»Das ist nicht wahr!«, rief er.

»Natürlich ist es das«, widersprach Dun'ras Ruuhl. »Um etwas anderes ist es dir nie gegangen. Um deiner Eifersucht willen und um deine Gemahlin zurückzugewinnen, setzt du das Leben all dieser Soldaten aufs Spiel. Also erzähl mir nichts von Loyalität und Respekt, falscher König, denn tief in deinem Herzen weißt du, dass du längst einen anderen Weg eingeschlagen hast.«

»Schweig!«, fuhr Corwyn ihn an. »Ich will nichts mehr hören!«

»Das glaube ich dir gern, falscher König«, entgegnete Ruuhl unbeeindruckt. »Aber eines will ich dir trotzdem noch sagen: Dein Ansinnen ist vergeblich, denn Alannah ist längst an die Fernen Gestade zurückgekehrt, und sie wird das Schicksal finden, das dort auf sie wartet. Aber weißt du, was das Beste ist?«

Corwyn antwortete nicht, und so sprach Dun'ras Ruuhl einfach weiter:

»Dass du trotzdem aufbrechen wirst, um einen ebenso kläglichen wie erfolglosen Versuch zu unternehmen, das Unaufhaltsame abzuwenden. So sind die Menschen ...«

9.
DOMHOR GOSHDA'HAI

Der Gang jenseits des Tores war nicht nur ein grob in den Fels gehauener Stollen, sondern hatte wie die Kammer der Pforte gemauerte Wände. Der Boden war von Staub bedeckt, was darauf schließen ließ, dass der Stollen schon lange – sehr lange – nicht mehr benutzt worden war.

Rammar konnte das nur recht sein. Mutig ging er seinem Trupp voraus, die mit Widerhaken versehene Harpune, die er sich in Ermangelung seines *saparak* als Waffe ausgesucht hatte, halb erhoben. Zwar war das Ding bei Weitem nicht so elegant wie ein richtiger Orkspeer, jedoch war Rammar zuversichtlich, dass er dies mit Geschick ausgleichen würde. Und für den Feind, der den Fehler beging, den Weg Rammars des schrecklich Rasenden zu kreuzen, spielte es keine Rolle, *wovon* er durchbohrt würde ...

Die Piraten und Balbok, der inzwischen die Nachhut bildete, folgten Rammar in zehn oder fünfzehn Schritten Abstand – das war die Distanz, die zuvor auch Rammar zum Voraustrupp eingehalten hatte. Mit dem Unterschied, dass wohl keine Hindernisse mehr zu erwarten waren. Rammar war sicher, dass sie den gefährlicheren Teil des Weges hinter sich gebracht und nichts zu befürchten hatten, solange sie nicht auf Schmalaugen stie...

Der dicke Ork hatte den Gedanken noch nicht zu Ende gebracht, als er sich bereits als grundfalsch erwies.

Auf einmal hörte Rammar ein Knarren, als hätte sich einer der Seeräuber mit einem ordentlichen *pochga* Erleichterung verschafft, und Staub wirbelte vom Boden auf.

Rammar blieb stehen – und das war ein Fehler, denn im nächsten Moment gab der Boden unter seinen Füßen nach.

Eine Fallgrube!

»*Shnorsh!*«, konnte er gerade noch rufen, bevor er in den dunklen Schacht stürzte.

Rammar ließ die Fackel fallen und warf den freien Arm nach vorn – vergeblich. Seine Gliedmaßen waren viel zu kurz, als dass sie den Rand des Schachts erreichten. Seine Klaue griff ins Leere, und dann fiel er senkrecht in die gähnende Tiefe.

Mit den Füßen voraus ging es hinab – und im nächsten Augenblick fand sein halsbrecherischer Sturz bereits ein jähes Ende.

»Autsch!«, entfuhr es ihm, und ein hässliches Knirschen war zu vernehmen, wie wenn uraltes Leder über schroffen Stein wetzte.

Dann herrschte Stille.

»Rammar?«, drang es von oben in die Grube herab. »Rammar, wo bist du denn?«

Balboks lange Miene erschien über dem Schacht. Seine großen Augen und seine herabhängenden Maulwinkel drückten ehrliche Besorgnis aus. »Rammar? Bist du dort unten?«

»Natürlich bin ich hier unten!«, gab Rammar genervt zurück. »Wo soll ich denn sonst sein?«

»Und du bist nicht tot?«

Rammar seufzte geräuschvoll. »Nein, ich bin nicht tot«, versicherte er zu Balboks Beruhigung. »Aber ihr werdet es gleich sein, wenn ihr mich nicht augenblicklich hier rausholt.«

»Was ist denn passiert?«

»Ich stecke fest«, umschrieb Rammar den unbequemen Zustand, in den er geraten war. Eingekeilt zwischen schroffen Felswänden hing er im Schacht, und seine eigene Harpune, die gleichfalls eingeklemmt war, piekte ihn in den Bauch.

»Du tust was?« Auch die Gesichter einiger Seeräuber erschienen am Rand des Schachts – allerdings schauten sie weniger besorgt, sondern grinsten dämlich.

»Ich stecke fest«, wiederholte Rammar, diesmal auf Menschisch und bemüht, dabei den letzten Rest an Würde zu bewahren.

»Hm«, machte Balbok und kratzte sich einmal mehr nachdenklich am Kopf, um den er ein blutrotes Piratentuch gebunden hatte. »Dann sollten wir vielleicht zusehen, wie wir dich da wieder rausbekommen.«

»Aber nicht doch!«, rief Rammar hinauf, obgleich er kaum Luft zum Sprechen hatte, eingezwängt, wie er war. Dann wechselte er wieder ins Orkische. »Geht doch einfach weiter und lasst mich hier unten elend verrecken!«

»M-meinst du?«, fragte Balbok zweifelnd.

»Natürlich nicht!«, schrie Rammar, dass sich seine Stimme überschlug und er infolge der Luft, die sein Wutausbruch benötigte, noch ein Stück tiefer sackte. »Du elender Trollfurz! Hol mich augenblicklich hier raus, oder beim Haupte Hiruls des Kopflosen, ich schwöre dir, dass ich allen hier erzählen werde, dass du deine eigenen Popel frisst!«

»Das würde ich nicht tun!«, hielt Balbok dagegen.

»Ach nein? Und warum nicht?«

»Weil ich dann allen verrate, dass du kein Menschenfleisch magst«, erwiderte der hagere Ork prompt, woraufhin Rammar noch einmal ein Stückchen abrutschte.

»Das würdest du tun?«, fragte er fassungslos.

»*Korr*«, versicherte Balbok entschlossen, und einmal mehr war Rammar froh, dass die Unterhaltung auf Orkisch geführt worden war. Wenn die Menschen erst von seiner für einen Unhold nicht gerade rühmlichen Schwäche erfuhren, würden sie jeden Respekt vor ihm verlieren und ihm nach Gutdünken auf dem Rüssel herumtanzen. Dazu durfte er es nicht kommen lassen!

Er räusperte sich und versuchte, ein freundliches Gesicht zu machen, was ihm infolge der misslichen Lage, in der er sich befand, und seiner über bodenloser Leere zappelnden Beine nicht gerade leichtfiel. »Das wird nicht nötig sein,

Bruder«, flötete er süßlich. »Hol mich einfach nur hier raus, in Ordnung?«

»*Korr*«, sagte Balbok abermals und verschwand von der Schachtkante und mit ihm auch die Piraten.

Augenblicke lang schwebte Rammar in banger Ungewissheit – und das im wörtlichen Sinn –, bis das Gesicht seines Bruders erneut auftauchte und ein triumphierendes Grinsen zeigte.

»Hier, fang!«, rief Balbok und warf ein Seil herab – dessen Ende geradewegs in Rammars Gesicht klatschte.

»Ich kann nicht fangen«, erwiderte der feiste Ork zähneknirschend. »Falls du es noch nicht gemerkt haben solltest – ich bin hier *eingeklemmt* und kann mich *nicht bewegen*!«

»Das ist schlecht«, bemerkte Balbok überflüssigerweise.

»Was du nicht sagst. Also streng dein Gnomenhirn an und lass dir gefälligst was anderes einfallen.«

»Beiß zu!«, schlug Balbok vor.

»Was?«

»Beiß einfach in das Seil, und wir ziehen dich raus!«, erklärte der Hagere seinen ebenso einfachen wie – seiner Ansicht nach – genialen Plan.

»In das Seil soll ich beißen?« Rammar schnappte nach Luft, worauf es unangenehm eng wurde im Schacht. »Du verkommener, nichtsnutziger *umbal*! Erwartest du wirklich von mir, dass ich in den Strick beiße wie Borsh der Stinkfisch? Willst du mir anschließend auch noch den Wanst aufschneiden und mir die Gräten rausreißen?«

»Beiß zu – oder bleib unten!«, entgegnete Balbok unbeeindruckt.

Dass es keine andere Möglichkeit gab, als ihn an den Zähnen aus dem Schacht zu ziehen, leuchtete selbst Rammar ein – wenn auch nur ganz allmählich.

Widerwillig und mit wild rollenden Augen biss er in das Tau, das vor seiner Schnauze baumelte. Der Hanf knirschte zwischen seinen Zähnen, und er hoffte nur, dass das Zeug fest genug war, dass er es nicht gleich durchbiss.

»*Duusuul?*«, rief Balbok hinab.

»*Koghhh*«, heiserte es zurück – und im nächsten Moment hatte Rammar das Gefühl, als würden ihm die Kiefer aus dem Gesicht gerissen. Ein Ruck durchlief seinen massigen Körper, als Balbok und die Seeräuber das Tau straffzogen.

Aber Rammar kam nicht frei.

Noch einmal zogen sie am Seil und noch einmal und noch einmal, und jedes Mal glaubte Rammar schon, seine geliebten Hauer davonfliegen zu sehen – aber plötzlich knirschte es um ihn herum, und er spürte, wie der Druck um ihn herum nachließ.

Dann ging es Stück für Stück hinauf.

»Hau-ruck! Hau-ruck!«, tönte es von oben herab, und mit jedem »Ruck« hörte Rammar es verdächtig in seinem Kiefer knacken. Dennoch hielt er tapfer aus.

Je weiter der Ork hinaufkam, desto mehr verbreiterte sich der Schacht. Rammar bekam die Arme frei, und indem er die Harpune dazu benutzte, sich abzustützen, nahm er ein wenig Gewicht von seinen Beißern. Dennoch dauerte es quälend lange, bis er endlich ganz oben war und über den Rand des Schachts sehen konnte. Huggos Hände streckten sich ihm entgegen und zogen ihn vollends auf sicheren Boden, wo er keuchend liegen blieb.

Einige Augenblicke lang war Rammar nur damit beschäftigt, wieder zu Atem zu kommen. Dann wälzte er sich herum und warf noch einmal einen Blick in den Schacht, dem er mit knapper Not entkommen war. Die Fackel, die sich seinem Griff entwunden hatte, brannte noch. Sie lag auf dem tiefen Grund der Grube und beleuchtete sie flackernd, und mit einigem Unbehagen machte Rammar die zerschmetterten Knochen aus, die dort legen.

»Sieh an«, meinte Huggo, der neben ihm stand und ebenfalls in die Tiefe spähte. »Sieht so aus, als hätten nicht alle, die in den Schacht gefallen sind, so unverschämtes Glück gehabt wie du.«

»Was heißt hier Glück?«, raunzte Rammar, während er sich schwerfällig aufzuraffen versuchte, allerdings vergeblich. Balbok und zwei Seeräuber mussten ihn auf die Beine ziehen. »Das hat nichts mit Glück zu tun. Was mich gerettet hat, war einzig und allein meine Leibesfülle. Oder willst du das bezweifeln?«

Der Pirat, der mit einer so heftigen Reaktion nicht gerechnet hatte, schaute verunsichert in Balboks Richtung, der ihm mit einem Kopfschütteln zu verstehen gab, dass es besser war, nicht zu widersprechen.

»Wer immer diese Falle gebaut hat«, fuhr Rammar im Brustton der Überzeugung fort und war nun wieder ganz der Alte (vielleicht einmal abgesehen davon, dass seine Kiefer noch immer schmerzten), »wollte damit Elfen und anderes knochiges Gesocks erledigen. Einen schrecklich rasenden Rammar jedoch kann so etwas nicht aufhalten. Niemals!«

Um seinen Worten, die er offenbar tatsächlich ernst meinte, Nachdruck zu verleihen, schlug er mit den Fäusten auf den breiten Ledergürtel, der sich um seinen ungeheuren Leib spannte und den er über der Kettenrüstung trug, die Cassaro ihm eigens hatte anfertigen lassen – aus sechs normal großen Kettenhemden ...

»Sobald wir hier raus sind, werde ich mir den größten Kessel *bru-mill* anrühren, den man dies- und jenseits des Meeres je gesehen hat ...«

»Au ja!«, rief Balbok und klatschte begeistert in die Klauen.

»... und den werde ich ganz allein leer fressen, bis auf den letzten Löffel«, fuhr Rammar genüsslich grinsend fort. »Ein Bauch, der Leben rettet, muss ordentlich belohnt werden.«

»A-aber es war doch nicht nur dein Bauch, der dich gerettet hat«, wandte Balbok ein wenig hilflos ein. »Wir waren es doch, die dich heraufgez...«

»Und jetzt lasst uns endlich weitergehen, wir haben schon genug Zeit vertrödelt! Du da, wie heißt du?«

»I-ich?«, fragte der Angesprochene, ein einfacher Pirat mit flachsblondem Haar. »A-Addy, Sir.«

»Schön, dann sperr die Ohren auf, Addy – Rammar der schrecklich Rasende teilt dir hiermit die ehrenvolle Aufgabe zu, vorauszugehen und das Gelände zu erkunden.«

»V-verstanden«, entgegnete der Seeräuber wenig erfreut, traute sich aber nicht zu widersprechen.

»Also worauf wartest du? Geh schon los, oder muss ich dir erst Beine machen?«

Der Pirat setzte sich in Bewegung – sehr begeistert sah er allerdings nicht dabei aus. Den Schacht, in den Rammar gefallen war, umging er in respektvollem Abstand, dann drang er in den Stollen vor, die Fackel in der einen, das blanke Entermesser in der anderen Hand. Schritt für Schritt bewegte er sich vorwärts, sich dabei wachsam umblickend. Als die übrigen Seeräuber ihm folgen wollten, hielt Rammar sie zurück.

Er wollte diesmal – und das im wahrsten Sinne des Wortes – ganz sichergehen ...

»Und?«, rief er dem Piraten hinterher, nachdem dieser ein gutes Stück vorausgegangen war.

»Aye, alles in Ordnung«, scholl es zurück. »Ich hätte nicht gedacht, dass ...«

Es ging blitzschnell.

Staub wölkte vom Boden auf, und ein hässliches Quietschen war zu vernehmen – und einen Lidschlag später war der Pirat verschwunden. Sein gellender Schrei verstummte jäh.

»Wie schade«, kommentierte Rammar trocken. »Hätte er mal lieber mehr gegessen ...«

10.

AMHORUS

Sie waren der alten Straße weiter gefolgt, durch den Dschungel und vorbei an den Überresten einstmals prunkvoller Tempel und Paläste. All dies in Trümmern zu sehen erschütterte Alannah. Aber es war nicht nur der Anblick zerstörter Gebäude, der der Elfin zusetzte, sondern auch die allgegenwärtige Aura des Todes.

»Wie geht es dir?«, erkundigte sich Lhurian besorgt.

»Alles in Ordnung«, log sie, obgleich Krämpfe sie quälten. Die allerdings waren nicht auf ihre Umgebung zurückzuführen. Ihre einzige Nahrung, die sie zu sich genommen hatte, seit sie die Fernen Gestade erreicht hatten, waren saure Beeren gewesen, die sie im Wald gepflückt hatte und gegen die ihr Magen noch immer rebellierte. »All diese Paläste ...«

»Was ist damit?«

»Wurden sie im Krieg zerstört?«

»Teilweise. Der Rest ist wohl einfach zerfallen.«

»Aber wie kann das sein? Wo sind ihre Bewohner geblieben?«

Der Zauberer erwiderte nichts. Der düstere Blick, den er Alannah sandte, war jedoch Antwort genug und ließ sie erschaudern.

»Wohin führt diese Straße?«, wechselte sie rasch das Thema.

»Nach Crysalion.«

»Du kennst den Weg?«

»Ja – obgleich sich vieles verändert hat, seit ich das letzte Mal hier gewesen bin.«

»Inwiefern?«

Der Zauberer blieb stehen. »Ich möchte es so ausdrücken: Damals war alles in Veränderung begriffen – heute *ist* es verändert.«

Noch ehe sie fragen konnte, was er damit nun wieder meinte, hatte er sich bereits wieder abgewandt und ging weiter, und sie musste zusehen, dass sie ihm folgte.

Wie lange ihr Marsch durch die feindselige Wildnis nun schon andauerte, war schwer zu sagen. Alannah war so erschlagen von den Eindrücken, die auf sie niederprasselten, dass sie jedes Zeitgefühl verloren hatte. Gebannt beobachtete sie Schlangen, die in den Bäumen hingen und deren Haut grün und gelb gemustert war, und sie sah große, gefährlich aussehende Vögel über die fahlen Himmelsflecke huschen, die hin und wieder im Blätterdach klafften. Durch eine dieser Öffnungen war irgendwann der Gipfel eines Berges zu sehen, der sich jenseits des Dschungels erhob, und auf dessen flachem Gipfel gewahrte Alannah senkrecht aufragende spitze Türme, die sich wie Nadeln in die Wolken zu bohren schienen.

Obwohl sie sich nicht daran erinnern konnte, jemals zuvor an diesem Ort gewesen zu sein, wusste sie sofort, worum es sich bei diesem Monument handelte, das nicht natürlichen Ursprungs, sondern das Ergebnis zauberischer Kunstfertigkeit war.

Dies war Crysalion.

Der Hort der Kristalle.

Der Überlieferung zufolge war der Berg durchzogen von Gängen und Hallen, die von hellem Licht erfüllt waren und den Gesängen und dem Gelächter glücklicher Elfen. Einer Krone gleich saß die Kristallburg auf seinem Gipfel, mit ihren Mauern und Türmen aus Glas, die den größten Schatz Crysalions bewachten: den Annun, den ersten unter den Kristallen der Macht, der der Ursprung allen Lebens und aller Freude an den Fernen Gestaden war.

Alannah merkte, wie die Ehrfurcht sie überkam. Ein Schauer rann ihr über den Rücken, als ihr klar wurde, dass dies der

Ort war, an den Generationen von Elfen gezogen waren, nachdem sie ihre Aufgaben in der Welt der Sterblichen erfüllt hatten. Es war ihr Ursprung und ihre Heimat, und für einen kurzen Augenblick schalt sie sich eine Närrin, dass sie all dies aufgegeben hatte.

Schon einen Herzschlag später jedoch besann sie sich wieder. Sie musste an Corwyn denken und bekam ein schlechtes Gewissen – und in dem Maße, in dem sie sich innerlich von diesem Ort entfernte, veränderte sich auch der Palast von Crysalion. Eben noch war er ihr strahlend hell und schön erschienen, dann aber sah Alannah nicht mehr das, was ihre Einbildung ihr vorgab, sondern die Wirklichkeit: ein düsteres Gemäuer, das auf dem Gipfel des Berges saß, nicht einer Krone gleich, sondern wie ein zum Sprung bereites Raubtier. Die gezackten Mauern und spitzen Türme waren von stumpfem Grau, und der Kristallturm, Mittelpunkt und Wahrzeichen der Stadt, reckte sich wie ein dürrer Knochenfinger in den dunklen Himmel.

Abermals schauderte Alannah, aber diesmal war es nicht der wohlige Schauer der Erhabenheit, der sie durchrieselte, sondern eine Ahnung von nahem Grauen.

»Kein schöner Anblick, nicht wahr?«, fragte Lhurian leise.

»Nein.« Sie schüttelte den Kopf. »Hast du gewusst, was wir hier vorfinden würden?«

»Ich hatte erwartet, dass wir *etwas* vorfinden«, gestand er ein, »aber ich hätte nicht geglaubt, dass es so schlimm sein würde.«

»Was ist geschehen?«, fragte sie, während maßlose Trauer sie überkam und ihr Tränen in die Augen trieb. »Was ist aus unseren Träumen und Hoffnungen geworden?«

Lhurians Miene war eine unbewegte Maske. »Ich fürchte«, antwortete er schließlich, »an diesem Ort ist kein Platz mehr dafür. Wann immer wir …«

Er unterbrach sich, als er plötzlich etwas wahrzunehmen glaubte. Mit einer Handbewegung gebot er Alannah zu schweigen, während er gleichzeitig angestrengt lauschte –

und in diesem Moment fühlten es auch die feinen Sinne der Elfin.

Eine leichte Erschütterung.

Raschelnde Schritte im fauligen Laub.

Und die erdrückende Präsenz des Bösen ...

»Rasch, fort!«, raunte Lhurian ihr zu, und indem er den Zauberstab einsetzte, um das umgebende Dickicht zu teilen, verließen sie rasch den Pfad. Knisternd schloss sich das Blattwerk hinter ihnen, als wäre es von einem eigenen Willen erfüllt – und das keinen Augenblick zu früh.

Mehrere mit Bogen und Pfeilen bewaffnete Gestalten kamen die brüchige Straße herab, in Rüstungen aus schwarzem Leder gekleidet. Außerdem trugen sie Lederhauben, die so gearbeitet waren, dass sie die obere Gesichtshälfte bedeckten und nur einen schmalen Sehschlitz frei ließen. Die Gesichtshaut darunter war ebenso aschgrau wie die von Dun'ras Ruuhl.

»Dunkelelfen«, flüsterte Alannah atemlos, aber auch das schien bereits zu laut zu sein. Alarmiert fuhr einer der Krieger herum und spähte genau in ihre Richtung.

Die Elfin schalt sich eine Närrin. Sie hatte so viel Zeit unter Menschen verbracht, dass sie nicht mehr an die empfindsamen Sinne ihrer eigenen Rasse gewohnt war. Sie erstarrte und hielt den Atem an, der Zauberer neben ihr fasste den Stab fester.

»Was hast du?«, hörten sie einen anderen Krieger fragen.

»Ich dachte, ich hätte etwas gehört ...«

»Unsinn, da ist nichts.«

»Bist du sicher?« Durch das dichte Blattwerk konnte Alannah sehen, dass der Krieger noch immer in ihre Richtung starrte.

»Allerdings. In dieser Gegend gibt es schon lange kein Wild mehr. Etwas vor den Bogen zu bekommen wird immer schwieriger in diesen Tagen, dabei steht mir der Sinn nach frischem Blut. Ich habe es satt, meine Zähne in das stinkende Fleisch von Orks zu schlagen.«

»Geht mir nicht anders«, stimmte ein dritter zu, und Alannah, die das Gespräch verfolgte, musste sich selbst überwinden, um ihr Entsetzen und ihren Ekel nicht laut hinauszuschreien.

Fleisch!

Diese Elfen aßen rohes, blutiges Fleisch, das noch dazu von Unholden stammte ...

Noch eine Weile unterhielten sich die Wächter und verfielen dabei in ein Gelächter, das derber war als alles, was Alannah je aus der Kehle eines Elfen vernommen hatte. Dann – zu ihrer und des Zauberers Erleichterung – schulterten die Krieger wieder ihre Bögen und setzten die Jagd fort. Sie verließen die Straße und waren kurz darauf im Dickicht verschwunden. Dennoch warteten Alannah und Lhurian eine Weile, ehe sie ihr Versteck verließen.

»Hast du gehört?«, fragte der Zauberer.

Alannah nickte nur – zu mehr war sie noch nicht in der Lage. Eins mit der Schöpfung zu sein und mit der Welt, die sie hervorgebracht hatte, war der fundamentale Grundsatz im Leben eines Elfen. Dieses Prinzip zu verraten oder bewusst zu verletzen war eines der ärgsten Vergehen, dessen sich eine Tochter oder ein Sohn Sigwyns schuldig machen konnte.

Die Dunkelelfen hatten all das getan – und schienen noch nicht einmal etwas dabei zu empfinden. Schon das gebratene Fleisch von toten Tieren zu essen war etwas, woran sich Alannah bei den Menschen nur ganz allmählich hatte gewöhnen können. Die Krieger jedoch hatten davon gesprochen, das rote, noch blutige Fleisch von Unholden zu verzehren!

Die Vorstellung allein drehte Alannah fast den Magen um, und ihr dämmerte, weshalb die Haut der Dunkelelfen so aschgrau war. Ihr Aussehen war lediglich das Ergebnis ihrer Taten, das Spiegelbild ihrer Seele ...

»Wir müssen weiter«, flüsterte Lhurian, und sie setzten ihren Weg fort in der Hoffnung, nicht noch auf weitere

Patrouillen oder Jagdtrupps zu stoßen. Was die Dunkelelfen mit einem Zauberer und einer Lichtelfin anstellen würden, die sie auf ihrem Territorium erwischten, mochte sich Alannah nicht vorstellen. Und erst recht wollte sie es nicht am eigenen Leib erfahren.

Wieder quälten sie unzählige Fragen. »Wer sind diese Krieger?«, wollte sie wissen, während sie dem Zauberer durch das Unterholz folgte.

»Vermutlich Kämpfer aus Crysalion.«

»Vermutlich? Was soll das heißen?«

»Das soll heißen, dass ich nicht auf alle Fragen eine Antwort weiß«, erwiderte der Zauberer gereizt.

»Du weißt keine Antworten? Diese Elfen haben davon gesprochen, das Fleisch von Unholden zu essen. Sie vergehen sich an der Natur, sie spotten der Schöpfung, sie ...«

Lhurian blieb stehen und fuhr herum. »Glaubst du, das wüsste ich nicht?«, zischte er und blitzte sie an. »Ich hatte dir gesagt, dass diese Insel kein Ort für dich ist, aber du wolltest mich unbedingt begleiten!«

»Ich wollte helfen«, verteidigte sie sich, erschrocken über seine heftige Reaktion.

»Natürlich«, schnaubte er, »genau wie damals, als du ...« Er unterbrach sich und kniff die Lippen zusammen.

»Als ich was?«, wollte sie wissen.

Er schüttelte den Kopf. »Nicht weiter wichtig.«

»Ich möchte es aber wissen. Dies ist der Ort meiner Träume, der Ursprung und die Heimat meines Volks – und ich erkenne nichts davon wieder. Hat all dies mit dem Kristall zu tun?«

»Davon gehe ich aus«, bejahte der Zauberer.

»Wer hat all dies zu verantworten?«, bohrte Alannah weiter. »Wer trägt daran Schuld, dass der Kristall seine Leuchtkraft verloren hat und die Fernen Gestade ein ... ein ...« – sie scheute sich, es auszusprechen, tat es dann aber dennoch – »... ein Reich des Bösen geworden sind?«

Lhurians Blick war ebenso düster wie entwaffnend – eine Antwort blieb er jedoch schuldig. Stattdessen wandte er sich einfach um und setzte seinen Weg fort, sodass Alannah nichts anderes übrig blieb, als ihm zu folgen. Doch allmählich empfand sie Wut auf den Zauberer, der sich weiter beharrlich weigerte, ihr die Wahrheit zu sagen und sie dafür mit Andeutungen und Floskeln abspeiste.

Zu den leisen Geräuschen der Natur gesellte sich ein Rauschen, das mit jedem Schritt lauter wurde. Unvermittelt endete der Dschungel vor steil abfallenden Klippen, und zu ihrer Überraschung sah Alannah auf die weite blaugraue Fläche des Meeres. Felseninseln waren der Küste vorgelagert, jenseits davon erstreckte sich das Wasser bis zum milchigen Horizont, in den es nahtlos überging. Die Wolken hingen tief, und die See war sturmgepeitscht, und die Luft roch nach Salz, Tang ...

... und nach Tod.

Zu ihrer Linken sah Alannah den Berg aufragen, auf dessen Spitze Crysalion thronte. Aus diesem Winkel betrachtet, waren nur die äußersten Mauern und die höchsten Türme des Bollwerks zu sehen, das weniger wie eine Stadt als vielmehr wie eine Festung aussah.

Selten zuvor in ihrem Leben war sich Alannah so klein und unbedeutend vorgekommen wie in diesem Augenblick, da sie am Fuß des Berges stand und der raue Seewind an ihr zerrte. Reue überkam sie für einen Moment, dass sie hergekommen war, und sie bedauerte ihre Beharrlichkeit und ihren Starrsinn. Schon einen Augenblick später jedoch hatte sie diese Empfindungen zurückgedrängt.

»Gibt es einen Plan?«, erkundigte sie sich.

Der Zauberer nickte. »In die Festung eindringen und den Kristallsplitter zurückbringen.«

Sie hob eine Braue. »Das ist alles?«

»Das ist alles.« Erstmals seit vielen Stunden sah sie ihn wieder lächeln.

»Wie kommen wir hinauf?«

»Die Straße, die sich an der Südseite emporwindet, können wir nicht benutzen, weil sie bewacht wird und wir entdeckt würden«, erklärte Lhurian. »Uns wird also nichts anderes übrig bleiben, als entweder an der Nordseite des Berges hinaufzuklettern, was ich meinen alten Knochen nicht gern zumuten würde ...«

»Oder?«

»... oder uns einen Weg durch das Labyrinth zu suchen, das sich unter dem Berg erstreckt. Aber ich muss dich warnen – dieser Weg führt durch tiefe Dunkelheit. Eine grausame Schlacht wurde dort einst geschlagen, und ich fürchte, die Geister der Erschlagenen sind in mancher Hinsicht noch lebendig.«

»Ich habe keine Angst«, versicherte sie.

»Doch, hast du«, widersprach er bestimmt. »Andernfalls wärst du eine Närrin.«

»Wie du meinst.« Alannah nickte – der Zauberer kannte sie offenbar besser, als ihr manchmal lieb war. »Trotzdem bin ich dafür, dass wir den Weg durch das Labyrinth nehmen.«

»Dann werden wir das tun«, sagte er, und erneut ging er voraus bis zu den Felsterrassen, die sich unterhalb des Berges erstreckten und in zahlreichen Stufen bis hinunter zum Meer verliefen, dessen schäumende Brandung sich rauschend daran brach.

Sand hatte sich zwischen den Felsen angehäuft, den der raue Wind heraufgetragen hatte, und in diesem Sand entdeckte Alannah plötzlich etwas, das ihre Aufmerksamkeit erregte.

Fußspuren ...

»Lhurian!«

Sie rief den Zauberer zu sich und zeigte ihm den Fund. Seltsam war nicht so sehr die Existenz der Spuren, sondern vielmehr ihre Verursacher ...

»Menschen«, stellte Lhurian fest.

»Woran willst du das erkennen?«, fragte Alannah, denn sie sah nur den Abdruck von Schuhen und Stiefeln, die ihrer

Meinung nach sowohl Menschen als auch Elfen getragen haben konnten.

»An der Tiefe der Abdrücke und an der Art und Weise, wie sie gegangen sind«, sagte Lhurian. »Elfen bewegen sich eleganter und stapfen nicht breitbeinig durch die Gegend.«

Das war Alannah so noch nie aufgefallen. »Menschen?«, murmelte sie. »An den Fernen Gestaden?«

»Einst«, begann der Zauberer, »als die Mächte der Dunkelheit die Insel angriffen, waren auch Menschen unter den Invasoren – ein Heer von ebenso primitiven wie blutrünstigen Söldnern, begleitet von einem Tross von Huren, um sie bei Laune zu halten. Möglicherweise haben einige von ihnen die Schlacht überlebt und Nachkommen hinterlassen.«

»Und *diese* Spuren hier?«, fragte Alannah und zeigte auf andere Abdrücke, die bedeutend breiter und tiefer waren.

»Stammen von Orks«, sagte der Zauberer.

»Es sind die gleichen, die wir in der Höhle entdeckt haben«, war Alannah überzeugt. Die Elfin hatte sich auf die Knie niedergelassen, um die Spuren genauer in Augenschein zu nehmen. Irgendetwas daran versetzte ihr Innerstes in Aufruhr, ohne dass sie zu sagen vermocht hätte, was genau es war.

»Bist du sicher?«, fragte Lhurian.

»Allerdings.«

»Dort unten gibt es noch weitere Spuren«, stellte er fest, auf die tiefer gelegenen Terrassen deutend. »Ihrer Richtung nach zu urteilen, sind die Unholde und die Menschen hier heraufgeklettert. Fragt sich nur, aus welchem Grund.«

»In der Tat.« Alannah nickte. »Ich kann zwei verschiedene Fährten der Unholde unterscheiden: Der eine ist klein, dafür aber ziemlich schwer, denn seine Abdrücke sind platt und sehr tief; der andere hat riesige Füße, scheint dabei aber von hagerer Statur zu sein und ...« Sie stutzte.

»Was hast du?«, erkundigte sich der Zauberer.

»Nichts.« Sie schüttelte den Kopf. »Für einen Augenblick dachte ich nur ... Aber es ist absurd! Sie können unmöglich hier sein, völlig ausgeschlossen.«

»Wer? Von wem sprichst du?«

Alannah antwortete nicht. Obwohl es aller Vernunft widersprach, wollte ihr der Verdacht nicht aus dem Kopf. Vorausgesetzt, die Spuren waren noch nicht zu alt, würde es ihr vielleicht mit etwas Glück gelingen, die Sache zu überprüfen.

Also schloss sie die Augen und konzentrierte sich, versuchte zu vergessen, an welchem Ort sie sich befand, versuchte das Rauschen des Meeres ebenso aus ihrem Bewusstsein zu vertreiben wie das Zerren des Windes an ihrem Kleid und ihrem Haar und den Geruch des Todes, den er herantrug. Sodann streckte sie die rechte Hand aus und senkte sie, bis die Handfläche fast den Boden berührte. In einer langsamen Kreisbewegung führte sie die Hand über die Abdrücke im Sand hinweg, öffnete ihr Bewusstsein ...

... und prallte erschrocken zurück.

»Nein«, hauchte sie mit weit aufgerissenen Augen. »Das kann nicht sein. Das ist nicht ... möglich!«

»Was?«, fragte Lhurian noch einmal. »Wovon sprichst du?«

In Gedanken spielte Alannah die Möglichkeiten durch. Konnte es tatsächlich sein? Wie hatte das geschehen können? Zuletzt hatte sie die beiden in Kal Anar gesehen – und war nicht auch Dun'ras Ruuhl von dort gekommen?

Was, wenn es zu einer dramatischen Verkettung von Ereignissen gekommen war, in deren Verlauf die beiden tatsächlich an diesen Ort versetzt worden waren? Eine Art magischer Zufall? Hatten die Brüder nicht schon öfter bewiesen, dass sie sich auf nichts so gut verstanden wie darauf, zur falschen Zeit am falschen Ort zu sein?

»Das darf nicht wahr sein ...«, hauchte die Elfin abermals und glitt mit der Handfläche noch einmal über die Spuren hinweg. Wieder empfand sie diese Vertrautheit, genau wie schon zuvor in der Höhle. Und es gab nur zwei Orks, die sie kannte, und zu denen passten diese Abdrücke auch.

»Wovon sprichst du?«, fragte Lhurian abermals und leicht indigniert – dass sich die Rollen vertauscht hatten und er auf einmal der Unwissende war, gefiel ihm ganz und gar nicht.

»Das erzähle ich dir unterwegs«, antwortete Alannah und richtete sich auf. »Wir müssen uns beeilen. Ansonsten, fürchte ich, wird alles im Chaos enden!«

11.

TULL GHU MINRAS'HAI

Das Gesicht des Piraten starrte in stillem Entsetzen.

Die Augen waren weit aufgerissen, ebenso der Mund, dem zuletzt ein heiserer Schrei entfahren war. Fast hätte man meinen können, der Mann lebte noch und wäre lediglich in namenlosem Schrecken erstarrt – wäre da nicht der eiserne, mörderisch zugespitzte Pfahl gewesen, der in Höhe seines Herzens aus seinem Brustkorb ragte, und das schreiend rote Blut, das das Hemd des Seeräubers tränkte.

»Schau mich nicht so an«, knurrte Rammar, während er sich an dem Toten vorbeidrückte. »Ich habe dir gesagt, du sollst die Augen offen halten. Inzwischen wissen wir ja, dass die Schmalaugen diesen Gang mit Fallen versehen haben. Aber du wolltest ja nicht auf mich hören ...«

Da sich der Pirat nicht mehr verteidigen konnte, blieben die Vorwürfe unwidersprochen – aber auch keiner der übrigen Korsaren, die die Expedition noch begleiteten, wagte es, seine Stimme zu erheben, aus Furcht, als Nächstes vorausgeschickt zu werden.

Nachdem der Blonde Addy von einer weiteren Fallgrube verschlungen worden war, war es für den Rest des Trupps nicht weiter schwierig gewesen, diese Gefahrenquelle zu umgehen. Aber auf das Fallbeil, das jäh von der Korridordecke herabgefallen war und einen weiteren Piraten das Leben gekostet hatte, war niemand wirklich gefasst gewesen. Ebenso wenig wie auf die eisernen Pfähle, die aus verborgenen Wandöffnungen geschossen waren und den Langen Gin dahingerafft hatten.

»Mein böser Ork«, meinte Balbok, der wie zuvor die Nachhut bildete, die große Bootsaxt in den Klauen. »Allmählich verstehe ich, warum das Tor nicht verschlossen war.«

»*Korr*«, stimmte Rammar grimmig zu. »Das war kein Zufall, sondern eine Einladung. Die Schmalaugen wollen, dass man diesen Gang betritt, damit man in ihren hinterlistigen Fallen krepiert. Aber einen Ork aus echtem Tod und Horn kann so etwas nicht aufhalten.«

»Einen Ork vielleicht nicht«, beklagte sich Huggo, »aber unsereinen schon. Ich habe bereits vier Männer verloren ...«

»Und?«

»Wenn das so weitergeht, ist bald keiner mehr übrig.«

»Und das stört dich«, stellte Rammar fest, den Balbok einmal mehr für seine *Menschen*kenntnis bewunderte.

»Ein wenig schon«, gestand Huggo. »Wir wissen ja noch nicht einmal, wohin dieser Gang eigentlich führt. Trotzdem opfern wir einen Mann nach dem anderen.«

»Soll das heißen, du zweifelst meinen Plan an?«, fragte Rammar, dessen Augen sich zu Schlitzen verengt hatten.

»I-ich würde gern wissen«, erwiderte der Pirat, während er langsam vor Rammar zurückwich, »ob es überhaupt einen Plan gibt. Ihr habt dem Käpt'n gesagt, dass ihr euch hier auskennt, aber, ehrlich gesagt, habe ich nicht das Gefühl, dass ...«

Er verstummte, als er mit dem Rücken gegen die Korridorwand stieß und Rammar so nah an ihn herankam, dass sein Rüssel unmittelbar vor Huggos Nase schwebte. Der faulige Atem des Orks raubte dem Piraten fast die Besinnung.

»Es steht dir nicht zu, über solche Dinge nachzudenken, Mensch«, beschied Rammar ihm grollend. »Käpt'n Cassaro hat mich zum Leutnant ernannt und mir den Oberbefehl über das Unternehmen erteilt. Danach solltest du dich richten. Oder willst du, dass ich ihm erzähle, dass du meutern wolltest? Die Haifische würden sich freuen, da bin ich ganz sicher.«

»N-nein«, versicherte der so Bedrängte prompt, »bitte nicht ...«

»*Korr*«, brummte Rammar und nickte zufrieden. »Dann geh jetzt los und übernimm die Vorhut.«

»I-ich soll vorausgehen?«

»Genau das.«

»Aber ... ich – ich bin nach dir und deinem Bruder der Ranghöchste im Trupp«, beeilte sich Huggo zu erklären. »Andere bekleiden viel niedrigere Ränge als ich. Sollten wir nicht zuerst die losschicken, um die Reihenfolge einzuh...?«

Er verstummte, als er die stille Ablehnung in Rammars verkniffener Visage sah. »Typisch Milchgesicht«, murrte der Ork. »Immer denkt ihr euch irgendwelche hirnrissigen Begründungen aus, dass die einen mehr zu sagen haben als die anderen. Ihr wählt sie, ihr krönt sie, und ihr schenkt ihnen euer Vertrauen – geradeso, als brauchte man nur einen Titel anzunehmen, und schon läge einem die Welt zu Füßen. Dabei verliert ihr aber eine wichtige Tatsache aus den Augen, Milchgesicht!«

»U-und die wäre?«, erkundigte sich der Pirat und hatte ein äußerst mulmiges Gefühl.

»Dass stets der am meisten zu sagen hat, der den Längsten hat.«

»Den Längsten?«, fragte Huggo ächzend. »Den längsten *was*?«

»Dämliche Frage – den längsten *saparak* natürlich!«, polterte Rammar und fuchtelte mit der Harpune herum, die ihm ersatzweise als Kriegsspeer diente. »Und nun entscheide dich, ob du die Vorhut übernehmen willst oder ob ich dir diesen Stahl durch die Eingeweide treiben soll. Mir ist es gleich, Mensch, aber entscheide dich schnell, wir haben schon viel zu viel Zeit verplem...«

Mehr brauchte Rammar nicht zu sagen. Mit Fackel und Säbel bewaffnet, setzte sich Huggo in Bewegung und eilte dem Trupp im Laufschritt voraus, alle Vorsicht außer Acht lassend – seine Furcht vor Rammar war noch ungleich größer als jene vor verborgenen Fallen.

»Na also«, knurrte der Ork zufrieden. »Warum nicht gleich so? Bisweilen sind Menschen wirklich ziemlich schwer von Begriff.«

Die Orkbrüder und die fünf verbliebenen Piraten, die sich allesamt furchtsam umblickten, folgten Huggo in sicherem Abstand. Die Methode hatte sich – gewissermaßen – als todsicher erwiesen, und Rammar empfand nicht einen Hauch von Mitleid mit den Männern, die er vorausschickte. Schließlich ging es um nicht mehr und nicht weniger als sein eigenes Überleben – und dafür war der feiste Unhold bereit, jedes noch so große Opfer zu bringen.

Auch wenn es für andere schmerzlich war ...

Zu aller Erleichterung stellte sich heraus, dass keine weiteren Pfähle in den Wänden verborgen waren. Unbehelligt drangen sie ein gutes Stück weiter vor, während der Korridor stetig bergauf führte. Inzwischen, vermutete Rammar, befanden sie sich längst auf Höhe der Minen. Immer wieder blieb der Ork stehen und lauschte, ob er das Klopfen der Hämmer hören konnte. Vergeblich. Nur ein dumpfes Dröhnen war zu vernehmen, das der Ork dem Meer zuschrieb, das gegen den Fuß des Berges brandete – bis zu dem Zeitpunkt, als er plötzlich den Eindruck hatte, dass sich das Geräusch *über* ihnen befand!

»Rammar?«, fragte Balbok.

»Ich hör's, bin ja nicht taub.«

»Was ist das?«, erkundigte sich Balbok und blieb stehen, den Blick zur hohen Decke gerichtet, die der Fackelschein gerade noch erfasste.

»*Umbal*, woher soll ich das wissen?«

»Das gefällt mir nicht«, stellte Balbok fest, als es erneut dumpf rumorte und feiner Staub von der Decke rieselte.

»Dafür kann ich auch nichts«, schnarrte Rammar. »Zieh einfach deinen dämlichen Schädel zwischen die Schultern und geh weiter. Der Mensch ist unbeschadet hier durchgekommen, also werden wir es auch schaffen, verstehst du?«

»Wenn du meinst ...«

Balbok schien wenig überzeugt, dennoch setzte er seinen Weg fort. Auch den Piraten waren die unheimlichen Laute nicht verborgen geblieben, und sie blickten nicht weniger besorgt zur Decke als der große Unhold.

»Was du nur wieder hast«, maulte Rammar auf Orkisch. »Du bist doch nur neidisch, weil die Idee, ein Milchgesicht vorauszuschicken, nicht von dir gekommen ist.«

»Das stimmt nicht«, widersprach Balbok kopfschüttelnd. »Ich frage mich nur, was passiert, wenn ...«

»Wenn was, hä?« Rammar blieb stehen und schaute ihn herausfordernd an.

»Na ja«, sagte Balbok achselzuckend, »wenn eine Falle mal anders funktioniert.«

»Wie anders?«

»Es könnte doch sein«, erklärte der Hagere, auf dessen hoher Stirn sich als Zeichen angestrengten Nachdenkens tiefe Furchen gebildet hatten, »dass die Erbauer dieser Fallen daran gedacht haben, dass du mit einer Falle rechnen könntest und dass du deswegen jemanden vorausschicken könntest, um gewarnt zu sein.«

»Bei Kuruls Grube«, blaffte Rammar, der kein Wort verstanden hatte. »Was redest du da?«

»Ich meine nur, sie könnten vorgesorgt haben, um zu verhindern, dass man ihre Fallen umgeht.«

»Ach ja?« Ein überlegenes Grinsen huschte über Rammars breites Gesicht. »Und wie sollten sie das tun, Faulhirn?«

»Ganz einfach – indem die Falle nicht sofort ausgelöst wird, sondern erst etwas später.«

»Nicht sofort, sondern erst etwas später ...«, wiederholte Rammar genervt.

»Genau das.«

Die Gesichtszüge des dicken Orks verzerrten sich, bis sie tief empfundene Verachtung ausdrückten. »Und so etwas«, presste er mit bebender Stimme hervor, »will mein Bruder sein! Du bist doch wirklich das blödeste Stück Ork, das mir je untergekommen ist. Glaubst du denn wirklich, an etwas so Offensichtliches hätte ich nicht gedacht?«

»Wirklich?«, fragte Balbok, während es erneut rumpelte und dröhnte, nun unmittelbar über ihnen – und diesmal rieselte nicht nur ein wenig Staub von der Decke, sondern eine ganze Ladung Kies und Sand, die auf seinem Kopf landete. »Und was sagst du dazu?«

»Dämliche Frage, du schmalhirniger Lulatsch«, brüllte Rammar, sodass sich seine Stimme überschlug. »Lauf um dein Leben …!«

Während er bereits die kurzen Beine in die Klauen nahm und davonrannte, blickte Balbok noch einmal nach oben zur Decke – und sah, wie sich ein gewaltiger Quader aus massivem Fels knirschend daraus löste!

»*Artum tudok!*«, brüllte er aus Leibeskräften und begann ebenfalls zu laufen.

Seine langen Beine retteten ihm das Leben. Einer der Piraten hingegen hatte weniger Glück – sein Entsetzen währte einen Augenblick zu lange. Ein Quader, der nahezu die gesamte Breite des Korridors einnahm, zermalmte ihn.

Und die Gefahr war noch längst nicht gebannt!

Das Knirschen und Rumoren setzte sich fort, und ein Stück weiter vorn brach der nächste Steinklotz aus der Decke. Rammar, der einen beträchtlichen Vorsprung hatte, geriet nicht in Gefahr, aber Balbok und die Piraten entgingen nur ganz knapp dem Ende.

Vermutlich hätte der Quader einen weiteren Seeräuber erwischt, hätte Balbok ihn nicht im Laufen gepackt und mitgerissen. Der Pirat, ein kleinwüchsiger, dürrer Kerl, wusste gar nicht, wie ihm geschah.

Cassaros Mannen brüllten vor Entsetzen.

»*Shnoooorsh!*«, ließ sich Balbok heiser vernehmen.

Sie rannten weiter, schon deshalb, weil es das Einzige war, das sie tun konnten, aber es war absehbar, dass ihre Flucht ein ziemlich matschiges Ende nehmen würde.

Mit ausgreifenden Schritten rannte Balbok den Piraten voraus, den Kleinwüchsigen noch immer unter dem Arm, während sich über ihm die Decke rumpelnd und dröhnend bewegte. Sand rieselte, und wieder polterte einer der Quader herab.

»*Lark! Lark!*«, rief Balbok seinen menschlichen Begleitern zu, während er selbst so schnell rannte, wie seine langen Beine ihn nur trugen.

Das Verderben stürzte tonnenschwer auf sie herab. Balbok schloss die Augen und lief weiter, holte die letzten Reserven aus seinen Muskeln heraus. Augenblicke lang glaubte er, zu langsam zu sein und von dem riesigen Felsblock erschlagen zu werden – aber er entging seinem Ende mit knapper Not. Unmittelbar hinter ihm schlug der Quader zu Boden, traf mit derartiger Wucht auf, dass sich Risse im Gestein bildeten.

Die Piraten jedoch hatten weniger Glück als Balbok – bis auf den einen, den er sich unter den Arm geklemmt hatte.

Der hagere Ork rannte noch einige Schritte weiter durch den dichten Staubnebel, der den Korridor ausfüllte, sodass Balbok rein gar nichts sehen konnte. Im nächsten Moment prallte er mit voller Wucht gegen ein Hindernis.

Ein Steinquader!, schoss es ihm durch die engen Windungen seines Gehirns. Hatte es ihn also doch noch erwischt ...

Benommen sank er nieder und nahm an, dass dies das Ende wäre.

Aber das war es nicht, wie er erkannte, als sich der Staub wieder legte und statt Kuruls finsterer Fratze das verärgerte Gesicht seines Bruders über ihm erschien.

»Hast du's bald?«, fragte dieser ungeduldig.

»R-Rammar? Bist du's wirklich?«

»Nein, Gulz der Schlächter«, erwiderte der feiste Ork unwirsch, der den Schrecken offenbar bereits verwunden hatte. »Natürlich bin ich's! Wer soll ich denn sonst sein, Hirnfurz?«

»D-das war knapp«, erklärte Balbok, während er sich stöhnend auf die Beine raffte. »Ich dachte schon, es wär vorbei.«

»Selbst schuld. Was musst du auch dämlich in der Gegend stehen? Hättest du auf meine Warnung gehört und wärst einfach gerannt, als ich es sagte …«

»Deine Warnung?« Balbok machte große Augen. »Aber ich …«

»Entschuldigt«, ließ sich eine dünne Stimme vernehmen, und unter dem Arm des hageren Ork rührte sich etwas. »Würde es dir etwas ausmachen, mich wieder runterzulassen?«

Verwundert sah Balbok an sich herab.

Der Mensch, den er mitgenommen hatte!

Er hatte ihn fast vergessen …

Er stellte den schmächtigen Piraten auf den Boden, worauf dieser benommen hin und her torkelte. Huggo, der das Inferno ebenfalls überlebt hatte, weil er ihm sozusagen ein gutes Stück voraus gewesen war, kam herbei und kümmerte sich um ihn, und zu aller Verblüffung gesellte sich noch ein weiterer Pirat hinzu, der den herabfallenden Quadern entgangen war, indem er sich eng an die Korridorwand gepresst hatte.

»Manchmal«, beschied Balbok seinem Bruder grinsend, »kann auch eine schmale Statur von Vorteil sein.«

Darüber konnte Rammar allerdings gar nicht lachen. Der feiste Ork pfiff Huggo, der erneut vorauseilen wollte, zurück und übernahm wieder selbst die Vorhut – sehr wohl war ihm allerdings nicht dabei. Wer immer diese Fallen errichtet hatte, er hatte schon mehrfach bewiesen, dass er für immer neue Überraschungen gut war, und Rammar hatte gewiss nicht vor, einer davon zum Opfer zu fallen. So war er ziemlich erleichtert, als der Gang niedriger und schmäler wurde und schließlich in einen runden Schacht mündete, an dessen Ende sich eine steinerne Treppe emporwand.

Das obere Ende war im spärlichen Fackelschein nicht zu erkennen, und die Treppen hinaufzusteigen sah nach einer enormen Plackerei aus. Aber es hatte auch den Anschein, als wären die Eindringlinge ihrem Ziel ein gutes Stück näher gekommen. Denn endlich war der helle Klang der Hämmer zu hören, mit denen die Sklaven auf das Gestein droschen und das in Rammar eine Reihe höchst unerfreulicher Erinnerungen weckte ...

»Bei Kuruls dunkler Grube«, wetterte er. »Viele haben schon versucht, diesem Ort zu entkommen – wir sind die ersten Idioten, die alles daransetzen, wieder hineinzugelangen ...«

12.
FIRUNN'S BRUUCHG

Von Alannahs finsteren Befürchtungen getrieben, waren sie in das Labyrinth eingedrungen – und fanden das blanke Grauen vor.

Der Boden der Höhlen und Stollen war von bleichen Knochen übersät, deren Herkunft sich kaum noch eindeutig zuordnen ließ. Die sterblichen Überreste von Menschen, Orks und Elfen lagen wild durcheinander, und auch die rostigen Überbleibsel von Waffen, Schilden und Rüstungsteilen waren hier und dort im Licht von Lhurians Zauberstab auszumachen. Man brauchte kein Hellseher zu sein, um zu erkennen, dass einst eine Schlacht an diesem Ort getobt hatte, und Alannah ahnte, dass sie mit den Ereignissen in Zusammenhang stand, von denen der alte Zauberer ihr berichtet hatte – auch wenn er dies nur in Ansätzen getan hatte, um sie, wie er sagte, vor sich selbst zu schützen …

»Wirklich«, knurrte Lhurian, während er über das Skelett eines Elfen hinwegstieg, dessen Rippen von der Axt eines Orks zerschmettert worden waren, »ich hätte nicht geglaubt, noch einmal an diesen Ort zurückzukehren.«

»Warst du dabei, als diese Schlacht geschlagen wurde?«, erkundigte sich Alannah beklommen.

»Nein.« Er schüttelte den Kopf. »Aber ich fühle dennoch mit ihnen. So viele sind damals gestorben. Die einen, weil sie verteidigten, was ihnen heilig war. Die anderen, weil sie den Verlockungen des Bösen erlegen waren.«

»Was für ein grauenvoller Ort«, stellte Alannah erschüttert fest. »Ein Meer von Knochen …«

»Die Auseinandersetzung tobte viele Tage«, berichtete Lhurian, während sie langsam weiter vordrangen. »*Barwydor dai dufanor*‹ wurde sie von den Elfenkriegern genannt ...«

»... die Schlacht in den Tiefen«, übersetzte Alannah schaudernd.

»Es gab keinen klaren Frontverlauf, und im spärlichen Licht waren Freund und Feind oft nicht zu unterscheiden. Ein ebenso grausames wie sinnloses Morden begann, das erst endete, als die Angreifer erschlagen in ihrem Blut lagen.«

»Aber wenn die Invasion zurückgeschlagen wurde«, wandte Alannah ein, »weshalb finden wir die Fernen Gestade dann so verändert vor? Wie kann es sein, dass die Diener des Bösen hier hausen, wenn ihr Ansturm doch abgewehrt wurde?«

»Der Kristall«, war der Zauberer überzeugt. »Der beschädigte Kristall hat dies bewirkt.«

»Unmöglich«, wehrte Alannah ab. »Ein geborstener Kristall kann seine Zauberkraft verlieren, aber er wird nicht von sich aus Böses tun. Dazu sind andere nötig, finstere Helfer ...«

»Glaub mir, die gab es«, versicherte Lhurian düster.

»Durch wen?« Sie blieb stehen, und im fahlen Schein, den der Zauberstab verbreitete, sah sie den unheilvollen Ausdruck in seinem Gesicht – und im selben Moment dämmerte ihr die Wahrheit.

Die schreckliche, grässliche Wahrheit, die sich ihr in diesem Augenblick so offensichtlich darbot, dass sie sich fragte, warum sie nicht schon viel früher darauf gekommen war.

Furcht war eine mögliche Antwort.

Selbstbetrug eine andere ...

»Ich bin das gewesen, nicht wahr?«, flüsterte sie und hatte das Gefühl, als würde sie den Boden unter den Füßen verlieren. Zeit und Raum existierten in diesem Augenblick nicht mehr, das Labyrinth hatte seine Schrecken verloren. »Ich habe dazu beigetragen, dass alles so gekommen ist. In jener Vergangenheit, an die ich mich nicht erinnere ...«

»Ich wollte nicht, dass du es erfährst«, versicherte Lhurian und bestätigte damit ihre Vermutungen. »Ich habe geschwiegen, und dennoch hast du die Wahrheit erkannt. Oder kannst du dich inzwischen erinnern?«

Sie schüttelte den Kopf.

»So ist es deine Intuition, die zu dir spricht«, folgerte der Zauberer leise. »Deine Erinnerung konnte Farawyn dir nehmen, Thynia – aber nicht dein Gewissen.«

»Es stimmt also?«, fragte sie leise und mit bebender Stimme.

»In gewisser Weise ja«, antwortete Lhurian zu ihrer Bestürzung. »Ich kann mir denken, wie schwer all dies für dich sein muss, darum wollte ich, wir wären einander nie mehr begegnet und du hättest nicht darauf bestanden, mich auf dieser Mission zu begleiten. Aber du hattest keine andere Wahl, nicht wahr? Dein Schicksal hat dich an diesen Ort zurückgeführt, ebenso wie mich das meine.«

»Warum hast du es mir nicht gesagt?«, fragte sie ihn flüsternd, während sie vor sich selbst erschauderte.

»Weil ich dir all dies ersparen wollte. Aber vielleicht tröstet es dich, wenn ich dir sage, dass du nichts für das konntest, was geschehen ist. Du warst willenlos, ein Werkzeug. Wie so viele andere auch.«

»Woher weißt du das? Bist du dabei gewesen?«

Er zögerte einen Augenblick mit der Antwort. »Nein«, gestand er dann, »das war ich nicht.«

»Wie kannst du mich dann von der Schuld entbinden?«

»Nun, weil ich ...« Er verstummte und biss sich auf die Lippen, und zum ersten Mal hatte Alannah den Eindruck, dass dem Zauberer tatsächlich die Worte fehlten.

»Es ist meinetwegen, nicht wahr?«, fragte sie sanft. »Du liebst mich noch immer. Obgleich ich mich nicht an dich erinnern kann. Und obwohl ich noch nicht einmal weiß, womit ich diese Liebe verdient habe.«

»Du hast sie verdient«, sagte er und schnitt eine Grimasse, um zu vertuschen, wie nahe ihm das Gespräch ging. Die Gefühle zu bestreiten, die er offenbar noch immer für sie hegte, versuchte er erst gar nicht – auch wenn er nicht hoffen durfte, dass diese Gefühle Erwiderung erfuhren. »Es ist lange her, Thynia. Sehr lange ...«

»Was genau ist damals geschehen? Willst du es mir nicht sagen nach allem, was ich bereits herausgefunden habe? Was könntest du mir noch enthüllen, das schlimmer wäre als ...«

Ein unheimliches Geräusch ließ sie verstummen.

Es war ein Schnauben in der Dunkelheit, gefolgt von einem leisen Trippeln.

Lhurian fuhr herum, den Zauberstab beidhändig zur Abwehr erhoben. Alannah verengte ihre Augen, konnte in der sie umgebenden Finsternis jedoch nichts erkennen.

Wieder ein Schnauben, das heiser und hässlich klang. Dann war ein Schaben zu hören und das Klappern von Knochen, die von irgendetwas beiseitegeschoben wurden, das ziemlich groß sein musste.

»Wer ist da?«, fragte Lhurian mit fester Stimme in die Dunkelheit. »Zeige dich, oder ich werde dich zerschmettern, noch ehe du auch nur ...«

Er verstummte, als Alannah einen spitzen Schrei ausstieß. Denn aus der Dunkelheit des Stollens löste sich – die Elfin traute ihren Augen kaum – eine riesige Ratte!

Das graue Fell der Kreatur hing in schmutzigen Zotteln an ihr herab; ansonsten sah sie aus wie ihre kleinen Artgenossen: eine spitze Schnauze, gelbe Augen, große Nagezähne und ein langer nackter Schwanz, der über den knochenübersäten Boden wischte und dabei das Klappern verursachte. Der fette Körper bewegte sich auf kurzen Beinen, deren Pfoten in scharfe Krallen ausliefen.

Das Tier war furchterregend, doch offenbar war die Ratte nicht wild, sondern gezähmt. Sie trug eine Art Zaumzeug um den spitzen Schädel, an dem lange Zügel befestigt waren, und an den Zotteln ihres Fells waren allerhand Schädel und Knochen festgebunden, die daran hin und her baumelten – grausige Talismane, die offenbar jemand gesammelt hatte.

Als das Tier, das unablässig schnüffelte, sich noch ein Stück weiter in den Lichtkreis des Zauberstabs wagte, sah Alannah einen Reiter im Nacken der grässlichen Kreatur, die erbärmlichen Gestank verbreitete. Seine Bewaffnung bestand aus einer Pike aus rostigem Eisen, und er trug einen weiten Umhang, den er um seine schmalen Schultern geschlungen hatte. Auf seinem Kopf ruhte ein unförmiger, ebenfalls rostiger Helm, dessen Visier geschlossen war, sodass die Gesichtszüge des Rattenreiters nicht zu erkennen waren. Gleichwohl erkannte Alannah an den grünen Krallen, die die Zügel führten, dass es sich um einen Ork handeln musste.

»Kein Stück weiter«, schärfte Lhurian dem Unhold ein und stellte sich schützend zwischen ihn und Alannah. Den Zauberstab hatte er wie einen Speer gesenkt und gegen den fremden Reiter gerichtet. »Wer bist du, und was willst du?«

Der Reiter, der zusammengesunken auf dem Rücken des Tieres kauerte, antwortete nicht sofort. Fast hatte es den Anschein, als müsste die Bedeutung der Worte erst ganz allmählich in sein Gehirn sickern. Schließlich nickte er schwerfällig, griff an das Visier und klappte es mit hässlichem Quietschen nach oben.

Alannah schrie erneut.

Aber diesmal war es kein Schrei des Entsetzens, der ihrer Kehle entfuhr, sondern Ausdruck ihrer Verblüffung.

Denn das grüne Gesicht, in das der Zauberer und sie starrten und das ihre Blicke aus ratlosen, blutunterlaufenen Augen erwiderte, gehörte keinem anderen als Balbok dem Ork.

In diesem Moment wurde Alannah klar, dass ihr Gefühl sie nicht getrogen hatte. Es waren tatsächlich die Präsenzen Balboks und Rammars gewesen, die sie gespürt hatte, jener beiden Orks, denen Erdwelt so viel zu verdanken hatte – auch wenn sie nicht ganz freiwillig zu Helden geworden waren ...

»B-Balbok?«, fragte sie leise.

»Du kennst diesen Unhold?«, erkundigte sich Lhurian und konnte das Entsetzen in seiner Stimme nicht ganz verbergen. Alannah nahm an, dass auch das mit der Vergangenheit zusammenhing, in der sie offenbar schreckliche Dinge getan hatte ...

»Allerdings«, bestätigte sie und trat, trotz der Riesenratte, die ihr alles andere als geheuer war, auf den Ork zu. »*Achgosh douk, karal*«, grüßte sie, sich der Orksprache bedienend, die sie fließend beherrschte.

»... *gosh douk*«, echote Balbok heiser. Sein Blick schien sie nicht zu erfassen, sondern durch sie hindurchzugehen.

»Erkennst du mich?«, fragte sie vorsichtig. »Ich bin es, Alannah.«

»... lannah«, hallte es wider, ohne dass der hagere Ork auch nur eine Miene verzog. Alannah erinnerte sich, dass Balbok, anders als sein Bruder Rammar, nie ein großer Redner gewesen war, aber so wortkarg hatte sie ihn noch nie zuvor erlebt.

Irgendetwas stimmte nicht mit ihm ...

»Vorsicht«, schärfte Lhurian ihr ein, als sie weiter vortrat, das bizarre Reittier umrundete und sanft ihre Hand auf den Unterarm des Orks legte. Die grüne Haut fühlte sich kalt und klebrig an wie die eines Froschs.

Was für einem seltsamen Zufall sie es zu verdanken hatte, ihm ausgerechnet an diesem Ort zu begegnen, darüber dachte Alannah in diesem Augenblick nicht nach. Obschon Orks die erklärten Feinde der Menschheit waren, war sie diesem speziellen Unhold in Dankbarkeit und Freundschaft verbunden und sorgte sich um sein Wohlergehen.

»Ist alles in Ordnung, Balbok?«, erkundigte sie sich deshalb. »Wie bist du hierhergekommen? Und wo ist Rammar? Kannst du mir das sagen?«

Wieder dauerte es eine endlos scheinende Weile, bis die Bedeutung ihrer Worte den Ork erreichte. Langsam wandte er sein klobiges Haupt, blickte ausdruckslos auf sie herab, und seine heisere Stimme bebte, als er leise flüsterte: »Rammar ist tot, Elfin. Er ist tot ...«

13.

KOMUCHL-KRICHG

Zumindest in dieser Hinsicht hatte Rammar recht behalten: Der Aufstieg durch den Treppenschacht erwies sich in der Tat als schweißtreibende Schinderei.

Vorbei die Zeiten, in denen der dicke Ork die Vorzüge seiner Leibesfülle angepriesen hatte – inzwischen verfluchte er jeden Bissen Gnomenwurst und jedes Stück Trollhaxe, die er gefressen hatte. Ächzend wie ein Oger nach vollzogenem Liebesakt, wankte er die steinernen Stufen empor, während ihm der Kopf schwirrte von den vielen Windungen, die bereits hinter ihm lagen.

Balbok und die drei verbliebenen Seeräuber taten sich unendlich leichter mit dem Aufstieg; der hagere Ork, weil er immer vier Stufen auf einmal nahm, die Menschen, weil sie von Natur aus dazu gemacht waren, zu laufen und davonzurennen. Ein Krieger vom Schlage Rammars hingegen hatte seine liebe Not damit, eine Stufe nach der anderen zu erklimmen, entsprechend heiser war sein Atem, und entsprechend weit hing ihm die Zunge heraus, als er endlich das obere Ende der Treppe erreichte.

Froh darüber, die Strapaze überstanden zu haben, setzte er seinen Fuß auf die letzte Stufe – seine Erleichterung währte allerdings nur einen Augenblick lang.

Denn als der Ork sah, wohin die Treppe seine Begleiter und ihn geführt hatte, konnte er nicht anders, als eine ausgiebige Verwünschung von sich zu geben.

Sie waren tatsächlich zurück.

Zurück in den Minen …

Fast hatte Rammar schon vergessen, wie es gewesen war, in Ketten und unter Peitschenhieben schuften zu müssen. In dem Moment jedoch, da er seine Artgenossen erblickte, in Lumpen gehüllt und bis auf die Knochen abgemagert, holte ihn die Erinnerung ein: Sein *asar* begann wieder zu schmerzen, und sein Schädel dröhnte vom Klang der Hämmer, die wieder und wieder auf das harte Gestein prallten.

Nichts hatte sich geändert, seit Balbok und er zuletzt an diesem Ort des Grauens gewesen waren. Noch immer wurde erbarmungslos die Peitsche geschwungen, und noch immer waren die Gesichter der gefangenen Orks, Gnomen und Trolle starr und ausdruckslos, bar jeder Hoffnung.

Nicht, dass sich Rammar um die Grünblütigen geschert hätte oder um das stinkende Trollgesocks. Das Schicksal seiner Artgenossen jedoch berührte ihn auf eine Weise, die ihm selbst fremd war. Er fühlte sich elend deswegen, und das ärgerte ihn.

»Eine Schande ist das«, raunte er seinem Bruder zu, nachdem er wieder zu Atem gekommen war.

»*Korr*«, stimmte Balbok grimmig zu. »Wir müssen was tun.«

»Was tun, was tun!«, schnaubte Rammar. »Das sagt sich so leicht, wenn man derart wenig Verstand im Schädel hat wie du. Aber das ist nicht so einf... *Balbok!*«

Den Namen seines Bruders stieß der feiste Ork als heiseres Ächzen aus, das Balbok schon nicht mehr hörte. Denn der war kurz entschlossen aus dem Schatten des Felsvorsprungs getreten, hinter dem sie sich verbargen, und ging geradewegs auf einige Sklaven zu.

»Nicht, *umbal!* Was machst du denn?«

Aber Balbok war nicht mehr aufzuhalten.

Die Höhle, in die der Treppenschacht mündete, war ziemlich weitläufig und hatte die Form einer Halbkugel. Der Boden war von Schutt und Geröll übersät und bot daher hinreichend Möglichkeit, sich zu verstecken. In den Wänden klafften überall dunkle Löcher – Stollen, die von Orks in den Fels getrieben worden waren und in denen Dutzende unglücklicher Kreaturen dabei waren, Steine aus dem Berg zu schlagen. Über Leitern und hölzerne Balustraden wurden die Gesteinsbrocken von anderen Sklaven abtransportiert. Immer wieder kam es dabei vor, dass einer der Orks unter der Last zusammenbrach – dann war der grausame Aufseher zur Stelle und prügelte so lange auf den Gefangenen ein, bis er entweder wieder auf die Beine kam oder selbst hinausgetragen werden musste.

Und auf ebendiesen Aufseher hatte es Balbok abgesehen.

Gerade war wieder ein Ork zusammengebrochen – ein alter Greis, dessen schrumpelige Haut mehr braun war als grün und der auch ohne Last bereits tief gebeugt ging. Mit einem Tragekorb auf dem Rücken, der bis über den Rand mit Felsbrocken gefüllt war, hatte er über eine der Leitern hinabsteigen wollen – als ihn plötzlich die Kräfte verließen. Er rutschte ab und landete hart auf dem Boden, worauf der Korb zerbarst und die Steine nach allen Seiten davonkullerten. Der alte Ork versuchte noch, sich wieder auf die Beine zu raffen, da war bereits der Aufseher über ihm.

»Du!«, zischte der Dunkelelf leise. »Was hast du da rumzuliegen und zu faulenzen? Sofort auf die Beine, los!«

Der Ork gab sein Bestes, aber es wollte ihm nicht gelingen. Seine alten, krummen Beine versagten ihm den Dienst. Einige der anderen Gefangenen spähten verstohlen herüber, jedoch wagte keiner, ihm zu helfen. Wer seine Arbeit im Stich ließ, riskierte nur, ausgepeitscht zu werden.

»Du willst wohl nicht«, sagte der Aufseher genüsslich, und es war ihm anzusehen, wie sehr er sich darauf freute, auf den wehrlosen Ork einzuschlagen. »Schön, wie du möchtest – dann werde ich dir eben Beine machen.«

»Nein«, ächzte der Alte. »Bitte nicht ...«

Aber der Elf kannte weder Gnade noch Mitleid.

Er hob den Orkziemer, ließ das Leder einmal durch die Luft schwirren und wollte dann auf den Gefangenen einschlagen.

Dass es nicht dazu kam, lag an der großen Bootsaxt, die jäh auf ihn herabfiel und ihm den Schädel spaltete.

Die Lederhaube, die der Dunkelelf trug, hatte dem Axtblatt nichts entgegenzusetzen. Blutüberströmt kippte der Aufseher um und blieb reglos liegen.

Statt sein Opfer noch eines weiteren Blickes zu würdigen, trat Balbok vor und reichte dem noch immer am Boden liegenden Gefangenen die Klaue.

»Hier«, sagte er nur.

»W-was hast du getan?«, fragte der Alte entsetzt, auf den blutigen Torso des Dunkelelfen starrend.

»Ihm den Schädel eingehauen«, erklärte Balbok lapidar.

»D-das hättest du nicht tun dürfen«, stammelte der Greis, aus dessen Augen jeder Glanz gewichen war. Bislang hatte Balbok noch gar nicht gewusst, dass ein Ork überhaupt so alt werden konnte – in der Modermark pflegte ein Krieger schon lange vorher im Kampf erschlagen zu werden ...

»Wieso nicht?«, fragte er und legte den Kopf schief. »Das Schmalauge wollte dich umbringen. Und du konntest dich nicht einmal wehren.«

»Ich bin alt, meine Zeit war gekommen. Was du getan hast, wird Verderben über uns alle bringen.«

»Was hat er denn schon getan?«, schnauzte Rammar, der sich zu ihnen gesellt hatte. So entsetzt er im ersten Moment über Balboks Alleingang gewesen war, schon kurz darauf war ihm eine spontane Idee gekommen. »Er hat einen Aufseher erschlagen, na und? Diese Kerle sind nicht unbesiegbar, wie ihr seht. Sie bluten und können sterben – und ihre Schädel sind augenscheinlich weicher als eine Axt.«

»*Korr*«, stimmte Balbok grimmig zu.

Längst waren sie nicht mehr unbeobachtet. Die Sklaven, die sich in unmittelbarer Nähe aufhielten, hatten mitbekommen, was ihrem Aufseher widerfahren war, und wie ein Lauffeuer verbreitete sich in der Höhle und in den Stollen die Nachricht, was vorgefallen war. Sofern die Ketten um ihre Fußgelenke es zuließen, drängten die Orks heran und starrten mit einer Mischung aus Bestürzung und Neugier auf die Besucher.

»Was gafft ihr denn so?«, blaffte Rammar. »Habt ihr noch nie einen Ork aus echtem Tod und Horn gesehen? So sind wir in Wahrheit, ihr erbärmlichen Kreaturen: stolze Krieger, die mit der Waffe in der Hand um ihr Leben kämpfen – oder einfach nur darum, ihre Feinde zu vernichten –, und nicht ein Haufen elender Sklaven, die für hergelaufene Schmalaugen die Drecksarbeit erledigen. Auch ihr seid einst so gewesen, ihr müsst euch nur daran erinnern!«

Die Gefangenen schauten Rammar fragend an. Aus ihren Blicken sprach pures Unverständnis.

»Verdammt!«, fuhr der in seinem Lamento fort. »Was ist nur aus euch geworden? Von gefürchteten Orks seid ihr zu willenlosen Dienern verkommen, habt euch von Schmalaugen das Blut aus dem Bier saufen lassen.* Statt euren Unterdrückern die Knochen zu brechen und ihnen die Eingeweide aus dem Leib zu reißen, habt ihr euch in euer Schicksal gefügt und klopft lieber Steine, als Schädel zu spalten. Eine Schande ist das, habt ihr verstanden? Nicht nur für euch, sondern für das ganze Volk der Orks!«

Immer noch mehr Sklaven drängten heran, aber ihren blassen, ausgemergelten Mienen war zu entnehmen, dass Rammars flammende Rede nicht zündete. Im Gegenteil, das Unverständnis darin schlug mehr und mehr in Entsetzen um.

»Was versuchst du uns zu sagen, Fremder?«, erkundigte sich der Alte, den Balbok gerettet hatte und dem es endlich gelungen war, wieder auf die Beine zu kommen. »Dass wir fliehen sollen? Dass wir uns gegen unsere Aufseher auflehnen sollen?«

»Genau das.« Rammar nickte, in seinen Schweinsäuglein blitzte es gefährlich. »Tut euch zusammen. In den tiefer gelegenen Stollen gibt es jede Menge Waffen und Rüstungen –

---

* orkische Redensart

nicht mehr ganz neu, aber noch gut zu gebrauchen. Wenn ihr euch das Zeug holt und dann damit ...«

»Aber wir wissen doch gar nicht, wie das geht«, wandte der Greis ein.

»Hä?« Rammar glaubte, nicht recht zu hören. »Was soll das heißen, ihr wisst nicht, wie das geht?«

»Wir haben nie gelernt zu kämpfen. Diese Minen« – der Alte deutete auf die umgebende Höhle – »sind alles, was wir kennen. Wir haben unser Lebtag nichts anderes getan, als Gestein zu hauen.«

»Dann vergesst die Waffen! Nehmt eure Hämmer und tauscht die Steine gegen die Schädel der Schmalaugen. So schwer kann das doch nicht sein!«

»Und dann?«, fragte der Alte.

»Was soll die Frage?«, schnappte Rammar. »Dann seid ihr frei und könnt endlich tun und lassen, was ihr wollt. Und vor allen Dingen könnt ihr raus aus diesen Höhlen.«

»Raus aus den Höhlen? Du meinst ... ans Licht?« In der Stimme des Alten klang unverhohlene Furcht.

»Allerdings! Was ist damit nun wieder nicht in Ordnung?«

»Die wenigsten von uns haben diese Stollen je verlassen. Selbst für mich, der ich viele Winter gesehen habe, ist die Sonne nur eine ferne Erinnerung.«

»Gar nichts hast du gesehen«, beschied Rammar ihm genervt. »Du weißt gar nicht, was es heißt, wenn im Winter Schnee fällt und die Modersee vom Eis bedeckt ist und es so kalt wird, dass einem der *asar* zufriert. Du hast keine Ahnung, wie es ist, einen Wald zu durchstreifen und Gnomen aufzuspießen, und natürlich weißt du auch nicht, wie *bru-mill* schmeckt oder wie einem der Schädel dröhnt, wenn man zu viel Blutbier getrunken hat. Und soll ich dir sagen, warum du das alles nicht weißt? Weil du überhaupt nie gelebt hast. Du nicht – und auch sonst keiner hier. Ihr seid erbärmlich!«, rief er den Sklaven zu, die sich rings um sie geschart hatten. »Ihr seid keine Orks, sondern nur blasse Schatten, nichts weiter! Eine Schande für unser Volk, hört ihr?«

Die Gefangenen hörten ihn durchaus, zumal es schwer war, einen Ork zu überhören, der sich in Rage gebrüllt hatte. Aber während derlei Beschimpfungen wohl an jedem anderen Ort der Welt zur Folge gehabt hätten, dass die geschmähten Orks augenblicklich in *saobh* verfallen wären und das Schandmaul zum Verstummen gebracht hätten, standen die Gefangenen nur da und glotzten Rammar aus großen Augen an – um sich im nächsten Moment wieder achselzuckend ihrer Arbeit zuzuwenden.

»I-ihr geht einfach?«, rief Rammar ihnen fassungslos hinterher. »Ihr zieht ein Dasein in Ketten einem Leben in Freiheit vor? Ihr wählt die Schande, statt Feinde zu erschlagen, nach Herzenslust zu plündern und eimerweise Blutbier zu saufen?«

»Das wolltest du auch«, brachte Balbok leise in Erinnerung. »Weißt du noch?«

»Maul halten!«, schnauzte Rammar, der sich beim besten Willen nicht erinnern konnte, so etwas je gesagt zu haben. »Ist das zu fassen? Wir kommen als ihre Befreier, und die drehen uns den *asar* zu. Das verstehe, wer will.«

»Verstehst du es denn wirklich nicht?«, fragte der alte Ork, der als Einziger geblieben war.

»Natürlich verstehe ich es«, murrte Rammar. »Diese feige Brut hat nicht genug Mumm, um gegen die Schmalaugen zu kämpfen.«

»Nein, das ist nicht der Grund«, widersprach der Alte. »Freiheit ist etwas, das sie niemals kennengelernt haben, und was ein Ork nicht kennt, das fürchtet er.«

»Schmarren!« Rammar schüttelte unwillig den Schädel. »Ein Ork aus echtem Tod und Horn fürchtet überhaupt nichts! Er verachtet die Gefahr und sieht dem Grauen mutig ins Auge. Aber wenn ihr glaubt, hier sicher zu sein, dann geht nur. Lasst euch weiter in Ketten legen und auspeitschen, wenn es euch Spaß macht. Ich, Rammar der schrecklich Rasende, werde mich den Schmalaugen nicht unterwerfen, und wenn es das Letzte ist, was ... *Iiiieeeh!*«

Seine markige Rede ging in einen gellenden Schrei über, der so gar nichts Orkisches an sich hatte, sondern eher nach einem quiekenden Frischling klang.

Denn aus dem Augenwinkel sah Rammar in diesem Moment drei Gestalten aus dem Treppenschacht steigen – und eine davon war ihm nur zu gut bekannt!

Obwohl er die ganze Zeit über sie und keine andere hinter all den seltsamen Vorgängen auf der Insel vermutet hatte, war er doch entsetzt, als er sie tatsächlich erblickte.

Seine Nackenborsten sträubten sich.

»Das Elfenweib!«, ächzte er.

14.

UMM UR'RASH

Sie war zurückgekehrt.

Nicht genug damit, dass die Verbindung wieder geöffnet war, die sein jahrzehntelanges Exil beenden und ihn wieder in die Welt entlassen würde, sie brachte ihm auch jene zurück, mit der zusammen er einst auf dem Thron von Crysalion geherrscht hatte – und mit ihr auch die Erinnerung.

Der Schatten im Turm triumphierte.

Als er auf die anmutigen, von weißem Haar umrahmten Gesichtszüge blickte, die in den schimmernden Flächen des Kristalls zu sehen waren, hätte er selbst nicht zu sagen vermocht, was er dabei empfand. Seine Gefühle waren widersprüchlicher Natur und so alt, dass er sie kaum noch als die seinen erkannte. Lange Jahre hatten sie geschlummert, hatte er alles darangesetzt, sie zu vergessen, um auch den Schmerz und die Trauer hinter sich zu lassen. Aber nun war *sie* zurückgekehrt.

Schön wie einst, vor langer Zeit ...

»Komm zu mir«, flüsterte er leise, und seine narbige Hand strich sanft, fast zärtlich über die glatten Flächen des Kristalls, dessen magische Kraft ihm alles zu zeigen vermochte, was innerhalb der Festungsmauern vor sich ging. »Komm zu mir, mein Kind. All die Jahre habe ich auf dich gewartet, und nun bist du wieder hier ...«

Das Bild der Elfin verblasste und zeigte jemand anderen.

Einen Unhold, mehr breit als hoch, dem die Dummheit aus den Augen sprach, und noch einen, der doppelt so groß und dem Ausdruck seiner langen Fratze nach auch doppelt so dämlich war.

Dazu noch einen Menschen, einen Greis, dessen bloßer Anblick den Schatten langweilte – bis ihm klar wurde, dass er auch diese Gesichtszüge kannte!

»Sieh an!«, keuchte er mit einer Stimme, die aus dunklen Abgründen zu kommen schien, und zu all den widerstreitenden Gefühlen in seinem Inneren gesellte sich auch noch maßloser Hass. »Wer hätte gedacht, dass auch wir uns einmal wiedersehen, alter Freund?«

Und er schaute auf von dem Kristall und blickte in die Runde derer, die sich rings um ihn versammelt hatten – düstere, graugesichtige Gestalten, deren Herzen so schwarz waren wie die Kapuzenumhänge, die sie trugen.

Sie waren die Dun'rai, seine besten Krieger und Stellvertreter. Bei ihrem Blut hatten sie ihm Treue geschworen bis in den Tod, und jeder Einzelne von ihnen war nicht weniger vom Willen zur Vernichtung durchdrungen als er selbst.

»Es ist geschehen, meine tapferen Getreuen«, sagte er leise.

»Was, mein Gebieter?«, erkundigte sich Ravok, der zweite unter den Dun'rai und ihr Anführer, seit der erste Dun'ras auf unerklärliche Weise verschwunden war. »Was ist geschehen?«

»Unsere geliebte Königin«, sagte der Schatten. »Sie hat endlich an unsere Gestade zurückgefunden. Die Prophezeiung hat sich erfüllt.«

»I-ist das wahr, Gebieter?«

»Ja, meine Getreuen. Eineinhalb Jahrhunderte sind seit unserer Niederlage verstrichen – eine Zeit der Schande, die uns wie eine Ewigkeit erschienen ist. Aber wir haben sie genutzt und sind stärker geworden, als wir es uns damals erträumen konnten. Alannah ist zu uns zurückgekehrt, und mit ihr auch jener, dem wir unser dunkles Los zu verdanken haben. Die Zeit der Rache ist gekommen, meine Krieger – und ich gedenke jeden Augenblick davon bis zur Neige auszukosten ...«

15.

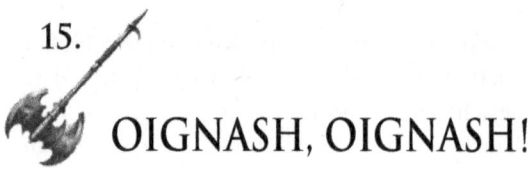

OIGNASH, OIGNASH!

»Rammar! Balbok!«

Auch Alannah war nicht wenig überrascht, sich den *beiden* Orks gegenüberzusehen. Durch das dunkle Labyrinth und den Korridor der Geheimfallen waren sie immer weiter ins Innere des Berges vorgedrungen und zuletzt der Treppe gefolgt, die sich steil nach oben wand. Das Dröhnen der Hämmer hatte mit jeder Stufe zugenommen, und bang hatte sich die Elfin gefragt, was sich wohl dahinter verbergen mochte. Nun kannte sie die Antwort – und sie war niederschmetternd.

In der großen Höhle, die sich vor ihnen erstreckte, sah Alannah Dutzende, wenn nicht Hunderte ausgemergelter Gestalten, die in Ketten gelegt waren und in einem Bergwerk schufteten. Der Anblick der Unholde, die von den Dunkelelfen versklavt worden waren und so gar nichts von jenen Wesen hatten, die die westlichen Weiten Erdwelts durchstreiften, war erschütternd. Doch dann war da noch ausgerechnet jenes Brüderpaar, das wie sie selbst offenbar immer gerade dort auftauchte, wo weltbewegende Dinge passierten.

Das alles führte ihr noch einmal vor Augen, dass die Fernen Gestade tatsächlich weit davon entfernt waren, jener Ort zu sein, der sie eigentlich sein sollten. Zum anderen wusste Alannah von diesem Augenblick an, dass mehr als nur bloßer Zauber im Spiel war.

Nämlich Bestimmung …

»Du!«, rief Rammar, und man konnte direkt sehen, wie ihm das Blut ins Gesicht schoss, sodass seine feisten Züge vor Zorn dunkelgrün wurden. »Du bist an allem schuld! Das wusste ich! Die ganze Zeit habe ich es gewusst!«

»*Achgosh douk*«, erwiderte Alannah, um Gelassenheit bemüht. Lhurian, der neben ihr stand, hatte abwehrbereit seinen Zauberstab erhoben und wunderte sich, dass sie so ruhig blieb.

»Mir gefällt deine Visage auch nicht, das kannst du mir glauben«, erwiderte Rammar den traditionellen Ork-Gruß in der Menschensprache. »Allerdings bin ich nicht besonders überrascht, sie hier zu sehen. Nicht wahr, Balbok? Ich habe die ganze Zeit über gesagt, dass das Elfenweib dahintersteckt!«

»*Korr*«, stimmte Balbok zu, der ein Stück hinter ihm stand, zusammen mit drei Menschen, die wie Seefahrer gekleidet und bis an die Zähne bewaffnet waren. Orks und Menschen, dazu Unholde, die als Sklaven schufteten – Alannah war verwirrt. Doch sie gedachte, so schnell wie möglich Ordnung in diese Wirrnis zu bringen ...

»Wie kommt ihr hierher?«, fragte sie, ohne auf Rammars Vorwürfe einzugehen.

»Wie wir hierher...?« Rammar machte große Augen. »Das ist doch der Gipfel der Unverschämtheit! Das Gleiche könnte ich dich fragen, Elfin! Was tust *du* hier auf diesem Flecken Erde, an dem nichts so ist, wie es sein sollte?«

»Das habt ihr bemerkt?«

»Was glaubst du wohl? Es ist schwer, das nicht zu merken. Zuerst wurden wir von fresswütigen Kobolden angefallen, dann von unseren Erzfeinden den Gnomen zum Essen eingeladen, schließlich von deinesgleichen in diesen Minen versklavt und zuletzt von Menschen zu Piraten gemacht.« Er deutete auf den goldenen Ring in seinem Ohr. »Ein bisschen viel auf einmal, findest du nicht?«

»Du sagst das, als ob ich etwas dafür könnte.«

»Willst du das etwa bestreiten?« Rammar verengte ein Auge, während er drohend die Harpune hob. »Seit wir uns kennen, Elfenweib, hast du kaum etwas anderes getan, als uns zu hintergehen. Du hast uns für deine Zwecke missbraucht und dich als unseresgleichen ausgegeben. Und du hast sogar rumerzählt, dass wir ...« Sein Mund bewegte sich weiter, aber ihm kam nicht über die Lippen, was die Elfin getan hatte, um Balbok und ihn aus der Stadt Sundaril zu schmuggeln. »Es war eine Schande«, behauptete er hilflos, »und dir ist jede Menscherei zuzutrauen.«

»Tut mir leid, wenn ich eure empfindlichen Orkseelen verletzt haben sollte«, sagte Alannah ohne erkennbares Bedauern. »Aber ich versichere euch, dass ich diesmal nichts damit zu tun habe. Was immer geschehen ist, habt ihr ganz allein euch selbst zuzuschreiben – jedenfalls nehme ich das an.«

»So? Und *was* ist mit uns geschehen?«, wollte Balbok wissen.

»Ihr seid durch den Kristallschlund gereist«, erklärte Lhurian an Alannahs Stelle.

»Wer ist der Typ?«, fragte Rammar.

»Man nennt mich Granock. Ich bin ein Zauberer.«

»Noch einer!« Rammar schüttelte sich vor Abscheu. »Mir haben schon deine Zauberkunststücke gereicht, Elfin. Es war unnötig, auch noch den Tattergreis mitzuschleppen.«

»Vorsicht, Ork«, beschied ihm der Alte.

»Was? Willst du mir drohen?«

»Wenn du mich angreifst, werde ich dich mithilfe meines Zauberstabs bei lebendigem Leib rösten. Das ist keine Drohung, sondern ein Versprechen. Hast du verstanden?«

In Rammars Augen blitzte es feindselig. Dennoch beließ er es bei einem grimmigen Zähnefletschen.

»Was also ist geschehen?«, wollte Alannah wissen.

»Das wissen wir selbst nicht«, antwortete Balbok. »Eben noch sind wir in Tirgas Asar gewesen ...«

»Anar«, verbesserte Rammar.

»... und im nächsten Moment waren wir hier«, fuhr der Hagere unbeirrt fort.

»Wie ist es dazu gekommen? Was habt ihr getan?«, wollte Alannah wissen. »Was ist das Letzte, woran ihr euch erinnert?«

»Na ja«, sagte Balbok etwas zögerlich, »wir haben uns versteckt und abgewartet, bis das königliche Heer abgezogen war. Danach haben wir uns ... nun, in die Schatzkammer geschlichen ...«

»In die Schatzkammer?« Alannah holte tief Luft. »Aber ich hatte euch doch ausdrücklich verboten, die Schatzkammer aufzusuchen!«

»Eben!«, grunzte Rammar. »Für einen echten Ork kommt ein Verbot einer Einladung gleich, das solltest du inzwischen wissen.«

Die Elfin seufzte. »Und weiter?«

»Da gab es jede Menge Gold und anderes Zeug, das glänzt«, sagte Balbok und geriet ins Schwärmen. »Rote Edelsteine und silberne Pötte und allerhand Ketten und ...«

Mit einem harten Ellbogenstoß brachte Rammar ihn zum Verstummen. »Jedenfalls«, sagte der dicke Ork, »sind wir gar nicht an den Zaster rangekommen. Noch ehe wir unsere Klauen danach ausstrecken konnten, machte es Zapperzapp – und wir fanden uns hier wieder, in dieser durch und durch verdrehten Welt.«

»Verstehe«, murmelte der Zauberer und strich über seinen weißen Bart.

»Was gibt es denn da zu verstehen?«, maulte Rammar. »Das ist doch völlig verrückt! Man verschwindet nicht einfach von einem Ort und taucht an einem anderen wieder auf – es sei denn, Elfenzauber ist im Spiel.«

»Soll das heißen, ihr gebt mir die Schuld an dem, was euch widerfahren ist?«, fragte Alannah empört.

»Wem denn sonst? Allein, dass du hier aufgetaucht bist, zeigt doch, dass ich recht habe mit dieser Vermutung.«

»Und dass ihr hier seid, zeigt mir, dass ich recht hatte mit *meiner* Vermutung«, hielt sie dagegen. »Euch beiden ist nicht zu trauen!«

»Natürlich nicht – wir sind Orks. Aber du bist eine Elfin und solltest deshalb immer die Wahrheit sagen. Stattdessen hast du uns einmal mehr belogen!«

»Ich habe euch nicht belogen. Ich habe euch ausdrücklich davor gewarnt, die Schatzkammer zu betreten.«

»Und woher, bei Kuruls dunkler Grube, sollten wir wissen, dass wir dir zur Ausnahme mal glauben dürfen?«, fragte Rammar. »Orks sagen nie die Wahrheit, da weiß man wenigstens, woran man ist. Du hingegen bist falsch und verschlagen und meinst immer das Gegenteil von dem, was du sagst.«

»Habe ich dich richtig verstanden?«, hakte Alannah fassungslos nach. »Ich hätte euch nicht warnen sollen, weil ihr meine Warnung für eine Lüge haltet und sie deshalb für eine Einladung nehmt? Was für eine Logik ist das denn?«

»Da, es geht schon wieder los!«, ereiferte sich Rammar, während Balbok beifällig nickte. »Es sieht dir ähnlich, die Worte so zu verdrehen, wie du es gerade brauchst.«

»Und dir sieht es ähnlich, bei allen anderen die Schuld zu suchen, nur nicht bei dir selbst!«, konterte die Elfin.

»Wie auch immer«, unterbrach Lhurian das Wortgefecht, »ich ahne nun allmählich, was passiert ist.«

»Ich auch«, grollte Alannah. »Diese beiden hier sind dafür verantwortlich.«

»Nicht mehr als wir selbst«, wehrte der Zauberer ab.

»Da hast du's«, feixte Rammar. »Hör auf den Langbart, Elfenweib!«

»Warum seid ihr hier?«, wandte sich Lhurian an die Orks.

»Hast du nicht aufgepasst, Alter? Wir haben doch gerade erzählt, dass wir ...«

»Ich meine nicht, wie ihr auf die Insel gekommen seid. Ich will wissen, warum ihr *hier* seid, unter der Festung.«

»Das«, meinte Rammar verdrießlich, »ist eine lange Geschichte.«

»Eine sehr lange«, fügte Balbok hinzu.

»*Korr*. Wahrscheinlich würdest du ihr Ende gar nicht mehr erleben, Alter. Und selbst wenn, ich würde es euch garantiert nicht auf die Schnauze binden.«

»Doch, das würdest du«, versicherte der Zauberer mit fester Stimme, und das obere Ende seines Stabes begann zu glühen. »Sieh nur schön in das Licht …«

»Licht …«, echote Rammar tonlos – zu mehr war er nicht in der Lage. Wie gebannt waren seine Augen auf den Zauberstab geheftet.

»Rammar?«, sprach Balbok ihn vorsichtig von der Seite an, aber sein Bruder schien ihn nicht mehr zu hören.

»Und nun verrate mir, warum ihr hier seid«, sagte Lhurian.

»Um den Kristall zu zerstören«, schnarrte Rammar bereitwillig.

»Welchen Kristall?«

»Den Kristall im Turm«, lautete die Antwort, und der Zauberer und Alannah tauschten einen bedeutungsvollen Blick.

»Warum wollt ihr den Kristall zerstören?«

»Damit Käpt'n Cassaro die Insel angreifen kann.«

»Wer ist Käpt'n Cassaro?«

»Der Schrecken der Schädelküste«, antwortete Rammar mit glasigem Blick, »der König der Seeräuber.«

»Ich verstehe«, sagte Alannah, der nun klar war, wer die Menschen waren, die die Orks begleiteten. Sie vermutete, dass die Piraten die Nachkommen jener Menschen waren, die einst unter Margoks Fahne gesegelt waren …

»Hä?«, machte Rammar und rieb sich die Augen. Das Licht war erloschen, und er hatte das Gefühl, gegen einen Bergtroll gelaufen zu sein. »Was ist passiert?«

»Du hast unseren Plan verraten«, erklärte ihm Balbok und klang ziemlich elend.

»Schmarren! Ich würde doch nie …« Ein Blick in Richtung der Piraten, die alle zustimmend nickten, ließ ihn verstummen. »Zauberei!«, grollte er dann und blitzte Lhurian zornig an. »Das ist deine Schuld, Alter!«

»In der Tat«, gab dieser ohne Zögern zu, »und ich werde dir nun auch sagen, weshalb *wir* hier sind: um den Kristall zu heilen, der vor langer Zeit zerbrochen wurde und damit diese ... diese verkehrte Welt erst ermöglicht hat.«

»Wie meinst du das?«

»Ich kann es nur vermuten. Als vor langer Zeit Margoks Heer die Festung angriff, wurde der Kristall beschädigt und ein Splitter davon entwendet. Während dieser Splitter auf dem Festland half, Margok zurückzuschlagen und seinen bösen Geist zu bannen, hatte der beschädigte Kristall offenbar Auswirkungen auf die gesamte Insel. Die Elfen, einst die Hüter des Friedens und des Lichts, wandten sich der dunklen Seite zu, während Margoks ehemalige Helfer zu weichherzigen, empfindsamen Wesen wurden.«

»Wir aber nicht!«, wandte einer der Piraten ein.

»Nein«, gab der Zauberer zu. »Vielleicht wart ihr der Wirkung des Kristalls entzogen, weil ihr auf den Inseln vor der Küste lebt. Die Orks hingegen ...«

»Ich weiß«, sagte Rammar. »Grässlich. Einfach grässlich. Und ihr wollt den Kristall reparieren?«

»Allerdings.«

»Zu welchem Zweck?«

»Damit alles wieder so wird, wie es sein sollte«, gab Alannah zur Antwort.

»Das heißt, die Schmalaugen werden wieder harmlos und gut?«

»Das hoffe ich sehr.«

»Und die Orks werden böse, gemein und grausam?«

»So liegt es in ihrer Natur.«

»Worauf warten wir dann noch?«, rief Rammar, in dessen klobigem Schädel bereits ein neuer Plan Gestalt annahm – und dieser war weit ehrgeiziger als alle bisherigen.

Wenn es ihnen gelang, die gefangenen Orks vom Joch der Sklaverei zu befreien, würde man Balbok und ihn fraglos zu Häuptlingen küren – und an der Spitze ihres eigenen Heeres würden sie dann in die Modermark zurückkehren und es den Strauchdieben, die sie von dort vertrieben hatten, so richtig heimzahlen ...

»Du willst uns helfen?«, fragte Alannah erstaunt.

»*Korr.*«

»Wieso das?«

»Nun«, meinte Rammar mit der reinsten Unschuldsmiene, zu der ein Ork in der Lage war, »offenbar hat uns das Schicksal einmal mehr zu Verbündeten gemacht, nicht wahr?«

Alannah hob die Brauen. »Eben noch willst du dich an mir rächen, und jetzt sind wir Verbündete?«

»Und? *Namhal'hai krich'dok, namhal'hai imiash'dok*, heißt ein altes Sprichwort – Feinde kommen, Feinde gehen«, erwiderte der Ork achselzuckend. »Ist nicht persönlich gemeint.«

»Das sagst ausgerechnet du!«

»Und was ist mit uns?«, erkundigte sich einer der Piraten.

»Was soll mit euch sein, Hägar?«

»Huggo«, verbesserte der Seeräuber. »Was ist mit unserem Plan? Was wird aus dem Angriff?«

»Wenn ihr uns helft, den Kristall wiederherzustellen, werde ich dafür sorgen, dass sowohl euch als auch euren Piratenbrüdern draußen auf den Inseln eine großzügige Belohnung zuteil wird«, versprach Lhurian. »Es bräuchte keine Schlacht zu geben und kein Blutvergießen.«

»Klingt gut«, meinte Huggo.

»Also sind wir uns einig«, sagte Rammar beflissen.

»Einen Augenblick noch«, bat sich Alannah aus. »Eine Sache gilt es noch zu klären.«

»Und das wäre?«

»Hier ist noch etwas, das ganz und gar nicht stimmt.«

»Machst du Witze?« Der Ork schnitt eine Grimasse. »An diesem eigenartigen Ort stimmt überhaupt nichts! Ich frage mich, wie ihr Schmalaugen jemals glauben konntet, dass diese Insel ...«

Er verstummte, als er die große, mit einem Umhang und rostigem Rüstzeug bekleidete Gestalt gewahrte, die sich bislang im Hintergrund gehalten hatte, auf Alannahs Aufforderung hin nun aber näher trat. Der Kerl war ein wahrer Hüne, und obwohl sein Gesicht unter dem Visier eines rostigen Helmes verborgen war, kamen seine Körperhaltung und seine Art, sich zu bewegen, Rammar irgendwie bekannt vor.

»Wer ist der Lulatsch?«, wollte er wissen.

Alannah nickte dem Fremden zu, der daraufhin das Helmvisier öffnete – und damit Reaktionen auslöste, die von wortlosem Staunen bis hin zu blankem Entsetzen reichten.

»D-das bin ja ich«, stellte Balbok verwundert fest.

»Das gibt's doch nicht«, ächzte Rammar, dessen Blicke ungläubig zwischen seinem Bruder und dem anderen Ork hin- und herpendelten; sie waren einander wie aus dem Gesicht geschnitten. »Zwei *umbal'hai*! Ich werd verrückt!«

»Ein zweiter Balbok«, stellte der hagere Ork staunend fest, dessen behelmtes Gegenüber sich damit begnügte, wortlos auf sie zu starren. Dann, noch einmal, mit einem erfreuten Grinsen im Gesicht: »Ein zweiter Balbok. Das ist gut!«

»Was soll denn daran gut sein?«, maulte Rammar, nachdem er die erste Überraschung verwunden hatte. »Ein Schmalhirn von deiner Sorte reicht mir völlig. Wo habt ihr den Kerl her, Elfin? Was habt ihr nun wieder angerichtet?«

»Das Gleiche wollte ich dich fragen. Wir haben ihn unten in den Stollen getroffen. Er ritt auf einer Ratte.«

»Er ritt auf einer Ratte?« Rammar schickte dem »echten« Balbok einen strafenden Blick. »Typisch für ihn.«

»Und jetzt?«, fragte Huggo. »Was fangen wir mit ihm an?«

»Ja, was fangen wir mit ihm an«, wiederholte Rammar. »Warum habt ihr ihn überhaupt mitgebracht? Ein bescheuerter Bruder reicht mir völlig.«

»Aber Rammar, verstehst du denn nicht?«, fragte Alannah. »Es kann kein Zufall sein, dass ein vollendeter Doppelgänger deines Bruders existiert.«

»Natürlich ist es kein Zufall – schon eher ein Missgeschick«, polterte Rammar. »Wenn schon, dann müsste es von mir einen Doppelgänger geben und nicht von dem da.«

»Das meine ich nicht«, beharrte die Elfin. »Ich will damit sagen, dass es einen Grund für seine Existenz geben muss.«

»Was für einen Grund?«

»Das wissen wir nicht. Aber er sagt, dass ...«

»Rammar ist tot«, ließ sich der Doppelgänger in diesem Moment vernehmen.

»Was war das?« Rammar glaubte, nicht recht zu hören.

»Rammar ist tot«, wiederholte der Behelmte mit gleichmütiger Miene und starr geradeaus gerichtetem Blick.

»Blödsinn«, schnarrte der dicke Ork und bahnte sich einen Weg zu ihm. »Hier bin ich, und ich bin am Leben, wie du sehen kannst.«

»Rammar ist tot«, tönte es wieder.

»Weißt du was?«, beschied Rammar seinem originalen Bruder. »Er sieht nicht nur so aus wie du, er ist auch genauso dämlich.«

»Ich fürchte«, wandte Lhurian ein, »dass du etwas noch nicht verstanden hast. Dies hier ist nicht nur ein Ebenbild deines Bruders – er *ist* dein Bruder.«

»Er *ist* mein Bruder? Was soll der Schwachsinn nun wieder?«

»Wir nehmen an«, wollte Alannah erklären, »dass ...«

»Ihr da! Legt die Waffen nieder und ergebt euch!«, schnitt in diesem Augenblick die Stimme eines Dunkelelfen durch die abgestandene Luft, so scharf und spitz wie ein *saparak*.

16.

SOULLASH ANN SGARKAN

Es gab gute und schlechte Nachrichten.

Die gute Nachricht war, dass die Drachenschiffe aus Olfar noch rechtzeitig eingetroffen waren – acht schlanke Segler, an deren Bug die aus Holz geschnitzten Köpfe jener Ungeheuer aufragten, die den Schiffen ihren Namen gaben. Bemannt waren sie mit je dreißig Kriegern. Eine der schlechten Nachrichten war, dass die Galeeren aus den Hafenstädten es bisher nicht geschafft hatten, zu Corwyns Verband aufzuschließen – und das war längst nicht alles.

Einer der Dreiruderer aus elfischem Besitz war noch am Tag des Aufbruchs leckgeschlagen und hatte umkehren müssen – und mit ihm die dreihundert Soldaten, die sich an Bord befanden. Auch eine der Koggen, die den Galeeren und Trieren Geleit gaben, hatte den Rückweg antreten müssen, weil der Mast zu brechen drohte, und so hatte Corwyns Streitmacht die ersten Verluste zu beklagen, noch ehe der Krieg überhaupt begonnen hatte. Zudem hatten die Vorbereitungen zum Auslaufen der Flotte fast eine Woche in Anspruch genommen. Für sich genommen, war das nicht viel Zeit; Corwyn jedoch war jeder Tag wie eine Ewigkeit vorgekommen, und die Sorge um Alannah und das, was ihr vielleicht zugestoßen sein mochte, hatte ihn in den Nächten kaum Ruhe finden lassen.

Entsprechend erschöpft und in düstere Gedanken versunken stand der König auf dem Achterdeck des Dreiruderers, den er zu seinem Flaggschiff ernannt hatte. Auf die mit kunstvollen Schnitzereien verzierte Reling gestützt, blickte er zu den anderen Schiffen hinüber, die, von gleichmäßigen Ruderschlägen getrieben, durch das Wasser glitten, in südwestlicher Richtung. Wohin genau die Reise führte, wusste nur einer in der Flotte, und es behagte Corwyn nicht, dass dieser Jemand eigentlich ein Feind war.

Das Bündnis, das sie geschlossen hatten, war so brüchig, wie es nur sein konnte, dennoch hatte er keine andere Wahl, als sich darauf zu verlassen – und die Gegenwart des Dunkelelfen zu ertragen, der ihm auf Schritt und Tritt wie ein Schatten folgte. Oder war es in Wirklichkeit umgekehrt? Traute Corwyn seinem zwielichtigen Führer nicht über den Weg und blieb deshalb unbewusst in seiner Nähe?

Dass der König keine eindeutige Antwort auf diese Frage wusste, war nicht weniger beunruhigend als das Wissen, Dun'ras Ruuhl ausgeliefert zu sein ...

Es war der zweite Tag auf See. Längst war das Land nicht mehr auszumachen, und die Koggen, Drachenschiffe und Galeeren der Flotte waren ringsum von nichts als Wasser umgeben. Am Horizont schienen die See und der Himmel miteinander zu verschmelzen, als würde das fleckige Graublau, das Corwyn an die Farbe von Stahl erinnerte, gar kein Ende nehmen.

Der Gedanke, sich an Bord eines Schiffes zu befinden, die furchterregende Tiefe unter sich, gefiel dem ehemaligen Kopfgeldjäger nicht. Er war im Landesinneren geboren und auch dort aufgewachsen, entsprechend fremd war ihm das Meer. Die längste Schiffspassage, die er je mitgemacht hatte, hatte ihn über die Ostsee geführt.

Corwyns Magen rebellierte, und das Frühstück, das er in seiner Kajüte zu sich genommen hatte, machte sich wieder auf den Weg nach oben. Er kämpfte die Übelkeit nieder, denn er wollte sich nicht die Blöße geben, sich vor den Augen Dun'ras Ruuhls und der ganzen Mannschaft zu übergeben.

»Verdammt, Ruuhl!«, fuhr er den Dunkelelfen stattdessen an, der wie immer ein Stück hinter ihm stand. »Wie lange dauert die Überfahrt noch?«

»Wieso, König?«, erkundigte sich Ruuhl grinsend. »Ist dir nicht wohl?«

»Spar dir deinen Spott«, entgegnete Corwyn, dessen ungesund blasse Gesichtsfarbe Bände sprach. »Wie lange wird diese verdammte Passage noch dauern?«

Der Dunkelelf hob eine Braue. »Das ist unmöglich vorauszusagen.«

»Willst du dich über mich lustig machen? Du sagtest doch, dass du uns den Weg zeigen könntest und …«

»Das ja – aber das bedeutet nicht, dass er sich in zeitlichen Begriffen messen lässt.«

»Was soll das heißen?«, fragte Corwyn, dem jäh wieder einfiel, weshalb er sich bei Unterhaltungen mit Elfen meistens unwohl gefühlt hatte – weil er sich dabei immer vorgekommen war wie ein ausgemachter Trottel. Zumindest in dieser Hinsicht schienen Dunkelelfen und Lichtelfen etwas gemeinsam zu haben.

»Das soll heißen, dass sich die Länge der Reise nach den Fernen Gestaden nicht vorhersagen lässt. Man ist da, wenn man angekommen ist.«

»Willst du mich veralbern?« Um zu verdeutlichen, dass er nicht gewillt war, sich auf den Arm nehmen zu lassen, zog Corwyn sein Schwert und richtete es auf Dun'ras Ruuhls Brust.

»Dafür besteht keine Notwendigkeit«, sagte dieser kühl und schob die Klinge kurzerhand beiseite. »Wenn wir den gegenwärtigen Kurs beibehalten, werden wir früher oder später auf eine Nebelbank stoßen.«

»Auf offener See?«

»Diesen Anschein wird es zumindest haben. In Wirklichkeit ist der Nebel magischen Ursprungs und verhüllt die Fernen Gestade. Wer den Kurs nicht genau kennt, der wird sie niemals finden und in den Fangarmen grässlicher Ungeheuer landen, die so alt sind wie Erdwelt selbst.«

»Dann würde ich dir raten, uns gut zu führen und die Flotte sicher ans Ziel zu bringen«, knurrte Corwyn und rammte das Schwert zurück in die Scheide.

»Warum so zornig, falscher König?«, fragte Ruuhl hämisch. »Die See ist ruhig, und die Flotte macht gute Fahrt. Was also ist es, was dein Gemüt so verfinstert? Hast du Sorge, die falsche Entscheidung getroffen zu haben? Vermisst du deine Gemahlin? Oder fürchtest du gar, dass ich recht haben könnte mit dem, was ich in Tirgas Dun sagte?«

Corwyn antwortete nicht.

»Soll ich dich ein wenig aufheitern?«, fragte Ruuhl. »Soll ich dir eine Geschichte erzählen, um dir die lange Fahrt ein wenig zu verkürzen?«

»Nein.«

»Wirklich nicht? Sie handelt von jemandem, der seine Königin verloren hat, genau wie du.«

»Ich bin nicht interessiert«, stellte Corwyn klar.

»Tatsächlich? Auch dann nicht, wenn ich dir sagte, dass jene verlorene Königin und die deine ... ein und dieselbe sind?«

Corwyn starrte ihn finster an. »Was faselst du da?«

»Ich fasele nicht!« Dun'ras Ruuhl mimte den Beleidigten, indem er sich abwandte. »Wenn es dich nicht interessiert, was ich zu erzählen habe ...«

»Was weißt du über Alannah?«

»Manches«, antwortete der Dunkelelf ausweichend. »Thynia nannte sie sich einst ...«

»Thynia?«, fragte Corwyn. Diesen Namen hatte er noch nie zuvor gehört.

»Das war ihr Name«, bestätigte Ruuhl, der sich wieder zum König umdrehte, »und sie war eine mächtige Zauberin, die Zier des Ordens.«

»Eine Zauberin?« Corwyn hatte gewusst, dass seine Gemahlin noch so manches Geheimnis hütete, und er hatte sich bereits ein Stück weit damit abgefunden. Aber dass sie eine Zauberin gewesen war und zu einem Orden gehört hatte ...

»Sie hat es dir nicht gesagt?«, fragte Ruuhl in gespielter Überraschung.

»Nein.«

»Seltsam«, sagte Ruuhl scheinbar bestürzt. »Dabei gibt es so viel zu erzählen. Du musst wissen, falscher König, dass deine Gemahlin vor langer Zeit schon einmal an den Fernen Gestaden weilte.«

»Wann genau soll das gewesen sein?«

»Zur Zeit des Zweiten Krieges, als der Kampf um das Schicksal von Erdwelt tobte. Im Auftrag des Hohen Rats sollte Thynia helfen, den Kristallhort gegen den Ansturm des Bösen zu verteidigen. Aber soll ich dir ein Geheimnis verraten, falscher König? Sie hat es nicht getan. Sie hat sowohl den Hohen Rat als auch ihresgleichen betrogen und sich auf die Seite des Feindes geschlagen.«

»Du lügst«, stellte Corwyn ungerührt fest. »Alannah ist erst vierhundert Jahre alt. Für einen Menschen mag das eine unbegreiflich lange Zeitspanne sein, aber ...«

»Also hat sie zur Zeit des Zweiten Krieges, der vor noch nicht einmal zwei Jahrhunderten tobte, bereits gelebt«, konterte Dun'ras Ruuhl.

»Du zählst wie ein Ork«, hielt Corwyn dagegen, »und du entlarvst deine eigenen Lügen. Der Zweite Krieg, Dunkelelf, liegt mehr als tausend Jahre zurück. So viel Zeit nämlich ist vergangen, seit Farawyn der Seher den Bann über Tirgas Lan verhängte und diesen blutigen Konflikt damit beendete.«

»D-das ist nicht wahr!«, stammelte Ruuhl hilflos, und zum ersten Mal erblickte Corwyn so etwas wie Entsetzen in seinem aschgrauen Gesicht, wenn auch nur für einen Augenblick.

»Es ist wahr«, beharrte der König unbarmherzig. »Willst du unsere Chroniken lesen?«

»Aber dann ... dann ...« Ein undeutbares Mienenspiel lief in Ruuhls Zügen ab, während er angestrengt nachdachte. »Das ist es«, flüsterte er. »Das erklärt vieles ...«

»Wovon sprichst du?«

»Deshalb finde ich vieles verändert vor«, entgegnete der Dunkelelf rätselhaft. »Es liegt an der Zeit ...«

Corwyn verzog das Gesicht. Für ihn hatte es den Anschein, als hätte Ruuhl den Verstand verloren und redete irr. Schon im nächsten Moment jedoch klärten sich die Züge des Dun'ras, und die alte Häme kehrte zurück. »Rätsel über Rätsel, nicht wahr?«, fragte er grinsend. »Aber es ändert nichts daran, dass deine Gemahlin ein Vorleben hatte, von dem du nichts ahnst, falscher König. Du weißt nichts über elfische Frauen, über ihre Fähigkeiten des Ränkeschmiedens und die Wahrheit zu verschleiern ...«

Zumindest in dieser Hinsicht konnte Corwyn nicht widersprechen. Alannah war die einzige Elfin, die er je wirklich kennengelernt hatte. Und dass sie eine wahre Meisterin darin war, andere ohne deren Wissen oder gar Zustimmung für ihre geheimen Pläne einzuspannen und sie zu manipulieren, hatte sie wiederholt eindrucksvoll unter Beweis gestellt.

»Dennoch lügst du«, beharrte er trotzig. »Ich mag nicht alles über Alannah wissen. Aber ich kenne sie gut genug, um sagen zu können, dass sie die ihren niemals – niemals! – verraten würde. Spar dir deine Lügen, Dunkelelf. Ich werde nicht auf dich hereinfallen!«

»Ich lüge keineswegs«, stellte Dun'ras Ruuhl klar. »Und die Frau, die du als deine Gemahlin zu kennen glaubst, begnügte sich nicht damit, Verrat zu üben und die Zuflucht des Elfengeschlechts in ein blutiges Schlachtfeld zu verwandeln: Als Königin des Schreckens schwang sie sich zur Herrscherin über die Fernen Gestade auf – und wurde Margoks Weib!«

»Nein!«, entfuhr es Corwyn.

»Du magst es leugnen, so lange du willst, es ist die Wahrheit«, beteuerte Ruuhl.

»Niemals! Alannah mag ihre Geheimnisse haben, aber niemals war sie eine Dienerin des Bösen!«

»Woher willst du das wissen?«

»Ich weiß es, weil ...« Corwyn, der nie ein großer Redner gewesen war, verstummte und suchte hilflos nach der richtigen Antwort. »Sie ... sie hat gegen das Böse gekämpft«, brachte er schließlich hervor, »sowohl in Tirgas Lan als auch in Kal Anar ...«

»Wer sagt dir, dass sie dabei nicht ihre eigenen Ziele verfolgte? Pläne, von denen du noch immer nicht das Geringste ahnst? Die vielleicht dazu dienten, ihre Rückkehr zu den Fernen Gestaden vorzubereiten? Dass all das hier« – Ruuhl machte eine ausladende Handbewegung, die das Schiff, die Flotte und das ganze Meer einzuschließen schien – »nicht sorgfältig von ihr geplant wurde? Dass wir nicht alle nur Figuren in ihrem Spiel sind?«

Corwyn schwieg, aber in seinem Inneren begann es zu brodeln. Das Gift, das der Dun'ras in seine Seele gespritzt hatte, wirkte verlässlich, und zu Corwyns Eifersucht gesellte sich auch noch Wut.

Wut auf den Zauberer, der in sein Leben eingedrungen war. Wut auf Alannah, die den Alten offenbar besser kannte, als sie Corwyn gegenüber zugeben wollte. Wut darüber, dass sie gegangen war, ohne ihn in ihre Pläne einzuweihen ... In seinem Zorn fiel es Corwyn nicht schwer, sich Gründe für Alannahs Handeln auszudenken – Gründe, die ihm ganz und gar nicht gefallen konnten –, auch wenn er weiterhin beharrlich schwieg.

Er wandte sich ab und starrte hinaus auf die graue See. Seine Gedanken überschlugen sich, und seine Finger krallten sich in das Holz der Reling.

»Glaub mir, mein Freund«, hörte er Dun'ras Ruuhl hinter sich sagen, »in Wirklichkeit stehe ich auf deiner Seite und versuche nur, dir die Augen ...«

Corwyn wandte den Blick und schaute den Dunkelelfen unverwandt an, worauf sich dieser räuspernd verbesserte.

»Ich meine, *das* Auge zu öffnen ...«

17.

UMM DOUK FUURK'DOK

Die Eindringlinge fuhren herum – und sahen sich einem Pulk von Elfenkriegern gegenüber, die lederne Rüstungen trugen und mit Peitschen und Säbeln bewaffnet waren. Sie erfassten die Fremden und den erschlagenen Aufseher mit einem Blick – mehr brauchte ihnen nicht erklärt zu werden.

»Ergebt euch«, verlangte der Anführer des Trupps.

»Was, wenn wir uns weigern?«, fragte Lhurian dagegen.

»Dann seid ihr des Todes!«, versicherte der Dunkelelf – und schon griffen er und seine Männer an.

Unter barbarischem Kriegsgebrüll, das, wie Alannah fand, ihres Volkes unwürdig war, stürmten die Krieger auf sie zu, ihre Peitschen und Säbel schwingend. Die Elfin und die anderen wichen zurück. Es blieb keine Zeit, sich abzustimmen oder eine Verteidigungslinie zu bilden. Von Blutdurst getrieben, fielen die Dunkelelfen über sie her, und ein wüstes Hauen und Stechen setzte ein, in dem es um das nackte Überleben ging.

Während sich je zwei der Angreifer auf Balbok und Rammar stürzten, attackierten zwei weitere Alannah und den Zauberer. Die verbliebenen Wachen, vier an der Zahl, nahmen sich die Piraten vor. Mit ihren Säbeln setzten sich Cassaros Freibeuter zur Wehr, doch gegen die erbitterte Wildheit der Dunkelelfen konnten sie nur unterliegen.

Einer von ihnen ließ sein Leben, noch ehe er selbst einen Streich führen konnte – die Klinge des Angreifers bohrte sich tief in seine Brust.

Auch Rammar sah sich einer heftigen Attacke ausgesetzt. Gleichzeitig flogen die Riemen eines Orkziemers und eine gefährlich blitzende Klinge heran, und es erwies sich für den dicken Unhold als unmöglich, beidem auszuweichen. Er gab dem Elfensäbel den Vorzug und duckte sich, sodass die mörderische Waffe haarscharf über seinen Kopf hinwegstieß. Die Peitsche traf ihn dafür an der Schläfe und hinterließ blutig schwarze Striemen. Rammar taumelte und war einen Moment benommen. Als er wieder klar sehen konnte, sauste die Elfenklinge bereits ein zweites Mal heran, diesmal auf seine Kehle zu.

Schneller, als man es einem Wesen seiner Statur zugetraut hätte, riss er den behelfsmäßigen *saparak* empor. Mit der Harpune parierte er den tödlichen Hieb, und Funken stoben. Noch ehe der Dunkelelf nachsetzen konnte, brachte Rammar seine geballte Linke zum Einsatz. Wahllos drosch er zu – und erwischte den Angreifer mitten im Gesicht.

Die spitze Nase des Elfen platzte wie eine überreife Frucht, und benommen taumelte der Graugesichtige zurück. Doch schon war sein Kumpan heran und ließ Rammar abermals das schmerzhafte Leder der Peitsche spüren. Erneut wich der Ork zurück und brachte sich hinter einer Säule in Sicherheit. Nach vorn gebeugt, die Harpune in den Klauen, taxierte er seinen Gegner. Lauernd umkreisten sie einander, getrennt durch die Säule – die gar keine war!

Verblüfft erkannte Rammar, dass es kein Gebilde aus Stein, sondern der Doppelgänger seines Bruders war, hinter dem er Zuflucht gesucht hatte. Allerdings stand der falsche Balbok völlig reglos und starrte trübe vor sich hin.

»Los doch, worauf wartest du?«, fuhr Rammar ihn an. »Du dämlicher Hund, hilf mir gefälligst!«

»Rammar ist tot«, sagte der Doppelgänger nur – und als wollte er die düsteren Worte des langen Orks wahr machen, griff der Dunkelelf wieder an. Blitzschnell sprang er vor, setzte an dem Hindernis vorbei und schwang die Peitsche. Ein scharfer Knall, und Rammar merkte, wie sich etwas um seinen dicken, kaum vorhandenen Hals wickelte und ihm die Luft abschnürte ...

Anders als sein Ebenbild, das weiter nur reglos dastand und Löcher in die Luft starrte, hatte Balbok alle Klauen voll zu tun. Dem einen Angreifer hatte der hagere Ork die Nase aus dem Gesicht gebissen und ihn dann mit der Bootsaxt um einen Kopf kürzer gemacht. Der andere Dunkelelf jedoch erwies sich als mordsgefährlicher Gegner. Leichtfüßig tänzelte er um Balbok herum und traktierte ihn fortwährend mit kleinen Hieben und Stichen, die allesamt nicht tödlich waren, jedoch ziemlich schmerzhaft – und den sonst eher gleichmütigen Ork ärgerten.

»Was soll das?«, rief er zornig. »Halt gefälligst still, damit ich dich in Stücke hacken kann!«

Wuchtig schwang er die mörderische Axt, aber wieder zerteilte das Blatt nur leere Luft. Mit atemberaubender Schnelligkeit wirbelte der Dunkelelf herum und brachte Balbok abermals eine blutende Wunde bei, diesmal am rechten Bein; der große Ork fiel zu Boden, und sein Gegner holte zum *kro-buchg* aus – zum Todesstoß!

Auch Alannah war in Schwierigkeiten. Lhurian hatte sie ermahnt, bei ihm zu bleiben, aber als die Wachen wütend über sie herfielen, waren sie getrennt worden. Von einem schwarz gewandeten Gegner bedrängt, von dem sie nur die Mundpartie sehen konnte, weil eine lederne Haube die obere Hälfte des Gesichts bedeckte, war sie bis zur Höhlenwand zurückgewichen – nun gab es kein Entkommen mehr.

Mit vor Entsetzen weit aufgerissenen Augen blickte die Elfin ihrem sicheren Ende entgegen und riss abwehrend die Hände empor, obwohl sie wusste, dass sie so den tödlichen Stahl nicht aufhalten konnte. Sie erwartete, dass er ihr Herz durchbohrte – aber unvermittelt hielt ihr Gegner in seiner Bewegung inne, und die Klingenspitze verharrte nur wenige Fingerbreit vor Alannahs Brust in der Luft.

Instinktiv wich die Elfin zur Seite aus, weil sie glaubte, das Schicksal hätte ihr einen letzten zusätzlichen Atemzug verschafft – aber die Klinge machte keine Anstalten, sich weiter nach vorn zu bewegen. Reglos verharrte sie – und mit ihr der Krieger, der sie geführt hatte. Mitten in der Bewegung erstarrt stand er da. In Ausfallposition hatte er sich nach vorn geworfen und die ganze Kraft in den Todesstoß gelegt – wie es möglich war, dass sich diese Kraft plötzlich in nichts aufgelöst hatte, war Alannah ein Rätsel.

»Was bei Farawyns Gabe ...?«

»Steh nicht rum, als würde die Zeit auch für dich stillstehen«, rief ihr plötzlich jemand zu. »Hilf den anderen!«

Alannah fuhr herum. Es war Lhurian, der gesprochen hatte, allerdings zwischen zusammengepressten Zähnen hindurch, sodass sie seine Stimme nicht gleich erkannt hatte. Der Zauberer stand in der Mitte der Höhle, den Stab mit beiden Händen vor sich haltend und am ganzen Körper bebend.

Die Züge des alten Mannes waren purpurrot, die Adern an den Schläfen weit hervorgetreten, seine Armmuskeln zum Zerreißen gespannt. Fast sah es aus, als würde der Stab aus eigener Kraft vor ihm in der Luft schweben und wollte sich um sich selbst drehen und als kostete es den Alten seine ganze Kraft, ihn daran zu hindern.

»Worauf wartest du?«, stieß er unter höchster Anstrengung hervor. »Die Zeit lässt sich nicht ewig aufhalten!«

In diesem Moment begriff die Elfin.

Lhurian hatte etwas getan, das sie noch vor wenigen Augenblicken schlicht für unmöglich gehalten hätte: Er hatte den Fluss der Zeit verlangsamt!

Die gesamte Umgebung – alles, was sich in unmittelbarer Nähe befand – schien wie erstarrt: die Sklaven, die Angreifer und natürlich auch ihre Gefährten. Rammar, um dessen Hals sich eine Peitsche gewickelt hatte, stand da mit weit aufgerissenem Maul und rang nach Atem; Balbok war verwundet zu Boden gegangen und erwartete die tödliche Klinge seines Gegners, und auch die Piraten, von denen nur noch zwei am Leben waren, hätten die nächsten Augenblicke wohl nicht überstanden, wäre die Zeit mit der gewohnten Geschwindigkeit verstrichen.

Durch Lhurians Zauber jedoch waren diese Augenblicke in die Länge gedehnt worden. Wenn man genau hinsah, konnte man erkennen, dass sich die Kämpfenden noch immer bewegten, aber sie taten es nur äußerst langsam. Warum sich der absonderliche Effekt nicht auch auf sie bezog, konnte die Elfin nur vermuten. Vielleicht, weil sie einst selbst eine Zauberin gewesen war. Vielleicht auch, weil Lhurian es so wollte.

Der Zauberer ließ ein Stöhnen vernehmen, und Alannah glaubte zu erkennen, dass sich die Bewegungen der Umherstehenden ein wenig beschleunigten. Sich gegen den Zeitfluss zu stemmen musste den Alten unglaubliche Kraft kosten, und es war fraglich, wie lange er der Belastung noch standhalten würde.

Sie musste rasch handeln ...

Schon war sie bei Balbok und entwand seinem Gegner kurzerhand den Säbel, mit dem er den Ork hatte durchbohren wollen. Auch die Dunkelelfen, die sich auf die Piraten gestürzt hatten, waren rasch entwaffnet. Am längsten brauchte Alannah dazu, Rammar von der Peitsche zu befreien, die sich mindestens ein halbes Dutzend Mal um seinen kurzen Hals gewickelt hatte.

»Thynia ...!«, presste Lhurian mühsam hervor – der Zauberer war am Ende seiner Kräfte.

Alannah beeilte sich, wickelte die Peitschenschnur von Rammars Hals, während er sie unbewegt anstarrte. Sie bezweifelte, dass der Ork sie sehen konnte – für ihn war sie nicht mehr als ein flüchtiger Augenblick. Ihm hing bereits die Zunge aus dem Maul, was deutlich machte, wie überaus knapp die Rettung für ihn kam ...

»Bereit!«, rief Alannah laut und warf die Peitsche von sich.

Ein Ruck ging durch Lhurians hagere Gestalt. Seine Arme mit dem Zauberstab fielen herab – und im selben Moment lief in der Höhle die Zeit wieder normal ab.

Die Dunkelelfen kamen nicht dazu, sich über das Fehlen der Waffen in ihren Händen zu wundern, und auch die Orks und die Piraten nahmen nicht wirklich wahr, dass ihre Gegner wehrlos waren. Da für sie nur ein Lidschlag verstrichen war, handelten sie im Eifer des Überlebenskampfes und schlugen erbarmungslos zu. Balbok spaltete mit der Bootsaxt seinem Widersacher den Schädel, und auch die Piraten streckten ihre waffenlosen Gegner sogleich nieder, obwohl diese in der Überzahl waren. Alannah selbst wirbelte herum und führte die Klinge, die ihr um ein Haar den Tod gebracht hätte, in einem vernichtenden Streich, um ihrem Angreifer die rechte Hand abzuhacken.

Rammar hatte noch nicht einmal begriffen, dass die Peitsche um seinen Hals verschwunden war. Würgend, so als würde er noch immer keine Luft bekommen, sprang er vor, bekam den völlig verdutzten Dunkelelfen an den Oberarmen zu fassen und riss sie mit derartiger Wucht nach oben, dass sie mit hässlichem Knacken aus den Schultergelenken sprangen. Unter erbärmlichem Geschrei ging der Dunkelelf nieder, während Rammar hektisch daranging, die Peitsche um seine Kehle zu lösen, die allerdings nur noch in seiner Vorstellung dort war.

»Worauf wartet ihr?«, röchelte er, während er bereits auf die Knie ging. »Helft mir gefälligst, ihr elenden *umbal'hai*! Oder wollt ihr dabei zusehen, wie ich vor euren Augen verrecke? Das sieht euch ähnlich, ihr Schmeißfliegen, ihr Maden, ihr widerwärtiges Gesocks, ihr ...«

»Äh – Rammar?«, mischte sich Balbok vorsichtig ein.

»Was, verdammt? So hilf mir gefälligst, du unfassbare Blödheit auf zwei Beinen! Du elender, widerwärtiger ...«

Entkräftet, wie er sich wähnte, schlug er zu Boden und warf sich herum, und verzweifelt tasteten seine Klauen nach dem Leder um seinen Hals, während er heiser nach Luft schnappte – aber er fasste nichts als faltige, narbige Haut.

»Was zum Kurul ...?«

Rammar hörte auf zu röcheln, befühlte verwirrt seine Kehle und konnte keine Peitschenschnur ertasten. Sein Atem beruhigte sich, und er setzte sich auf. Er blickte in die Mienen seiner Gefährten und einiger Sklaven, die sich rings um ihn versammelt hatten und ihn aus großen Augen anschauten.

»Was glotzt ihr denn so dämlich?«, blaffte er. »Habt ihr noch nie einen Ork im *kro-sabal* gesehen?«

»Ich habe noch nie einen Ork gesehen, der so ein Gezeter veranstaltet, obwohl die Gefahr längst gebannt ist«, konterte Alannah.

»*Korr*«, stimmte Balbok wiehernd zu.

»Das findest du wohl witzig, Sackgesicht?« Den behelfsmäßigen *saparak* als Stütze nutzend, raffte sich Rammar auf. »Es hätte nicht viel gefehlt, und ich wäre elend erstickt – und du hast nicht eine Kralle gerührt, um mir zu helfen.«

»Ich war beschäftigt«, verteidigte sich der große Ork.

»Wir alle waren beschäftigt«, stimmte Alannah zu, »und wir alle wären getötet worden, hätte Lhurian uns nicht gerettet.«

Der Zauberer stand noch immer am selben Platz. Seine hagere Gestalt allerdings war nach vorn gebeugt und bebte, und hätte er sich nicht auf den Stab stützen können, wäre er wohl zusammengebrochen.

»Der soll uns gerettet haben?« Rammar prustete. »Ein alter Tattergreis?«

»Er hat mehr Kraft in seinem kleinen Finger als du in deiner ganzen Pranke«, beschied ihm Alannah und ging zu dem Zauberer, um ihn zu stützen.

»Was du nicht sagst«, versetzte der dicke Ork gehässig. »Falls du es nicht gemerkt haben solltest, Elfenweib – ein Ork aus echtem Tod und Horn braucht keinen alten Mann, der ihn rettet, und ein Rammar schon gar nicht. Mit meinen eigenen bloßen Klauen habe ich mich von der Peitsche befreit, so schnell, dass nicht einmal meine eigenen Augen mir folgen konnten.«

»Und das glaubst du wirklich?«

»*Korr*«, bekräftigte Rammar, während sein Bruder und die Piraten, die ihre wundersame Rettung für weniger selbstverständlich hielten, erstaunte Blicke tauschten. »Das glaube ich nicht, Elfenweib – das *weiß* ich!«

»In der Tat«, fauchte Alannah. »Wenn dein Heldenmut auch nur halb so groß wäre wie deine Einbildungskraft ...«

»Ihr da! Ergebt euch!«

Erneut ließ sich die Stimme eines Dunkelelfen vernehmen, die noch um vieles bedrohlicher klang als jene zuvor.

Alannah, die Orks und ihre Begleiter sahen sich auf einmal von schwarz gekleideten Kriegern umringt, die aus den umliegenden Stollen drängten. Es waren ein paar Dutzend, und alle hielten schussbereite Bogen in den Händen. Sofort nahmen sie Aufstellung, und innerhalb weniger Augenblicke waren die Eindringlinge umzingelt. Eingeschüchtert wichen sie zurück, scharten sich um den zweiten Balbok, der unbewegt wie eine Säule stand – ein wehrloses Häuflein inmitten eines Kordons tödlicher Waffen.

Der Anführer der Bogenschützen, ein hochgewachsener Dunkelelf, der einen langen schwarzen Mantel trug, stand auf einem der obersten Stege und blickte geringschätzig auf die Eindringlinge herab. Seine grauen Gesichtszüge waren zu einem grausamen Grinsen verzerrt. »Ich bin Ravok, zweiter Dun'ras der Insel«, stellte er sich vor. »Ich fordere euch auf, die Waffen augenblicklich niederzulegen!«

Die Gefährten zögerten, tauschten ratlose Blicke.

»Wie steht es, Unhold?«, erkundigte sich Lhurian bei Rammar. »Willst du uns nicht noch eine Kostprobe deiner ungeheuren Schnelligkeit geben und ihnen die Pfeile von den Sehnen stehlen?«

»Bah«, machte Rammar verächtlich. »Warum zauberst du nicht einfach, wenn du es so gut kannst?«

»Ein guter Vorschlag«, pflichtete Alannah dem Ork bei.

»*Korr*«, meinte Balbok.

»Ich wünschte, ich könnte es tun, meine Freunde«, gestand Lhurian, »aber zum einen sind es zu viele, um einen

Zeitzauber zu wirken, und zum anderen bin ich noch zu geschwächt.«

»Und das bedeutet?«, fragte Rammar.

»Dass wir keine andere Wahl haben, als uns zu ergeben«, erwiderte Alannah tonlos.

Noch einen Augenblick zögerten die Gefährten, dann fügten sie sich in ihr Schicksal.

»Großartig«, grunzte Rammar, während er die Harpune sinken und schließlich fallen ließ. »Ich hätte wissen müssen, dass es zu nichts Gutem führt, wenn man mit einer Elfin und einem *dhruurz* gemeinsame Sache macht ...«

18.
OUDARSHOULACH-ASH'HAI'S KOMANTA'HAI

Sie wurden abgeführt, bewacht von schwer bewaffneten Elfenkriegern in stachelverzierten schwarzen Rüstungen.

Lhurian ging dem Zug der Gefangenen voraus; hätte Rammar nicht von Natur aus etwas gegen Menschen im Allgemeinen und gegen Zauberer im Besonderen gehabt, so hätte er vielleicht sogar Bewunderung für den alten Mann empfunden, der vor den graugesichtigen Schmalaugen entweder keine Furcht empfand oder sie zumindest gut verbarg. Neben dem Zauberer ging Alannah, aufrecht und wie alle anderen Gefangenen mit auf dem Rücken gefesselten Händen. Auch sie bemühte sich redlich, vor ihren Häschern keine Schwäche zu zeigen, aber die Unruhe war ihr deutlich anzumerken, die bange Erwartung von dem, was kommen würde.

Als Nächster im Zug kam Rammar, der so breit war, dass niemand neben ihm marschieren konnte, nach ihm Balbok und die beiden Piraten. Als letzter Gefangener trottete der falsche Balbok in der Kolonne, der bereitwillig alles über sich ergehen ließ. Weder hatte er Widerstand geleistet, als sie angegriffen worden waren, noch hatte er sich zur Wehr gesetzt, als man ihn abgeführt hatte. Der wortkarge Doppelgänger hatte das Helmvisier wieder geschlossen und setzte folgsam einen Fuß vor den anderen. Immerhin hatte er aufgehört, Rammars Tod zu verkünden, was ja auch schon was war.

Dennoch befand sich Rammars Laune auf dem Tiefpunkt, doch ausnahmsweise war es mal nicht sein Bruder Balbok, auf den sich sein geballter Zorn richtete.

»Ich hätte es wissen müssen«, fauchte er, während sie durch eine verwirrende Anzahl von Korridoren geführt wurden, deren Wände aus stumpfgrauem Glas zu bestehen schienen. »Nun sieh, was du uns diesmal wieder eingebrockt hast, Elfenweib. Nichts als Ärger hat man mit dir.«

»Genau wie mit euch«, gab Alannah ungerührt über die Schulter zurück. »Hättet ihr euch nicht um jeden Preis den Schatz von Kal Anar unter den Nagel reißen wollen, wären wir nicht hier.«

»Und hättest du uns in der Modermark gelassen, statt uns nach Kal Anar zu schicken, wären wir erst gar nicht auf den Gedanken gekommen, uns den Schatz dort zu krallen«, hielt Rammar dagegen.

»Ach«, sagte die Elfin. »Hättet ihr mich in Shakara gelassen, statt mich zu entführen, wäre ich nie Königin von Tirgas Lan geworden.«

»Dass ich nicht lache!« Der Ork stieß einige Laute aus, die sich wie das Gebell eines Hundes anhörten. »Du hast dich in diesem Eistempel doch zu Tode gelangweilt!«

»Genau wie ihr euch in eurem *bolboug*.«

»Das habe ich nie behauptet.«

»Nein? Balbok hat mir etwas anderes erzählt.«

»*Trurkor!*«, zischte Rammar seinem Bruder über die Schulter zu.

»Weißt du«, meinte die Elfin, die von dem unsinnigen Streit genug hatte, »manchmal glaube ich, dass wir uns ähnlicher sind, als uns lieb ist.«

»Du und ich uns ähnlich? Lächerlich!«, grunzte Rammar, während sie durch einen langen Korridor schritten, auf den zu beiden Seiten niedrige Stollen mündeten. Orksklaven schufteten darin und schlugen die Köpfe ihrer Hämmer auf das harte Gestein.

»Kann mir mal jemand verraten, wozu die Schinderei gut sein soll?«, erkundigte sich Rammar. »Was wird hier abgebaut?«

»Du hast doch selbst in diesen Minen gearbeitet«, sagte Alannah verwundert. »Und du weißt nicht, wonach ihr gegraben habt?«

»Ich hab nicht gefragt.« Der dicke Ork zuckte mit den Schultern. »Es hat mich nicht interessiert. Vielleicht hat es mir auch jemand gesagt, und ich hab's schlichtweg überhört.«

»Kristalle«, antwortete ihm Lhurian.

Daraufhin war es Rammar, der verwundert war. »Was für Kristalle?«

»Magische Kristalle. Kristalle, die Zauberkräfte um ein Vielfaches verstärken können.«

»Na toll!«, schnaubte der Ork, der nur ein einziges Wort verstanden hatte, aber das genügte ihm vollauf.

Zauberkraft!

Wie er diesen Unfug hasste ...

»Wer immer hinter alldem steckt, hat offenbar Großes vor«, fuhr der Alte fort. »Sonst würde er nicht derart viele Kristalle brauchen.«

Sie gelangten an den Aufzugschacht, von dem der Aufseher Balbok und Rammar erzählt hatte. Eine hölzerne Plattform bot fünf oder sechs Mann Platz und hing an vier dicken Tauen. Sogleich ging man daran, die Gefangenen nach oben zu transportieren. Lediglich Rammar durfte den Aufzug nicht besteigen. Ihm knotete man ein Tau, das doppelt so dick war wie die anderen, um den Wanst, und seine Kameraden, die alle vor ihm hinauftransportiert worden waren, mussten ihn nach oben ziehen.

Es war eine schweißtreibende Plackerei, und Rammar, der nicht schwindelfrei war, jammerte erbärmlich. Balbok fand, dass sein Bruder noch mal ein gutes Stück fetter geworden war, seit er ihn an der Außenmauer des Tempels von Shakara emporgezogen hatte, und alle waren ziemlich erleichtert, als Rammars verdrießliche Miene über dem Rand des Schachts erschien. Mit vereinter Kraft zog man ihn vollends herauf, und der Marsch konnte weitergehen.

Durch ein großes Tor verließen sie die Minen und gelangten in die eigentliche Festung. Die breiten Gänge und Korridore, die einst von Licht durchflutet waren, lagen in schummrigem Halbdunkel, leer und verlassen, und beißender Gestank lag in der Luft.

»*Shnorsh*, was ist das?«, schnaubte Rammar und rümpfte den Rüssel. »Das riecht ja zum Davonlaufen!«

»*Korr*«, stimmte Balbok zu.

»Verwesungsgeruch«, stellte Lhurian fest. »Ich dachte, ihr Unholde steht auf so was?«

»Verwesungsgeruch ist eine Sache«, gab Rammar mürrisch zur Antwort, »aber das ist noch mal was ganz anderes. Dreht mir den Magen um, und das will schon was heißen ...«

Unvermittelt kam ihnen auf dem Gang jemand entgegen. Es waren zwei Dunkelelfen, und sie schlugen mit Peitschen auf einen Troll ein, der einen Karren zog. Mit aller Kraft stemmte sich das Ungetüm ins Geschirr, um das schwere Gefährt vom Fleck zu bewegen. Erst im Vorbeigehen sahen die Gefangenen, womit es beladen war – und nicht nur die Menschen mussten an sich halten, um sich nicht zu übergeben, sondern auch Balbok und Rammar.

Denn auf dem Karren türmten sich die Knochen zahlloser Orks. Teils waren sie abgenagt, teils hing noch fauliges Fleisch daran, das für den erbärmlichen Gestank sorgte. Ohne Frage war diesen Kreaturen ein ebenso grausames wie würdeloses Ende zuteilgeworden ...

»Gefressen«, ächzte Rammar fassungslos. »Diese Orks wurden aufgefressen! Seit wann fressen denn Elfen Orks?«

»Auf dieser Insel«, knurrte Lhurian, »ist nichts unmöglich.«

»Offensichtlich«, sagte Alannah erschüttert. Sie hatte es kaum glauben wollen, als sie den Dunkelelfen im Wald hatte sagen hören, dass er das rohe Fleisch von Unholden verzehrte – dies war der Beweis dafür. »Und was ist aus all meinen Brüdern und Schwestern geworden, die hierher aufgebrochen sind?«, fragte sie bang. »Wurden sie etwa auch ...?«

»Keine Sorge, Elfenweib«, beruhigte Rammar sie mit gehässigem Grinsen. »Die meisten von ihnen wurden von den Seeräubern in Stücke gehackt und bleichen ihre Knochen am Nordkap der Insel. Und wer es von deinen Leuten bis hierher geschafft hat, ist jetzt ein Graugesicht.«

»Das kann ich nicht glauben«, wehrte Alannah ab. »Kein Elf von Ehre würde seinesgleichen derart schmählich verraten.«

»Sei dir da nicht so sicher«, sagte Lhurian. »Unterschätze nicht die Macht des Kristalls ...«

»Du da, Maul halten!«, schnauzte ihn einer ihrer Bewacher an. »Oder muss ich's dir erst stopfen?«

Der Korridor mündete in einen nach oben offenen Felskessel, der von derart gigantischen Ausmaßen war, dass es selbst Rammar die Sprache verschlug. In Wirklichkeit war der riesige Kessel, dessen Durchmesser rund eine Viertelmeile betragen mochte, ein Krater im Zentrum des Berges. Anders als in Kal Anar jedoch, wo die Glut der Tiefe noch immer schwelte, war sie in diesem Krater längst erloschen und hatte eine gewaltige Kluft hinterlassen, über der sich in luftiger Höhe die Kristallburg erhob. Unterhalb davon, entlang der fast senkrecht abfallenden Kraterwände, erstreckte sich die Stadt Crysalion.

Nie zuvor hatte Alannah eine größere Pracht erblickt, auch wenn die Bauwerke brüchig und der Kristall allenthalben grau und stumpf geworden war: Steinerne Plattformen ragten aus dem Fels, über denen sich wunderbar anmutende Gebilde erhoben, Türme aus reinem Kristall, die unmittelbar aus dem Fels wuchsen bis empor zur Krateröffnung, auf deren Rändern ringsum wiederum die Türme und Kuppeln der Kristallburg thronten.

In kühnen Konstruktionen spannten sich Brücken kreuz und quer über den Schacht und verbanden die einzelnen Türme und Stadtviertel miteinander, jede einzelne ein Kunstwerk, dessen Verfall allerdings schon weit fortgeschritten war. Wo filigran gearbeitete Statuen die Brücken gesäumt hatten, ragten nur noch graue Stümpfe auf, und die kristallenen Bogen, die die Brücken einst getragen hatten, als wären sie leicht wie Federn, waren durch eiserne Ketten ersetzt worden.

In den alten Tagen mochte der Widerhall ausgelassenen Gelächters und fröhlichen Gesangs den Felskessel erfüllt haben – nun ließ ihn der harte, stampfende Klang marschierender Füße erbeben. Alannah blickte in die Tiefe – und sah, was aus ihren verschwundenen Brüdern und Schwestern geworden war.

Eine Legion der Finsternis ...

Im Schein unzähliger Fackeln hatten Kriegerinnen und Krieger in schwarzen Rüstungen auf den tiefer gelegenen Plattformen Aufstellung genommen. Bewaffnet waren sie mit mörderisch geformten Hellebarden und langen Schilden, und soweit Alannah es beurteilen konnte, waren es Tausende.

Abteilung für Abteilung marschierte auf, bildete Phalanxen und andere Schlachtformationen oder reihte sich zum Appell. Offiziere auf schlanken Pferden ritten vorüber und erteilten heiser Befehle, die die Soldaten augenblicklich befolgten – das Ergebnis eines erbarmungslosen Drills, der vermutlich schon Jahrhunderte währte und nur einem einzigen Zweck diente: die Welt der Sterblichen zu erobern ...

»Bei Farawyns Erbe«, hauchte Lhurian entsetzt, »das ist noch weitaus schlimmer, als ich befürchtet hatte. Sein Heer steht schon bereit zum Sturm. In all den Jahren hat er seine Rückkehr vorbereitet, und die Kristallpforten verschaffen ihm nun die Möglichkeit dazu.«

»Wem?«, quäkte Rammar von hinten.

»Ich hoffe, wir sind nicht zu spät gekommen«, flüsterte der Zauberer, ohne auf die Frage einzugehen.

»Machst du Witze?«, frotzelte der Ork. »Ich verstehe nicht viel von diesen Dingen, aber so viel ist klar: Du hast ausgeschissen, alter Tattergreis, genau wie wir.«

»U-Ulian?«, fragte Alannah plötzlich. Unter all den Kriegern, die auf einer nur wenige Stockwerke tiefer verlaufenden Brücke exerzierten, glaubte sie eine bekannte Gestalt erkannt zu haben – und das, obwohl sie das Gesicht unter dem Helm nicht sehen konnte. Es war die Haltung des Soldaten, die ihre Aufmerksamkeit auf sich zog und die trotz seines martialischen Äußeren so gar nichts von einem Kämpfer hatte. Zudem glaubte die Elfin, eine vertraute Aura zu fühlen, die eines alten Freundes ...

Ulian der Weise war der Vorsitzende des Hohen Rats von Tirgas Dun gewesen. Er hatte Corwyns Krönung bestätigt und war offiziell der letzte Elf gewesen, der Erdwelt verlassen hatte und zu den Fernen Gestaden gereist war. Sollte dies das Schicksal sein, das ihm widerfahren war? Als Soldat in einer Armee des Bösen zu dienen? Teil eines Räderwerks zu sein, das Tod und Vernichtung über die sterbliche Welt bringen sollte?

»Ulian!«, rief sie laut seinen Namen – und tatsächlich glaubte sie zu erkennen, wie ein Ruck durch die Gestalt des Vermummten ging. Für einen Moment hob er das Haupt und blickte zu ihr auf – aber schon im nächsten Augenblick sank er in die Lethargie zurück und reagierte stumpf auf die Befehle, die der Kommandeur seiner Abteilung gab.

»Ulian!«, rief Alannah abermals, worauf sie ein Peitschenhieb eines ihrer Bewacher traf. Die Elfin jedoch rief weiter: »Ulian! Ulian!«

Erneut ging das knallende Leder nieder und brachte ihr eine blutende Wunde an der Schläfe bei. Sie taumelte und fiel hin. Sofort war Lhurian bei ihr und beugte sich schützend über sie.

»Hör auf zu schreien«, schärfte er ihr ein. »Er kann dich nicht hören.«

»A-aber wie ist das möglich?«

»Es liegt an dem beschädigten Kristall. Sie stehen alle unter dem Bann des Bösen.«

»Aber wenn es so ist, warum wussten wir dann nichts davon?«, fragte Alannah und konnte nicht verhindern, dass ihr Tränen in die Augen stiegen. »Wieso haben wir in den vergangenen tausend Jahren niemals Kunde davon erhalten, was hier vor sich geht?«

»Weil Farawyn es so wollte. Er glaubte die Gefahr gebannt, also hat er dafür gesorgt, dass alle Aufzeichnungen darüber aus den Archiven verschwanden. Er wollte, dass die Fernen Gestade wieder jene Stätte unbefleckter Unschuld wurden, die sie einst waren.«

»Glückwunsch«, grunzte Rammar von hinten. »Ist ihm ja prächtig gelungen.«

»Weißt du, dass du mich an jemanden erinnerst?«, fragte Lhurian über die Schulter zurück.

»An wen?«

»An jemanden, den ich einst kannte«, erwiderte der Zauberer rätselhaft. »Ein Ork …«

»Ihr da! Werdet ihr wohl endlich den Rand halten?«, schrie sie ein anderer Bewacher an, und die Gefährten beschlossen, dass es besser war, still zu sein.

Sie wurden über eine Brücke geführt, auf die andere Seite des Kraters, wo sich ein Weg emporwand, über unzählige Stufen und durch eine Reihe verfallener Galerien, von denen sich immer neue Ausblicke auf die Armee der Finsternis boten. Immer weiter gelangten sie hinauf und erreichten schließlich die untersten Ausläufer der Festung, die sich über dem Kraterrand erhob.

Einst mochte das Gewirr Myriaden glitzernder und miteinander verwachsener Kristalle einen prachtvollen Anblick geboten haben, zumal bei Tageslicht, wenn das Licht der Sonne hundertfach gebrochen wurde und das Innere des Kraters mit allen Farben des Regenbogens beleuchtete. Nun jedoch war alles dunkel. Die Nacht hatte ihre Schwingen über die Insel gebreitet, und wie ein Untier kauerte die graue Masse der Festung über dem Krater.

Aus dem einstmals blühenden Palast von Crysalion, der erfüllt gewesen war von Helligkeit und Leben, war ein düsteres Gemäuer geworden, und je näher die Gefangenen den Türmen kamen, die sich vom Kraterrand in den nächtlichen Himmel reckten, desto deutlicher waren auch dort die Spuren des Verfalls zu erkennen: geborstene Säulen, eingebrochene Balustraden, von Sprüngen durchzogene Wände.

Dies also, dachte Alannah, war der Ort, nach dem sich unzählige Elfen ihr Leben lang gesehnt hatten. Mit großen Erwartungen waren sie in See gestochen, um an den Ufern dieses Eilands das blanke Grauen zu finden. Die Stätte der Unschuld war ein Hort des Bösen geworden ...

»Wohin bringt ihr uns?«, erkundigte sie sich bei dem Dun'ras, der den Zug anführte.

»Zu unserem Gebieter«, lautete die lakonische Antwort. »Er erwartet euch bereits und hat uns befohlen, euch zu ihm zu schaffen, in den obersten Turm.«

»Er erwartet uns?«

»So ist es.«

»Aber wie ist das möglich?«, fragte Alannah.

»Die Kristalle«, antwortete Lhurian anstelle des Dunkelelfen. »Sie mögen trübe und stumpf geworden sein, aber sie haben noch immer Augen und Ohren.«

Die Elfin sah sich schaudernd um. »Und wer ist dieser Gebieter, der uns angeblich erwartet?«

»Wer wohl?«, maulte Rammar von hinten. »Margok natürlich. Jeder verdammte Finsterling auf dieser Welt heißt Margok. Ist euch das schon mal aufgefallen?«

»Unsinn«, wehrte Alannah ab. »Margok ist tot. Sein Geist wurde vom Dragnadh gefressen. Ihr wart selbst dabei.«

»Der Ork spricht die Wahrheit«, sagte der Dun'ras mit höhnischem Grinsen. »Margok ist unser Herrscher, ihm gehört unser Leben.«

»A-aber das ist unmöglich!« Alannah spürte, wie dunkle Furcht nach ihrem Herzen griff. Nicht so sehr, weil sie sich scheute, dem Bösen ins Antlitz zu blicken – das hatte sie auch schon zu früheren Gelegenheiten getan –, sondern weil sie Angst vor dem hatte, was womöglich noch alles über ihre Vergangenheit ans Licht kommen würde ...

Am oberen Ende des Weges gab es ein von Wachen gesäumtes Tor, durch das die Gefangenen in die Festung gelangten. Es ging durch verfallene Säulenhallen, die von Fackelschein beleuchtet wurden, und zum ersten Mal hatte Alannah das Gefühl, dass ihr das eine oder andere vertraut vorkam. Sie verwünschte sich dafür, denn wenn es etwas gab, an das sie sich ganz bestimmt *nicht* erinnern wollte, dann war es dieser schaurige Ort.

Was, so fragte sie sich, würde sie erst im obersten Turm erwarten? War es tatsächlich Margok, der dort oben lauerte? Hatte der grausame Magier einen Weg gefunden, die Zeiten zu überdauern? Aber wer war dann jener gewesen, der sich des Zauberers Rurak bemächtigt und gegen den sie in Tirgas Lan gekämpft hatten?

Fragen über Fragen, und auf keine davon wusste Alannah die Antwort – obwohl sie mit jedem Schritt, den sie machte, mit jeder Stufe, die sie hinaufstieg, mehr den Eindruck gewann, dass der Schleier, der ihre Vergangenheit verhüllte, dünner wurde. Es kam ihr vor, als bräuchte sie nur noch die Hand auszustrecken und das zarte Gespinst zu zerreißen, das von Farawyns Zauber noch geblieben war – dass sie es nicht tat, lag daran, dass sie sich vor der Wahrheit fürchtete.

Denn was war, wenn sie die Wahrheit nicht ertrug? Wenn die Erkenntnis dem Blick in einen tiefen Abgrund glich, aus dem es kein Entkommen gab? Sie begriff, dass dies der Grund war, weshalb Lhurian sie nicht hatte mitnehmen wollen – und sie wünschte auf einmal, auf ihn gehört zu haben, statt ihren Willen einmal mehr durchzusetzen.

Nun jedoch gab es kein Zurück mehr.

Über eine steile Wendeltreppe ging es hinauf in den Turm. Die gerundeten Wände hallten wider vom Schnaufen Rammars und von den schlurfenden Schritten der Gefangenen, und mit jedem Augenblick, der verstrich, steigerte sich Alannahs Anspannung.

Irgendwann endete die Treppe und ging in einen kurzen, von Fackeln gesäumten Gang über, der in die Turmkammer mündete. In dem Augenblick, als Alannah aus dem Korridor trat, wusste sie, dass sie schon einmal an diesem Ort gewesen war.

Die einstmals strahlende Pracht war erloschen und hatte grauer Düsternis Platz gemacht; der Kristall der Wände, die ein weites Achteck bildeten, war von Rissen durchzogen und von Schmutz und Blut besudelt und ließ längst kein Licht mehr durch, und der große Kristall, der im Zentrum des Raumes schwebte, bot nur noch ein Zerrbild seiner einstigen Schönheit.

Aber ohne jeden Zweifel war Alannah schon einmal in der Turmkammer gewesen, vor undenklich langer Zeit ...

»Erinnerst du dich, Thynia?«, fragte jemand hinter ihr, und sie fuhr herum. Nicht Lhurian hatte gesprochen, sondern jemand anderes, der ihren Zaubernamen ebenfalls kannte ...

Auf der anderen Seite des von flackerndem Feuerschein beleuchteten Oktogons gewahrte Alannah eine unheimliche, in einen dunklen Mantel gehüllte Gestalt. Ihre Hände waren in den weiten Ärmeln und ihr Gesicht war im Schatten einer Kapuze verborgen. Sie näherte sich schleppenden Schrittes, nicht aufrecht gehend, sondern humpelnd und gebeugt wie unter dem Gewicht einer schweren Last.

»Was steht ihr noch herum?«, fauchte Dun'ras Ravok. »Auf die Knie vor unserem Gebieter!«

Alannah und ihre Gefährten bekamen die stumpfen Enden der Hellebarden in die Kniekehlen gerammt. Stöhnend brach Lhurian zusammen und schlug zu Boden, und auch Alannah, die ihm helfen wollte, wurde zu Fall gebracht, ebenso wie die Orks und die beiden Menschen.

»Senkt die Häupter«, rief Ravok nicht nur den Gefangenen zu, sondern auch seinen Leuten, »und huldigt Margok dem Zweiten, dem uneingeschränkten Herrscher über die Fernen Gestade!«

Mit diesen Worten ließ sich auch der Anführer der Dunkelelfen aufs Knie nieder und senkte ehrerbietig das Haupt. Wer immer die bucklige Gestalt war, die sich unter Kapuze und Mantel verbarg, sie schien Wert auf totale Unterwerfung zu legen.

Alannah konnte die Aura des Bösen spüren, die von dem Vermummten ausging, und wie ein Echo hallten Dun'ras Ravoks Worte in ihrem Bewusstsein nach.

Margok der Zweite ...

Was hatte das zu bedeuten? War der schändliche Verräter noch dazu gekommen, einen nicht weniger von Bosheit durchdrungenen Geist zu seinem Nachfolger zu ernennen? Oder war er es selbst, in anderer Gestalt?

Rammar, der nur wenige Schritte neben der Elfin kauerte und beinahe den Boden küsste, stellte sich die gleichen Fragen. Wer war der Kerl unter der Kapuze? Und wieso nannte er sich Margok?

Wie die meisten Orks verstand Rammar nicht allzu viel vom Zählen, aber er wusste, dass es eine Eigenheit der Elfen und Menschen war, ihre Herrscher zu nummerieren – und dass es nun bereits einen Zweiten gab, der sich mit dem Namen des Dunkelelfen schmückte, bedeutete in den blutunterlaufenen Augen des dicken Orks nichts Gutes.

Der Vermummte kam näher, dabei leise kichernd. »Nehmt ihnen die Fesseln ab«, verlangte er von seinen Leuten. »Sie sollen weder den Eindruck bekommen, dass ich mich vor ihnen fürchte, noch dass ich ein schlechter Gastgeber bin.« Sofort kamen seine Schergen der Aufforderung nach und befreiten die Gefangenen – die Phalanx gesenkter Hellebarden, die sie umgab, war bedrohlich genug.

»Sieh an«, krächzte der Fremde mit einer Stimme, die sich anhörte, als würde eine Schwertschneide über rostiges

Eisen scharren, »ihr habt also doch noch zu mir gefunden. Nach all der Zeit ...«

Rammar und Balbok, der neben ihm kauerte, wussten nicht, was das Gerede bedeuten sollte, während der Elfin aufging, dass ein Kreis im Begriff war, sich zu schließen; dass etwas zu Ende ging, das vor rund tausend Jahren seinen Anfang genommen hatte. Lhurian der Zauberer aber erkannte in diesem Moment den Mann im Kapuzenmantel wieder. Jäh hob er den Blick, zitternd vor Entsetzen.

»R-Rothgan?«, fragte er leise.

Der Vermummte lachte nur.

19.

ANN NIFFUL

Dun'ras Ruuhl hatte recht behalten – und Corwyn wusste nicht, ob er darüber froh oder verzweifelt sein sollte.

Genau wie der Dunkelelf vorhergesagt hatte, war irgendwann Nebel am südwestlichen Horizont aufgetaucht, und obwohl seine Offiziere und Kapitäne ihm davon abgeraten hatten, hatte Corwyn geradewegs Kurs auf die grauen Schwaden setzen lassen, die sich wie eine Mauer vor ihnen erhoben.

Wie lange das zurücklag, ließ sich nach menschlichem Empfinden unmöglich ermessen. Dem Logbuch zufolge, das der Kapitän des Schiffes führte, waren zwei Wochen vergangen – Corwyn jedoch hatte das Gefühl, dass sie bereits seit einer halben Ewigkeit im Nebel feststeckten, und eine gepresste, niedergeschlagene Stimmung hatte sich in der Flotte breitgemacht, die selbst die altgedienten Matrosen und Offiziere nicht verschonte. Auch in dieser Hinsicht schien sich Dun'ras Ruuhls Voraussage zu bewahrheiten – nämlich dass sich die Passage zu den Fernen Gestaden nicht nach herkömmlichen Zeitbegriffen bestimmen ließ. Sosehr es Corwyn widerstrebte, es sich einzugestehen – bislang hatte der Dunkelelf wohl die Wahrheit gesagt.

Noch immer wich Ruuhl nicht von seiner Seite. Schweigend stand er neben ihm auf dem Achterdeck, während Corwyn hinausstarrte in das milchige Grau, in dem die Umrisse des benachbarten Schiffs nur schemenhaft auszumachen waren. In den Tagen, da Corwyn seinen Lebensunterhalt noch als Kopfgeldjäger und Söldner bestritt, hatte er manchen dichten Nebel erlebt, der von den Hängen des Schwarzgebirges herabgekrochen war – aber keiner davon war auch nur annähernd so dicht und träge gewesen wie dieser. Ruuhls Bemerkung, dass dieser Nebel magischen Ursprungs sei, kam ihm wieder in den Sinn, und er schauderte.

Was, wenn der Dunkelelf ihn nur in trügerischer Sicherheit wog? Wenn er ihn in Wirklichkeit belogen hatte und die Flotte in eine Falle lockte? Durfte Corwyn um Alannahs willen das Leben all dieser Männer riskieren?

Noch vor nicht allzu langer Zeit hätte der König nicht gezögert, diese Frage zu bejahen. Inzwischen jedoch hatte er Zweifel. Seine Leute vertrauten ihm, und er hatte geschworen, sie als ihr König zu beschützen und für ihr Wohl zu sorgen. Was, wenn er gerade das genaue Gegenteil tat? Wenn er im Begriff war, sie geradewegs in den Untergang zu führen?

Wieder einmal schien sein dunkler Verbündeter erahnen zu können, was in Corwyns Kopf vor sich ging.

»Zweifel, Freund?«, erkundigte er sich ölig.

»Ist das ein Wunder?«, fragte Corwyn. »Nebel, wohin das Auge blickt. Seit wer weiß wie langer Zeit sehen wir nichts anderes als diesen verdammten Nebel.«

»Ich weiß.« Der Dunkelelf zuckte mit den Schultern. »Und?«

»Ich warne dich«, sagte Corwyn. »Wenn du versuchst, mich an der Nase herumzuführen ...«

»... bekomme ich dein Schwert zu spüren«, brachte Ruuhl den Satz gelangweilt zu Ende. »Aber das ändert nichts daran, dass wir den Nebelwall durchqueren müssen, um unser Ziel zu erreichen.«

»Den Nebelwall?«

Ruuhl lächelte schwach. »Die Gründer Crysalions waren der Ansicht, dass nur derjenige die Fernen Gestade erreichen dürfe, der innerlich gefestigt ist und alles Irdische hinter sich gelassen hat. Wer dem sterblichen Leben entsagt und sein ganzes Streben darauf ausgerichtet hat, der Ewigkeit zu begegnen, der schert sich nicht um ein bisschen Nebel; wankelmütige Herzen hingegen kehren um.«

»Ein bisschen Nebel ...« Corwyn deutete hinaus in das undurchdringliche Grau, das nicht nur die Sicht behinderte, sondern auch alle Geräusche dämpfte. »Das ist die dichteste Suppe, die mir je untergekommen ist. Farawyn selbst würde den Weg darin nicht finden.«

»Vermutlich«, gestand Dun'ras Ruuhl grinsend ein.

Auf einmal war von jenseits der Reling ein hohles Gurgeln zu vernehmen.

»Was war das?«, wollte Corwyn wissen.

»Nichts weiter. Vermutlich nur ein Wächter.«

»Was für ein Wächter?«

»Eine der Kreaturen, die vor langer Zeit an die Fernen Gestade gelangten und dort heimisch wurden. Riesige, langarmige Monstren, die alles auf den Grund des Meeres ziehen, dessen sie habhaft werden.«

»Ist das wahr?« Corwyns Hand glitt zum Schwertgriff.

»Habe ich dich je belogen?«, fragte der Dunkelelf grinsend.

»Bislang nicht«, knurrte Corwyn. Er blickte über die Reling ins Wasser und konnte sich des Eindrucks nicht erwehren, dass etwas aus der Tiefe zurückstarrte. »Und ich würde dir auch nicht raten, daran etwas zu ändern.«

»Bestimmt nicht, mein Freund«, lautete die beflissene Antwort. »Ich weiß doch genau, dass ich dein Gefangener bin und mein Leben in deiner Hand liegt.«

»Ganz recht.« Corwyn sah wieder auf und wandte sich ihm zu. »Vergiss das niemals, Dun'ras Ruuhl.«

»Natürlich nicht«, entgegnete der Dunkelelf gelassen. »Und du, Freund, vergiss nicht, dass ich es bin, der euch durch diesen Nebel führt und durch die Untiefen, die darin lauern.«

Es war nur eine simple, fast beiläufige Erwiderung – dennoch traf sie Corwyn bis ins Mark. Denn indem Ruuhl so scheinbar belanglos sprach, erinnerte er ihn einmal mehr daran, dass das Wohl und Wehe der Flotte in Wahrheit nicht in den Händen des Königs von Tirgas Lan lag, sondern in den knochigen Klauen eines Elfen, der noch dazu Margoks Diener war.

Erneut plätscherte es im Wasser, und Corwyn war sich sicher, dass sich dort unten tatsächlich etwas regte. Entsetzt prallte er von der Reling zurück, was Dun'ras Ruuhl mit leisem Gelächter quittierte. »Keine Sorge«, versicherte er. »Solange wir den richtigen Kurs beibehalten, werden uns diese Kreaturen nichts anhaben.«

»Und welcher ist der richtige Kurs?«, knurrte der König. »Ich meine, wie kannst du wissen, wo die Passage verläuft? Du kannst in diesem Nebel doch genauso wenig sehen wie ich.«

»Ich brauche nicht zu sehen, Freund – ich kann sie fühlen.«

»Wen?«

»Die Präsenz des Annun«, erklärte Dun'ras Ruuhl. »Der Kristall ruft mich zu sich, und ich folge seinem Ruf – so wie es alle Elfen tun, die sich auf den Weg zu den Fernen Gestaden machen. Menschen vermögen diesen Ruf nicht zu vernehmen, deshalb können sie das Eiland der Elfen auch nicht finden.«

»Trotzdem bin ich hier«, brachte Corwyn in Erinnerung.

»Mit meiner Hilfe«, schränkte der Dunkelelf ein. »Dennoch hast du sowohl Entschlossenheit als auch Rücksichtslosigkeit gezeigt, sonst wärst du niemals bis hierher gelangt – Eigenschaften, die Margok überaus zu schätzen weiß. Vielleicht belässt er dir sogar die Krone und lässt dich als sein Vasall weiter regieren. Du könntest der Zweite Dun'ras werden, sozusagen mein Stellvertreter und ...«

»Hör auf zu träumen!«, unterbrach ihn Corwyn mit energischer Stimme. »Margok mag auf dieser Insel überlebt haben oder nicht, aber ich werde dafür sorgen, dass er niemals wieder seine Klauen nach Erdwelt ausstreckt.«

»Und du glaubst, das könntest du?« Ruuhl schüttelte fast mitleidig den Kopf. »Du bist noch kühner, als ich dachte.«

»Ich habe gelernt, dass es besser ist, den Konflikt zum Feind zu tragen, als auf dessen Angriff zu warten«, konterte Corwyn. »Sollte Margok tatsächlich überlebt haben, so werde ich gegen ihn kämpfen und ihn besiegen.«

»Ist es das, was du an den Fernen Gestaden zu finden hoffst?«, fragte Ruuhl mit blitzenden Augen. »Den Sieg? Geht es dir nicht vielmehr darum, deine wankelmütige Gemahlin zurückzugewinnen?«

»Hüte deine Zunge, Dunkelelf!«

Ruuhl zuckte mit den Schultern, einen amüsierten Ausdruck im Gesicht. »Wie du willst, Freund. Aber wir wissen beide, dass der wahre Grund für diese Reise Alannah ist – und dass du an den Fernen Gestaden manches finden wirst, aber nicht deine Liebe.«

Da konnte Corwyn doch nicht länger an sich halten. »Warum nicht?«

»Das weißt du doch genau. Seit unserer Abfahrt beschäftigt dich nur die eine Frage: ob sie dich noch liebt. Willst du die Antwort hören, Freund?«

»Nein.« Corwyn schüttelte den Kopf.

»Ich werde sie dir dennoch geben«, sagte Ruuhl unbeeindruckt. »Deine Liebe hast du verloren und damit nicht nur dein Weib, sondern auch deine Königin und deine Beraterin. Und ohne sie bist du nichts weiter als ein gewöhnlicher Mensch, der sich von Emotionen leiten lässt statt vom Verstand. Es wäre für dich von Vorteil, dich nach neuen Verbündeten umzusehen, denn alleine, falscher König, wirst du dein Reich nicht halten können.«

Das eine Auge des Königs starrte den Dunkelelfen grimmig an. »Du willst, dass ich die Seiten wechsle? Dass ich Verrat übe? Niemals!«

»Genau das gefällt mir an euch Menschen«, sagte Ruuhl mit falschem Lächeln. »Egal, wie aussichtslos euer Handeln ist und wie verzweifelt die Lage, ihr klammert euch an jede noch so fadenscheinige Hoffnung. Lieber betrügt ihr euch selbst, als dass ihr dem Unabänderlichen ins Auge blickt.«

»Nichts ist unabänderlich, Dunkelelf«, knurrte Corwyn trotzig, während sein eigener Verstand ihn einen Lügner und einen Narren nannte. »Gar nichts ...«

20.

KARAL'HAI SOUN

Das Gelächter, das unter der weiten Kapuze hervordrang, war voller Hohn und Spott für die Gefangenen, bis es Balbok fast zu viel wurde. Rammar merkte, wie sein Bruder neben ihm zu zittern begann, ein sicheres Anzeichen für einen bevorstehenden *saobh*, und dennoch hoffte der dicke Ork inständig, dass sein geistig minderbemittelter Anverwandter wenigstens dieses eine Mal keine Dummheiten machen würde.

Seine Hoffnungen erfüllten sich, allerdings nicht deshalb, weil Balbok sich wieder beruhigt hätte, sondern weil das Gelächter plötzlich verstummte und der Vermummte erneut seine Stimme erhob – eine Stimme, die klang, als würde ein Oger auf rostigen Nägeln kauen.

»Rothgan«, wiederholte er den Namen, den Lhurian voller Entsetzen ausgesprochen hatte. »So nenne ich mich längst nicht mehr. Es ist seltsam, diesen Namen ausgerechnet aus deinem Munde zu hören, alter Freund.«

»R-Rothgan«, stieß der Zauberer noch einmal hervor. Seine hagere Gestalt bebte, seine Miene war zu einer Maske des Entsetzens geworden. »Das kann nicht sein ...«

»Du solltest mich nicht so nennen«, beschied ihm der Vermummte, der hochmütig auf ihn hinabblickte. »Das alles liegt so lange zurück, und ich habe mir längst einen neuen Namen gegeben. Einen, der sehr viel besser zu mir passt als jener, den diese einfältigen Narren für mich ausgewählt haben.«

»Margok ist kein Name«, konterte Lhurian, als er sich von seinem ersten Schrecken erholt hatte, »sondern ein Fluch, mit dem du dich beladen hast!«

»Sieh an«, tönte es aus der Kapuze zurück. »Die Jahre haben dich kein Stück weiser gemacht, alter Freund. Noch immer siehst du die Welt mit den Augen der Vergangenheit. Du hast schon damals nicht begriffen, dass ich zu Höherem berufen bin.«

»Zu Höherem?« Lhurian blickte sich demonstrativ in der Turmkammer um, die von Zerstörung und Verfall geprägt war. »Den Eindruck habe ich nicht ...«

»Du hast schon immer zu großen Wert auf Äußerlichkeiten gelegt. Genau wie jene, zu deren Büttel du dich hast machen lassen. Der Hohe Rat ...«

»Der Hohe Rat wollte nie etwas anderes als das Wohl aller Sterblichen«, fiel Lhurian dem Vermummten ins Wort. »Dein dunkler Gebieter war es, der sich die Welt unterwerfen und eine Herrschaft der Finsternis errichten wollte. Ich weiß nicht, wie es dir gelungen ist, die Jahrhunderte zu überdauern, Rothgan – aber ich sehe, dass du in all dieser Zeit keinen Deut klüger geworden bist.«

Rammar hatte den Wortwechsel staunend verfolgt. Wie alle Orks hatte er nichts übrig für Zauberer, aber selbst er musste zugeben, dass der alte Sack eine Menge Mumm in den morschen Knochen hatte. Vorsichtig drehte Rammar seinen gebeugten Schädel, sodass er aus dem Augenwinkel die Reaktion des Vermummten beobachten konnte.

»Was meinst du damit?«, erkundigte sich dieser, und seine kreischende Stimme klirrte noch zusätzlich wie Eis.

»Du bist nichts als ein Betrüger und Scharlatan«, fuhr Lhurian ungerührt fort, »genau wie dein Gebieter es gewesen ist, und deshalb werde ich auch nicht länger vor dir knien.«

Mit einem entschlossenen Schnauben wollte sich Lhurian erheben, aber sofort waren zwei Wachen zur Stelle, und einer von ihnen schlug dem Zauberer den Schaft seiner Hellebarde auf den Kopf, während der andere dem alten Mann das stumpfe Ende der Waffe in die Seite rammte, sodass Lhurian wieder niedersank.

»Nicht!«, rief Alannah und beugte sich schützend über ihn. »Lasst ihn in Ruhe, ihr ekelhaften Kerle!«

Die Wachen lachten nur, und einer von ihnen ritzte ihren nackten Oberarm mit der Spitze seiner Waffe. Alannah schrie kurz auf, doch sogleich galt all ihre Sorge wieder dem alten Zauberer, der aus einer Platzwunde an der Schläfe blutete.

»Alles in Ordnung?«, fragte sie flüsternd.

»Aber ja«, raunte er gelassen zurück.

»Du ... du hast ihn absichtlich herausgefordert?«, hauchte Alannah, die das matte Lächeln im Gesicht des Zauberers richtig deutete.

»Allerdings«, flüsterte Lhurian. »Rothgan hatte schon immer ein hitziges Gemüt ...«

»Wie rührend«, tönte es von oben herab. »Haben sich die beiden Turteltauben nach so langer Zeit noch immer etwas zu sagen! Offen gestanden, Thynia, hätte ich nicht geglaubt, dass du nach all den Jahren noch immer mit ihm zusammen sein würdest. Sieh dir nur an, was aus ihm geworden ist! Alt und gebrechlich ist er – du hingegen bist noch immer so jung und schön wie damals, als er dich verführte und dir deine Unschuld nahm.«

»Ist das wahr?«, erkundigte sich Rammar, der nicht recht zu hören glaubte. »Du hattest was mit dem alten Knacker? Ehrlich, Elfin, ich hätte dir mehr Geschmack zugetraut ...«

»Was gewesen ist, ist lange her«, erwiderte Alannah, »ich kann mich nicht daran erinnern.«

»*Korr*«, machte Rammar. »Das würde ich auch behaupten ...«

»Auch ich erinnere mich kaum noch daran«, höhnte Rothgan, »aber es hat mich mehr als fünf Jahrhunderte gekostet, auch nur annähernd zu vergessen, was du mir einst angetan hast.«

»Ich?«, fragte Alannah verblüfft.

»Willst du es leugnen?«, fragte er. »Willst du den schändlichen Verrat bestreiten, den du begangen hast?«

»Welchen Verrat?«

Wieder lachte der Vermummte. »Ich will dir glauben, dass du manches vergessen hast, Thynia – aber nicht das. An jenem Tag hast du nicht nur dein Schicksal, sondern auch das meine besiegelt. Doch im Augenblick der größten Verzweiflung, als mein Dasein zu enden schien und es nur noch der bloße Wille war, der mich am Leben hielt, da hatte ich eine Vision, und eine Prophezeiung wurde mir offenbar, der zufolge einst auf diese Insel zurückkehren würde, was verloren ging – nämlich du –, und dass dann ein neues Zeitalter beginnen solle!«

»I-ich verstehe nicht«, stammelte Alannah, die mit ihren Blicken vergeblich das Dunkel unter der Kapuze zu durchdringen suchte. Das Gesicht, das sich darin verbarg, war nicht zu sehen, so als würde Rothgans böser Wille alles Licht verschlingen.

»Lass sie in Ruhe, Rothgan!«, verlangte Lhurian zähneknirschend und mit blutüberströmtem Gesicht. »Sie weiß nichts von den Dingen, die damals waren!«

»Warum nicht?«

»Weil Farawyn das Vergessen über sie verhängt hat«, eröffnete der Zauberer schlicht.

»Farawyn?«, fragte der Vermummte, so als hörte er den Namen zum ersten Mal. Er legte das verhüllte Haupt schief und schien für einen Moment nachzudenken. Dann nickte er. »Natürlich, Farawyn ... Ich erinnere mich an ihn. Was hat der alte Hexenmeister getan?«

»Er hat sie mit einem Bann belegt«, erklärte Lhurian. »Sie kann sich an nichts erinnern, das mehr als dreihundert Jahre zurückliegt.«

»Ist das wahr?« Zum ersten Mal hatte Alannah den Eindruck, dass der Vermummte überrascht war.

»Ja, das ist es«, erwiderte sie und nickte.

»Aber das durfte er nicht!«, schrie Rothgan mit krächzender Stimme. »Das widerspricht allen Regeln!«

»Und das sagst ausgerechnet du«, fragte Lhurian dagegen, »der du alle Gesetze unseres Ordens gebrochen und sie mit Füßen getreten hast?«

»Ich hatte das Recht dazu!«, ereiferte sich Rothgan.

»Welches Recht?«

»Das des Stärkeren!«, brüllte der Vermummte wie ein waidwundes Tier, und Alannah konnte hören, dass nicht nur Zorn und Hass in seiner Stimme schwangen, sondern auch Schmerz.

Schmerz, der Jahrhunderte alt war ...

»Margok ist niemals der Stärkere gewesen«, widersprach Lhurian, der, obschon verletzt auf dem Boden kauernd, in diesem Augenblick der Überlegene zu sein schien. »Das war es nur, was er euch glauben machen wollte und worauf ihr alle hereingefallen seid, die ihr euch ihm verschrieben habt.«

»Das ist nicht wahr!«, kreischte es, und die vermummte Gestalt richtete sich zu ihrer ganzen Größe auf. »*Ich* bin Margok! Ich, ich und kein anderer! Ich bin Herrscher über diese Insel – und du, Thynia, bist meine Königin!«

»Von diesen Dingen weiß ich nichts«, erklärte ihm Alannah noch einmal, obgleich ihr die dunkle Wahrheit zu dämmern begann. Die Bruchstücke des Mosaiks fügten sich allmählich zu einem Bild zusammen – einem Bild jedoch, das sie entsetzte ...

»Du weißt es!«, widersprach Rothgan, der sich selbst Margok nannte. »Du musst dich nur erinnern, Thynia!«

»Nein«, rief sie kopfschüttelnd. »Ich kann und will mich nicht erinnern. Und mein Name ist auch nicht Thynia. Mein Name ist Alannah. An der Seite meines Gemahls Corwyn bin ich Königin von Tirgas Lan und herrsche über ...«

»Alannah«, echote er heiser. »So bist du also zu deinen Wurzeln zurückgekehrt, statt weiter jenen Namen zu tragen, den diese Heuchler dir gegeben haben.«

»Er wurde ihr genommen«, stellte Lhurian klar, »zusammen mit der Erinnerung an ...«

»Wer hat dich gefragt?«, fiel Rothgan-Margok ihm ins Wort. »Ein Bann, der verhängt wurde, kann auch wieder gebrochen werden. Was auch immer dieser verdammte

Farawyn ihr angetan hat, ich bin überzeugt, dass es einen Weg gibt ...«

Er unterbrach sich, als er die Wunde an ihrem Oberarm erblickte. Der Schnitt hatte sich geweitet, sodass Blut hervorgetreten war und in zwei gezackten Rinnsalen an ihrem Arm hinabrann. Rothgan-Margok beugte sich zu ihr hinunter, und zum ersten Mal erblickte Alannah die Hand des Vermummten, die aus dem weiten Ärmel seines Gewandes auftauchte – eine knochige, narbenübersäte Klaue, deren Haut in fauligem Grün schimmerte. Angewidert verzog sie das Gesicht.

»Wer?«, krächzte der Vermummte. »Wer hat dir das angetan ...?«

Sie erschauderte, als er sie berührte. Um nicht aufzuschreien, presste sie die Lippen fest zusammen und sagte kein Wort. Aber Rothgan-Margok brauchte auch so nicht lange, um denjenigen unter seinen Handlangern ausfindig zu machen, der ihr die Verletzung beigebracht hatte.

»Du!«, sagte er und deutete auf den Elfenkrieger – und im nächsten Augenblick zuckte ein Feuerstrahl aus seiner Hand, der den in Ungnade Gefallenen verzehrte.

Ein gellender Schrei erklang, dann war nur noch das Fauchen der Flammen zu hören. Augenblicke lang hüllte das Feuer den Krieger ein, dann verlosch es wieder, und zurück blieb ein Gerüst geschwärzter und rauchender Knochen, das knirschend in sich zusammenfiel.

Alannahs Entsetzen kannte keine Grenzen. Nie zuvor hatte sie eine rohere, brutalere und sinnlosere Demonstration von Macht erlebt.

»Die Kraft des Feuers«, ächzte Lhurian entsetzt. »Du beherrschst sie noch immer ...«

»Nicht nur das, alter Freund«, entgegnete Rothgan-Margok, dessen Laune sich infolge der Untat wieder ein wenig gehoben hatte. »Ich habe sie vervollkommnet. Jahrhunderte sind eine lange Zeit, wenn man auf sich selbst gestellt ist, weil einen alle Freunde verlassen haben.«

»Wir haben dich nicht verlassen«, widersprach Lhurian. »Du hast uns verraten!«

»Nadelstiche«, konterte Rothgan verächtlich. »Was vermögen sie dem Panzer eines Drachen anzuhaben?«

»Du bist kein Drache.«

»Nein, das wohl nicht. Aber ich habe gelernt, ihr Geheimnis zu entschlüsseln und es zu beherrschen: Feuer, alter Freund. Wusstest du, dass diese Insel einst aus Feuer geboren wurde?«

»Was du nicht sagst«, spottete Lhurian. »Haben dich das deine Studien gelehrt?«

»Allerdings. Bis in die tiefsten Tiefen bin ich gestiegen, und was ich dort fand, hat mir die Augen geöffnet!« Die grüne Klaue ballte sich. »Für wahre, wirkliche Macht!«

»Und dich den Verstand verlieren lassen«, entgegnete der alte Zauberer ungerührt.

»Was weißt du schon! Feuer war es, das diese Insel einst aus dem Meer emporgetrieben hat! Seine Kraft hat Gestein schmelzen lassen, sodass es sich zu diesem Eiland türmen konnte, und unter dem Druck der Tiefe ist das hinaufgestiegen, was wir Elfenkristall nennen und was diesen Ort erst hat entstehen lassen! Nicht irgendein mystisches Licht ist es gewesen, das den ersten Kristall mit Kraft erfüllte, sondern das Feuer – und seine Kraft habe ich mir unterworfen.«

»Ist das der Grund, weshalb du diese armen Kreaturen dort in den Stollen graben lässt? Um die Kristalle geht es dir?«

»In der Tat«, gestand Rothgan-Margok – worauf Balboks eben erst mühsam niedergekämpfter Zorn erneut emporbrodelte.

»Habe ich das richtig verstanden?«, raunte er Rammar zu. »Wir haben geschuftet, um für die Elfen blödes Glitzerzeug auszubuddeln? Als wären wir elende Zwerge?«

»Sieht ganz so aus«, bestätigte Rammar flüsternd. »Aber tu mir den Gefallen und halt die Schnauze, wenigstens dieses eine Mal ...«

»Diese Kristalle«, fuhr der Vermummte fort, »bedeuten Macht, denn ihnen wohnt eine Zerstörungskraft inne, wie ihr sie euch nicht einmal annähernd vorstellen könnt.«

»Doch, das können wir«, versicherte Lhurian. »Auch der Rat hat sie im Krieg als Waffe eingesetzt.«

»Der Rat, der Rat ...« Rothgan-Margok machte eine wegwischende Bewegung mit der Klauenhand. »Diese Idioten haben nicht im Ansatz erkannt, wozu die Kristalle einen tatsächlich befähigen. Sie vermögen Zauberkraft zu potenzieren, sie ins Unendliche zu steigern – und unendlich viele Kristalle bedeuten auch unendliche, grenzenlose Macht. Das ist es, was ich und was mir keiner von euch armen Narren jemals wird wieder nehmen können!«

»Du ... du bist wahnsinnig«, stellte Alannah fest.

»Das hast du schon einmal zu mir gesagt«, erinnerte sich Rothgan-Margok. »Weißt du nicht mehr? Es war an dem Tag, da du mir den Rücken gekehrt und dein Volk verraten hast. Und, was noch schlimmer ist, auch mich hast du verraten – diesem da zuliebe!« Er deutete auf Lhurian, der mit blutüberströmtem, faltigem Gesicht auf dem Boden hockte. »Nun sieh dir an, was aus ihm geworden ist! Niedergeschmettert liegt er da, ein gebrechlicher Greis, dessen Macht ihren Zenit längst überschritten hat. Sehnst du dich zurück nach den Tagen, da noch Kraft in seinen Lenden weilte? Nein, natürlich nicht, denn du hast ihn ja vergessen, ebenso wie du mich vergessen hast, nicht wahr? Zumindest darin liegt ein Hauch von Gerechtigkeit.«

Lhurian zuckte zusammen. Die Worte des Vermummten waren scharf und spitz wie Pfeile und trafen den alten Zauberer bis ins Mark. Alannah, zu deren Furcht sich ohnmächtige Wut gesellte, hatte das Gefühl, ihm beistehen zu müssen.

»Wer sagt, dass ich mich nicht an ihn erinnere?«, fragte sie deshalb. »Er ist mein Geliebter gewesen, mein Gefährte und Vertrauter!«

»Während ich dein Feind gewesen bin?«, fragte Rothgan-Margok listig. »Der Schatten deines Gewissens, das Zerrbild deiner Träume? Ist es so?«

»So ... so ist es«, behauptete Alannah und gab sich Mühe, dabei möglichst überzeugend zu klingen, entgegen dem hässlichen Verdacht, der in ihr emporstieg wie eine verdorbene Speise. Dabei hatte sie das Gefühl, die Blicke aus dem Dunkel der Kapuze würden sie durchbohren.

Rothgan-Margok antwortete nicht.

Er lachte nur.

So laut, dass der Kristall unter der Kuppel erzitterte, und so schrill, dass sich Gefangene wie Wachen die Ohren zuhielten.

»Glaubst du das wirklich?«, donnerte er, als er wieder an sich halten konnte. »Glaubst du wirklich, dass ich dein Feind war? So erfahre die Wahrheit, Elfenkönigin – und verzweifle daran!«

»Nein!«, schrie Lhurian entsetzt. »Sage es ihr nicht! Bei allem, was uns einst verbunden hat, beschwöre ich dich ...«

»Uns hat nie etwas verbunden, alter Mann«, beschied ihm der Vermummte hasserfüllt, »und wenn doch, so endete es in dem Augenblick, da du mir das Kostbarste genommen hast, das ich in meinem langen Leben besessen habe.« Und mit entsetzlicher Langsamkeit richtete sich ein faulig grüner Finger auf Alannah und deutete auf sie. »Meine Frau und Königin.«

»Nein!«, rief Alannah. Obwohl der schreckliche Verdacht bereits in ihr geschwelt hatte, traf diese neuerliche Enthüllung sie mit furchtbarer Wucht. Zitternd brach sie zusammen.

»Was denn?«, raunzte Rammar ungleich weniger beeindruckt. »Mit *dem* hast du's auch getrieben? Du steckst voller Überraschungen, Elfenweib ...«

»Nein! Nein!«, schluchzte sie, am Boden liegend. »Das ist nicht wahr ...«

»Es ist wahr«, beharrte Rothgan-Margok unbarmherzig. »Du hast nicht nur meine Gesellschaft geteilt, sondern auch mein Bett, und es verging keine Nacht, in der sich unsere Körper nicht fanden und eins wurden, umgeben von der Macht des Kristalls!«

»Nein, das ist nicht wahr ...«

»Du magst es verdrängt oder vergessen haben, aber ich erinnere mich wieder daran. Deine Gegenwart und dein Anblick haben mir die Erinnerung zurückgebracht. Jeden Kusses, jeder einzelnen Zärtlichkeit kann ich mich jetzt entsinnen. Und an das Versprechen, das du mir einst gabst ...«

Auf seinen Fingerzeig hin packten die Wachen Alannah und rissen sie in die Höhe.

»Meine Königin«, krächzte es unter der Kapuze hervor, die nun so dicht vor ihr schwebte, dass sie das Gefühl hatte, geradewegs in die dunkle, eisige Schwärze zu stürzen, die sie darin sah. »Wie sehr habe ich dich einst geliebt – und wie sehr hast du mich verletzt. Jahrhunderte hat es gedauert, bis die Narben heilten, und noch immer kann ich sie spüren. Aber nun bist du zu mir zurückgekehrt, endlich, nach all der Zeit. Von meiner Liebe allerdings ist nichts mehr übrig, du wirst mit meinem Hass vorliebnehmen müssen.« Er lachte leise, während er ihren Körper betastete, zunächst ihren schlanken Hals, dann die sanften Rundungen ihrer Brüste, die sich durch das zerschlissene Kleid abzeichneten.

»Wie ist es?«, fragte er mit seiner krächzenden Stimme. »Willst du deinen Mann nicht mit einem Kuss begrüßen, nachdem er all die Jahrhunderte treu auf deine Rückkehr gewartet hat?«

Er beugte sich zu ihr, und sie konnte seinen fauligen Atem riechen. Und als wäre das noch nicht Schrecken genug, griff die grüne Klauenhand an die Kapuze und schlug sie zurück.

Alannah stieß einen gellenden Schrei aus, als sie in die entstellten Züge Rothgan-Margoks blickte.

Der Nebel lichtete sich, und am Bug seines Flaggschiffs stehend, verfolgte Corwyn, wie das dichte Grau in schmutziges Weiß überging. Die Masten und Aufbauten der anderen

Schiffe wurden zu beiden Seiten sichtbar, das Gurgeln in der Tiefe war verstummt, und die Ruderschläge hörten sich mit einem Mal weniger dumpf und unheimlich an.

»Nun?«, erkundigte sich jemand hinter ihm mit kaum verhohlener Genugtuung. »Was habe ich dir gesagt?«

Inzwischen hatte sich Corwyn fast daran gewöhnt, dass ihm Dun'ras Ruuhl auf Schritt und Tritt folgte. Er hatte das Gefühl, schon eine halbe Ewigkeit in der Gesellschaft des Dunkelelfen verbracht zu haben, und zu seiner eigenen Verblüffung störte er sich nicht einmal mehr daran.

»Offenbar hast du tatsächlich die Wahrheit gesprochen«, sagte er, während sich der Nebel immer mehr lichtete und sich daraus die fahlen Umrisse von Land schälten, »auch wenn ich es noch immer kaum glauben kann.«

»Weil du deine Feinde auf der falschen Seite suchst«, behauptete der Dunkelelf. »Ich sagte es dir schon einmal, Corwyn, und ich sage es dir wieder: Nicht vor mir, vor Lhurian musst du dich in Acht nehmen. Er war es, der deine Gemahlin entführte und ...«

Ein warnender Blick Corwyns brachte ihn zum Verstummen.

»Verzeih«, bat er beflissen, »ich wollte dich nicht damit quälen. Aber du solltest dir allmählich überlegen, auf wessen Seite du stehst: auf der des Mannes, der dir die Geliebte raubte, oder auf der des rechtmäßigen Herrschers von Erdwelt, dessen Macht groß genug ist, dir alles zu geben, was du dir erhoffst ...«

Corwyn antwortete nicht. Am Bugspriet stehend, beobachtete er, wie bizarre Felsformationen im immer durchsichtiger werdenden Nebel auftauchten; Säulen und Riffe, die wie Klingen aus dem Wasser stachen.

»Das sollen die Fernen Gestade sein?«, fragte er skeptisch. Den Ort, nach dem sich alle Elfen sehnten, hatte er sich anders vorgestellt.

»Keineswegs – dies sind nur die Felseninseln, die dem Eiland vorgelagert sind. Ihrer bleichen Formen wegen werden sie die ›Schädelinseln‹ genannt.«

»Klingt nicht sehr einladend.«

»Hast du Angst?«

Corwyns Auge zuckte. »Natürlich nicht.«

»Natürlich.« Ruuhl konnte sich das Grinsen nicht verkneifen. »Was wirst du tun, wenn wir das Ufer erreicht haben?«

»Wir werden gen Crysalion marschieren«, erwiderte der König entschlossen, »und du wirst uns führen. Wie vereinbart.«

»Als Freund oder Gefangener?«

»Ich will Alannah«, antwortete Corwyn. »Alles andere ist mir gleichgültig.«

»Gut.« Der Dun'ras gab seine Zurückhaltung auf und zeigte ein breites Grinsen. »Sehr gut. Du wirst sie wiedersehen, das verspreche ich dir.«

»Das hoffe ich, Dunkelelf. In deinem eigenen Interesse …«

In diesem Moment zerriss der Nebel endgültig, und als hätte das Schiff eine Mauer durchstoßen, klärte sich die Sicht. Unter einem bewölkten Himmel waren Felsen zu atemberaubenden Gebilden getürmt, und jenseits davon – Corwyn traute seinem Auge kaum – lag eine Insel mit hohen Klippen und dichten grünen Urwäldern. Darüber erhob sich steil aufragend ein Berg, auf dessen flachem Gipfel etwas thronte, das aus der Ferne wie ein riesiger Baum mit einer spitz zulaufenden Krone aussah.

Erst bei näherem Hinsehen erkannte Corwyn, dass es keineswegs Äste, Zweige und Blätter waren, die auf jenem Berg wuchsen, sondern Mauern, Türme und Zinnen – und dass das, was wie ein Baum aussah, in Wirklichkeit die Kristallfestung von Crysalion war, von der er schon viel gehört hatte, die er in diesem Moment jedoch zum ersten Mal mit eigenem Auge sah.

Der Anblick war überwältigend.

Als wäre die Feste aus dem Inneren des Berges emporgewachsen (was vermutlich auch der Fall war), erhob sie sich auf dessen Gipfel und überragte die gesamte Insel, ein Monument der Macht, aber auch von Eleganz und Schönheit, vom kleinsten filigransten Erker bis zum höchsten Turm, der, wie Corwyn wusste, die Kristallkammer barg, das Zentrum Crysalions.

Strahlend und hell, wie sie ihm stets beschrieben worden war, war die Kristallburg allerdings nicht. Je weiter sich die Flotte der Küste näherte, desto deutlicher erkannte Corwyn, dass nicht wenige Türme nur noch als abgebrochene Stümpfe in den grauen Himmel ragten, und auch der Hauptturm hatte seine beste Zeit hinter sich und war schon unzählige Male ausgebessert worden. Der Kristall der Mauern war brüchig und stumpf, und obwohl ihm Crysalion stets als Hort des Lichts und der Freude geschildert worden war, konnte sich Corwyn des Eindrucks nicht erwehren, dass eine schreckliche Bedrohung davon ausging.

»Und?«, fragte Dun'ras Ruuhl. »Bist du beeindruckt?«

»Elfen vermögen manches, wovon Menschen keine Ahnung haben«, erwiderte Corwyn gelassen, seinem inneren Staunen zum Trotz. »Gleichwohl habe ich den Eindruck, dass etwas nicht stimmt.«

»Und dieser Eindruck täuscht nicht«, versicherte der Dunkelelf. »Vieles ist auf den Fernen Gestaden nicht mehr so, wie es sein sollte – und daran trägt Lhurian die Schuld.«

»Der Zauberer?« Corwyn war ehrlich überrascht. »Wie das?«

»Du bist nicht der Einzige, den er betrogen hat. Einst verriet er seinen engsten Freund und raubte ihm das Liebste, was er hatte. Sterbend und gedemütigt ließ er ihn zurück, und nun ist Lhurian zurückgekehrt, um sich auch noch den Rest zu nehmen.«

»Du sprichst in Rätseln«, entgegnete Corwyn. »Was du sagst, ergibt keinen Sinn für mich.«

»Noch nicht«, räumte Ruuhl ein, »denn noch begreifst du nicht die Zusammenhänge. Mir hingegen ist offenbar geworden, dass alles, was geschehen ist, kein Zufall sein kann. Die Vorsehung hat dich an diesen Ort gebracht, mein Freund – und sie macht uns zu Verbündeten.«

»Dunkelelf«, stieß Corwyn verächtlich hervor, »ich sagte dir doch schon, dass ich ...«

»Ich biete dir nur meine Freundschaft und Hilfe an – und du darfst mir glauben, dass es etwas bedeutet, der persönliche Freund eines Dun'ras zu sein. Mit mir als deinem Verbündeten wirst du Alannah schnell zurückgewinnen, da bin ich mir sicher.«

»Und Margok?«, fragte Corwyn.

»Was soll mit ihm sein?«

»Du sagtest, Alannah sei einst seine Frau gewesen.«

»Ah.« Ruuhl machte ein zufriedenes Gesicht. »Du verschließt dich also nicht länger der Wahrheit?«

»Was gewesen ist, kann ich nicht ändern«, stellte der König von Erdwelt fest. »Mir geht es um das, was sein wird.«

»Zweifellos wird Margok versuchen, sich zurückzuholen, was ihm einst gehörte, und Alannah in seine Gewalt bringen wollen«, erklärte der Dunkelelf.

»Und?«

»Die Frage ist, ob wir ihm geben, was er will.«

»Was soll das heißen?«

»Mein ursprünglicher Plan war es, Margok dabei zu helfen, seine verlorene Liebe zurückzugewinnen und mir auf diese Weise endgültig sein Vertrauen zu erschleichen«, gestand der Dunkelelf mit entwaffnender Offenheit. »Aber inzwischen frage ich mich, ob nicht vielleicht ...«

»Ob nicht vielleicht was?«, hakte Corwyn nach, als Ruuhl sinnierend verstummte.

»Wie ich schon sagte, glaube ich nicht, dass all das, was geschehen ist, Zufall sein kann. Und ebenso wenig war es Zufall, dass ausgerechnet du König von Tirgas Lan wurdest, kurz bevor die Kristallpforten wieder geöffnet wurden. Vorsehung war dabei im Spiel, Corwyn.«

»Was du nicht sagst.«

»Das Schicksal will uns etwas damit sagen«, war der Dunkelelf überzeugt.

»Tatsächlich?«, fragte Corwyn ungerührt. »Und was?«

»Dass wir uns gegen Margok verbünden sollen. Gemeinsam könnten wir ihn zerstören.«

»Nachdem du erfolglos versucht hast, mich auf seine Seite zu ziehen, willst du dich nun mit mir gegen ihn verbünden?« Der König schnaubte misstrauisch.

»Und warum nicht?«, fragte Ruuhl dagegen. »Bei Licht betrachtet, scheint mir dies der Erfolg versprechendere Plan. Lhurian und Margok mögen einst Freunde gewesen sein, aber inzwischen sind sie bis aufs Blut verfeindet. Sie wollen sich gegenseitig vernichten, und wer immer aus diesem Kampf als Sieger hervorgeht, wird geschwächt und angeschlagen sein. Dies wäre unsere Stunde, Mensch – deine und meine. Mit deinem Heer wäre es ein Leichtes, Margoks Leibwache zu überwinden, während ich den Oberbefehl über die Dunkle Legion übernehme. Anschließend ...«

»... würdest du mich verraten, meine Leute niedermetzeln lassen und die Krone selbst an dich reißen«, prophezeite Corwyn. »Ich danke dir für dein großzügiges Angebot«, fügte er hinzu und verzog das Gesicht.

»Diese Gefahr besteht natürlich«, räumte der Dun'ras grinsend ein. »Andererseits wirst du sie wohl in Kauf nehmen müssen – denn ohne meine Hilfe hast du keine Aussicht, Margok zu besiegen. Überlege es dir gut, Mensch. Hier ist meine Hand. Ergreife sie, so lange noch Zeit dazu ist ...«

Voller Abneigung starrte Corwyn auf die graue Klaue, die er viel lieber abgehackt hätte, als sie zu schütteln. Aber Ruuhl war ein geschickter Taktiker, und wenn er mit einem recht hatte, dann damit, dass Corwyns notdürftig und in aller Eile zusammengestellte Streitmacht es schwer haben würde, gegen ein Heer von Dunkelelfen zu bestehen. Selbst wenn Dun'ras Ruuhl – wovon Corwyn ausging – es nicht ehrlich meinte, konnte der König womöglich Nutzen aus dem Bündnis ziehen, wenn er nur vorsichtig genug war, im geeigneten Moment die Zusammenarbeit beendete und Ruuhl in den Rücken fiel ...

»Nun?«, fragte der Dun'ras ungeduldig.

»Dein Plan ist gut, also werde ich mich darauf einlassen«, beschied ihm der König kalt und ergriff die angebotene Rechte.

»Eine kluge Entscheidung«, lobte Ruuhl mit wissendem Lächeln. »Allerdings ist sie sehr rasch erfolgt. Solltest du etwa vorhaben, mich zu hintergehen?«

»Diese Gefahr besteht natürlich«, verwendete Corwyn die Worte des Dunkelelfen nun gegen ihn. »Andererseits wirst du sie wohl in Kauf nehmen müssen.«

»Wie ich schon sagte.« Ruuhl grinste abermals. »Wir beide sind uns sehr viel ähnlicher, als du es dir …«

Er unterbrach sich, als der Späher im Ausguck des Hauptmasts plötzlich Wahrschau meldete.

»Schiffe!«, rief er mit lauter Stimme. »Dutzende von Schiffen an Steuerbord …!«

21.

TRURKOR TRURK'DOK'DH

Vom vornehmen Antlitz des Elfen, der einst den Namen Rothgan getragen hatte, war kaum noch etwas übrig.

Anders als bei seinen Vasallen hatte die Gesichtshaut nicht nur eine graue Färbung angenommen – ihr Verfall war ungleich weiter fortgeschritten. Von Pusteln und Geschwüren übersäte Haut spannte sich über vermodertem Fleisch, das nur noch dunkler Zauber am Schädelknochen hielt. Die Zähne waren braune Stümpfe, die Nase weggefault und von einer metallenen Nachbildung ersetzt worden, deren schimmernde Oberfläche mit dem fauligen Fleisch verwachsen war. Blutunterlaufene Augen starrten aus dem grausigen Antlitz, und nie zuvor hatte Alannah größeren Hass gesehen als den, der darin loderte.

»E-er ist ein Ork«, entfuhr es Balbok verblüfft.

»Nein«, widersprach Lhurian erschüttert. »Nur das, was aus einem Elfen wird, wenn er sich dunklen Mächten hingibt und sich mit ihnen verbündet.«

»Ein Ork«, beharrte Balbok nickend.

»Sein Äußeres ist nur ein Spiegel seiner Seele, hat nur die Veränderung in seinem Inneren nachvollzogen. Sein Zorn und sein Hass haben ihn zerfressen, genau wie einst seinen Gebieter.«

»Was weißt du schon, alter Mann?«, fragte Rothgan-Margok verächtlich und beugte sich noch weiter vor, um Alannah frevlerische Liebkosungen aufzunötigen. Die Elfin erzitterte unter jeder seiner Berührungen, ihr Magen rebellierte.

»Lass sie in Ruhe!«, begehrte Lhurian auf. In aller Eile hatte der Zauberer einen Streifen Stoff aus seinem Gewand gerissen und ihn sich um den Kopf gebunden, um die Blutung zu stillen. Wütend wollte er sich auf die Beine raffen und Alannah zu Hilfe kommen, doch die Spitzen von Dutzenden Hellebarden richteten sich von allen Seiten auf ihn. »Du sollst sie in Ruhe lassen! Hörst du nicht, elendes Scheusal?«

Rothgan-Margok wandte sich dem Zauberer zu und von seinem Opfer ab. Alannah, vor Abscheu und Entsetzen halb besinnungslos, sackte abermals in sich zusammen und blieb benommen am Boden liegen. »Kannst du es nicht ertragen, uns beide glücklich zu sehen, Lhurian?« Das Grinsen, das seine grässlichen Züge teilte, war von solcher Bosheit, dass es selbst den Zauberer erschütterte.

»Rothgan«, flüsterte er entsetzt, »was ist nur aus dir geworden?«

»Das, was du aus mir gemacht hast. Nicht ich war es, der seinen besten Freund verraten und ihm das Kostbarste geraubt hat, das er je besaß ...«

»Du hast Thynia nie besessen«, wandte Lhurian ein. »Du bist nicht die einzige Kreatur auf Erdwelts Angesicht, Rothgan. Das versuchte der Rat dir klarzumachen – und du hast es schon damals nicht begriffen.«

»Idioten«, beschied Rothgan-Margok, »einer wie der andere.«

»Der Zweck des Rats war es, dem Gemeinwohl zu dienen, das Reich zu schützen und den Frieden zu wahren. Du hingegen hast all das mit Füßen getreten, denn du hast dich von Margoks Geschwätz verführen lassen. Große Macht hat er dir versprochen – und nun sieh, was aus dir geworden ist: ein Monstrum, entstellt an Körper und Seele!«

»Schweig, alter Mann!«

»Warum? Kannst du die Wahrheit nicht ertragen? Soll Thynia nicht erfahren, was du einst warst? Du hättest der Größte von uns allen werden können, Rothgan, aber du hast dich für die Finsternis entschieden ...«

»... und darob bin ich mächtiger geworden, als der Rat und seine Heuchler es sich in ihrer Einfalt auch nur vorstellen konnten«, entgegnete der Schreckliche. »Ich bin der Herr der Kristalle, alter Mann. Die Kräfte, die mir zu Gebote stehen, sind unbegrenzt.«

»Du lügst«, konterte Lhurian. »Auch deine Macht hat ihre Grenzen. Du magst ein Meister der Zerstörung geworden sein – den Bann, der über der Insel liegt und dich daran hindert, sie zu verlassen, konntest du jedoch nicht brechen. Sonst hättest du wohl kaum die Jahrhunderte im Exil verbracht.«

»Die letzten Jahrhunderte, alter Mann«, erwiderte Rothgan-Margok zischend wie ein Reptil, »habe ich meine Wunden geleckt und meine Kräfte gesammelt, denn in all dieser Zeit habe ich nicht ein einziges Mal daran gezweifelt, dass ich eines Tages einen Weg zur Rückkehr finden würde. Deine Anwesenheit hier beweist, dass es mir gelungen ist.«

»Nein«, widersprach der alte Zauberer. »Es beweist nur, dass die Kristallpforten wieder geöffnet wurden. Du jedoch hattest daran ebenso wenig Anteil wie ich. Zwei tumbe Kreaturen waren es, die unwissentlich den Dreistern wiederbelebt und in ihrer Gier und Unbedarftheit diese Welt damit einer großen Gefahr ausgesetzt haben.«

»Rammar?«, raunte Balbok halblaut seinem Bruder zu.

»Eins sag ich dir«, flüsterte dieser zurück. »Halt jetzt bloß die Schnauze ...«

»Ist das so?« Rothgan-Margok gab sich unbeeindruckt und bemühte sich erst gar nicht, Lhurians Worte zu bestreiten. »Aber ist es nicht völlig gleichgültig, wer die Pforten geöffnet hat? Die Verbindung existiert wieder, und wie einst wird sie dazu dienen, das Heer der Finsternis im Bruchteil eines Augenblicks in jeden noch so entlegenen Winkel *ambers* zu tragen und die Welt der Sterblichen mit Krieg und Tod zu überziehen. Wären jene Kreaturen, von denen du sprachst, hier anwesend, so wäre ich ihnen wohl zu großem Dank verpflichtet und würde sie fürstlich belohnen.«

»Hm«, machte Rammar und räusperte sich geräuschvoll.

»Aber Rammar«, flüsterte Balbok. »Hast du nicht gerade gesagt, wir sollten uns still verhalten?«

»Schnauze, *umbal*«, raunzte der dicke Ork seinen Bruder an. »Jetzt rede ich ...«

Rothgan-Margok brauchte einen Moment, um herauszufinden, woher das Räuspern gekommen war. Erst in diesem Moment schien er den feisten Unhold zu bemerken, der so weit nach vorn gebeugt auf dem Boden kauerte, dass sein Rüssel ihn fast berührte.

»Was willst du, niedere Kreatur?«, grollte Rothgan-Margok.

»D-darf ich sprechen, Euer Entsetzlichkeit?«, fragte Rammar; den Rüssel behielt er vorsorglich unten.

»Kannst du das denn?«

»Leidlich«, versicherte Rammar. Er riskierte einen vorsichtigen Blick und sah das Antlitz des dunklen Zauberers zum ersten Mal. Worüber, fragte er sich, hatte sich das Elfenweib nur so furchtbar aufgeregt? In den Augen eines Orks sah der Kerl ziemlich gewöhnlich aus ...

»Dann sprich. Was willst du?«

»Nun«, meinte Rammar beflissen und wagte es, sich ein wenig aufzurichten, »Euer Schrecklichkeit werden sich vielleicht erinnern, dass Ihr die beiden Kreaturen, die die Pforte geöffnet haben, fürstlich belohnen wolltet ...«

»Nein, Ork!«, zischte Lhurian, dem dämmerte, worauf Rammar hinauswollte. »Tu das nicht!«

»Und?«, fragte Rothgan-Margok unbeeindruckt.

»*Korr*«, fuhr Rammar fort, »im Grunde ist es so, dass ich und mein Bruder Balbok hier die Pforte geöffnet haben.«

»Tatsächlich?« Der Herr der Dunkelelfen trat vor ihn, die Arme ablehnend vor der Brust verschränkt, und blickte hochmütig auf ihn herab. »Und aus welchem Grund wollt ihr das getan haben?«

»Warum wohl?« Rammar blinzelte ergeben zu dem dunklen Herrscher auf. »Natürlich, weil wir Euch einen Gefallen tun und die Rückkehr nach Erdwelt ermöglichen wollten. So war es doch, Balbok, nicht wahr?«

»Nein, so war es nicht!«, widersprach Lhurian, noch ehe der hagere Ork etwas erwidern konnte.

»Woher habt ihr von meiner Existenz gewusst?«, wollte Rothgan-Margok wissen. »Ich kann mir denken, dass mein Wirken und jede Erinnerung daran aus den Chroniken Erdwelts getilgt wurden ...«

»Chroniken! Wer braucht Chroniken?«, tönte Rammar und gestikulierte wild mit den kurzen Armen. »Menschen und Elfen müssen immerzu alles niederschreiben. Wir Orks hingegen glauben an die Kraft der Tradition. Eure Taten, dunkler Gebieter, werden in der Modermark bis auf den heutigen Tag in Liedern besungen. Jeder kleine Orkling kennt die Geschichte von Rothgan dem Eroberer ...«

»So nennt ihr mich?«

»In der Tat, finsterer Herr«, beteuerte Rammar. »Wollt Ihr einige Zeilen des Liedes hören?« Und zur Verblüffung aller würgte er kreischende Töne aus seiner feisten Kehle, die sich nicht im Entferntesten nach Musik anhörten, und die dichterische Qualität seines Liedes war zumindest strittig:

Einst lebte ein Magier, Rothgan hieß er,
sein Herz war so schwarz wie die Erde der Modermark
und sein Durst nach Macht wie der Durst nach Blutbier,
der die Kehle verdorren lässt.
Und er hatte einen Freund, aber der war ein Verräter,
ein schleimiger, mieser, verkommener Geselle,
der Lhurian hieß und ein alter Hurenbock war ...

»Schon gut.« Rothgan-Margok, dem Rammars Sangeskünste offenbar nicht wirklich zusagten, winkte ab. »Und dieses Lied wurde unter den Orks überliefert?«

»Von Generation zu Generation«, versicherte Rammar, und selbst Balbok ließ ein zustimmendes »*Korr*« vernehmen. »Willst du noch mehr davon hören?«

»Nein«, beschied ihm der Abtrünnige rasch, während der Ork schon wieder Luft holte, um sich klangvoll in die Brust zu werfen. »Vielmehr frage ich mich, weshalb du mir das alles erzählst.«

»Sehr einfach«, gestand Rammar mit ergebenem Grinsen, »wegen der Belohnung. Erinnert Ihr Euch? Wir waren es, die die Pforte geöffnet haben, und Ihr sagtet, dass ...«

»Den Tod!«, rief Lhurian aufgebracht dazwischen. »Einen langsamen, qualvollen Tod – das ist alles, was er euch schenken wird! Achte auf meine Worte ...«

»Nun, Euer Schrecklichkeit? Wie steht es?«, erkundigte sich Rammar, die Warnung des alten Zauberers einfach überhörend.

»Warum sollte ich euch belohnen?«, fragte Rothgan-Margok. »Was ich wollte, habe ich bekommen.«

»Mit unserer Hilfe«, brachte Rammar in Erinnerung.

»Das macht keinen Unterschied mehr. Nachdem ihr eure Aufgabe erfüllt habt, seid ihr beide nutzlos für mich geworden. Warum also sollte ich euch jetzt noch belohnen?«

»Nutzlos?«, fragte Rammar und machte große Augen. »Nutzlos? So ... so ... so würde ich es nicht nennen, Euer Fürchterlichkeit. Wer einen Krieg führen und gewinnen will, der sollte seine Feinde kennen.«

»Und?«

»Zufällig kenne ich den König von Tirgas Lan ziemlich gut«, erklärte Rammar. »Er ist ein ehemaliger Kopfgeldjäger, und seine Schwächen sind leicht zu ...«

»Nicht, Rammar!«, rief Alannah, die noch immer auf dem Boden kauerte, Tränen der Verzweiflung in den Augen. »Tu es nicht! Du vernichtest alles, was aufzubauen du geholfen hast ...«

»Ein bedauerlicher Irrtum, nichts weiter«, wiegelte der Ork mit verlegenem Grinsen ab. »Meine Treue gehört Euch, grässliche Hoheit!«

»Ein Ork, der von Treue spricht?« Rothgan-Margok musterte ihn aus seinen blutunterlaufenen Augen, woraufhin Rammar wieder ergeben den Blick senkte. Bange Momente verstrichen – dann brach der Herr der Dunkelelfen erneut in Gelächter aus. »Lasst ihn frei!«, befahl er seinen Männern. »Der Ork soll die Möglichkeit erhalten, sich zu bewähren.«

»Habt Dank, finsterer Herr«, erwiderte Rammar beflissen, während man ihn auf die Beine zog. »Was ist mit meinem Bruder? Gilt Eure Großzügigkeit auch für ihn?«

»Weiß er denn mehr als du?«

»Ob er mehr weiß als ich?« Rammar überlegte für einen Moment, und sein bauernschlauer Verstand erkannte die Falle, die sich hinter der Frage verbarg. »Natürlich nicht«, versicherte er. »Er ist ein *umbal* durch und durch.«

»Aber Rammar ...«, wollte Balbok einwenden. Sein Bruder jedoch brachte ihn mit einer energischen Geste zum Verstummen.

»Schön«, versetzte Rothgan-Margok unbekümmert. »Dann wird er zusammen mit den anderen sterben.«

»Sterben?«, echote Rammar.

»Ist das ein Problem für dich?«

Der feiste Ork zögerte nur einen Lidschlag lang. »Natürlich nicht«, versicherte er. »Mein halbes Leben habe ich mir überlegt, wie ich ihn am besten loswerde.«

»Rammar ...!«, ächzte Balbok entsetzt, und Rammar sah, wie sich das einfältige Gesicht seines Bruders in ungeahnte Längen zog. Rasch wandte er sich ab.

»Vor langer Zeit«, sagte Rothgan-Margok zu Rammar, »hat unser aller Herrscher Margok deinesgleichen erschaffen ...«

»Erschaffen«, spottete Lhurian. »Aus Mördern und Verrätern hat er sie gezüchtet, und dieses Erbe ist ihnen geblieben!«

»... vielleicht«, fuhr Rothgan-Margok unbeeindruckt fort, »ist es daher nur folgerichtig, wenn mich ein Ork in die letzte Schlacht begleitet. Möglicherweise, mein fetter Freund, hat dich ein höheres Schicksal hergeführt.«

»Möglicherweise.« Rammar verbeugte sich ergeben.

»Lügner!«, schrie Alannah ihn an. »Elender Verräter!«

»Darf ich Euch etwas fragen, Gebieter?«, erkundigte sich Rammar bei seinem neuen Herrn.

»Was willst du?«

»Wie habt Ihr es mit einem solchen Weib nur ausgehalten?«, wollte Rammar wissen und grinste breit. »Ihr Geschrei geht einem gehörig auf die *bhull'hai*, findet Ihr nicht?«

»In der Tat.« Rothgan-Margok betrachtete Alannah mit einem abschätzigen Seitenblick. »Aber du musst wissen, dass sie nicht immer so war.«

»Ist das so«, schnaubte Rammar. »Wirklich kaum zu glauben.«

»Folge mir nun und erzähle mir, was du über den neuen König weißt. Die anderen schafft in den Kerker und legt in Ketten«, befahl er seinen Wachen. »Ich werde später entscheiden, was mit ihnen zu geschehen hat.«

Sogleich wollten die Soldaten den Befehl ihres Meisters ausführen. Als sie Alannah ergriffen, überlegte es sich Rothgan-Margok jedoch noch einmal anders.

»Wartet!«, hielt er sie zurück. »Die Elfin bringt in mein Schlafgemach. Übergebt sie meinen Konkubinen. Sie sollen sie baden und ihr die Gewänder der Dunklen Königin anlegen. Ich gedenke, meinen Bund mit ihr noch heute zu erneuern.«

»Das wagst du nicht!«, zischte Alannah.

»Warum nicht?«, entgegnete Rothgan-Margok. »Du magst dich nicht daran erinnern, aber es gab eine Zeit, da hast du dich nach meiner Berührung verzehrt und mir bereitwillig den Schoß geöffnet.«

»Bastard!«, rief Lhurian aufgebracht.

»Was denn? Noch immer eifersüchtig? Auf die alten Tage?« Rothgan-Margok lachte. »Etwas mehr Gelassenheit, mein Freund. Nach all den Jahren hat sich Alannah entschieden, zu mir zurückzukehren. Die Prophezeiung hat sich erfüllt.«

»Ich weiß nichts von einer Prophezeiung«, stieß Alannah hervor, »aber wenn du glaubst, dass ich mich dir freiwillig hingeben werde ...«

»Ob freiwillig oder nicht, ist mir einerlei«, beschied ihr Rothgan-Margok grinsend. »Ich werde mir nehmen, was du mir die letzten tausend Jahre vorenthalten hast, und mein Verlangen stillen, das keines dieser blutleeren Weiber, die in all der Zeit mein Lager teilten, befriedigen konnte. Und wer weiß, vielleicht kehrt dadurch ja auch deine Erinnerung zurück ...«

Er lachte spöttisch, während sie sich im Griff ihrer Bewacher wand und Rothgan-Margok mit Beschimpfungen bedachte, die sogar Rammar die Schambräune ins Gesicht trieben.

An der Seite seines neuen Gebieters schickte er sich an, die Turmkammer zu verlassen, verfolgt von den Blicken seines Bruders, der noch immer nicht glauben konnte, dass Rammar ihn so schändlich im Stich ließ.

Und er behielt recht damit!

Denn kaum war der dicke Ork einige Schritte neben dem dunklen Magier hergewatschelt, huschte er plötzlich zur Seite weg, rascher und sehr viel behänder, als man es ihm aufgrund seiner Statur zugetraut hätte. Er rempelte einen Dunkelelfenkrieger aus dem Weg und griff nach einer der Fackeln, die in rostigen Wandhalterungen steckten, riss sie heraus und rannte damit auf einen der Durchgänge zu, die auf den Rundgang des Turms hinausführten.

Die Piraten!

Er musste ihnen das Zeichen zum Angriff geben – vorausgesetzt, sie waren nach all der Zeit, die Rammar, Balbok und ihr Trupp durch das Labyrinth geirrt waren, tatsächlich noch zur Stelle ...

»Was zum ...?«, rief Rothgan-Margok, als er den Ork auf seinen kurzen Beinen davonwuseln sah. Im nächsten Moment schrie er: »Haltet ihn auf! Aber lasst ihn am Leben!«

Seine Soldaten, die darauf gedrillt waren, jede Anweisung ihres Herrschers augenblicklich und ohne Widerspruch auszuführen, handelten augenblicklich – und noch ehe Rammar den Durchgang erreicht hatte, sprangen zwei von ihnen mit gesenkten Hellebarden vor, ein dritter zückte seinen Wurfdolch und wie ein Blitz zuckte das Messer durch die Luft und traf mit traumwandlerischer Sicherheit Rammars linke Klaue, die die Fackel umklammerte.

Es gab ein hässliches Geräusch, als der Elfenstahl Haut und Fleisch durchschnitt. Mit einem quiekenden Schmerzensschrei ließ Rammar die Fackel fallen und blieb stehen, starrte mit vor Schreck weit aufgerissenen Augen auf seine durchbohrte Linke. Schwarzes Blut tropfte zu Boden.

»Sieh an«, sagte Rothgan-Margok, und in seiner verwüsteten Miene zuckte es gefährlich. »Offenbar ist euch Orks nicht zu trauen.«

»A-aber nicht doch, E-Euer Tödlichkeit«, beeilte sich Rammar zu widersprechen. »I-ich bin g-ganz der Eure, b-bestimmt …«

»So? Was sollte dann dieser Unfug?«

»I-ich w-wollte Euch den Weg frei machen«, stammelte der fette Ork, dessen Züge blass geworden waren vor Schmerz und Furcht. »N-nichts weiter …«

»Mit einer Fackel?«

»*K-korr*«, bekräftigte Rammar und versuchte ein Grinsen, das ihm allerdings nicht recht gelingen wollte.

»Ich verstehe«, sagte Rothgan-Margok.

»W-wirklich?«

»Allerdings«, bekräftigte der Herr der Dunkelelfen mit ruhiger Stimme, die den Ork in trügerischer Sicherheit wog. Rammar glaubte schon, noch einmal davongekommen zu sein, und holte tief Luft. Dass Rothgan-Margok unter seiner weiten Robe nach seinem Säbel griff, bemerkte er nicht.

»Um dir zu beweisen, dass ich dir vertraue, werde ich dir etwas schenken.«

»M-mir etwas schenken?«, fragte Rammar ungläubig. »Und was?«

»Etwas, das dich für den Rest deines Lebens daran erinnern wird, dass es ein Fehler ist, Margok hintergehen zu wollen«, erklärte Rothgan-Margok – und dann ging alles blitzschnell.

Als die Klauenhand mit dem Säbel hervorzuckte, kam der dicke Ork gerade noch dazu, ein entsetztes Ächzen auszustoßen. Dann fuhr die Klinge mit grausamer Wucht herab – und durchtrennte seinen linken Arm oberhalb des Handgelenks.

»Yiiiieeeh!«

Rammar kreischte erbärmlich, als der Elfenstahl durch Fleisch und Knochen schnitt. In einem Sturzbach von Blut, der sich aus dem Stumpf ergoss, landete die durchbohrte Klaue, in der noch immer der Dolch des Elfenkriegers steckte, auf dem Boden.

»Rammar!«, rief Balbok entsetzt – aber niemand hörte auf ihn. Aller Augen waren entsetzt auf Rothgan-Margok gerichtet, in dessen entstellten Zügen sich ein sadistisches Grinsen breitgemacht hatte.

Vom Schmerz überwältigt, sank Rammar auf die Knie und dann vornüber. Auf die Ellbogen gestützt, kroch er zu der herrenlos am Boden liegenden, noch immer brennenden Fackel, und nach einem Augenblick kurzen Zögerns stieß er seinen verstümmelten Arm in die Flamme. Der Schmerzenslaut, der seiner Kehle entfuhr, war noch schriller als der zuvor.

Balbok wollte seinem Bruder zu Hilfe eilen, aber seine Bewacher hinderten ihn daran. Hilflos musste er zuschauen, wie sich Rammar am Boden wand, und hätte am liebsten selbst laut geschrien. Vergessen war alles, was sein Bruder ihm jemals angetan hatte, vergeben alle Beschimpfungen und Beleidigungen, die er ihm an den Kopf geworfen hatte. Sogar die Sache mit dem *kalumm* nahm Balbok ihm nicht mehr übel.

Alles, was er sah, war eine gepeinigte Kreatur, die sich über den Boden wälzte wie ein riesiger Ball. Und er schwor sich in diesem Augenblick, dass er seinen Bruder rächen würde!

Rothgan-Margok lachte noch immer.

»Ihr solltet euch sehen«, rief er, wobei er seinen Blick vom jammernden Rammar zu den übrigen Gefangenen schweifen ließ. »Was für ein erbärmlicher Haufen ihr doch seid: ein altersschwacher Greis, eine Elfenhure, zwei dämliche Orks und zwei schwache Menschen. Und ihr seid ausgezogen, Margoks Macht zu brechen? Lächerlich!«

»So lächerlich nun auch wieder nicht«, konterte Lhurian. »Du hast das ewige Gesetz gebrochen, Rothgan – ich bin gekommen, um es wiederherzustellen.«

»So?« Das Gesicht des dunklen Magiers verzog sich in gespieltem Mitleid. »Und wie willst du das fertigbringen, alter Mann?«

»Hiermit!«, sagte der Zauberer – und hielt plötzlich den Kristallsplitter in den Händen, den er im Schaft seines Stiefels verborgen hatte, sodass er ihm – anders als sein Zauberstab – nicht von den Bewachern abgenommen worden war.

»Was soll das sein?«

»Der Splitter des Annun«, erklärte Lhurian, und Triumph und Siegesgewissheit schwangen auf einmal in seiner Stimme, »über die Jahrhunderte aufbewahrt in den eisigen Hallen Shakaras. Seine Kraft, Rothgan, hat schon das Schicksal Margoks besiegelt – des echten Margok! Und er wird auch deinem Treiben ein Ende setzen.«

Wenn Rothgan-Margok überrascht war, so zeigte er es nicht. »Ich zittere bereits«, behauptete er grinsend. »Glaubst du im Ernst, dieser Tand hätte irgendeine Bedeutung? Dass er mich, den Nachfolger Margoks, aufhalten könnte?«

»Ist der Splitter erst wieder eingesetzt, wird deine Kraft versiegen. Er wird wiederherstellen, was durch dich verändert wurde, allen Gesetzen der Natur zum Trotz. Und du und deinesgleichen, ihr werdet untergehen!«

»Woher willst du das wissen, alter Mann?«, entgegnete Rothgan-Margok. »Nicht dir wurde einst eine Prophezeiung zuteil, sondern mir!«

»Das stimmt«, räumte Lhurian ein, »aber hast du dich je gefragt, ob du diese Prophezeiung nicht vielleicht falsch gedeutet hast?«

Rothgan-Margok stutzte. »Inwiefern?«

»In deiner Vision wurde dir geweissagt, dass auf die Insel zurückkehren würde, was verloren ging, und darob ein neues Zeitalter beginnen. In deiner Ichsucht hast du das auf Alannah bezogen – aber was, wenn der Kristallsplitter gemeint war und wenn das neue Zeitalter, das anbrechen soll, nicht der Beginn deiner Herrschaft ist, sondern vielmehr deren Ende?«

Die entstellten Gesichtszüge des dunklen Magiers blieben unbewegt, in seinen Augen jedoch begann es unruhig zu flackern. »Was soll das Gerede?«, rief er. »Dazu wird es nicht kommen, denn du wirst mir den Kristallsplitter jetzt aushändigen, und ich werde ihn vernichten. Dann ist diese Gefahr ein für alle Mal gebannt.«

Lhurian schüttelte entschieden den Kopf. »Ich bin nicht mehr der unerfahrene Jüngling, der ich einst war, Rothgan.«

»Und ich nicht mehr der Freund, den du verraten und hintergangen hast«, entgegnete Rothgan-Margok. »Ich habe dazugelernt, alter Mann. Und ich bin mächtiger geworden als du – der mächtigste Zauberer, den Erdwelt je gesehen hat! Und nun gib mir den Splitter!«, verlangte er, während er seine rechte Klaue drohend in Alannahs Richtung streckte, »oder deine Geliebte wird vor deinen Augen einen qualvollen Tod erleiden.«

»Das wirst du nicht tun«, war Lhurian überzeugt, »denn es gab eine Zeit, da hast du sie ebenso geliebt wie ich.«

»Mehr als du!«, verbesserte der Herr der Dunkelelfen aufgebracht. »Aber sie hat meine Liebe zurückgewiesen und verschmäht. Also nenne mir einen guten Grund, weshalb ich sie nicht töten sollte, um zu bekommen, was ich haben will.«

»Nur zu!«, forderte Alannah ihn auf. »Vernichte mich! Töte mich, wenn du musst! Deinem Untergang wirst du dadurch nicht entgehen. Lhurian wird Mittel und Wege finden, dich zu bezwingen.«

»Glaubst du das wirklich?«, höhnte Rothgan-Margok.

»Es ist mir schon einmal gelungen, oder nicht?«, erinnerte Lhurian, der den Kristallsplitter noch immer hoch erhoben hielt. Jäh veränderte sich seine faltige Miene und nahm einen hoch konzentrierten Ausdruck an, und die Augenbrauen zogen sich zusammen.

Doch sosehr sich der alte Zauberer auch bemühte – eine Wirkung stellte sich nicht ein.

»Ist das etwa schon alles?«, fragte Rothgan-Margok amüsiert. »Hast du dir wirklich eingebildet, mich mit deinen billigen kleinen Tricksereien mit der Zeit blenden zu können? Dass ich noch einmal darauf hereinfallen würde? Damals mag ich dir auf den Leim gegangen sein, Mensch – ein zweites Mal wird es dir nicht gelingen. Und nun«, verlangte er, während er drohend auf Alannah zuging, »gib mir den Kristall, oder ...«

»Erlauchter Herrscher! Erlauchter Herrscher!«

Ein Krieger der Dunkelelfen stürzte in die Turmkammer und warf sich untertänig vor seinem Gebieter auf die Knie.

»Was willst du, Wurm?«, rief Rothgan-Margok, sichtlich ungehalten über die Störung.

»Schiffe, Gebieter! Viele Schiffe – Kriegsschiffe, eine ganze Flotte, die Kurs auf die Küste genommen hat!«

»Was?«, brüllte Rothgan-Margok. »Woher kommen diese Schiffe? Wer wagt es, mich anzugreifen? Sicher nur diese Seeräuber, die vor der Küste hausen wie Ratten in ihren Löchern. So danken sie mir also, dass ich sie in all den Jahren habe gewähren lassen ...«

»N-nein, Herr«, widersprach der Bote. »Es sind nicht nur die Seeräuber ...«

22.

OINSOCHG OR MUR

Käpt'n Cassaro traute seinen Augen nicht.

Es kam nicht mehr oft vor, dass der Anführer der Piraten den Schlupfwinkel im Atoll verließ. Diesmal jedoch ging es um besonders fette Beute, und da wollte er sich nicht nur auf seine Männer verlassen. Allerdings waren Cassaro inzwischen ernste Zweifel gekommen, sowohl was seinen Plan als auch die Zuverlässigkeit seiner Verbündeten betraf.

Hatten die Orks nicht behauptet, einen Weg ins Innere der Kristallfestung zu kennen? Wo, zum Klabauter, blieben sie dann? Mussten die beiden den Weg nach Crysalion nicht längst gefunden haben?

In aller Eile hatte der König der Piraten seine Flotte in Einsatzbereitschaft versetzt und auslaufen lassen – und nun dümpelten sie schon den dritten Tag in Folge im Nebel und warteten – aber nichts geschah!

Keine Fackel.

Kein Signal.

Vielleicht, so dachte Cassaro, während er auf dem Achterdeck der *Knochenbrecher* stand und missmutig in den Nebel blickte, war der Einsatztrupp in einen Hinterhalt geraten, dann musste der Angriff abgeblasen werden. Andererseits würde eine Gelegenheit wie diese so rasch nicht wiederkommen.

Die *Knochenbrecher* war das stärkste Schiff seiner Flotte, eine Galeere, die ursprünglich aus elfischem Besitz stammte, wovon inzwischen allerdings nichts mehr zu sehen war. Über die Jahrzehnte war das Schiff immer wieder umgebaut, ausgebessert und erweitert worden, sodass inzwischen kaum noch etwas an die leichte Eleganz erinnerte, mit der es einst durch die Wellen geglitten war. Ein stachelbewehrter Bug und ein mit rostigem Eisen gepanzertes Schanzkleid gaben ihm ein kriegerisches Aussehen, das den Gegner in Angst und Schrecken versetzen sollte und es gewöhnlich auch tat.

In diesem Augenblick jedoch war es Cassaro, der ächzend nach Luft schnappte und sich auf Höhe des Herzens an die Brust fasste.

Dem Oberhaupt der Piraten war klar gewesen, dass der Angriff auf Crysalion ein Risiko darstellte und er mit Widerstand mancherlei Art zu rechnen hatte – aber dass der Feind über eine eigene Kriegsflotte verfügte, die er gegen ihn entsandt hatte, das überraschte selbst den König der Seeräuber.

Mit offenem Mund verfolgte Cassaro, wie die verschwommenen Formen, die der Ausguck im dämmrigen Nebel gesichtet hatte, zusehends Gestalt annahmen und sich in Furcht einflößende Silhouetten verwandelten – die charakteristischen Umrisse von Kriegsschiffen, Dreiruderern und Galeeren, die nun von leichten Seglern begleitet wurden. Eine ganze Streitmacht, ausgeschickt wohl nur zu dem einen Zweck: die Piraten der Schädelküste zu vernichten!

Schon waren die feindlichen Schiffe auf Abfangkurs gegangen, und es würde nicht lange dauern, bis ihre Wege einander kreuzten …

Woher die Kriegsschiffe plötzlich kamen und wie es den Dunkelelfen gelungen sein konnte, unbemerkt eine ganze Flotte zu bauen, darüber dachte der Pirat nicht nach. Alles, was er sah, war der bedrohliche Wald von Masten, der sich aus dem Nebel schälte, und für ihn stand fest, dass er verraten worden war.

Offenbar hatte die Gegenseite von dem geplanten Überfall Wind bekommen, und das bedeutete, dass jemand geplaudert hatte. Cassaros Entsetzen ging nicht so weit, seinen Leuten absichtlichen Verrat zu unterstellen. Wahrscheinlich, sagte er sich, war das Kommando tatsächlich gefasst und seine Männer gefoltert worden. Cassaro hegte nicht den geringsten Zweifel daran, dass der tapfere Rammar bis zuletzt geschwiegen und kein Wort von dem Plan verraten hatte. Bei Rammars Bruder aber sah er die Sache anders. Die Orks, die Cassaro kannte, waren – mit Ausnahme von Rammar – feige und erbärmlich; sie schufteten als Sklaven in den Minen unter der Kristallburg, und niemals hatte es einen Aufstand gegeben. Bestimmt war es Balbok, der gesungen und damit nicht nur das Unternehmen vereitelt, sondern die ganze Piratenbruderschaft der Vernichtung preisgegeben hatte.

Unbändige Wut schoss in Cassaro hoch. Seine bleiche Gesichtshaut verfärbte sich und wurde puterrot, die Adern an seinen Schläfen schwollen an. Rasch wog er seine Möglichkeiten ab und überlegte, was zu tun wäre. Für Flucht war es zu spät, und ein Angriff auf Crysalion, wie er ihn geplant hatte, ergab unter diesen Voraussetzungen keinen Sinn. Ihm blieb nur der Kampf, und das hieß: Tod und Untergang – oder ein glorreicher Sieg, von dem man noch in Generationen sprechen würde.

Auch wenn das nicht sehr wahrscheinlich war …

Mit dem Mut der Verzweiflung riss Cassaro den Elfensäbel heraus, den er einst einem getöteten Gegner abgenommen hatte, und stieß die gekrümmte Klinge senkrecht in die Luft.

»Zum Angriff«, brüllte er, »drauf und dran!«

»Drauf und dran!«, scholl es aus Hunderten heiseren Kehlen zurück.

Corwyn sah sie kommen.

Es waren keineswegs nur ein paar Schiffe, die sich aus den Schatten der Felseninseln lösten – es war eine ganze Flotte.

Von Westen hielten sie auf die Fernen Gestade zu, in spitzem Winkel zu Corwyns eigenem Verband, sodass sie einander schon bald begegnen würden. Und das bedeutete Kampf. Denn die schwarzen, mit grausigen Knochensymbolen versehenen Flaggen, die an den Masttopps der fremden Kriegsgaleeren flatterten, ließen keinen Zweifel an den Absichten ihrer Besatzung, die noch dazu in wildes Geschrei verfallen war.

»Wer sind die?«, wollte Corwyn von Dun'ras Ruuhl wissen, der neben ihm an der Back stand.

»Piraten«, erklärte der Dunkelelf. »Sie treiben schon seit langer Zeit vor der Küste ihr Unwesen. Sie haben uns amüsiert, also haben wir sie gewähren lassen.«

»Was uns jetzt zum Verhängnis wird«, versetzte der König.

»Kaum.« Ruuhl verzog keine Miene. »Oder willst du behaupten, die königlichen Streiter von Tirgas Lan würden nicht mit einer Handvoll hergelaufener Halsabschneider fertig?«

Corwyn holte tief Luft. Er wollte erwidern, dass es keineswegs nur ein paar einzelne Seeräuber wären und dass die Piratenflotte es sowohl an Stärke als auch an Zahl ohne Weiteres mit der Tirgas Lans aufnehmen konnte. Aber er schwieg. Was hätte es genutzt zu lamentieren? Sein Ziel waren die Fernen Gestade, und wenn er dieses Piratengesindel besiegen musste, um dorthin zu gelangen, so würde er auch das tun.

»Angriffsgeschwindigkeit!«, befahl er deshalb dem Kapitän, und die Anweisung wurde nicht nur an die Ruderer weitergegeben, sondern auch an die anderen Schiffe der Flotte. Die Galeere nahm noch mehr Fahrt auf und schnitt durch die Wellen, während sich die Soldaten an Bord bewaffneten und hinter dem Schanzkleid in Deckung gingen – Bogenschützen und Schwertkämpfer, die den Seeräubern zeigen würden, wie man in Tirgas Lan zu kämpfen verstand.

Befehle gellten über das breite Deck, die ebenfalls an die anderen Schiffe weitergeleitet wurden. Die Achtergeschütze wurden geladen und Sand auf die Planken gestreut, damit man nicht ausrutschte, wenn sie erst glitschig waren von Blut.

Auch die Piratengaleeren hatten an Geschwindigkeit zugenommen, und mit brachialer Gewalt bahnten sich ihre eisenverstärkten Rümpfe einen Weg durch die schäumende Gischt. Mit Besorgnis sah Corwyn die Stacheln, mit denen mancher Bug bewehrt war und die bei einem Zusammenstoß grässliche Löcher in die Wandungen der königlichen Dreiruderer schlagen würden.

Der König setzte den Helm auf, den sein Diener ihm gebracht hatte und dessen Schweif aus schwarzem Pferdehaar im Fahrtwind wehte. Mit Handgriffen, die viel zu routiniert waren für seinen Geschmack, schloss er den Kinnriemen – und sandte Dun'ras Ruuhl einen fragenden Blick.

»Willst du dich nicht auch zum Kampf rüsten?«

»Wirst du mir denn eine Waffe geben?«

Corwyn ließ sich von einem Soldaten ein Schwert reichen und warf es Ruuhl kurzerhand zu.

»Man dankt«, erwiderte der Dunkelelf ölig und grüßte mit der Klinge. »Wer hätte gedacht, dass wir einmal Seite an Seite fechten würden?«

»Bilde dir darauf nichts ein«, beschied ihm Corwyn barsch. »Die Notwendigkeit macht uns zu Verbündeten, nicht mehr.«

»Wenn du meinst …«

»Willst du auch einen Harnisch? Schild und Helm?«

Ruuhl lehnte ab und wog die Klinge in seinen Händen. Seinem missbilligenden Gesichtsausdruck war zu entnehmen, dass er sie für einen primitiven Totschläger hielt, der jede Eleganz vermissen ließ. »Ich bin durchaus in der Lage, mich meiner Haut zu erwehren.«

»Ich weiß«, erwiderte der König trocken und wandte sich wieder den Piratenschiffen zu, die inzwischen so nah heran waren, dass man die Besatzungen sehen konnte. Es waren in Fischleder gekleidete, bärtige Mordgesellen, die Harpunen und Äxte schwangen und Corwyn ein wenig an die Männer aus Olfar erinnerten. Doch während er mit den Korsaren der Ostsee Frieden geschlossen hatte, dürsteten diese nach seinem Blut – und der König war entschlossen, sowohl seine Haut als auch seine Flotte so teuer wie möglich zu verkaufen.

»Klar zum Gefecht!«, brüllte er mit lauter Stimme und riss sein eigenes Schwert aus der Scheide.

»Schiff klar zum Gefecht!«, echote es dutzendfach zurück.

Die Bogenschützen legten Pfeile auf die Sehnen, das Achtergeschütz wurde einsatzbereit gemeldet. Alles war bereit zum Kampf, und von den anderen Schiffen trafen gleichlautende Meldungen ein, während die Flotte weiter auf die Fernen Gestade zuhielt, die bereits zum Greifen nah erschienen – und dennoch unerreichbar waren. Denn bevor auch nur eines der königlichen Schiffe die Küste erreichte, würden die Piraten sie eingeholt haben, und ein Kampf auf Leben und Tod würde auf den Planken entbrennen.

Aber wenn Corwyn eines gelernt hatte, dann dass es besser war, den ersten Hieb zu führen.

Er holte Luft und gab den Befehl zum Abschuss des Katapults.

Die Schlacht begann ...

23.

BLARMUR CHL DULCHGOUDAS'HAI
(Seeschlacht mit Hindernissen)

Rothgan-Margok war hinausgestürmt auf den Balkon, der die Turmkammer umlief, und richtete den Blick gen Norden.

Tatsächlich sah der Herrscher der Dunkelelfen im ersten Licht des Tages zahlreiche Schiffe, die sich der Insel näherten: Galeeren, Dreiruderer und andere, die sich aus dem Küstennebel und den Schatten der Dämmerung lösten. Und an den Mastspitzen entdeckte der dunkle Magier – zu seiner Bestürzung wie zu seiner Genugtuung – nicht nur die schwarzen Flaggen der Piraten, sondern auch das bunte Banner Tirgas Lans ...

»Die Prophezeiung!«, rief er mit lauter Stimme und breitete beschwörend die Arme aus. »Sie erfüllt sich! Was verloren ging, ist zurückgekehrt, und meine Feinde stellen sich mir zum entscheidenden Kampf! Nicht auf den Fluren Erdwelts wird die letzte Schlacht um das Schicksal der Sterblichen geschlagen, sondern hier, an den Fernen Gestaden, dem Ursprung des Elfengeschlechts – und seinem Untergang!«

Der abtrünnige Magier verfiel in irrsinniges Gelächter, während von den Türmen ringsum die Rufe der Wächter erklangen. Die dunklen Legionen, die sich tief in den Eingeweiden des Berges verbargen und nur darauf gewartet hatten, in die Schlacht geschickt zu werden, setzten sich in Marsch. Das Stampfen von Tausenden von Kriegern ließ die

Kristallfestung erbeben, und schon kurz darauf drängten sich auf den Wehrgängen Massen in schwarzes Leder gerüstete Krieger. Wer immer es wagte, gegen die Feste anzurennen, würde – daran hegte Rothgan-Margok nicht den geringsten Zweifel – ein blutiges Ende finden.

Vom Gefühl der Allmacht berauscht, das ihn überkam, als er auf dem höchsten Turme Crysalions stand, umgeben von schützenden Mauern aus jahrtausendealtem Kristall, und während sich tief unter ihm die feindlichen Schiffe durch die Fluten kämpften, glaubte der Herrscher der Dunkelelfen zu spüren, wie ihn der Hauch der Geschichte umwehte. Schon einmal hatte er ihn gefühlt und war nahe daran gewesen, alles zu erreichen, was er sich je erträumt hatte.

Damals waren seine Pläne vereitelt worden – diesmal jedoch würde sein Triumph endgültig sein!

Er streckte die Arme empor und sprach uralte Beschwörungsformeln, worauf sich der Morgenhimmel über der Festung verfinsterte. Wolken ballten sich dunkel und dräuend, und im nächsten Moment zuckte ein Blitz herab, der die Turmkuppel traf und den Annun in gleißendes Licht tauchte.

»Der Kristallschirm!«, rief Lhurian entsetzt. »Wenn es ihm gelingt, ihn zu errichten, wird kein feindliches Geschoss Crysalion je erreichen. Wir müssen handeln!«

»Du hast gut reden, Langbart!«, rief Balbok. »Wie sollen wir das anstellen?«

»Vielleicht so«, entgegnete der Alte schlicht – und im nächsten Moment überstürzten sich die Ereignisse.

Denn plötzlich zeigte sich, dass Lhurian keineswegs so geschwächt war, wie er vorgegeben hatte. Im Gegenteil hatte der alte Fuchs die Zeit, die er wie hilflos auf dem Boden gekauert hatte, dazu genutzt, neue Kräfte zu sammeln, die er in diesem Moment zum Einsatz brachte.

Blitzschnell sprang er auf und streckte die Arme aus – und zu aller Verblüffung löste sich der Stab des Zauberers aus den Händen des Elfenkriegers, der ihn an sich genommen hatte, flog durch die Luft und befand sich schon einen Herzschlag später wieder in Lhurians Händen.

Die Dunkelelfen, die abgelenkt gewesen waren von der theatralischen Vorstellung, die ihr Oberhaupt draußen auf dem Balkon gab, konnten nicht mehr reagieren – schon im nächsten Moment wurde einer von ihnen von einer unsichtbaren Faust gepackt und davongeschleudert, geradewegs in die Reihen seiner Kumpane.

Daraufhin brach Tumult in der Turmkammer aus.

»Der Zauberer! Nehmt ihm den Stab ab!«, gellte der Befehl eines Offiziers, und sofort sprangen einige Krieger mit gesenkten Hellebarden vor – aber sie hatten die Rechnung ohne die übrigen Gefangenen gemacht, die in den Kampf eingriffen.

Indem Balbok den Kopf eines seiner Bewacher packte und mit Gewalt herumriss, sodass das Gesicht plötzlich auf dem Rücken saß, brach der Ork ihm das Genick. Ein anderer, der seine Hellebarde herabfahren ließ, um ihn zu erschlagen, wurde ein Opfer der beiden verbliebenen Piraten, die sich auf ihn stürzten, ihn von den Beinen rissen und so lange auf ihn einschlugen, bis ihre Fäuste blutig waren.

Auch Alannah gelang es, sich ihren Bewachern zu entwinden. Wie ein glitschiger Fisch entschlüpfte sie dem Griff ihrer Häscher, schnappte sich die Elfenklinge des von Balbok getöteten Wächters und kämpfte damit um ihr Leben. Die Klinge durchschnitt Knochen und Sehnen und durchtrennte das Handgelenk eines Elfenkriegers.

Blut, Schreie, Waffengeklirr – innerhalb weniger Augenblicke war ein wüstes Hauen und Stechen ausgebrochen, bei dem sich die Dunkelelfen mit ihren Hellebarden gegenseitig ins Gehege kamen und einander sogar verletzten. Und inmitten des wogenden Durcheinanders stand Lhurian, der seinen Stab hoch über den Köpfen der Gegner wirbeln ließ, und ein Elfenkrieger nach dem anderen sank von unsichtbarer Hand niedergeschmettert zu Boden, während der alte Zauberer gleichzeitig die Angriffe der Säbel und

Hellebarden abwehrte, mit denen die Wächter auf ihn eindrangen.

Sogar Rammar beteiligte sich am Kampf. Für gewöhnlich zog es der beleibte Ork eher vor, sich im Gefecht zurückzuhalten; da überließ er gern anderen den Vortritt. Doch das war ihm in seinem momentanen Zustand gar nicht möglich: Sein bisschen Verstand war völlig ausgeschaltet, vor seinen Augen sah er bunte Flecke tanzen, und er wollte nichts anderes als Blut sehen. Durch den Verlust seiner linken Klaue war Rammar in den wildesten *saobh* verfallen, der sich denken ließ.

Er warf sich auf den erstbesten Dunkelelf und zerquetschte ihn unter seiner Körpermasse.

Ein weiterer Bewacher setzte mit gesenkter Hellebarde heran. Sofort sprang Rammar auf und schrie: »Damit willst du mir den Garaus machen?« Er packte blitzschnell mit der Rechten zu und riss dem Gegner die Waffe aus den Händen. »Damit?«

Der Dunkelelf, der mit weit aufgerissenen Augen vor ihm stand, wusste nicht, wie ihm geschah – dann fuhr die Hellebarde herab und spaltete ihm den Schädel. Blutüberströmt sank der Elf zu Boden, was Rammar mit einem zufriedenen Schnauben quittierte. Er nahm die Hellebarde, zerbrach ihren Schaft mit einem Fußtritt – und hatte im nächsten Moment eine kurze Axt, die er auch mit einer Hand führen konnte.

Die beiden Piraten unterdessen wollten das allgemeine Chaos nutzen, um das vereinbarte Signal zum Angriff zu geben. Mit zwei Fackeln stürmten sie nach draußen auf den Balkon, wo sie jedoch von Rothgan-Margok empfangen wurden.

Der Herrscher der Dunkelelfen war so in den Zauber vertieft gewesen, den er hatte wirken wollen, dass er nicht bemerkt hatte, was in der Turmkammer vor sich ging. Als er jedoch die beiden Piraten erblickte, dämmerte ihm jäh, dass etwas nicht stimmte. Den einen tötete er, indem er ihn mit einer Handbewegung beiseite wischte und über die Balustrade in den Tod stürzte. Huggo konnte noch tapfer die Fackel schwenken – bis der Zorn des Dunkelelfen auch ihn traf.

Schreiend verschwand der Pirat in der Tiefe, die brennende Fackel weiterhin umklammernd.

Das Signal zum Angriff war gegeben.

Aus der Ferne betrachtet war die lodernde Flamme, die vom höchsten Turm Crysalions in die Tiefe stürzte, nur ein winziger Funke – in Corwyn jedoch entzündete sie einen Flächenbrand.

Bestürzt sah der König die dunklen Wolken, die sich über dem Turm zusammengezogen hatten, und die grellen Blitze, die daraus zuckten, während die Turmkuppel selbst von flackerndem Licht eingehüllt wurde. Irgendetwas schien dort oben vor sich zu gehen, und Corwyn nahm an, dass es mit den Piraten zu tun hatte, die so unvermittelt aus dem Nebel aufgetaucht waren.

Was, so fragte er sich, wenn die Freibeuter es in Wirklichkeit gar nicht auf die Flotte Tirgas Lans abgesehen hatten? Wenn ihr eigentliches Ziel die Kristallfestung war und sie über das Auftauchen der fremden Schiffe nicht weniger verwundert waren als Corwyn und seine Leute?

Was dann?

Das erste Brandgeschoss, das das Katapult verlassen hatte, war zu kurz gezielt gewesen und ins Meer gestürzt. Noch war also nichts verloren – wenn allerdings erst die anderen Katapulte abgeschossen wurden und die Piraten darauf reagierten, waren die blindwütigen Kräfte des Krieges entfesselt, und niemand würde mehr aufhalten können, was dann unweigerlich folgen musste. Auf Schlag würde Gegenschlag folgen, auf Angriff Gegenangriff, Blut auf Blut – und jede Vernunft würde untergehen im Geklirr der Waffen und im Geschrei der Sterbenden.

Es sei denn, es gelang Corwyn in den wenigen Augenblicken, die ihm noch dazu blieben, herauszufinden, ob seine

Vermutung richtig war oder nur das Hirngespinst eines Mannes, der des Kämpfens müde war und sich trotz aller Wut und Enttäuschung, die er empfinden mochte, tief in seinem Inneren nach Frieden sehnte ...

Aber wie konnte er die Wahrheit in Erfahrung bringen?

Schon waren die Geschütze ausgerichtet, und man wartete nur darauf, dass er den Befehl zum Abschuss erteilen würde. Auch die Piraten würden jeden Augenblick die Katapulte abfeuern, und dann würde es endgültig zu spät sein ...

»Los doch!«, drängte Dun'ras Ruuhl, der neben ihm stand, das blanke Schwert in der Hand. »Worauf wartest du? Du bist der König von Tirgas Lan! Zeig es diesen räudigen Hunden, die es wagen, dich anzugreifen!«

»Noch haben sie uns nicht angegriffen«, hielt Corwyn dagegen.

»Aber sie werden es tun, wenn du nicht schneller bist als sie. Worauf wartest du? Lass die Katapulte sprechen und schick diese elende Brut auf den Grund des Meeres!«

»Und wenn sie mögliche Verbündete sind?«

»Verbündete?« Mit der Schwertspitze zeigte Ruuhl auf die sich nähernden Schiffe. »Verbündete gehen nicht auf Abfangkurs, falscher König! Und was ist wohl von blutrünstigen Piraten als Verbündeten zu halten?«

»Nicht mehr und nicht weniger als von Orks und Dunkelelfen«, konterte Corwyn kopfschüttelnd. »In der Wahl meiner Verbündeten bin ich noch nie sehr wählerisch gewesen, Ruuhl – aber ich habe jedes Mal erreicht, was ich wollte.«

»Aber diesmal wäre es dein Untergang!«

»Wieso? Weil es deinen Plänen zuwiderläuft? Weil du mit dem Auftauchen der Piraten nicht gerechnet hast?« Corwyn blickte in Dun'ras Ruuhls von Hass verzerrte Züge – und fragte sich, wie er jemals auf den Dunkelelfen hatte hören können.

Vielleicht hatte Ruuhl recht und sie waren einander tatsächlich ähnlicher, als er es sich hatte eingestehen wollen – aber jetzt war Schluss damit.

»Geschützmannschaft!«, gellte sein Befehl über das Deck. »Katapult neu ausrichten! Wir greifen die Festung an!«

»Was?«, zischte Dun'ras Ruuhl.

»Aber Sire«, wandte auch der Kapitän des Schiffes ein, »wir ...«

»Keine Zeit für Erklärungen!«, stellte Corwyn klar. »Ich möchte, dass die Festung beschossen wird, verstanden?«

»Aber die Reichweite unserer Katapulte ist dafür zu kurz!«

»Das ist mir gleichgültig! Ich will, dass mein Befehl ausgeführt wird. Sofort, hast du verstanden?«

»S-Sire ...« Der Kapitän, der seinen König noch nie so aufgebracht erlebt hatte, wandte sich seinen Männern zu und gab die Anweisung weiter. Das Knarren des Katapults, das auf der Achterplattform herumgedreht wurde, war zu vernehmen, und jeder Augenblick, der verstrich, kam Corwyn wie eine Ewigkeit vor. Nervös spähte er zu den Korsarenschiffen, deren Waffen bislang noch nicht abgeschossen worden waren.

»Das ist ein Fehler, und das weißt du!«, zischelte Dun'ras Ruuhl. »Die Piraten werden deine Wehrlosigkeit ausnutzen. Wie ein Meeresungeheuer werden sie über dich und die deinen herfallen!«

»Abwarten«, sagte Corwyn mit einer Ruhe, von der er selbst nicht wusste, woher er sie nahm.

In diesem Moment wurde das Katapult abgeschossen.

Der mit Pech getränkte Ballen schoss hoch in den Himmel und beschrieb einen weiten Bogen, jedoch nicht auf die Piratenschiffe zu, sondern in Richtung der Festung. Eine dunkle Rauchfahne hinter sich herziehend, flog er durch den grauen, von Blitzen durchzuckten Himmel, der sich immer mehr verfinsterte.

Corwyn hielt den Atem an.

Natürlich hatte der Kapitän recht – die Reichweite des Geschützes war viel zu kurz, um der Festung gefährlich zu werden, aber die Absicht war erkennbar, und nur darauf kam es in diesem Augenblick an.

»Narr!«, knurrte Dun'ras Ruuhl. »Was hast du getan?«

»Wozu mein Gefühl mir riet«, erwiderte Corwyn. »Ich will mir der feindlichen Absicht erst sicher sein.«

»Wer mich als Verbündeten hat, der braucht nicht auf ein Gefühl zu hören«, schrie Ruuhl gegen den aufkommenden Wind. »Die Korsaren werden deine Schwäche nutzen. Sie werden deinen Kopf als Trophäe an die höchste Rah hängen.«

»Vielleicht«, erwiderte Corwyn ungerührt. »Vielleicht auch nicht ...«

Das Brandgeschoss hatte seine Flugbahn längst beendet. Ohne auch nur in Reichweite der Festung zu gelangen, die oben auf dem Berg thronte, war es an den steilen Klippen zerborsten, gefolgt von einigen weiteren Pechballen, abgeschossen von anderen Schiffen der königlichen Flotte. Corwyns Aufmerksamkeit galt jedoch nicht ihnen, sondern den Piratenschiffen, und er wartete gespannt darauf, was die Seeräuber unternehmen würden.

Ruuhl hatte recht: Indem Corwyn die Katapulte auf ein scheinbar sinnloses Ziel hatte abschießen lassen, war die Flotte für einige Augenblicke wehrlos. Wenn sich die Korsaren zum Angriff entschieden, würden die Krieger aus Tirgas Lan für den Irrtum ihres Königs einen furchtbaren Tribut zahlen müssen.

Aber die Seeräuber griffen nicht an.

Zwar war auch von ihren Schiffen der charakteristische Klang der Katapulte zu vernehmen, die ihre Ladung kraftvoll in den Himmel schleuderten, aber die Steinbrocken, mit denen die Piraten schossen, flogen gleichfalls nicht in Richtung der fremden Schiffe, sondern auf die Klippen zu, über denen sich stolz und erhaben die Kristallfeste erhob.

Corwyn ballte die Faust, einen triumphierenden Ausruf auf den Lippen. Sein Gefühl hatte ihn nicht getrogen.

Man hatte einen gemeinsamen Feind!

Der König war nie ein guter Diplomat gewesen und hatte das Verhandeln stets seiner Gemahlin überlassen. Aber in diesem Fall war es ihm gelungen, ein sinnloses Gemetzel mit einer einzigen Geste zu verhindern ...

»Was soll das?«, schrie Dun'ras Ruuhl aufgebracht. »Warum greifen diese Narren dich nicht an?«

»Wie es aussieht, stehen sie auf unserer Seite«, erklärte Corwyn mit grimmigem Lächeln. »Der wahre Feind lauert dort oben, im Turm von Crysalion. Das wissen auch sie.«

»Du ziehst das Bündnis mit einer Bande hergelaufener Räuber dem mit einem Dun'ras vor?«

»Warum nicht?«, fragte Corwyn dagegen. »In Wahrheit ist es dir doch nie darum gegangen, Margok zu stürzen. Du wolltest mich nur für deine Zwecke missbrauchen, und beinah wäre es dir gelungen. Schande über mich, dass es einer Bande Gesetzloser bedurfte, mir das klarzumachen...«

Als Ruuhl erkannte, dass seine Intrigen ihr Ziel nicht erreicht hatten, versuchte er nicht mehr, sich zu verstellen. »Verräterischer Hund«, stieß er hervor und verzog angewidert das graue Gesicht. »Ich hätte wissen müssen, dass du wie alle Menschen dich selbst überschätzt!«

»Ah«, entgegnete Corwyn, »zeigst du nun dein wahres Gesicht? Ist es mit der Maskerade vorbei?«

»Allerdings, falscher König!«, bestätigte Ruuhl. »Nun lernst du mich kennen – indem ich dir diese Klinge durch die Eingeweide treibe. Ironischerweise bist du selbst es gewesen, der sie mir gegeben hat.«

»Ein bedauerlicher Irrtum«, räumte Corwyn ein, während er vom Schanzkleid zurücktrat, sein eigenes Schwert hob und die Spitze auf Ruuhl richtete. »Allerdings einer, der sich berichtigen lässt.«

»Sei dir da nicht so sicher«, knurrte der Dunkelelf – und griff unerbittlich an, während sich der noch junge Tag über den Fernen Gestaden verfinsterte.

24.

DA SABAL'HAI

Balbok, der seinen Bruder einmal mehr für dessen Einfallsreichtum bewunderte, hatte es Rammar gleichgetan und sich ebenfalls eine Axt aus einer Hellebarde gemacht, und so kämpften die beiden Orks Seite an Seite mit Alannah, die das Schicksal einmal mehr zu ihrer Verbündeten gemacht hatte.

Erbittert setzten sie sich gegen die Dunkelelfen zur Wehr, die ihren ersten Schock inzwischen überwunden hatten und unter der Führung von Dun'ras Ravok wieder zu jenen gnadenlosen und von Bosheit getriebenen Kämpfern geworden waren, die man auf der ganzen Insel fürchtete.

Ravoks Säbel zuckte blitzschnell vor und hätte Alannah um Haaresbreite durchbohrt, wäre sie nicht blitzschnell ausgewichen. Balboks Axt fuhr herab und zerschmetterte das Knie des Dun'ras, worauf dieser kreischend niederging – sein Schrei verstummte erst, als Rammars Streitaxt niederfiel und den Rest besorgte, zur höchsten Genugtuung des dicken Ork. Rammars Freude währte allerdings nicht lange, denn für jeden Dunkelelfen, der verletzt oder tot niedersank, drängten zwei neue Kämpfer in die Turmkammer.

Die Legionen des Bösen waren entfesselt ...

Auch Lhurian kämpfte – gleichwohl in einer anderen Sorte von Duell. Denn kaum hatte Rothgan-Margok begriffen, was in der Turmkammer vor sich ging, kehrte er dorthin zurück, doch der alte Zauberer stellte sich dem Herrscher der Dunkelelfen todesmutig entgegen.

»Was soll das?«, rief dieser höhnisch. »Glaubst du im Ernst, du könntest mich besiegen?«

»Auch Margok wähnte sich unbesiegbar«, konterte Lhurian, während sie einander lauernd umkreisten. »Das war sein Fehler!«

»Ich bin nicht Margok, alter Mann, und du bist nicht Farawyn. Die Geschichte wird sich nicht wiederholen, denn ich habe aus ihr gelernt.«

»Tatsächlich?« Der Zauberer schüttelte den Kopf. »Das bezweifle ich.«

»Margok *glaubte* nur, die absolute Macht zu haben – mir hingegen steht sie tatsächlich zu Gebote. Nicht nur, dass ich über eine Legion mir treu ergebener Kämpfer befehle – die Kristalle, deren Geheimnis ich entschlüsselt habe, verleihen mir grenzenlose Zauberkraft. Mit ihrer Hilfe werde ich dich vernichten, alter Mann. Mach dich bereit zu sterben!«

Eine grelle Flammenlohe loderte aus den Händen Rothgan-Margoks, die dem Zauberer entgegenzuckte, ihn jedoch nicht erreichte, da Lhurian in diesem Augenblick den Stab emporriss und die Attacke ablenkte. Das Feuer machte einen Bogen und ereilte zwei Dunkelelfen. Wütend schickte Rothgan-Margok einen zweiten und einen dritten Feuerstrahl auf den Weg, die Lhurian jedoch alle abwehren konnte.

»Ist das alles?«, fragte er keuchend. Die notdürftig verbundene Stirnwunde hatte sich wieder geöffnet, Blut rann ihm übers Gesicht. »Mehr hast du nicht zu bieten?«

»Keine Sorge, alter Mann – dies war nur der Anfang.« Und erneut stach ein Feuerstrahl aus den Händen des Dunkelelfen, mit noch größerer Vernichtungskraft als zuvor, und er schlug mit solcher Gewalt gegen Lhurians magischen Schutzschild, dass der alte Zauberer ins Wanken geriet und zurücktaumelte – und im nächsten Augenblick fuhr ihm die Spitze einer Hellebarde zwischen die Schulterblätter.

»Lhurian!«

Entsetzt sah Alannah, wie sich die Robe des Zauberers am Rücken blutrot färbte. Lhurian zuckte zusammen, hielt sich jedoch auf den Beinen, den Stab in der einen, den Kristallsplitter in der anderen Hand. Unter dem Säbelhieb eines Elfenkriegers hinwegtauchend, eilte Alannah zu dem Verletzten, zum Ärgernis Rammars, der seine linke Flanke plötzlich ungedeckt sah.

»Wo willst du hin?«, maulte er.

»Ich muss Lhurian helfen!«

»Schmarren!«, rief er ihr nach, während er, die blutige Axt in der Rechten, um sich schlug. »Du wirst dich nur umbringen!«

Alannah hörte nicht auf ihn – ihr Ziel war der Zauberer, dessen Gesicht fahl und reglos geworden war und in dessen Besitz sich noch immer der Splitter des Annun befand ...

Mit einem Triumphschrei riss der Wächter, der ihn hinterrücks angegriffen hatte, die Hellebarde zurück, worauf grellrotes Blut aus der Wunde pulsierte. Die Freude des Dunkelelfen währte jedoch nicht lange.

»Fort, du Wurm!«, beschied ihm sein dunkler Gebieter aufgebracht, und noch ehe der Krieger begriff, wie ihm geschah, verwandelte er sich in eine rauschende Flammensäule. »Der Zauberer gehört mir«, brüllte Rothgan-Margok. »Mir ganz allein! Dies ist der Augenblick, auf den ich so lange gewartet habe: der Augenblick der Rache!«

Vergeblich versuchte Lhurian, sich mit dem Zauberstab abzustützen. Er verlor das Gleichgewicht, fiel hintenüber und schlug hart zu Boden.

»Du willst mir den Splitter nicht geben?«, keifte sein Erzfeind. »Dann werde ich ihn eben zerstören, alter Mann – zusammen mit dir!«

Mordlust loderte in seinen blutunterlaufenen Augen, und erneut hob er die Klauen, um seinen Feind zu vernichten – als Alannah den Zauberer erreichte.

»Nein!«, schrie sie entsetzt und warf sich schützend vor Lhurian, dem Feuer entgegen, das Rothgan-Margok in diesem Augenblick schleuderte ...

Die Waffen abwehrbereit erhoben, umkreisten sie einander lauernd auf dem Vordeck – dann griff Dun'ras Ruuhl an und rammte die Klinge mit einem gellenden Kriegsschrei in Corwyns Richtung.

Der König, der bereits eine Wunde am rechten Oberarm davongetragen hatte, sprang reaktionsschnell zurück und riss die eigene Waffe hoch. Mit beiden Händen musste er das Schwert führen, um der wilden Kraft des Dunkelelfen etwas entgegensetzen zu können. Funken stoben, als die Klingen aufeinanderprallten, und als gäbe es kein Gesetz der Trägheit, riss Ruuhl sein Schwert sofort wieder zurück und attackierte den König erneut.

In solch blitzschneller Folge flog die Klinge heran, dass Corwyn nichts anderes blieb, als die wilden Attacken abzuwehren – an einen eigenen Angriff war nicht zu denken.

Er hatte den königlichen Leibwächtern befohlen, sich aus dem Kampf herauszuhalten und unter keinen Umständen einzugreifen. Die Rechnung, die er mit Dun'ras Ruuhl offen hatte, wollte er persönlich begleichen. Als sie ihren Regenten in so arger Bedrängnis sahen, stockte den Gardisten zwar der Atem, aber sie hielten sich an den königlichen Befehl, sosehr es sie auch drängte, Corwyn beizustehen.

»Ist das alles?«, rief Dun'ras Ruuhl, als sie sich über die gekreuzten Klingen hinweg anstarrten. »Mehr hast du nicht zu bieten, falscher König? Du enttäuschst mich, wirklich ...«

Corwyn erwiderte nichts. Mit aller Kraft stieß er Ruuhl von sich, worauf dieser tatsächlich ins Taumeln geriet und rücklings gegen das Schanzkleid prallte. Sofort setzte Corwyn nach, und erneut trafen die Klingen aufeinander, während die Planken unter den Füßen der Kämpfenden heftig schwankten.

Nicht nur der Himmel hatte sich verfinstert und Blitze zuckten daraus hervor, auch die See tobte. Ein furchtbarer Sturm war aufgekommen. Schaumgekrönte Wellen schlugen gegen die Schiffe, und die Seeleute hatten alle Hände voll zu tun, den Kurs beizubehalten. Inzwischen ragten die Klippen steil und drohend vor ihnen auf, und eine der Koggen war bereits daran zerschellt. Und als wäre dies noch nicht genug, zuckten grelle Lichtstrahlen von der Kristallfestung und richteten heillose Zerstörung an, wenn sie ein Schiff trafen.

Keine Zweifel – man hatte die Ankunft der Flotte bemerkt und ergriff Abwehrmaßnahmen ...

Ein Dreiruderer, der getroffen wurde, brannte lichterloh. Aus dem Augenwinkel sah Corwyn die Besatzung über Bord springen, Hunderte winzig kleiner Silhouetten, die sich gegen die lodernden Flammen abhoben, ehe sie in der dunklen See verschwanden. Der Angriff drohte zum Erliegen zu kommen, noch ehe er richtig begonnen hatte – und daran trug in Corwyns Auge nur einer Schuld: Dun'ras Ruuhl!

»Ruuhl!«, brüllte er, während er mit wütenden Hieben auf den Dunkelelfen einschlug und ihn in die Verteidigung drängte. »Das alles ist dein Werk! Du warst es, der mich hierhergelockt hat! Du ganz allein!«

In einer blitzschnellen Reaktion tauchte Ruuhl unter einem der Schwerthiebe weg. »Glaubst du das wirklich?«, fragte er. »Du hast die ganze Zeit über nur das getan, was du selbst wolltest – ich habe dir nur geholfen herauszufinden, was genau das war!«

»Du hast meine Gedanken vergiftet«, entgegnete Corwyn, »meinen Verstand und mein Herz!«

»Unsinn!« Der Dunkelelf blockte einen weiteren wütenden Schlag Corwyns ab. »All dies Gift ist bereits in dir gewesen. Ihr Menschen betrügt euch selbst, indem ihr euch einredet, von Natur aus gut und zu Höherem berufen zu sein. Auch die Elfen dachten einst so – dabei war ihnen die Bosheit ebenso gegeben wie allen anderen Kreaturen Erdwelts. Die eigene Arroganz war es, die sie betrogen hat, genau wie dich!«

»Das ist nicht wahr!«

Erneut prallten die Klingen in rascher Folge aufeinander. Diesmal war es wieder Corwyn, der vor den wütenden Attacken seines Gegners zurückweichen musste.

Noch immer zuckten Lichtblitze von der Festung herab. Einer stach ins Wasser, das daraufhin brodelte und zischte, ein anderer traf eine Kogge mittschiffs, die daraufhin in einem grellen Feuerball auseinanderflog.

Nur schwelende Trümmer blieben von dem Segler ...

25.

LARKOR'S KURSOSH

In dem Augenblick, als ihr die feurige Lohe entgegenschoss, geschleudert von den Händen des Mannes, den sie vor Unzeiten geliebt hatte, kehrte Alannahs Erinnerung zurück.

Was genau es war, das den Bannfluch brach, den Farawyn der Seher über sie verhängt hatte, wusste sie nicht. War es das Entsetzen? Die Todesangst? Oder die Angst davor, abermals zu versagen? Oder war einfach nur die Zeit gekommen, dass sich ihr die Vergangenheit offenbarte?

In diesem Moment kehrte das Wissen jedenfalls zu ihr zurück, brach im Bruchteil eines Augenblicks über sie herein wie eine Springflut.

Plötzlich wusste Alannah, wer sie war.

Sie erinnerte sich an ihre Jugend.

An Siege und Niederlagen.

Schmerzlichen Verlust.

An das, was in all den Jahrhunderten, die seither verstrichen waren, tief in ihr verborgen gewesen war ...

Dann riss sie die Hände zur Abwehr empor, und statt von den Flammen verzehrt zu werden, die ihr grässlicher Gegner auf sie geschleudert hatte, ließ sie eine Wand entstehen, die sowohl sie als auch Lhurian vor der Vernichtung bewahrte.

Eine Wand aus Eis ...

So wie die Flammen aus Rothgan-Margoks Klauen schossen, wuchs eine Kaskade bläulich schimmernden Eises aus Alannahs Händen, um sich vor ihr zu einem massiven Hindernis aufzutürmen, auf das die Flammen trafen.

Es zischte, als die verfeindeten Elemente einander begegneten, und das Eis schmolz und verdampfte, sodass schlagartig weißer Nebel die Turmkammer erfüllte, doch es gelang dem Ansturm des Feuers nicht, den Wall zu durchbrechen.

Augenblicke lang lieferten sich beide Seiten ein gnadenloses Duell – das Feuer, das mit unverminderter Wut aus den entstellten Klauen züngelte, und das Eis, über das Alannah vermittels ihrer Gedanken gebot.

Der Nebel wurde so dicht, dass man die Hand kaum noch vor Augen erkennen konnte, während beide Seiten ihr Äußerstes gaben. Alannah musste ihre ganze Kraft und Konzentration aufwenden, um den Feuersturm aufzuhalten, und sie konnte den Hass fühlen und den Irrsinn, die ihr von der anderen Seite des Walls entgegenbrandeten, so voller Bosheit und Zorn, dass nichts auf Dauer dagegen bestehen konnte.

»Wie ich sehe, erinnerst du dich!«, rief Rothgan-Margok höhnisch, den das magische Kräftemessen weit weniger anstrengte als sie. »Diese erstaunliche Fähigkeit von dir war der Grund, weshalb sie dich ›Eisblume‹ nannten. Nicht besonders einfallsreich, oder?«

Zu gern hätte Alannah etwas erwidert, hätte sie ihre Abscheu und ihren Widerwillen zum Ausdruck gebracht, die sie Rothgan-Margok gegenüber empfand, aber den Zauber aufrechtzuerhalten nahm ihre ganze Konzentration in Anspruch. Mit jedem Augenblick wurde sie schwächer, und sie fühlte, wie sie sich Schritt für Schritt dem Abgrund der Bewusstlosigkeit näherte.

»Ist das alles?«, rief ihr Gegner. Dann, noch einmal: »Ist das alles, was du vermagst? Damit willst du mich bezwingen?«

Alannah zitterte am ganzen Körper. Tränen traten ihr in die Augen. Sie war dem Zusammenbruch nahe, und ihr unbarmherziges Gegenüber spürte es.

»Genug jetzt!«, schrie er sie an. »Nun sollst du sehen, was die Macht des Kristalls tatsächlich vermag!«

Er riss die Hände empor, und sie fühlte, wie die Wucht des Feuers schlagartig zunahm. Sie schloss die Augen und aktivierte ihre letzten Kraftreserven, obwohl sie wusste, dass der Sturm, der sich drohend vor ihr zusammenballte, die Mauer einreißen würde, die sie so mühsam errichtet hatte. Er würde mit furchtbarem Zorn über sie hinwegfegen und sowohl sie als auch ihre Begleiter vernichten.

Und alle Hoffnung für Erdwelt war dahin ...

»Rede nicht, sondern kämpfe!«, forderte Corwyn und ging zum Gegenangriff über.

Indem er eine Attacke vortäuschte, gelang es ihm, seine Klinge an der Deckung des Gegners vorbeizubringen. Zwar reagierte Ruuhl noch immer schnell genug, um einen tödlichen Treffer zu verhindern, jedoch schnitt die Klinge quer über seinen Waffenarm und hinterließ eine klaffende Wunde.

Der Dunkelelf stieß einen heiseren Schrei aus. Wenn Corwyn jedoch gedacht hatte, dass der Schmerz die Wut seines Gegners dämpfen würde, so hatte er sich geirrt. Das Gegenteil war der Fall. Blitzschnell wechselte der Dunkelelf den Säbel in die andere Hand und drang damit so ungestüm auf Corwyn ein, dass dieser die Schläge nicht ganz abwehren konnte und plötzlich einen scharfen Schmerz in der linken Schulter verspürte.

Für einen Augenblick war der König wie erstarrt, und womöglich hätte Ruuhl diese Gelegenheit genutzt, um ihm mit einem kraftvollen Hieb den Kopf von den Schultern zu trennen – wäre das Schiff nicht in diesem Moment von einem Brecher getroffen worden. Jäh kippte das Deck zur Seite, und Corwyn fiel zurück, außer Reichweite der tödlichen Klinge, und auch Dun'ras Ruuhl geriet ins Taumeln, ebenso wie die königlichen Leibwächter, die schreiend quer über das Deck schlitterten. Einigen von ihnen gelang es, sich an verzurrten Kisten und Fässern festzuhalten, andere prallten gegen die Reling, und wieder andere hatten weniger Glück und gingen über Bord, um im schäumenden dunklen Wasser zu versinken.

Corwyn war gegen die Back gestoßen, mit derartiger Wucht, dass seine Rippen knackten und er für einen Moment keine Luft bekam. Dennoch warf er sich sogleich herum – und das keinen Augenblick zu früh, denn schon sauste die Klinge des Dunkelelfs heran, mit der Dun'ras Ruuhl ihn abermals zu enthaupten versuchte.

Um den Hieb abzuwehren, fehlte die Zeit. Corwyn ließ sich einfach auf die Planken fallen, sodass ihn die Klinge nur um wenige Handbreit verfehlte. Sie schlug tief in das Holz der Back, und mit weit aufgerissenen Augen und hassverzerrtem Blick wollte Ruuhl die Waffe wieder herausreißen, aber es gelang ihm nicht gleich.

Und Corwyn handelte.

Noch auf den Planken liegend, rasend vor Schmerz, den ihm die Schulterwunde bereitete, hob der König sein Schwert und hieb damit zu – und durchtrennte Dun'ras Ruuhls linken Arm knapp unterhalb des Ellbogens.

Der Dunkelelf verfiel in schrilles Kreischen. Im nächsten Moment wurde das Schiff erneut von den Wellen herumgeworfen und kippte zur Seite. Ruuhl verlor das Gleichgewicht und stürzte; sein Säbel mit dem abgehackten Unterarm, dessen Hand den Griff noch krampfhaft umklammerte, blieb in der Bugwand zurück. Rücklings schlitterte der Dun'ras über das Deck, gefolgt von Corwyn, der mit der Hand des unverletzten Arms ins Leere griff und nirgendwo Halt fand. Das Schwert hatte er losgelassen.

Hart prallte der König gegen eine der auf dem Vordeck vertäuten Kisten und war für einen Moment besinnungslos. Als er die Augen wieder aufriss, war das Erste, was er sah, Dun'ras Ruuhl. Der Dunkelelf, aus dessen Armstumpf dunkles Blut pulsierte, stand auf der gegenüberliegenden Seite des Decks, breitbeinig und wankend. Zu seinen Füßen lag in grotesker Verrenkung einer der königlichen Leibwächter – ob Ruuhl ihn getötet oder ob er sich beim Sturz das

Genick gebrochen hatte, war nicht festzustellen. Jedoch hatte der Dun'ras seinen Speer an sich genommen, mit dem er auf Corwyn zielte – und den er im nächsten Augenblick warf!

Die Waffe zuckte heran und hätte wohl getroffen – aber in diesem Moment bäumte sich die Galeere abermals gegen die Gewalt der Wellen auf. Der Bug fiel in die Tiefe und mit ihm auch Corwyn – und der Speer bohrte sich ein gutes Stück über ihm ins Holz des Schanzkleids.

Ruuhl stieß eine bittere Verwünschung aus und tat etwas völlig Unerwartetes – er wandte sich zur Flucht.

Den verstümmelten Arm schwenkend, aus dem unaufhörlich Blut schoss, fuhr er herum und wollte zur nahen Reling eilen, um über Bord zu springen, aber Corwyn dachte nicht daran, ihn entkommen zu lassen. Dun'ras Ruuhl durfte nicht an Land und zu seinem finsteren Herrscher gelangen, das wollte Corwyn nicht zulassen.

Der König zwang sich aufzuspringen, um nach dem Speer zu greifen und ihn aus dem Holz zu ziehen. Blitzschnell fuhr er herum, zielte und warf.

Und diesmal fand der Speer sein Ziel, just in dem Moment, als Ruuhl über Bord setzen wollte.

Mit derartiger Wucht fuhr die Speerspitze in seinen Rücken, dass sie an der Brust wieder austrat und ihn ans Holz der Reling nagelte.

Über die von Gischt und Spritzwasser glitschigen Planken schlitternd, war Corwyn sogleich bei ihm.

»Falscher König …«, stieß der Dunkelelf voller Spott hervor. Sein Gesicht war eine schmerzverzerrte Fratze, während Blut von seinen Lippen sprühte. »Glaubst du denn … mein Tod … wird dir … etwas nutzen?«

Corwyn war zu erschöpft, um zu antworten. Mühsam zog er sich an der Reling hoch, und zwei Leibwächter eilten herbei, um ihn zu stützen.

»Bist machtlos … gegen die Prophezeiung … besagt, dass die dunkle Königin … zurückkehren wird … neues Zeitalter beginnt ... Margoks Triumph ... habe es immer gewusst ... seid alle dem Untergang geweiht ...«

Noch einmal betrachtete der Dunkelelf Corwyn mit einem Blick, der voller Verachtung, Hass und maßlosem Zorn war. Er öffnete den Mund und wollte verächtlich lachen, aber alles, was ihm über die Lippen kam, war ein Blutschwall, dann brach der Dunkelelf zusammen. Schlaff und leblos hing er an der Reling, festgehalten nur noch von dem Speer, der ihn durchbohrt hatte.

Corwyn brauchte einen Augenblick, um sich zu sammeln. Triumph über den Tod des Feindes empfand er nicht, dazu bestand kein Anlass. Die Schlacht um Crysalion hatte gerade erst begonnen ...

»Die Katapulte«, raunte er seinen Männern zu. »Sie sollen alles abschießen, was sie haben!«

»Verstanden, Sire.«

»Wenn wir schon untergehen, dann wollen wir zumindest einigen Schaden anrichten und unseren Feinden zeigen, aus welchem Holz die Kämpfer von Tirgas Lan geschnitzt sind. Denn eines«, fügte er zähneknirschend und mit Blick auf Dun'ras Ruuhls leblose Gestalt hinzu, »haben wir zumindest gelernt: Sie sind nicht unverwundbar ...«

26.

TUACHG ANN DRUM

Alannah spürte, wie ihr die Sinne schwanden, spürte, wie sich das Eis auflöste, spürte die verzehrende Hitze des Feuers auf ihrer Haut und wartete darauf, dass es sie einhüllen und verzehren würde.

Aber plötzlich war es vorbei, nur Augenblicke, ehe Alannah das Bewusstsein und damit die Kontrolle über das Eis verloren hätte. Die mörderische Hitze war verschwunden, und die Elfin riss die Augen auf, um zu sehen, was geschehen war.

Sie konnte zunächst nichts erkennen, zu dicht war der Nebel aus Wasserdampf, der die Turmkammer einhüllte. Aber schon lichtete er sich, und inmitten der zerfasernden Schwaden, jenseits der brüchig dünnen Eiswand, die verblieben war, gewahrte Alannah eine schemenhafte, bedrohliche Gestalt.

Rothgan-Margok ...

Abwehrbereit riss sie die Hände empor, obwohl ihre Kräfte nicht mehr dazu ausgereicht hätten, einen neuerlichen Frostzauber zu wirken. Aber es war auch nicht mehr nötig.

Der Herr der Dunkelelfen stand unbewegt. Die Arme hatte er noch immer ausgebreitet, sodass die Ärmel seiner weiten Robe wie die Flügel eines Raubvogels wirkten, aber er regte sich nicht mehr. Bewegungslos stand er da, starrte Alannah aus weit aufgerissenen Augen an, und blankes Entsetzen stand in seine grässlichen Züge geschrieben.

»Rothgan ...?«, fragte sie leise.

Er wankte und versuchte, einen Schritt auf sie zuzugehen, aber es wollte ihm nicht gelingen. Stattdessen verlor er das Gleichgewicht und stürzte vornüber zu Boden. Und in diesem Moment erkannte Alannah, was es war, das den Flammenzauber so jäh beendet hatte.

Das Blatt einer abgebrochenen Hellebarde, das zwischen den Schulterblättern des Grausamen steckte!

Hinter ihm waren im Nebel – verschwommen zunächst, dann immer deutlicher hervortretend – die Umrisse eines ebenso großen wie hageren Orks auszumachen.

»Das«, blaffte Balbok, während er die Axt wieder aus der schmatzenden Wunde riss, »ist für das, was du dem armen Rammar angetan hast. Ist nicht das erste Mal, dass wir einen wie dich in Kuruls Grube schicken, weißt du?«

Rothgan-Margok lebte noch. Sein Schmerz musste fürchterlich sein. Sein fliehender Blick zeigte, dass er noch immer zu verstehen versuchte, was geschehen war.

Die meisten Kreaturen Erdwelts fanden sich im dichten Nebel nicht zurecht. Ein Ork aber, der in der Modermark aufgewachsen war, wusste ihn zu nutzen. So hatte sich Balbok unbemerkt dem dunklen Zauberer genähert und furchtbare Rache an ihm genommen ...

Der Sturm ließ auf einmal nach, so als ob jene Macht, die für das Unwetter verantwortlich war, plötzlich schwächer wurde oder abgelenkt worden war. Der heulende Wind legte sich. Zwar waren die Gewässer vor der Küste noch immer unruhig, jedoch bestand nicht mehr die Gefahr, an den Klippen zu zerschellen.

Folglich befahl Corwyn die Invasion.

Die Koggen und Drachenschiffe konnten das Ufer so anlaufen, dass die Besatzungen direkt an Land gelangen konnten. Den schweren Dreirudrern und Galeeren war dies jedoch nicht möglich. Beiboote wurden ausgebracht, in denen die Krieger auf die Küstenfelsen zuruderten, hin und her geworfen von den Wellen und umzuckt von den Blitzen, die noch immer von der Kristallfestung herabzuckten.

Zwar schleuderten die Katapulte auf den Kriegsschiffen weiterhin ihre Geschosse gegen die Burg, jedoch vermochten sie das magische Blitzgewitter nicht einzudämmen. Corwyn, der in einem der vordersten Boote saß, sah voller Entsetzen, wie eine der blau leuchtenden Entladungen geradewegs in den Nachen neben dem seinen schlug. Im einen Augenblick sah man noch die von gleißendem Licht umhüllte Besatzung, im nächsten Moment zerbarst das Boot, und brennende Trümmer flogen nach allen Seiten.

Nicht zum ersten Mal fragte sich Corwyn, ob es klug gewesen war, diese Überfahrt anzutreten. Aber hatte er die Wahl gehabt? Anders als Dun'ras Ruuhl ihm hatte einreden wollen, ging es längst nicht mehr nur um Alannah, sondern um viel mehr ...

Ein junger Gardist, der neben ihm im Bug des Nachens kauerte und dessen Gesicht infolge des Seegangs grün angelaufen war, übergab sich geräuschvoll, und kurz hatte Corwyn das untrügliche Gefühl, dass all dies schon einmal da gewesen, dass es sich so oder ähnlich schon einmal ereignet hatte. Dann aber riss ihn ein weiterer Blitzschlag, der seinen Nachen nur knapp verfehlte, aus seinen Gedanken.

Von hektischen Ruderschlägen getrieben, erreichte das Boot die Felsen, und er sprang als Erster an Land, das Schwert in der Hand. Seine Leibwächter folgten ihm, und während das Boot zur Galeere zurückkehrte, um die nächsten Krieger an Land zu holen, gesellten sich Corwyn und seine Leute zu den Kriegern aus Olfar, die bereits vor ihnen angekommen waren – ein versprengtes Häuflein durchnässter und elend aussehender Gestalten, die ihren König furchtsam anschauten.

»Männer!«, brüllte er gegen das Donnern der Brandung an. »Ich weiß, was in euch vorgeht! Ihr habt Angst, und ihr fragt euch, was wir hier eigentlich tun. Ich werde es euch sagen, meine Getreuen: Wir sind hier, weil ein weiterer furchtbarer Feind den Frieden in unserem Reich bedroht und die Flamme des Krieges in unsere Städte und auf unsere Felder tragen will! Wir alle, die wir hier sind, haben eine Vision – eine Vision, in der alle Völker Erdwelts gleichberechtigt sind und in Frieden und Eintracht miteinander leben. Und wir werden jeden, der diese Vision bedroht, mit aller Entschlossenheit bekämpfen!«

Er schaute sich um, aber die Mienen, in die er blickte, ließen die geforderte Entschlossenheit schmerzlich vermissen. Da waren nur Furcht und Verzagtheit, die er in diesen Gesichtern sah.

»Sire?«, fragte ein junger Krieger, den Corwyn noch nie zuvor gesehen hatte; seinem ledernen Waffenrock nach stammte er aus Olfar.

»Ja, Sohn?«

»Wie können wir einem Feind die Stirn bieten, der über solch schreckliche Kräfte verfügt? Der dem Wind gebietet und selbst den Blitzen? Wie können wir das, wenn wir doch nur so wenige sind?«

Die Frage war berechtigt, und einmal mehr wünschte sich Corwyn, Alannah wäre bei ihm. Sie fand auch in solchen Situationen stets die richtigen Worte. Auf einmal fühlte er sich erschöpft und ließ sich auf einen Felsen sinken, wo er schwerfällig verharrte, auf sein Schwert gestützt und düster vor sich hin starrte.

»S-Sire?«, fragte einer der Leibwächter vorsichtig. »Ist alles in Ordnung mit Euch?«

»Ihr wollt von mir wissen, wie wir einem Feind Einhalt gebieten können, der sich mit dunklen Mächten verbündet hat und dem ganz offenbar Zauberkräfte zu Gebote stehen?«, sagte Corwyn leise. »Ich werde es euch verraten«, fuhr er fort und stand wieder auf, eiserne Entschlossenheit in den Zügen. »Mit blankem Stahl, meine Gefährten, und mit einem mutigen Herzen!«

Mit dem Schwert wies er nach oben, zur Spitze des Berges. »Jener Feind, der dort in der Kristallfestung haust, hat Erdwelt schon einmal mit blutigem Krieg überzogen, und es ist an uns, zu verhindern, dass dies noch einmal geschieht! Denkt an eure Familien, an eure Frauen und Kinder, die ihr zu Hause zurückgelassen habt! Ihretwegen seid ihr hier, und ihretwegen führt ihr diesen Kampf. Versagen wir, so wird es in ganz Erdwelt schon bald keinen Ort mehr geben, der eine sichere Zuflucht bietet, denn vor diesem Feind gibt es kein Entkommen!«

Er unterbrach sich erneut und wandte sich den Kriegern zu, die inzwischen neu an Land gekommen waren, ebenfalls Furcht und Übelkeit in den blassen Mienen. »Es gab eine Zeit, da habe ich für Geld gekämpft und getötet, meine Freunde! Ich habe meine Waffenhand an denjenigen verkauft, der am meisten dafür bot, und stets habe ich gesiegt, denn jede Niederlage wäre gleichbedeutend mit dem Tod gewesen. Aber eines habe ich dabei gelernt: dass kein Krieger so erbittert und mutig ficht wie jener, der für sein Zuhause und seine Familie kämpft, für die Menschen, die er liebt!«

»I-ist das wahr, Sire?«, fragte der Junge aus Olfar.

»Allerdings«, bestätigte Corwyn und legte ihm die Hand auf die Schulter. »Wohl dem, der jemanden hat, für den er kämpfen kann«, fügte er hinzu, »denn dieser Jemand gibt ihm Kraft und Mut, und sollte er im Kampf fallen, so fällt er für seine Sache und nicht für die eines anderen, und er stirbt nicht allein, sondern mit jenem Menschen im Herzen, den er liebt.«

»Gut gesprochen!«, drang plötzlich eine Stimme von oben herab.

Corwyn fuhr herum und schaute auf – um sich einem korpulenten weißgesichtigen Mann gegenüberzusehen, dessen Schädel so kahl war wie der Felsblock, auf dem er stand. Er war über und über mit Gold und funkelnden Edelsteinen geschmückt. Sogar seine Zähne, die er zu einem breiten Grinsen bleckte, blitzten golden. In seiner fleischigen Rechten hielt er einen riesigen Säbel.

Corwyn bezweifelte nicht, einen der Piraten vor sich zu haben, womöglich sogar ihren Anführer …

»Wie es aussieht«, fuhr der Fleischberg fort, »haben wir einen gemeinsamen Feind.«

»Offensichtlich«, stimmte Corwyn zu. »Wer bist du?«

»Kapitän Cassaro, Herrscher der Schädelküste. Und du?«

»Corwyn, König von Tirgas Lan.«

Die Blicke der beiden Männer trafen sich, doch in diesem Augenblick war es unerheblich, was beide voneinander hielten. Alles, was zählte, war der Feind, den es zu bekämpfen galt.

»Freut mich«, sagte Cassaro und grinste noch breiter.

Corwyn erwiderte das Grinsen mit einem verwegenen Lächeln, das dem Kopfgeldjäger besser zu Gesicht stand als dem König.

»Wie viele seid ihr?«

»Etwas über achthundert. Und ihr?«

»Eintausend«, gab Corwyn bekannt, »aber wir haben Probleme, unsere Leute an Land zu bringen.«

»Meine Leute kennen diese Gewässer wie ihre Rocktasche«, erklärte der Pirat, der einen etwas altertümlichen Dialekt sprach, aber dennoch gut zu verstehen war. »Sie können euch helfen.«

»Einverstanden.«

»Dann sind wir Verbündete?«, fragte Cassaro.

Corwyns Zögern währte nur einen Augenblick.

»Das sind wir«, stimmte er zu – und besiegelte damit den Bund gegen das Böse, das von den Fernen Gestaden Besitz ergriffen hatte.

Der Piratenhäuptling gab daraufhin ein Zeichen, und auf den unzähligen Felsvorsprüngen und Terrassen, die sich die Klippen hinauf erstreckten, erschienen Hunderte grimmig aussehender und bis an die Zähne bewaffneter Kämpfer – Verbündete, deren Anblick Corwyns Männern jäh neuen Mut gab.

»Für Tirgas Lan!«, rief der König aus und stieß sein Schwert empor.

»Für reiche Beute!«, konterte Cassaro – und beider Anhänger verfielen in lautes Kriegsgebrüll.

27.
ORSON BOURKA'S KRO

Einen Augenblick lang erwartete Alannah, dass die Elfenkrieger über Balbok herfallen und ihn in Stücke hacken würden. Aber nichts dergleichen geschah. Wie erstarrt blickten die Dunkelelfen auf ihren sich am Boden windenden Gebieter, und als wäre ihnen jeder Grund zu kämpfen genommen worden, ließen sie die Waffen sinken.

»Der Splitter«, brachte Lhurian mit brüchiger Stimme hervor. »Wir müssen tun, weswegen wir gekommen sind ...«

»Wo ist er?«, verlangte Alannah zu wissen und wandte sich zu ihm um. »Gib ihn mir rasch, dann werde ich ...«

»I-ich habe ihn nicht mehr!«, entgegnete Lhurian voller Entsetzen. »Beim Sturz muss ich ihn verloren haben. Irgendwo ...«

Durch die wabernden Nebelschwaden war zu sehen, wie sich der Zauberer herumwarf und mit fahrigen Bewegungen den Boden ringsumher abtastete – erfolglos. Alannah gesellte sich zu ihm, und sie suchten gemeinsam nach dem Bruchstück des Annun, der jedoch nirgends auszumachen war.

Rammar hatte sich zu Balbok begeben. Grimmig und in stiller Genugtuung blickte er auf den Schurken hinab, der ihn verstümmelt hatte und dafür die gerechte Strafe erhalten hatte. Noch immer wand sich Rothgan-Margok auf dem Boden wie ein Moorwurm auf dem Grillrost.

»Nun wirst du sterben, Zauberer«, verkündete Rammar gehässig. »Und wenn du mich fragst, ist das noch viel zu gut für dich. Ich sollte diese Axt nehmen und dich Stück für

Stück zerlegen, damit du weißt, was du mir angetan hast, du elender, widerwärtiger ...«

Er verstummte, als er sah, wie sich der Herrscher der Dunkelelfen auf allen vieren aufbäumte und sich streckte – und wie sich darob die klaffende Wunde, die Balbok ihm beigebracht hatte, wieder schloss.

»... mächtiger, unbegreiflicher ...«, fuhr Rammar fassungslos fort.

Innerhalb von Augenblicken war die Wunde verheilt, nur noch der Schlitz in der Robe des Magiers zeugte von Balboks fürchterlichem Hieb. Dann erhob sich Rothgan-Margok – und wandte sich den beiden Brüdern zu, ein überlegenes Grinsen in seinen von fauligem Fleisch überzogenen Zügen, die nun auch Rammar als furchterregend befand.

»... großartiger, prächtiger, herrlicher Zauberer!«, beendete er seine Rede, die als Beschimpfung begonnen und als Lobeshymne geendet hatte.

»Nun seid ihr überrascht, nicht wahr?«, fragte Rothgan-Margok und lachte meckernd.

»Nicht sehr«, versicherte Balbok unbeeindruckt, der die blutbefleckte Axt abwehrbereit erhoben hatte. »Wir wissen schon, dass üble Schurken wie du manchmal zurückkehren.«

»*Korr*«, pflichtete Rammar ihm kleinlaut bei, »damit haben wir Erfahrung ...« Seine Axt hatte er vorsichtshalber beiseitegelegt. Mit kleinen, trippelnden Schritten entfernte er sich von seinem Bruder, der das klobige Kinn vorgeschoben hatte und den Helm nach vorn in die Stirn gerückt trug – beides galt Rammar als sicheres Erkennungszeichen dafür, dass der Hagere auch sein letztes bisschen Verstand verloren hatte.

»Hirnlose Kreatur!«, rief der Magier und trat auf Balbok zu. »Hast du es denn noch nicht begriffen? Du kannst mich nicht besiegen. Die Waffen Sterblicher vermögen mich nicht zu bezwingen. Geht das nicht in deinen Schädel?«

»*Douk*«, erwiderte Balbok trotzig – und Rammar, der das untrügliche Gefühl hatte, dass der Sieger in der bevorstehenden Konfrontation bereits feststand, zog es vor zu verschwinden.

Langsam, um nicht die Aufmerksamkeit der beiden Kontrahenten zu erregen, beugte er seine ohnehin moderweichen Knie und ließ sich nieder, verschmolz mit dem Nebel, der noch gut einen halben Meter weit über dem Boden waberte. Sich kriechend fortbewegend, suchte er im Schutz der Schwaden das Weite, dabei leise Verwünschungen vor sich hin murmelnd.

»*Shnorsh*, wo bleiben nur diese dämlichen Piraten? Was, bei Girgas' hässlichem Schädel, hat sie nur aufgehalten...?«

Der Feind zeigte endlich sein Gesicht.

Statt nur mittels tobender Stürme und vernichtender Lichtblitze anzugreifen, nahm er konkretere Gestalt an: Schwarz gerüstete und bis an die Zähne bewaffnete Krieger quollen aus jedem Spalt, aus jeder Ritze und jeder Fuge des Berges hervor.

Die Krieger Tirgas Lans und die Piraten hatten die Klippenterrassen an der Nordküste erklommen und waren die Straße, die sich in engen Serpentinen am kahlen Fels emporwand, hinaufgestiegen, auf die Kristallfestung zu, die hoch über ihnen thronte.

Doch als hätte man ihren Angriff nur erwartet und wäre bestens darauf vorbereitet, tauchten auf einmal Dutzende, Hunderte von feindlichen Kriegern auf, um die Zitadelle zu verteidigen. Überall im Fels öffneten sich verborgene Zugänge, und rostige Eisengitter hoben sich, um aus dem Inneren des Berges Scharen schwarz gewandeter Kämpfer zu entlassen, deren Gesichter unter den Helmvisieren nicht zu erkennen waren und die Bogen und gekrümmte Klingen mit sich führten.

»Formation halten!«, schärfte Corwyn seinen Leuten ein, während ein Hagel von Pfeilen auf sie niederging. Einer der Leibwächter neben ihm sank mit durchbohrter Kehle zu Boden, ein zweiter schrie gellend auf, als sich eine der mit Widerhaken versehenen Spitzen in seine Schulter bohrte.

Der König riss seinen Schild empor, der das Wappen Tirgas Lans trug und an dem drei, vier weitere Pfeile abprallten. Dann war der Pfeilschauer vorüber – aber noch ehe Corwyn seinen Leuten befehlen konnte, weiter die schmale Straße hinaufzustürmen, tauchten zur Rechten Krieger der Dunkelelfen über den Felsen auf, die ihre mörderischen Waffen schwangen.

Die Bogenschützen aus Tirgas Lan beschossen sie ihrerseits, aber als hätte der Tod für die Elfenkrieger keine Gültigkeit, scherten sie sich nicht darum. Statt Deckung zu suchen oder sich mit den kleinen runden Schilden zu schirmen, die einige von ihnen bei sich trugen, stürmen sie einfach weiter – und waren im nächsten Moment heran. Unter schrillem Kriegsgeheul sprangen sie von den Felsen und fuhren wie eine Naturgewalt unter Corwyns Männer.

Der erste Angreifer, der den König attackierte, stürzte geradewegs in Corwyns Klinge. Die Wucht des Aufpralls riss Corwyn von den Beinen, und er brauchte einen Moment, um den leblosen Gegner abzuschütteln und sich aufzuraffen. Als er schließlich wieder hochkam, war ringsum ein wütendes Gemetzel entbrannt.

Von der Schlachtordnung, zu der er seine Krieger ermahnt hatte, war nichts mehr übrig. Indem sie von den Felsen herab- und mitten in die feindlichen Reihen gesprungen waren, hatten die Dunkelelfen heillose Verwirrung gestiftet. Die Zugformation hatte sich praktisch aufgelöst, und es kam zu einem wüsten Hauen und Stechen, bei dem jeder um das eigene Überleben kämpfte – und an dem sich auch Corwyn beteiligte.

Indem er erbarmungslos zustieß, fällte er einen der Dunkelkrieger und rettete damit einem seiner Leibwächter das Leben. Der Mann bedankte sich, indem er sich seinerseits auf einen Elfen stürzte, der Corwyn angreifen wollte. Blitzschnell um seine Achse wirbelnd, teilte Corwyn Hiebe nach allen Seiten aus. Seine Klinge hielt blutige Ernte unter den Dunkelelfen, aber für jeden, den er tötete, spuckte der Berg zwei weitere aus.

Der König kämpfte ebenso wie jeder seiner Leute mit dem Mut der Verzweiflung. Eine heransausende Schwertklinge wehrte er mit dem Schild ab und schlug seinerseits zu. Die Klinge zerhackte Fleisch und Sehnen, und ein weiterer Elfenkrieger ging gurgelnd nieder. Aus dem Augenwinkel nahm Corwyn eine rasche Bewegung wahr und wollte herumfahren – doch ehe er dazu kam, traf etwas hart auf seinen Helm.

Der Stoß war so heftig, dass Corwyn wankte. Es gelang ihm, sich auf den Beinen zu halten, aber er war für einen Augenblick benommen, und dann sah er eine Speerspitze heranschießen, geradewegs auf seine Brust zu.

Das Entsetzen des Königs war zu groß, als dass er noch hätte reagieren können. Einen endlos scheinenden Augenblick lang erwartete er, dass die Speerspitze ihn treffen und sein Kettenhemd durchbohren würde. Er bedauerte von Herzen, Alannah misstraut und Dun'ras Ruuhl auf seinem dunklen Pfad gefolgt zu sein, und er wünschte sich, anders entschieden und gehandelt zu haben.

Die Speerspitze zuckte heran – aber ehe sie die Brust des Königs erreichte, wischte etwas heran, das ungeheuer groß war und plump und den Elfenkrieger förmlich niederwalzte!

Es war Cassaro, der Anführer der Piraten, der Corwyn im allerletzten Augenblick buchstäblich beigesprungen war.

Mit zwei mörderischen Hieben seines Piratensäbels bereitete der Piratenkapitän dem Elfen ein blutiges Ende. Dann drehte er sich zu Corwyn um, und die goldenen Zähne blitzten in einem wölfischen Grinsen.

»Du musst dich besser vorsehen, König«, beschied er Corwyn – ehe er sich erneut in den Kampf warf und er und seine Leute das Schlachtenglück schließlich wendeten.

Der Nachstrom der Elfenkrieger geriet ins Stocken, als die Seeräuber und die Soldaten Tirgas Lans vereint gegen sie vorrückten. Ein Dunkelelf nach dem anderen sank blutüberströmt zu Boden, und zum Schluss traten die schwarz gewandeten Krieger den Rückzug an.

Während sich Corwyns Leute darauf beschränkten, die feindlichen Krieger in die Felsöffnungen zurückzudrängen, rannten Cassaros Piraten ihnen hinterher, erschlugen und plünderten sie, beraubten sie ihrer weltlichen Habe, die meist nur aus Waffen und Rüstzeug bestand. Beides fand jedoch in den Seeräubern dankbare neue Besitzer. Corwyn scherte sich nicht darum. Es widersprach seinem Kodex als König, die Leichen Gefallener zu fleddern, aber es hatte auch eine Zeit gegeben, da er weniger zaghaft gewesen war.

Es war das Gesetz des Schlachtfelds ...

»Sammeln und weiter auf die Burg zu!«, brüllte er und schwenkte die blutige Klinge.

Die Unterführer gaben den Befehl weiter, und was von seinen Leuten übrig war, rottete sich zu einer neuerlichen Formation zusammen. Auch die Piraten setzten den Angriff fort – wenn auch nicht in präziser Ordnung, sondern als wilder, johlender Haufen, der sich rauflustig auf die nächsten Gegner stürzte.

Mit Genugtuung sah Corwyn, dass sich der Feind überall entlang des Weges auf dem Rückzug befand. Die vereinten Kräfte von Piraten und Soldaten zwangen sie in die Defensive. Vielleicht, sagte sich der König grimmig, würde die Schlacht gegen die Dunkelelfen sehr viel länger dauern, als Dun'ras Ruuhl und sein unheimlicher Gebieter es erwartet hatten ...

»Mein König! Mein König!«, tönte es plötzlich.

Corwyn fuhr herum. Ein Bote eilte auf ihn zu, mit zerschlissenem Rock und blutbesudeltem Kettenhemd. Sein linker Arm hing schlaff herab, nur mit Mühe vermochte er sein Schwert noch zu halten.

»Was gibt's?«, fragte Corwyn – und musste den Verletzten stützen, damit er nicht vor ihm zusammenbrach.

»D-die Flotte«, stieß der Bote hervor, der vom Fuß des Berges heraufgeschickt worden war, und entsprechend außer Atem und erschöpft war er.

»Was ist mir ihr?«

»Sind abgeschnitten ... Feind in Überzahl ...«

Das war alles, was der Mann noch hervorbrachte, doch Corwyn genügte es.

Er bettete den Krieger, der halb bewusstlos niedersank, zu Boden, dann eilte er die Straße hinauf zur nächsten Serpentine, wobei er über die Leiber unzähliger Erschlagener steigen musste, sowohl aus den eigenen Reihen als auch aus denen des Feindes. Rasch erklomm er einen Felsen, um einen Blick an der Nordseite des Berges hinabwerfen zu können – und erstarrte, als er sah, dass der Bote die Wahrheit gesprochen hatte.

Dort unten, am Fuß des Berges, tobte eine Schlacht, die noch ungleich erbitterter geführt wurde als jene an den Hängen. Durch einen verborgenen Stollenausgang war es dem Feind offenbar gelungen, jene Truppen anzugreifen, die gerade an Land gingen.

Ob es sich um Piraten oder Streiter Tirgas Lans handelte – sobald sie ihren Fuß auf die Küstenfelsen setzten, waren sie einem vernichtenden Pfeilhagel ausgesetzt. Wer es dennoch schaffte, die Terrassen zu erklimmen und den Fuß des Berges zu erreichen, sah sich dort einer erdrückenden Übermacht gegenüber, die mit tödlicher Entschlossenheit zuschlug. Schon hatten die Dunkelkrieger einen Keil in Corwyns Streitmacht getrieben, sodass die Verbindung zwischen seinem Heer und den neu anlandenden Truppen gekappt war. Nicht anders ging es den Piraten, die an der steilen Felswand in die Enge getrieben worden waren und ums nackte Überleben kämpften.

Obwohl Corwyn von seiner hohen Warte aus keine Einzelheiten erkennen konnte, hatte er das Gefühl, das Blut und den Schmerz, das Leid und die Trauer unmittelbar vor Augen zu haben, und über dem Geklirr der Waffen und dem Kriegsgebrüll der Dunkelelfen konnte er vor allem das Angstgeschrei und das Wehklagen seiner eigenen Leute hören, die dort unten einen ebenso grausamen wie sinnlosen Tod starben, ohne dass er auch nur das Geringste dagegen unternehmen konnte.

Er hatte versagt.

Als Mann wie als Krieger.

Als Krieger ebenso wie als König ...

Seine Streitmacht war geteilt worden, und es war nur eine Frage der Zeit, wann der nächste Angriff aus dem Inneren des Berges erfolgen und wie ein Ungewitter niedergehen würde. Rückzug war nicht möglich, die Waffen zu strecken sinnlos bei einem Feind, der weder Gnade noch Erbarmen kannte.

Nur eine Möglichkeit blieb ihnen ...

»Was sollen wir tun, Sire?«, erkundigte sich einer seiner Unterführer, der ihm gefolgt war.

»Wir werden kämpfen«, erwiderte Corwyn nur.

»Aber Sire ...«

»Kämpfen und so viele von diesen Bastarden mit uns nehmen, wie wir nur können!«, fügte Corwyn düster hinzu.

»Dann werden wir vernichtet«, prophezeite der Soldat.

»Ja«, knurrte Corwyn leise, der jede Hoffnung, sein Leben in Ruhe und Frieden beschließen zu können, zerschlagen sah. »Aber wir werden kämpfend untergehen!«

Hinter ihnen erhob sich lautes Geschrei.

Die Elfenkrieger griffen wieder an, erneut spuckte sie der Berg zu Dutzenden aus seinen dunklen Schlünden.

Corwyn ignorierte den Schmerz in seiner Schulter. Er hob das Schwert, das er in seiner noch unverletzten Rechten hielt, betrachtete die blutbesudelte Klinge, führte sie an den Mund und küsste sie. Ungleich lieber hätte er Alannahs warme weiche Lippen gekostet als den harten kalten Stahl, aber dieses Ansinnen war ebenso vergeblich wie töricht.

Alannah hatte ihn verlassen, weil sie getan hatte, was sie für richtig hielt – doch ihr Plan, die Bedrohung zu vernichten, die von Crysalion ausging, schien ebenso gescheitert zu sein wie der seine.

Im Scheitern waren sie vereint – und vielleicht, so hoffte er, würden sie auch nach dem Tod wieder vereint sein und Vergebung finden.

Mit diesem Gedanken tröstete sich Corwyn, König von Tirgas Lan, während er sich umwandte, um den Kampf fortzuführen.

Die letzte Schlacht hatte begonnen …

28.  SPOULG

Das Duell zwischen Balbok und dem Herrscher der Dunkelelfen währte nur kurz.

Rammar, der noch immer am Boden kauerte, hörte einen orkischen Kriegsschrei, gefolgt von einem klappernden Geräusch – als Nächstes konnte er sehen, wie eine hagere, wild mit den Armen rudernde Gestalt quer durch die Kuppel flog, bevor sie hart auf den Boden klatschte. Statt aber liegen zu bleiben und die Sache auf sich beruhen zu lassen, wie es fraglos angezeigt gewesen wäre, gab Balbok nicht auf. Als hätte der Dunkelelf ihm seine Überlegenheit noch nicht eindeutig genug bewiesen, raffte sich der Ork abermals auf und rannte erneut gegen Rothgan-Margok an, diesmal mit bloßen Fäusten, markerschütterndes Kriegsgebrüll auf den wulstigen Lippen.

Die Loyalität gegenüber seinem Bruder verbot es Rammar, hinzusehen, als Ork und Magier abermals aufeinandertrafen. Die Geräusche, die Rammar hörte, waren erneut wenig erbaulich. Diesmal schlitterte Balbok über den Boden hinweg, geradewegs vor die Füße einiger Elfenkrieger, die nur auf ihn gewartet hatten. So schien es. Rammar sah, wie sie ihre Hellebarden hoben, um sie auf Balbok niederfahren zu lassen und ihm den Garaus zu machen – über den Rest breitete der Nebel seine dichten Schwaden, als wollte er dem dicken Ork den Anblick ersparen.

Plötzlich erweckte etwas Rammars Aufmerksamkeit.

Es war ein Gegenstand, gegen den er stieß, während er auf allen vieren (oder vielmehr den verbliebenen dreien) zum

Ausgang der Turmkammer kroch – ein glasiges Etwas, das in etwa die Form und die Größe einer Dolchklinge hatte.

Rammar griff danach und hob es auf – und verstand, dass es der Kristallsplitter war, den Lhurian verloren hatte und der nach den Worten des alten Zauberers die einzige wirkungsvolle Waffe im Kampf gegen die Dunkelelfen war.

»*Shnorsh!*«, entfuhr es Rammar.

Hatte ausgerechnet er das verdammte Ding finden müssen? Hätte die Vorsehung nicht mal jemand anderen zum wagemutigen Helden auserschen können?

Den Kristallsplitter in der Klaue, überlegte er, was zu tun war – als er plötzlich merkte, dass jemand auf ihn zugetreten war und vor ihm stand.

Langsam hob er den Blick und sah an der Gestalt empor. Über ihm schwebte die grinsende Visage von Rothgan-Margok.

»Mein hässlicher, dämlicher, fetter Freund«, knurrte der Herrscher der Dunkelelfen und streckte verlangend die Klaue aus. »Du hast da etwas, das mir gehört ...«

In Rammars winzigen Schweinsäuglein blitzte Widerstand auf. Nicht etwa, weil ihm etwas an dem Kristallsplitter gelegen hätte – schließlich gehörte ihm das Ding nicht einmal, weshalb also hätte er seinen *asar* dafür riskieren sollen? –, sondern weil sich Rothgan-Margok in seinem Hochmut dazu verstiegen hatte, den Ork aufs Äußerste zu beleidigen.

Er hatte ihn »Freund« genannt ...

»Ich bin nicht dein Freund!«, stellte er klar und verkniff trotzig das Gesicht.

»Vielleicht nicht«, räumte der Herrscher der Dunkelelfen ein, und seine zweite Klaue erschien, die, zu Rammars hellem Entsetzen, Balboks behelfsmäßige Axt umklammert hielt. »Aber tot wirst du gleich sein!«

Rammar begriff, dass es zu spät war für ein Friedensangebot. Erschreckt starrte er auf das Axtblatt, das schon im nächsten Moment auf ihn herabfiel, um seinen Schädel in zwei säuberliche Hälften zu teilen – als die mörderische

Waffe plötzlich in der Luft verharrte, nur einen halben *knum* über Rammars Stirn.

An Rettung wollte der Ork noch nicht glauben und schloss ergeben die Augen – aber der tödliche Hieb blieb aus.

»W-was ist denn jetzt los?«, fragte er und riskierte einen blinzelnden Blick.

Zu seiner Verblüffung stellte er fest, dass nicht nur die Axt in ihrer Bewegung erstarrt war, sondern auch Rothgan-Margok. Der Dunkelelf stand reglos wie ein Monument – und er war nicht der Einzige. Auch seine Schergen waren in ihrer Bewegung wie eingefroren, ebenso wie Balbok, der zu ihren Füßen kauerte und vergeblich versucht hatte, wieder auf die Beine zu gelangen, und Alannah, die benommen an der Wand lehnte. Nur einer war außer Rammar noch in der Lage, sich zu bewegen.

Lhurian!

»W-was ist denn jetzt los?«, fragte Rammar verwirrt.

»Das, Ork«, presste der alte Zauberer hervor, der tödlich verwundet am Boden lag und aus dessen Wunde unaufhörlich Blut pulsierte, »ist mein *reghas*.«

»Dein was?«

»Meine Gabe. Ich vermag die Zeit zu verlangsamen, wenn auch nur vorübergehend ...«

»Großartig«, maulte Rammar und reckte den verstümmelten Arm in die Höhe. »Und warum erst jetzt? Das hätte mir vorhin meine Klaue retten können!«

»Rothgan war auf meinen Zauber vorbereitet«, erklärte ihm Lhurian zähneknirschend. »Ich musste warten, bis er geschwächt und abgelenkt war. Außerdem hat dir meine Fähigkeit bereits einmal das Leben gerettet, also ... beschwere dich ... nicht ...«

»*Korr*«, brummte Rammar, der vor Balbok getreten war und mit der verbliebenen Klaue vor dessen starrer Miene wedelte. Der Blick seines Bruders blieb starr geradeaus gerichtet. »Und warum stehe ich nicht genauso blöd in der Gegend rum wie die anderen?«

»Weil du im Besitz des Splitters bist ... und weil du ... nun tun musst ... was zu tun ist ...«

»Und das wäre?«

»Du musst den Splitter zurückbringen ... die Macht des Annun wiederherstellen ...«

»Wird das den Bastard umbringen?«, fragte Rammar und deutete auf Rothgan-Margok.

»Ich denke ja ... Nun mach endlich!«

»Schon gut«, maulte der Ork. Er konnte es auf den Tod nicht ausstehen, gedrängt zu werden. Mit dem Splitter in der Klaue trat er auf den großen Kristall zu, der in der Mitte der Kammer schwebte, und tatsächlich fand er sofort die Stelle, an der das Bruchstück fehlte. Alles, was er brauchte, war etwas, worauf er klettern konnte, um den Kristall zu erreichen.

Sein Blick fiel auf einen kleinen Tisch, auf dem allerlei unnützes Zeug lag – einige Schriftrollen, dazu Federn und Tinte sowie gläserne Phiolen mit bunten Flüssigkeiten darin. Kurzerhand wischte der Ork das alles von der Tischplatte, sodass die Fläschchen klirrend zerbrachen, und zerrte den Tisch unter den Kristall. Kaum schickte er sich jedoch an, hinaufzusteigen, geschah etwas Unerwartetes.

»Nicht!«, brüllte eine Stimme, die Rammar nur zu gut kannte, und jemand packte ihn kraftvoll an der Schulter und riss ihn zurück.

In dem Moment, als Rammar rücklings auf den Boden krachte, wurde ihm klar, dass es außer Lhurian und ihm noch jemanden gab, der nicht von dem Zeitzauber betroffen war.

Balbok.

Und zwar keineswegs der echte, sondern dessen eigentümlicher Doppelgänger, den Alannah und der Zauberer in den Stollen aufgegabelt hatten. Wie üblich hatte der falsche Balbok nur wie angewurzelt umhergestanden, sodass Rammar den Unterschied zu den anderen nicht bemerkt hatte – ein Irrtum, wie sich nun herausstellte ...

»He!«, blaffte er den Hageren an. »Was soll das, du elender *umbal*? Kannst du mir das vielleicht verraten?«

Der doppelte Balbok antwortete nicht.

Er handelte.

In den Klauen eine Hellebarde, die er einem der erstarrten Wächter entwunden hatte, setzte er auf den Annun zu, holte aus – und drosch mit aller Kraft darauf ein!

»Nein!«, schrie Lhurian entsetzt.

Aber es war zu spät.

Risse zeigten sich auf der Oberfläche des Kristalls – sie entsprangen den Einschlagstellen, breiteten sich jedoch rasch über das ganze Gebilde aus und verzweigten sich dabei immer weiter. Innerhalb weniger Augenblicke hatten sie ein dichtes Geflecht um den Annun gezogen, und ein Knacken und Klirren kündete davon, dass sich dieser Prozess auch im Inneren des Kristalls fortsetzte.

»Nicht«, hauchte der Zauberer.

Einen Lidschlag später zersprang der Annun in Myriaden von Scherben, in einer Entladung von Licht, die so grell war, dass Rammar die Augen schließen und sich abwenden musste, und nur das helle Klirren der Bruchstücke war zu hören, die auf den Boden prasselten.

Schon im nächsten Moment war es vorbei.

Rammar riskierte einen vorsichtigen Blick – und sah den riesigen Scherbenhaufen, der sich genau unterhalb der Stelle befand, wo eben noch der Kristall geschwebt hatte.

Von dem doppelten Balbok jedoch fehlte jede Spur – gerade so, als hätte er sich zusammen mit dem Annun aufgelöst ...

29.

LACHG UR'ORK'HAI

Die Veränderung trat ganz plötzlich ein.

Im einen Moment zeigten sich die Dunkelelfen noch als jene verbissenen und zum Äußersten entschlossenen Krieger, als die Corwyn und seine Leute sie fürchten gelernt hatten – einen Herzschlag später schien ihnen jeder Antrieb zum Kampf genommen.

In wilder Wut waren sie über die Menschen hergefallen, und Soldaten wie Seeräuber waren zu Dutzenden unter ihren Hieben gefallen. Corwyn und seine Unterführer hatten diesmal alles darangesetzt, die Schlachtreihen geschlossen zu halten, damit der Widerstand möglichst lange andauerte und so viele Feinde wie möglich das Leben kostete. Dennoch war der eigene Blutzoll sehr hoch gewesen. Der König hatte keinen Augenblick daran gezweifelt, dass dies die letzte Schlacht sein würde, die er in seinem Leben bestritt, und dass sie mit einer Niederlage enden würde, mit dem Ende all dessen, wofür er so sehr gekämpft und gelitten hatte.

Doch von einem Augenblick zum anderen war alles anders.

Der Elfenkrieger, dem er gegenüberstand und der seine Klinge zu einem vernichtenden Hieb erhoben hatte, zögerte – folglich zuckte die Klinge des Königs vor und durchbohrte die Kehle des Kriegers knapp oberhalb des Brustharnischs, sodass der Gegner in einem Blutschwall zusammenbrach.

Und er war nicht der Einzige.

Viele von Corwyns Soldaten hatten es auf einmal mit einem zögernden Gegner zu tun, und das nutzten sie gnadenlos aus. Zahlreiche Elfenkrieger sanken sterbend zu Boden, und die ihnen nachfolgten, stürzten sich nicht wie zuvor mit Todesverachtung in den Kampf, sondern wirkten verwirrt, ja, sogar ängstlich. Blinzelnd blickten sie umher, so als würden sie aus tiefem Schlaf erwachen, und nicht wenige betrachteten die Waffen in ihren Händen, als sähen sie die Säbel zum ersten Mal.

Einige ließen sie fallen und ergaben sich, andere wurden von den Klingen übereifriger Soldaten ereilt, noch ehe sie sich erklären konnten. Der Kampfesmut der Dunkelelfen schien unwiderruflich gebrochen.

Etwas musste vorgefallen sein, und Corwyn, der am Steilhang empor zur Festung blickte, ahnte, dass es dort oben geschehen war, im höchsten Turm Crysalions ...

»Weg ist er«, kommentierte Rammar trocken. »Was, bei Gulz dem Schlächter, war das?«

»Deine Rettung«, stieß Lhurian erschöpft hervor. »Und unser ... aller ... Untergang ...«

»Meine Rettung? Wieso das?«

»Dieser andere Balbok ... der Doppelgänger deines Bruders ...«

»Was ist mit ihm?«

»Er kam wohl ... aus der ... Zukunft ...«

»Der Zukunft?« Rammar sah den Zauberer an, als hätte er es mit einem völlig Verblödeten zu tun. »Was soll das denn sein?«

»Die Zeit ... die noch nicht ... geschehen ist«, erklärte der Zauberer, dessen Kräfte allmählich versiegten. Sein Blick war gebrochen, seine Miene aschfahl geworden – dennoch hielt er die Zeitbarriere noch immer aufrecht.

»Was erzählst du da für einen Schmarren?«

»Annun beschädigt ... Kräfte geschwächt ... Ordnung der Zeit aufgehoben ... unterschiedliche Dauer ... an unterschiedlichen Orten ... Wirklichkeit gespalten ...«, murmelte der Zauberer, und Rammar war sicher, dass Kurul bereits seinen Schatten auf ihn geworfen hatte und er deshalb derart wirres Zeug sprach. »In jener anderen Wirklichkeit ... hast du den Splitter eingesetzt ... Annun wiederhergestellt ... in diesem Augenblick ... dein Bruder durch die Zeit gereist und verdoppelt ...«

»Warum ihn und nicht mich?«, fragte Rammar.

»Weil du ... in jener Wirklichkeit ... getötet wurdest.«

»Was?« Rammar glaubte, nicht recht zu hören.

»Du hast dein Leben gelassen beim Einsetzen des Splitters ... und Balbok hat es mit angesehen ... wollte es verhindern.«

»Ich versteh gar nichts mehr«, schnarrte Rammar. »Also noch mal: Dieses Kristallding hat die Zeit zerdeppert und mehrere Wirklichkeiten erzeugt, *korr*?«

»Das sagte ich doch ... gerade ...«

»In irgendeiner dieser komischen Wirklichkeiten habe ich den Splitter eingesetzt und bin dabei draufgegangen, *korr*? Und der Balbok von eben hat's mit angesehen und wollte meinen Tod verhindern, *korr*?«

Bei jedem »*korr*« hatte Lhurian bestätigend genickt.

»Ist das dein Ernst?«

Wieder ein Nicken.

»Schau an«, meinte Rammar und bedachte den echten Balbok, der unweit von ihm kauerte und noch immer völlig reglos war, mit einem staunenden Blick. »Wer hätte das von ihm gedacht?«

»Aber die Hoffnung ... ist noch nicht verloren ... hältst den Splitter des Annun noch in der Hand ... kann benutzt werden ... um neue Elfenkristalle zu ... zu ...«

Den Rest von dem, was er hatte sagen wollen, brachte der alte Zauberer nicht mehr über die Lippen. Überwältigt vom Schmerz und von der übermenschlichen Anstrengung, die er geleistet hatte, verlor er das Bewusstsein und sank zurück – und der Bann wurde aufgehoben.

Für jene, die dem Zeitzauber ausgesetzt gewesen waren, war nur ein Augenblick verstrichen – entsprechend wussten sie nichts von dem, was sich inzwischen ereignet hatte. Ein Elfenkrieger nahm verblüfft zur Kenntnis, dass die Hellebarde, die er eben noch in Händen gehalten hatte, plötzlich fehlte, aber kaum jemandem fiel die Abwesenheit des doppelten Balbok auf, der sich geopfert hatte, um seinen Bruder zu retten.

Dass jedoch der Annun nicht mehr da war, entging niemanden. Alle waren sie fassungslos und erschüttert, dass sich der große Kristall scheinbar von einem Moment zum anderen in einen großen Scherbenhaufen verwandelt hatte, und Rothgan-Margok verfiel in lautes Wutgebrüll. Gekämpft wurde nicht mehr, zu groß war die Verwirrung. Nur eine Sache schien klar zu sein: dass der dicke Ork, der bei den Scherben stand und den letzten verbliebenen Splitter des Annun in der Klaue hielt, etwas mit der Zerstörung des Kristalls zu tun hatte.

»Rammar!«, rief Alannah entsetzt. »Was hast du getan?«

»E-eigentlich gar nichts«, antwortete Rammar, obwohl er wusste, dass ihm niemand glauben würde. Er wollte zurückweichen, aber dann hätte er über den Scherbenhaufen laufen müssen, und er wusste nicht, ob das mit bloßen Füßen eine so gute Idee war. Die anderen kamen auf ihn zu, Verbündete wie Feinde, und sie alle starrten begehrlich auf den Splitter in seiner Klaue.

»W-was wollt ihr von mir?«, fragte Rammar ängstlich, während sie immer näher kamen und ihn umzingelten.

»Der Kristall!«, verlangte Rothgan-Margok und streckte seine rechte Kralle aus. »Gib ihn mir!«

»Nein«, widersprach Alannah, die einige Schritte von Rothgan-Margok entfernt stand. »Mir musst du ihn geben! Ich werde die Macht des Kristalls zum Guten einsetzen!«

»Und ich werde dir dafür alles geben, was du je ersehnt hast!«, versprach der dunkle Magier, der mehr tot war als lebendig und nur noch von der Rachsucht und der Gier nach Macht auf den Beinen gehalten wurde.

In diesem Moment begriff Rammar. Was er in seinen Klauen hielt, war schließlich nicht irgendein Splitter. Es war ein Bruchstück des Annun, jenes sagenumwobenen und mit Zauberkräften ausgestatteten Kristalls, den der Doppelgänger seines einfältigen Bruders geschrottet hatte – und der für die Elfen von unschätzbarem Wert war!

Aus Shakara wusste Rammar, dass die Schmalaugen den Kristallen große Bedeutung beimaßen und dass ein beträchtlicher Teil ihres Zaubers und ihrer besonderen Fähigkeiten darin ihren Ursprung hatte. Der Annun war der erste unter den Kristallen; ohne ihn waren die Elfen praktisch entmachtet. Ihre Kräfte würden versiegen, ihr Zauber verpuffen wie ein Furz von Borsh dem Stinkfisch. Aus diesem Grund wagten sie nicht, ihn anzugreifen; ihre Furcht, dabei auch noch den letzten Rest des Kristalls zu verlieren, war zu groß.

»Rammar!«, sagte Alannah noch einmal und gab sich Mühe, dabei streng und einschüchternd zu klingen. »Gib mir den Splitter! Jetzt gleich, hörst du?«

»Nein, gib ihn mir!«, kam es beschwörend von Rothgan-Margok. »Sie will dich nur benutzen. Ich hingegen kenne euch Orks und bin euer Verbündeter!«

»Das Gleichgewicht der Welt muss wiederhergestellt werden«, beharrte die Elfin. »Nur zu diesem Zweck sind wir hier!«

»Wird dann alles wieder so, wie es sein soll?«, fragte Rammar. »Die Schmalaugen werden wieder gut und die Orks wieder so böse, wie wir es gewohnt sind?«

Alannah nickte. »Das ... äh ... nehme ich an.«

»Dann werden dies wieder die Fernen Gestade?«

»Das hoffe ich sehr.«

»Und zum Schluss gibt es wieder Friede, Freude, Eierkuchen und den ganzen Kram?«

»In der Tat.«

»Verstehe«, grunzte Rammar.

»Das willst du nicht«, war Rothgan-Margok überzeugt, dessen Kräfte sichtlich geschwunden waren. Er sprach abgehackt, seine Bewegungen waren kantig. Die Zerstörung des Annun wirkte sich bei ihm offenbar schon aus, und umso eindringlicher verlangte er nach dem Splitter. »Du bist ein Ork, ein Diener des Bösen! Gib mir den Kristall, und ich verspreche dir, dass ich dich zum König der Modermark mache!«

»Nein«, widersprach Alannah, »gib ihn mir und befolge das Gesetz, das für alle Kreaturen Erdwelts Gültigkeit hat!«

Rammar, der es inzwischen sichtlich genoss, im Mittelpunkt solch weltbewegender Entscheidungen zu stehen, ließ sich mit der Antwort Zeit und kostete jeden Augenblick dieser ungeheuren Macht aus, die er auf einmal hatte.

»Wie war doch gleich die Prophezeiung?«, erkundigte er sich dann grinsend. »Sie kündigt das Ende eines Zeitalters an, richtig? Und den Beginn eines neuen.«

»Ja, das stimmt«, bestätigte Alannah. »Ein Zeitalter, das von Frieden bestimmt wird, von Recht und Gesetz.«

»Unfug!«, stöhnte der Herrscher der Dunkelelfen, der bereits wankte. »Es ist meine Herrschaft und mein Gesetz, die in Erdwelt Gültigkeit haben werden! Margoks Herrschaft und Margoks Gesetz!«

Rammar betrachtete zuerst den Kristallsplitter in seiner Klaue, dann schaute er grinsend von einem zum anderen. »Was labert ihr alle nur immerzu von Gesetzen? Rammar der schrecklich Rasende ist ein Ork aus echtem Tod und Horn, und als solcher denkt er nur an sich selbst. *Das ist das Gesetz, nach dem er sich richtet – das Gesetz der Orks!*«

Und damit holte er aus und schmetterte – zu aller Entsetzen! – den Splitter des Annun mit ganzer Kraft auf den Boden.

»Nein!«, riefen Alannah und Rothgan-Margok in einer Einhelligkeit, die sie zuletzt vor tausend Jahren empfunden hatten – aber es war zu spät.

Das Ende war unspektakulär.

Ein leises Klirren.

Ein schwacher Lichtblitz.

Und auch der letzte Rest des Urkristalls lag in Scherben.

30.

SOCHGAL KRARK

Alannah stieß einen entsetzten Schrei aus, ebenso wie ihr einstiger Geliebter.

Dann brach der Herrscher der Dunkelelfen zusammen.

Der magischen Kräfte des Kristalls beraubt, die seine Zauberkraft genährt und ihn trotz der tödlichen Verwundung am Leben gehalten hatten, ging er nieder, und sogleich setzte der Verfall ein: Vor den Augen Alannahs und der Orks platzte auf Rothgan-Margoks Gesicht und auf den Armen die Haut auf, und das Fleisch darunter fiel in fauligen Klumpen von den bleichen Knochen.

Die Elfin wandte sich ab, als ihr nur noch die leeren Augenhöhlen des Mannes entgegenstarrten, mit dem sie einst das Lager geteilt hatte. Vor langer, undenklich langer Zeit ...

Sie eilte zu Lhurian, der reglos am Boden lag, inmitten eines Blutsees, der sich immer mehr ausbreitete. Einen Augenblick lang fürchtete Alannah schon, sie käme zu spät. Als sie jedoch bei ihm niedersank, erkannte sie, dass sich der Brustkorb des alten Zauberers noch schwach hob und senkte.

»Lhurian ...«, hauchte sie ihm ins Ohr, während sie seinen Kopf in ihrem Schoß bettete, ungeachtet des Blutes, mit dem sie sich besudelte. »Lhurian, mein Geliebter ...«

Als wäre dies die magische Formel, die seine Lebensgeister noch einmal zurückkehren ließ, blinzelte der Zauberer und öffnete die Augen schließlich ganz. Sein Blick war glasig, sein Bart und sein schlohweißes Haar hingen in schweißnassen Strähnen. Dennoch erkannte Alannah nun, da sie sich an alles erinnerte, in den von Alter und Schmerz gezeichneten Zügen das Gesicht des Mannes, den sie einst geliebt hatte. In einem anderen, früheren Leben, von dem sie in all den Jahren nichts geahnt hatte ...

»Thynia«, hauchte er.

»Ich bin es«, versicherte sie.

»Du ... erinnerst dich?«

»Ich erinnere mich«, bestätigte sie traurig. Es zerriss ihr das Herz, ihn so liegen zu sehen, dennoch dankte sie ihrem Schicksal dafür, dass es sie am Ende, nach so langer Zeit, noch einmal zusammengeführt hatte.

»Rothgan ... Was ...?«

»Er ist tot«, sagte sie beruhigend, »und diesmal endgültig.«

»Und der Kristall? Ist er ...?«

Sie kauerte so auf dem Boden, dass sie den Scherbenhaufen verdeckte. Für einen Moment überlegte sie, ob sie ihm die Wahrheit sagen sollte, doch sie entschied sich dagegen.

»Es ist alles in Ordnung«, behauptete sie mit mildem Lächeln.

»Das Gesetz ist wiederhergestellt?«

»In der Tat«, bestätigte sie – welches Gesetz, darüber schwieg sie sich aus.

Der alte Zauberer bemerkte es nicht. Schmerzen schien er nicht mehr zu empfinden, seine Sinne waren dem Diesseits bereits entrückt. Sein Blick jedoch war nach wie vor auf Alannah geheftet, und sie war sich sicher, dass seine Gedanken zurückschweiften in jene Tage, da sie beide jung gewesen waren und leichtfertig ...

»Verzeih«, flüsterte sie, denn erst in diesen Momenten konnte sie ermessen, was er in all der Zeit durchlitten hatte.

»Da ist nichts ... zu verzeihen«, erwiderte er leise, und ein Lächeln glitt über seine Züge, das so unbeschwert und jugendlich wirkte, als wollte es dem nahen Tode trotzen. Er schien noch etwas hinzufügen zu wollen, als plötzlich Lärm zu vernehmen war – hektische Stiefeltritte sowie das Klirren und Knarren von Rüstungen und Kettenhemden.

Alannah fuhr herum – und sah sich unvermittelt dem anderen Mann gegenüber, dem ihre Zuneigung galt.

Corwyn.

Wie der König von Tirgas Lan an diesen Ort gekommen war und welchem günstigen Schicksal sie es zu verdanken hatte, dass sie einander ausgerechnet hier begegneten, wo sie schon befürchtet hatte, ihn niemals wiederzusehen, das wusste sie nicht, und im Grunde war es ihr auch gleichgültig. Zu widersprüchlich und verwirrend war das, was sie empfand, in diesem Augenblick, da sich der Kreis schloss.

Eintausend Jahre lagen zwischen jenen Tagen, da sie einen jungen Mann mit Namen Granock kennen- und lieben gelernt hatte, und den dramatischen Ereignissen, die zur Befreiung Tirgas Lans und zur Errichtung des neuen Königreichs geführt hatten. Die Gefühle jedoch, die Alannah für die beiden Männer hegte, ähnelten sich sehr. Vielleicht deshalb, weil auch die beiden einander ähnlich waren ...

Obgleich sie vor Freude über das unverhoffte Wiedersehen fast vergehen wollte, sprang sie nicht auf, um ihren Gemahl zu begrüßen, den sie gedemütigt und gekränkt im Palast von Tirgas Lan zurückgelassen hatte. Noch immer lag Lhurians blutiges Haupt auf ihren Schoß gebettet, und sie wollte die wenigen Augenblicke, die ihm noch auf Erden blieben, nicht von seiner Seite weichen. Zumindest das war sie ihm schuldig.

Es war schwer zu deuten, was in Corwyn vor sich ging, denn die Miene des Königs war unbewegt. Sowohl ihm als auch seinen Leibwächtern war anzusehen, dass ein harter Kampf hinter ihnen lag. Viele waren verwundet, ihre Harnische und Kettenhemden beschädigt, die Waffenröcke zerfetzt. Auch einige Piraten befanden sich unter ihnen, deren Anführer, ein bleicher Fleischberg mit kahlem Schädel, die golden blitzenden Zähne bleckte.

Mit ihren blanken, blutbesudelten Klingen drängten die Männer die verbliebenen Dunkelelfen in eine Ecke. Diese jedoch leisteten keinerlei Widerstand. Der Bann, der die Bewohner Crysalions zu Schatten ihrer selbst gemacht hatte, war gebrochen. Die Bosheit war aus ihren Mienen verschwunden, das mordlüsterne Flackern in ihren Augen erloschen, und sie wirkten benommen und orientierungslos, so als wären sie aus tiefem Schlaf erwacht und wüssten weder, wo sie sich befanden, noch was geschehen war. Corwyns Leibwächter mussten die Piraten davon abhalten, die Wehrlosen zu massakrieren, dann gingen sie daran, die Elfen zu entwaffnen, während sich der König in der Turmkammer umsah.

Er gewahrte sowohl die Überreste des Annun als auch die Rothgan-Margoks, und natürlich entdeckte er auch die beiden Orks. Wenn er über Rammars und Balboks Anwesenheit verwundert war, so zeigte er es jedoch nicht, sondern trat zu seiner Gemahlin, die ihre Aufmerksamkeit wieder dem alten Zauberer zugewandt hatte.

»Ich hatte es ... dir gesagt«, hauchte Lhurian.

»Wovon sprichst du?«, fragte Alannah.

»Dass er überleben würde ...« Der alte Zauberer grinste. »Kerle wie er finden immer einen Weg.«

Sie zwang sich ebenfalls zu einem Lächeln. »So wie du, richtig?«

»Früher«, räumte er ein. »Heute nicht mehr ... Meine Reise ... ist hier zu Ende ...«

»Nein«, widersprach sie, jeder Vernunft zum Trotz. »Das darfst du nicht sagen.«

»Ich bin der Letzte des Ordens«, keuchte er, »ein Relikt aus ... vergangener Zeit ...«

»Das ist nicht wahr!«

»Rothgan war einst ... mein Freund ... und als er starb ... starb auch ein Teil von mir ... zu lange gelebt ... zu viel gesehen ... sehne mich danach, mich auszuruhen.«

Alannah hatte es aufgegeben zu widersprechen. Das Leben des alten Zauberers zerrann wie Wasser zwischen ihren Fingern, und es war offenkundig, dass die Zeit seines Erdendaseins zu Ende ging. Sie begnügte sich damit, sein Gesicht in den Händen zu halten.

»Nur ... noch einmal«, bat er.

»Was meinst du?«

Sein Blick, der bereits flackerte, fokussierte sich mühsam und schaute zu ihr auf. »Nur noch ein einziges Mal«, flüsterte er, »möchte ich das Licht der Sonne auf meinem Gesicht spüren. Nur noch einmal das Leben kosten ...«

Alannah zögerte. Fragend sah sie zu Corwyn hinüber, und zu ihrer Überraschung nickte der König von Tirgas Lan, aus dessen Zügen alle Bitterkeit und aller Zorn gewichen waren.

Daraufhin schloss sie die Augen und beugte sich hinab, und als ihre Lippen die Lhurians berührten, war es in ihrer Vorstellung nicht der alte Greis, den sie küsste, sondern der junge Mann, nicht kalt und dem Tode nah, sondern voller Wärme, bebend nicht vor Schwäche, sondern vor Verlangen.

Erinnerungen, die tausend Jahre alt waren, fluteten durch ihr Bewusstsein, riefen ihr Augenblicke und Begebenheiten ins Gedächtnis, die ihr zugleich fremd und vertraut waren. Und für einen kurzen Moment hatte sie wieder das Gefühl, Thynia zu sein, eine Novizin wider Willen, die gezwungen war, zwischen zwei Männern zu wählen, und es doch nicht konnte ...

Die Erinnerungen verflogen, ebenso wie die Wärme auf Lhurians Lippen. Als sie sich wieder voneinander lösten, war der alte Zauberer wieder um Jahre gealtert.

»Ich ... danke dir«, flüsterte er und versuchte ein Lächeln, das ihm jedoch nicht mehr gelingen wollte. »Nun geh«, forderte er sie auf. »Ich habe getan, was ich tun musste. Werde du glücklich mit ihm. Du hast es verdient, Thynia. Du hast es ...«

Es blieb ihm versagt, den Satz zu Ende zu sprechen.

Noch einmal bäumte sich der geschundene Körper des Zauberers auf, dann entkrampfte er sich, und Lhurians Haupt, das Alannah die ganze Zeit über in ihren Händen gehalten hatte, fiel zur Seite.

»Leb wohl, Geliebter«, flüsterte die Elfin fast unhörbar und sprach ein lautloses Gebet. Lhurian – oder Granock, wie er ursprünglich geheißen hatte – war ein Mensch gewesen. Dennoch empfahl sie ihn ihren Ahnen mit der Bitte, sich seiner unsterblichen Seele anzunehmen und ihn dorthin zu geleiten, wo immerwährender Friede und Freude herrschten.

Wo immer das sein mochte …

»Er war ein großer Mann«, bemerkte plötzlich jemand neben ihr, und zu ihrer Verblüffung erkannte sie Corwyns Stimme.

»Ich weiß«, sagte sie nur und nickte in stiller Trauer, während sie Lhurian die Augen schloss, ihn auf die Stirn küsste und sein lebloses Haupt auf dem Boden bettete.

»Vielleicht«, fuhr Corwyn vorsichtig fort, »ist es ja längst zu spät dafür – aber ich bitte dich von Herzen, einem sturen alten Kerl zu verzeihen.«

»Ich habe ihm längst verziehen«, erklärte Alannah.

»Ich spreche nicht von Granock«, sagte Corwyn und ließ schuldbewusst den Kopf sinken. »Statt dir einfach zu vertrauen, habe ich den wilden Mann gespielt und mich wie ein Narr benommen.«

Sie hatte den Kopf gewandt und schaute ihn an. »Weshalb hast du nicht in Tirgas Lan auf mich gewartet? Wusstest du nicht, dass ich zu dir zurückkehren würde?«

»Wie ich schon sagte«, erwiderte er, »ich war ein Narr, blind vor Zorn und Eifersucht. Und ich musste entdecken, wozu die dunkle Seite in mir fähig ist.«

»Wir alle haben eine dunkle Seite.« Alannah blickte schaudernd dorthin, wo die sterblichen Überreste Rothgans lagen. »Aber wir sind in der Lage, aus unseren Fehlern zu lernen.«

»Das hoffe ich«, sagte er leise – und streckte zaghaft die Hand nach ihr aus. Die Elfin ergriff sie, und zum ersten Mal nach langer Zeit glaubte Corwyn wieder das Band zu spüren, das zwischen ihnen bestand.

Er schloss sie in die Arme, und anders als bei ihrem überstürzten Abschied in Tirgas Lan war da kein Widerstand. Trotz allem, was gewesen war, schien Alannahs Liebe zu ihm ungebrochen, und was auch immer in der Vergangenheit gewesen war, sie hatten einander vergeben. Nur die Gegenwart zählte und das, was sie gemeinsam daraus machen würden.

Die Zukunft ...

»Geliebter«, hauchte sie dankbar, während sie seine Umarmung innig erwiderte, »du bist zur rechten Zeit gekommen – dabei sind seit unserer Abreise aus Tirgas Lan nur wenige Tage vergangen.«

»Wochen«, berichtete er.

»Keineswegs.« Alannah schaute ihn erstaunt an. »Lhurian und ich sind erst vor ...« Sie unterbrach sich, als ihr dämmerte, wie dieses Phänomen zu erklären war. »Zeit«, flüsterte sie, »das ist es! Der beschädigte Kristall hat nicht nur die Ordnung der Natur auf den Kopf gestellt, sondern auch jene der Zeit! Aus diesem Grund konnte Margok trotz seines Zustands die Jahrhunderte überdauern – weil die Zeit an den Fernen Gestaden rascher verstrich als anderswo. Der beschädigte Annun musste dies bewirkt haben, ebenso wie den doppelten Balbok.«

»Wen?«, fragte Corwyn verständnislos.

»Nicht wichtig«, meinte sie. »Mich würde vielmehr interessieren, wie es dir gelingen konnte, den geheimen Hort meines Volkes zu finden.«

»Dun'ras Ruuhl«, sagte der König nur.

Alannah erschrak. Sie löste sich aus seiner Umarmung und trat einen Schritt zurück. »Ruuhl?«, fragte sie. »Ist er hier?«

»Nein.« Corwyn schüttelte den Kopf. »Er hat meine Gedanken die längste Zeit vergiftet.«

»Du – hast ihn getötet?«

»Und mit ihm auch meine Eifersucht und meinen Zorn«, bestätigte Corwyn. Er empfand weder Triumph noch Genugtuung dabei. Es war nur eine Feststellung.

»Es war dein Zorn, der dich nach Crysalion getrieben hat?«

»Anfangs«, gab Corwyn unumwunden zu. »Ruuhl hat es verstanden, sich meine Enttäuschung und meine Angst zunutze zu machen, und es hätte nicht viel gefehlt, und er hätte mich dazu gebracht, genau wie er zu denken. Aber dann hat er einen entscheidenden Fehler begangen.«

»Welchen?«, wollte sie wissen.

»Er dachte, dass meine Wut stärker wäre als das Gute in mir, und das war ein Irrtum. Denn alles, was an Gutem in mir ist, kommt von dir, Alannah.«

»Sag das nicht.« Sie blickte beschämt zu Boden. »Ich habe Dinge getan, die ...«

»Was immer es gewesen ist, es ist vorbei«, sagte Corwyn. »Das Signal einer einzelnen Fackel hat genügt, um die Dunkelheit zu vertreiben. Das Böse ist besiegt, Alannah. Es hat keine Macht mehr über uns.«

»Glaubst du das wirklich?«, fragte sie leise.

»Und ob.«

Einen Moment lang blickten König und Königin einander tief in die Augen, dann wollten sich ihre Lippen in einem innigen Kuss begegnen – was ein gewisser Ork zu verhindern wusste.

»*Douk!*«, schrie Rammar empört. »Das darf doch wohl nicht wahr sein! Ihr beide habt euch wieder, und damit soll die Geschichte zu Ende sein?«

»Was willst du?«, fragte Corwyn zurück, der für den Augenblick gar nicht wissen wollte, wie die beiden Orks an diesen Ort kamen – später allerdings würde es einiges zu klären geben ...

»Was wohl?«, wetterte der Ork. »Das hier sind die Fernen Gestade, die Zuflucht aller Schmalaugen, richtig? Wo also sind die Schätze, die sie gehortet haben?«

»Hast du etwa immer noch nicht genug?«, fragte Alannah und seufzte.

»Soll das ein Scherz sein, Elfenweib?« Rammar und Balbok tauschten empörte Blicke. »Deinetwegen hat es uns an diesen traurigen Ort verschlagen. Man hat uns versklavt, uns den *asar* aufgerissen ...«

»*Douk*«, fiel Balbok ihm ins Wort, »nur dir hat man den *asar* aufgerissen.«

»... uns die Ohren durchstochen und mir die Klaue abgehackt«, fuhr Rammar zeternd fort. »Und du fragst mich allen Ernstes, ob ich noch immer nicht genug habe?«

»Es gibt keinen Schatz in Crysalion«, eröffnete Alannah rundheraus.

»Waaas?«, schrie Rammar entsetzt und riss die Augen weit auf. »Ich hör wohl nicht recht?«

»Die Fernen Gestade sind die Zuflucht all jener, die den weltlichen Dingen entsagt haben«, erklärte Alannah, »und dazu gehören auch alle irdischen Schätze. Das wenige, das sie bei sich hatten, haben ihnen die Piraten abgenommen.«

»Also«, sagte Rammar ungläubig, »war alles für den Ghul?«*

»Durchaus nicht«, beschwichtigte Alannah. »Ihr habt einmal mehr geholfen, Erdwelt vor einer gefährlichen Bedrohung zu bewahren – auch wenn ihr dabei den Annun vernichtet habt.«

»Schöner Trost«, maulte Rammar. »Und das bedeutet?«

»Es bedeutet, dass ...«, wollte die Elfin erwidern – als aus den Tiefen des Berges ein dumpfes Grollen erklang, das die Turmkammer erzittern ließ. Der brüchige Kristall der Wände begann zu vibrieren, hier und dort entstanden knackende Sprünge.

»... dass wir sofort verschwinden sollten!«, vervollständigte Corwyn, der die Situation als Erster erfasste. Der Annun war zerstört – und mit ihm auch jene Kraft, die die

---

* orkische Redensart

Kristallfestung einst errichtet und sie über die Jahrtausende hinweg bewahrt hatte. Ohne sie würde der Palast dem Beispiel des Urkristalls folgen und sich in einen Haufen Scherben verwandeln ...

»Er hat recht«, stellte Alannah fest, während das Beben immer mehr zunahm und sich der Boden unter ihren Füßen hob und senkte. »Raus hier! Sofort!«

»*Karsok?*«, fragte Balbok begriffsstutzig.

»Was ist los?«, wollte auch Rammar wissen.

»Kapiert ihr denn nicht?«, schrie die Elfin. »Der Annun ist zerstört! Crysalion ist dem Untergang geweiht!«

»Wirklich wahr?«, fragte Rammar unbeeindruckt.

»Daran besteht nicht der geringste Zweifel«, versicherte Alannah, während Corwyn sie bereits mitriss, dem Ausgang entgegen. Ihre Untergebenen und die Piraten folgten ihnen – nur zwei Orks blieben zurück, von denen einer in dröhnendes Gelächter verfiel, obwohl rings um ihn ein wahres Inferno losbrach.

»Rammar?«, fragte Balbok verunsichert, während sein Bruder kaum an sich halten konnte vor Lachen.

»Nicht jetzt!« Rammar winkte prustend ab. »Ich muss das genießen. Jeden einzelnen Augenblick davon.«

»Aber ...«

»Nicht jetzt, hab ich gesagt!« Er unterbrach sein schadenfrohes Gelächter, um seinem Bruder einen vernichtenden Blick zuzuwerfen. »Kannst du nicht einmal das Maul halten und einen Sieg genießen wie jeder andere? Verstehst du nicht, was gerade passiert? Wir haben den Kristall zu Klump gehauen! Die Fernen Gestade sind nicht länger ein Hort des Friedens und des Glücks. Hat sich was mit Eierkuchen!«

Wieder verfiel er in gackerndes Lachen und ignorierte das neuerliche Beben, das den Turm ins Schwanken brachte, achtete nicht auf die sich immer mehr verzweigenden Sprünge, die inzwischen auch den Boden durchzogen ...

»Das ist ja schön und gut, Rammar«, räumte Balbok ein, »aber ...«

»Was willst du denn noch, du elender *umbal*? Kann man es dir denn gar nicht recht machen? Zum ersten Mal haben wir es geschafft, die Pläne des Elfenweibs zu vereiteln. Wäre es nach ihr gegangen, hätten wir mal wieder den *shnorsh* für sie wegkehren dürfen – aber wir haben den *saparak* umgedreht, und jetzt ...«

Er unterbrach sich, als ein markiges Knirschen zu vernehmen war, so laut und grässlich, dass es durch Mark und Bein ging.

»Was war das?«, wollte Rammar wissen.

»Das versuche ich dir schon die ganze Zeit zu erklären«, kam Balbok endlich zu Wort. »Der Turm wird gleich einstürzen.«

»Waaas?« Erschrocken schaute sich Rammar um, der eben erst ins Hier und Jetzt zurückzufinden schien. »Warum hast du das nicht gleich gesagt?«

»Das wollte ich, aber du hast mich ja nicht ...«

»Du dämlicher *umbal*!«, schnauzte Rammar ihn an. »Ist dir nicht klar, dass wir dabei draufgehen können?«

»*Korr*«, konnte Balbok gerade noch versichern – dann hetzte er auch schon hinter seinem Bruder her, der mit fliegenden Schritten aus der Turmkammer watschelte, unter dem hohen Torbogen hindurch und die Treppe hinab, während der Kristallhort, der über Jahrtausende hinweg Ursprung und Zukunft des Elfengeschlechts gewesen war, verging.

Die Scherben des Annun blieben zurück, ebenso wie die sterblichen Überreste Rothgans und Lhurians, der beiden Zauberer, die einst Freunde gewesen waren, ehe der Kampf um das Reich sie entzweit und sich einer von ihnen dem Bösen zugewandt hatte. Ihr Schicksal hatte sich erfüllt – das der Orks hingegen hing am seidenen Faden ...

31.

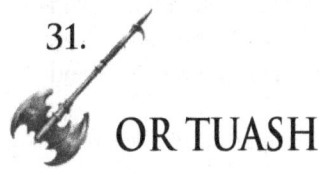

OR TUASH

Hals über Kopf hetzte Rammar seinem Bruder voraus die steile Wendeltreppe hinab.

Ein heller, durchdringender Klang wie von berstendem Glas war zu hören. Der Turm hielt den an ihm zerrenden Kräften nicht länger stand. Das Oktogon zersprang wie zuvor der Annun und mit ihm auch die Kuppel. Eine Eruption winzig kleiner Kristallsplitter stob nach allen Seiten, brachte die umliegenden Türme ins Wanken und schließlich zum Einsturz. Eine Kettenreaktion setzte ein, die sich bis tief ins Innere des Berges fortsetzte, ein Kataklysmus der Zerstörung.

Auch den Orks blieb das nicht verborgen, denn die Treppe, über die sie in ihrer Not in die Tiefe hetzten, begann sich ebenfalls aufzulösen. Schneller, als Rammar auf seinen kurzen Beinen laufen konnte, zuckten weiße Sprünge durch den ergrauten Kristall und sprengten ihn.

Einen heiseren Angstschrei auf den Lippen, versuchte Rammar noch schneller zu laufen, wobei er allerdings stolperte. Er fiel nach vorn, und im nächsten Augenblick schlug und purzelte er die Treppe hinab, sich mehrmals überschlagend – aber immerhin war er auf diese Weise schneller als die Welle der Vernichtung, die den Palast durchlief.

Trotz seiner langen Beine hatte Balbok alle Mühe, seinem Bruder zu folgen, der seinem Kriegsnamen »der Rasende« nun alle Ehre machte. Während sich nur wenige Schritte hinter ihm der Turm in größere und winzige Splitter und kristallinen Staub auflöste und die Stufen zu einem glitzernden Nichts zersprangen, jagte Balbok seinem kullernden und dabei lauthals zeternden Bruder hinterher, zunächst bis zum Ende der Treppe, dann durch den sich anschließenden Korridor.

Irgendwann blieb Rammar benommen liegen – zum Ausruhen oder auch nur dazu, die arg durchgebeutelten Knochen wieder zu sortieren, blieb jedoch keine Zeit. Balbok packte ihn und zog ihn auf die Beine, und mit fliegenden Schritten rannten die Orks den Gang hinab, der ebenfalls von der Zerstörungswelle erfasst wurde. Hohe Säulen und kühne Bogen, einst durch Elfenzauber aus Kristall gewachsen, zerbarsten ebenso wie die Standbilder von Helden und Königen. Rammar war es einerlei, wer die Typen waren, die zu beiden Seiten des Ganges in Scherben zerfielen – er begnügte sich damit, den Kopf zwischen die Schultern zu ziehen, um sich vor den wild umherfliegenden Splittern zu schützen. Nicht wenige davon trafen ihn dennoch, in den Rücken und in den *asar*, wie der Ork missbilligend registrierte.

Wo zuvor noch Elfenwachen postiert gewesen waren, herrschte gähnende Leere. Die Schmalaugen hatten die Flucht ergriffen, nachdem der Bann, unter dem sie offenbar gestanden hatten, gebrochen war – und zum ersten Mal konnte Rammar die Handlungsweise der Schmalaugen nachvollziehen.

Sie erreichten eine weitere Treppe, über die sie noch tiefer hinabgelangten, während sich über und hinter ihnen das Werk der Zerstörung fortsetzte. Rammar hatte längst die Orientierung verloren, nur seinem Bruder war es zu verdanken, dass sie sich inmitten der verwirrenden Vielfalt von Gängen, Galerien und Korridoren noch nicht verlaufen hatten.

Mit einer Zielstrebigkeit, die selbst seinem Bruder Anerkennung abnötigte, fand Balbok auf genau dem Weg zurück, den sie heraufgekommen waren, und so kam es, dass sie sich schließlich im Krater des Berges wiederfanden, über dessen Rand sich groß und mächtig die Kristallfestung erhob – auch wenn absehbar war, dass sie sich nicht mehr lange dort halten würde. Es war nur noch eine Frage von Augenblicken, bis auch die letzten Mauern zerbrechen und der Palast und alles, was sich noch darin befand, in die Tiefe stürzen würden.

Von einer in den Fels gehauenen Galerie aus schaute Rammar in den Krater hinab, wo sich kreuz und quer die Kristallbrücken spannten. Dort sah er flüchtende Elfenkrieger, und für einen Moment glaubte er, auch Corwyn und Alannah inmitten der rennenden Massen auszumachen.

»Da laufen sie!«, rief er triumphierend und ballte die Faust. »Wenigstens dieses eine Mal hat das Elfenweib nichts zu lachen!«

»*Korr*«, räumte Balbok ein, »aber wir auch nicht ...«

Jäh dämmerte Rammar einmal mehr, dass sein Bruder recht hatte. Vor Schadenfreude hätte er fast vergessen, dass der Untergang Crysalions auch ihr Ende bedeutete, wenn es ihnen nicht gelang, sich rechtzeitig in Sicherheit zu bringen.

Aber wie sollten sie das anstellen?

Um rasch hinabzugelangen, musste man die Brücken überqueren, aber bei den Erschütterungen, die den ganzen Berg durchliefen, würden entweder gleich die Ketten reißen, oder der von zahllosen Sprüngen durchzogene Kristall würde nachgeben.

»Hilfe«, brüllte Rammar in seiner Not, »helft uns gefälligst, ihr Faulhirne!«

Aber natürlich hörte keiner das Gezeter des dicken Orks, und wenn doch, scherte sich einfach niemand darum – zumal in diesem Moment geschah, was Rammar längst befürchtet hatte: Die Mauern um den Kraterrand zersplitterten mit lautem Klirren, und als wäre ein Schleusentor geöffnet worden, ergossen sich die Trümmer von Türmen, Kuppeln und Hallen in die gähnende Tiefe, die wie Kuruls Grube alles verschlang. Unter infernalischem Getöse brachen die Schuttmassen herab, die ohnehin schon maroden Brücken boten ihnen keinen Widerstand. Eine nach der anderen wurde von den teils riesigen Bruchstücken durchschlagen, ihre Trümmer einfach mitgerissen.

Eine Lawine des Todes rauschte an den Orks vorbei, begleitet von einem mörderischen Splitterregen.

»Weg hier!«, schrie Rammar. »Nur we...«

Weiter kam er nicht, weil er eine Ladung winzig kleiner Splitter verschluckte, die in seiner Kehle noch scheußlicher kratzten als der feurigste *bru-mill*. Er würgte und spuckte und wäre wohl von einem herabstürzenden Bruchstück aufgespießt worden, hätte Balboks Pranke nicht beherzt zugegriffen und ihn in Deckung gezerrt.

Der hagere Ork hatte eine Öffnung in der Felswand ausgemacht, in die er sich flüchtete, und irgendwie schaffte er es, auch Rammars ausladende Leibesfülle durch den Spalt zu zwängen. Jenseits davon befand sich eine Höhle, in der die Orks kauerten, während draußen das Inferno tobte.

Unmengen von Schutt prasselten in die Tiefe und rissen alles mit, das ihnen im Weg war. Weder die Brücken vermochten ihnen zu widerstehen noch die kunstvollen Bauwerke, die die Innenwände des Kraters säumten. Alles zerbarst und wurde Teil der Zerstörung, die Crysalion erfasst hatte, nun, da der Annun nicht mehr existierte.

Auf den unteren Brücken, in der Tiefe des Berges, drängten sich noch immer zahllose Flüchtlinge. Viele der ehemaligen Dunkelelfen, die benommen aus dem Bann erwacht waren, mit dem Rothgan-Margok sie belegt hatte, waren zunächst orientierungslos umhergeirrt; weder hatten sie gewusst, wer sie waren, noch wo sie sich befanden. Als der Berg dann aber plötzlich erbebte, hatten auch sie die Flucht ergriffen. Zusammen mit den Menschen, gegen die sie soeben noch erbittert gekämpft hatten, rannten sie um ihr Leben, den unterirdischen Minen entgegen.

Vielen von ihnen gelang die Flucht – andere hatten weniger Glück. Als wären die herabstürzenden Trümmer das Strafgericht für ihre Untaten, wurden sie zu Hunderten davon erschlagen oder mit in die Tiefe gerissen. Alannah wirkte zwar ihren Eiszauber, um eine Art Schild zu errichten, der die Lawine der Vernichtung aufhalten sollte, aber das Eis zersprang unter dem Hagel der Bruchstücke, und der Elfin blieb nur, zusammen mit ihrem Gemahl und seinen Getreuen die Flucht fortzusetzen.

Atemlos erreichten sie die schützenden Felsengänge, die sich im Inneren des Berges erstreckten, und durch die Öffnungen, die den Dunkelelfen während der Schlacht um Crysalion als Ausstiege gedient hatten, gelangten sie hinaus ins Freie.

Sie kletterten und rutschten und rannten den Berghang hinab, Ritter wie Fußvolk, Seeräuber wie Soldaten, Menschen wie Elfen. Der Wille zu überleben war ihnen allen gemeinsam, und so gelangten sie als riesige verschmolzene Masse an den Fuß des Berges.

Vergeblich versuchte Corwyn, wenigstens seine Leute zur Ordnung zu rufen. Die Panik hatte auch von ihnen Besitz ergriffen, es ging nur noch ums nackte Überleben. Alle wollten zurück auf die Schiffe und drängten zum Ufer, und nicht wenige stürzten in den Tod bei dem Versuch, möglichst rasch die Klippen hinabzuklettern. Boote gab es längst nicht genug, und viele der Flüchtlinge sprangen kopfüber ins Wasser. Lieber versuchten sie ihr Glück beim Kampf gegen die Brandung, als auch nur einen Augenblick länger auf dem Eiland des Schreckens zu verweilen.

Die Elfen ließen sich mitreißen von der allgemeinen Hysterie und flüchteten sich ebenfalls ins Wasser, und auf den Schiffen, die vor der Küste kreuzten, spielte es keine Rolle mehr, ob einer Elf oder Mensch war, Seeräuber oder Soldat; wer dazu in der Lage war, rettete sich an Bord.

Corwyn und Alannah fanden auf einer Kogge Zuflucht. Der Käpt'n des leichten Seglers fand den König und die

Königin in einem Nachen treibend, den Corwyns Leibwächter organisiert hatten. Dankbar dafür, noch am Leben zu sein, erklomm der König das Deck und stieg auf den Turmaufbau am Heck des Schiffes, um zu sehen, was vor der Küste und auf der Insel selbst geschah.

Es war niederschmetternd.

Da waren Kriegsschiffe, die keine mehr waren; stattdessen fischten ihre Besatzungen Flüchtlinge aus dem Wasser, die gerade noch mit dem Leben davongekommen waren. Da war eine Armee, die praktisch nicht mehr existierte und sich mit dem ehemaligen Feind verbrüdert hatte. Und schließlich ein Berg, der wie ein abgebrochener Stumpf in die Höhe ragte und über dem eine dunkle Wolke der Vernichtung schwebte.

Dies war das Ende von Crysalion.

Die Fernen Gestade existierten nicht mehr.

Ohnedies waren sie längst nicht mehr jener Ort des ewigen Friedens gewesen, als der sie in alten Schriften und Weissagungen gepriesen wurden. Corwyn ahnte, wie sehr Alannah diese Erkenntnis erschüttern musste. Er sah die Tränen in ihren Augen und schloss sie in die Arme, und sie schmiegte sich an ihn, dankbar für den Trost, den er ihr spendete.

Der Annun mochte zerstört sein und mit ihm der Traum von den Fernen Gestaden, aber es war auch ein Sieg errungen worden. Die Kristallpforten waren wieder geschlossen, und jene dunkle Macht, die sich vor undenklich langer Zeit zum Ziel gesetzt hatte, Erdwelt zu erobern, war endgültig bezwungen. In vielfacher Form war sie Corwyn begegnet, mehrmals hatte er ihr getrotzt – niemals jedoch war der Kampf so erbittert und endgültig gewesen wie dieses Mal.

Die Bedrohung existierte nicht länger. Rothgan war vernichtet, und mit ihm war auch Margoks Erbe erloschen. Und irgendwann, wenn sich der Staub der Zerstörung gelegt haben würde und die Tränen der Trauer versiegt waren, würde man erkennen, dass sich an diesem Tag etwas Bedeutsames ereignet hatte, das die Geschichte von Erdwelt für immer verändern würde.

Die letzte Schlacht in einem blutigen und verlustreichen Krieg war geschlagen, der genau an diesem Ort begonnen hatte.

Vor eintausend Jahren ...

32.

TULL ANN TIRGAS LAN
(ARKROSH)

Mehr als drei Monate waren seit Corwyns überstürztem Aufbruch aus Tirgas Lan vergangen. Wieder zurück in der Hauptstadt seines Reiches zu sein gab ihm ein seltsames Gefühl nach allem, was geschehen war.

Ehe er Alannah begegnet war, hatte Corwyns Leben einer Irrfahrt geglichen, die ihn quer durch halb Erdwelt geführt und ihn schließlich vom Kopfgeldjäger zum König hatte werden lassen. Dennoch war es ihm, als hätte er die weiteste aller Reisen gerade erst hinter sich gebracht – eine Fahrt nicht nur über das Meer zu den Gestaden einer sagenumwobenen Insel, sondern auch in die Abgründe seiner eigenen Seele.

Dun'ras Ruuhl hatte ihm seine dunklen Seiten offenbart. Ohne dass Corwyn es bemerkte, hatte sich der Dunkelelf seiner bedient. In der festen Überzeugung, nach seinem eigenen Willen zu handeln, war Corwyn dennoch nichts weiter als Wachs in Ruuhls Händen gewesen, und je offener dieser bekannt hatte, Corwyn zu manipulieren, desto mehr hatte sich dieser gegen diese Einsicht gewehrt. Der ebenso böse wie messerscharfe Verstand des Dunkelelfen hatte ein Gefängnis errichtet, aus dem Corwyn um ein Haar nicht mehr entkommen wäre. Dass es ihm schließlich doch gelungen war, war dem Auftauchen einer Bande Piraten zu verdanken, die ihn trotz all ihrer Laster an das erinnert hatten, was einen Menschen ausmachte: die Fähigkeit, freie Entscheidungen zu treffen und aus Fehlern zu lernen.

Den Auftakt der dreitägigen Feierlichkeiten, mit denen Tirgas Lan die Rückkehr des Königspaars sowie die Vernichtung von Margoks Erben beging, bildete ein Festzug durch die Stadt, mit dem Lhurians gedacht wurde, des letzten großen Zauberers.

Zwar war die sterbliche Hülle des Alten in Crysalion zurückgeblieben, jedoch trugen die Einwohner Tirgas Lans sein Andenken im Herzen, als sie schweigend durch die Straßen der Stadt zogen, dem Vorplatz der Zitadelle entgegen, wo ein Standbild des Zauberers errichtet werden sollte, aus weißem Stein wie bei den Königen der Vorzeit. Und als Alannah ergreifende Worte sprach, mit denen sie Lhurians Lebenswerk gedachte und ihm für alles dankte, was er für Erdwelt und die Menschen getan hatte, da fühlte Corwyn, dass all sein Groll gegen den greisen Zauberer verflogen war. Er zog sein Schwert, um Lhurian die letzte Ehre zu erweisen, und erhob es zum Gruß. Das Gleiche taten auch die Gardisten der Leibwache. Und als man hundert weiße Tauben aufsteigen ließ als Symbol für die unsterbliche Seele des alten Zauberers, fand die Trauerfeier gleichzeitig ihren Höhepunkt und ihr Ende.

Fanfaren erschollen, deren Klang bis in den letzten Winkel der Stadt drang, und das Freudenfest begann. Drei Tage lang würde in Tirgas Lan die Arbeit ruhen, sollten sich die Menschen, die während der zurückliegenden Wochen und Monate in ständiger Furcht vor einem neuen Krieg gelebt hatten, endlich wieder ihres Lebens freuen können.

Und noch jemand hatte Grund zum Feiern – nämlich Kapitän Cassaro und die Piraten der Schädelküste.

Denn obschon sie zahllose Verbrechen begangen und ihre Klingen mit dem Blut Unschuldiger befleckt hatten, hatte der König den Freibeutern als Gegenleistung für ihre Hilfe im Kampf gegen Margoks Erben vollständige Amnestie gewährt – entsprechend ausgelassen tanzten und sprangen sie um die Freudenfeuer, die auf den Plätzen der Stadt errichtet worden waren.

»Haben wir richtig gehandelt?«, fragte Corwyn, der zusammen mit Alannah auf dem Balkon der königlichen Gemächer stand und auf das bunte Treiben hinabblickte, über dem sich der Himmel im Westen orangerot verfärbte.

»Was meinst du?«, fragte sie und schmiegte sich an ihn, wie sie es früher oft getan hatte.

»Cassaro und seine Meute«, knurrte Corwyn. »Sie sind Halsabschneider und Mörder. Viele von ihnen hätten den Tod verdient – stattdessen haben wir ihnen ihre Schuld erlassen.«

»Und im Gegenzug haben sie ihre Waffen niedergelegt und sich Tirgas Lans Herrschaft unterworfen«, brachte die Elfin in Erinnerung. »Es ist ein guter Handel, Corwyn, denn er erspart dem Volk einen weiteren Krieg.«

»Das ist wahr.« Der König nickte.

»Außerdem«, fügte Alannah lächelnd hinzu, »hat die Sache noch einen weiteren Vorteil.«

»Und der wäre?«

»Tirgas Dun«, sagte sie. »Wenn die Stadt wie einst ein blühendes Handelszentrum werden soll, werden dort viele tüchtige Seeleute gebraucht.«

»Das stimmt.« Corwyn nickte – warum war er nur nicht selbst darauf gekommen?

»Ich habe mir erlaubt, Kapitän Cassaro die Hafenkommandantur anzubieten«, erklärte die Elfin weiter, »und ich bin sicher, dass er einwilligen wird. Unter seiner Führung wird Tirgas Dun eine gute Entwicklung nehmen, denn abgesehen von seiner dunklen Vergangenheit und seinem schlechten Geschmack Goldschmuck betreffend, ist er ein gewiefter Verhandlungspartner, der weiß, worauf es ankommt – und was wollen wir mehr?«

»Du hast recht«, stimmte Corwyn zu und gab ihr einen sanften Kuss. »Wie konnte ich mir nur jemals einbilden, ohne dich zurechtzukommen?«

Sie erwiderte seine Zärtlichkeit und küsste ihn innig – bis sich jemand hinter ihnen leise räusperte.

»Ähem ...«

König und Königin fuhren herum, und beide erröteten wie ein Knecht und eine Magd, die zusammen im Heu erwischt worden waren. Vor ihnen stand Ulian, der ehemalige Vorsitzende des Hohen Rats der Elfen, der Erdwelt eigentlich längst verlassen hatte. Zusammen mit den anderen Elfen, die vom Fluch des Dunkelelfen erlöst worden waren und das Glück gehabt hatten, der Zerstörung Crysalions zu entgehen, war er nach Tirgas Lan zurückgekehrt. Entsprechend beschämt und verwirrt wirkte er noch immer.

Zwar war die aschgraue Färbung aus seinem Gesicht gewichen, ins Hier und Jetzt schien er aber noch immer nicht zurückgefunden zu haben. Mit bekümmerter Miene, das Haupt demütig gesenkt, trat Ulian vor König und Königin.

»Wir sind bereit zum Aufbruch«, sagte er nur.

»Ich verstehe.« Corwyn nickte. »Und ihr wollt wirklich nicht bleiben? Erdwelt würde euch mit offenen Armen aufnehmen, genau wie damals, als ...«

»Das bezweifle ich nach allem, was geschehen ist«, fiel der betagte Elf ihm ins Wort.

»Ihr konntet nichts dafür«, versicherte Alannah. »Keiner von euch wusste, was aus den Fernen Gestaden geworden war. Und ihr hattet keine Möglichkeit, euch gegen Rothgan und seine Zauberkünste zu verteidigen.«

»Dennoch«, beharrte Ulian. »Wenn erst bekannt wird, dass die Bedrohung des Reiches von uns Elfen ausging, wird man uns mit Misstrauen begegnen, vielleicht sogar mit Verachtung, Furcht und Hass.«

»Wer sagt, dass es bekannt wird?«, fragte Corwyn.

»Du ... willst es geheim halten?«

»Es wäre nicht das erste Mal, dass etwas aus den Geschichtsbüchern getilgt wird«, meinte Alannah. »Man kann die Erinnerung an die Vergangenheit löschen.«

»Die Erinnerung«, stimmte Ulian zu, »aber nicht die Vergangenheit selbst. Was geschehen ist, ist geschehen, Lügen werden nichts daran ändern. Nur wer sich seiner Geschichte stellt, kann aus ihr lernen – zumindest das sollten wir alle aus diesen Ereignissen gelernt haben.«

»Damit hast du wohl recht«, musste Corwyn zugeben. »Aber was wollt ihr nun tun?«

»Nur zweitausend Elfen sind geblieben – zweitausend von einem Volk, das einst so zahlreich war wie die Sterne. Wir wollen der Welt entsagen und unseren Frieden suchen.«

»Das Recht dazu habt ihr«, sagte Alannah. »Aber wohin wollt ihr euch wenden? Die Fernen Gestade sind nicht, was sie einst waren.«

»Nein«, gab Ulian zu, »aber vielleicht waren sie das auch nie. Ist dir je der Gedanke gekommen, dass wir in all den Jahrtausenden einem Schatten nachgejagt sein könnten? Einem Ideal, das niemals existierte? Es war die Kraft des Annun, die jene Insel zu unserer Heimat gemacht hat. Nun, da er zerstört ist, ist es ein Eiland wie jedes andere geworden. Aber vielleicht«, fügte er hoffnungsvoll hinzu, »gibt es irgendwo dort draußen noch einen anderen Ort, eine andere Insel, die uns all das bietet, was wir verloren haben, und wo immerwährendes Glück und Freude keine leeren Phrasen sind.«

»Du glaubst, dass ein solcher Ort existiert?«, fragte Alannah zweifelnd.

»Wer weiß?« Ulian lächelte.

»Und wie sollte er heißen?«

»Seinen Namen kenne ich nicht – vielleicht wollen wir ihn zunächst einfach die *Noch Ferneren Gestade* nennen.« Sein Lächeln wurde wehmütig. »Wünsche deinem Volk Glück, mein Kind, auf dass es finde, wonach es sucht.«

»Das tue ich, weiser Ulian«, versicherte Alannah, »von ganzem Herzen. Leb wohl, mein Freund.«

Sie trat vor und umarmte ihn, und Gleiches tat anschließend Corwyn. Dann wandte sich der Elf zum Gehen und verließ, eskortiert von zwei Gardisten der Leibwache, das königliche Gemach.

»Er hat nicht um Hilfe gebeten«, stellte Corwyn fest.

»Worum hätte er auch bitten sollen?«

»Schiffe.« Corwyn zuckte mit den Schultern. »Geld, Proviant – was auch immer.«

»Mein Volk ist es nicht gewohnt, jemanden um Hilfe zu bitten«, erklärte Alannah. »Es wird sich eigene Schiffe bauen und sich damit auf die Suche begeben.«

»Und wird es finden, wonach es sucht?«

Sie schaute ihn an. »Wer weiß? Du hast schließlich auch gefunden, wonach du suchtest.«

»Nämlich?«

»Frieden«, antwortete sie. »Und Vergebung.«

»Das ist wahr«, gab Corwyn zu, »aber zu einem hohen Preis. Viele sind im Kampf gegen die Dunkelelfen gefallen. Wir haben Gefährten verloren, Freunde ...«

Er unterbrach sich, doch sie glaubte zu wissen, an wen er gerade dachte, und sagte: »Auch mir werden sie fehlen.«

»Von wem sprichst du?«

»Von Balbok und Rammar natürlich.«

»Unsinn.« Corwyn machte eine wegwerfende Handbewegung. »Um die Unholde tut es mir nicht leid. Sie sind schuld daran, dass die Kristallfestung zerstört wurde und ...«

»... und sie haben dafür mit dem Leben bezahlt«, fügte Alannah traurig hinzu. »Du solltest ihnen vergeben, Corwyn – denn ohne ihre Hilfe wäre es uns wahrscheinlich nicht gelungen, Rothgan zu besiegen.«

»Glaubst du das wirklich?«

»Allerdings. Seit jenem Augenblick auf dem Turm kann ich mich an alles erinnern. Die Vergangenheit liegt vor mir wie ein offenes Buch, und ich erkenne die Zusammenhänge. Lhurian und Rothgan waren einst Freunde, doch ihre Feindschaft hat alles zerstört – die Orks und wir hingegen waren Feinde zu Beginn, aber dann ...«

Corwyn schnaubte laut. »Willst du etwa behaupten, wir wären Freunde geworden?«

»Etwas in der Art«, stimmte Alannah zu, »und wir hatten auch gar keine andere Wahl.«

»Wie meinst du das?«

»Ich habe mich oft gefragt, was es gewesen ist, das die beiden damals nach Shakara getrieben hat.«

»Was soll es wohl gewesen sein? Sie wollten dich entführen, um den Schädel ihres Anführers zurückzubekommen. Die Geschichte ist altbekannt ...«

»Es steht dir frei, das zu glauben. Ich persönlich jedoch glaube, dass es das Schicksal war, das die beiden damals nach Shakara geführt und die Geschichte unserer Welt damit für immer verändert hat. Und wer weiß, vielleicht ist es ja stets so geplant gewesen.«

»Meinst du?«

Sie nickte. »Vergessen wir nicht, dass in ihren Adern das Blut Currans fließt, des allerersten Orks – und dass dessen Bruder Cullan ein Ahne Farawyns war. Auch wenn es sich seltsam anhören mag: Balbok und Rammar entstammten einem vornehmen Geschlecht, dem große Krieger, Zauberer und Könige entsprungen sind, und ich denke, dass dies auch der Grund dafür war, dass sie nach all der Zeit die Kristallpforten öffnen konnten. Sie haben damit unwissentlich eine große Gefahr heraufbeschworen, aber letztendlich haben sie auch geholfen, diese ein für alle Mal zu bannen – und dafür ihr Leben gegeben.«

Corwyn ließ den Blick sinken. Seltsame Melancholie befiel ihn für einen Moment. Dann aber straffte er seine Haltung und sagte sich, dass der Tod zweier Unholde nun wirklich kein Anlass zur Trauer wäre.

»Denkst du, die beiden haben nun wenigstens ihren Frieden gefunden?«, fragte er nach einer Weile.

In Alannahs anmutigen Zügen spielte ein rätselhaftes Lächeln. »Allerdings denke ich das, mein guter Corwyn«, sagte sie – ehe sie ihn erneut küsste und ihn alle Trauer und Wehmut vergessen machte.

EPILOG

Das Leben eines Orks führte bisweilen in ungeahnte Höhen, um schon im nächsten Moment in unverhoffte Tiefen zu stürzen, und es konnte ebenso von schweißtreibender Länge sein wie von erschütternder Kürze. Vor allem aber war es erfüllt von *oignash*, wie Rammar auch diesmal nicht umhin kam festzustellen.

Im einen Augenblick glaubten die Orks noch, diesmal würden sie endgültig in Kuruls dunkle Grube stürzen – und dann kam wundersamerweise alles ganz anders.

In ihrer Felsspalte warteten die Brüder auf das Ende des Infernos, leise wimmernd und eng aneinandergeklammert (woran sich Rammar aber schon kurz darauf nicht mehr erinnern wollte), während die Welt ringsumher in Scherben zu fallen schien, und das im wörtlichen Sinn.

Irgendwann, als die Erschütterungen aus dem Inneren des Berges nachließen und das schreckliche Geklirr berstenden Kristalls verstummte, wagten sie sich aus ihrem Versteck – und blickten auf eine neue Welt.

Eine Welt, die so gar nichts mehr gemein hatte mit dem schönen Idyll, das diese Insel für die Elfen einst gewesen war. Die immergrünen Wälder waren bereits unter der Schreckensherrschaft von Rothgan-Margok zu düsteren Dschungeln geworden, aus denen weißer, nach Moder riechender Dampf aufstieg, und von der Festung Crysalion, einst geistiges Zentrum der Insel und Hort des Lichts, war nichts mehr übrig als jede Menge dunkler Höhlen, die den Berg durchzogen.

Was mit den Menschen und den Elfen geschehen war, konnten Rammar und Balbok nur vermuten. Wahrscheinlich, nahm der dicke Ork an, hatten sie in aller Hast ihre Schiffe bestiegen und waren davongesegelt, zurück aufs Festland oder sonst wohin. Die Brüder jedoch waren auf der Insel zurückgeblieben, die nun *ihre* Insel war.

Und sie waren dort nicht allein.

Wie sich herausstellte, hatten auch viele der Orks, die in den Tiefen des Bergs gefangen gewesen waren, das Inferno überlebt, zusammen mit den Trollen und den Gnomen, die sich in den Wäldern herumtrieben. Und da die Macht der Dunkelelfen und der Bann des Kristalls gebrochen waren, würden sie wieder zu ihrer wahren Natur zurückfinden.

Wenn auch ganz langsam.

Noch Generationen später taten sich die Unholde schwer, das wilde und freie Leben ihrer Vorfahren zu führen. Und da es sonst niemanden gab, der nach der Herrschaft trachtete, wurden Rammar der schrecklich Rasende und Balbok der Brutale erneut Häuptlinge eines *bolboug* – das diesmal allerdings nicht aus ein paar jämmerlichen Felslöchern bestand, sondern aus den Katakomben einer einstmals stolzen Festung, die sich bis tief ins Innere des Berges erstreckten. Und da sie schon dabei waren und es weit und breit keine Konkurrenz zu befürchten gab, riefen sich die beiden auch noch gleich zu Königen aus, zu Herrschern nicht nur über ihr Dorf, sondern über die ganze Insel.

Auf einem riesigen, aus Kristallsplittern errichteten Thron fläzend, der so breit war, dass er zwei *asar'hai* ausreichend Platz bot, nahmen sie die Huldigungen ihrer neuen Untertanen entgegen, die sich ihren Befreiern bereitwillig unterwarfen. Im Gegenzug gaben Balbok und Rammar ihnen Namen, die sie fortan als freie Orks tragen würden. Da für die zahllosen Unholde, die von den Dunkelelfen als Sklaven gehalten worden waren, entsprechend viele Namen gebraucht wurden, mussten die Brüder mangels Phantasie improvisieren: Den einen nannten sie *Gobcha*, weil er als Schmied gearbeitet hatte, einen anderen *Snagor*, weil seine Zunge gespalten war, einen weiteren *Bodash*, weil er steinalt war, und wieder einen anderen *Pochga*, weil er seine Körpergase nicht für sich behalten konnte.

Den schmächtigen Ork, der sich als Kastellan betätigte und mit bebender Stimme jeden Unhold ankündigte, der vor den Thron trat, nannten sie *Klogionn*, weil sein kahler Schädel sein hervorstechendstes Merkmal war. Klogionn war ein alter Bekannter. Er war der Vorarbeiter gewesen, der die Brüder am Tag ihrer Ankunft in den Minen in Empfang genommen und sie in ihre Sklaventätigkeit eingewiesen hatte. Nun gaben Balbok und Rammar die Anweisungen – und das mit unverhohlenem Genuss.

Gerade verbeugte sich wieder ein Ork vor ihrem Thron – ein narbenübersäter grünhäutiger Hüne, der noch viel zu schmächtig war für seine Körpergröße.

»Schwörst du uns, deinen Königen, ewige Treue?«, rief Rammar herrisch und fuchtelte drohend mit dem linken Arm, an dem er die Spitze eines neu geschmiedeten *saparak* als Prothese trug.

»Das tue ich«, kam es unterwürfig zurück.

»Dann steh gefälligst auf, *umbal*!«, fuhr Rammar ihn an. »Ein Ork aus echtem Tod und Horn beugt vor nichts und niemandem das Haupt, merk dir das!«

»Ja, Herr.«

»Ja, mein König!«, verbesserte Rammar.

»Ja, mein König«, sagte der Untertan und entblößte sein lückenhaftes Gebiss zu einem breiten Grinsen. »*Umbal* ist euer ergebener Diener.«

»Umbal? Wer soll das sein?«

»Ich natürlich«, erklärte der Ork im Brustton der Überzeugung. »Du selbst hast mir den Namen doch gerade gegeben.«

»Was soll ich getan haben?« Während Rammar noch zu verstehen versuchte, verfiel Balbok in wieherndes Gelächter.

»Sieht so aus«, meinte er vergnügt, »als wäre ich nicht mehr der einzige *umbal* hier.«

»Offensichtlich.« Rammar seufzte und bedeutete ihrem Untertanen, sich vom Thron zu entfernen. »Wie viele noch?«, erkundigte er sich beim Kastellan.

»*Iomash*«, gab dieser die korrekte Antwort, obwohl er als Vorarbeiter in den Minen der Dunkelelfen den Umgang mit Zahlen gelernt hatte. Doch Rammar hatte ihm ausdrücklich verboten, zu zählen oder gar zu rechnen. Schließlich konnte es nicht angehen, dass der *asar* schlauer war als der *koum*. »Soll ich den Nächsten hereinholen?«

»Noch nicht«, wehrte Rammar ab. »Erst mal muss ein ordentlicher Humpen Blutbier her.«

»Und ein Kessel *bru-mill*«, fügte Balbok hinzu, einen Krallenfinger belehrend erhoben. »Das gehört nämlich zusammen, musst du wissen.«

»Wie ihr wünscht«, erwiderte Klogionn und entfernte sich aus der Thronhöhle.

»Sie müssen noch viel lernen«, meinte Balbok, der ihm mit einer Mischung aus Nachsicht und Rührung hinterherblickte.

»Kann man wohl sagen«, stimmte Rammar verdrießlich zu. »Diese *lus-irk'hai* haben wirklich alles vergessen, was einen Ork aus echtem Tod und Horn ausmacht.«

»Ihr Glück«, sagte Balbok, »dass sie gute Lehrer haben.«

»*Korr*«, meinte Rammar, und zumindest dieses eine Mal waren sich die beiden Brüder einig.

Das Blutbier wurde gebracht – natürlich noch kein Altgelagertes, sondern frisch zubereitetes, das noch längst nicht den ranzigen, vergorenen Geschmack hatte, den Kenner zu schätzen wussten. Balbok und Rammar ließen sich trotzdem ordentlich einschenken, prosteten einander zu und leerten die Schädelkrüge bis auf den Grund.

»Was wohl aus ihnen geworden ist?«, fragte Balbok, nachdem er sich mit dem Klauenrücken den Schaum abgewischt hatte.

Rammar stocherte mit der *saparak*-Prothese in den Zähnen herum. »Aus wem?«

»Corwyn und Alannah.«

»Woher soll ich das wissen?«

»Ob wir sie jemals wiedersehen werden?«

»Bei Kuruls Grube, ich hoffe nicht!«, erwiderte Rammar aufgebracht und etwas lallend – das Blutbier zeigte bereits Wirkung. »Wenn wir Glück haben, ist ihr Schiff gesunken, und sie liegen irgendwo auf dem Feeresgrund als Mutter für die Mische ... Ich meine, als Futter für die Fische. Nach all dem Ärger, den sie uns gemacht haben, wäre das die gerechte Strafe.«

»*Korr*«, stimmte Balbok zu, wenn auch nicht ganz so überzeugt. Denn wenn er an die Abenteuer dachte, die sie gemeinsam erlebt hatten – die Flucht aus Shakara, den Kampf gegen die Eisbarbaren und den Waldtroll, die Befreiung Tirgas Lans, die Reise durch den Smaragdwald und noch vieles mehr –, dann überkam ihn doch ein bisschen Wehmut, und insgeheim hoffte er nicht nur, dass der König und die Königin überlebt hatten, sondern dass sich ihre Wege sogar wieder kreuzen würden, vielleicht irgendwann, eines fernen Tages ...

Und noch etwas gab es, das den hageren Ork beschäftigte.

»Du, Rammar«, sagte er.

»Was ist?«

»Etwas lässt mir keine Ruhe.«

»Dein Problem«, kam es trocken zurück.

»Dort oben im Turm, als uns der Zauberer in seiner Gewalt hatte, da hast du etwas gesagt, das mir nicht recht aus dem Schädel will.«

»Nämlich?«

»Dass es dir egal wäre, wenn der Zauberer mich umbringt«, erwiderte Balbok leise.

Rammar schaute ihn von der Seite an. »Und?«

»Das war gelogen, oder?«

»*Shnorsh*, woher soll ich das denn noch wissen?«, brauste Rammar auf. »Das ist ewig her, und ich lüge andauernd.«

»Ich frage nur«, sagte Balbok mit hängenden Schultern, »weil ich manchmal wirklich ein ziemlicher *umbal* bin ...«

»Das stimmt.«

»... und ich dich immerzu in Schwierigkeiten bringe.«

»Stimmt auch«, pflichtete Rammar abermals bei. »Aber für Schmalaugen, die mir den *asar* aufgerissen haben, habe ich noch sehr viel weniger übrig als für einen *umbal* wie dich. Beruhigt dich das?«

»*Korr*«, sagte Balbok mit einem enttäuschten Gesicht, das seine Zustimmung Lügen strafte.

»Außerdem«, fügte Rammar (wenn auch sehr viel leiser) hinzu, »kannst du bisweilen eine ganz brauchbare Hilfe sein. Und ganz sicher«, nuschelte er kaum verständlich, »bist du der wildeste Ork, den ich kenne.«

»F-findest du?« Balboks spitze Ohren, die zuletzt schlaff herabgehangen hatten, richteten sich wieder auf.

»Nach mir natürlich«, schränkte Rammar ein.

»*Korr*.« Balbok nickte begeistert und schwieg eine Weile, ehe sein Gesicht abermals einen nachdenklichen Ausdruck annahm und sich seine Stirn runzelte. »Weißt du, was ich mich außerdem noch frage?«

Rammar schnaubte unwillig. »Was denn noch?«

»Sind wir nun gute Orks oder böse?«

»Was soll denn das nun wieder?«, rief Rammar verständnislos. »Böse natürlich, was denn sonst? Schließlich sind wir Orks aus echtem Tod und Horn.«

»Schon«, räumte Balbok ein. »Aber wir haben den Menschen dabei geholfen, ein Königreich zu errichten. Und wir haben es gegen seine Feinde verteidigt. Und schließlich haben wir die Herrschaft der Dunkelelfen beendet.«

»Das haben wir«, pflichtete Rammar bei, »und dabei jedes Mal einen guten Schnitt gemacht.«

»Aber«, wandte Balbok ein wenig hilflos ein, »dann haben wir doch eigentlich etwas Gutes getan, oder nicht?«

»*Umbal!*«, rügte Rammar ihn und tippte sich mit der Spitze seiner Prothese an die Schläfe. »Du hast zu viel Zeit in der Gesellschaft von Milchgesichtern verbracht. Ist nicht gut fürs Hirn.«

»Wieso? Was meinst du?«

»Nur Menschen zerbrechen sich den Kopf darüber, was gut oder böse ist. Da Orks grundsätzlich böse sind, brauchen wir uns darüber keine Gedanken zu machen.«

»Aha«, sagte Balbok und nickte, obwohl er die Sache noch immer ziemlich verwirrend fand. Die Falten auf seiner hohen Stirn vertieften sich entsprechend. »Und wenn man von uns denkt, dass wir etwas Gutes getan haben, obwohl wir uns doch alle Mühe gegeben haben, böse zu sein?«

»Manchmal bist du wirklich zu dämlich!« Rammar bedachte seinen einfältigen Bruder mit einem strafenden Blick. »Wer, bei Graishaks Schädel, sollte denn so etwas Bescheuertes tun?«

»Was weiß ich?« Balbok zuckte unbeholfen mit den Schultern. »Milchgesichter vielleicht, die unsere Geschichte irgendwann lesen und sich fragen, ob es uns je wirklich gegeben hat.«

»*Schmarren!*«, fauchte Rammar. »Glaubst du denn, eine Geschichte wie die unsere wird aufgeschrieben? Vielleicht noch auf Papier, was? Und womöglich zwischen Deckel gebunden, damit sie sich jeder in seine Höhle holen und lesen kann!«

»*Korr*, das glaube ich«, war Balbok überzeugt. »Und wie ich das glaube, du dicker kleiner *umbal* ...«

APPENDIX A

DIE SPRACHE DER ORKS

Die Sprache der Orks ist denkbar einfach strukturiert. Ihre grammatikalischen Prinzipien können von jedem Interessierten mühelos erlernt werden, Schwierigkeiten bereitet allenfalls die Aussprache. So werden Menschen auch dann, wenn sie sich zur Unkenntlichkeit verkleiden, unter Orks in der Regel an ihrem Akzent erkannt und müssen mit drastischen Konsequenzen für Leib und Leben rechnen.

Die kriegerische Ork-Kultur kennt weder den Beruf des Schreibers noch den des Schriftgelehrten und hat folglich weder geschichtliche Dokumente noch literarische Werke hervorgebracht. Selbst die wenigen Ork-Gelehrten haben ihre Erkenntnisse niemals schriftlich niedergelegt. Entsprechend wurde die ursprünglich vom Elfischen abstammende Sprache der Orks lediglich mündlich tradiert und hat sich auf diese Weise im Lauf der Jahrhunderte beständig vereinfacht. So kennt das Idiom der Orks weder Deklinationen noch Konjugationen, unterschiedliche Casus und Tempora werden lediglich durch den Zusammenhang erschlossen bzw. durch die orkische Eigenheit des *tougasg* (siehe unten). Einzige Ausnahme ist der Genitiv, der durch Voranstellung der Silbe *ur*'- ausgedrückt wird. Häufig werden Worten Anhängsel beigefügt, die ihre Bedeutung sinnstiftend verändern, so z.B. das Suffix -'*hai*, das den Plural ausdrückt (*umbal* – der Idiot; *umbal'hai* – die Idioten).

Da Orks Wert auf die genaue Bestimmung ihrer Besitzstände legen, werden auch derlei Zugehörigkeiten durch angehängte Silben ausgedrückt, z.B. -'*mo*, was »mein« bedeutet, oder -'*nur*, was »dein« heißt. Eine Unterscheidung zwischen Adjektiv und Adverb, wie sie in höher entwickelten Menschensprachen gebräuchlich ist, kennt die Ork-Sprache (zur hellen Freude der jungen Orks) grundsätzlich nicht.

Zum Formen eines Satzes werden die entsprechenden Worte lediglich aneinandergereiht, wobei sich die Reihenfolge Subjekt – Prädikat – Objekt eingebürgert hat, aber nicht zwingend eingehalten werden muss, zumal dies auch von Stamm zu Stamm variiert. Verben werden – bis auf wenige Ausnahmen – durch die Verbindung eines Substantivs mit der Endung -'*dok* (tun, machen) gebildet, z.B. *koum'dok*, was übersetzt »jemanden enthaupten« bedeutet. Die Bedeutung der so entstehenden Verben ist von unterschiedlicher Klarheit – mal ist sie auf den ersten Blick ersichtlich, wie bei *gore'dok* (lachen), dann wieder bedarf sie einiger Interpretation, wie bei *lus'dok*, was man wörtlich etwa mit »sich wie Gemüse benehmen« übersetzen kann, in Kenntnis der allgemeinen Abneigung der Orks gegen vegetarische Ernährung jedoch als »feige sein« verstanden werden muss. Aufgrund zahlreicher Anfragen sei auch kurz erklärt, wie das Orkische das Partizip Perfekt Passiv, kurz PPP genannt, zu bilden pflegt, nämlich in der Regel durch simples Anhängen der Buchstabensilbe '*dh* an das entsprechende Verb. Aus *kar'dok* »verdrehen« wird so *kar'dok'dh* – »verdreht«.

Zahlen entstehen, indem die Zahlwörter von Null bis neun aneinandergereiht werden:

Null . . . . *oulla*
eins . . . . *an*
zwei . . . . *da*
drei . . . . *ri*
vier . . . . *kur*
fünf . . . . *kichg*
sechs . . . . *sai*
sieben . . . . *souk*

acht	*okd*
neun	*nou*

Auch hier ist die Reihenfolge beliebig, sodass etwa bei *okd-an* grundsätzliche Unklarheit darüber besteht, ob nun die Zahl 18 oder 81 gemeint ist. Da jedoch die wenigsten Orks zählen geschweige denn rechnen können, fiel dieser Faktor in ihrer Geschichte weniger ins Gewicht, als man annehmen sollte. Im Sprachgebrauch der Orks werden Mengen meist lediglich als *iomash* (viele) oder *bougum* (wenige) angegeben.

Die Etymologie einzelner Wörter und Begriffe ist bei den Orks mehr als bei anderen Völkern in Abhängigkeit von der (nur ansatzweise vorhandenen) kulturellen Entwicklung zu sehen. So ist es sicher kein Zufall, dass das Allerweltswort *dok*, das Wort für trinken *deok* und das eine starke Abneigung oder Verneinung ausdrückende *douk* ganz offensichtlich demselben Wortstamm entwachsen sind. Einige Wörter des Orkischen wurden – auch wenn die Orks selbst das niemals zugeben würden – den Menschensprachen entlehnt, so z. B. *mochgstir* (Meister), *smok* (Rauch), *birr* (Bier) oder *tounga* (Zunge), was vor allem auf das Bündnis der Orks mit den Menschen während des Zweiten Krieges zurückzuführen ist. Zu denken sollte uns geben, dass das orkische Wort für »Mord« ebenfalls aus einer Menschensprache übernommen wurde: *murt*.

Eine letzte Anmerkung sei zum *tougasg* gestattet, was übersetzt »Lehre« bedeutet und eine bei Orks häufig anzutreffende Art der nonverbalen Unterstützung verbaler Kommunikation bezeichnet: Im Gespräch pflegen Orks ihren Worten oft gestenreich und nicht zuletzt auch mit gezielten Fausthieben Nachdruck zu verleihen, was das Verstehen noch einmal erheblich erleichtert. Menschen, die sich dem Erlernen des Orkischen verschrieben haben, muss im Hinblick auf die unterschiedliche Physis von Menschen und Orks allerdings dringend abgeraten werden, *tougasg* im Gespräch mit einem Ork anzuwenden. Erhebliche Schädigungen der Gesundheit können die Folge sein. Für etwaige Nichtbeachtung dieser Regel lehnen sowohl der Autor als auch der Verlag jede Verantwortung ab.

Nachfolgend eine abermals erweiterte Auflistung wichtiger Ork-Wörter und -Begriffe:

abhaim	Fluss
achgal	Angst, Furcht
achgor	behaupten
achgosh	Gesicht
Achgosh douk!	Hallo! (wörtl. »Ich mag deine Visage nicht«)
achgosh'hai-bonn	Menschen (eigentlich »Milchgesichter«)
achgosh-lairk	Graugesicht (Dunkelelf)
airun	Eisen
akras	Hunger
akras'dok	hungrig sein
alhark	Horn
amhorus	Verdacht
amousg	bei, unter
anmosh	spät
ann	in
anochg	gegen
anois	aufwärts
anuash	herunter, hinunter
anur	einmal
aochg	Gast, Passagier
aog	Tod (Alter)
argol	Westen
arkrosh	Wieder
artum	Stein
artum-tudok	Steinschlag
asar	Hintern, Arsch
baish	Proviant
balbok	dumm

barkos	Stirn
barrantas	Macht
barrashd	mehr
bas	Tod (im Kampf)
batar	Boot
bhull	Ball
blar	Schlacht(feld)
blark	warm
blarmur	Seeschlacht
blos	Akzent
bloshmu	Jahr
bochga	Bogen
bochl	Wahnsinn
bodash	Greis
bog	weich
bogash	Sumpf
bogash-chgul	Sumpfgeist
bog-uchg	Weichei
bokum	Geist
bol	Stadt
bolboug	Dorf (Heimat)
bonn	Milch
borb	roh, grausam, brutal
bosh	Schwur
boub	Weib
bougum	wenig(e)
boun	Frau
bourka	Leben
bourtas	Reichtum
bouthash	Bestie
brarkor	Bruder
bratash	Fahne
brish	Bruch
brish'dok	brechen
broigas	Hose
bru	Magen

bruchg	Betrug
bruchgor	Betrüger
bru-mill	Magenverstimmer (orkisches Nationalgericht)
brunirk	Gnom
bruuchg	Lüge
bruuchgor	Lügner
bruurk	Urteil, Gericht
buchg	Hieb, Stoß
bunn	Boden, Wurzel
bunta	Kartoffel
buol	Schlag
buon	Ernte
buunn	Berg
carrog	Klippe, Kluft
chgul	Ghul
chl	mit
coultash	Ähnlichkeit, ähnlich
cour'dok	handeln
courd	Handel
cudach	Spinne
cul	zurück
daorash	Vergiftung
darash	Eiche
dark	Farbe, farbig
darr	blind
datul	Tunnel
deok	Trank, trinken
dhruurz	Zauberer
diaomoun	Diamant
diloub	Erbe, Vermächtnis
diloub'dok	vermachen
dirk	Niederlage
diswok	erwarten
dlurk	nahe
dok	tun

doll	Wiese
domhon	Tiefe, tief
domhor	Geheimnis, geheim
dorash	Dunkelheit, dunkel
douk	nein, auch: Ich mag nicht …
dourg	rot
dous	Süden
drachg	Ärger, Wut
drashda	jetzt
drum	Rücken
dulchgoudas	Schwierigkeit, Hindernis
duliash	Teil
dunn	Mann
durkash	Land
duuchg	Eis
duusuul	bereit, fertig
eh	er, es
eolash	Wissen, Erkenntnis
eugash	ohne
eukior	Unrecht
fachg	Blatt
faihoc	wild
faklor	Wortschatz
famhor	Riese
faramh	leer
fasash	Wüste
feusachg	Bart
feusachg'hai-shrouk	Zwerge (eigentlich »Hutzelbärte«)
fhada	lang
fhuun	selbst
firunn	Wahrheit
foisrashash	Information
fosh	fern, weit
fouk	sehen
fouksinnash	sichtbar
fouksinnash douk	unsichtbar

four	Kerl, Ding
fruukoudum	Wache, Wächter
fu	unter
ful	Blut
fuurk	Verzögerung
fuurk'dok	warten
gaork	Wind
ghu	zu, nach
gloikas	Weisheit
gobcha	Schmied
gore	Gelächter
gore'dok	lachen
gorm	grün
gosgosh	Held
goshda	Falle
gou	bis
goulash	Mond
goull	Versprechen
goultor	Feigling
gourr	kurz
gouta	Pforte, Tor
granda	hässlich
gron	Hass
gruagash	Jungfrau
gubhirk	fast
gulmag	Seeungeheuer
gurk	Stimme
gurk'dok	schreien
gusgul	Schimpfwort
huam	Höhle
ih	sie
imash	Abreise, Aufbruch
imiash	Aufbruch
imiash'dok	aufbrechen, weggehen
iodashu	Nacht
iomash	viel(e)

irk	fressen
isoun	Huhn
kagar	Flüstern
kaka	Kuchen
kalash	Hafen
kalumm	Boot (orkische Bauart)
kamhanochg	Dämmerung
kaol	eng, schmal
kar	Verrenkung
kar'dok	vedrehen
karal	Freund, Gefährte
karsok?	warum?
kas	Bein
kas	Fuß
kaslar	Landkarte
keol	Musik
khumne	Gedächtnis
khumne'dok	nachdenken
kiod	Diebstahl, Raub
kio'dok	stehlen, rauben
kionnoul	Kerze
kionoum	Treffen
klogionn	Schädel
klogosh	Helm
kluas	Ohr (eines Ork)
knam	kauen, verdauen
knomh	Knochen
knum	Wurm, auch orkisches Längenmaß (ca. 30 cm)
Ko, k'	wer
koinnoumh	Begegnung
kointash	schuldig
kointash douk	unschuldig
koll	Wald
komanash	Jäger
komanta	Gemeinsamkeit, gemeinsam

komhal	immer
komharrash	Zeichen
komhorra	Rat (der Ältesten)
komuchl	zusammen
komuchl-krichg	Zusammenkunft
korr	Einverstanden, allgemeine Bejahung
korr	ja
korrachg	Finger
korzoul	Burg
koum	Kopf
koun-kinish	Häuptling (eines Ork-Stammes)
kourt	gerecht
kourtas	Gerechtigkeit
krark	beben, (sich) schütteln
krich'dok	kommen
kriok	Ende
Kriok!	Genug damit! (wörtlich »Ende«)
kro	Tod (gewaltsam)
kro-buchg	Todesstoß
kroiash	Grenze
krok	tot
kro-sabal	Todeskampf
kro-truuark	Todeskommando
krutor	Kreatur
kudashd	auch
kul	Rückseite
kulach	Fliegen, Flug-
kulach-knum	Lindwurm
kulish	Versteck
kum	behalten
kungash	Medizin, Heilmittel
kunnart	Gefahr, gefährlich
kur	Drehung, auch: Verrenkung
kur'dok	drehen, auch: verrenken
kuroush	Einladung
kursosh	Vergangenheit

kuun	Fremder, fremd
lachg	Gesetz
lairk	grau
laochg	Krieger
lark	schnell
larka	Tag
larkor	Gegenwart
lash'dok	kennen, erkennen
lashar	Flamme
liosg	Feuer
lonk	Schiff
lorchg	Fährte
lorg	Fund, Spur
luchga	klein
lum	Sprung
lumm	Klinge
lus	Gemüse
lus'dok	feige sein, sich (vor Feinden) fürchten
lus-irk	Vegetarier (wörtlich »Gemüsefresser«)
lut	Wunde, wund
luusg	Faulheit
madon	Morgen
mainn	Absicht
malash	Hund
malash-arralsh	Wolf
mashlu	Schande
mathum	Bär
mill	verderben
minras	Mine
miot	Stolz
moash	früh
mochgstir	Meister
moi	ich
moror	Herrscher
mu	wenn

mu ... ra	wenn ... nicht
muk	Schwein
muk'dok	kleckern
muntir	Volk
mur	Meer
murruchg	Made
murt	Mord, Mörder
nabosh	Nachbar
namhal	Feind
nifful	Nebel
nokd	erscheinen, sich zeigen
noud	Nest
nuarranash	heulen
nuash	neu
'nur	dein
ochdral	Geschichte, Historie
ochgan	Zweig
ochgurash	Schwuler, schwul
oignash	Überraschung
oinsochg	Angriff
oir	Gold
oirkir	Küste
oisal	niedrig
ol	Luft
ol'dok	verschwinden
olk	böse
ombruut	Zwietracht
or	auf
orchgoid	Silber
ord	Hammer
ordashoulash	verschieden, unterschiedlich
ord-sochgash	Kriegshammer (Waffe)
orgoid	Geld, Bezahlung
ork	Ork
ork-boun	Orkin
orson	für, um

oruun	Arena
oskoin	über
ouash	Pferd
oudarshoulachash	Unterschied, unterschiedlich
ounchon	Gehirn
our	Osten
pirak	Seeräuber, Pirat
plum	Plan, Vorhaben
pochga	Furz
poibh	Pfeife
pol	Schlamm
rabhash	Warnung
radum	Ratte
rammash	dick
rark	Festung
rash	Rache
richg	König
rochg	Rotz
rochgon	Wahl
roub	reißen
ruchg	Tal, Schlucht
rushoum	Glaube
ruuk	Verkauf
ruuk'dok	verkaufen
's	und
sabal	Kampf
salash	Dreck, dreckig
samashor	Schweigen
sammash	leise, still
saobh	Raserei
saobh	verrückt (vor Wut)
saparak	Speer
sgark	Schild
sgarkan	Spiegel
sgimilour	Eindringling
sgol	Schatten

sgorn	Kehle
sgudar	Darm
sgudar'hai	Eingeweide
shadag	Funke
shnorsh	****
shnorshor	Scheißer (abwertend)
shron	Nase
shron'dok	atmen
shrouk'dok	schrumpfen
shrouk-koum	Schrumpfkopf
shub	schwarz
sioll	Blitz
siorrush	Ewigkeit, ewig
slaish	Schwert
slichge	Weg
slok	Grube
slug	Schluck
smarkod	vielleicht
smok	Rauch
snagor	Schlange, Reptil
snoushda	Schnee
sochgal	Erde, Welt
sochgash	Krieg
sochgor	Staatsgeheimnis
sochgoud	Pfeil
sochgoud's bochga	Pfeil und Bogen
sonash	Freude
sonash'dok	freuen
soubhag	Falke
soukod	Jacke, Rock
soulbh	Glück
soullash	Blick
soun	alt
spogg	Kralle
spoikash	gemein
spoulg	Splitter

sturk	Stoff, Material
sul	Auge
sul'hai-coul	Elfen (eigentlich »Schmalaugen«)
sul'hai-coul-boun	Elfenweib (abwertend)
sutis	süß
tashol	Besuch
tog	Graben
togol	Gebäude, Haus
torma	Armee, Heer
tornoumuch	Donner
tosash	Anfang, Beginn
tougasg	Lehrer, Lehre
tounga	Zunge
trurk	Verrat
trurk'dok	verraten
trurkor	Verräter
truuark	Unternehmen
tuachg	Axt
tuark	Norden
tuash	Flucht
tudok	Fall, fallen
tul	Loch
tull	Rückkehr
tur	Turm
tur'dok	flüchten
turus	Reise
tutoum	Sturz
uchg	Ei
uchl-bhuurz	Ungeheuer
umbal	Idiot
umm	Zeit
unnog	Fenster
unur	Ehre
ur'kurul-lashar	Kuruls Flamme
ur'Kurul-slok	Kuruls Grube
urku	du

usga	Wasser
usganash	Wasserfall
ush	Interesse
uule	anders, andere
uuloun	Insel

APPENDIX B

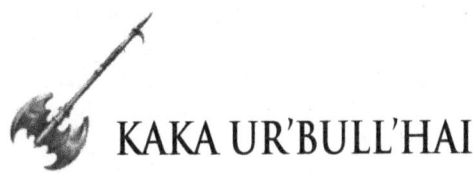

KAKA UR'BULL'HAI

Da die Orks – auch wenn sie dies nicht gerne zugeben – elfischen Ursprungs sind, weist ihre Speisekarte auch einige Gerichte der klassischen Elfenküche auf, wenngleich in mehr oder weniger stark abgewandelter Form. Eines der bekanntesten Beispiele hierfür ist der berühmte elfische Eierkuchen, der nach altem elfischem Brauch in friedlichen Freuden verzehrt wird, was in einem bis heute gebräuchlichen Sprichwort Niederschlag gefunden hat. Da Orks jede Form von Harmonie verhasst ist, ist ihre Version des *kaka ur'bull'hai* zu einer Verballhornung des ursprünglichen Rezepts geraten. Die elfischen Originalzutaten sind heute nicht mehr bekannt, wohl aber jene, die in der Ork-Küche Verwendung fanden:

– *1 kleiner Krug Jauche (frisch)*
– *8 Eier vom Stinkfisch (faulig)*
– *gemahlenes Warg-Knochenmehl*
– *geschmolzenes Trollfett (ranzig)*
– *etwas Salz*

Die Zubereitung beginnt damit, dass Jauche, Eier, Knochenmehl, Salz und zerlassenes Trollfett in einen rostigen Kessel gegeben und verrührt werden. (Orks verwenden dafür gewöhnlich ihren *saparak*, aber auch ein gewöhnlicher Kochlöffel erfüllt seinen Zweck.) Anschließend pflegt der Koch einen Humpen Blutbier zu trinken (Rezept siehe »Der Schwur der Orks«) und in dieser Zeit den noch frischen Teig gehen zu lassen. Anschließend wird eine große Metallpfanne (Orks verwenden nicht selten ihren Schild) mit ranzigem Trollfett bestrichen. Ist das Fett heiß, wirft man eine Klaue Teig darauf und wartet, bis dieser fest geworden ist. Den Fladen wenden und von der anderen Seite backen und am besten noch warm verzehren – *lish-knam*!

Orkische *kaka ur'bull'hai* werden übrigens gern als Nachtisch zum *bru'mill* gereicht, dem berühmten orkischen Nationalgericht (Rezept siehe »Die Rückkehr der Orks«).

Experimentierfreudigen Menschen kann die Nachahmung der orkischen Zubereitungsweise nicht uneingeschränkt empfohlen werden – Orks beispielsweise mögen ihre Eierkuchen am liebsten angebrannt. Auch im Hinblick auf die Zutaten kann eine Substituierung durch bekömmlichere Ingredienzen nur dringend angeraten werden.

Im Einzelnen sind dies:

– *½ Liter Milch*
– *4 Hühnereier*
– *250 g Weizenmehl*
– *50 g zerlassene Butter*
– *eine Prise Salz*

Exklusive Leseprobe aus dem Roman

»DIE ZAUBERER«

von Michael Peinkofer

*Eintausend Jahre vor den »Orks« nimmt ein großes
Abenteuer seinen Anfang – und eine Zeit der Dunkelheit
bricht in Erdwelt an ...*

1. NEIDORAN EFFRANOR

Es war ein finsteres Ritual, das auf der Lichtung stattfand, eingehüllt von einer mondlosen Nacht und umgeben von der schwarzen Wand des Waldes.

Zehnmal war der dumpfe Schlag der Trommeln erklungen, zehnmal hatte sich die Klinge ins Herz eines unschuldigen Opfers gesenkt, zehnmal war die geheime Formel gesprochen worden, die in verbotenen Schriften die Zeit überdauert hatte.

Carryg ai gwaith ...

Zehn Menschen hatten ein grausames Ende gefunden, Dorfbewohner aus dem Süden, die man in den Nächten zuvor aus ihren Hütten verschleppt hatte. Niemand würde je erfahren, was mit ihnen geschehen war. Ihre Schreie hatten sich mit dem heiseren Gebrüll der Urwaldtiere zu einem schaurigen Chor vermischt, um dann jäh zu verstummen.

Carryg ai gwaith ...

Das Ritual war beendet, die Anweisungen waren genau befolgt worden, und jeder der in weite Mäntel gehüllten Schatten, die auf der Lichtung standen, wartete darauf, dass der Bannspruch seine Wirkung entfaltete.

Carryg ai gwaith ...

Stein zu Blut.

Die Veränderung trat so langsam und unmerklich ein, dass sie kaum jemandem auffiel, zumal der flackernde Schein der Fackeln nicht ausreichte, um die Lichtung ganz zu erhellen.

Reglos standen die Schatten inmitten der zehn steinernen Figuren, zu deren Füßen je eines der leblosen Opfer lag, das Herz durchbohrt und die Gesichtszüge in namenlosem Schrecken erstarrt.

Mit jedem Augenblick, der verstrich, wurden die Mienen der Toten blasser und sanken ihre Augen tiefer in die Höhlen, bis die Toten schließlich den Eindruck erweckten, als hätten sie ihr Leben nicht eben erst ausgehaucht, sondern schon vor langer Zeit, und als hätte die Feuchtigkeit des Dschungels ihre Körper konserviert. Ihre Haut wurde nicht nur bleich, sondern auch runzlig wie welkes Laub, während das Fleisch darunter zu verdörren schien. Bald spannte sich die Haut dünn und ledrig über die Knochen, und die Gesichter wurden zu grässlichen Schädelfratzen. Allerdings blieb der entsetzte Ausdruck darin unverändert.

Gleichzeitig war zu beobachten, wie das Blut, das den menschlichen Körpern entzogen wurde, unterhalb der Statuen zusammenfloss – dunkelrote Rinnsale, die in dünnen gezackten Linien an den Sockeln und schließlich an den Standbildern selbst hinaufkrochen.

»Es beginnt!«, rief jener Schatten, der das Ritual geleitet hatte und in der Mitte der Lichtung stand, die blutige Klinge noch in den Händen. »Sie erwachen ...!«

Nicht nur die Trommeln und Schreie der Opfer waren längst verstummt, sondern auch die Geräusche des Urwalds, so als hielte die Natur den Atem an und harrte bange der Ereignisse, die über die Welt hereinbrechen würden.

Gebannt beobachteten die Vermummten, wie sich die Blutbahnen weiter über die lebensgroßen Figuren ausbreiteten, wie sie den Brustkorb überzogen und die muskulösen geschuppten Arme und sich dabei immer weiter verästelten, wie sie die Klauen bedeckten und den peitschenähnlichen Schweif und wie sie sich schließlich am Hals emporwanden und den kahlen Schädel mit dem zähnestarrenden Maul umhüllten.

Ein heftiger Windstoß ließ die Flammen der Fackeln fauchen und die Blätter der Bäume rascheln, und schlagartig verschwanden die blutigen Linien, die die Standbilder wie

Spinnennetze überzogen hatten – geradeso, als hätte sie etwas mit unfassbarer Gier ins Innere der steinernen Figuren gesogen.

Fast im selben Augenblick ging mit den Statuen eine dramatische Veränderung vor sich.

Sie öffneten die Augen.

Wo zuvor noch kalter, grauer Stein gewesen war, loderte auf einmal orangerote Glut, und dann schüttelte der erste der steinernen Krieger die Reglosigkeit ab, die ihn über Jahrtausende hinweg gebannt hatte, und stieg von seinem Sockel.

Das schmutzige Grau des alten Gesteins war zu giftigem Grün geworden, das von schwarzen Linien und Zacken durchzogen war. Die Kreatur legte den Kopf in den Nacken und stieß ein kehliges Zischen aus, wobei ihre gespaltene Zunge vor- und zurückglitt. Dann erst bemerkte sie offenbar die Vermummten auf der Lichtung, und auf einmal zögerte sie.

Sie begriff, dass etwas nicht stimmte, aber sie konnte nicht wissen, wie viel Zeit vergangen war, seit sie das letzte Mal Angst und Schrecken in dieser Welt verbreitet hatte. Ein ganzes Zeitalter war seither verstrichen.

Doch in dieser mondlosen Nacht, zu jener düsteren Stunde, kehrten die Krieger des Bösen zurück: Einer nach dem anderen erwachte zum Leben und verließ den Sockel, auf dem er die letzten Jahrtausende geruht hatte. Unzählige Winter waren gekommen und gegangen – der Blutdurst der Kreaturen jedoch war ungebrochen, und so rissen sie ihre Mäuler auf und entblößten ihre langen spitzen Zähne, während sie sich bedrohlich auf die Vermummten zubewegten, ungeachtet der Tatsache, dass sie ihnen ihre Befreiung zu verdanken hatten.

Die Schatten scharten sich um ihren Meister, während sich ihnen die Kreaturen immer mehr näherten. Ihre Augen leuchteten in der Dunkelheit, ihr Atem zischte voller Bosheit und Wut.

Schon streckten sie ihre Klauen aus, um die Vermummten zu packen – aber es kam nicht dazu.

Denn der Meister hob die noch blutige Klinge, reckte sie in den wolkenverhangenen Himmel und sprach mit lauter Stimme jene Worte, die einst verboten worden waren und dennoch die Jahrtausende überdauert hatten. Sie retteten ihm und seinen Anhängern nicht nur das Leben, sondern machten die furchterregenden Krieger aus dunkler Vergangenheit auch zu ihren ergebenen Dienern.

Gaida ai'lafanor'ma rhula rhyfal'raita'y'taith – Kraft dieser Klinge gebiete ich den Kriegern der Dunkelheit!

Schlagartig verharrten die Kreaturen, blickten mit einer Mischung aus Unglauben und hilfloser Wut zu dem Dolch empor, der mit jenem Blut benetzt war, das in ihren Adern floss – und der dunkle Zauber, dem sie unterlagen und der sie allen Regeln der Natur zum Trotz zu denkenden, auf zwei Beinen wandelnden Wesen gemacht hatte, ließ ihnen keine Wahl, als zu gehorchen.

Die Glut in ihren Augen verlosch, und eines nach dem anderen sank auf die Knie, beugte das kahle schuppige Haupt vor seinem neuen Herrscher und erneuerte zischelnd den Eid, den sie bereits einmal geschworen hatten, vor undenklich langer Zeit.

Einem anderen Herrscher ...

2. YMADAWAITH

Aldur mochte den frühen Morgen; wenn die Dämmerung die Nacht ablöste und den Aufgang der Sonne ankündigte, kurz bevor diese über den Horizont stieg und mit ihrem goldenen Licht die letzten Schatten der Nacht vertrieb. Morgentau lag dann auf den Wiesen und verdampfte zu Nebel, und mit dem neuen Tag schien auch neues Leben zu erwachen, so als würde eine Welt geboren.

Aldur stellte sich dann vor, dass die leuchtende Scheibe, die sich immer weiter über diese Welt erhob und deren Strahlen sein Gesicht streichelten und seine Glieder wärmten, *calada* wäre, der Ursprung allen Lichts. Wen der Urschein erleuchtete, so hieß es, der war gesegnet und dazu ausersehen, große Taten zu vollbringen, und nahm eine bedeutende Rolle in der Geschichte des Elfenvolkes ein. Aldur hatte diese Vorstellung stets gefallen. Sie war sein geheimer Traum gewesen, und an diesem Abend stand er der Verwirklichung dieses Traumes näher denn je zuvor in seinem noch jungen Leben.

Der Elfenfürst blinzelte. Leiser Wind kam auf, der ein Lindenblatt vom Baum zupfte und es geradewegs auf seine Schulter wehte. Ein weiteres gutes Zeichen. Das Schicksal war ihm gewogen. Es hieß seinen Aufbruch gut und wollte ihn segnen.

Zugleich war es ein Abschiedsgruß.

Wie lange, fragte sich Aldur wehmütig, würde es dauern, bis er wieder einen Lindenbaum zu sehen bekam? Oder bis er wieder den wärmenden Schein der Sonne in seinem

Gesicht spüren konnte? In Shakara, so hieß es, gab es nur den kalten Schein der Kristalle, der die Flure und Gänge der Ordensburg erhellte.

»Sohn«, erklang plötzlich eine sanfte Stimme und holte ihn zurück aus seinen Gedanken.

Aldur blickte auf.

Er war so in sich selbst versunken gewesen, dass er vergessen hatte, dass er am Boden kniete, das Haupt gesenkt, und dass er keineswegs allein war. Zahlreiche Gestalten hatten sich in einem weiten Kreis um ihn versammelt, die die bunten Gewänder des *anrythan* trugen. Ihr Dasein hatte nur einen Grund: ihm die Ehre zu erweisen und sich von ihm zu verabschieden.

»*Nahad*«, erwiderte er leise.

Vor ihm stand Alduran, der zugleich sein Vater war und sein Lehrmeister. Von dem Augenblick an, da offenbar geworden war, dass das Schicksal Aldur mit einer Gabe bedacht hatte, war der junge Elf den magischen Pfaden gefolgt. Er war Aldurans Schüler gewesen und von diesem in der Zauberkunst unterwiesen worden. Er hatte die ersten Prüfungen abgelegt und sich seiner Gabe als würdig erwiesen. Nun sollte er den letzten Schritt tun, die letzte Etappe der Reise antreten, an deren Ende er jene Ehren erlangen würde, die auch schon seinem Vater zuteilgeworden waren.

»Die Stunde des Abschieds ist gekommen«, sagte Alduran, dessen blassen, von blondem Haar umwehten Zügen die vielen Jahre, die er schon lebte, nicht anzumerken war. Es war eine der unabänderlichen Wahrheiten des Elfenvolkes, dass sie zu altern aufhörten, sobald sie das Erwachsenenalter erreicht hatten; dass manche Elfen älter aussahen als andere, hing mit ihrem Seelenleben zusammen und mit dem Grad ihrer inneren Reife. Faktisch jedoch waren sie vom Tage ihrer Volljährigkeit an *anmarwa*, was bedeutete, dass ihre Existenz in der sterblichen Welt nicht enden würde – es sei denn, sie wurden im Kampf getötet oder entschlossen sich, der Welt zu entsagen und nach den Fernen Gestaden zu reisen, dem Ursprung und dem Ziel allen elfischen Strebens.

Aber so weit war Alduran noch lange nicht ...

Aldur schluckte, als er seinen Vater vor sich stehen sah, den silbernen Reif in Händen, mit dem er seinen Sohn krönen und damit seine Volljährigkeit für alle erkennbar machen würde. Aldurs Gestalt straffte sich. Wie oft in den letzten Jahren hatte er diesen Augenblick herbeigesehnt, wie hart dafür gearbeitet – und nun, da er gekommen war, wünschte er sich fast, es wäre noch nicht so weit. Er wollte sein Heim verlassen, wollte hinausziehen in die Fremde, um Ruhm und Ehre zu erwerben und das Erbe seines Vaters anzutreten – aber zugleich gab es auch etwas in ihm, das sich bereits zurücksehnte in die Geborgenheit jener Wände, die ihm während der vergangenen knapp zwei Jahrzehnte Schutz und Zuflucht gewesen waren, Heimat und Trost.

Aldur hatte seine Mutter nie kennengelernt. Unmittelbar nach seiner Geburt hatte sie Erdwelt verlassen und hatte sich zu den Fernen Gestaden begeben. Sein Vater jedoch war geblieben und der beste Lehrherr gewesen, den sich ein Junge, dem *reghas* geschenkt worden war, nur wünschen konnte. Niemals hatte es Alduran an Aufmerksamkeit oder Härte fehlen lassen, sodass aus dem Halbwüchsigen mit der außergewöhnlichen Begabung ein junger Mann geworden war, der seine Fähigkeit wohl zu gebrauchen wusste. Sie sinnvoll einzusetzen und mit den Gaben anderer Magier zu vereinen, war das nächste Ziel, aber dies konnte nicht in der Geborgenheit des väterlichen Horts erreicht werden, sondern nur an einem weit entfernten Ort, der jenseits des Großen Gebirges lag und umgeben war von der eisigen Kälte des *yngaia*.

Die Ordensburg von Shakara ...

Dort, im spirituellen Zentrum des Elfenreichs, in der geistigen Heimat aller Zauberer, würde er seinen Weg zu Ende gehen. Aldur hatte immer gewusst, dass dieser Tag kommen würde.

»Sohn«, sagte Alduran noch einmal, und seine Stimme bebte dabei wie das Laub im Wind, »wie viele Väter wie mich gibt es auf dieser Welt? Wie viele, die sich rühmen dürfen, einen Sohn wie dich zu haben? Wie viele, denen das Glück widerfährt, die Welt durch die Augen ihres Kindes zu sehen und auf diese Weise noch einmal zu erleben, was ihnen selbst vor langer Zeit zuteilwurde? Nie zuvor war ich stolzer als in diesem Augenblick.«

»Danke, *nahad*«, erwiderte Aldur und senkte wieder den Blick. »Ihr wählt Worte, die ich nicht verdiene. Ich habe nur stets versucht, Euch ein guter Schüler zu sein.«

»Du bist weit mehr als das gewesen, Aldur. In mancher Weise sehe ich mich in dir, und ich erinnere mich, wie ich selbst einst an dieser Stelle kniete, um aus den Händen meines Vaters die Krone der Volljährigkeit zu empfangen. Auch ich war begierig darauf zu erfahren, was sich jenseits dieses Hains befindet, und zugleich voller Furcht vor dem, was mich erwartete. Und ich hatte auch allen Grund dazu. Denn ich verfügte nicht annähernd über die Kräfte, die in dir sind, Sohn, und meine Gabe, die sich darauf beschränkt, das Grün der Bäume wachsen und gedeihen zu lassen, lässt sich mit der deinen nicht annähernd vergleichen. Ich habe es dir schon einmal gesagt, und ich sage es dir wieder: Dir, Aldur, wohnt die Kraft und die Fähigkeit inne, dereinst der größte und mächtigste unter allen Magiern Erdwelts zu werden!«

Die Versammelten – Diener des Hains, aber auch Edle, die gekommen waren, um Aldurs Abschied beizuwohnen – spendeten Beifall, indem sie die Handflächen gegeneinanderrieben. Es klang wie ein Wispern und mischte sich unter das Rauschen des Windes in den Bäumen.

»Wisset«, fuhr Alduran fort, »dass ich nie zuvor in meinem Leben einen strahlenderen Jüngling erblickte. Nie zuvor hatte ich einen Schüler, der meinen Lehren so gehorsam folgte und der auch nur annähernd so begabt war im Umgang mit den Kräften, die ihm die Vorsehung schenkte.

Auf Schultern wie den seinen ruhen in diesen unruhigen Zeiten die Hoffnungen unseres Volks.«

Erneut bekundeten die Anwesenden ihr Wohlwollen und ihre Zustimmung, indem sie die Handflächen aneinanderrieben. Auf ein Zeichen Aldurans hin setzte der Beifall schlagartig aus, und ein Augenblick der Stille trat ein. Selbst der Wind schien den Atem anzuhalten. Aldur wusste, dass der bedeutsame Moment gekommen war. Er schloss die Augen – dann spürte er das kühle Silber der Krone auf seiner Stirn.

»Erhebe dich, Sohn«, sagte Alduran, »als vollwertiges Mitglied deines Volkes, um deinen Platz in der Geschichte Erdwelts einzunehmen.«

Aldur stand auf. Erst dann öffnete er die Augen und blickte in das Gesicht seines Vaters, das vor Stolz und Freude strahlten. Aldur erwiderte das Lächeln, wenn auch nicht aus innerer Freude, sondern aus Pflichtschuld und Gehorsam. Er wandte sich den Anwesenden zu, um ihren Beifall und ihre Glückwünsche entgegenzunehmen, und in diesem Moment war ihm, als wandte er nicht nur seinem Vater den Rücken zu, sondern auch dem Leben, das er bislang geführt hatte, fernab vom Weltgeschehen und umgeben vom Immergrün der Bäume. Sein Leben, so schien es ihm plötzlich, hatte gerade erst begonnen, und eine ganze Welt wartete darauf, von ihm erobert zu werden.

»Aldur«, sagte sein Vater, nachdem der Applaus auf der Lichtung verklungen war, »vergiss niemals, wer du bist. In deinen Adern fließt das Blut von Königen – erweise dich dessen würdig.«

»Das werde ich, *nahad*«, versprach Aldur.

»So wirst du Aldurans Hain nun verlassen und dich auf den Weg nach Norden begeben. Meine Diener werden dich nach Shakara begleiten, danach jedoch wirst du auf dich gestellt sein.«

»Ich weiß, *nahad*.«

»Nur drei Dinge nimm mit dir: dieses Empfehlungsschreiben, das ich aufgesetzt habe und mit dem ich meinen besten Schüler der Obhut von Ordensmeister Semias empfehle« – er überreichte Aldur einen schmalen Köcher aus Leder, der das Schriftstück enthielt – »sowie die Gabe, die dir verliehen wurde. Gebrauche sie weise, zum Ruhm deines Geschlechts und zum Wohle ganz Erdwelts. Willst du das schwören?«

»Ich schwöre es, *nahad*«, erwiderte Aldur ohne Zögern, dessen Gedanken den Ereignissen bereits vorauseilten. In seiner Vorstellung hatte er den väterlichen Hort schon verlassen und den Schutz der Wälder, hatte die Straße nach Norden eingeschlagen, wo sein Schicksal auf ihn wartete. Ein innerer Drang, wie er ihn nie zuvor verspürt hatte, erfüllte ihn mit einem Mal, und er wollte nur noch fort, das Blütentor durchreiten und die Enge des Hains hinter sich lassen, großen Abenteuern und Taten entgegen.

Entsprechend steif stand er da, als Alduran ihn umarmte und ihn zunächst auf die Wangen, dann auf die gekrönte Stirn küsste. Noch einmal applaudierten die Gäste. Ihre Reihen teilten sich, und der Zug der Diener erschien, in ihrer Mitte ein schlankes weißes Pferd, das von strahlender Schönheit war. Es war fertig gezäumt und gesattelt und schien nur auf seinen Reiter zu warten. Unruhig scharrte es mit den Hufen.

»Alaric ist das dritte, das ich dir mit auf den Weg geben möchte«, fuhr Alduran in seiner Aufzählung fort. »Das Gestüt, dem er entstammt, ist nicht weniger königlich als dein eigenes, denn seine Ahnen waren es, auf denen Sigwyn einst in die Schlacht ritt. Sorge gut für ihn, und er wird dich auf seinem Rücken sicher an jedwedes Ziel tragen.«

»Danke, *nahad*«, sagte Aldur, doch statt Alduran noch einmal zu umarmen, verbeugte sich der Jüngling respektvoll, wie es ein Schüler vor seinem Lehrer tat, dann wandte er sich ab und verließ das Podest. Raschen Schrittes ging er auf den Hengst zu, der laut schnaubte und in dessen Augen ein unstetes Feuer loderte. Offenbar, dachte Aldur, sehnte er sich ebenso nach der Ferne wie er selbst.

Er blieb stehen und griff nach den Zügeln, tätschelte den Hals des Tieres und strich über seine lange Mähne. Dann schwang er sich in den Sattel, dessen Leder sich weich an den Pferderücken schmiegte, und Aldur hatte das Gefühl, vor Neugier und Tatendrang zu bersten. Alaric, der dies zu spüren schien, wieherte und bäumte sich auf der Hinterhand auf, und der silberne Reif um Aldurs Stirn blitzte im frühen Licht des Tages, als der junge Zauberer das Tier herumdrehte und zum Tor hinausritt. Die Dienerschaft schloss sich ihm an, und unter den Augen Aldurans und seines Gefolges verließ der Zug den Hain.

Die Augen des Fürsten füllten sich dabei mit Tränen, denn ein Gefühl sagte ihm, dass er den jungen Mann, der in diesen Augenblicken seine Obhut verließ, niemals wiedersehen würde.

Und er sollte recht behalten.

3. LOFRUTHAIETH!

Wie anders es an diesem Ort war.

Anders als in den Ehrwürdigen Gärten gab es kein Licht und keine Sonne, und damit auch keine Wärme, die den Boden tränkte und die Voraussetzung für Leben schuf. Keine Bäume und keine Pflanzen, keine Blumen, die in prächtigen Farben gediehen, keine Brunnen, die lustig plätscherten und keine Flöten, die fröhliche Weisen spielten.

Kälte, Stille und Dunkelheit herrschten in der Kerkerzelle, und dennoch war es dort nicht annähernd so finster wie in Alannahs Seele.

Immer wieder liefen die Bilder der schrecklichen Geschehnisse vor ihren Augen ab, ohne dass sie verstehen oder auch nur im Ansatz begreifen konnte, was tatsächlich geschehen war.

Und vor allem: Warum war es gerade bei ihr geschehen?

Nichts hatte darauf hingedeutet, nichts die Katastrophe erahnen lassen. Dennoch war es aus ihr hervorgebrochen, so unvermittelt wie ein Sommergewitter und so unheilvoll wie ein Blitz, der aus heiterem Himmel zu Boden fuhr.

Noch immer sah sie ihn vor sich, wie er sich am Boden wand, schreiend und am ganzen Körper zitternd. Blut war überall gewesen, und sobald Alannah die Augen schloss, sah sie schreiendes, anklagendes Rot. Es schien an ihren Kleidern zu kleben und an ihren Händen, und obschon sie sie in der Dunkelheit nicht einmal sehen konnte, rieb sie wie von Sinnen ihre Hände, als könnte sie damit auch die Schuld abstreifen, die sie auf sich geladen hatte – auch wenn sie völlig ahnungslos gewesen war, unwissend im gefährlichsten Sinn des Wortes.

Infolge der Dunkelheit, die sie umgab, hatte sie jedes Zeitgefühl verloren. Sie vermochte nicht zu sagen, wie lange sie bereits an diesem düsteren Ort weilte, und es entzog sich auch ihrer Kenntnis, ob es draußen Tag war oder Nacht. Ihr Kerker, der sich tief unter den Mauern Tirgas Lans befand, hatte keine Fenster und nur eine Tür, die aus massivem Eisen bestand und mehrfach verriegelt war. An Flucht war also nicht zu denken, aber Alannah wollte auch nicht fliehen. Denn selbst wenn es ihr gelungen wäre, dieser Zelle zu entkommen – vor ihrem schlechten Gewissen gab es kein Entrinnen. Unablässig würde es sie verfolgen und sie peinigen. Immer wieder würde es ihr vor Augen führen, was sie getan hatte, ihr die schrecklichen Bilder zeigen, die sich unauslöschlich in ihr Gedächtnis eingebrannt hatten, bis an ihr Lebensende – und das war bei einer Elfin eine lange, eine sehr lange Zeit ...

Irgendwann vernahm sie in ihrer Ratlosigkeit und ihrer Verzweiflung ein Geräusch: Schritte, die durch den Korridor hallten und sich rasch näherten.

Alannah hielt den Atem an.

Würde sie nun endlich erfahren, was mit ihr geschehen würde? Und vor allem: Bekam sie Aufschluss über das, was sich in den Ehrwürdigen Gärten zugetragen hatte?

Unmittelbar vor ihrer Zellentür setzte der harte Klang der Schritte aus. Ohne zu verstehen, was genau gesprochen wurde, hörte Alannah dumpfe Stimmen. Dann wurden die eisernen Riegel zurückgezogen, und die Zellentür schwang knarrend auf.

»Lady Alannah?«

Der fahle Schein einer Kristallfackel blendete Alannahs an Dunkelheit gewöhnte Augen, und es dauerte einen Moment, bis sie wieder etwas erkennen konnte. Dann gewahrte sie auf der Türschwelle eine große, respektgebietende Gestalt, die in einen weiten Umhang mit Kapuze gehüllt war. Ein Diener war bei ihr, der die Fackel trug.

»Lady Alannah?«, fragte der fremde Besucher noch einmal. Seine Stimme klang streng, unverhohlene Anklage lag darin.

»J-ja?«

Der Besucher trat vor und schlug die Kapuze zurück. Scharf geschnittene Gesichtszüge kamen darunter zum Vorschein, die eiserne Entschlossenheit verrieten. Das lange dunkle Haar war streng zurückgekämmt und zu einem Zopf geflochten, die schmalen Augen blickten Alannah in stillem Vorwurf an.

»Ihr wisst, wer ich bin?«, erkundigte er sich.

»Sollte ich das denn?«, fragte Alannah dagegen.

»Ich bin Mangon, Lordrichter von Tirgas Lan«, stellte der Fremde sich vor, und Alannah erstarrte innerlich.

Auch wenn sie ihm noch nie zuvor persönlich begegnet war, hatte sie natürlich schon von Mangon gehört, dem obersten Richter des Reiches, dessen Verstand ebenso messerscharf war wie seine Zunge. Sein Sinn für Gerechtigkeit war ebenso legendär wie seine Erbarmungslosigkeit gegenüber jenen, die das Gesetz missachteten. Nie hätte Alannah geglaubt, ihm eines Tages persönlich gegenüberzustehen, schon gar nicht als Angeklagte – aber genau das war geschehen. Verwirrt fragte sie sich einmal mehr, was vorgefallen war, dass sich der Lordrichter persönlich ihres Falles annahm ...

»Wahrscheinlich«, sagte Mangon, der sie bis ins Mark zu durchschauen schien, »fragt Ihr Euch, weshalb ich hier bin.«

»D-das ist wahr«, gab Alannah zu.

»Das will ich Euch sagen«, versicherte der Richter streng. »Ich bin persönlich gekommen, weil Eure ebenso unüberlegte wie frevlerische Tat Seine Majestät den König in eine überaus schwierige Lage gebracht hat.«

»In eine schwierige Lage? Wie das?«

»Dieser Jüngling, der in den Ehrwürdigen Gärten auf solch – wie soll ich es nennen? – grausame Weise sein Leben verlor, ist nicht irgendein Mensch gewesen, Alannah. Er war der jüngste Sohn des Fürsten von Andaril.«

»Aber der Fürst von Andaril ist ein Vasall des Reiches«, wandte Alannah ein, »er wird nicht ...«

Sie unterbrach sich selbst, als ihr klar wurde, wie unsinnig ihre Worte waren. Der Fürst von Andaril mochte dem Elfenkönig so treu ergeben sein, wie er wollte – er war in erster Linie ein Mensch, und als solcher würde er der Rache für seinen Sohn jederzeit den Vorzug geben gegenüber seiner Loyalität als Gefolgsmann des Königs ...

»Unser Herrscher muss Vorsicht walten lassen«, führte Lordrichter Mangon überflüssigerweise aus. »Unter den Menschen gärt und brodelt es, einige sprechen davon, sich gegen uns zu erheben. Das sind nicht mehr die Primitiven, mit denen es noch unsere Väter zu tun hatten. Ihre Macht und ihr Einfluss wachsen beständig, und es gibt nicht wenige, die behaupten, dass ihnen die Zukunft gehört. Umso wichtiger ist es, dass diese Sache rasch abgeschlossen wird. Es darf nicht der Hauch eines Zweifels bleiben – die Folgen könnten sonst unabsehbar sein, womöglich ein neuer, blutiger Krieg.«

»Keine Sorge«, versicherte Alannah. »Ich werde alles tun, was zur Klärung des Falles beiträgt.«

»Klärung?« Mangon hob die schmalen Brauen. »Was gibt es da zu klären? Ihr habt den Jungen umgebracht, das wisst Ihr so gut wie ich. Das macht Euch zu einer Mörderin.«

»I-ich weiß«, sagte Alannah tonlos, während sie sich zum ungezählten Mal fragte, wie es so weit hatte kommen können ...

ENTDECKE NEUE WELTEN
MIT PIPER FANTASY

Mach mit und gestalte deine eigene Welt!

PIPER

www.piper-fantasy.de